MARIO VARGAS LLOSA

La casa verde

punto de lectura

Mario Vargas Llosa nació en Arequipa, Perú, en 1936. Aunque había estrenado un drama en Piura y publicado un libro de relatos, *Los jefes,* que obtuvo el Premio Leopoldo Alas, su carrera literaria cobró notoriedad con la publicación de *La ciudad y los perros,* Premio Biblioteca Breve (1962) y Premio de la Crítica (1963). En 1965 apareció su segunda novela, *La casa verde,* que obtuvo el Premio de la Crítica y el Premio Internacional Rómulo Gallegos. Posteriormente ha publicado piezas teatrales (*La señorita de Tacna, Kathie y el hipopótamo, La Chunga, El loco de los balcones* y *Ojos bonitos, cuadros feos*), estudios y ensayos (como *La orgía perpetua, La verdad de las mentiras* y *La tentación de lo imposible*), memorias *(El pez en el agua),* relatos *(Los cachorros)* y, sobre todo, novelas: *Conversación en La Catedral, Pantaleón y las visitadoras, La tía Julia y el escribidor, La guerra del fin del mundo, Historia de Mayta, ¿Quién mató a Palomino Molero?, El hablador, Elogio de la madrastra, Lituma en los Andes, Los cuadernos de don Rigoberto, La Fiesta del Chivo, El Paraíso en la otra esquina* y *Travesuras de la niña mala.* Ha obtenido los más importantes galardones literarios, desde los ya mencionados hasta el Premio Cervantes, el Príncipe de Asturias, el PEN/Nabokov y el Grinzane Cavour.

MARIO VARGAS LLOSA

La casa verde

Título: La casa verde
© 1965, Mario Vargas Llosa
© Del prólogo: 1998, Mario Vargas Llosa
© Santillana Ediciones Generales, S. L.
© De esta edición: marzo 2008, Punto de Lectura, S.L.
Torrelaguna, 60. 28043 Madrid (España) www.puntodelectura.com

ISBN: 978-84-663-2091-7
Depósito legal: B-2.636-2008
Impreso en España – Printed in Spain

Diseño de portada: Pep Carrió y Sonia Sánchez
Diseño de colección: Punto de Lectura

Impreso por Litografía Rosés, S.A.

Prólogo

Me llevaron a inventar esta historia los recuerdos de una choza prostibularia, pintada de verde, que coloreaba el arenal de Piura el año 1946, y la deslumbrante Amazonía de aventureros, soldados, aguarunas, huambisas y shapras, misioneros y traficantes de caucho y pieles que conocí en 1958, en un viaje de unas semanas por el Alto Marañón.

Pero, probablemente, la deuda mayor que contraje al escribirla fue con William Faulkner, en cuyos libros descubrí las hechicerías de la forma en la ficción, la sinfonía de puntos de vista, ambigüedades, matices, tonalidades y perspectivas de que una astuta construcción y un estilo cuidado podían dotar a una historia.

Escribí esta novela en París, entre 1962 y 1965, sufriendo y gozando como un lunático, en un hotelito del Barrio Latino —el Hôtel Wetter— y en una buhardilla de la rue de Tournon, que colindaba con el piso donde había vivido el gran Gérard Philipe, a quien el inquilino que me antecedió, el crítico de arte argentino Damián Bayón, oyó muchos días ensayar, horas de horas, un solo parlamento de *El Cid* de Corneille.

MARIO VARGAS LLOSA
Londres, septiembre de 1998

A Patricia

Uno

El sargento echa una ojeada a la madre Patrocinio y el moscardón sigue allí. La lancha cabecea sobre las aguas turbias, entre dos murallas de árboles que exhalan un vaho quemante, pegajoso. Ovillados bajo el pamacari, desnudos de la cintura para arriba, los guardias duermen abrigados por el verdoso, amarillento sol del mediodía: la cabeza del Chiquito yace sobre el vientre del Pesado, el Rubio transpira a chorros, el Oscuro gruñe con la boca abierta. Una sombrilla de jejenes escolta la lancha, entre los cuerpos evolucionan mariposas, avispas, moscas gordas. El motor ronca parejo, se atora, ronca y el práctico Nieves lleva el timón con la izquierda, con la derecha fuma y su rostro muy bruñido permanece inalterable bajo el sombrero de paja. Estos selváticos no eran normales, ¿por qué no sudaban como los demás cristianos? Tiesa en la popa, la madre Angélica está con los ojos cerrados, en su rostro hay lo menos mil arrugas, a ratos saca una puntita de lengua, sorbe el sudor del bigote y escupe. Pobre viejita, no estaba para estos trotes. El moscardón bate las alitas azules, despega con suave impulso de la frente rosada de la madre Patrocinio, se pierde trazando círculos en la luz blanca y el práctico iba a apagar el motor, sargento, ya estaban llegando, detrás de esa quebradita venía Chicais. Pero al sargento el corazón le decía no habrá nadie. Cesa el ruido del motor, las madres y los guardias abren los ojos, yerguen las cabezas, miran. De pie, el práctico Nieves ladea la tangana a derecha e izquierda, la lancha se acerca a la orilla silenciosamente, los guardias se incorporan, se ponen las camisas, los quepís, se acomodan las polainas. La empalizada vegetal de la margen derecha se interrumpe bruscamente pasado el recodo del río y hay un barranco, un breve paréntesis de tierra rojiza que desciende hasta una minúscula ensenada de fango, guijarros, matas de cañas y de helechos. No se divisa ninguna canoa a la orilla, ninguna silueta humana en el barranco. La embarcación encalla, Nieves y los guardias saltan, chapotean en el lodo plomizo. Un cementerio, el corazón no engañaba, tenían razón los mangaches. El sargento está inclinado sobre la proa, el práctico y los guardias arrastran la lancha hacia la tierra seca. Que ayudaran a las madrecitas, que les hicieran sillita de mano, no se fueran a mojar. La madre Angélica permanece muy grave en los brazos del Oscuro y del Pesado, la madre Patrocinio vacila cuando el Chiquito y el Rubio unen sus manos para recibirla y, al dejarse caer, enrojece como un camarón. Los guardias cruzan la playa bamboleándose, depositan a las madres donde acaba el fango. El sargento salta, llega al pie del barranco y la madre Angélica trepa ya por la pendiente, muy resuelta, seguida por la madre Patrocinio, ambas gatean, desaparecen entre remolinos de polvo colorado. La tierra del barranco es floja, cede a cada paso, el sargento y los guardias avanzan hundidos hasta las rodillas, agachados, ahogados en el polvo, el pañuelo contra la

14

boca, el Pesado estornudando y escupiendo. En la cima se sacuden los uniformes unos a otros y el sargento observa: un claro circular, un puñado de cabañas de techo cónico, breves sembríos de yucas y de plátanos y, en todo el rededor, monte tupido. Entre las cabañas, arbolitos con bolsas ovaladas que penden de las ramas: nidos de paucares. Él se lo había dicho, madre Angélica, dejaba constancia, ni un alma, ya veían. Pero la madre Angélica va de un lado a otro, entra a una cabaña, sale y mete la cabeza en la de al lado, espanta a palmadas a las moscas, no se detiene un segundo y así, de lejos, desdibujada por el polvo, no es una anciana sino un hábito ambulante, erecto, una sombra muy enérgica. En cambio, la madre Patrocinio se halla inmóvil, las manos escondidas en el hábito y sus ojos recorren una vez y otra el poblado vacío. Unas ramas se agitan y hay chillidos, una escuadrilla de alas verdes, picos negros y pecheras azules revolotea sonoramente sobre las desiertas cabañas de Chicais, los guardias y las madres los siguen hasta que se los traga la maleza, su griterío dura un rato. Había loritos, bueno saberlo por si faltaba comida. Pero daban disentería, madre, es decir, se le soltaba a uno el estómago. En el barranco aparece un sombrero de paja, el rostro tostado del práctico Nieves: así que se espantaron los aguarunas, madrecitas. De puro tercas, quién les mandó no hacerle caso. La madre Angélica se acerca, mira aquí y allá con los ojitos arrugados, y sus manos nudosas, rígidas, de lunares castaños, se agitan ante la cara del sargento: estaban por aquí cerca, no se habían llevado sus cosas, tenían que esperar que vuelvan. Los guardias se miran, el sargento enciende un cigarrillo, dos paucares van y vienen por el aire, sus plumas negras y doradas relucen con brillos húmedos. También pajaritos, de todo había en Chicais. Salvo aguarunas y el Pesado ríe. ¿Por qué no caerles a la descuidada?, la madre Angélica jadea, ¿acaso no los conocía, madrecita?, el plumerito de pelos blancos de su mentón tiembla suavemente, les daban miedo los cristianos y se escondían, que ni se soñara que iban a volver, mientras estuvieran aquí no les verían ni el polvo. Pequeña, rolliza, la madre Patrocinio está allí también, entre el Rubio y el Oscuro. Pero si el año pasado no se escondieron, salieron a recibirlos y hasta les regalaron una gamitana fresquita, ¿no se acordaba el sargento? Pero entonces no sabían, madre Patrocinio, ahora sí, que se diera cuenta. Los guardias y el práctico Nieves se sientan en el suelo, se descalzan, el Oscuro abre su cantimplora, bebe y suspira. La madre Angélica alza la cabeza: que hagan las carpas, sargento, un rostro ajado, que pongan los mosquiteros, una mirada líquida, esperarían a que regresaran, una voz cascada, y que no le pusiera esa cara, ella tenía experiencia. El sargento arroja el cigarrillo, lo entierra a pisotones, qué más le daba, muchachos, que se sacudieran. Y en eso brota un cacareo y un matorral escupe una gallina, el Rubio y el Chiquito lanzan un grito de júbilo, negra, la corretean, con pintas blancas, la capturan y los ojos de la madre Angélica chispean, bandidos, qué hacían, su puño vibra en el aire, ¿era suya?, que la soltaran, y el sargento que la soltaran pero, madres, si iban a quedarse necesitaban comer, no estaban para pasar hambres. La madre Angélica no permitiría abusos, ¿qué confianza podían tenerles si les robaban sus animalitos? Y la madre Patrocinio asiente, sargento, robar era ofender a Dios, con su rostro redondo y saludable, ¿no conocía los mandamientos? La gallina toca el suelo, cacarea, se expulga las axilas, escapa contoneándose y el sargento se encoge de hombros: por qué se harían ilusiones si ellas los conocían tanto o más que él. Los guardias se alejan hacia el barranco, en los árboles chillan de nuevo los loritos y los paucares, hay zumbido de insectos, una brisa leve agita las hojas de yarina de los techos de Chicais. El sargento se afloja las polainas, regaña entre dientes, tiene la boca torcida y el práctico Nieves le da una palmadita en el hombro, sargento: que no se pusiera de malhumor y tomara las cosas con calma. Y el sargento furtivamente señala a las madres, don Adrián, estos trabajitos le reventaban el alma. La madre Angélica tenía mucha sed y a lo mejor un poco de fiebre, el espíritu seguía animoso pero el cuerpo ya estaba lleno de achaques, madre Patrocinio y ella no, no, que no dijera eso, madre Angélica, ahora que subieran los guardias tomaría una limonada y se sentiría mejor, ya vería. ¿Murmuraban de su persona?, el sargento observa el contorno con ojos distraídos, ¿lo creían un cojudo?, se abanica con el quepí, ¡ese par de gallinazas!, y de repente se vuelve hacia el práctico Nieves: secretos en reunión era falta de educación y él que mirara, sargento, los guardias volvían corriendo. ¿Una canoa?, y el Oscuro sí, ¿con aguarunas?, y el Rubio mi sargento sí, y el Chiquito sí, y el Pesado y las madres sí, sí, van y preguntan y vienen sin rumbo y el sargento que el Rubio volviera al barranco y avisara si subían, que los demás se escondieran y el práctico Nieves recoge las polainas del suelo, los fusiles. Los guardias y el sargento entran a una cabaña, las madres siguen en el claro, madrecitas, que se escondieran, madre Patrocinio, rápido, madre Angélica. Ellas se miran, cuchichean, dan brinquitos, entran a la cabaña del frente y, desde las matas que lo ocultan, el Rubio apunta con un dedo al río, ya bajaban mi sargento, amarraban la canoa, ya subían mi sargento y él calzonazos, que viniera y se escondiera, Rubio, que no se durmiera. Tendidos de barriga, el Pesado y el Chiquito espían el exterior por los intersticios del tabique de rajas de chonta; el Oscuro y el práctico Nieves están parados al fondo de la cabaña y el Rubio llega corriendo, se acuclilla junto al sargento. Ahí estaban, madre Angélica, ahí estaban ya y la madre Angélica sería vieja pero tenía buena vista, madre Patrocinio, los estaba viendo, eran seis. La vieja, melenuda, lleva una pampanilla blancuzca y dos tubos de carne blanda y oscura penden hasta su cintura. Tras ella, dos hombres sin edad, bajos, ventrudos, de piernas esqueléticas, el sexo cubierto con retazos de tela ocre sujetos con lianas, las nalgas al aire, los pelos en cerquillo hasta las cejas. Cargan racimos de plátanos. Después hay dos chiquillas con diademas de fibras, una lleva un pendiente en la nariz, la otra aros de piel en los tobillos. Van desnudas como el niño que las sigue, él parece menor y es más delgado. Miran el claro desierto, la mujer abre la boca, los hombres menean las cabezas. ¿Iban a hablarles, madre Angélica? Y el sargento sí, ahí salían las madres, atención muchachos. Las seis cabezas giran al mismo tiempo, quedan fijas. Las madres avanzan hacia el grupo a pasos iguales, sonriendo, y simultáneos, casi imperceptibles, los aguarunas se arriman unos a otros, pronto forman un solo cuerpo terroso y compacto. Los seis pares de ojos

18

no se apartan de las dos figuras de pliegues oscuros que flotan hacia ellos y si se respingaban había que pegar la carrera, muchachos, nada de tiritos, nada de asustarlos. Las dejaban acercarse, mi sargento, el Rubio creía que se escaparían al verlas. Y qué tiernecitas las criaturas, qué jovencitas, ¿no, mi sargento?, este Pesado no tenía cura. Las madres se detienen y, al mismo tiempo, las chiquillas retroceden, estiran las manos, agarran las piernas de la vieja que ha comenzado a golpearse los hombros con la mano abierta, cada palmada estremece sus larguísimas tetas, las columpia: que el Señor fuera con ellos. Y la madre Angélica da un gruñido, escupe, lanza un chorro de sonidos crujientes, toscos y silbantes, se interrumpe para escupir y, ostentosa, marcial, sigue gruñendo, sus manos evolucionan, dibujan trazos solemnes ante los inmóviles, pálidos, impasibles rostros aguarunas. Los estaba palabreando en pagano, muchachos, y escupía igualito que las chunchas la madrecita. Eso tenía que gustarles, mi sargento, que una cristiana les hablara en su idioma, pero que hicieran menos bulla, muchachos, si los oían se espantaban. Los gruñidos de la madre Angélica llegan hasta la cabaña muy nítidos, robustos, destemplados y también el Oscuro y el práctico Nieves espían ahora el claro, las caras pegadas al tabique. Se los había metido al bolsillo, muchachos, qué sabida la monjita, y las madres y los dos aguarunas se sonríen, cambian reverencias. Y además cultísima, ¿sabía el sargento que en la misión se la pasaban estudiando? Más bien sería rezando, Chiquito, por los pecados del mundo. La madre Patrocinio sonríe a la vieja, ésta desvía los ojos y sigue muy seria, sus manos en el hombro de las chiquillas. Qué se andarían diciendo, mi sargento, cómo conversaban. La madre Angélica y los dos hombres hacen muecas, ademanes, escupen, se quitan la palabra y, de pronto, los tres niños se apartan de la vieja, corretean, ríen muy fuerte. Los estaba mirando el churre, muchachos, no quitaba la vista de aquí. Qué flaquito era, ¿se había fijado el sargento?, tremenda cabezota y tan poquito cuerpo, parecía araña. Bajo la mata de pelos, los ojos grandes del chiquillo apuntan fijamente a la cabaña. Está tostado como una hormiga, sus piernas son curvas y enclenques. De repente alza la mano, grita, muchachos, malparido, mi sargento y hay una violenta agitación tras el tabique, juramentos, encontrones y estallan voces guturales en el claro cuando los guardias lo invaden corriendo y tropezando. Que bajaran esos fusiles, alcornoques, la madre Angélica muestra a los guardias sus manos iracundas, ah, ya verían con el teniente. Las dos chiquillas ocultan la cabeza en el pecho de la vieja, aplastan sus senos blandos y el varoncito permanece desorbitado, a medio camino entre los guardias y las madres. Uno de los aguarunas suelta el mazo de plátanos, en alguna parte cacarea la gallina. El práctico Nieves está en el umbral de la cabaña, el sombrero de paja hacia atrás, un cigarrillo entre los dientes. Qué se creía el sargento, y la madre Angélica da un saltito, ¿por qué se metía si no lo llamaban? Pero si bajaban los fusiles se harían humo, madre, ella le muestra su puño pecoso y él que bajaran los máuseres, muchachos. Suave, continua, la madre Angélica habla a los aguarunas, sus manos tiesas dibujan figuras lentas, persuasivas, poco a poco los hombres pierden la rigidez, ahora responden con monosílabos y ella risueña, inexorable, sigue

20

gruñendo. El chiquillo se aproxima a los guardias, olfatea los fusiles, los palpa, el Pesado le da un golpecito en la frente, él se agazapa y chilla, era desconfiado el puta y la risa sacude la fláccida cintura del Pesado, su papada, sus pómulos. La madre Patrocinio se demuda, desvergonzado, qué decía, por qué les faltaba así el respeto, so grosero y el Pesado mil disculpas, menea su confusa cabeza de buey, se le escapó sin darse cuenta, madre, tiene la lengua trabada. Las chiquillas y el varoncito circulan entre los guardias. Los examinan, los tocan con la punta de los dedos. La madre Angélica y los dos hombres se gruñen amistosamente y el sol brilla todavía a lo lejos, pero el contorno está encapotado y sobre el bosque se amontona otro bosque de nubes blancas y coposas: llovería. A ellos la madre Angélica los había insultado enantes, madre, y ellos qué habían dicho. La madre Patrocinio sonríe, pedazo de bobo, alcornoque no era un insulto sino un árbol duro como su cabeza y la madre Angélica se vuelve hacia el sargento: iban a comer con ellos, que subieran los regalitos y las limonadas. Él asiente, da instrucciones al Chiquito y al Rubio señalándoles el barranco, plátanos verdes y pescado crudo, muchachos, un banquetazo de la puta madre. Los niños merodean en torno al Pesado, al Oscuro y al práctico Nieves, y la madre Angélica, los hombres y la vieja disponen hojas de plátano en el suelo, entran a las cabañas, traen recipientes de greda, yucas, encienden una pequeña fogata, envuelven bagres y bocachicas en hojas que anudan con bejucos y los acercan a la llama. ¿Iban a esperar a los otros, sargento? Sería de nunca acabar y el práctico Nieves arroja su cigarrillo, los otros no volverían,

21

si se fueron no querían visitas y éstos se irían al primer descuido. Sí, el sargento sabía, sólo que era de balde pelearse con las madrecitas. El Chiquito y el Rubio regresan con las bolsas y los termos, las madres, los aguarunas y los guardias están sentados en círculo frente a las hojas de plátano y la vieja ahuyenta los insectos a palmadas. La madre Angélica distribuye los regalos y los aguarunas los reciben sin dar muestras de entusiasmo, pero luego, cuando las madres y los guardias comienzan a comer trocitos de pescado que arrancan con las manos, los dos hombres, sin mirarse, abren las bolsas, acarician espejitos y collares, se reparten las cuentas de colores y en los ojos de la vieja se encienden súbitas luces codiciosas. Las chiquillas se disputan una botella, el varoncito mastica con furia y el sargento se enfermaría del estómago, miéchica, le vendrían diarreas, se hincharía como un hualo barrigudo, le crecerían pelotas en el cuerpo, reventarían y saldría pus. Tiene el trozo de pescado a orillas de los labios, sus ojitos parpadean y el Oscuro, el Chiquito y el Rubio también hacen pucheros, la madre Patrocinio cierra los ojos, traga, su rostro se crispa y sólo el práctico Nieves y la madre Angélica alargan las manos constantemente hacia las hojas de plátano y con una especie de regocijo presuroso desmenuzan la carne blanca, la limpian de espinas, se la llevan a la boca. Todos los selváticos eran un poco chunchos, hasta las madres, cómo comían. El sargento suelta un eructo, todos lo miran y él tose. Los aguarunas se han puesto los collares, se los muestran uno al otro. Las bolitas de vidrio son granates y contrastan con el tatuaje que adorna el pecho del que lleva seis pulseras de cuentecillas en un brazo, tres en el otro. ¿A qué hora partirían, madre Angélica? Los guardias observan al sargento, los aguarunas dejan de masticar. Las chiquillas estiran las manos, tímidamente tocan los collares deslumbrantes, las pulseras. Tenían que esperar a los otros, sargento. El aguaruna del tatuaje gruñe y la madre Angélica sí, sargento, ¿veía?, que comiera, los estaba ofendiendo con tantos ascos que hacía. Él no tenía apetito pero quería decirle algo, madrecita, no podían quedarse en Chicais más tiempo. La madre Angélica tiene la boca llena, el sargento había venido a ayudar, su mano menuda y pétrea estruja un termo de limonada, no a dar órdenes. El Chiquito había oído al teniente, ¿qué había dicho?, y él que volvieran antes de ocho días, madre. Ya llevaban cinco y ¿cuántos para volver, don Adrián?, tres días siempre que no lloviera, ¿veía?, eran órdenes, madre, que no se molestara con él. Junto al rumor de la conversación entre el sargento y la madre Angélica hay otro, áspero: los aguarunas dialogan a viva voz, chocan sus brazos y comparan sus pulseras. La madre Patrocinio traga y abre los ojos, ¿y si los otros no volvían?, ¿y si se demoraban un mes en volver?, claro que era sólo una opinión, y cierra los ojos, a lo mejor se equivocaba y traga. La madre Angélica frunce el ceño, brotan nuevos pliegues en su rostro, su mano acaricia el mechoncito de pelos blancos del mentón. El sargento bebe un trago de su cantimplora: peor que purgante, todo se calentaba en esta tierra, no era el calor de Piura, el de aquí pudría todo. El Pesado y el Rubio se han tumbado de espaldas, los quepís sobre la cara, y el Chiquito quería saber si a alguien le constaba eso, don Adrián, y el Oscuro de veras, que siguiera, que contara, don Adrián. Eran medio pez y medio mujer, estaban al fondo de las cochas esperando a los ahogados y apenas se volcaba una canoa venían y agarraban a los cristianos y se los llevaban a sus palacios de abajo. Los ponían en unas hamacas que no eran de yute sino de culebras y ahí se daban gusto con ellos, y la madre Patrocinio ¿ya estaban hablando de supersticiones?, y ellos no, no, ¿y se creían cristianos?, nada de eso, madrecita, hablaban de si iba a llover. La madre Angélica se inclina hacia los aguarunas gruñendo dulcemente, sonriendo con obstinación, tiene enlazadas las manos y los hombres, sin moverse del sitio, se enderezan poco a poco, alargan los cuellos como las garzas cuando se asolean a la orilla del río y surge un vaporcito, y algo asombra, dilata sus pupilas y el pecho de uno se hincha, su tatuaje se destaca, borra, destaca y gradualmente se adelantan hacia la madre Angélica, muy atentos, graves, mudos, y la vieja melenuda abre las manos, coge a las chiquillas. El varoncito sigue comiendo, muchachos, se venía la parte brava, atención. El práctico, el Chiquito y el Oscuro callan. El Rubio se incorpora con los ojos enrojecidos y remece al Pesado, un aguaruna mira al sargento de soslayo, luego al cielo y ahora la vieja abraza a las chiquillas, las incrusta contra sus senos largos y chorreados y los ojos del varoncito rotan de la madre Angélica a los hombres, de éstos a la vieja, de ésta a los guardias y a la madre Angélica. El aguaruna del tatuaje comienza a hablar, lo sigue el otro, la vieja, una tormenta de sonidos ahoga la voz de la madre Angélica que niega ahora con la cabeza y con las manos y de pronto, sin dejar de roncar ni de escupir, lentos, ceremoniosos, los dos hombres se despojan de los collares, de las pulseras y hay una lluvia de abalorios sobre las hojas de plátano. Los aguarunas estiran las manos hacia los restos del pescado, entre los que discurre un delgado río de hormigas pardas. Ya se habían puesto chúcaros, muchachos, pero ellos estaban listos, mi sargento, cuando él mandara. Los aguarunas limpian las sobras de carne blanca y azul, atrapan con las uñas a las hormigas, las aplastan y con mucho cuidado envuelven la comida en las hojas venosas. Que el Chiquito y el Rubio se encargaran de las churres, se las recomendaba el sargento y el Pesado qué suertudos. La madre Patrocinio está muy pálida, mueve los labios, sus dedos aprietan las cuentas negras de un rosario y eso sí, sargento, que no olvidaran que eran niñas, ya lo sabía, ya lo sabía, y que el Pesado y el Oscuro tuvieran quietos a los calatos y que la madre no se preocupara y la madre Patrocinio ay si cometían brutalidades y el práctico se encargaría de llevar las cosas, muchachos, nada de brutalidades: Santa María, Madre de Dios. Todos contemplan los labios exangües de la madre Patrocinio, y ella Ruega por nosotros, tritura con sus dedos las bolitas negras y la madre Angélica cálmese, madre, y el sargento ya, ahora era cuando. Se ponen de pie, sin prisa. El Pesado y el Oscuro sacuden sus pantalones, se agachan, cogen los fusiles y hay carreras ahora, chillidos y en la hora, pisotones, el varoncito se tapa la cara, de nuestra muerte, y los dos aguarunas han quedado rígidos amén, sus dientes castañetean y sus ojos perplejamente miran los fusiles que los apuntan. Pero la vieja está de pie forcejeando con el Chiquito y las chiquillas se debaten como anguilas entre los brazos del Rubio. La madre Angélica se cubre la boca con un pañuelo, la polvareda crece y se espesa, el Pesado estornuda y el sargento listo, podían irse al barranco, muchachos, madre Angélica. Y al Rubio quién lo ayudaba, sargento, ¿no veía que se le soltaban? El Chiquito y la vieja ruedan al suelo abrazados, que el Oscuro fuera a ayudarlo, el sargento lo reemplazaría, vigilaría al calato. Las madres caminan hacia el barranco tomadas del brazo, el Rubio arrastra dos figuras entreveradas y gesticulantes y el Oscuro sacude furiosamente la melena de la vieja hasta que el Chiquito queda libre y se levanta. Pero la vieja salta tras ellos, los alcanza, los araña y el sargento listo, Pesado, se fueron. Siempre apuntando a los dos hombres retroceden, se deslizan sobre los talones y los aguarunas se levantan al mismo tiempo y avanzan imantados por los fusiles. La vieja brinca como un maquisapa, cae y apresa dos pares de piernas, el Chiquito y el Oscuro trastabillean, Madre de Dios, caen también y que la madre Patrocinio no diera esos gritos. Una rápida brisa viene del río, escala la pendiente y hay activos, envolventes torbellinos anaranjados y granos de tierra robustos, aéreos como moscardones. Los dos aguarunas se mantienen dóciles frente a los fusiles y el barranco está muy cerca. ¿Si se le aventaban, el Pesado disparaba? Y la madre Angélica bruto, podía matarlos. El Rubio coge de un brazo a la chiquilla del pendiente, ¿por qué no bajaban, sargento?, a la otra del pescuezo, se le zafaban, ahorita se le zafaban y ellas no gritan pero tironean y sus cabezas, hombros, pies y piernas luchan y golpean y vibran y el práctico Nieves pasa cargado de termos: que se apurara, don Adrián, ¿no se le quedaba nada? No, nada, cuando el sargento quisiera. El Chiquito y el Oscuro sujetan a la vieja de los hombros y los pelos y ella está sentada chillando, a ratos los manotea sin fuerza en las piernas y bendito era el fruto, madre, madre, de su vientre y al Rubio se le escapaban, Jesús. El hombre del tatuaje mira el fusil del Pesado, la vieja lanza un alarido y llora, dos hilos húmedos abren finísimos canales en la costra de polvo de su cara y que el Pesado no se hiciera el loco. Pero si se le aventaba, sargento, él le abría el cráneo, aunque fuera un culatazo, sargento, y se acababa la broma. La madre Angélica retira el pañuelo de su boca: bruto, ¿por qué decía maldades?, ¿por qué se lo permitía el sargento?, y el Rubio ¿podía ir bajando?, estas bandidas lo despellejaban. Las manos de las chiquillas no llegan a la cara del Rubio, sólo a su cuello, lleno ya de rayitas violáceas, y han desgarrado su camisa y arrancado los botones. Parecen desanimarse a veces, aflojan el cuerpo y gimen y de nuevo atacan, sus pies desnudos chocan contra las polainas del Rubio, él maldice y las sacude, ellas siguen sordamente y que la madre bajara, qué esperaba, y también el Rubio y la madre Angélica ¿por qué las apretaba así si eran niñas?, de su vientre Jesús, madre, madre. Si el Chiquito y el Oscuro la soltaban la vieja se les echaría encima, sargento, ¿qué hacían?, y el Rubio que ella las cogiera, a ver, madre, ¿no veía cómo lo arañaban? El sargento agita el fusil, los aguarunas respingan, dan un paso atrás y el Chiquito y el Oscuro sueltan a la vieja, quedan con las manos listas para defenderse pero ella no se mueve, se restriega los ojos solamente y ahí está el varoncito como segregado por los remolinos: se acuclilla y hunde la cara entre las tetas líquidas. El Chiquito y el Oscuro van cuesta abajo, una muralla rosada se los traga a pocos, y cómo mierda iba a bajarlas el Rubio solito, qué les pasaba, sargento, por qué se iban ésos y la madre Angélica se le acerca braceando con resolución: ella lo ayudaba. Estira las manos hacia la chiquilla del pendiente pero no la toca y se dobla y el pequeño puño pega otra vez y el hábito se hunde y la madre Angélica lanza un quejido y se encoge: qué le decía, el Rubio remece a la chiquilla como un trapo, madre, ¿no era una fiera? Pálida y plegada, la madre Angélica reincide, atrapa el brazo con las dos manos, Santa María, y ahora aúllan, Madre de Dios, patalean, Santa María, rasguñan, todos tosen, Madre de Dios y en vez de tanto rezo que fueran bajando, madre Patrocinio, por qué chucha se asustaba tanto y hasta qué hora, y hasta cuándo, que bajaran que el sargento ya se calentaba, miéchica. La madre Patrocinio gira, se lanza por la pendiente y se esfuma, el Pesado adelanta el fusil y el del tatuaje retrocede. Con qué odio miraba, sargento, parecía rencoroso, puta de tu madre, y orgulloso: así debían ser los ojos del chulla-chaqui, sargento. Los nubarrones que envuelven a los que descienden son más distantes, la vieja llora, se contorsiona y los dos aguarunas observan el cañón, la culata, las bocas redondas de los fusiles: que el Pesado no se muñequeara. No se muñequeaba, sargento, pero qué manera de mirar era ésta, caracho, con qué derecho. El Rubio, la madre Angélica y las chiquillas se desvanecen también entre oleadas de polvo y la vieja ha reptado hasta la orilla del barranco, mira hacia el río, sus pezones tocan la tierra y el varoncito profiere voces extrañas, ulula como un ave lúgubre y al Pesado no le gustaba tenerlos tan cerca a los calatos, sargento, qué iban a hacer para bajar ahora que estaban solitos. Y en eso ronca el motor de la lancha: la vieja calla y alza la cara, mira al cielo, el varoncito la imita, los dos aguarunas la imitan y los cojudos estaban buscando un avión, Pesado, no se daban cuenta, ahora era cuando. Retroceden el fusil y lo adelantan de golpe, los dos hombres saltan hacia atrás y hacen gestos y ahora el sargento y el Pesado bajan de espaldas, siempre apuntando, hundiéndose hasta las rodillas y el motor ronca cada vez más fuerte, envenena el aire de hipos, gárgaras, vibraciones y sacudimientos y en la pendiente no es como en el claro, no hay brisa, sólo vaho caliente y polvo rojizo y picante que hace estornudar. Borrosamente, allá en lo alto del barranco unas cabezas peludas exploran el cielo, pendulan suavemente buscando entre las nubes y el motor estaba ahí y las churres llorando, Pesado, y él ¿qué?, mi sargento, no podía más. Cruzan el fango a la carrera y cuando llegan a la lancha acezan y tienen las lenguas afuera. Ya era hora, ¿por qué se habían demorado tanto? Cómo querían que el Pesado subiera, qué bien se habían acomodado conchudos, que le hicieran sitio. Pero él tenía que enflaquecer, que se fijaran, subía el Pesado y la lancha se hundía y no era momento para bromas, que partieran de una vez, sargento. Ahorita mismo partían, madre Angélica, de nuestra muerte amén.

I

Sonó un portazo, la superiora levantó el rostro del escritorio, la madre Angélica irrumpió como una tromba en el despacho, sus manos lívidas cayeron sobre el espaldar de una silla.

—¿Qué pasa, madre Angélica? ¿Por qué viene así?

—¡Se han escapado, madre! —balbuceó la madre Angélica—. No queda ni una sola, Dios mío.

—Qué dice, madre Angélica —la superiora se había puesto de pie de un salto y avanzaba hacia la puerta—. ¿Las pupilas?

—¡Dios mío, Dios mío! —asentía la madre Angélica con movimientos de cabeza cortos, idénticos, muy rápidos, como una gallina picoteando granos.

Santa María de Nieva se alza en la desembocadura del Nieva en el Alto Marañón, dos ríos que abrazan la ciudad y son sus límites. Frente a ella, emergen del Marañón dos islas que sirven a los vecinos para medir las crecientes y las vaciantes. Desde el pueblo, cuando no hay niebla, se divisan, atrás, colinas cubiertas de vegetación y, adelante, aguas abajo del río ancho, las moles de la cordillera que el Marañón escinde en el pongo de Manseriche: diez kilómetros violentos de remolinos, rocas y torrentes, que comienzan en una guarnición militar, la de teniente Pinglo, y acaban en otra, la de Borja.

—Por aquí, madre —dijo la madre Patrocinio—. Vea, la puerta está abierta, por aquí ha sido.

La madre superiora alzó la lamparilla y se inclinó: la maleza era una sombra uniforme anegada de insectos. Apoyó su mano en la puerta entreabierta y se volvió hacia las madres. Los hábitos habían desaparecido en la noche, pero los velos blancos resplandecían como plumajes de garzas.

—Busque a Bonifacia, madre Angélica —susurró la superiora—. Llévela a mi despacho.

—Sí, madre, ahora mismo —la lamparilla iluminó un segundo la barbilla trémula de la madre Angélica, sus ojitos que pestañeaban.

—Vaya a advertir a don Fabio, madre Griselda —dijo la superiora—. Y usted al teniente, madre Patrocinio. Que salgan a buscarlas ahora mismo. Dense prisa, madres.

Dos halos albos se apartaron del grupo en dirección al patio de la misión. La superiora, seguida de las madres, caminó hacia la residencia, pegada al muro de la huerta, donde un graznido ahogaba, a intervalos caprichosos, el aleteo de los murciélagos y el chirrido de los grillos. Entre los frutales surgían guiños y destellos ¿cocuyos?, ¿ojos de lechuzas? La superiora se detuvo ante la capilla.

—Entren ustedes, madres —dijo suavemente—. Ruéguenle a la Virgen que no ocurra ninguna desgracia. Yo vendré luego.

Santa María de Nieva es como una pirámide irregular y su base son los ríos. El embarcadero está sobre el Nieva y en torno al muelle flotante se balancean las canoas de los aguarunas, los botes y lanchas de los cristianos. Más arriba está la plaza cuadrada de tierra ocre, en cuyo centro se elevan dos troncos de capirona, lampiños y corpulentos. En uno de ellos izan los guardias la bandera en Fiestas Patrias. Y alrededor de la plaza están la comisaría, la casa del gobernador, varias viviendas de cristianos y la cantina de Paredes, que es también comerciante, carpintero y sabe preparar pusangas, esos filtros que contagian el amor. Y más arriba todavía, en dos colinas que son como los vértices de la ciudad, están los locales de la misión: techos de calamina, horcones de barro y de pona, paredes enlucidas de cal, tela metálica en las ventanas, puertas de madera.

—No perdamos tiempo, Bonifacia —dijo la superiora—. Dímelo todo.

—Estaba en la capilla —dijo la madre Angélica—. Las madres la descubrieron.

—Te he hecho una pregunta, Bonifacia —dijo la superiora—. ¿Qué esperas?

Vestía una túnica azul, un estuche que ocultaba su cuerpo desde los hombros hasta los tobillos, y sus pies descalzos, del color de las tablas cobrizas del suelo, yacían juntos: dos animales chatos, policéfalos.

—¿No has oído? —dijo la madre Angélica—. Habla de una vez.

El velo oscuro que enmarcaba su rostro y la penumbra del despacho acentuaban la ambigüedad de su expresión, entre huraña e indolente, y sus ojos grandes miraban fijamente el escritorio; a veces, la llama del mechero agitada por la brisa que venía de la huerta, descubría su color verde, su suave centelleo.

—¿Te robaron las llaves? —dijo la madre superiora.

—¡No cambiarás nunca, descuidada! —la mano de la madre Angélica revoloteó sobre la cabeza de Bonifacia—. ¿Ves en qué han terminado tus negligencias?

—Déjeme a mí, madre —dijo la superiora—. No me hagas perder más tiempo, Bonifacia.

Sus brazos colgaban a sus costados y mantenía la cabeza baja, la túnica revelaba apenas el movimiento de su pecho. Sus labios rectos y espesos estaban soldados en una mueca hosca y su nariz se dilataba y fruncía ligeramente, a un ritmo muy parejo.

—Voy a enfadarme, Bonifacia, te hablo con consideración y tú como si oyeras llover —dijo la superiora—. ¿A qué hora las dejaste solas? ¿No cerraste con llave el dormitorio?

—¡Habla de una vez, demonio! —la madre Angélica estrujó la túnica de Bonifacia—. Dios te ha de castigar ese orgullo.

—Tienes todo el día para ir a la capilla pero en la noche tu deber es cuidar a las pupilas —dijo la superiora—. ¿Por qué saliste del cuarto sin permiso?

Dos breves golpecillos sonaron en la puerta del despacho, las madres se volvieron, Bonifacia alzó un poco los párpados y, un segundo, sus ojos fueron más grandes, verdes e intensos.

Desde las colinas del pueblo se divisa, cien metros más allá, en la banda derecha del río Nieva, la cabaña de Adrián Nieves, su chacrita, y después sólo un diluvio de lianas, matorrales, árboles de ramas tentaculares y altísimas crestas. No lejos de la plaza está el poblado indígena, aglomeración de cabañas erigidas sobre árboles

34

decapitados. El lodo devora allí la yerba salvaje y circunda charcos de agua hedionda que hierven de renacuajos y de lombrices. Aquí y allá, diminutos y cuadriculados, hay yucales, sembríos de maíz, huertas enanas. Desde la misión un sendero escarpado desciende hasta la plaza. Y detrás de la misión un muro terroso resiste el empuje del bosque, la furiosa acometida vegetal. En ese muro hay una puerta clausurada.

—Es el gobernador, madre —dijo la madre Patrocinio—. ¿Se puede?

—Sí, hágalo pasar, madre Patrocinio —dijo la superiora.

La madre Angélica levantó el mechero y rescató de la oscuridad del umbral a dos figuras borrosas. Envuelto en una manta, una linterna en la mano, don Fabio entró haciendo venias:

—Estaba acostado y salí como pude, madre, discúlpeme esta facha —dio la mano a la superiora, a la madre Angélica—. Cómo ha podido pasar esto, le juro que no podía creerlo. Ya me imagino cómo se sienten, madre.

Su cráneo calvo parecía húmedo, su rostro flaco sonreía a las madres.

—Siéntese, don Fabio —dijo la superiora—. Le agradezco que haya venido. Alcáncele una silla al gobernador, madre Angélica.

Don Fabio se sentó y la linterna que pendía de su mano izquierda se encendió: una redondela dorada sobre la alfombra de chambira.

—Ya salieron a buscarlas, madre —dijo el gobernador—. El teniente también. No se preocupe, seguro que las encuentran esta misma noche.

—Esas pobres criaturas por ahí, de su cuenta, don Fabio, figúrese —suspiró la superiora—. Felizmente que no llueve. No sabe qué susto nos hemos llevado.

—Pero cómo ha sido esto, madre —dijo don Fabio—. Todavía me parece mentira.

—Un descuido de ésta —dijo la madre Angélica, señalando a Bonifacia—. Las dejó solas y se fue a la capilla. Se olvidaría de cerrar la puerta.

El gobernador miró a Bonifacia y su rostro asumió un aire severo y dolido. Pero un segundo después sonrió e hizo una venia a la superiora.

—Las niñas son inconscientes, don Fabio —dijo la superiora—. No tienen noción de los peligros. Eso es lo que más nos inquieta. Un accidente, un animal.

—Ah, qué niñas —dijo el gobernador—. Ya ves, Bonifacia, tienes que ser más cuidadosa.

—Pídele a Dios que no les pase nada —dijo la superiora—. Si no, qué remordimientos tendrías toda tu vida, Bonifacia.

—¿No las sintieron salir, madre? —dijo don Fabio—. Por el pueblo no han pasado. Se irían por el bosque.

—Se salieron por la puerta de la huerta, por eso no las sentimos —dijo la madre Angélica—. Le robaron la llave a esta tonta.

—No me digas tonta, mamita —dijo Bonifacia, los ojos muy abiertos—. No me robaron.

—Tonta, tonta rematada —dijo la madre Angélica—. ¿Todavía te atreves? Y no me digas mamita.

—Yo les abrí la puerta —Bonifacia despegó apenas los labios—. Yo las hice escapar, ¿ves que no soy tonta?

Don Fabio y la superiora alargaron las cabezas hacia Bonifacia, la madre Angélica cerró, abrió la boca, roncó antes de poder hablar:

—¿Qué dices? —roncó de nuevo—. ¿Tú las hiciste escapar?

—Sí, mamita —dijo Bonifacia—. Yo las hice.

—Ya te estás poniendo triste otra vez, Fushía —dijo Aquilino—. No seas así, hombre. Anda, conversa un poco para que se te pase la tristeza. Cuéntame de una vez cómo fue que te escapaste.

—¿Dónde estamos, viejo? —dijo Fushía—. ¿Falta mucho para entrar al Marañón?

—Hace rato que entramos —dijo Aquilino—. Ni cuenta te diste, roncabas como un bendito.

—¿Entraste de noche? —dijo Fushía—. ¿Cómo no he sentido los rápidos, Aquilino?

—Estaba tan claro que parecía madrugada, Fushía —dijo Aquilino—: El cielo purita estrella y el tiempo era el mejor del mundo, no se movía ni una mosca. De día hay pescadores, a veces una lancha de la guarnición, de noche es más seguro. Y cómo ibas a sentir los rápidos si me los conozco de memoria. Pero no pongas esa cara, Fushía. Puedes levantarte si quieres, debes estar acalorado ahí debajo de las mantas. No hay nadie, somos los dueños del río.

—Me quedo aquí nomás —dijo Fushía—. Estoy sintiendo frío y me tiembla todo el cuerpo.

—Sí, hombre, como te sientas mejor —dijo Aquilino—. Anda, cuéntame de una vez cómo fue que te escapaste. ¿Por qué te habían metido adentro? ¿Qué edad tenías?

Él había estado en la escuela y por eso el turco le dio un trabajito en su almacén. Le llevaba las cuentas, Aquilino, en unos librotes que se llaman el Debe y el Haber. Y aunque era honrado entonces, ya soñaba con hacerse rico. Cómo ahorraba, viejo, sólo comía una vez al día, nada de cigarrillos, nada de trago. Quería un capitalito para hacer negocios. Y así son las cosas, al turco se le metió en la cabeza que él le robaba, pura mentira, y lo hizo llevar preso. Nadie quiso creerle que era honrado y lo metieron a un calabozo con dos bandidos. ¿No era la cosa más injusta, viejo?

—Pero eso ya me lo contaste al salir de la isla, Fushía —dijo Aquilino—. Yo quiero que me digas cómo fue que te escapaste.

—Con esta ganzúa —dijo Chango—. La hizo Iricuo con el alambre del catre. La probamos y abre la puerta sin hacer ruido. ¿Quieres ver, japonesito?

Chango era el más viejo, estaba allí por cosas de drogas, y trataba a Fushía con cariño. Iricuo, en cambio, siempre se burlaba de él. Un bicho que había estafado a mucha gente con el cuento de la herencia, viejo. Él fue el que hizo el plan.

—¿Y resultó tal cual, Fushía? —dijo Aquilino.

—Tal cual —dijo Iricuo—. ¿No ven que en Año Nuevo todos se mandan mudar? Sólo ha quedado uno en el pabellón, hay que quitarle las llaves antes que las tire al otro lado de la reja. Depende de eso, muchachos.

—Abre de una vez, Chango —dijo Fushía—. Ya no aguanto, Chango, ábrela.

—Tú deberías quedarte, japonesito —dijo Chango—. Un año se pasa rápido. Nosotros no perdemos nada, pero si falla tú te arruinas, te darán un par de años más.

Pero él se empeñó y salieron y el pabellón estaba vacío. Encontraron al guardián durmiendo junto a la reja, con una botella en la mano.

—Le di con la pata del catre y se vino al suelo —dijo Fushía—. Creo que lo maté, Chango.

—Vuela idiota, ya tengo las llaves —dijo Iricuo—. Hay que cruzar el patio corriendo. ¿Le sacaste la pistola?

—Déjame pasar primero —dijo Chango—. Los de la principal también andarán borrachos como éste.

—Pero estaban despiertos, viejo —dijo Fushía—. Eran dos y jugaban a los dados. Qué ojazos pusieron cuando entramos.

Iricuo los apuntó con la pistola: abrían el portón o empezaba la lluvia de balas, putos. Y al primer grito que dieran empezaba, y se apuraban o empezaba, putos, la lluvia de balas.

—Amárralos, japonesito —dijo Chango—. Con sus cinturones. Y mételes sus corbatas a la boca. Rápido, japonesito, rápido.

—No le hacen, Chango —dijo Iricuo—. Ninguna es la del portón. Nos quemamos en la puerta del horno, muchachos.

—Una de ésas tiene que ser, sigue probando —dijo Chango—. Qué haces, muchacho, por qué los pateas.

—¿Y por qué los pateabas, Fushía? —dijo Aquilino—. No entiendo, en ese momento uno piensa en escapar y en nada más.

—Les tenía rabia a todos esos perros —dijo Fushía—. Cómo nos trataban, viejo. ¿Sabes que los mandé al hospital? En los periódicos decían crueldad de japonés, Aquilino, venganzas de oriental. Me daba risa, yo no había salido nunca de Campo Grande y era más brasileño que cualquiera.

—Ahora eres un peruano, Fushía —dijo Aquilino—. Cuando te conocí en Moyobamba, todavía podías ser brasileño, hablabas un poco raro. Pero ahora hablas como los cristianos de acá.

—Ni brasileño ni peruano —dijo Fushía—. Una pobre mierda, viejo, una basura, eso es lo que soy ahora.

—¿Por qué eres tan bruto? —dijo Iricuo—. ¿Por qué les pegaste? Si nos agarran nos matan a palos.

—Todo está saliendo, no hay tiempo de discutir —dijo Chango—. Nosotros a escondernos, Iricuo, y tú apúrate, japonesito, sacas el carro y vienes volando.

—¿En el cementerio? —dijo Aquilino—. Eso no es cosa de cristianos.

—No eran cristianos sino bandidos —dijo Fushía—. En los periódicos decían se metieron al cementerio para abrir las tumbas. Así es la gente, viejo.

—¿Y te robaste el carro del turco? —dijo Aquilino—. ¿Cómo fue que a ellos los agarraron y a ti no?

—Se quedaron toda la noche en el cementerio, esperándome —dijo Fushía—. La policía les cayó al amanecer. Yo ya estaba lejos de Campo Grande.

—Quiere decir que los traicionaste, Fushía —dijo Aquilino.

—¿Acaso no he traicionado a todo el mundo? —dijo Fushía—. ¿Qué es lo que he hecho con el Pantacha y los huambisas? ¿Qué es lo que he hecho con Jum, viejo?

—Pero entonces no eras malo —dijo Aquilino—. Tú mismo me dijiste que eras honrado.

—Antes de entrar a la cárcel —dijo Fushía—. Ahí dejé de serlo.

—¿Y cómo te viniste al Perú? —dijo Aquilino—. Campo Grande debe estar lejísimos.

—En el Mato Grosso, viejo —dijo Fushía—. Los periódicos decían el japonés se está yendo a Bolivia. Pero yo no era tan tonto, estuve por todas partes, un montón de tiempo escapando, Aquilino. Y al fin llegué a Manaos. De ahí era fácil pasar a Iquitos.

—¿Y ahí fue donde conociste al señor Julio Reátegui, Fushía? —dijo Aquilino.

—Esa vez no lo conocí en persona —dijo Fushía—. Pero oí hablar de él.

—Qué vida has tenido, Fushía —dijo Aquilino—. Cuánto has visto, cuánto has viajado. Me gusta oírte, no sabes qué entretenido es. ¿A ti no te da gusto contarme todo eso? ¿No sientes que así el viaje se pasa más rápido?

—No, viejo —dijo Fushía—. No siento nada más que frío.

Al cruzar la región de los médanos, el viento que baja de la cordillera se caldea y endurece: armado de arena, sigue el curso del río y, cuando llega a la ciudad, se divisa entre el cielo y la tierra como una deslumbrante coraza. Allí vacía sus entrañas: todos los días del año, a la hora del crepúsculo, una lluvia seca y fina como polvillo de madera, que sólo cesa al alba, cae sobre las plazas, los tejados, las torres, los campanarios, los balcones y los árboles, y pavimenta de blanco las calles de Piura. Los forasteros se equivocan cuando dicen *«las casas de la ciudad están a punto de caer»*: los crujidos nocturnos no provienen de las construcciones, que son antiguas pero recias, sino de los invisibles, incontables proyectiles minúsculos de arena al estrellarse contra las puertas y las ventanas. Se equivocan, también, cuando piensan: *«Piura es una ciudad huraña, triste»*. La gente se recluye en el hogar a la caída de la tarde para librarse del viento sofocante y de la acometida de la arena que lastima la piel como una punzada de agujas y la enrojece y llaga, pero en las rancherías de Castilla, en las chozas de barro y caña brava de la Mangachería, en las picanterías y chicherías de la Gallinacera, en las residencias de principales del malecón y la plaza de Armas, se divierte como la gente de cualquier otro lugar, bebiendo, oyendo música, charlando. El aspecto abandonado y melancólico de la ciudad desaparece en el umbral de sus casas, incluso las más humildes, esas frágiles viviendas levantadas en hilera a las márgenes del río, al otro lado del camal.

La noche piurana está llena de historias. Los campesinos hablan de aparecidos; en su rincón, mientras cocinan, las mujeres cuentan chismes, desgracias. Los hombres beben potitos de chicha rubia, ásperos vasos de cañazo. Éste es serrano y muy fuerte: los forasteros lloran cuando lo prueban por primera vez. Los niños se revuelcan sobre la tierra, luchan, taponean las galerías de los gusanos, fabrican trampas para las iguanas o, inmóviles, sus ojos muy abiertos, atienden las historias de los mayores: bandoleros que se apostan en las quebradas de Canchaque, Huancabamba y Ayabaca, para desvalijar a los viajeros y, a veces, degollarlos; mansiones donde penan los espíritus; curaciones milagrosas de los brujos; entierros de oro y plata que anuncian su presencia con ruido de cadenas y gemidos; montoneras que dividen a los hacendados de la región en dos bandos y recorren el arenal en todas direcciones, buscándose, embistiéndose en el seno de descomunales polvaredas, y ocupan caseríos y distritos, confiscan animales, enrolan hombres a lazo y pagan todo con papeles que llaman Bonos de la Patria, montoneras que todavía los adolescentes vieron entrar a Piura como un huracán de jinetes, armar sus tiendas de campaña en la plaza de Armas y derramar por la ciudad uniformes colorados y azules; historias de desafíos, adulterios y catástrofes, de mujeres que vieron llorar a la Virgen de la Catedral, levantar la mano al Cristo, sonreír furtivamente al Niño Dios.

Los sábados, generalmente, se organizan fiestas. La alegría recorre como una onda eléctrica la Mangachería, Castilla, la Gallinacera, las chozas de la orilla del río. En todo Piura resuenan tonadas y pasillos, valses lentos, los huaynos que bailan los serranos golpeando el suelo con los pies descalzos, ágiles marineras, tristes con fuga de tondero. Cuando la embriaguez cunde y cesan los cantos, el rasgueo de las guitarras, el tronar de los cajones y el llanto de las arpas, de las rancherías que abrazan a Piura como una muralla, surgen sombras repentinas que desafían el viento y la arena: son parejas jóvenes, ilícitas, que se deslizan hasta el ralo bosque de algarrobos que ensombrece el arenal, las playitas escondidas del río, las grutas que miran hacia Catacaos, las más audaces hasta el comienzo del desierto. Allí se aman.

En el corazón de la ciudad, en los cuadriláteros que cercan la plaza de Armas, en casonas de muros encalados y balcones con celosías, viven los hacendados, los comerciantes, los abogados, las autoridades. En las noches se congregan en las huertas, bajo las palmeras, y hablan de las plagas que amenazan este año el algodón y los cañaverales, de si entrará el río a tiempo y vendrá caudaloso, del incendio que devoró unos rozos de Chápiro Seminario, de la pelea de gallos del domingo, de la pachamanca que se organiza para recibir al flamante médico local: Pedro Zevallos. Mientras ellos juegan rocambor, dominó o tresillo, en los salones llenos de alfombras y penumbras, entre óleos ovalados, grandes espejos y muebles con forro de damasco, las señoras rezan el rosario, negocian los futuros noviazgos, programan las recepciones y las fiestas de beneficencia, se sortean las obligaciones para la procesión y el adorno de los altares, preparan kermeses y comentan los chismes sociales del periódico local, una hoja de colores que se llama *Ecos y Noticias*.

Los forasteros ignoran la vida interior de la ciudad. ¿Qué detestan de Piura? Su aislamiento, los vastos arenales que la separan del resto del país, la falta de caminos, las larguísimas travesías a caballo bajo un sol abrasador y las emboscadas de los bandoleros. Llegan al Hotel La Estrella del Norte, que está en la plaza de Armas y es una mansión descolorida, alta como la glorieta donde se toca la retreta de los domingos y a cuya sombra se instalan los mendigos y los lustrabotas, y deben permanecer allí encerrados, desde las cinco de la tarde, mirando a través de los visillos cómo la arena se posesiona de la ciudad solitaria. En la cantina de La Estrella del Norte beben hasta caer borrachos. *«Aquí no es como en Lima»*, dicen, *«no hay donde divertirse; la gente piurana no es mala, pero qué austera, qué diurna».* Quisieran antros que llamearan toda la noche para quemar sus ganancias. Por eso, cuando parten, suelen hablar mal de la ciudad, llegan a la calumnia. ¿Y acaso hay gente más hospitalaria y cordial que la piurana? Recibe a los forasteros en triunfo, se los disputa cuando el hotel está lleno. A esos tratantes de ganado, a los corredores de algodón, a cada autoridad que llega, los principales los divierten lo mejor que pueden: organizan en su honor cacerías de venado en las sierras de Chulucanas, los pasean por las haciendas, les ofrecen pachamancas. Las puertas de Castilla y la Mangachería están abiertas para los indios que emigran de la sierra y llegan a la ciudad hambrientos y atemorizados, para los brujos expulsados de las aldeas por los curas, para los mercaderes de baratijas que vienen a tentar fortuna en Piura. Chicheras, aguateros, regadores, los acogen familiarmente, comparten con ellos su comida y sus ranchos. Cuando se marchan, los forasteros siempre se llevan regalos. Pero nada los contenta, tienen hambre de mujer y no soportan la noche piurana, donde sólo vela la arena que cae del cielo.

Tanto deseaban mujer y diversión nocturna estos ingratos, que al fin el cielo (*«el diablo, el maldito cachudo»*, dice el padre García) acabó por darles gusto. Y así fue que apareció, bulliciosa y frívola, nocturna, la Casa Verde.

El cabo Roberto Delgado merodea un buen rato ante la oficina del capitán Artemio Quiroga, sin decidirse. Entre el cielo ceniza y la guarnición de Borja pasan lentamente nubes negruzcas y, en la explanada vecina, los sargentos entrenan a los reclutas: atención carajo, descanso carajo. El aire está cargado de vapor húmedo. Total, una requintada cuando más y el cabo empuja la puerta y saluda al capitán que está en su escritorio, echándose aire con una mano: qué había, qué quería y el cabo una licencia para ir a Bagua ¿se podría? Qué le pasaba al cabo, el capitán se abanica ahora furiosamente con las dos manos, qué bicho le había picado. Pero al cabo Roberto Delgado no le picaban los bichos porque era selvático, mi capitán, de Bagua: quería una licencia para ver a su familia. Y ahí estaba, de nuevo, la maldita lluvia. El capitán se pone de pie, cierra la ventana, vuelve a su asiento con las manos y el rostro mojados. Así que no le picaban los bichos, ¿no sería que tenía mala sangre?, no querrían envenenarse, por eso no le picarían y el cabo consiente: podía ser, mi capitán. El oficial sonríe como un autómata y la lluvia ha impregnado la habitación de ruidos: los goterones caen como pedradas sobre la calamina del techo, el viento silba en los resquicios del tabique. ¿Cuándo había tenido el cabo la última licencia?, ¿el año pasado? Ah, bueno, ése era otro cantar y el rostro del capitán se crispa. Entonces le tocaba una licencia de tres semanas y su mano se eleva, ¿iba a ir a Bagua?, le haría unas compras, y golpea su mejilla y ésta enrojece. El cabo tiene una expresión muy grave. ¿Por qué no se reía?,

¿no era chistoso que el capitán se diera manotazos en la cara? Y el cabo no, qué ocurrencia, mi capitán, qué iba a ser. Una chispa jovial cruza los ojos del oficial, endulza su boca ácida, cholito: se reía a carcajadas o no había licencia. El cabo Roberto Delgado mira confuso a la puerta, a la ventana. Por fin abre la boca y ríe, al principio con risa desganada y artificial, después naturalmente y, al final, con alegría. El zancudo que había picado al capitán era una hembrita, y el cabo está estremecido de risa, sólo las hembras picaban, ¿sabía?, los machos eran vegetarianos y el capitán lárgate de una vez, el cabo enmudece: cuidado se lo comieran los animales en el camino a Bagua por gracioso. Pero no era gracia sino cosa científica, sólo las hembritas chupaban la sangre: se lo había explicado el teniente De la Flor, mi capitán, y al capitán qué chucha que fueran hembras o machos si ardía lo mismo y quién le había preguntado, ¿se las daba de sabihondo? Pero el cabo no se estaba burlando, mi capitán y fíjese, había un remedio que no fallaba, una pomada que se echaban los urakusas, le traería un botellón, mi capitán y el capitán quería que le hablaran en cristiano, quiénes eran los urakusas. Sólo que cómo iba a hablarle en cristiano el cabo si así se llamaban los aguarunas, esos que vivían en Urakusa, y ¿acaso había visto el capitán que a un chuncho lo picaran los bichos? Ellos tenían sus secretos, se hacían sus pomadas con las resinas de los árboles y se embadurnaban, zancudo que se acercaba moría y él se lo traería, mi capitán, un botellón, palabra que se lo traía. Qué buen humor se gastaba esta mañana el cabo, a ver qué cara ponía si los paganos le achicaban la tutuma y el cabo qué buena, qué buena, mi capitán: ya estaba viendo su cabeza de este tamañito. ¿Y a qué iba a ir el cabo a Urakusa? ¿A traerle esa pomadita, nomás? Y el cabo claro, claro, y además porque cortaba camino, mi capitán. Si no, se pasaría la licencia viajando y ya no podría estar con la familia y los amigos. ¿Toda la gente de Bagua era como el cabo?, y él peor, ¿tan conchuda?, mucho peor, mi capitán, no podía saber y el capitán ríe a sus anchas y el cabo lo imita, lo observa, lo mide con sus ojos entrecerrados y de pronto ¿se llevaba un práctico, mi capitán?, ¿un sirviente?, ¿podría? Y el capitán Artemio Quiroga ¿cómo? Se creía muy sabido el cabo, ¿no?, lo ablandaba con payasadas, el capitán se reía y él quería meterle el dedo, ¿no? Pero solito el cabo se iba a demorar horrores, mi capitán, ¿acaso había caminos?, cómo podía ir y venir a Bagua en tan pocos días sin un práctico, y todos los oficiales le harían encargos, hacía falta alguien que ayudara con los paquetes, que lo dejara llevarse un práctico y un sirviente, palabra que le traería esa pomadita matabichos, mi capitán. Ahora le trabajaba la moral: se las sabía todas el cabo, y el cabo usted es una gran persona, mi capitán. Entre los reclutas que llegaron la semana pasada había un práctico, que se llevara a ése y a un sirviente que fuera de la región. Eso sí, tres semanas, ni un día más y el cabo ni uno más, mi capitán, se lo juraba. Choca los talones, saluda y en la puerta se detiene con perdón, mi capitán, ¿cómo se llamaba el práctico? Y el capitán Adrián Nieves y el cabo ya se estaba yendo que él tenía trabajo atrasado. El cabo Roberto Delgado abre la puerta, sale, un viento húmedo y ardiente invade la habitación, revuelve ligeramente los cabellos del capitán.

Tocaron la puerta, Josefino Rojas salió a abrir y no encontró a nadie en la calle. Ya oscurecía, aún no habían encendido los faroles del jirón Tacna, una brisa circulaba tibiamente por la ciudad. Josefino dio unos pasos hacia la avenida Sánchez Cerro y vio a los León, en un banco de la plazuela, junto a la estatua del pintor Merino. José tenía un cigarrillo entre los labios, el Mono se limpiaba las uñas con un palito de fósforos.

—¿Quién se murió? —dijo Josefino—. Por qué esas caras de entierro.

—Agárrate bien que te vas a caer de espaldas, inconquistable —dijo el Mono—. Llegó Lituma.

Josefino abrió la boca pero no habló; estuvo pestañeando unos segundos, con una sonrisa perpleja y apática que fruncía todo su rostro. Comenzó a frotarse las manos, suavemente.

—Hace un par de horas, en el ómnibus de la Roggero —dijo José.

Las ventanas del Colegio San Miguel estaban iluminadas y, desde el portón, un inspector apuraba a los alumnos de la nocturna dando palmadas. Muchachos en uniforme venían conversando bajo los susurrantes algarrobos de la calle Libertad. Josefino se había metido las manos en los bolsillos.

—Sería bueno que vinieras —dijo el Mono—. Nos está esperando.

Josefino volvió a atravesar la avenida, cerró la puerta de su casa, regresó a la plazuela y los tres echaron a andar, en silencio. Unos metros después del jirón Arequipa, se cruzaron con el padre García que, envuelto en su bufanda gris, avanzaba doblado en dos, arrastrando los pies y jadeando. Les mostró el puño y gritó «¡impíos!». «¡Quemador!», repuso el Mono, y José «¡quemador!, ¡quemador!». Iban por la calzada de la derecha, Josefino al centro.

—Pero si los de la Roggero llegan de mañanita o de noche, nunca a estas horas —dijo Josefino.

—Se quedaron plantados en la cuesta de Olmos —dijo el Mono—. Se les reventó una llanta. La cambiaron y después se les reventaron otras dos. Vaya suertudos.

—Nos quedamos helados cuando lo vimos —dijo José.

—Quería salir a festejar ahí mismo —dijo el Mono—. Lo dejamos alistándose mientras veníamos a buscarte.

—Me ha tomado desprevenido, maldita sea —dijo Josefino.

—¿Qué vamos a hacer ahora? —dijo José.

—Lo que tú mandes, primo —dijo el Mono.

—Tráiganse al coleguita, entonces —dijo Lituma—. Nos tomaremos unas copitas con él. Vayan a buscarlo, díganle que volvió el inconquistable número cuatro. A ver qué cara pone.

—¿Estás hablando en serio, primo? —dijo José.

—Muy en serio —dijo Lituma—. Ahí traje unas botellas de Sol de Ica, nos vaciaremos una con él. Tengo unas ganas de verlo, palabra. Vayan, mientras me cambio de ropa.

—Vez que habla de ti dice el coleguita, el inconquistable —dijo el Mono—. Te estima tanto como a nosotros.

—Me imagino que se los comió a preguntas —dijo Josefino—. ¿Qué le inventaron?

—Te equivocas, no hablamos de eso para nada —dijo el Mono—. Ni siquiera la nombró. A lo mejor se ha olvidado de ella.

—Ahora que lleguemos nos soltará una andanada de preguntas —dijo Josefino—. Hay que arreglar esto hoy mismo, antes que le vayan con el cuento.

—Te encargarás tú —dijo el Mono—. Yo no me atrevo. ¿Qué le vas a decir?

—No sé —dijo Josefino—; depende cómo se presenten las cosas. Si por lo menos hubiera avisado que venía. Pero caernos así, de sopetón. Maldita sea, no me lo esperaba.

—Ya deja de frotarte tanto las manos —dijo José—. Me estás contagiando tus nervios, Josefino.

—Ha cambiado mucho —dijo el Mono—. Se le notan un poco los años, Josefino. Y ya no está tan gordo como antes.

Los faroles de la avenida Sánchez Cerro acababan de encenderse y las casas eran todavía amplias, suntuosas, de paredes claras, balcones de madera labrada y aldabas de bronce, pero al fondo, en los estertores azules del crepúsculo, aparecía ya el perfil contrahecho y borroso de la Mangachería. Una caravana de camiones desfilaba por la pista, en dirección al Puente Nuevo y, en las aceras, había parejas acurrucadas contra los portones, pandillas de muchachos, lentos ancianos con bastones.

—Los blancos se han vuelto valientes —dijo Lituma—. Ahora se pasean por la Mangachería como por su casa.

—La culpa es de la avenida —dijo el Mono—. Ha sido un verdadero fusilico contra los mangaches. Cuando la estaban construyendo, el arpista decía nos fregaron, se acabó la independencia, todo el mundo vendrá a meter la nariz en el barrio. Dicho y hecho, primo.

—No hay blanco que no remate ahora sus fiestas en las chicherías —dijo José—. ¿Ya has visto cómo ha crecido Piura, primo? Hay edificios nuevos por todas partes. Aunque eso no te llamará la atención viniendo de Lima.

—Les voy a decir una cosa —dijo Lituma—. Se acabaron los viajes para mí. Todo este tiempo he estado pensando y me he dado cuenta que la mala me vino por no haberme quedado en mi tierra, como ustedes. Al menos eso he aprendido, que quiero morirme aquí.

—Puede ser que cambie de idea cuando sepa lo que pasa —dijo Josefino—. Le dará vergüenza que la gente lo señale con el dedo en la calle. Y entonces se irá.

Josefino se detuvo y sacó un cigarrillo. Los León hicieron una pantalla con sus manos para que la brisa no apagara el fósforo. Siguieron andando, despacio.

—¿Y si no se va? —dijo el Mono—. Piura les va a quedar chica a los dos, Josefino.

—Está difícil que Lituma se vaya, porque ha vuelto piurano hasta el tuétano —dijo José—. No es como cuando regresó de la montaña, que todo lo de aquí le apestaba. En Lima se le despertó el amor por la tierra.

—Nada de chifas —dijo Lituma—. Quiero platos piuranos. Un buen seco de chabelo, un piqueo, y clarito a mares.

—Vamos donde Angélica Mercedes entonces, primo —dijo el Mono—. Sigue siendo la reina de las cocineras. ¿No te has olvidado de ella, no?

—Mejor a Catacaos, primo —dijo José—. Al Carro Hundido, ahí el clarito es el mejor que conozco.

—Qué contentos se han puesto con la venida de Lituma —dijo Josefino—. Parecen de fiesta, los dos.

—Después de todo, es nuestro primo, inconquistable —dijo el Mono—. Siempre da gusto ver de nuevo a alguien de la familia.

—Tenemos que llevarlo a alguna parte —dijo Josefino—. Entonarlo un poco, antes de hablarle.

—Pero espérate, Josefino —dijo el Mono—, no te acabamos de contar.

—Mañana iremos donde doña Angélica —dijo Lituma—. O a Catacaos, si prefieren. Pero hoy ya sé dónde festejar mi regreso, tienen que darme gusto.

—¿Dónde mierda quiere ir? —dijo Josefino—. ¿Al Reina, al Tres Estrellas?

—Donde la Chunga Chunguita —dijo Lituma.

—Qué cosas —dijo el Mono—. A la Casa Verde, nada menos. Date cuenta, inconquistable.

II

—Eres el mismo demonio —dijo la madre Angélica y se inclinó hacia Bonifacia, tendida en el suelo como una oscura, compacta alimaña—. Una malvada y una ingrata.

—La ingratitud es lo peor, Bonifacia —dijo la superiora lentamente—. Hasta los animales son agradecidos. ¿No has visto a los frailecillos cuando les tiran unos plátanos?

Los rostros, las manos, los velos de las madres parecían fosforescentes en la penumbra de la despensa; Bonifacia seguía inmóvil.

—Algún día te darás cuenta de lo que has hecho y te arrepentirás —dijo la madre Angélica—. Y si no te arrepientes, te irás al infierno, perversa.

Las pupilas duermen en una habitación larga, angosta, honda como un pozo; en las paredes desnudas hay tres ventanas que dan sobre el Nieva, la única puerta comunica con el ancho patio de la misión. En el suelo, apoyados contra la pared, están los catrecitos plegables de lona: las pupilas los enrollan al levantarse, los despliegan y tienden en la noche. Bonifacia duerme en un catre de madera, al otro lado de la puerta, en un cuartito que es como una cuña entre el dormitorio de las pupilas y el patio. Sobre su lecho hay un crucifijo y, al lado, un baúl. Las celdas de las madres están al otro extremo del patio, en la residencia: una construcción blanca, con techo de dos aguas, muchas ventanas simétricas y un macizo barandal de madera. Junto a la residencia están el refectorio y la sala de labores, que es donde aprenden las pupilas a hablar en cristiano, deletrear, sumar, coser y bordar. Las clases de religión y de moral se dan en la capilla. En una esquina del patio hay un local parecido a un hangar, que colinda con la huerta de la misión; su alta chimenea rojiza destaca entre las ramas invasoras del bosque: es la cocina.

—Eras de este tamaño pero ya se podía adivinar lo que serías —la mano de la superiora estaba a medio metro del suelo—. Sabes de qué hablo ¿no es cierto?

Bonifacia se ladeó, alzó la cabeza, sus ojos examinaron la mano de la superiora. Hasta ese rincón de la despensa llegaba el parloteo de los loros de la huerta. Por la ventana, el ramaje de los árboles se veía oscuro ya, inextricable. Bonifacia apoyó los codos en la tierra: no sabía, madre.

—¿Tampoco sabes todo lo que hemos hecho por ti, no? —estalló la madre Angélica que iba de un lado a otro, los puños cerrados—. ¿Tampoco sabes cómo eras cuando te recogimos, no?

—Cómo quieres que sepa —susurró Bonifacia—. Era muy chica, mamita, no me acuerdo.

—Fíjese la vocecita que pone, madre, qué dócil parece —chilló la madre Angélica—. ¿Crees que vas a engañarme? ¿Acaso no te conozco? Y con qué permiso me sigues diciendo mamita.

Después de las oraciones de la noche, las madres entran al refectorio y las pupilas, precedidas por Bonifacia, se dirigen al dormitorio. Tienden sus camas y, cuando están acostadas, Bonifacia apaga las lamparillas de resina, echa llave a la puerta, se arrodilla al pie del crucifijo, reza y se acuesta.

—Corrías a la huerta, arañabas la tierra y, apenas encontrabas una lombriz, un gusano, te lo metías a la boca —dijo la superiora—. Siempre andabas enferma y ¿quiénes te curaban y te cuidaban? ¿Tampoco te acuerdas?

—Y estabas desnuda —gritó la madre Angélica— y era por gusto que yo te hiciera vestidos, te los arrancabas y salías mostrando tus vergüenzas a todo el mundo y ya debías tener más de diez años. Tenías malos instintos, demonio, sólo las inmundicias te gustaban.

Había terminado la estación de las lluvias y anochecía rápido: detrás del encrespamiento de ramas y hojas de la ventana, el cielo era una constelación de formas sombrías y de chispas. La superiora se hallaba sentada en un costal, muy erguida, y la madre Angélica iba y venía, agitando el puño, a veces se corría la manga del hábito y asomaba su brazo, una delgada viborilla blanca.

—Nunca hubiera imaginado que serías capaz de una cosa así —dijo la superiora—. ¿Cómo ha sido, Bonifacia? ¿Por qué lo hiciste?

—¿No se te ocurrió que podían morirse de hambre o ahogarse en el río? —dijo la madre Angélica—. ¿Que cogerían fiebres? ¿No pensaste en nada, bandida?

Bonifacia sollozó. La despensa se había impregnado de ese olor a tierra ácida y vegetales húmedos que aparecía y se acentuaba con las sombras. Olor espeso y picante, nocturno, parecía cruzar la ventana mezclado a los chirridos de grillos y cigarras, muy nítidos ya.

—Eras como un animalito y aquí te dimos un hogar, una familia y un nombre —dijo la superiora—. También te dimos un Dios. ¿Eso no significa nada para ti?

—No tenías qué comer ni qué ponerte —gruñó la madre Angélica—, y nosotras te criamos, te vestimos, te educamos. ¿Por qué has hecho eso con las niñas, malvada?

De cuando en cuando, un estremecimiento recorría el cuerpo de Bonifacia de la cintura a los hombros. El velo se le había soltado y sus cabellos lacios ocultaban parte de su frente.

—Deja de llorar, Bonifacia —dijo la superiora—. Habla de una vez.

La misión despierta al alba, cuando al rumor de los insectos sucede el canto de los pájaros. Bonifacia entra al dormitorio agitando una campanilla: las pupilas saltan de los catrecillos, rezan avemarías, se enfundan los guardapolvos. Luego se reparten en grupos por la misión, de acuerdo a sus obligaciones: las menores barren el patio, la residencia, el refectorio; las mayores, la capilla y la sala de labores. Cinco pupilas acarrean los tachos de basura hasta el patio y esperan a Bonifacia. Guiadas por ella bajan el sendero, cruzan la plaza de Santa María de Nieva, atraviesan los sembríos y, antes de llegar a la cabaña del práctico Nieves, se internan por una trocha que serpea entre capanahuas, chontas y chambiras y desemboca en una pequeña garganta, que es el basural del pueblo. Una vez por semana, los sirvientes del alcalde Manuel Águila hacen una gran fogata con los desperdicios. Los aguarunas de los alrededores vienen a merodear cada tarde por el lugar, y unos escarban la basura en busca de comestibles y de objetos caseros mientras otros alejan a gritos y a palazos a las aves carniceras que planean codiciosamente sobre la garganta.

—¿No te importa que esas niñas vuelvan a vivir en la indecencia y en el pecado? —dijo la superiora—. ¿Que pierdan todo lo que han aprendido aquí?

—Tu alma sigue siendo pagana, aunque hables cristiano y ya no andes desnuda —dijo la madre Angélica—. No sólo no le importa, madre, las hizo escapar porque quería que volvieran a ser salvajes.

—Ellas querían irse —dijo Bonifacia—, se salieron al patio y vinieron hasta la puerta y en sus caras vi que también querían irse con esas dos que llegaron ayer.

—¡Y tú les diste gusto! —gritó la madre Angélica—. ¡Porque les tenías cólera! ¡Porque te daban trabajo y tú odias el trabajo, perezosa! ¡Demonio!

—Cálmese, madre Angélica —la superiora se puso de pie.

La madre Angélica se llevó una mano al pecho, se tocó la frente: las mentiras la sacaban de quicio, madre, lo sentía mucho.

—Fue por las dos que trajiste ayer, mamita —dijo Bonifacia—. Yo no quería que las otras se fueran, sólo esas dos porque me dieron pena. No grites así, mamita, después te enfermas, siempre que te da rabia te enfermas.

Cuando Bonifacia y las pupilas de la basura regresan a la misión, la madre Griselda y sus ayudantas han preparado el refrigerio de la mañana: fruta, café y un

58

panecillo que se elabora en el horno de la misión. Después del refrigerio, las pupilas van a la capilla, reciben lecciones de catecismo e historia sagrada y aprenden las oraciones. A mediodía vuelven a la cocina y, bajo la dirección de la madre Griselda —colorada, siempre movediza y locuaz—, preparan la colación del mediodía: sopa de legumbres, pescado, yuca, dos panecillos, fruta y agua del destiladero. Después, las pupilas pueden corretear una hora por el patio y la huerta, o sentarse a la sombra de los frutales. Luego suben a la sala de labores. A las novatas, la madre Angélica les enseña el castellano, el alfabeto y los números. La superiora tiene a su cargo los cursos de historia y de geografía, la madre Ángela el dibujo y las artes domésticas y la madre Patrocinio las matemáticas. Al atardecer, las madres y las pupilas rezan el rosario en la capilla y éstas vuelven a repartirse en grupos de trabajo: la cocina, la huerta, la despensa, el refectorio. La colación de la noche es más ligera que la de la mañana.

—Me contaban de su pueblo para convencerme, madre —dijo Bonifacia—. Todo me ofrecían y me dieron pena.

—Ni siquiera sabes mentir, Bonifacia —la superiora desenlazó sus manos que revolotearon blancamente en las tinieblas azules y se juntaron de nuevo en una forma redonda—. Las niñas que trajo la madre Angélica de Chicais no hablaban cristiano, ¿ves cómo pecas en vano?

—Yo hablo pagano, madre, sólo que tú no sabías. —Bonifacia levantó la cabeza, dos llamitas verdes destellaron un segundo bajo la mata de cabellos—: Aprendí de tanto oírlas a las paganitas y no te conté nunca.

—Mentira, demonio —gritó la madre Angélica y la forma redonda se partió y aleteó suavemente—. Fíjese lo que inventa ahora, madre. ¡Bandida!

Pero la interrumpieron unos gruñidos que habían brotado como si en la despensa hubiera oculto un animal que, súbitamente enfurecido, se delataba aullando, roncando, ronroneando, chisporroteando ruidos altos y crujientes desde la oscuridad, en una especie de salvaje desafío:

—¿Ves, mamita? —dijo Bonifacia—. ¿No me has entendido mi pagano?

Todos los días hay misa, antes del refrigerio de la mañana. La ofician los jesuitas de una misión vecina, generalmente el padre Venancio. La capilla abre sus puertas laterales los domingos, a fin de que los habitantes de Santa María de Nieva puedan asistir al oficio. Nunca faltan las autoridades y a veces vienen agricultores, caucheros de la región y muchos aguarunas que permanecen en las puertas, semidesnudos, apretados y cohibidos. En la tarde, la madre Angélica y Bonifacia llevan a las pupilas a la orilla del río, las dejan chapotear, pescar, subirse a los árboles. Los domingos la colación de la mañana es más abundante y suele incluir carne. Las pupilas son unas veinte, de edades que van de seis a quince años, todas aguarunas. A veces, hay entre ellas una muchacha huambisa, y hasta una shapra. Pero no es frecuente.

—No me gusta sentirme inútil, Aquilino —dijo Fushía—. Quisiera que fuera como antes. Nos turnaríamos, ¿te acuerdas?

—Me acuerdo, hombre —dijo Aquilino—. Si fue por ti que me volví lo que soy.

—De veras, todavía seguirías vendiendo agua de casa en casa si yo no hubiera llegado a Moyobamba —dijo Fushía—. Qué miedo le tenías al río, viejo.

—Sólo al Mayo porque casi me ahogué ahí, de muchacho —dijo Aquilino—. Pero en el Rumiyacu me bañaba siempre.

—¿El Rumiyacu? —dijo Fushía—. ¿Pasa por Moyobamba?

—Ese río mansito, Fushía —dijo Aquilino—, el que cruza las ruinas, cerca de donde viven los lamistas. Hay muchas huertas con naranjas. ¿Tampoco te acuerdas de las naranjas más dulces del mundo?

—Me da vergüenza verte todo el día sudando y yo aquí, como un muerto —dijo Fushía.

—Si no hay que remar ni nada, hombre —dijo Aquilino—, sólo llevar el rumbo. Ahora que pasamos los pongos el Marañón hace el trabajo solito. Lo que no me gusta es que estés callado, y que te pongas a mirar el cielo como si vieras al chulla-chaqui.

—Nunca lo he visto —dijo Fushía—. Aquí en la selva todos lo vieron alguna vez, menos yo. Mala suerte también en eso.

—Más bien di buena suerte —dijo Aquilino—. ¿Sabías que una vez se le apareció al señor Julio Reátegui? En una quebrada del Nieva, dicen. Pero él vio que cojeaba mucho, y en una de ésas le descubrió la pata chiquita y lo corrió a balazos. A propósito, Fushía, ¿por qué te peleaste con el señor Reátegui? Le harías una de ésas, seguro.

Él le había hecho muchas y la primera antes de conocerlo, recién llegadito a Iquitos, viejo. Mucho después se lo contó y Reátegui se reía, ¿así que tú eras el que ensartó al pobre don Fabio?, y Aquilino ¿al señor don Fabio, al gobernador de Santa María de Nieva?

—Para servirlo, señor —dijo don Fabio—. Qué se le ofrece. ¿Se quedará mucho en Iquitos?

Se quedaría un buen tiempo, tal vez definitivamente. Un negocio de madera, ¿sabía?, iba a instalar un aserradero cerca de Nauta y esperaba a unos ingenieros. Tenía trabajo atrasado y le pagaría más, pero quería un cuarto grande, cómodo, y don Fabio no faltaba más, señor, estaba ahí para servir a los clientes, viejo: se la tragó entera.

—Me dio el mejor del hotel —dijo Fushía—. Con ventanas sobre un jardín donde había bombonajes. Me invitaba a almorzar con él y me hablaba hasta por los codos de su patrón. Yo le entendía apenas, mi español era muy malo en ese tiempo.

—¿No estaba en Iquitos el señor Reátegui? —dijo Aquilino—. ¿Ya entonces era rico?

—No, se hizo rico de veras después, con el contrabando —dijo Fushía—. Pero ya tenía ese hotelito y comenzaba a comerciar con las tribus, por eso se fue a meter a Santa María de Nieva. Compraba caucho, pieles y las vendía en Iquitos. Ahí fue donde se me ocurrió la idea, Aquilino. Pero siempre lo mismo, se necesitaba un capitalito y yo no tenía un centavo.

—¿Y te llevaste mucha plata, Fushía? —dijo Aquilino.

—Cinco mil soles, don Julio —dijo don Fabio—. Y mi pasaporte y unos cubiertos de plata. Estoy amargado, señor Reátegui, ya sé lo mal que pensará usted de mí. Pero yo le repondré todo, le juro, con el sudor de mi frente, don Julio, hasta el último centavo.

—¿Nunca has tenido remordimientos, Fushía? —dijo Aquilino—. Hace un montón de años que estoy por hacerte esta pregunta.

—¿Por robarle al perro de Reátegui? —dijo Fushía—. Ése es rico porque robó más que yo, viejo. Pero él comenzó con algo, yo no tenía nada. Ésa fue mi mala suerte siempre, tener que partir de cero.

—¿Y para qué le sirve la cabeza entonces? —dijo Julio Reátegui—. Cómo no se le ocurrió siquiera pedirle sus papeles, don Fabio.

Pero él se los había pedido y su pasaporte parecía nuevecito, ¿cómo podía saber que era falso, don Julio? Y, además, llegó tan bien vestido y hablando de una manera que convencía. Él, incluso, se decía ahora que vuelva el señor Reátegui de Santa María de Nieva se lo presentaré y juntos harán grandes negocios. Incauto que uno era, don Julio.

—¿Y qué llevabas entonces en esa maleta, Fushía? —dijo Aquilino.

—Mapas de la Amazonía, señor Reátegui —dijo don Fabio—. Enormes, como los que hay en el cuartel. Los clavó en su cuarto y decía es para saber por dónde sacaremos la madera. Había hecho rayas y anotaciones en brasileño, vea qué raro.

—No tiene nada de raro, don Fabio —dijo Fushía—. Además de la madera, también me interesa el comercio. Y a veces es útil tener contactos con los indígenas. Por eso marqué las tribus.

—Hasta las del Marañón y las de Ucayali, don Julio —dijo don Fabio—, y yo pensaba qué hombre de empresa, hará una buena pareja con el señor Reátegui.

—¿Te acuerdas cómo quemamos tus mapas? —dijo Aquilino—. Pura basura, los que hacen mapas no saben que la Amazonía es como mujer caliente, no se está quieta. Aquí todo se mueve, los ríos, los animales, los árboles. Vaya tierra loca la que nos ha tocado, Fushía.

—Él también conoce la selva a fondo —dijo don Fabio—. Cuando venga del Alto Marañón se lo presentaré y se harán buenos amigos, señor.

—Aquí en Iquitos todos me hablan maravillas de él —dijo Fushía—. Tengo muchas ganas de conocerlo. ¿No sabe cuándo viene de Santa María de Nieva?

—Tiene sus negocios por allá y además la gobernación le quita tiempo, pero siempre se da sus escapaditas —dijo don Fabio—. Una voluntad de hierro, señor, la heredó del padre, otro gran hombre. Fue de los grandes del caucho, en la época próspera de Iquitos. Cuando el derrumbe se pegó un tiro. Perdieron hasta la camisa. Pero don Julio se levantó, solito. Una voluntad de hierro, le digo.

—Una vez en Santa María le dieron un almuerzo y le oí decir un discurso —dijo Aquilino—. Habló de su padre con mucho orgullo, Fushía.

—El padre era uno de sus temas —dijo Fushía—. A mí también me lo citaba para todo cuando trabajamos juntos. Ah, ese perro de Reátegui, suertudo de mierda. Siempre le tuve una envidia, viejo.

—Tan blanquito, tan cariñoso —dijo don Fabio—. Y pensar que le hacía gracias, le lamía los pies, él entraba al hotel y el Jesucristo paraba la colita, contentísimo. Qué hombre maldito, don Julio.

—En Campo Grande, pateando a los guardias y en Iquitos matando a un gato —dijo Aquilino—. Vaya despedidas las tuyas, Fushía.

—La verdad, don Fabio, eso no me parece tan grave —dijo Julio Reátegui—. Lo que siento es que se cargara mi plata.

Pero a él le dolía mucho, don Julio, ahorcado del mosquitero con una sábana, y entrar al cuarto y, de repente, verlo bailando en el aire, tieso, con sus ojitos saltados. La maldad por la maldad era cosa que no comprendía, señor Reátegui.

—El hombre hace lo que puede para vivir y yo comprendo tus robos —dijo Aquilino—. Pero para qué hacerle eso al gato, ¿era cosa de la cólera, por lo que no tenías ese capitalito para comenzar?

—También eso —dijo Fushía—. Y, además, el animal apestaba y se orinó en mi cama un montón de veces.

Y también cosa de asiáticos, don Julio, tenían unas costumbres más canallas, nadie podía saber y él había averiguado y, por ejemplo, los chinos de Iquitos criaban gatos en jaulas, los engordaban con leche y después los metían a la olla y se los comían, señor Reátegui. Pero él quería hablar ahora de las compras, don Fabio, para eso había venido de Santa María de Nieva, que olvidaran las cosas tristes, ¿había comprado?

—Todo lo que usted encargó, don Julio —dijo don Fabio—, los espejitos, los cuchillos, las telas, la mostacilla, y con buenos descuentos. ¿Cuándo regresa usted al Alto Marañón?

—No podía meterme al monte solo a hacer comercio, necesitaba un socio —dijo Fushía—. Y tenía que buscarlo lejos de Iquitos, después de ese lío.

—Por eso te viniste hasta Moyobamba —dijo Aquilino—. Y te hiciste mi amigo para que te acompañara a las tribus. Así que comenzaste imitándolo a Reátegui antes de haberlo visto siquiera, antes de ser su empleado. Cómo hablabas de la plata, Fushía, vente conmigo Aquilino, en un año te haces rico, me volvías loco con ese cantito.

—Y ya ves, todo por gusto —dijo Fushía—. Me he sacrificado más que cualquiera, nadie ha arriesgado tanto como yo, viejo. ¿Es justo que acabe así, Aquilino?

—Son cosas de Dios, Fushía —dijo Aquilino—. A nosotros no nos toca juzgar eso.

Una calurosa madrugada de diciembre arribó a Piura un hombre. En una mula que se arrastraba penosamente, surgió de improviso entre las dunas del sur: una silueta con sombrero de alas anchas, envuelta en un poncho ligero. A través de la rojiza luz del alba, cuando las lenguas del sol comienzan a reptar por el desierto, el forastero descubriría alborozado la aparición de los primeros matorrales de cactus, los algarrobos calcinados, las viviendas blancas de Castilla que se apiñan y multiplican a medida que se acercan al río. Por la densa atmósfera avanzó hacia la ciudad, que divisaba ya, a la otra orilla, reverberando como un espejo. Cruzó la única calle de Castilla, desierta todavía y, al llegar al Viejo Puente, desmontó. Estuvo unos segundos contemplando las construcciones de la otra ribera, las calles empedradas, las casas con balcones, el aire cuajado de granitos de arena que descendían suavemente, la maciza torre de la catedral con su redonda campana color hollín y, hacia el norte, las manchas verdosas de las chacras que siguen el curso del río en dirección a Catacaos. Tomó las riendas de la mula, cruzó el Viejo Puente y, golpeándose a ratos las piernas con el fuete, recorrió el jirón principal de la ciudad, aquel que va, derecho y elegante, desde el río hasta la plaza de Armas. Allí se detuvo, ató el animal a un tamarindo, se sentó en la tierra, bajó las alas de su sombrero para defenderse de la arena que acribillaba sus ojos sin piedad. Debía haber realizado un largo viaje: sus movimientos eran lentos, fatigados. Cuando, acabada la lluvia de arena, los primeros vecinos asomaron a la plaza enteramente iluminada por el sol, el extraño dormía. A su lado yacía la mula, el hocico cubierto de baba verdosa, los ojos en blanco. Nadie se atrevía a despertarlo. La noticia se propagó por el contorno, pronto la plaza de Armas estuvo llena de curiosos que, dándose codazos, murmuraban acerca del forastero, se empujaban para llegar junto a él. Algunos se subieron a la glorieta, otros lo observaban encaramados en las palmeras. Era un joven atlético, de hombros cuadrados, una barbita crespa bañaba su rostro y la camisa sin botones dejaba ver un pecho lleno de músculos y vello. Dormía con la boca abierta, roncando suavemente; entre sus labios resecos asomaban sus dientes como los de un mastín: amarillos, grandes, carniceros. Su pantalón, sus botas, el descolorido poncho estaban en jirones, muy sucios, y lo mismo su sombrero. No iba armado.

Al despertar, se incorporó de un salto, en actitud defensiva: bajo los párpados hinchados, sus ojos escrutaban llenos de zozobra la multitud de rostros. De todos lados brotaron sonrisas, manos espontáneas, un anciano se abrió camino hasta él a empellones y le alcanzó una calabaza de agua fresca. Entonces, el desconocido sonrió. Bebió despacio, paladeando el agua con codicia, los ojos aliviados. Había un murmullo creciente, todos pugnaban por conversar con el recién llegado, lo interrogaban sobre su viaje, lo compadecían por la muerte de la mula. Él reía ahora a sus anchas, estrechaba muchas manos. Luego, de un tirón arrebató las alforjas de la montura del animal y preguntó por un hotel. Rodeado de vecinos solícitos, cruzó la plaza de Armas y entró a La Estrella del Norte: estaba lleno. Los vecinos lo tranquilizaron, muchas voces le ofrecieron hospitalidad. Se alojó en casa de Melchor Espinoza, un viejo que vivía solo, en el malecón, cerca del Viejo Puente. Tenía una pequeña chacra lejana, a orillas del Chira, a la que iba dos veces al mes. Aquel año, Melchor Espinoza obtuvo un récord: hospedó a cinco forasteros. Por lo común, éstos permanecían en Piura el tiempo indispensable para comprar una cosecha de algodón, vender unas reses, colocar unos productos; es decir, unos días, unas semanas cuando más.

El extraño, en cambio, se quedó. Los vecinos averiguaron pocas cosas sobre él, casi todas negativas: no era tratante de ganado, ni recaudador de impuestos, ni agente viajero. Se llamaba Anselmo y decía ser peruano, pero nadie logró reconocer la procedencia de su acento: no tenía el habla dubitativa y afeminada de los limeños, ni la cantante entonación de un chiclayano; no pronunciaba las palabras con la viciosa perfección de la gente de Trujillo, ni debía ser serrano, pues no chasqueaba la lengua en las erres y las eses. Su dejo era distinto, muy musical y un poco lánguido, insólitos los giros y modismos que empleaba, y, cuando discutía, la violencia de su voz hacía pensar en un capitán de montoneras. Las alforjas que constituían todo su equipaje debían estar llenas de dinero: ¿cómo había atravesado el arenal sin ser asaltado por los bandoleros? Los vecinos no consiguieron saber de dónde venía, ni por qué había elegido Piura como destino.

Al día siguiente de llegar, apareció en la plaza de Armas, afeitado, y la juventud de su rostro sorprendió a todo el mundo. En el almacén del español Eusebio Romero compró un pantalón nuevo y botas; pagó al contado. Dos días más tarde, encargó a Saturnina, la célebre tejedora de Catacaos, un sombrero de paja blanca, de esos que pueden guardarse en el bolsillo y luego no tienen ni una arruga. Todas las mañanas, Anselmo salía a la plaza de Armas e, instalado en la terraza de La Estrella del Norte, convidaba a los transeúntes a beber. Así se hizo de amigos. Era conversador y bromista, y conquistó a los vecinos celebrando los encantos de la ciudad: la simpatía de las gentes, la belleza de las mujeres, sus espléndidos crepúsculos. Pronto aprendió las fórmulas del lenguaje local y su tonada caliente, perezosa: a las pocas semanas decía gua para mostrar asombro, llamaba churres a los niños, piajenos a los burros, formaba superlativos de superlativos, sabía distinguir el clarito de la chicha espesa y las variedades de picantes, conocía de memoria los nombres de las personas y de las calles, y bailaba el tondero como los mangaches.

Su curiosidad no tenía límites. Mostraba un interés devorador por las costumbres y los usos de la ciudad, se informaba con lujo de detalles sobre vidas y muertes. Quería saberlo todo: quiénes eran los más ricos, y por qué, y desde cuándo; si el prefecto, el alcalde y el obispo eran íntegros y queridos y cuáles eran las diversiones de la gente, qué adulterios, qué escándalos conmovían a las beatas y a los curas, cómo cumplían los vecinos con la religión y la moral, qué formas adoptaba el amor en la ciudad.

Iba todos los domingos al Coliseo y se exaltaba en los combates de gallos como un viejo aficionado, en las noches era el último en abandonar la cantina de La Estrella del Norte, jugaba a las cartas con elegancia, apostando fuerte, y sabía ganar y perder sin inmutarse. Así conquistó la amistad de comerciantes y hacendados y se hizo popular. Los principales lo invitaron a una cacería en Chulucanas y él deslumbró a todos con su puntería. Al cruzarlo en la calle, los campesinos lo llamaban familiarmente por su nombre y él les daba palmadas rudas y cordiales. Las gentes apreciaban su espíritu jovial, la desenvoltura de sus maneras, su largueza. Pero todos vivían intrigados por el origen de su dinero y por su pasado. Empezaron a circular pequeños mitos sobre él: cuando llegaban a sus oídos, Anselmo los celebraba a carcajadas, no los desmentía ni los confirmaba. A veces recorría con amigos las chicherías mangaches y terminaba siempre en casa de Angélica Mercedes, porque allí había un arpa y él era un arpista consumado, inimitable. Mientras los otros zapateaban y brindaban, él hora tras hora, en un rincón, acariciaba las hebras blancas que le obedecían dócilmente y, a su mando, podían susurrar, reír, sollozar.

Los vecinos deploraban solamente que Anselmo fuera grosero y mirase a las mujeres con atrevimiento cuando estaba borracho. A las sirvientas descalzas que atravesaban la plaza de Armas en dirección al Mercado, a las vendedoras que, con cántaros o fuentes de barro en la cabeza, iban y venían ofreciendo jugos de lúcuma y de mango y quesillos frescos de la sierra, a las señoras con guantes, velos y rosarios que desfilaban hacia la iglesia, a todas les hacía propuestas a voz en cuello, y les improvisaba rimas subidas de color. «*Cuidado, Anselmo*», le decían sus amigos, «*los piuranos son celosos. Un marido ofendido, un padre sin humor lo retará a duelo el día menos pensado, más respeto con las mujeres*». Pero Anselmo respondía con una carcajada, levantaba su copa y brindaba por Piura.

El primer mes de su estancia en la ciudad, nada ocurrió.

No es para tanto y, además, todo se arreglaba en este mundo, el sol centellea en los ojos de Julio Reátegui y las botellas están en una tinaja llena de agua. Él mismo sirve los vasos; la espuma blanca burbujea, se infla y rompe en cráteres: no debían preocuparse y, ante todo, otro vasito de cerveza. Manuel Águila, Pedro Escabino y Arévalo Benzas beben, se secan los labios con las manos. A través de la tela metálica de las ventanas se divisa la plaza de Santa María de Nieva, un grupo de aguarunas muele yucas en unos recipientes barrigudos, varios chiquillos corretean alrededor de los troncos de capirona. Arriba, en las colinas, la residencia de las madres es un rectángulo ígneo y, en primer lugar, era un proyecto a largo plazo y aquí los proyectos no prosperaban, Julio Reátegui creía que se alarmaban en vano. Pero Manuel Águila no, nada de eso, gobernador, se pone de pie, ellos tenían pruebas, don Julio, un hombrecillo bajo y calvo, de ojos saltones, ese par de tipos los habían maleado. Y Arévalo Benzas también, don Julio, se pone de pie, dejaba constancia, él había dicho detrás de esas banderas y de esas cartillas hay otra cosa y él se opuso a que los maestros vinieran, don Julio, y Pedro Escabino golpea la mesa con su vaso, don Julio: la cooperativa era un hecho, los aguarunas iban a vender ellos mismos en Iquitos, se habían reunido los caciques en Chicais para hablar de eso y ésa era la verdadera situación y lo demás ceguera. Sólo que Julio Reátegui no conocía un solo aguaruna que supiera lo que es Iquitos o una cooperativa, ¿de dónde había sacado semejante historia Pedro Escabino?, y les rogaba que hablaran uno por uno, señores. El vaso suena seco y sordo de nuevo contra la mesa, don Julio, él se pasaba mucho tiempo en Iquitos, tenía muchos negocios y no se daba cuenta que la región andaba agitada desde que vinieron ese par de tipos. La voz de Julio Reátegui es siempre suave, don Pedro, la Gobernación le había hecho perder tiempo y plata, pero sus ojos se han endurecido y él no quería aceptarla y Pedro Escabino fue uno de los que más insistió, que le hiciera el favor de medir sus palabras. Pedro Escabino sabía cuánto le debían y no quería ofenderlo: sólo que acababa de llegar de Urakusa y, por primera vez en diez años, don Julio, seco y sordo dos veces contra la mesa, los aguarunas no quisieron venderle ni una bolita de jebe, pese a los adelantos y Arévalo Benzas: hasta le enseñaron la cooperativa. Don Julio, que no se riera, habían hecho una cabaña especial y la tenían repleta de jebe y de cueros y a Escabino no quisieron venderle y le dijeron que iban a vender a Iquitos. Y Manuel Águila, bajo y calvo tras sus ojos saltones: ¿veía el gobernador? Esos tipos no debieron ir nunca a las tribus, Arévalo tenía razón, sólo querían malearlos. Pero no vendrían más, señores, y Julio Reátegui llena los vasos. Él no iba a Iquitos sólo por sus asuntos, también por los de ellos y el Ministerio había anulado el plan de extensión cultural selvícola, y se habían acabado las brigadas de maestros. Pero Pedro Escabino seco y sordo por tercera vez: ya habían venido y el mal estaba hecho, don Julio. ¿Así que no podrían ni entenderse con los chunchos? Ya veía que se entendieron muy bien y ellos le habían traído al intérprete que ese par de tipos se llevaron a Urakusa y él mismo se lo contaría, don Julio, y vería. El hombre cobrizo y descalzo que está en cuclillas junto a la puerta se incorpora, avanza confuso hacia el gobernador de Santa María de Nieva y Bonino Pérez a cuánto le compraban el kilo de jebe, que le preguntara eso. El intérprete comienza a rugir, mueve mucho las manos, escupe y Jum escucha en silencio, los brazos cruzados sobre el pecho desnudo. Dos aspas finas, rojizas, decoran sus pómulos verdosos y en su nariz cuadrada hay tatuadas tres barras horizontales, delgadas como gusanitos, su expresión es seria, solemne su postura: los urakusas apiñados en el claro están inmóviles y el sol alancea los árboles, las cabañas de Urakusa. El intérprete calla y Jum y un viejo diminuto gruñonamente gesticulan y mascullan y el intérprete de buena calidad dos, de regular un sol el kilo, patrón, diciendo, y Teófilo Cañas pestañea, costando, un perro ladra a lo lejos. Bonino Pérez lo sabía, hermano, la puta que los parió, qué cabrones tan cabrones, y al intérprete: malos peruanos, ellos lo vendían a veinte el kilo, los patrones cojudeándolos, que no se dejaran, hombre, que llevaran el caucho y las pieles a Iquitos, nunca más comercio con esos patrones: tradúcele eso. Y el intérprete ¿diciéndoles?, y Bonino sí, ¿patrones robándoles diciéndoles?, y Teófilo sí, ¿malos peruanos diciéndoles?, sí, sí, ¿patrón cojudeando diciendo? y ellos sí, sí, carajo, sí: diablos, ladrones, malos peruanos, que no se dejaran, sí, carajo, sin miedo, traduciendo eso. El intérprete gruñe, ruge, lanza escupitajos y Jum gruñe, ruge, lanza escupitajos y el viejo se golpea el pecho, su piel tiene plieguecillos ásperos y el intérprete Iquitos no viniendo nunca, patrón Escabino viniendo, trayendo cuchillo, machete, telita y Teófilo Cañas es por gusto, hermano, creen que Iquitos es un hombre, no sacarían nada, Bonino, y el intérprete diciendo, cambiando con jebe. Pero Bonino Pérez se acerca a Jum, señala el cuchillo que éste tiene en la cintura, a ver, cuántos kilos de caucho le costó: pregúntale eso. Jum saca su cuchillo, lo eleva, el sol inflama la hoja blanca, disuelve sus bordes y Jum sonríe con arrogancia y detrás de él los urakusas sonríen y muchos sacan cuchillos, los elevan y el sol los enciende y los deshace y el intérprete: veinte bolas el de Jum, diciendo, los otros diez, quince bolas, costando y Teófilo Cañas quería regresarse a Lima, hermano. Tenía fiebre, Bonino, y estas injusticias y éstos que no

comprendían, mejor olvidarse y Bonino Pérez suma
y resta con sus dedos, Teófilo, nunca le entraron los números, ¿salía a unos cuarenta soles el cuchillo de Jum,
no?, y el intérprete ¿diciendo?, ¿traduciendo? y Teófilo
no, y Bonino más bien esto: patrón diablo, ese cuchillo no
costaba ni una bola, se recogía en la basura, Iquitos no era
patrón sino ciudad, río abajo, Marañón abajo, que llevaran allá el jebe, lo venderían cien veces mejor, se comprarían los cuchillos que quisieran, o lo que fuera y el intérprete ¿señor?, no entendía, repitiendo despacito y Bonino
tenía razón: hay que explicarles todo, hermano, desde el
principio, no te me desmoralices, Teófilo y tal vez tendrían
razón pero Julio Reátegui insistía: no había que perder
la cabeza. ¿No se habían ido esos tipos? Nunca volverían
y sólo eran los aguarunas los que andaban alzados, él había hecho comercio con los shapras como siempre y, además, todo tenía remedio. Sólo que él creía que iba a terminar su gestión de gobernador tranquilo, señores, y que
vieran y Arévalo Benzas: eso no era todo, don Julio. ¿No
sabía lo que pasó en Urakusa con un cabo, un práctico y
un sirviente de la guarnición de Borja? La semanita pasada, nomás, don Julio y él qué, qué había pasado.

—Pónganse contentos, ya estamos en la Mangachería —dijo José.
—La arena raspa, me hace cosquillas. Voy a quitarme los zapatos —dijo el Mono.
Con la avenida Sánchez Cerro terminaban el asfal-
to, las fachadas blancas, los sólidos portones y la luz eléctrica, y comenzaban los muros de carrizo, los techos de

paja, latas o cartones, el polvo, las moscas, los meandros. En las ventanitas cuadradas y sin cortinas de las chozas, resplandecían las velas de sebo y los candiles mangaches, familias enteras tomaban el fresco de la noche en media calle. A cada momento, los León alzaban la mano para saludar a las amistades.

—¿Por qué están tan orgullosos? ¿De qué la alaban tanto? —dijo Josefino—. Huele mal y las gentes viven como animales. Por lo menos quince en cada casucha.

—Veinte, contando los perros y la foto de Sánchez Cerro —dijo el Mono—. Ésa es otra cosa buena de la Mangachería, no hay diferencias. Hombres, perros, cabras, todos iguales, todos mangaches.

—Y estamos orgullosos porque aquí nacimos —dijo José—. La alabamos porque es nuestra tierra. En el fondo, te mueres de envidia, Josefino.

—Toda Piura está muerta a estas horas —dijo el Mono—. Y aquí, ¿no oyes?, la vida está comenzando.

—Aquí todos somos amigos o parientes, y valemos por lo que valemos —dijo José—. En Piura sólo te consideran por lo que tienes, y si no eres blanco eres adulón de blancos.

—Me cago en la Mangachería —dijo Josefino—. Cuando la desaparezcan como a la Gallinacera, me voy a emborrachar de gusto.

—Estás con los muñecos encima y no sabes con quién desfogarte —dijo el Mono—. Pero si quieres rajar de la Mangachería, mejor habla bajito, o los mangaches te van a sacar el alma.

—Parecemos churres —dijo Josefino—. Como si éste fuera momento para discusiones.

—Amistémonos, cantemos el himno —dijo José.

La gente sentada en la arena estaba silenciosa, y todo el ruido —cantos, brindis, música de guitarras, palmas— salía de las chicherías, cabañas más grandes que las otras, mejor iluminadas, y con banderitas rojas o blancas flameando sobre la fachada, en lo alto de una caña. La atmósfera hervía de olores tibios y contrarios y, a medida que las calles se iban borrando, surgían perros, gallinas, chanchos que sombría, gruñonamente se revolcaban en la tierra, cabras de ojos enormes sujetas a una estaca, y era más espesa y sonora la fauna aérea suspendida sobre sus cabezas. Los inconquistables avanzaban sin prisa por los tortuosos senderos de la jungla mangache, esquivando a los viejos que habían sacado sus esteras al aire libre, contorneando las chozas intempestivas que brotaban en medio del camino como cetáceos del mar. El cielo ardía de estrellas, algunas grandes y de luz soberbia, otras como llamitas de fósforos.

—Ya salieron las marimachas —dijo el Mono; señalaba tres puntos altísimos, chispeantes, paralelos—. Y qué guiños hacen. Domitila Yara decía cuando las marimachas se ven tan claritas, se les puede pedir gracias. Aprovecha, Josefino.

—¡Domitila Yara! —dijo José—. Pobre vieja. A mí me daba un poco de miedo, pero desde que se murió la recuerdo con cariño. Si nos habrá perdonado el lío de su velorio.

Josefino iba callado, las manos en los bolsillos, el mentón hundido en el pecho. Los León murmuraban todo el tiempo, a coro, «buenas noches, don», «buenas, doña», y desde el suelo voces invisibles y soñolientas les devolvían el saludo y los llamaban por sus nombres. Se detuvieron ante una choza y el Mono empujó la puerta:

77

Lituma estaba de espaldas, vestido con un traje color lúcuma, el saco se le abultaba en las caderas, y tenía los cabellos húmedos y brillantes. Sobre su cabeza bailoteaba un recorte de diario, colgado de un alfiler.

—Aquí está el inconquistable número tres, primo —dijo el Mono.

Lituma giró como un trompo, cruzó la habitación risueño y rápido, los brazos abiertos, y Josefino le salió al encuentro. Se estrecharon con fuerza, y estuvieron un buen rato dándose palmadas, cuánto tiempo hermano, cuánto tiempo Lituma, y qué gusto tenerte aquí de nuevo, restregándose como dos sabuesos.

—Vaya telada la que tiene encima, primo —dijo el Mono.

Lituma retrocedió para que los inconquistables contemplaran a sus anchas su atavío flamante y multicolor: camisa blanca de cuello duro, corbata rosada con motas grises, medias verdes y zapatos en punta, lustrados como espejos.

—¿Les gusta? Lo estoy estrenando en homenaje a mi tierra. Me lo compré hace tres días, en Lima. Y también la corbata y los zapatos.

—Estás hecho un príncipe —dijo José—. Buenmosisísimo, primo.

—La telada, la telada nomás —dijo Lituma, pellizcando las solapas de su saco—. La percha comienza a apolillarse. Pero todavía puedo hacer alguna conquista. Ahora que estoy solterito, me toca mi turno.

—Casi no te reconocí —lo interrumpió Josefino—. Tanto tiempo que no te veía de civil, colega.

—Di más bien tanto tiempo que no me veías —dijo Lituma y su rostro se agravó, sonrió de nuevo.

—También nosotros nos habíamos olvidado cómo eras de civil, primo —dijo José.

—Así estás mejor que disfrazado de cachaco —dijo el Mono—. Ahora vuelves a ser un inconquistable de veras.

—Qué esperamos —dijo José—. Cantemos el himno.

—Ustedes son mis hermanos —se rió Lituma—. ¿Quién les enseñó a tirarse al río desde el Viejo Puente?

—Y también a chupar y a irnos de putas —dijo José—. Tú nos corrompiste, primo.

Lituma tenía abrazados a los León, los sacudía afectuosamente. Josefino se frotaba las manos y, aunque su boca sonreía, en sus ojos inmóviles brillaba algo furtivo y alarmado, y la postura de su cuerpo, los hombros echados atrás, el pecho salido, las piernas ligeramente plegadas, era a la vez forzada, inquieta y vigilante.

—Tenemos que probar ese «Sol de Ica» —dijo el Mono—. Usted lo prometió y lo prometido es deuda.

Se sentaron en dos esteras, bajo una lámpara de kerosene colgada del techo que, al mecerse, rescataba de las paredes de adobe sumidas en la penumbra, fugaces rajaduras, inscripciones, y una hornacina ruinosa en la que, a los pies de una Virgen de yeso con el Niño en brazos, había un candelero vacío. José encendió la vela de la hornacina y, a su luz, el recorte de periódico mostró la silueta amarillenta de un general, una espada, muchas condecoraciones. Lituma había acercado una maleta a las esteras. La abrió, sacó una botella, la descorchó con los dientes, y el Mono lo ayudó a llenar cuatro copitas hasta el tope.

—Me parece mentira estar de nuevo con ustedes, Josefino —dijo Lituma—. Los extrañé mucho, a los tres. Y también a mi tierra. Por el gusto de estar juntos de nuevo.

Chocaron las copas y bebieron al mismo tiempo, hasta vaciarlas.

—¡Rajas, puro fuego! —bramó el Mono, los ojos llenos de lágrimas—. ¿Estás seguro que no es alcohol de cuarenta, primo?

—Pero si está suavecito —dijo Lituma—. El pisco es para limeños, mujeres y churres, no es como el cañazo. ¿Ya te olvidaste cuando tomábamos cañazo como si fuera refresco?

—El Mono siempre fue flojo para el trago —dijo Josefino—. Dos copas y ya está volteado.

—Me emborracharé rápido, pero tengo más resistencia que cualquiera —dijo el Mono—. Puedo seguir así un montón de días.

—Siempre caías el primero, hermano —dijo José—. ¿Te acuerdas, Lituma, cómo lo arrastrábamos al río y lo resucitábamos a zambullidas?

—Y a veces a cachetada limpia —dijo el Mono—. Por eso debo ser lampiño, de tanto sopapo que me dieron para quitarme las trancas.

—Voy a hacer un brindis —dijo Lituma.

—Antes déjame llenar las copas, primo.

El Mono cogió la botella de pisco, comenzó a servir y el rostro de Lituma se fue entristeciendo, dos arrugas sesgaron finamente sus ojillos, su mirada pareció irse.

—A ver ese brindis, inconquistable —dijo Josefino.

—Por Bonifacia —dijo Lituma. Y alzó la copa, despacio.

III

—No sigas haciéndote la niña —dijo la superiora—. Has tenido toda la noche para lloriquear a tu gusto.

Bonifacia cogió el ruedo del hábito de la superiora y lo besó:

—Dime que la madre Angélica no va a venir. Dime, madre, tú eres buena.

—La madre Angélica te riñe con razón —dijo la superiora—. Has ofendido a Dios y has traicionado la confianza que te teníamos.

—Para que no le dé rabia, madre —dijo Bonifacia—. ¿No ves que siempre que le da rabia se enferma? Si no me importa que me riña.

Bonifacia da una palmada y el cuchicheo de las pupilas disminuye pero no cesa, otra más fuerte y callan: ahora sólo el roce de las sandalias contra las piedras del patio. Abre el dormitorio y, una vez que la última pupila ha cruzado el umbral, cierra y pega una oreja a la puerta: no es la bulla de todos los días, además del trajín doméstico hay ese cuchicheo sordo, secreto y alarmado, el mismo que brotó cuando las vieron llegar, al mediodía, entre la madre Angélica y la madre Patrocinio, el mismo que enfadó a la superiora durante el rezo del rosario.

Bonifacia escucha un momento todavía y regresa a la cocina. Enciende un mechero, coge un plato de latón lleno de plátanos fritos, descorre el pestillo de la despensa, entra y al fondo, en la oscuridad, hay como una carrera de ratones. Alza el mechero, explora la habitación. Están detrás de los costales de maíz: un tobillo delgado, ceñido por un aro de piel, dos pies descalzos que se frotan y curvan ¿queriendo ocultarse mutuamente? El espacio entre los costales y la pared es muy estrecho, deben hallarse incrustadas una contra otra, no se las siente llorar.

—Puede ser que el demonio me tentara, madre —dijo Bonifacia—. Pero yo no me di cuenta. Yo sólo sentí pena, créeme.

—¿De qué sentiste pena? —dijo la superiora—. Y qué tiene que ver eso con lo que hiciste, Bonifacia, no te hagas la tonta.

—De las dos paganitas de Chicais, madre —dijo Bonifacia—. Te estoy diciendo la verdad. ¿Tú no las viste llorar? ¿No viste cómo se abrazaban? Y tampoco comieron nada cuando la madre Griselda las llevó a la cocina, ¿no viste?

—No es culpa de ellas ponerse así —dijo la superiora—. No sabían que era por su bien que estaban aquí, creían que les íbamos a hacer daño. ¿No es así siempre hasta que se acostumbran? Ellas no sabían, pero tú sí sabías que era por su bien, Bonifacia.

—Pero a pesar de eso me daba pena —dijo Bonifacia—. Qué querías que hiciera, madre.

Bonifacia se arrodilla, ilumina los costales con el mechero y allí están: anudadas como dos anguilas. Una tiene la cabeza hundida en el pecho de la otra y ésta, de espaldas contra la pared, no puede esconder la cara cuando la luz invade su escondite, sólo cierra los ojos y gime. Ni las tijeras de la madre Griselda, ni el ardiente desinfectante rojizo han pasado todavía por allí. Vastas, oscuras, hirviendo de polvo, de pajitas, sin duda de liendres, las cabelleras llueven sobre sus espaldas y muslos desnudos, son diminutos basurales. Por entre las hebras sucias y mezcladas, al resplandor del mechero se precisan los miembros enclenques, jirones de piel mate, las costillas.

—Fue como de casualidad, madre, sin pensarlo —dijo Bonifacia—. No tenía la intención, ni se me había ocurrido siquiera, de veras.

—No se te ocurrió ni tenías la intención pero las hiciste escapar —dijo la superiora—. Y no sólo a esas dos, sino también a las otras. Lo habías planeado todo con ellas hace tiempo, ¿no es cierto?

—No, madre, te juro que no —dijo Bonifacia—. Fue anteanoche, cuando les traje la comida aquí, a la despensa. Me acuerdo y me asusto, me volví otra y yo creía que era por la pena, pero a lo mejor el diablo me tentaría como dices, madre.

—Eso no es una excusa —dijo la superiora—, no te escudes tanto en el diablo. Si te tentó fue porque te dejaste tentar. Qué quiere decir eso que te volviste otra.

Bajo los matorrales de cabellos, los pequeños cuerpos entreverados se han puesto a temblar, se contagian sus estremecimientos y ese castañeteo de dientes parece el de los asustadizos maquisapas cuando los enjaulan. Bonifacia mira hacia la puerta de la despensa, se inclina y, muy despacio, desentonadamente, persuasivamente, comienza a gruñir. Algo cambia en la atmósfera, como si una bocanada de aire puro refrescara de golpe la oscuridad de la despensa. Bajo los muladares, los cuerpos dejan de temblar, dos cabecitas inician un prudente, apenas perceptible, movimiento y Bonifacia sigue graznando, crepitando suavemente.

—Se habían puesto nerviosas desde que las vieron —dijo Bonifacia—. Se secreteaban entre ellas y yo me acercaba y se ponían a hablar de otra cosa. Disimulando, madre, pero yo sabía que se decían cosas de las paganitas. ¿No te acuerdas cómo se pusieron en la capilla?

—¿De qué se habían puesto nerviosas? —dijo la superiora—. ¿Acaso era la primera vez que veían llegar dos niñas a la misión?

—No sé por qué, madre —dijo Bonifacia—. Yo te cuento lo que pasaba, no sé por qué era así. Se recordarían de cuando ellas vinieron, seguro, de eso se hablarían.

—Qué pasó en la despensa con esas criaturas —dijo la superiora.

—Prométeme primero que no me vas a botar, madre —dijo Bonifacia—. Toda la noche he rezado para que no me botes. ¿Qué haría yo solita, madre? Voy a cambiar si me prometes. Y entonces te cuento todo.

—¿Me pones condiciones para arrepentirte de tus faltas? —dijo la superiora—. Era lo único que faltaba. Y no sé por qué quieres quedarte en la misión. ¿No hiciste escapar a las niñas porque te daba pena que estuvieran aquí? Más bien deberías estar feliz de marcharte.

Bonifacia les acerca el plato de latón y ellas no tiemblan, están inmóviles y la respiración levanta sus pechos a un ritmo idéntico y pausado. Bonifacia pone el plato a la altura de la chiquilla sentada. Gruñe siempre, a medio tono, familiarmente y, de pronto, la cabecita se yergue, tras la cascada de cabellos surgen dos luces breves, dos pececillos que van de los ojos de Bonifacia al plato de latón. Un brazo emerge y se extiende con infinita cautela, una mano medrosa se delinea a la luz del mechero, dos dedos sucios asen un plátano, lo sepultan bajo la floresta.

—Pero yo no soy como ellas, madre —dijo Bonifacia—. La madre Angélica y tú me dicen siempre ya saliste de la oscuridad, ya eres civilizada. Dónde voy a ir, madre, no quiero ser otra vez pagana. La Virgen era buena ¿cierto?, todo lo perdonaba ¿cierto? Ten compasión, madre, sé buena, para mí tú eres como la Virgen.

—A mí no me compras con zalamerías, yo no soy la madre Angélica —dijo la superiora—. Si te sientes civilizada y cristiana ¿por qué hiciste escapar a las niñas? Cómo no te importó que ellas vuelvan a ser paganas.

—Pero si las van a encontrar, madre —dijo Bonifacia—. Ya verás cómo los guardias las traen de nuevo. De ellas no me eches la culpa, se salieron al patio y quisieron irse, yo ni me daba bien cuenta de las cosas, madre, créeme que me había vuelto otra.

—Te habías vuelto loca —dijo la superiora—. O idiota, para no darte cuenta que se salían en tus narices.

—Peor que eso, madre, una pagana igualita que las de Chicais —dijo Bonifacia—. Ahora pienso y me asusto, tienes que rezar por mí, quiero arrepentirme, madre.

La chiquilla mastica sin apartar la mano de la boca y va añadiéndose pedacitos de plátano frito a medida que traga. Ha apartado sus cabellos, que ahora enmarcan su rostro en dos bandas y, al masticar, el pendiente de su nariz oscila, apenas. Sus ojos espían a Bonifacia y, de repente, su otra mano atrapa la cabellera de la chiquilla acurrucada contra su pecho. Su mano libre va hacia el plato de latón, captura un plátano y la cabecita oculta, obligada por la mano que empuña sus cabellos, gira: ésta no tiene horadada la nariz, sus párpados son dos pequeñas bolsas irritadas. La mano desciende, coloca el plátano junto a los labios cerrados que se fruncen todavía más, desconfiados, obstinados.

—¿Y por qué no viniste a avisarme? —dijo la superiora—. Te escondiste en la capilla porque sabías que habías hecho mal.

—Tenía susto pero no de ti sino de mí, madre —dijo Bonifacia—. Me parecía una pesadilla cuando ya no las vi más y por eso entré a la capilla. Decía no es cierto, no se han ido, no ha pasado nada, me he soñado. Dime que no me vas a botar, madre.

—Te has botado tú misma —dijo la superiora—. Contigo hemos hecho lo que con ninguna, Bonifacia. Te hubieras quedado toda la vida en la misión. Pero ahora que vuelvan las niñas, no pueden verte aquí. Yo también lo siento, a pesar de lo mal que te has portado. Y sé que a la madre Angélica le va a dar mucha pena. Pero, por la misión es necesario que te vayas.

—Déjame como sirvienta nomás, madre —dijo Bonifacia—. Ya no cuidaré a las pupilas. Sólo barreré y llevaré las basuras y la ayudaré a la madre Griselda en la cocina. Te ruego, madre.

La que está tendida se resiste: tensa, los ojos cerrados, se muerde los labios, pero los dedos de la otra escarban implacables, porfían contra esa boca empecinada. Las dos transpiran con el forcejeo, tienen matitas de pelo adheridas a la piel brillante. Y, de repente, se abren: veloces, los dedos introducen en la boca abierta los restos casi disueltos del plátano y la chiquilla comienza a masticar. Con el plátano, han ingresado a su boca unas puntas de cabellos. Bonifacia se lo indica a la del pendiente con un gesto y ella eleva la mano otra vez, sus dedos cogen los cabellos atrapados y delicadamente los retiran. La chiquilla tendida traga ahora, una bolita sube y baja por su garganta. Segundos después, abre la boca de nuevo y queda así, con los ojos cerrados, esperando. Bonifacia y la del pendiente se miran a la claridad aceitosa del mechero. A un mismo tiempo, se sonríen.

—¿Ya no quieres más? —dijo Aquilino—. Tienes que alimentarte un poco, hombre, no puedes vivir del aire.

—Me acuerdo de esa puta todo el tiempo —dijo Fushía—. Es tu culpa, Aquilino, hace dos noches que me la paso viéndola y oyéndola. Pero como era de muchacha, cuando la conocí.

—¿Cómo la conociste, Fushía? —dijo Aquilino—. ¿Fue mucho después que nos separamos?

—Hace un año, doctor Portillo, más o menos —dijo la mujer—. Entonces vivíamos en Belén y con la llena el agua se nos entraba a la casa.

—Sí, claro, señora —dijo el doctor Portillo—. Pero hábleme del japonés, ¿quiere?

Justamente, el río se había salido, el barrio de Belén parecía un mar y el japonés pasaba todos los sábados frente a la casa, doctor Portillo. Y ella quién será, y qué raro que siendo tan bien vestido venga él mismo a embarcar su mercadería y no tenga quien se ocupe. Ésa había sido la mejor época, viejo. Comenzaba a ganar plata en Iquitos, trabajando para el perro de Reátegui, y un día una muchachita no podía cruzar la calle con el agua y él pagó a un cargador para que la cruzara y la madre salió a agradecerle: una alcahueta terrible, Aquilino.

—Y siempre se paraba a conversar con nosotras, doctor Portillo —dijo la mujer—. Antes de ir al embarcadero, o después, y todas las veces muy amable.

—¿Ya sabía usted en qué negocio andaba? —dijo el doctor Portillo.

—Parecía muy decente y muy elegante a pesar de su raza —dijo la mujer—. Nos traía regalitos, doctor. Ropa, zapatos y una vez hasta un canario.

—Para esa patacala de su hija, señora —dijo Fushía—. Para que la despierte cantando.

Se entendían a las mil maravillas, aunque sin darse por entendidos, viejo; la alcahueta sabía lo que él quería y él sabía que la alcahueta quería plata, y Aquilino ¿y la Lalita?, qué decía ella de todo eso.

—Ya tenía sus pelos larguísimos —dijo Fushía—. Y entonces su cara era limpia, ni un granito siquiera. Qué bonita era, Aquilino.

—Venía con una sombrilla, vestido con ternos blancos y zapatos también blancos —dijo la mujer—. Nos sacaba a pasear, al cine, una vez la llevó a Lalita a ese circo brasileño que vino, ¿se acuerda?

—¿Le daba mucho dinero a usted, señora? —dijo el doctor Portillo.

—Muy poco, casi nada, doctor —dijo la mujer—. Y muy rara vez. Nos hacía regalitos, nomás.

Y la Lalita ya estaba grande para ir al colegio: él le daría un puesto en su oficina y el sueldo sería una gran ayuda para las dos, ¿cierto que a la Lalita le gustaba la idea? Ella había pensado en el porvenir de su hija, y en las necesidades, doctor Portillo, en los apuros que pasaban: total, que la Lalita se fue a trabajar con el japonés.

—A vivir con él, señora —dijo el doctor Portillo—. No tenga vergüenza, el abogado es como un confesor para sus clientes.

—Le juro que Lalita dormía siempre en la casa —dijo la mujer—. Pregúntele a las vecinas si no me cree, doctor.

—¿Y en qué la hizo trabajar a su hija, señora? —dijo el doctor Portillo.

En un trabajo estúpido, viejo, que lo habría hecho rico para siempre si duraba un par de añitos más. Pero alguien denunció la cosa, y Reátegui quedó sano y salvo de culpa y él tuvo que cargar con todo, escapar, y ahí comenzó lo peor de su vida. Un trabajo de lo más estúpido, viejo: recibir el jebe, almacenarlo con mucho talco para quitarle el olor, embalarlo como tabaco y despacharlo.

—¿Estabas enamorado de la Lalita en esa época? —dijo Aquilino.

—La agarré virgencita —dijo Fushía—, sin saber nada de nada de la vida. Se ponía a llorar y, si yo estaba de malas, le daba un sopapo, y, si de buenas, le compraba caramelos. Era como tener una mujer y una hija a la vez, Aquilino.

—¿Y por qué le echas la culpa a la Lalita también de eso? —dijo Aquilino—. Estoy seguro que ella no los denunció. Más bien sería la madre.

Pero ella sólo supo por los periódicos, doctor, se lo estaba jurando por lo más santo. Sería pobre, pero honrada como la que más, y en el depósito estuvo apenas una vez y ella qué hay ahí, señor, y el japonés tabaco y ella cándida se lo creyó.

—Ningún tabaco, señora —dijo el doctor Portillo—. Eso diría en los cajones, pero usted sabe que adentro había caucho.

—La alcahueta nunca se enteró de nada —dijo Fushía—. Fue alguno de esos perros que me ayudaban a echar talco y a embalar. En los periódicos decían que ella era otra de mis víctimas, porque le robé a su hija.

—Lástima que no guardaras esos periódicos y también los de Campo Grande —dijo Aquilino—. Sería gracioso leerlos ahora, y ver cómo fuiste famoso, Fushía.

—¿Has aprendido a leer? —dijo Fushía—. Cuando trabajábamos juntos no sabías, viejo.

—Me los hubieras leído tú —dijo Aquilino—. Pero ¿cómo es que al señor Julio Reátegui no le pasó nada? ¿Por qué tuviste que escapar tú y él tan tranquilo?

—Injusticias de la vida —dijo Fushía—. Él ponía el capital y yo el pellejo. El jebe figuraba como mío, aunque sólo me tocaron las sobritas. A pesar de eso me habría hecho rico, Aquilino, el negocio era redondo.

La Lalita no le contaba nada, ella se la comía a preguntas y la muchacha no sé, no sé, era la pura verdad, doctor Portillo, ¿por qué iba a maliciar? El japonés estaba siempre de viaje, pero tanta gente iba de viaje y, además, cómo iba a saber ella que embarcar caucho era contrabando y tabaco no.

—El tabaco no es material estratégico, señora —dijo el doctor Portillo—. El caucho sí. Tenemos que venderlo sólo a nuestros aliados, que están en guerra con los alemanes. ¿No sabe que el Perú también está en guerra?

—Debiste venderles el caucho a los gringos, entonces, Fushía —dijo Aquilino—. No hubieras tenido líos y ellos te habrían pagado en dólares.

—Nuestros aliados nos compran el caucho a un precio de guerra, señora —dijo el doctor Portillo—. El japonés lo vendía a escondidas y le pagaban cuatro veces más. ¿Tampoco sabía eso?

—Primera noticia, doctor —dijo la mujer—. Yo soy pobre, no me interesa la política, nunca hubiera dejado que mi hija saliera con un contrabandista. ¿Y será cierto que también era un espía, doctor?

—Siendo tan muchachita, le daría pena dejar a su madre —dijo Aquilino—. ¿Cómo la convenciste a la Lalita, Fushía?

La Lalita podía querer mucho a su madre, pero con él comía y se ponía zapatos, en Belén hubiera terminado de lavandera, de puta o de sirvienta, viejo y Aquilino cuentos, Fushía: tenía que estar enamorado de ella o no se la hubiera llevado. Era mucho más fácil escapar solo que arrastrando una mujer, si no la quería no se la robaba.

—Selva adentro la Lalita valía su peso en oro —dijo Fushía—. ¿No te he dicho que era bonita entonces? A cualquiera lo tentaba.

—Su peso en oro —dijo Aquilino—. Como si hubieras pensado hacer negocio con ella.

—Hice un buen negocio con ella —dijo Fushía—. ¿Nunca te contó esa puta? El perro de Reátegui no me lo habrá perdonado nunca, seguro. Fue mi venganza de él.

—Y una noche no vino, ni la siguiente, y después llegó una carta de ella —dijo la mujer—. Diciéndome que se iba al extranjero con el japonés, y que se casarían. Le he traído la carta, doctor.

—Yo la guardaré, démela —dijo el doctor Portillo—. ¿Y por qué no dio parte a la policía de que se había fugado su hija, señora?

—Yo creí que era cosa de amor, doctor —dijo la mujer—. Que él sería casado y que por eso se escapó con mi hija. Sólo unos días después salió en el periódico que el japonés era un bandido.

—¿Cuánto dinero le mandó Lalita en su carta? —dijo el doctor.

—Mucho más de lo que valían juntas esas dos perras —dijo Fushía—. Mil soles.

—Doscientos soles, fíjese qué mezquindad, doctorcito —dijo la mujer—. Pero ya me los gasté, pagando deudas.

Él conocía el alma de la vieja: más roñosa que la del turco que lo metió preso, Aquilino y el doctor Portillo quería saber si lo que declaró a la policía era lo mismo que le había contado a él, señora, ¿con puntos y comas?

—Salvo lo de los doscientos soles, doctor —dijo la mujer—. Me los hubieran quitado, usted sabe cómo son en la comisaría.

—Déjeme estudiar el asunto con calma —dijo el doctor Portillo—. Yo la llamaré apenas haya alguna novedad. Si la citan al juzgado o a la policía, yo la acompañaré. No haga ninguna declaración si no estoy presente, señora. A nadie, ¿me comprende?

—Como usted mande, doctor —dijo la mujer—. Pero, ¿y los daños y perjuicios? Todos dicen que tengo derecho. Me engañó y me quitó a mi hija, doctor.

—Cuando lo capturen, pediremos una reparación —dijo el doctor Portillo—. Yo me encargaré de eso, no se preocupe. Pero, si no quiere complicaciones, ya sabe, ni una palabra si no está su abogado presente.

—Así que volviste a verlo al señor Julio Reátegui —dijo Aquilino—. Yo creí que de Iquitos te habías ido de frente a la isla.

Y en qué quería que se fuera: ¿nadando?, ¿cruzando a pie toda la selva, viejo? No tenía sino unos cuantos soles y él sabía que el perro de Reátegui se lavaría las manos, porque él no figuraba para nada. Suerte que se llevó a la Lalita, que la gente tenga sus debilidades y Julio Reátegui estaba allí, había oído todo pero ¿sería cierto que la vieja no sabía nada? Tenía una pinta que era de desconfiar, compadre. Y, además, le preocupaba que Fushía se hubiera llevado una mujer, los enamorados hacen tonterías.

—Allá él si hace tonterías —dijo el doctor Portillo—. A ti no puede comprometerte aunque quiera. Todo está bien estudiado.

—No me dijo una palabra de la tal Lalita —dijo Julio Reátegui—. ¿Tú sabías que vivía con esa muchacha?

—Ni una palabra —dijo el doctor Portillo—. Debe ser celoso, la tendría bajo siete llaves. Lo importante es que la bendita vieja está en la luna. No creo que haya peligro, supongo que los novios estarán ya en el Brasil. ¿Comemos juntos esta noche?

—No puedo —dijo Julio Reátegui—. Me llaman de urgencia de Uchamala. Vino un peón, no sé qué diablos pasa. Trataré de volver el sábado. Supongo que don Fabio habrá llegado ya a Santa María de Nieva, hay que mandarle decir que por el momento no compre más jebe. Hasta que se calme la cosa.

—¿Y adónde te fuiste a esconder con la Lalita? —dijo Aquilino.

—A Uchamala —dijo Fushía—. Un fundo en el Marañón de ese perro de Reátegui. Vamos a pasar cerca, viejo.

Las reses salen de las haciendas después del mediodía y entran en el desierto con las primeras sombras. Embozados en ponchos, con amplios sombreros para resistir la embestida del viento y de la arena, los peones guían toda la noche hacia el río a los pesados, lentos animales. Al alba, divisan Piura: un espejismo gris al otro lado de la ribera, una aglomeración inmóvil. No llegan a la ciudad por el Viejo Puente, que es frágil. Cuando el cauce está seco, lo atraviesan levantando una gran polvareda. En los meses de avenida, aguardan a la orilla del río. Las bestias exploran la tierra con sus anchos hocicos, tumban a cornadas los algarrobos tiernos, lanzan lúgubres mugidos. Los hombres charlan calmadamente mientras desayunan un fiambre y traguitos de cañazo, o dormitan enrollados en sus ponchos. No deben esperar mucho, a veces Carlos Rojas llega al embarcadero antes

94

que el ganado. Ha surcado el río desde el otro confín de la ciudad, donde está su rancho. El lanchero cuenta los animales, calcula su peso, decide el número de viajes para trasbordarlos. En la otra orilla, los hombres del camal alistan sogas, sierras y cuchillos, y el barril donde hervirá ese espeso caldo de cabeza de buey que sólo los del matadero pueden tomar sin desmayarse. Terminado su trabajo, Carlos Rojas amarra la lancha a uno de los soportes del Viejo Puente y se dirige a una cantina de la Gallinacera donde acuden los madrugadores. Esa mañana había ya buen número de aguateros, barrenderos y placeras, todos gallinazos. Le sirvieron una calabaza de leche de cabra, le preguntaron por qué traía esa cara. ¿Estaba bien su mujer? ¿Y su churre? Sí, estaban bien, y el Josefino ya caminaba y decía papá, pero él tenía que contarles algo. Y seguía con la bocaza abierta y los ojos saltados de asombro, como si acabara de ver el cachudo. Diez años que trabajaba en la lancha y nunca había encontrado a nadie en la calle al levantarse, sin contar a la gente del camal. El sol no aparece todavía, está todo negro, es cuando la arena cae más fuerte, ¿a quién se le va a ocurrir, entonces, pasearse a esas horas? Y los gallinazos tienes razón, hombre, a nadie se le ocurriría. Hablaba con ímpetu, sus palabras eran como disparos y se ayudaba con gestos enérgicos; en las pausas, siempre, la bocaza abierta y los ojos saltados. Fue por eso que se asustó, caracho, por lo raro. ¿Qué es esto? Y escuchó otra vez, clarito, los cascos de un caballo. No se estaba volviendo loco, sí había mirado a todos lados, que se esperaran, que lo dejaran contar: lo había visto entrando al Viejo Puente, lo reconoció ahí mismo. ¿El caballo de don Melchor

Espinoza? ¿Ese que es blanco? Sí señor, por eso mismo, porque era blanco brillaba en la madrugada y parecía fantasma. Y los gallinazos, decepcionados, se soltaría, no es novedad, ¿o a don Melchor le vino la chochera de viajar a oscuras? Es lo que él pensó, ya está, se le escapó el animal, hay que cogerlo. Saltó de la lancha y a trancones subió la ladera, menos mal que el caballito no iba apurado, se le fue acercando despacio para no espantarlo, ahora se le plantaría delante y le cogería las crines, y con la boca chas, chas, chas, no te pongas chúcaro, lo montaría a pelo y lo devolvería a su dueño. Iba al paso, ya cerquita, y lo veía apenas por la cantidad de arena, entraron juntos a Castilla, y él entonces se le cruzó y sas. Interesados de nuevo, los gallinazos qué pasó Carlos, qué viste. Sí señor, a don Anselmo que lo miraba desde la montura, palabra de hombre. Tenía un trapo en la cara y, de primera intención, a él se le pararon los pelos: perdón, don Anselmo, creía que el animal se escapaba. Y los gallinazos ¿qué hacía allí?, ¿adónde iba?, ¿se estaba escapando de Piura a escondidas, como un ladrón? Que lo dejaran acabar, maldita sea. Se rió a su gusto, lo miraba y se moría de risa, y el caballito que caracoleaba. ¿Sabían lo que le dijo? No ponga esa cara de miedo, Rojas, no podía dormir y salí a dar una vuelta. ¿Oyeron? Tal como se lo contaba. El viento era puro fuego, chicoteaba duro, durisisísimo y él tuvo ganas de responderle si le había visto cara de tonto, ¿creía que iba a creerle? Y un gallinazo pero no se lo dirías, Carlos, no se trata de mentirosa a la gente y, además, qué te importaba. Pero ahí no terminaba el cuento. Un rato después lo vio de nuevo, a lo lejos, en la trocha a Catacaos. Y una gallinaza ¿en el arenal?, pobre, tendrá la cara comida, y los ojos y las manos. Con lo que había soplado ese día. Que si no lo dejaban hablar se callaba y se iba. Sí, seguía en el caballo y daba vueltas y más vueltas, miraba el río, el Viejo Puente, la ciudad. Y después desmontó y jugaba con su manta. Parecía un churre contento, brincaba y saltaba como el Josefino. Y los gallinazos ¿no se habrá vuelto loco don Anselmo?, sería lástima, siendo tan buena persona, ¿a lo mejor estaría borracho? Y Carlos Rojas no, no le pareció loco ni borracho, le había dado la mano al despedirse, le preguntó por la familia y le encargó saludarla. Pero que vieran si no tenía razón de venir asombrado.

Esa mañana don Anselmo apareció en la plaza de Armas, sonriente y locuaz, a la hora de costumbre. Se lo notaba muy alegre, a todos los transeúntes que cruzaban frente a la terraza les proponía brindis. Una incontenible necesidad de bromear lo poseía; su boca expulsaba, una tras otra, historias de doble sentido que Jacinto, el mozo de La Estrella del Norte, celebraba torciéndose de risa. Y las carcajadas de don Anselmo retumbaban en la plaza. La noticia de su excursión nocturna había circulado ya por todas partes y los piuranos lo acosaban a preguntas: él respondía con burlas y dichos ambiguos.

El relato de Carlos Rojas intrigó a la ciudad y fue tema de conversación durante días. Algunos curiosos llegaron hasta don Melchor Espinoza en busca de informaciones. El viejo agricultor no sabía nada. Y, además, no haría ninguna pregunta a su alojado, porque no era impertinente ni chismoso. Él había encontrado su caballo desensillado y limpio. No quería saber más, que se fueran y lo dejaran tranquilo.

Cuando la gente dejaba de hablar de aquella excursión, sobrevino una noticia más sorprendente. Don Anselmo había comprado a la municipalidad un terreno situado al otro lado del Viejo Puente, más allá de los últimos ranchos de Castilla, en pleno arenal, por allí donde el lanchero lo había visto esa madrugada brincando. No era extraño que el forastero, si había decidido radicarse en Piura, quisiera construirse una casa. Pero ¡en el desierto! La arena devoraría aquella mansión en poco tiempo, se la tragaría como a los viejos árboles podridos o a los gallinazos muertos. El arenal es inestable, blanduzco. Los médanos cambian de paradero cada noche, el viento los crea, aniquila y moviliza a su capricho, los disminuye y los agranda. Aparecen amenazantes y múltiples, cercan a Piura como una muralla, blanca al amanecer, roja en el crepúsculo, parda en las noches, y, al día siguiente, han huido y se los ve, dispersos, lejanos, como una rala erupción en la piel del desierto. En los atardeceres, don Anselmo se hallaría incomunicado y a merced del polvo. Efusivos, numerosos, los vecinos trataron de impedir esa locura, abundaron en argumentos para disuadirlo. Que adquiriera un terreno en la ciudad, que no fuera terco. Pero don Anselmo desdeñaba todos los consejos y replicaba con frases que parecían enigmas.

La lancha con soldados llega a eso del mediodía, quiere atracar de punta y no de lado como manda la razón, el agua la lleva y la trae, jefes, aguántense: Adrián Nieves los iba a ayudar. Se echa al agua, coge la tangana, arrima la lancha a la orilla y los soldados, sin decirle gracias ni por qué, le echan lazo, lo dejan atado y corren al pueblo. Tarde, jefes, casi todos los cristianos han tenido tiempo de escapar al monte, sólo atrapan a media docena y cuando llegan a la guarnición de Borja el capitán Quiroga se enoja, ¿cómo se les ocurrió llevar a un inválido?, y a Vilano lárgate, cojo, no sirves para el Ejército. La instrucción comienza a la mañana siguiente: los levantan tempranito, los rapan, les dan pantalones y camisas caquis y unos zapatones que aprietan los pies. Después, el capitán Quiroga les habla sobre la Patria y los divide en grupos. A él y a otros once se los lleva un cabo y los entrena: cuadrarse, saludar, marchar, arrojarse, pararse, atención carajo, descanso carajo. Y así todos los días y no hay manera de huir, la vigilancia es estricta, de todo llueven patadas y el capitán Quiroga no hay desertor que no caiga y entonces el servicio es doble. Y una mañana viene el cabo Roberto Delgado, un paso adelante el recluta que era práctico y Adrián Nieves a sus órdenes, mi cabo, él era. ¿Conocía bien la región, río arriba? y él como esta mano, mi cabo, río arriba y también río abajo y entonces que se preparara que se iban a Bagua. Y él llegó el momento Adrián Nieves, ahora o nunca. Parten a la mañana siguiente, ellos, la lanchita, y un sirviente aguaruna de la guarnición. El río anda crecido y van despacio, sorteando bancos de arena, gramalotes, troncos como muñones que les salen al encuentro. El cabo Roberto Delgado viaja contento, habla y habla, llegó un teniente costeño que quiso conocer el pongo, ellos es peligroso, mi teniente, ha llovido mucho, pero él quiso, y fue y la lancha se volcó y se ahogaron todos y el cabo Delgado se salvó porque se inventó una terciana para no

99

ir, habla y habla. El sirviente no abría la boca, mi cabo, ¿el capitán Quiroga era selvático?, Adrián Nieves era el que le conversaba. Qué iba a ser, hace dos meses habían ido en misión por el Santiago y al capitán los zancudos le hincharon las piernas. Las tenía rojas, llenas de granos, las llevaba metidas en el agua y el cabo lo asustaba: cuidado con las yacumamas, cuidado lo dejen mocho, mi capitán, esas boas vienen que no se las siente, sacan la trompa y se tragan una pierna de un bocado. Y el capitán que vinieran y se las comieran. Tanto ardor le había quitado el gusto a la vida, sólo el agua lo calmaba, carajo, qué maldita era su estrella, mierda. Y el cabo las piernas le estaban sangrando, mi capitán, la sangre llama a las pirañas ¿y si le sacaban unas cuantas lonjas? Pero el capitán Quiroga se calentó, concha de tu madre, basta de meterme miedo, y al cabo le daba asco verlas: gordas, llenas de costras, con el roce de cada ramita se le abrían y chorreaba agüita blanca. Y Adrián Nieves por eso no vinieron las pirañas, mi cabo, se la olían que si le chupaban las piernas morían envenenadas. El sirviente va callado, de puntero, midiendo el fondo con la tangana y dos días más tarde llegan a Urakusa: ni un aguaruna, todos se han metido al bosque. Se habían llevado hasta los perros, qué sabidos. El cabo Roberto Delgado está en el centro del claro, la boca abierta de par en par, ¡urakusas!, ¡urakusas!, su dentadura es de caballo, fuerte, muy blanca, ¿no tienen fama de machos?, el sol del crepúsculo la triza en radios azules, ¡vengan maricones, vuelvan! Pero para el sirviente no machos, mi cabo, cristianos asustando y el cabo que le registraran las cabañas, le hacían un paquetito con lo que hubiera de comible, ponible o vendible, ahora mismito y volando. Adrián Nieves no le aconsejaba, mi cabo, los habían de estar viendo y si les robaban se les echarían encima y ellos eran tres nomás. Pero el cabo no quería consejos de nadie, miéchica, ¿le había preguntado algo?, y a ver que se les echaran, se cargaba a los uraku- sas sin necesidad de pistola, a sopapo limpio y se sienta en el suelo, cruza las piernas, prende un cigarrillo. Ellos van hacia las cabañas, vuelven y el cabo Roberto Delga- do duerme pacíficamente, el pucho se consume en la tie- rra rodeado de hormigas curiosas. Adrián Nieves y el sir- viente comen yucas, bagres, fuman y cuando el cabo despierta se arrastra hasta ellos y bebe de la cantimplora. Luego examina el atado: un cuerito de lagarto, basura, collares de mostacilla y de conchas, ¿era todo lo que ha- bía?, platos de greda, brazaletes, ¿y lo que él le prometió al capitán?, tobilleras, diademas, ¿ni siquiera un poco de resina matabichos?, un cesto de chambira y una calabaza llena de masato, pura basura. Escarba el atado con el pie y quería saber si habían visto a alguien mientras él dor- mía. No, mi cabo, a nadie. Éste creía que andaban cerca y el sirviente apunta con el dedo al monte pero al cabo le importa un pito: dormirían en Urakusa y seguirían ma- ñana temprano. Refunfuña todavía, ¿qué era eso de es- conderse como si ellos fueran apestados?, se pone de pie, orina, se quita las polainas y va hacia una cabaña, ellos lo siguen. No hace calor, la noche es húmeda y rumorosa, una brisa lenta trae hasta el claro olor a plantas podridas y el sirviente yéndose, mi cabo, jodido aquí, diciendo, no quedando, no gustando y Adrián Nieves se encoge de hombros: a quién le iba a gustar, pero que no se cansara, el cabo no lo oía, ya estaba durmiendo.

101

—¿Cómo te fue por allá? —dijo Josefino—. Cuenta, Lituma.

—Cómo me iba a ir, coleguita —dijo Lituma, los ojillos sorprendidos—. Muy mal.

—¿Te pegaban, primo? —dijo José—. ¿Te tenían a pan y agua?

—Nada de eso, me trataban bien. El cabo Cárdenas me hacía dar más comida que a cualquiera. Fue subordinado mío en la selva, un zambo buena gente, le decíamos el Oscuro. Pero era una vida triste, de todas maneras.

El Mono tenía un cigarrillo en las manos y, de pronto, le sacó la lengua y le guiñó un ojo. Sonreía, desinteresado de los demás, y ensayaba muecas que abrían hoyuelos en sus mejillas y arrugas en su frente. A ratos, se aplaudía él mismo.

—Me admiraban un poco —dijo Lituma—, decían «tienes huevos de chivato, cholo».

—Tenían razón, primo, claro que sí, quién va a dudarlo.

—Todo Piura hablaba de ti, colega —dijo Josefino—. Los churres, la gente grande. Mucho tiempo después que te fuiste seguían discutiendo sobre ti.

—¿Que me fui? —dijo Lituma—. No me fui por mi gusto.

—Nosotros tenemos los periódicos —dijo José—. Ya verás, primo. En *El Tiempo* te insultaron mucho, te llamaban maleante, pero en *Ecos y Noticias* y en *La Industria* siquiera te reconocían como valiente.

—Fuiste machazo, colega —dijo Josefino—. Los mangaches se sentían orgullosos.

—¿Y de qué me ha servido? —Lituma se encogió de hombros, escupió y pisoteó la saliva—. Además, fue cosa de borrachera. En seco, no me atrevía.

—Aquí en la Mangachería todos somos urristas —dijo el Mono, poniéndose de pie de un salto—. Fanáticos del general Sánchez Cerro hasta el fondo del alma.

Fue ante el recorte de periódico, hizo un saludo militar y volvió a la estera, riéndose a carcajadas.

—El Mono ya está zampado —dijo Lituma—. Vámonos donde la Chunga antes de que se nos duerma.

—Tenemos algo que contarte, colega —dijo Josefino.

—El año pasado se vino a vivir aquí un aprista, Lituma —dijo el Mono—. Uno de esos que mataron al general. ¡Me da una cólera!

—En Lima conocí muchos apristas —dijo Lituma—. También los tenían encerrados. Rajaban de Sánchez Cerro a su gusto, decían que fue un tirano. ¿Algo que contarme, colega?

—¿Y tú permitías que rajaran en tu delante de ese gran mangache? —dijo José.

—Piurano, pero no mangache —dijo Josefino—. Ésa es otra de las invenciones de ustedes. Seguro que Sánchez Cerro nunca pisó este barrio.

—¿Qué tenías que contarme? —dijo Lituma—. Habla, hombre, me has dado curiosidad.

—No era uno, sino toda una familia, primo —dijo el Mono—. Se hicieron una casa cerca de donde vivía Patrocinio Naya, y pusieron una bandera aprista en la puerta. ¿Te das cuenta qué concha?

—De Bonifacia, Lituma —dijo Josefino—. En tu cara se ve que quieres saber. ¿Por qué no nos has preguntado, inconquistable? ¿Tenías vergüenza? Pero si somos hermanos, Lituma.

—Eso sí, los pusimos en su sitio —dijo el Mono—, les hicimos la vida imposible. Tuvieron que irse pitando como trenes.

—Nunca es tarde para preguntar —dijo Lituma; se enderezó un poco, apoyó las manos en el suelo y quedó inmóvil. Hablaba con mucha calma—: No me escribió ni una sola carta. ¿Qué ha sido de ella?

—Dicen que el Joven Alejandro era aprista de chico —dijo José, rápidamente—. Que una vez que llegó Haya de la Torre, desfiló con un cartel que decía «maestro, la juventud te aclama».

—Calumnias, el Joven es un gran tipo, una de las glorias de la Mangachería —dijo el Mono, con voz floja.

—Cállense, ¿no ven que estamos hablando? —Lituma dio una palmada en el suelo y se elevó una nubecilla de polvo. El Mono dejó de sonreír, José había bajado la cabeza y Josefino, muy tieso y con los brazos cruzados, pestañeaba sin tregua.

—Qué pasó, colega —dijo Lituma, con suavidad casi afectuosa—. Yo no había preguntado nada y tú me jalaste la lengua. Sigue ahora, no te quedes mudo.

—Algunas cosas arden más que el cañazo, Lituma —dijo Josefino, a media voz.

Lituma lo contuvo con un gesto:

—Voy a abrir otra botella, entonces —ni su voz ni sus ademanes revelaban turbación alguna, pero su piel había comenzado a transpirar y respiraba hondo—.

El alcohol ayuda a recibir las malas noticias, ¿no es cierto?

Abrió la botella de un mordisco y llenó las copas. Apuró la suya de un trago, sus ojos se enrojecieron y mojaron, y el Mono, que bebía a sorbitos, los ojos cerrados, todo el rostro contraído en una mueca, de pronto se atoró. Comenzó a toser y a golpearse el pecho con la mano abierta.

—Este Mono siempre tan maleta —murmuró Lituma—. A ver, colega, estoy esperando.

—El pisco es el único trago que vuelve al mundo por los ojos —canturreó el Mono—. Los otros con el pipí.

—Se ha hecho puta, hermano —dijo Josefino—. Está en la Casa Verde.

El Mono tuvo otro acceso de tos, su copa rodó al suelo y en la tierra una manchita húmeda se encogió, desapareció.

IV

—Sus dientes les sonaban, madre —dijo Bonifacia—, les hablé pagano para quitarles el miedo. Tú hubieras visto qué parecían.

—¿Por qué nunca nos dijiste que hablabas aguaruna, Bonifacia? —dijo la superiora.

—¿No ves cómo de todo las madres dicen ya te salió el salvaje? —dijo Bonifacia—. ¿No ves cómo dicen ya estás comiendo con las manos, pagana? Me daba vergüenza, madre.

Las trae de la mano desde la despensa y, en el umbral de su angosta habitación, les indica que esperen. Ellas se juntan, se hacen un ovillo contra la pared. Bonifacia entra, enciende el mechero, abre el baúl, lo registra, saca el viejo manojo de llaves y sale. Vuelve a coger a las chiquillas de la mano.

—¿Cierto que al pagano lo subieron a la capirona? —dijo Bonifacia—. ¿Que le cortaron el pelo y se quedó con la cabeza blanca?

—Pareces loca —dijo la madre Angélica—, de repente sales con cada cosa.

Pero ella sabía, mamita: lo trajeron los soldados en un bote, lo amarraron al árbol de la bandera, las pupilas se subían al techo de la residencia para mirar y la madre

Angélica les daba azotes. ¿Seguían con esa historia las bandidas? ¿Cuándo se la contaron a Bonifacia?

—Me la contó un pajarito amarillo que se entró volando —dijo Bonifacia—. ¿De veras le cortaron su pelo? ¿Como a las paganitas la madre Griselda?

—Se lo cortaron los soldados, tonta —dijo la madre Angélica—. No se puede comparar. La madre Griselda se los corta a las niñas para que ya no les pique. A él fue en castigo.

—¿Y qué había hecho el pagano, mamita? —dijo Bonifacia.

—Maldades, cosas feas —dijo la madre Angélica—. Había pecado.

Bonifacia y las chiquillas salen en puntas de pie. El patio está partido en dos: la luna alumbra la fachada triangular de la capilla y la chimenea de la cocina; el otro sector de la misión es una aglomeración de sombras húmedas. El muro de ladrillos se recorta, impreciso, bajo la arcada opaca de lianas y de ramas. La residencia de las madres ha desaparecido en la noche.

—Tienes una manera muy injusta de ver las cosas —dijo la superiora—. A las madres les importa tu alma, no el color de tu piel ni el idioma que hablas. Eres ingrata, Bonifacia. La madre Angélica no ha hecho otra cosa que mimarte desde que llegaste a la misión.

—Ya sé, madre, por eso te pido que reces por mí —dijo Bonifacia—. Es que esa noche me volví salvaje, vas a ver qué horrible.

—Deja de llorar de una vez —dijo la superiora—. Ya sé que te volviste una salvaje. Yo quiero saber qué hiciste.

Las suelta, les indica silencio con un gesto y echa a correr, siempre de puntillas. Al principio les saca cierta ventaja, pero a medio patio las dos chiquillas corren a su lado. Llegan juntas ante la puerta clausurada. Bonifacia se inclina, prueba las gruesas, enmohecidas llaves del manojo, una tras otra. La cerradura chirría, la madera está mojada y suena a hueco cuando ellas la golpean con la mano abierta, pero la puerta no se abre. La respiración de las tres es anhelante.

—¿Yo era muy chiquita entonces? —dijo Bonifacia—. ¿De qué tamaño, mamita? Muéstrame con tu mano.

—Así, de este tamaño —dijo la madre Angélica—. Pero ya eras un demonio.

—¿Y hacía cuánto que estaba en la misión? —dijo Bonifacia.

—Poco tiempo —dijo la madre Angélica—. Sólo unos meses.

Ya está, ya se le había metido el demonio en el cuerpo, mamita. ¿Qué decía esta loca? A ver con qué salía ahora y a Bonifacia la habían traído a Santa María de Nieva con el pagano ese. Las pupilas se lo contaron, ahora la madre Angélica tenía que ir a confesarse la mentira. Si no se iría al infierno, mamita.

—¿Y entonces para qué me preguntas, mañosa? —dijo la madre Angélica—. Es falta de respeto y además pecado.

—Era jugando, mamita —dijo Bonifacia—. Yo sé que te vas a ir al cielo.

La tercera llave gira, la puerta cede. Pero afuera debe haber una tenaz concentración de tallos, matorrales y plantas trepadoras, nidos, telarañas, hongos y madejas de lianas que resisten y atajan la puerta. Bonifacia apoya todo su cuerpo en la madera y empuja —hay levísimos, múltiples desgarramientos y un rumor quebradizo— hasta que se forma una abertura suficiente. Sujeta la puerta entreabierta, siente en su cara el roce de suaves filamentos, escucha el murmullo del follaje invisible y, de pronto, a su espalda, otro murmullo.

—Me volví como ellas, madre —dijo Bonifacia—. La del aro en la nariz comió y a la fuerza la hizo comer a la otra paganita. Le metía el plátano a la boca con sus dedos, madre.

—¿Y qué tiene que ver eso con el demonio? —dijo la superiora.

—Una le agarraba su mano a la otra y le chupaba sus dedos —dijo Bonifacia—, y después la otra lo mismo. ¿Ves el hambre que tenían, madre?

¿Cómo no iban a tener? Las pobrecillas no habían probado bocado desde Chicais, Bonifacia, pero la superiora ya sabía que a ella le dieron pena. Y Bonifacia apenas les entendía, madre, porque hablaban raro. Aquí iban a comer todos los días, y ellas queremos irnos, aquí iban a ser felices y ellas queremos irnos y comenzó a contarles esas historias del Niño Jesús que les gustaban tanto a las paganitas, madre.

—Es lo mejor que haces tú —dijo la superiora—. Contar historias. ¿Qué más, Bonifacia?

Y ella tiene los ojos como dos cocuyos, váyanse, verdes y asustados, vuelvan al dormitorio, da un paso hacia las pupilas, ¿con qué permiso salieron? y empujada por el bosque la puerta se cierra sin ruido. Las pupilas la observan calladas, dos docenas de luciérnagas y una sola silueta anchísima y deforme, la oscuridad disimula rostros, guardapolvos. Bonifacia mira hacia la residencia: no se ha encendido ninguna luz. De nuevo les ordena que regresen al dormitorio pero ellas no se mueven ni le responden.

—¿El pagano ese era mi padre, mamita? —dijo Bonifacia.

—No era tu padre —dijo la madre Angélica—. Nacerías en Urakusa pero eras hija de otro, no de ese malvado.

¿No le estaba mintiendo, mamita? Pero la madre Angélica nunca mentía, loca, por qué le iba a mentir a ella. ¿Para que no le diera pena de repente, mamita? ¿Para que no se avergonzara? ¿Y no creía que su padre también había sido malvado?

—¿Por qué iba a ser? —dijo la madre Angélica—. Podía ser de buen corazón, hay muchos paganos así. Pero qué te preocupa eso. ¿Acaso no tienes ahora un padre mucho más grande y más bueno?

Tampoco esta vez le obedecen, váyanse, vuelvan al dormitorio, y las dos chiquillas están a sus pies, temblando, prendidas de su hábito. Súbitamente, Bonifacia da media vuelta, corre hacia la puerta, empuja, la abre, señala la oscuridad del monte. Las dos chiquillas están junto a ella pero no se deciden a cruzar el umbral, sus cabezas oscilan entre Bonifacia y la sombría abertura y ahora las luciérnagas se adelantan, sus siluetas se delinean frente a Bonifacia, han comenzado a murmurarle, algunas a tocarla.

—Se los buscaban la una a la otra, madre —dijo Bonifacia—, y se los sacaban y los mataban con los dientes.

No por maldad, sino jugando, madre y antes de morder se lo mostraban diciendo mira lo que te he sacado. Jugando y también por cariño, madre.

—Si ya tenían confianza en ti, podías haberlas aconsejado —dijo la superiora—. Decirles que no hicieran esas suciedades.

Pero ella sólo pensaba en el día siguiente, madre: que no llegara mañana, que la madre Griselda no les corte sus pelos, no ha de cortárselos, no ha de echarles desinfectante y la superiora ¿qué tonterías eran ésas?

—Tú no ves cómo se ponen, yo tengo que sujetarlas y veo —dijo Bonifacia—. Y también cuando las bañan y el jabón les entra a los ojos.

¿Le daba pena que la madre Griselda las fuera a librar de esos bichos que les devoraban la cabeza? ¿Esos bichos que se tragan y las enferman y les hinchan las barriguitas? Y es que ella todavía se soñaba con las tijeras de la madre Griselda. De lo que le dolió tanto, madre, por eso sería.

—No pareces inteligente, Bonifacia —dijo la superiora—. Más bien debiste sentir pena al ver a esas criaturas convertidas en dos animalitos, haciendo lo que hacen los monos.

—Te vas a enojar más todavía, madre —dijo Bonifacia—. Vas a odiarme.

¿Qué querían?, ¿por qué no le hacían caso?, y, unos segundos después, elevando la voz, ¿también irse?, ¿volverse paganas de nuevo?, y las pupilas han sumergido a las dos chiquillas, ante Bonifacia hay sólo una masa compacta de guardapolvos y ojos codiciosos. Qué le importaba, entonces, Dios sabría, ellas sabrían, que volvieran al dormitorio o se escaparan o se murieran y mira hacia la residencia: siempre a oscuras.

—Le cortaron el pelo para sacarle al diablo que tenía adentro —dijo la madre Angélica—. Y ya basta, no pienses más en el pagano.

Es que ella siempre se acordaba, mamita, de cómo sería cuando se lo cortaron y ¿el diablo era como los piojitos? ¿Qué cosas decía esta loca? A él para sacarle el diablo, a las paganitas para sacarles los piojos. Quería decir que los dos se metían al pelo, mamita, y la madre Angélica qué tonta era, Bonifacia, qué niña más tonta.

Salen una tras otra, en orden, como los domingos cuando van al río, al pasar junto a Bonifacia algunas estiran la mano y estrujan afectuosamente su hábito, su brazo desnudo, y ella rápido, Dios las ayudaría, rezaría por ellas, Él las cuidaría y resiste la puerta con la espalda. A cada pupila que se detiene en el umbral y vuelve la cabeza hacia la oculta residencia, la empuja, la obliga a hundirse en el boquerón vegetal, a hollar la tierra fangosa y perderse en las tinieblas.

—Y, de repente, se soltó de la otra y se vino donde mí —dijo Bonifacia—. La más chiquita, madre, y creí que iba a abrazarme pero también comenzó a buscarme con sus deditos, y era para eso, madre.

—¿Por qué no llevaste a esas niñas al dormitorio? —dijo la superiora.

—De agradecida, por lo que les di de comer ¿no te das cuenta? —dijo Bonifacia—. Su cara se ponía triste porque no encontraba y yo ojalá tuviera, ojalá encontrara unito la pobre.

—Y después protestas cuando las madres te dicen salvaje —dijo la superiora—. ¿Acaso estás hablando como una cristiana?

Y ella también le buscaba en sus pelos y no le daba asco, madre, y a cada uno que encontraba lo mataba con sus dientes. ¿Asquerosa?, sí, sería y la superiora hablas como si estuvieras orgullosa de esa porquería y Bonifacia estaba, eso era lo terrible, madre, y la paganita se hacía la que le encontraba y le mostraba su mano y rápido se la metía a la boca como si fuera a matarlo. Y también la otra comenzó, madre, y ella también a la otra.

—No me hables en ese tono —dijo la superiora—. Y además basta, no quiero que me cuentes más, Bonifacia.

Y ella que entraran las madres y la vieran, la madre Angélica y también tú, madre, y hasta las hubiera insultado, qué furiosa estaba, qué odio tenía, madre y las dos chiquillas ya no están: deben haber salido entre las primeras, gateando velozmente. Bonifacia cruza el patio, al pasar junto a la capilla se detiene. Entra, se sienta en una banca. La luz de la luna llega oblicuamente hasta el altar, muere junto a la reja que separa a las pupilas de los fieles de Santa María de Nieva en la misa del domingo.

—Y, además, eras una fierecilla —dijo la madre Angélica—. Había que corretearte por toda la misión. A mí me diste un mordisco en la mano, bandida.

—No sabía lo que hacía —dijo Bonifacia—, ¿no ves que era paganita? Si te beso ahí donde te mordí ¿me perdonarás, mamita?

—Todo me lo dices con un tonito de burla y una mirada pícara que me dan ganas de azotarte —dijo la madre Angélica—. ¿Quieres que te cuente otra historia?

—No, madre —dijo Bonifacia—. Aquí estoy rezando hace rato.

—¿Por qué no estás en el dormitorio? —dijo la madre Ángela—. ¿Con qué permiso has venido a la capilla a estas horas?

—Las pupilas se han escapado —dijo la madre Leonor—, la madre Angélica te está buscando. Anda, corre, la superiora quiere hablar contigo, Bonifacia.

—Debía ser bonita de muchacha —dijo Aquilino—. Sus pelos tan largos me llamaron la atención cuando la conocí. Lástima que le salieran tantos granos.

—Y el perro ese de Reátegui anda vete, puede venir la policía, vas a comprometerme —dijo Fushía—. Pero la puta esa se le metía por las narices todo el tiempo y fue cayendo.

—Pero si tú se lo mandabas, hombre —dijo Aquilino—. No era cosa de puterío sino de obediencia. ¿Por qué la insultas?

—Porque eres linda —dijo Reátegui—, te compraré un vestido en la mejor tienda de Iquitos. ¿Te gustaría? Pero aléjate de ese árbol; ven, acércate, no me tengas miedo.

Ella tiene los cabellos claros y sueltos, está descalza, su silueta se recorta ante el inmenso tronco, bajo una espesa copa que vomita hojas como llamaradas. El asiento del árbol es un muñón de aletas de corteza rugosa, impenetrable, color ceniza, y en su interior hay madera compacta para los cristianos, duendes malignos para los paganos.

—¿También le tiene miedo a la lupuna, patrón? —dijo Lalita—. No me lo creía de usted.

Lo mira con ojos burlones y se ríe echando la cabeza atrás: los largos cabellos barren sus hombros tostados y sus pies brillan entre los helechos húmedos, más morenos que sus hombros, de tobillos gruesos.

—Y también zapatos y medias, chiquita —dijo Julio Reátegui—. Y una cartera. Todo lo que tú me pidas.

—¿Y tú qué hacías mientras tanto? —dijo Aquilino—. Después de todo era tu compañera. ¿No tenías celos?

—Yo sólo pensaba en la policía —dijo Fushía—. Lo tenía loco, viejo, le temblaba la voz cuando le hablaba.

—El señor Julio Reátegui babeando por una cristiana —dijo Aquilino—. ¡Por la Lalita! Todavía no me lo creo, Fushía. Ella nunca me contó eso, y, sin embargo, yo era su confesor y su paño de lágrimas.

—Viejas sabias esas boras —dijo Julio Reátegui—, no hay manera de saber cómo preparan los tintes. Fíjate qué fuerte el rojo, el negro. Y ya tienen como veinte años, quizá más. Anda, chiquita, póntela, déjame que te vea cómo te queda.

—¿Y para qué quería que la Lalita se pusiera la manta? —dijo Aquilino—. Vaya idea, Fushía. Pero lo que no entiendo es que te quedaras tan tranquilo. Cualquier otro sacaba cuchillo.

—El perro estaba en su hamaca y ella en la ventana —dijo Fushía—. Yo le oía todos sus cuentos y me moría de risa.

—¿Y por qué ahora no haces lo mismo? —dijo Aquilino—. ¿Por qué tanto odio con la Lalita?

—No es lo mismo —dijo Fushía—. Esta vez fue sin mi permiso, de a ocultas, a la mala.

—Ni se lo sueñe, patrón —dijo Lalita—. Ni aunque me rezara y me llorara.

Pero se la pone y el ventilador de madera, que funciona con el balance de la hamaca, emite un sonido entrecortado, una especie de tartamudeo nervioso y, envuelta en la manta negra y roja, Lalita permanece inmóvil. La tela metálica de la ventana está constelada de nubecillas verdes, malvas, amarillas y, a lo lejos, entre la casa y el bosque, las matitas de café se divisan tiernas, seguramente olorosas.

—Pareces un gusanito en su capullo —dijo Julio Reátegui—. Una de esas mariposas de la ventana. Qué te cuesta, Lalita, dame gusto, sácatela.

—Cosa de loco —dijo Aquilino—. Primero que se la ponga y después que se la quite. Qué ocurrencias las de ese ricacho.

—¿Nunca has estado arrecho, Aquilino? —dijo Fushía.

—Te daré lo que quieras —dijo Julio Reátegui—. Pídeme, Lalita, lo que sea, ven, acércate.

La manta, ahora en el suelo, es una redonda victoria regia y de ella brota, como la orquídea de una planta acuática, el cuerpo de la muchacha, menudo, de senos gallardos con corolas pardas y botones como flechas. A través de la camisa se transparentan un vientre liso, unos muslos firmes.

—Entré haciéndome el que no veía —dijo Fushía—, riéndome para que el perro no se sintiera avergonzado.

Se paró de la hamaca de un salto y la Lalita se puso la manta.

—Mil soles por una muchacha no es de cristianos cuerdos —dijo Aquilino—. Es el precio de un motor, Fushía.

—Vale diez mil —dijo Fushía—. Sólo que estoy apurado, usted sabe de sobra por qué, don Julio, y no puedo cargar con mujeres. Quisiera partir hoy mismo.

Pero así nomás a él no le iban a sacar mil soles, encima que lo había escondido. Y, además, Fushía estaba viendo que el negocio del jebe se había ido al diablo, y con las crecidas era imposible sacar madera este año y Fushía esas loretanas, don Julio, ya sabía: unos volcanes que lo incendian todo. Le apenaba dejarla, porque no sólo era bonita: cocinaba y tenía buen corazón. ¿Se decidía, don Julio?

—¿De veras te apenaba que la Lalita se quedara en Uchamala con el señor Reátegui? —dijo Aquilino—. ¿O era por decir?

—Qué me iba a apenar —dijo Fushía—, a esa puta nunca la quise.

—No te salgas de la cocha —dijo Julio Reátegui—, voy a bañarme contigo. No estarás sin nada, ¿y si vinieran los caneros? Ponte algo, Lalita, no, espera, no todavía.

Lalita está de cuclillas en el remanso y el agua la va cubriendo, a su alrededor brotan ondas, circunferencias concéntricas. Hay una lluvia de lianas a ras del agua y Julio Reátegui los estaba sintiendo, Lalita, tápate: eran muy delgados, tenían espinas, se metían por los agujeritos, chiquita, y adentro arañaban, infectaban todo y tendría que tomar cocimientos boras y aguantar la diarrea una semana.

—No son caneros, patrón —dijo Lalita—, ¿no ve que son peces chiquitos? Y las plantas que hay en el fondo, eso es lo que se siente. Qué tibia está, qué rica ¿no es cierto?

—Meterse al río con una mujer, los dos calatos —dijo Aquilino—. Nunca se me ocurrió de joven y ahora me pesa. Debe ser algo buenazo, Fushía.

—Entraré al Ecuador por el Santiago —dijo Fushía—. Un viaje difícil, don Julio, ya no volveremos a vernos. ¿Ya lo pensó? Porque parto esta noche misma. Sólo tiene quince años y yo fui el primero que la tocó.

—A veces pienso por qué no me casé —dijo Aquilino—. Pero con la vida que he llevado, no había cómo. Siempre viajando, en el río no iba a encontrar mujer. Tú sí que no te puedes quejar, Fushía. No te han faltado.

—Estamos de acuerdo —dijo Fushía—. Su lanchita y las conservas. Es un buen negocio para los dos, don Julio.

—El Santiago está lejísimos y no llegarás nunca sin que te vean —dijo Julio Reátegui—. Y, además, de surcada y en esta época tardarás un mes, y eso. ¿Por qué no al Brasil, más bien?

—Ahí es donde me están esperando —dijo Fushía—. A este lado de la frontera y también al otro, por un asunto de Campo Grande. No soy tan tonto, don Julio.

—No llegarás nunca al Ecuador —dijo Julio Reátegui.

—No llegaste, en realidad —dijo Aquilino—. Te quedaste en el Perú, nomás.

—Siempre ha sido así, Aquilino —dijo Fushía—. Todos mis planes me han salido al revés.

—¿Y si ella no quiere? —dijo Julio Reátegui—. Tienes que convencerla tú mismo, antes que te dé la lancha.

—Ella sabe que mi vida será corretear de un lado a otro —dijo Fushía—, que pueden pasarme mil cosas. A ninguna mujer le gusta andar tras un hombre fregado. Estará feliz de quedarse, don Julio.

—Y, sin embargo, ya ves —dijo Aquilino—. Te siguió y te ayudó en todo. Hizo vida de sajino, como tú, y sin quejarse. Mal que mal, la Lalita ha sido una buena mujer, Fushía.

Fue así como nació la Casa Verde. Su edificación demoró muchas semanas; los tablones, las vigas y los adobes debían ser arrastrados desde el otro límite de la ciudad y las mulas alquiladas por don Anselmo avanzaban lastimosamente por el arenal. El trabajo se iniciaba en las mañanas, al cesar la lluvia seca, y terminaba al arreciar el viento. En la tarde, en la noche, el desierto englutía los cimientos y enterraba las paredes, las iguanas roían las maderas, los gallinazos armaban sus nidos en la incipiente construcción y, cada mañana, había que rehacer lo empezado, corregir los planos, reponer los materiales, en un combate sordo que fue subyugando a la ciudad. *«¿En qué momento se dará por vencido el forastero?»*, se preguntaban los vecinos. Pero transcurrían los días y, sin dejarse abatir por los percances ni contagiar por el pesimismo de conocidos y de amigos, don Anselmo seguía desplegando una asombrosa actividad. Dirigía los trabajos semidesnudo, la maleza de vellos de su pecho húmeda de sudor, la boca llena de euforia. Distribuía cañazo y chicha a los peones y él mismo acarreaba adobes, clavaba vigas, iba y venía por la ciudad azuzando a las mulas. Y un día los piuranos admitieron que don Anselmo vencería, al divisar al otro lado del río, frente a la ciudad, como un emisario de ella en el umbral del desierto, un sólido, invicto esqueleto de madera. A partir de entonces, el trabajo fue rápido. Las gentes de Castilla y de las rancherías del camal, venían todas las mañanas a presenciar las labores, daban consejos y, a veces, espontáneamente, echaban una mano a los peones. Don Anselmo ofrecía de beber a todo el mundo. Los últimos días, una atmósfera de feria popular reinaba en torno a la obra: chicheras, fruteras, vendedoras de quesos, dulces y refrescos, acudían a ofrecer su mercancía a trabajadores y curiosos. Los hacendados hacían un alto al pasar por allí y, desde sus cabalgaduras, dirigían a don Anselmo palabras de estímulo. Un día, Chápiro Seminario, el poderoso agricultor, regaló un buey y una docena de cántaros de chicha. Los peones prepararon una pachamanca.

Cuando la casa estuvo edificada, don Anselmo dispuso que fuera íntegramente pintada de verde. Hasta los niños reían a carcajadas al ver cómo esos muros se cubrían de una piel esmeralda donde se estrellaba el sol y retrocedían reflejos escamosos. Viejos y jóvenes, ricos y pobres, hombres y mujeres, bromeaban alegremente por el capricho de don Anselmo de pintarrajear su vivienda de tal manera. La bautizaron de inmediato: *«La Casa Verde»*. Pero no sólo los divertía el color, también su extravagante anatomía. Constaba de dos plantas, pero la inferior apenas merecía ese nombre: un espacioso salón cortado por cuatro vigas, también verdes, que sostenían el techo; un patio descubierto, tapizado de piedrecillas pulidas por el río y un muro circular, alto como un hombre. La segunda planta comprendía seis cuartos minúsculos, alineados ante un corredor con balaustrada de madera que sobrevolaba el salón del primer piso. Además de la entrada principal, la Casa Verde tenía dos puertas traseras, una caballeriza y una gran despensa.

En el almacén del español Eusebio Romero, don Anselmo compró esteras, lámparas de aceite, cortinas de colores llamativos, muchas sillas. Y, una mañana, dos carpinteros de la Gallinacera anunciaron: *«Don Anselmo nos encargó un escritorio, un mostrador igualito al de La Estrella del Norte y ¡media docena de camas!».* Entonces, don Eusebio Romero confesó: *«Y a mí seis lavadores, seis espejos, seis bacinicas».* Una especie de efervescencia ganó todos los barrios, una rumorosa y agitada curiosidad.

Brotaron las sospechas. De casa en casa, de salón en salón cuchicheaban las beatas, las señoras miraban a sus maridos con desconfianza, los vecinos cambiaban sonrisas maliciosas y, un domingo, en la misa de doce, el padre García afirmó desde el púlpito: *«Se prepara una agresión contra la moral en esta ciudad».* Los piuranos asaltaban a don Anselmo en la calle, le exigían hablar. Pero era inútil: *«Es un secreto»,* les decía, regocijado como un colegial; *«un poco de paciencia, ya sabrán».* Indiferente al revuelo de los barrios, seguía viniendo en las mañanas a La Estrella del Norte, y bebía, bromeaba y distribuía brindis y piropos a las mujeres que cruzaban la plaza. En las tardes se encerraba en la Casa Verde, adonde se había trasladado después de regalar a don Melchor Espinoza un cajón de botellas de pisco y una montura de cuero repujado.

Poco después, don Anselmo partió. En un caballo negro, que acababa de comprar, abandonó la ciudad como había llegado, una mañana al alba, sin que nadie lo viera, con rumbo desconocido.

Se ha hablado tanto en Piura sobre la primitiva Casa Verde, esa vivienda matriz, que ya nadie sabe con exactitud cómo era realmente, ni los auténticos pormenores de su historia. Los supervivientes de la época, muy pocos, se embrollan y contradicen, han acabado por confundir lo que vieron y oyeron con sus propios embustes. Y los intérpretes están ya tan decrépitos, y es tan obstinado su mutismo, que de nada serviría interrogarlos. En todo caso, la originaria Casa Verde ya no existe. Hasta hace algunos años, en el paraje donde fue levantada —la extensión de desierto limitado por Castilla y Catacaos— se encontraban pedazos de madera y objetos domésticos carbonizados, pero el desierto, y la carretera que construyeron, y las chacras que surgieron por el contorno, acabaron por borrar todos esos restos y ahora no hay piurano capaz de precisar en qué sector del arenal amarillento se irguió, con sus luces, su música, sus risas, y ese resplandor diurno de sus paredes que, a la distancia y en las noches, la convertía en un cuadrado, fosforescente reptil. En las historias mangaches se dice que existió en las proximidades de la otra orilla del Viejo Puente, que era muy grande, la mayor de las construcciones de entonces, y que había tantas lámparas de colores suspendidas en sus ventanas, que su luz hería la vista, teñía la arena del rededor y hasta alumbraba el puente. Pero su virtud principal era la música que, puntualmente, rompía en su interior al comenzar la tarde, duraba toda la noche y se oía hasta en la misma catedral. Don Anselmo, dicen, recorría incansable las chicherías de los barrios, y aun las de pueblos vecinos, en busca de artistas, y de todas partes traía guitarristas, tocadores de cajón, rascadores de quijada, flautistas, maestros del bombo y la corneta. Pero nunca arpistas, pues él tocaba ese instrumento y su arpa presidía, inconfundible, la música de la Casa Verde.

—*Era como si el aire se hubiera envenenado* —decían las viejas del Malecón—. *La música entraba por todas partes, aunque cerráramos puertas y ventanas, y la oíamos mientras comíamos, mientras rezábamos y mientras dormíamos.*

—*Y había que ver las caras de los hombres al oírla* —decían las beatas ahogadas en velos—. *Y había que ver cómo los arrancaba del hogar, y los sacaba a la calle y los empujaba hacia el Viejo Puente.*

—*Y de nada servía rezar* —decían las madres, las esposas, las novias—, *de nada nuestros llantos, nuestras súplicas, ni los sermones de los padres, ni las novenas, ni siquiera los trisagios.*

—*Tenemos el infierno a las puertas* —tronaba el padre García—, *cualquiera lo vería, pero ustedes están ciegos. Piura es Sodoma y es Gomorra.*

—*Quizá sea verdad que la Casa Verde trajo la mala suerte* —decían los viejos, relamiéndose—. *Pero cómo se disfrutaba en la maldita.*

A las pocas semanas de regresar a Piura don Anselmo con la caravana de habitantas, la Casa Verde había

123

impuesto su dominio. Al principio, sus visitantes salían de la ciudad a ocultas; esperaban la oscuridad, discretamente cruzaban el Viejo Puente y se sumergían en el arenal. Luego, las incursiones aumentaron y a los jóvenes, cada vez más imprudentes, ya no les importó ser reconocidos por las señoras apostadas tras las celosías del Malecón. En ranchos y salones, en las haciendas, no se hablaba de otra cosa. Los púlpitos multiplicaban advertencias y exhortos, el padre García estigmatizaba la licencia con citas bíblicas. Un Comité de Obras Pías y Buenas Costumbres fue creado y las damas que lo componían visitaron al prefecto y al alcalde. Las autoridades asentían, cabizbajas: cierto, ellas tenían razón, la Casa Verde era una afrenta a Piura, pero ¿qué hacer? Las leyes dictadas en esa podrida capital que es Lima amparaban a don Anselmo, la existencia de la Casa Verde no contradecía la Constitución ni era penada por el Código. Las damas quitaron el saludo a las autoridades, les cerraron sus salones. Entre tanto, los adolescentes, los hombres y hasta los pacíficos ancianos se precipitaban en bandadas hacia el bullicioso y luciente edificio.

Cayeron los piuranos más sobrios, los más trabajadores y rectos. En la ciudad, antes tan silenciosa, se instalaron como pesadillas el ruido, el movimiento nocturnos. Al alba, cuando el arpa y las guitarras de la Casa Verde callaban, un ritmo indisciplinado y múltiple se elevaba al cielo desde la ciudad: los que regresaban, solos o en grupos, recorrían las calles riendo a carcajadas y cantando. Los hombres lucían el desvelo en los rostros averiados por la mordedura de la arena y en La Estrella del Norte referían estrambóticas anécdotas que corrían de boca en boca y repetían los menores.

—*Ya ven, ya ven* —decía, trémulo, el padre García—, *sólo falta que llueva fuego sobre Piura, todos los males del mundo nos están cayendo encima.*

Porque es cierto que todo esto coincidió con desgracias. El primer año, el río Piura creció y siguió creciendo, despedazó las defensas de las chacras, muchos sembríos del valle se inundaron, algunas bestias perecieron ahogadas y la humedad tiñó anchos sectores del desierto de Sechura: los hombres maldecían, los niños hacían castillos con la arena contaminada. El segundo año, como en represalia contra las injurias que le lanzaron los dueños de tierras anegadas, el río no entró. El cauce del Piura se cubrió de hierbas y abrojos que murieron poco después de nacer y quedó sólo una larga hendidura llagada: los cañaverales se secaron, el algodón brotó prematuramente. Al tercer año, las plagas diezmaron las cosechas.

—*Éstos son los desastres del pecado* —rugía el padre García—. *Todavía hay tiempo, el enemigo está en sus venas, mátenlo con oraciones.*

Los brujos de los ranchos rociaban los sembradíos con sangre de cabritos tiernos, se revolcaban sobre los surcos, proferían conjuros para atraer el agua y ahuyentar los insectos.

—*Dios mío, Dios mío* —se lamentaba el padre García—. *Hay hambre y hay miseria y en vez de escarmentar, pecan y pecan.*

Porque ni la inundación, ni la sequía, ni las plagas detuvieron la gloria creciente de la Casa Verde.

El aspecto de la ciudad cambió. Esas tranquilas calles provincianas se poblaron de forasteros que, los fines de semana, viajaban a Piura desde Sullana, Paita, Huancabamba y aun Tumbes y Chiclayo, seducidos por la leyenda de la Casa Verde que se había propagado a través del desierto. Pasaban la noche en ella y, cuando venían a la ciudad, se mostraban soeces y descomedidos, paseaban su borrachera por las calles como una proeza. Los vecinos los odiaban y a veces surgían riñas, no de noche y en el escenario de los desafíos, la pampita que está bajo el puente, sino a plena luz y en la plaza de Armas, en la avenida Grau y en cualquier parte. Estallaron peleas colectivas. Las calles se volvieron peligrosas.

Cuando, pese a la prohibición de las autoridades, alguna de las habitantas se aventuraba por la ciudad, las señoras arrastraban a sus hijas al interior del hogar y corrían las cortinas. El padre García salía al encuentro de la intrusa, desencajado; los vecinos debían sujetarlo para impedir una agresión.

El primer año, el local albergó a cuatro habitantas solamente, pero al año siguiente, cuando aquéllas partieron, don Anselmo viajó y regresó con ocho, y dicen que en su apogeo la Casa Verde llegó a tener veinte habitantas. Llegaban directamente a la construcción de las afueras. Desde el Viejo Puente se las veía llegar, se oían sus chillidos y desplantes. Sus indumentarias de colores, sus pañuelos y afeites, centelleaban como crustáceos en el árido paisaje.

Don Anselmo, en cambio, sí frecuentaba la ciudad. Recorría las calles en su caballo negro, al que había enseñado coqueterías: sacudir alegremente el rabo cuando pasaba una mujer, doblar una pata en señal de saludo, ejecutar pasos de danza al oír música. Don Anselmo había engordado, se vestía con exceso chillón: sombrero de paja blanda, bufanda de seda, camisas de hilo, correa con incrustaciones, pantalones ajustados, botas de tacón alto y espuelas. Sus manos hervían de sortijas. A veces, se detenía a beber unos tragos en La Estrella del Norte y muchos principales no vacilaban en sentarse a su mesa, charlar con él y acompañarlo luego hasta las afueras.

La prosperidad de don Anselmo se tradujo en ampliaciones laterales y verticales de la Casa Verde. Ésta, como un organismo vivo, fue creciendo, madurando. La primera innovación fue un cerco de piedra. Coronado de cardos, cascotes, púas y espinas para desanimar a los ladrones, envolvía la planta baja y la ocultaba. El espacio encerrado entre el cerco y la casa fue primero un patiecillo pedregoso, luego un nivelado zaguán con macetas de cactus, después un salón circular con suelo y techo de esteras y, por fin, la madera reemplazó la paja, el salón fue empedrado y el techo se cubrió de tejas. Sobre la segunda planta, surgió otra, pequeña y cilíndrica como un torreón de vigía. Cada piedra añadida, cada teja o madera eran automáticamente pintadas de verde. El color elegido por don Anselmo acabó por imprimir al paisaje una nota refrescante, vegetal, casi líquida. Desde lejos, los viajeros avistaban la construcción de muros verdes, diluidos a medias en la viva luz amarilla de la arena, y tenían la sensación de acercarse a un oasis de palmeras y cocoteros hospitalarios, de aguas cristalinas, y era como si esa lejana presencia prometiera toda clase de recompensas para el cuerpo fatigado, alicientes sin fin para el ánimo deprimido por el bochorno del desierto.

Don Anselmo, dicen, habitaba el último piso, esa angosta cúspide, y nadie, ni sus mejores clientes —Chápiro Seminario, el prefecto, don Eusebio Romero, el doctor Pedro Zevallos—, tenían acceso a ese lugar. Desde allí, sin duda, observaría don Anselmo el desfile de los visitantes por el arenal, vería sus siluetas desdibujadas por los torbellinos de arena, esas hambrientas bestias que merodean alrededor de la ciudad desde que cae el sol.

Además de las habitantas, la Casa Verde hospedó en su buena época a Angélica Mercedes, joven mangache que había heredado de su madre la sabiduría, el arte de los picantes. Con ella iba don Anselmo al Mercado, a los almacenes, a encargar víveres y bebidas: comerciantes y placeras se doblaban a su paso como cañas al viento. Los cabritos, cuyes, chanchos y corderos que Angélica Mercedes guisaba con misteriosas yerbas y especias, llegaron a ser uno de los incentivos de la Casa Verde y había viejos que juraban: «*Sólo vamos allá por saborear esa comida fina*».

Los contornos de la Casa Verde estaban siempre animados por multitud de vagos, mendigos, vendedores de baratijas y fruteras que asediaban a los clientes que llegaban y salían. Los niños de la ciudad escapaban de sus casas en la noche y, disimulados tras los matorrales, espiaban a los visitantes y escuchaban la música, las carcajadas. Algunos, arañándose manos y piernas, escalaban el muro y ojeaban codiciosamente el interior. Un día (que era fiesta de guardar), el padre García se plantó en el arenal, a pocos metros de la Casa Verde y, uno por uno, acometía a los visitantes y los exhortaba a retornar a la ciudad y arrepentirse. Pero ellos inventaban excusas: una cita de negocios, una pena que hay que ahogar porque si no envenena el alma, una apuesta que compromete el honor. Algunos se burlaban e invitaban al padre García a acompañarlos y hubo quien se ofendió y sacó pistola.

Nuevos mitos surgieron en Piura sobre don Anselmo. Para algunos, hacía viajes secretos a Lima, donde guardaba el dinero acumulado y adquiría propiedades. Para otros, era el simple escaparate de una empresa que contaba entre sus miembros al prefecto, el alcalde y hacendados. En la fantasía popular, el pasado de don Anselmo se enriquecía, a diario se añadían a su vida hechos sublimes o sangrientos. Viejos mangaches aseguraban identificar en él a un adolescente que, años atrás, perpetró atracos en el barrio, y otros afirmaban: *«Es un presidiario desertor, un antiguo montonero, un político en desgracia»*. Sólo el padre García se atrevía a decir: *«Su cuerpo huele a azufre»*.

Y a la madrugada se levantan para seguir viaje, bajan el barranco y la lanchita no está. Comienzan a buscarla, Adrián Nieves de un lado, del otro el cabo Roberto Delgado y el sirviente y, de repente, gritos, piedras, calatos y ahí está el cabo, rodeado de aguarunas, le llueven palos, también al sirviente y ahora lo han visto y los chunchos corren hacia él, miéchica, Adrián Nieves, te llegó tu hora, y se tira al agua: fría, rápida, oscura, no saques la cabeza, más para adentro, que lo agarre la corriente, ¿flechas?, se lo jale río abajo, ¿balas?, ¿piedras?, miéchica, los pulmones quieren aire, la cabeza anda mareada como un trompo, cuidado con el calambre. Sale y todavía se ve Urakusa y, en el barranco, el uniforme verde del cabo, los chunchos lo están machucando, era su culpa, él se lo había advertido y el sirviente ¿escaparía?, ¿lo matarían? Se deja ir flotando aguas abajo, prendido de un tronco y, después, cuando trepa a la banda derecha del río, el cuerpo está dolorido. Ahí mismo se duerme sobre la playa, desierta, aún no le han vuelto las fuerzas y un alacrán lo está picando a su gusto. Tiene que encender una fogata y poner la mano encima, así, que transpire un poco aunque arda tanto, chupa la herida, escupe, enjuágate la boca, nunca se sabe con las picaduras, alacrán concha de tu madre. Sigue después, por el monte, no hay chunchos por ninguna parte, pero mejor salir hacia el Santiago, ¿y si una patrulla lo coge y lo regresa a la guarnición de Borja? Tampoco volver al pueblo, ahí los soldados lo descubrirían mañana o pasado y, por lo pronto, hay que fabricarse una balsa. Se demora mucho, ah, si tuvieras un machete, Adrián Nieves, las manos están cansadas y no dan las fuerzas para tumbar troncos recios. Elige tres árboles muertos, blancos y agusanados que al primer empujón se vienen abajo, los sujeta con bejucos y se hace dos pértigas, una para llevar de repuesto. Y ahora nada de salir al río grande, busca caños y cochas por donde cruzar, y no es difícil, toda la zona son aguajales. Sólo que cómo se orienta, estas tierras altas no son las suyas, las aguas han subido mucho, ¿llegará así hasta el Santiago?, una semanita más, Adrián Nieves, tú eras un buen práctico, abre mucho las narices, el olor no engaña, ésa es la buena dirección, y huevos, hombre, muchos huevos. Pero dónde anda ahora, el caño parece girar en redondo y navega casi a oscuras, el bosque es espeso, el sol y el aire entran apenas, huele a madera podrida, a fango y, además, tanto murciélago, le duelen los brazos, tiene ronca la garganta de espantarlos, una semanita más. Ni para atrás ni para adelante, ni cómo retroceder al Marañón ni cómo llegar al Santiago, la corriente lo lleva a su antojo, el cuerpo no da de fatiga, para colmo llueve, día y noche llueve. Pero al fin termina el caño y aparece una laguna, una cocha pequeñita con chambiras pura espina en las orillas, el cielo está oscureciendo. Duerme en una isla, al despertar mastica unas yerbas amargas, sigue viaje y sólo dos días más tarde mata a palazos una sachavaca flaquita, come carne medio cruda, los músculos ya no pueden ni mover la pértiga, los mosquitos lo han picoteado a sus anchas, la piel arde y tiene las piernas como el capitán Quiroga, eso que contaba el cabo, qué sería de él, ¿los urakusas lo soltarían?, estaban furiosos, ¿de repente lo matarían? Quizá hubiera sido mejor volver nomás a la guarnición de Borja, preferible ser soldado que cadáver, triste morirse de hambre o de fiebres en el monte, Adrián Nieves. Está de barriga en la balsa y así una punta de días, y cuando se termina el caño y sale a una cocha enorme, qué cosa, tan grande que parece el lago, qué cosa, ¿el lago Rimache?, no ha podido subir tanto, imposible, y en el centro está la isla y en lo alto del barranco hay una pared de lupunas. Empuja la tangana sin levantarse y, por fin, entre los árboles llenos de jorobas, siluetas desnudas, miéchica, ¿serán aguarunas?, ayúdenme, ¿serán tratables?, los saluda con las dos manos y ellos se agitan, chillan, ayúdenme, saltan, lo señalan y al atracar ve al cristiano, a la cristiana, lo están esperando y a él se le va la cabeza, patrón, no sabía qué alegría ver a un cristiano. Le había salvado la vida, patrón, creía que todo se había acabado y él se ríe y le dan otro trago, el sabor dulce, áspero del anisado y detrás del patrón hay una cristiana joven, bonita su cara, bonitos sus pelos largos, y era como si soñara, patrona, usted también me salvó: les daba las gracias en nombre del cielo. Cuando despierta ahí están ellos todavía, a su lado, y el patrón vaya, ya era hora, hombre, había dormido un día entero, por fin abría los ojos, ¿se sentía bien? Y Adrián Nieves sí, muy bien, patrón, pero ¿no había soldados por aquí? No, no había, por qué quería saberlo, qué había hecho y Adrián Nieves nada malo, patrón, no maté a nadie, sólo que se escapó del servicio, no podía vivir encerrado en un cuartel, para él no había como el aire libre, se llamaba Nieves y antes que le echaran lazo los soldados era práctico. ¿Práctico? Entonces conocería bien la montaña, sabría llevar una lancha a cualquier parte y en cualquier época y él claro que podía, patrón, era práctico desde que nació. Ahora se perdió porque se había metido en los aguajales en plena crecida, no quería que lo vieran los soldados, ¿no podría, patrón? Y el patrón sí, podría quedarse en la isla, él le daría trabajo. Aquí estaría seguro, ni soldados ni guardias vendrían nunca: ésta era su mujer, Lalita, y él Fushía.

—¿Qué pasa, colega? —dijo Josefino—. No te muñequees.

—Me voy donde la Chunga —rugió Lituma—. ¿Vienen conmigo? ¿No? Tampoco me hacen falta, me voy solo.

Pero los León lo sujetaron de los brazos y Lituma permaneció en su sitio, congestionado, sudoroso, sus ojillos revoloteando angustiosamente por el aposento.

—Para qué, hermano —dijo Josefino—. Si aquí estamos bien. Cálmate.

—Sólo para oír al arpista de dedos de plata —gimió Lituma—. Sólo para eso, inconquistables. Nos tomamos un trago y volvemos, les juro.

—Siempre fuiste tan hombre, colega. No flaquees, ahora.

—Soy más hombre que cualquiera —balbuceó Lituma—. Pero tengo un corazón así de grande.

—Trata de llorar —dijo el Mono, tiernamente—. Eso desahoga, primo, no tengas vergüenza.

Lituma se había puesto a mirar al vacío y su terno color lúcuma estaba lleno de lamparones de tierra y de saliva. Quedaron callados un buen rato, bebiendo cada uno por su cuenta, sin brindar, y hasta ellos llegaban ecos de tonderos y de valses, y la atmósfera se había impregnado de olor a chicha y a fritura. El balanceo de la lámpara agrandaba y disminuía a un ritmo preciso las cuatro siluetas proyectadas sobre las esteras, y la vela de la hornacina, ya minúscula, exhalaba un humillo rizado y oscuro que envolvía a la Virgen de yeso como una larga cabellera. Lituma se puso de pie con gran esfuerzo, se sacudió la ropa, paseó unos ojos extraviados por el contorno y, de improviso, se llevó un dedo a la boca. Estuvo hurgándose la garganta bajo la atenta mirada de los otros; lo vieron palidecer, y por fin vomitó, ruidosamente, con arcadas que estremecían todo su cuerpo. Luego, volvió a sentarse, se limpió la cara con el pañuelo y, exhausto, ojeroso, encendió un cigarrillo con manos temblonas.

—Ya estoy mejor, colega. Sigue contando, nomás.

—Sabemos muy poco, Lituma. Es decir, de cómo pasó la cosa. Cuando te metieron adentro nos mandamos mudar. Habíamos sido testigos y podían enredarnos, tú sabes que los Seminario son gente rica, con tantas influencias. Yo me fui a Sullana y tus primos a Chulucanas. Cuando regresamos, ella había dejado la casita de Castilla y nadie sabía dónde paraba.

—Así que se quedó solita la pobre —murmuró Lituma—. Sin un cobre y todavía encinta.

—Por eso no te preocupes, hermano —dijo Josefino—. No dio a luz. Al poco tiempo supimos que andaba por las chicherías, y una noche la encontramos en el Río Bar con un tipo, y ya no estaba encinta.

—¿Y ella qué hizo cuando los vio?

—Nada, colega. Nos saludó lo más fresca. Y después nos topábamos con ella por aquí y por allá, y siempre estaba acompañada. Hasta que un día la vimos en la Casa Verde.

Lituma se pasó el pañuelo por la cara, chupó el cigarrillo con fuerza y arrojó una gran bocanada de humo espeso.

—¿Por qué no me escribieron? —su voz era cada vez más ronca.

—Ya tenías bastante, encerrado lejos de tu tierra. ¿Para qué íbamos a amargarte más la vida, colega? No se dan esas noticias a uno que anda fregado.

—Basta, primo, parece que te gustara sufrir —dijo José—. Cambien de tema.

De los labios de Lituma corría hasta su cuello un hilo de saliva brillante. Su cabeza se movía, lenta, pesada, mecánica, siguiendo la exacta oscilación de las sombras en las esteras. Josefino llenó las copas. Continuaron bebiendo, sin hablar, hasta que la vela de la hornacina se apagó.

—Ya hace dos horas que estamos aquí —dijo José, señalando el candelero—. Es lo que dura la mecha.

—Estoy contento de que hayas vuelto, primo —dijo el Mono—. No pongas esa cara. Ríete, todos los mangaches van a estar felices de verte. Ríete, primito.

Se dejó ir contra Lituma, lo estrechó y estuvo mirándolo con sus ojos grandes, vivos y ardientes, hasta que Lituma le dio una palmadita en la cabeza y sonrió.

—Así me gusta, primo —dijo José—. Viva la Mangachería, cantemos el himno.

Y, súbitamente, los tres comenzaron a hablar, eran tres churres y saltaban los muros de adobe de la Escuela Fiscal para bañarse en el río o, montados en un burro ajeno, recorrían arenosos senderos, entre chacras y algodonales, en dirección a las huacas de Narihualá, y ahí estaba el estruendo de los carnavales, los cascarones y los globos llovían sobre enfurecidos transeúntes y ellos empapaban también a los cachacos que no se atrevían a ir a sacarlos de sus escondites en las azoteas y en los árboles, y ahora, en las mañanas calientes, disputaban fogosos partidos de fútbol con una pelota de trapo en la cancha infinitamente grande del desierto. Josefino los escuchaba mudo, los ojos llenos de envidia, los mangaches recriminaban a Lituma, ¿de veras que te enrolaste en la Guardia Civil?, so renegado, so amarillo, y los León y Lituma reían. Abrieron otra botella. Siempre callado,

Josefino hacía argollas con el humo, José silbaba, el Mono retenía el pisco en la boca, simulaba masticarlo, hacía gárgaras, morisquetas, no siento náuseas ni fuego, sólo ese calorcito que no se confunde.

—Tranquilo, inconquistable —dijo Josefino—. Dónde vas, agárrenlo.

Los León lo alcanzaron en el umbral, José lo tenía de los hombros y el Mono le abrazaba la cintura; lo sacudía con furia, pero su voz era atolondrada y llorosa:

—Para qué, primo. No vayas, tu corazón va a sangrar. Hazme caso, Lituma, primito.

Lituma acarició con torpeza el rostro del Mono, revolvió sus cabellos crespos, lo apartó sin brusquedad y salió, tambaleándose. Ellos lo siguieron. Afuera, a las orillas de sus casas de caña brava, los mangaches dormían bajo las estrellas, formaban silenciosos racimos humanos en la arena. El bullicio de las chicherías había crecido, el Mono repetía las tonadas entre dientes y, cuando escuchaba un arpa, abría los brazos: ¡pero como don Anselmo no hay! Él y Lituma iban adelante, tomados del brazo, zigzagueantes, a veces en la oscuridad se elevaba una protesta, «¡cuidado, no pisen!», y ellos, a coro, «perdoncito, don», «mil perdones, doña».

—Esa historia que le contaste parecía una película —dijo José.

—Pero se la creyó —dijo Josefino—. No se me ocurrió otra. Y ustedes no me ayudaron, ni siquiera abrieron la boca.

—Lástima que no estemos en Paita, primo —dijo el Mono—. Me metería al agua con ropa y todo. Qué rico sería.

—En Yacila hay olas, es mar de veras —dijo Lituma—. El de Paita es un laguito, el Marañón es más bravo que ese mar. El domingo iremos a Yacila, primo.

—Metámoslo donde Felipe —dijo Josefino—. Yo tengo plata. No podemos dejar que vaya, José.

La avenida Sánchez Cerro estaba desierta, en la sombrilla de luz aceitosa de cada farol zumbaban los insectos. El Mono se había sentado en el suelo para anudarse los zapatos. Josefino se acercó a Lituma:

—Mira, colega, está abierto donde Felipe. Cuántos recuerdos en esa cantina. Ven, déjame invitarte un trago.

Lituma se zafó de los brazos de Josefino, habló sin mirarlo:

—Después, hermano, a la vuelta. Ahora, a la Casa Verde. Cuántos recuerdos allá también, más que en ninguna otra parte. ¿No es cierto, inconquistables?

Más tarde, al pasar frente al Tres Estrellas, Josefino hizo una nueva tentativa. Se precipitó hacia la puerta luminosa del bar, gritando:

—¡Al fin un sitio donde ahogar la sed! Vengan, colegas, yo pago.

Pero Lituma siguió caminando, inconmovible.

—Qué hacemos, José.

—Qué vamos a hacer, hermano. Ir donde la Chunga Chunguita.

Dos

Una lancha se detiene roncando junto al embarcadero y Julio Reátegui salta a tierra. Sube hasta la plaza de Santa María de Nieva —un guardia civil echa al aire una madera, un perro la atrapa al vuelo y se la trae— y cuando llega a la altura de los troncos de capirona un grupo de personas sale de la cabaña de la Gobernación. Él alza la mano y saluda: lo observan, se animan, se precipitan a su encuentro, cuánto gusto, qué sorpresa, Julio Reátegui estrecha las manos de Fabio Cuesta, ¿por qué no había avisado que venía?, de Manuel Águila, no se lo perdonaban, de Pedro Escabino, se habrían preparado para recibirlo, de Arévalo Benzas, ¿cuántos días se quedaría esta vez, don Julio? Nada, era una visita relámpago, seguía viaje ahora mismo, ya sabían qué vida llevaba. Entran a la Gobernación, don Fabio destapa unas cervezas, brindan, ¿iban bien las cosas en Nieva?, ¿en Iquitos?, ¿problemas con los paganos? En las puertas y en las ventanas de la cabaña hay aguarunas de bocas anchas, ojos fríos y pómulos salientes. Más tarde, Julio Reátegui y Fabio Cuesta salen, en la plaza el guardia sigue jugando con el perro, suben la pendiente hacia la misión observados desde todas las viviendas, ah, don Fabio, las mujeres, perder un día por este asunto, llegaría al campamento de noche y don Fabio

¿para qué están los amigos, don Julio? Le hubiera escrito unas líneas y él se encargaba de todo, pero claro, don Fabio, la carta habría demorado un mes, y quién aguantaba mientras tanto a la señora Reátegui. Apenas tocan, la puerta de la residencia se abre, cómo está, un grasiento mandil, madre Griselda, un hábito, fíjese quién ha venido, una cara colorada, ¿no lo reconocía?, pero si era el señor Reátegui, un gritito, pase, una mano risueña, pase, don Julio, qué gusto y a él no le extrañaba que no lo reconocieran con la facha que traía, madre. Rengueando, hablando sin cesar, la madre Griselda los guía por un pasadizo sombreado, les abre una puerta, les señala unas sillas de lona, qué alegría para la madre superiora, y, aunque tuviera mucha prisa, tenía que visitar la capilla, don Julio, ya vería cuántos cambios, volvía en seguida. En el escritorio hay un crucifijo y un mechero, en el suelo un petate de fibras de chambira y en la pared una imagen de la Virgen; por las ventanas entran suntuosas, llamativas lenguas de sol que lamen las vigas del techo. Vez que estaba en una iglesia o en un convento, a Julio Reátegui le venían sensaciones raras, don Fabio, el alma, la muerte, esos pensamientos que a uno lo desvelan tanto de muchacho y al gobernador le ocurría igualito, don Julio, visitaba a las madres y salía con la cabeza llena de cosas profundas: ¿y si en el fondo los dos fueran algo místicos? Eso mismo había pensado él, don Fabio se acaricia la calva, qué gracioso, un poco místicos. La señora Reátegui se reiría si los oyera, ella que siempre decía te irás al infierno por hereje, Julio, y, a propósito, el año pasado le había dado gusto por fin, fueron a Lima en octubre, ¿a la procesión?, sí, del Señor de los Milagros. Don Fabio había visto fotos, pero estar allá debía ser mucho mejor, ¿cierto que todos los negros se vestían de morado? Y también los zambos, y los cholos y los blancos, media Lima de morado, algo terrible, don Fabio, tres días en esa apretura, qué incomodidad y qué olores, la señora Reátegui quería que él también se pusiera el hábito, pero su amor no llegaba a tanto. Voces, risas, carreras invaden la habitación y ellos miran hacia las ventanas: voces, risas, carreras. Seguramente tenían recreo, ¿había muchas ahora?, por el ruido parecían cien y don Fabio unas veinte. El domingo hubo un desfile y ellas cantaron el himno nacional, muy entonadas, don Julio, en un español como se pide. No había duda, don Fabio estaba contento en Santa María de Nieva, con qué orgullo contaba las cosas de acá, ¿era esto mejor que administrar el hotel?, si hubiera seguido allá, en Iquitos, tendría ahora una buena situación, don Fabio, es decir, económicamente. Pero el gobernador ya estaba viejo y, aunque le pareciera mentira al señor Reátegui, no era hombre de ambiciones. ¿Así que no aguantaría ni un mes en Santa María de Nieva?, don Julio, ya veía que aguantó y, si Dios lo permitía, no saldría nunca más de aquí. ¿Por qué se empeñó tanto en este nombramiento?, Julio Reátegui no acababa de entenderlo, ¿por qué quiso reemplazarlo, don Fabio?, ¿qué buscaba?, y don Fabio ser, que no se riera, respetado, sus últimos años en Iquitos habían sido tan tristes, don Julio, nadie podía saber las vergüenzas, las humillaciones, cuando él lo llevó al hotel vivía de la caridad. Pero que no se pusiera triste, aquí en Nieva todos lo querían mucho, don Fabio ¿no consiguió lo que buscaba? Sí, lo respetaban, el sueldo no sería gran cosa, pero con lo que el señor Reátegui le daba por ayudarlo le bastaba para vivir tranquilo, también esto se lo debía, don Julio, ah, no tenía palabras. Entre las risas, las voces, las carreras de la huerta, se deslizan ladridos, cotorreos de loritos. Julio Reátegui cierra los ojos, don Fabio queda pensativo, su mano lenta, afectuosamente recorre la calva: de veras, ¿sabía don Julio que murió la madre Asunción?, ¿recibió su carta? La había recibido y la señora Reátegui escribió a las madres dándoles el pésame, él añadió unas líneas, una buena persona la monjita y don Fabio había hecho algo que no era muy legal, poner a media asta la bandera de la Gobernación, don Julio, para asociarse al duelo de alguna manera y ¿la madre Angélica estaba bien?, ¿siempre fuerte como una roca, esa viejecita? Se oyen pasos y ellos se ponen de pie, van al encuentro de la superiora, don Julio, madre, una mano blanca, era un honor para esta casa tener de nuevo aquí al señor Reátegui, qué contenta estaba de verlo, por favor, que se sentaran y ellos justamente estaban hablando, madre, recordando a la pobre madre Asunción. ¿Pobre? Nada de pobre que estaba en el cielo, ¿y la señora Reátegui?, ¿cuándo verían de nuevo a la madrina de la capilla? La señora Reátegui soñaba con venir, pero llegar hasta aquí desde Iquitos era tan complicado, Santa María de Nieva estaba fuera del mundo y, además, ¿no era terrible viajar por la selva? No para don Julio Reátegui, la superiora sonríe, que iba y venía por la Amazonía como por su casa, pero Julio Reátegui no lo hacía por placer, si uno mismo no estaba encima de todo, madre, las cosas se las lleva el diablo, que le perdonara la expresión. No había dicho nada incorrecto, don Julio, aquí también si una se descuidaba el demonio hacía de las suyas y ahora las pupilas cantan en coro.

Alguien las dirige, en cada silencio don Fabio aplaude con las yemas de los dedos, sonríe, aprueba: ¿la madre había recibido el mensaje de la señora Reátegui? Sí, el mes pasado, pero no creía que don Julio se la llevaría tan pronto. En general, prefería que salgan de la misión a fin de año, no en pleno curso, pero, ya que se dio el trabajo de venir personalmente, harían una excepción, por tratarse de él, claro. Y él, la verdad, estaba matando dos pájaros de un tiro, madre, tenía que echar un vistazo al campamento del Nieva, los materos habían encontrado palo de rosa, parecía, así que aprovechó para darse un saltito y la superiora asiente: ¿la iban a encargar de las niñas?, algo de eso decía la señora Reátegui. Ah, las niñas, madre, si las viera, estaban preciosas, don Fabio se lo figuraba, y la madre las conocía, la señora Reátegui le mandó fotos de las chiquilinas, la mayorcita una muñeca y la pequeña qué ojazos. Tenían a quien salir, por cierto, la señora Reátegui era tan guapa y don Fabio lo decía con todo respeto, don Julio. Ya hace tiempo que se les había casado el ama, madre, y ella no se figuraba lo aprensiva que era la señora Reátegui, a todas las muchachas les ponía peros, que eran sucias, que iban a contagiarles enfermedades, siempre las peores cosas, y ahí la tenían, de niñera hace dos meses. Por ese lado, don Fabio se adelanta en el asiento, la señora Reátegui podía estar bien tranquila, da una palmadita, de aquí nadie salía enferma ni sucia, sonríe, ¿no era cierto, madre?, hace una venia, daba gusto ver lo limpiecitas que las tenían y Reátegui de veras, madre, la esposa del doctor Portillo. ¿También dificultades con la servidumbre? Sí, don Fabio, cada vez resultaba más difícil hallar gente racional en Iquitos, ¿sería posible llevarle también una de las jovencitas, madre? Sí, era posible, la superiora frunce ligeramente los labios, don Julio, pero que no le hablara así, su voz se adelgaza, la misión no era una agencia de domésticas y ahora Reátegui está inmóvil, serio, una mano confusa palmoteando el brazo del asiento, ¿no habría interpretado mal sus palabras, no?, es decir, la superiora examina el crucifijo, don Fabio frota su calva, se balancea en su silla, parpadea, madre, ¿no habría interpretado mal las palabras de don Julio, no? Él sabía de dónde venían estas niñas, cómo vivían antes de entrar a la misión, Julio Reátegui le aseguraba, madre, había habido un error, no lo había comprendido, y después de estar aquí las niñas no tenían adónde ir, los caseríos indígenas no se estaban quietos, pero aun si pudieran localizar a las familias las niñas ya no se acostumbrarían, ¿cómo iban a vivir desnudas de nuevo?, la superiora hace un ademán amable, ¿a adorar serpientes?, pero su sonrisa es glacial, ¿a comerse los piojos? Era culpa de él, madre, se expresó mal y ella tomaba sus palabras en otro sentido, pero las niñas tampoco podían quedarse en la misión, don Julio, no sería justo, ¿no era verdad?, debían dejar sitio a las otras. La idea era que ellos ayudaran a las madres a incorporar al mundo civilizado a esas niñas, don Julio, que les facilitaran el ingreso a la sociedad. Era precisamente en ese sentido que el señor Reátegui, madre, ¿acaso ella no lo conocía?, y en la misión recogían a esas criaturas y las educaban para ganar unas almas a Dios, no para proporcionar criadas a las familias, don Julio, que le disculpara la franqueza. Él lo sabía de sobra, madre, por eso él y su señora siempre colaboraron con la misión, si había algún inconveniente no pasaba nada, madre, no se dijo nada, por favor que no se preocupara. La superiora no se preocupaba por ellos, don Julio, sabía que la señora Reátegui era muy piadosa y que la niña estaría en buenas manos. El doctor Portillo era el mejor abogado de Iquitos, madre, ex diputado, si no se tratara de una familia decente, conocida, ¿se habría atrevido Julio Reátegui a hacer esa gestión? Pero le repetía que no pensara más en eso, madre, y la superiora sonríe de nuevo: ¿se había enfadado con ella? No importaba, a todo el mundo le venía bien un sermón de cuando en cuando y Julio Reátegui se acomoda en el asiento, le había jalado las orejas, madre, lo había hecho sentirse en falta y si él le garantizaba a ese señor, don Julio, ella le creía, ¿no importaba que le hiciera algunas preguntas? Todas las que quisiera la madre, y él comprendía eso de las precauciones, algo lógico, pero tenía que creerle, el doctor Portillo y su esposa eran de lo mejor y la muchacha sería muy bien tratada, ropa, comida, hasta salario y la superiora no lo dudaba, don Julio. Sus labios finos, furtivos, se fruncen de nuevo: ¿y lo otro? ¿Se preocuparían de que la niña conserve lo ganado aquí? ¿No destruirían por negligencia lo que le habían dado en la misión? Se refería a eso, don Julio, y era verdad que la madre no conocía a los Portillo, Angelita organizaba todos los años la Navidad de los pobres, ella misma iba a pedir donativos a las tiendas y a repartirlos en las barriadas, madre: podía estar segura que Angelita llevaría a la muchacha a cuanta procesión hubiera en Iquitos. La superiora no quería importunarlo más, pero había algo, ¿tomaría él la responsabilidad de las dos? Para cualquier reclamo o cosa que ocurra, madre, no faltaba más, la tomaría y firmaría lo necesario, con mucho gusto, en su nombre y en el del doctor Portillo. Estaban de acuerdo, pues, don Julio, y la superiora iba a buscarlas; además, seguramente la madre Griselda les había preparado unos refrescos, no les vendrían mal, ¿no es cierto?, con el calor que hacía y don Fabio eleva las manos regocijadas: siempre tan amables, ellas. La superiora sale de la habitación, los jirones de sol que abrazan las vigas ya no son brillantes sino opacos, en la huerta contigua las pupilas siguen cantando, hombre, ¿qué significaba esto? No había derecho, vaya mal rato que le hizo pasar la monja, don Fabio, y él don Julio, puro formulismo, las madres querían mucho a estas huerfanitas, les daba pena que se fueran, eso era todo, ¿pero a los oficiales de Borja les hacían las mismas preguntas?, ¿y a esos ingenieros que pasan por acá les vienen con los mismos consejos?, que le hiciera el favor, don Fabio. El gobernador tiene el rostro apenado, la madre estaría malhumorada por algo, no había que hacerle caso, don Julio y a Reátegui que no le dijeran que los milicos las iban a tratar mejor que ellos, las harían trabajar como animales, fijo, no les pagarían un cobre, seguro, ¿don Fabio sabía las miserias que ganaban los milicos? Y, además, a él lo conocían de sobra, si les recomendaba a Portillo sería por algo, don Fabio, por favor, dónde se había visto. El coro de la huerta cesa de golpe y el gobernador no comprendía, la superiora siempre tan gentil, tan educada, ya pasó, don Julio, que no se hiciera mala sangre, y él no se hacía mala sangre pero las injusticias lo sublevaban como a cualquiera: se habría acabado el recreo, los nudillos de don Fabio tamborilean en el asiento, a él también lo puso nervioso la madre, don Julio, se sintió en el confesionario, ellos se vuelven y la puerta se abre. La superiora trae una fuente, una pirámide de galletas de cantos ásperos, y la madre Griselda una bandeja de barro, vasos, una jarra llena de un líquido espumoso, las dos pupilas permanecen junto a la puerta, asustadizas, hurañas en sus guardapolvos cremas: ¡jugo de papaya, bravo! Esta madre Griselda, siempre mimándolos, don Fabio se ha puesto de pie y la madre Griselda ríe tapándose la boca con la mano, ella y la superiora reparten los vasos, los llenan. Desde la puerta, una contra otra, las pupilas miran de soslayo, una tiene la boca entreabierta y exhibe sus dientes minúsculos, limados en punta. Julio Reátegui levanta su vaso, madre, se lo agradecía de veras, estaba muerto de sed, pero debían probar las galletitas, a que no adivinaban, ¿y?, a ver, ¿y, don Fabio? No se les ocurría, madre, qué cosa más suavecita, ¿de maíz?, más delicada, ¿de camote? y la madre Griselda lanza una carcajada: ¡de yuca! Las había inventado ella misma, cuando trajera a la señora Reátegui le daría la receta y don Fabio bebe un sorbito entornando los ojos: la madre Griselda tenía manos de ángel, sólo por eso merecía el cielo, y ella calle, calle, don Fabio, que se sirvieran más jugo. Beben, sacan sus pañuelos, se limpian los finos bozales anaranjados, Reátegui tiene gotitas de sudor en la frente, la calva del gobernador rutila. Por fin la madre Griselda recoge la bandeja, la jarra y los vasos, les sonríe con picardía desde la puerta, sale, Reátegui y el gobernador miran a las pupilas inmóviles, éstas bajan la cabeza al mismo tiempo: buenas tardes, jovencitas. La superiora da un paso hacia ellas, a ver, acérquense, ¿por qué se quedaban ahí? La de los dientes limados arrastra los pies y se detiene sin levantar la cabeza, la otra queda en su

149

sitio y Julio Reátegui tú también, hija, no había que tenerle miedo, no era el cuco. La pupila no responde y la superiora, de pronto, adopta una expresión enigmática, burlona. Mira a Reátegui, en los ojos de éste brota una pequeña luz intrigada, el gobernador está indicando con la mano a la chiquilla que se acerque y la superiora, don Julio, ¿no la reconocía? Señala a la que está junto a la puerta y su sonrisa se acentúa, una señal afirmativa y Julio Reátegui se vuelve hacia la chiquilla, la examina pestañeando, mueve los labios, chasquea los dedos, ah, madre, ¿era ella?, sí. Vaya sorpresa, ni siquiera se le había pasado por la cabeza, ¿había cambiado mucho, don Julio?, tanto madre, se venía con él, la señora Reátegui estaría encantada. Pero si eran viejos amigos, hija, ¿no se acordaba de él acaso? La de los dientes limados y el gobernador los miran con curiosidad, la pupila de la puerta alza un poco la cabeza, sus ojos verdes contrastan con su tez oscura, la superiora suspira, Bonifacia: le estaban hablando, qué modales eran ésos. Julio Reátegui la examina siempre, madre, caramba, iban para cuatro años, la vida volaba, hija, cómo has crecido, era un pedacito de mujer y ahora vean ustedes. La superiora asiente, Bonifacia, vamos, que saludara al señor Reátegui, suspira de nuevo, tenía que respetarlo mucho y lo mismo a su señora, ellos serían muy buenos. Y Reátegui que no tuviera vergüenza, hija, iban a conversar un momento, ya hablaría el español muy bien, ¿cierto? Y el gobernador da un brinquito en su asiento, ¡la de Urakusa!, se toca la frente, claro, qué tonto, ahora caía. Y la superiora deja de hacerte la boba, don Julio iba a creer que a Bonifacia le habían cortado la lengua. Pero hija, si estaba llorando, qué le ocurría, hija, por qué ese llanto y Bonifacia tiene la cabeza alta, las lágrimas mojan sus mejillas, sus gruesos labios tenazmente cerrados y don Fabio bah, bah, sonsita, inclinado y compasivo, debería estar contentísima, tendría un hogar y las niñas del señor Reátegui eran dos primores. La superiora ha palidecido, ¡esta niña!, su rostro está ahora blanco como sus manos, ¡esta tonta!, ¿de qué lloraba? Bonifacia abre los ojos verdes, húmedos, desafiantes, cruza el petate, hija, cae de rodillas ante la superiora, sonsita, atrapa una de sus manos, la acerca a su rostro, la de los dientes limados ríe un segundo y la superiora balbucea, mira a Reátegui, Bonifacia, cálmate: le había prometido, y a la madre Angélica. Su mano pugna por zafarse del rostro que se frota en ella, Reátegui y don Fabio sonríen confusos y benevolentes, los gruesos labios besan vorazmente los dedos pálidos y refractarios y la de los dientes limados ríe ya sin disimulo: ¿no veía que era por su bien?, ¿dónde la iban a tratar mejor? Bonifacia, ¿no le había prometido hacía apenas media hora?, y a la madre Angélica, ¿era así como cumplía? Don Fabio se pone de pie, se frota las manos, así eran las niñas, sensibles, lloraban de todo, hijita, que hiciera un esfuerzo, ya vería lo bonito que era Iquitos, lo buena, lo santa que era la señora Reátegui y la superiora, don Julio, le rogaba, lo sentía. Esa chiquilla nunca fue difícil, no la reconocía. Bonifacia cálmate y Julio Reátegui no faltaba más, madre. Se había encariñado con la misión, no tenía nada de raro, y era preferible que no viniera en contra de su voluntad, preferible que se quedara con las madres. Se llevaría a la otra y que Portillo buscara un ama en Iquitos, pero, sobre todo, que no se preocupara, madre.

I

Miren —dijo el Pesado—. Ya para de llover.

Alargadas, azules, unas rajas cuarteaban el cielo, entre las aglomeraciones grises resonaba aún, destemplada, la tormenta, y había dejado de llover. Pero en torno al sargento, los guardias y Nieves, el bosque seguía chorreando: goterones calientes rodaban desde los árboles, los filos de la carpa y las raíces adventicias hasta la playa de guijarros convertida en ciénaga y, al recibirlos, el fango se abría en diminutos cráteres, parecía hervir. La lancha se balanceaba en la orilla.

—Esperemos que desagüe un poco, sargento —dijo el práctico Nieves—. Con la lluvia los pongos andarán rabiosos.

—Sí, claro, don Adrián, pero no hay razón para que sigamos como sardinas —dijo el sargento—. Vamos a armar la otra carpa, muchachos. Podemos dormir aquí.

Tenían las camisetas y los pantalones empapados, costras de barro en las polainas, la piel brillante. Se frotaban el cuerpo, escurrían sus ropas. El práctico Nieves avanzó chapoteando por la playa y, cuando llegó a la lancha, era una figurilla de brea.

—Mejor calatos —dijo el Rubio—. Porque vamos a embarrarnos.

El Pesado estaba sin calzoncillos y ellos se reían de sus nalgas gordas. Salieron de la carpa, el Chiquito trastabilló, cayó sentado, se levantó maldiciendo. Cruzaron la ciénaga de la mano. Nieves les iba alcanzando los mosquiteros, las latas, los termos, ellos llevaban los paquetes al hombro hasta la carpa, volvían y, de pronto, se disforzaron: corrían lanzando alaridos, se zambullían en el fango, se aventaban pelotas de barro, mi sargento, no quedará ni una galleta seca, ataje ésta, a lo mejor también se nos jodió el anisado y para el Chiquito ya estaba bien de selva, Oscuro, ya le había llegado hasta la coronilla. Se lavaron las salpicaduras en el río, apilaron la carga bajo un árbol y allí mismo clavaron las estacas, tendieron la lona y afirmaron las sogas en raíces que irrumpían de la tierra, pardas y torcidas. A veces, bajo una piedra, aparecían retorciéndose larvas de color rosado. El práctico Nieves preparaba una fogata.

—Hicieron la carpa justito debajo del árbol —dijo el sargento—. Nos van a llover arañas toda la noche.

El montón de leña crujía, comenzaba a humear y, un momento después, brotó una llamita azul, otra roja, una llamarada. Se sentaron alrededor del fuego. Las galletas estaban mojadas, el anisado caliente.

—No nos libramos, mi sargento —dijo el Oscuro—. Habrá que aguantarse una buena requintada ahora, en Nieva.

—Era cosa de locos salir así —dijo el Rubio—. El teniente debió darse cuenta.

—Él sabía que era de balde —se encogió de hombros el sargento—. Pero, ¿no vieron cómo estaban las madres y don Fabio? Nos mandó por darles gusto, nomás.

—Yo no me hice guardia civil para andar de niñera —dijo el Chiquito—. ¿No le friegan estas cosas, mi sargento?

Pero el sargento llevaba diez años en el cuerpo; estaba curtido, Chiquito y ya nada lo fregaba. Había sacado un cigarrillo y lo secaba junto a la llama, haciéndolo girar entre sus dedos.

—¿Y para qué te hiciste tú guardia civil? —dijo el Pesado—. Todavía eres nuevecito, estás naciendo. Para nosotros todo este ajetreo es pan comido, Chiquito. Ya aprenderás.

No era eso, el Chiquito había estado un año en Juliaca, y la puna era más brava que la montaña, Pesado. Los bichos y los chaparrones no le fregaban tanto como que lo mandaran al monte a perseguir criaturas. Bien hecho que no las pescaran.

—A lo mejor volvieron solitas, las mocosas —dijo el Oscuro—. A lo mejor nos las encontramos en Santa María de Nieva.

—Las muy pendejas —dijo el Rubio—. Son capaces. Les daría unos azotes.

El Pesado, en cambio, les haría unos cariñitos, y se rió, mi sargento: ¿no es cierto que las mayorcitas ya estaban a punto? ¿Las habían visto, los domingos, cuando iban a bañarse al río?

—No piensas en otra cosa, Pesado —dijo el sargento—. Desde que te levantas hasta que te acuestas, dale con las mujeres.

—Pero si es cierto, mi sargento. Aquí se desarrollan tan rápido, a los once años ya están maduras para cualquier cosa. No me diga que si se le presenta la ocasión no les haría unos cariñitos.

154

—No me abras el apetito, Pesado —bostezó el Oscuro—. Fíjate que ahora tengo que dormir con el Chiquito.

El práctico Nieves alimentaba el fuego con ramitas. Ya oscurecía. El sol agonizaba a lo lejos, aleteando entre los árboles como un ave rojiza, y el río era una plancha inmóvil, metálica. En los matorrales de la ribera croaban las ranas y en el aire había vapor, humedad, vibraciones eléctricas. A veces, un insecto volador era atrapado por las llamas de la fogata, devorado con un chasquido sordo. Con las sombras, el bosque enviaba hacia las carpas olores de germinación nocturna y música de grillos.

—No me gusta, en Chicais casi me enfermo —repitió el Chiquito con una mueca de fastidio—. ¿No se acuerdan de la vieja de las tetas? Mal hecho arrancharle así a sus criaturas. Me he soñado dos veces con ellas.

—Y eso que a ti no te rasguñaron como a mí —dijo el Rubio, riendo; pero se puso serio y añadió—: Era por su bien, Chiquito. Para enseñarles a vestirse, a leer y a hablar en cristiano.

—¿O prefieres que se queden chunchas? —dijo el Oscuro.

—Y, además, les dan de comer y las vacunan, y duermen en camas —dijo el Pesado—. En Nieva viven como no han vivido nunca.

—Pero lejos de su gente —dijo el Chiquito—. ¿A ustedes no les dolería no ver más a la familia?

No era lo mismo Chiquito, y el Pesado sacudió compasivamente su cabeza: ellos eran civilizados y las chunchitas ni siquiera sabían qué quería decir familia. El sargento se llevó el cigarrillo a la boca y lo encendió inclinándose hacia la fogata.

—Además, sólo les dolerá al principio —dijo el Rubio—. Para eso están las madrecitas, que son buenísimas.

—Quién sabe lo que pasa adentro de la misión —gruñó el Chiquito—. A lo mejor son malísimas.

Alto ahí, Chiquito: que se lavara la boca antes de hablar de las madres. El Pesado permitía todo, pero eso sí, más respeto con las creencias. También el Chiquito levantó la voz: claro que era católico, pero hablaba mal de quien le diera la gana, y qué pasaba.

—¿Y si me enojo? —dijo el Pesado—. ¿Y si te cae un sopapo?

—Nada de peleas —el sargento arrojó una bocanada de humo—. Deja de dártelas de matón, Pesado.

—Yo entiendo razones, pero no amenazas, mi sargento —dijo el Chiquito—. ¿Acaso no tengo derecho a decir lo que pienso?

—Tienes —dijo el sargento—. Y en parte yo estoy de acuerdo contigo.

El Chiquito miró a los guardias burlonamente, ¿veían?, y a boca de jarro al Pesado: ¿quién tenía razón?

—Es una cosa para discutirse —dijo el sargento—. Yo creo que si las churres se escaparon de la misión, es porque no se acostumbran ahí.

—Pero, mi sargento, eso qué tiene que ver —protestó el Pesado—. ¿Usted no hizo mataperradas de chico?

—¿Usted también preferiría que siguieran siendo chunchas, mi sargento? —dijo el Oscuro.

—Está muy bien que las culturicen —dijo el sargento—. Sólo que por qué a la fuerza.

—Y qué van a hacer las pobres madres, mi sargento —dijo el Rubio—. Usted sabe cómo son los paganos.

Dicen sí, sí, pero a la hora de mandar a sus hijas a la misión, ni de a vainas, y desaparecen.

—Y si ellos no quieren civilizarse, qué nos importa —dijo el Chiquito—. Cada uno con sus costumbres y a la mierda.

—Te compadeces de las criaturas porque no sabes cómo las tratan en sus pueblos —dijo el Oscuro—. A las recién nacidas les abren huecos en las narices, en la boca.

—Y cuando los chunchos están masateados se las tiran delante de todo el mundo —dijo el Rubio—. Sin importarles la edad que tengan, y a la primera que encuentran, a sus hijas, a sus hermanas.

—Y las viejas las rompen con las manos a las muchachitas —dijo el Oscuro—. Y después se comen las telitas para que les traiga suerte. ¿No es verdad, Pesado?

—Verdad, con las manos —dijo el Pesado—. Si lo sabré yo. No me ha tocado ni una virgencita hasta ahora. Y eso que he probado chunchas.

El sargento agitó las manos: le estaban haciendo cargamontón al Chiquito y eso no valía.

—Usted porque está de su parte, mi sargento —dijo el Rubio.

—Lo que pasa es que esas churres me apenan —confesó el sargento—. Todas, las que están en la misión, porque seguro sufrirán lejos de su gente. Y las otras, por lo mal que viven en sus pueblos.

—Se nota que es usted piurano, mi sargento —dijo el Oscuro—. Todos los de su tierra son unos sentimentales.

—Y a mucha honra —dijo el sargento—. Y ayayay si alguien habla mal de Piura.

—Sentimentales y también regionalistas —dijo el Oscuro—. Pero en eso los arequipeños se los ganan a los piuranos, mi sargento.

Era de noche ya y la fogata chisporroteaba, el práctico Nieves seguía arrojándole ramitas, hojas secas. El termo de anisado iba de mano en mano y los guardias habían encendido cigarrillos. Todos transpiraban, y en sus ojos se repetían, minúsculas, danzantes, las lenguas de la fogata.

—Pero son lo más limpio que hay —dijo el Chiquito—. Y, en cambio, ¿vieron bañarse alguna vez a las madres en el viaje a Chicais?

El Pesado se atoró: ¿otra vez con las madres?, comenzó a toser fuertemente, carajo ¿otra vez se metía con las madres?

—Me resondras pero no me contestas —dijo el Chiquito—. ¿Es cierto o no es cierto lo que digo?

—Qué bruto eres —dijo el Rubio—. ¿Querías que las monjitas se bañaran delante de nosotros?

—A lo mejor se bañaron a escondidas —dijo el Oscuro.

—No las vi nunca —dijo el Chiquito—. Ni tampoco ustedes las vieron.

—Ni tampoco las viste hacer sus necesidades —dijo el Rubio—. Eso no significa que se aguantaran la caca y los meaditos todo el viaje.

Un momento, el Pesado las había visto: cuando estaban acostados, ellas se levantaban sin hacer ruido y se iban al río como fantasmitas. Los guardias rieron, y el sargento este Pesado, ¿las espiaba?, ¿quería verlas calatas?

—Mi sargento, por favor —dijo el Pesado, confuso—. No diga barbaridades, cómo se le ocurre. Lo que pasa es que soy desvelado y por eso las vi.

—Cambiemos de tema —dijo el Oscuro—. No hay que hacer esas bromas con las madres. Y, además, no lo vamos a convencer a éste. Eres terco como una mula, Chiquito.

—Y un pelotudo —dijo el Pesado—. Comparar a las chunchas con las monjitas, me das pena, te juro.

—Ahora sí se acabó —dijo el sargento, atajando al Chiquito que iba a hablar—. Vamos a dormir para partir temprano.

Quedaron callados, los ojos fijos en las llamas. El termo de anisado dio todavía una vuelta. Luego, se levantaron, entraron a las carpas, pero un momento después el sargento volvió hacia la fogata con un cigarrillo en la boca. El práctico Nieves le alcanzó una pajita prendida.

—Siempre tan callado, don Adrián —dijo el sargento—. ¿Por qué no discutió también?

—Estuve oyendo —dijo Nieves—. No me gustan las discusiones, sargento. Y, además, prefiero no meterme con ellos.

—¿Con los muchachos? —dijo el sargento—. ¿Le han hecho algo? ¿Por qué no me avisó, don Adrián?

—Son orgullosos, desprecian a los que hemos nacido aquí —dijo el práctico, en voz baja—. ¿No ha visto cómo me tratan?

—Son creídos como todos los limeños —dijo el sargento—. Pero no hay que hacerles caso, don Adrián. Y, si alguna vez le faltan, me lo dice y yo los pongo en su sitio.

—En cambio, usted es una buena persona, sargento —dijo Nieves—. Hace tiempo que estoy por decírselo. El único que me trata con educación.

—Porque lo estimo mucho, don Adrián —dijo el sargento—. Siempre le he dicho que me gustaría ser su amigo. Pero usted no se junta con nadie, es un solitario.

—Ahora será mi amigo —sonrió Nieves—. Un día de éstos vendrá a comer a mi casa y le presentaré a Lalita. Y a esa que hizo escapar a las niñas.

—¿Cómo? ¿La Bonifacia esa vive con ustedes? —dijo el sargento—. Yo creía que se había ido del pueblo.

—No tenía donde ir y la hemos recogido —dijo Nieves—. Pero no lo cuente, no quiere que sepan dónde está, porque es medio monja todavía, se muere de miedo de los hombres.

—¿Has contado los días, viejo? —dijo Fushía—. Yo he perdido la noción del tiempo.

—Qué te importa el tiempo, para qué sirve eso —dijo Aquilino.

—Parece mil años que salimos de la isla —dijo Fushía—. Además, sé que es por gusto, Aquilino, tú no conoces a la gente. Ya verás, en San Pablo llamarán a la policía y se tirarán la plata.

—¿Otra vez te estás poniendo triste? —dijo Aquilino—. Ya sé que el viaje es largo, pero qué quieres, hay que ir con cuidado. No te preocupes por San Pablo, Fushía, te he dicho que conozco a un tipo de ahí.

—Es que estoy rendido, hombre, no es broma corretear así, te has sacado la lotería conmigo —dijo el doctor Portillo—. Mira la cara de cansancio del pobre don Fabio. Pero al menos ya estamos en condiciones de informarte. Por lo pronto, agarra una silla, te vas a caer sentado con las noticias.

—Las plantaciones muy bien, muy bonitas, señor Reátegui —dijo Fabio Cuesta—. El ingeniero es amabilísimo y ya terminó el desmonte y la siembra. Todos dicen que es una región ideal para el café.

—Por ese lado todo anda normal —dijo el doctor Portillo—. Lo que está fallando es el negocio del jebe y de los cueros. Un asunto de bandidos, compadre.

—¿Portillo? No me suena nada, Fushía —dijo Aquilino—. ¿Es un médico de Iquitos?

—Un abogado —dijo Fushía—. El que le ganaba todos sus pleitos a Reátegui. Un orgulloso, Aquilino, un soberbio.

—No es culpa de los patrones, señor Reátegui, le juro —dijo Fabio Cuesta—. Si ellos están más furiosos que nadie, ¿no ve que son los más perjudicados? Parece que los bandidos existen de verdad.

El doctor Portillo también había pensado, al principio, que los patrones estaban haciendo comercio a ocultas, Julio, que habían inventado a los bandidos para no venderle el jebe a él. Pero no eran ellos, lo cierto es que les cuesta cada vez más trabajo conseguir mercadería, compadre, él y don Fabio se metieron por todas partes, averiguaron, hay bandidos, y don Fabio se portó como un señor, se enfermó con tanto viaje y, a pesar de todo, siguió con él, Julio, y claro que fue útil ir de brazo con la autoridad, el gobernador de Santa María de Nieva inspiraba respeto por allá.

—Tratándose del señor Reátegui, cualquier cosa —dijo Fabio Cuesta—. Eso y mucho más, usted lo sabe, don Julio. Lo que más lamento es esto de los bandidos, con lo que costó convencer a los patrones que en lugar de vender al banco, le vendieran a usted.

—Había que ver cómo me trataba —dijo Fushía—. Desde qué altura. ¿Crees que me invitó a su casa una sola vez en Iquitos? No sabes qué odio le tenía a ese abogaducho, Aquilino.

—Siempre lleno de odios, Fushía —dijo Aquilino—. Te pasa algo y te pones a odiar a alguien. Dios te va a castigar por esto también.

—¿Más todavía? —dijo Fushía—. Si me está castigando desde antes que le hiciera nada, viejo.

—En la guarnición de Borja nos ayudaron mucho —dijo el doctor Portillo—. Nos dieron guías, prácticos. Tienes que agradecerle al coronel, Julio, escríbele unas líneas.

—Una bellísima persona el coronel, señor Reátegui —dijo Fabio Cuesta—. Muy servicial, muy dinámico.

Ellos podían actuar contra los bandidos si recibían una orden de Lima, compadre, lo mejor es que Reátegui se diera un salto a la capital e hiciera gestiones, que intervinieran los milicos y se arreglaría todo. Sí, hombre, claro que era para tanto.

—No queríamos creerles, señor Reátegui —dijo Fabio Cuesta—. Pero todos los patrones nos juraban y requetejuraban lo mismo. No podía ser que se hubieran puesto de acuerdo.

Era muy sencillo, compadre: cuando los patrones llegaban a las tribus no encontraban nada, ni jebe ni cueros, sólo chunchos llorando y pataleando, nos robaron, nos robaron, bandidos, diablos, etcétera.

—Subió por el Santiago con don Fabio, que era gobernador de Santa María de Nieva, y con soldados de Borja —dijo Fushía—. Antes estuvieron donde los aguarunas, y también donde los achuales, averiguando.

—Pero si yo me los encontré en el Marañón —dijo Aquilino—. ¿Acaso no te conté? Estuve dos días con ellos. Era el segundo o tercer viaje que hacía a la isla. Y don Fabio, y ese otro, cómo dijiste ¿Portillo?, me comían a preguntas y yo pensaba ahora las pagas todas, Aquilino. Sentía un miedo.

—Lástima que no llegaran —dijo Fushía—. La cara que habría puesto el abogaducho si me ve, y lo que le hubiera contado al perro de Reátegui. ¿Y qué es de don Fabio, viejo? ¿Ya se murió?

—No, sigue de gobernador en Santa María de Nieva —dijo Aquilino.

—No soy tan tonto —dijo el doctor Portillo—. Lo primero que pensé, si no son los patrones son los chunchos, están repitiendo la broma de Urakusa, lo de la cooperativa. Por eso fuimos hasta las tribus. Pero no eran los chunchos, tampoco.

—Las mujeres nos recibían llorando, señor Reátegui —dijo Fabio Cuesta—. Porque los bandidos no sólo se llevan el caucho, la lechecaspi y las pieles, sino también las muchachitas, claro.

No estaba mal pensado como negocio, compadre: Reátegui adelantaba la plata a los patrones, los patrones adelantaban la plata a los chunchos, y cuando los chunchos volvían del monte con el jebe y con los cueros, los

163

cabrones les caían encima y se quedaban con todo. Sin haber invertido un centavo, compadre, ¿no era un negocio redondo?, que fuera a Lima e hiciera gestiones, Julio, y lo más pronto mejor.

—¿Por qué siempre has buscado negocios sucios y peligrosos? —dijo Aquilino—. Es como una manía tuya, Fushía.

—Todos los negocios son sucios, viejo —dijo Fushía—. Lo que pasa es que yo no tuve un capitalito para comenzar, si tienes plata puedes hacer los peores negocios sin peligro.

—Si yo no te hubiera ayudado, habrías tenido que irte al Ecuador, nomás —dijo Aquilino—. No sé por qué te ayudé. Me has hecho pasar unos años terribles. He vivido asustado, Fushía, con el corazón en la boca.

—Me ayudaste porque eres buena gente —dijo Fushía—. Lo mejor que he conocido, Aquilino. Si fuera rico te dejaría todo mi dinero, viejo.

—Pero no eres, ni lo serás nunca —dijo Aquilino—. Y para qué me serviría ya tu dinero, si me moriré de un momento a otro. En eso nos parecemos un poco, Fushía, estamos llegando al final tan pobres como nacimos.

—Hay toda una leyenda ya sobre los bandidos —dijo el doctor Portillo—. Hasta en las misiones nos han hablado. Pero ni los frailes ni las monjas saben gran cosa, tampoco.

—En un pueblo aguaruna del Cenepa, una mujer nos dijo que ella los había visto —dijo Fabio Cuesta—. Y que había huambisas entre ellos. Pero sus informaciones no servían de mucho. Los chunchos, usted sabe, señor Reátegui.

—Que hay huambisas entre ellos es un hecho —dijo el doctor Portillo—. Todos son formales en eso, los han reconocido por el idioma y los vestidos. Pero los huambisas están ahí para machucar, ya sabes que les gusta la pelea. Sólo que no hay modo de saber quiénes son los blancos que los dirigen. Dos o tres, dicen.

—Uno de ellos es serrano, don Julio —dijo Fabio Cuesta—. Nos lo dijeron los achuales, que chapurrean algo de quechua.

—Pero aunque no lo reconozcas, has tenido suerte, Fushía —dijo Aquilino—. Nunca te agarraron. Sin estas desgracias, hubieras podido pasarte la vida en la isla.

—Se lo debo a los huambisas —dijo Fushía—; después de ti, ellos son los que más me ayudaron, viejo. Y ya ves cómo les he respondido.

—Pero hay motivos de sobra, ni a ellos ni a ti les convenía que te quedaras en la isla —dijo Aquilino—. Cómo eres, Fushía. Te lamentas por haber dejado al Pantacha y a los huambisas, y, en cambio, tus maldades no te parecen maldades.

También eso estaba debidamente comprobado, compadre: las compras de jebe no habían bajado en la región, incluso habían aumentado en Bagua, a pesar de que ellos no vendían ni la mitad que antes. Porque los bandidos eran muy vivos, señor Reátegui, ¿sabía lo que hacían? Vendían lejos sus robos, seguro por medio de terceras personas. Qué les importaría rematar el jebe baratito si a ellos les salía gratis. No, no, compadre, los administradores del Banco Hipotecario no habían visto caras nuevas, los proveedores eran los de siempre. Hacían bien sus cosas, los zamarros, no se arriesgaban. Se habrían conseguido un par de patrones que les comprarían los robos a bajo precio, y ellos los revendían al banco, como eran conocidos no había control posible.

—¿Valía la pena tanto peligro para tan poca ganancia? —dijo Aquilino—. La verdad, no creo, Fushía.

—Pero no ha sido mi culpa —dijo Fushía—. Yo no podía trabajar como los demás, a ellos no los perseguía la policía, yo tenía que agarrar el negocio que me salía al encuentro.

—Vez que me hablaban de ti, sudaba frío —dijo Aquilino—. Qué te hubieran hecho si te agarraban en las tribus, Fushía. No sé quién te tenía más ganas.

—Una cosa, viejo, de hombre a hombre —dijo Fushía—. Ahora puedes franquearte conmigo. ¿Nunca te sacaste tus comisiones?

—Ni un solo centavo —dijo Aquilino—. Mi palabra de cristiano.

—Es algo que va contra la razón, viejo —dijo Fushía—. Ya sé que no me mientes, pero no me cabe en la cabeza, palabra. Yo no lo hubiera hecho por ti, ¿sabes?

—Claro que sé —dijo Aquilino—. Tú me hubieras robado hasta el alma.

—Hemos sentado denuncias en todas las comisarías de la región —dijo el doctor Portillo—. Pero eso es lo mismo que nada. Toma el avión a Lima y que intervenga el Ejército, Julio. Eso les dará un susto.

—El coronel dijo que ayudaría con mucho gusto, señor Reátegui —dijo Fabio Cuesta—. Sólo esperaba órdenes. Y yo en Santa María de Nieva ayudaré también, en lo que sea. A propósito, don Julio, todos lo recuerdan con mucho cariño.

—¿Por qué has parado? —dijo Fushía—. Todavía no es de noche.

—Porque estoy cansado —dijo Aquilino—. Vamos a dormir en esa playita. Y, además, ¿no ves el cielo? Ahorita comienza a llover.

En el extremo norte de la ciudad hay una pequeña plaza. Es muy antigua y, en un tiempo, sus bancos fueron de madera pulida y de metales lustrosos. La sombra de unos algarrobos esbeltos caía sobre ellos y, a su amparo, los viejos de las cercanías recibían el calor de las mañanas, y veían a los niños corretear en torno a la fuente: una circunferencia de piedra y, en el centro, en puntas de pie, las manos en alto como para volar, una señora envuelta en velos de cuya cabellera brotaba el agua. Ahora, los bancos están resquebrajados, la fuente vacía, la bella mujer tiene el rostro partido por una cicatriz y los algarrobos se curvan sobre sí mismos, moribundos.

A esa placita iba a jugar Antonia cuando venían los Quiroga a la ciudad. Ellos vivían en la hacienda de La Huaca, una de las más grandes de Piura, un mar al pie de las montañas. Dos veces al año, para la Navidad y para la procesión de junio, los Quiroga viajaban a la ciudad y se instalaban en la casona de ladrillos que forma esquina precisamente en esa plaza que ahora lleva su nombre. Don Roberto usaba gruesos bigotes, los mordía suavemente al hablar y tenía modales aristocráticos. El agresivo sol de la comarca había respetado las facciones de doña Lucía, mujer pálida, frágil, muy devota: ella misma tejía las coronas de flores que depositaba en el anda de la

Virgen cuando la procesión hacía un alto en la puerta de su casa. La noche de Navidad, los Quiroga celebraban una fiesta a la que asistían muchos principales. Había regalos para todos los invitados y, a medianoche, desde las ventanas, llovían monedas hacia los mendigos y vagabundos agolpados en la calle. Vestidos de oscuro, los Quiroga acompañaban la procesión las cuatro lentísimas horas, a través de barrios y suburbios. Llevaban a Antonia de la mano, discretamente la amonestaban cuando descuidaba las letanías. Durante su estancia en la ciudad, Antonia aparecía muy temprano en la placita y, con los niños de la vecindad, jugaba a ladrones y celadores, a las prendas, trepaba a los algarrobos, disparaba terrones a la señora de piedra o se bañaba en la fuente, desnuda como un pez.

¿Quién era esta niña, por qué la protegían los Quiroga? La trajeron de La Huaca un mes de junio, antes de saber hablar, y don Roberto refirió una historia que no convenció a todo el mundo. Los perros de la hacienda habrían ladrado una noche y cuando él, alarmado, salió al vestíbulo, descubrió a la niña en el suelo, bajo unas mantas. Los Quiroga no tenían hijos, y los parientes codiciosos aconsejaron el hospicio, algunos se ofrecían a criarla. Pero doña Lucía y don Roberto no siguieron los consejos, ni aceptaron las ofertas, ni parecieron incómodos con las habladurías. Una mañana, en medio de una partida de rocambor en el Centro Piurano, don Roberto anunció distraídamente que habían decidido adoptar a Antonia.

Pero no llegó a ocurrir, porque ese fin de año los Quiroga no llegaron a Piura. Nunca había pasado: hubo inquietud. Temiendo un accidente, el veinticinco de diciembre un pelotón de jinetes salió por el camino del norte.

Los encontraron a cien kilómetros de la ciudad, allí donde la arena borra la huella y destruye todo signo y sólo imperan la desolación y el calor. Los bandoleros habían golpeado salvajemente a los Quiroga, y les habían robado las ropas, los caballos, el equipaje, y también los dos sirvientes yacían muertos, con pestilentes heridas que hervían de gusanos. El sol seguía llagando los cadáveres desnudos y los jinetes tuvieron que apartar a tiros a los gallinazos que picoteaban a la niña. Entonces, comprobaron que ésta vivía.

—¿Por qué no murió? —decían los vecinos—. ¿Cómo pudo vivir si le arrancaron la lengua y los ojos?

—Difícil saberlo —respondía el doctor Pedro Zevallos, moviendo perplejo la cabeza—. Tal vez el sol y la arena cicatrizaron las heridas y evitaron la hemorragia.

—La Providencia —afirmaba el padre García—. La misteriosa voluntad de Dios.

—La lamería una iguana —decían los brujos de los ranchos—. Porque su baba verde no sólo aguanta el aborto, también seca las llagas.

Los bandoleros no fueron hallados. Los mejores jinetes recorrieron el desierto, los más hábiles rastreadores exploraron los bosques, las grutas, llegaron hasta las montañas de Ayabaca sin encontrarlos. Una y otra vez, el prefecto, la Guardia Civil, el Ejército, organizaron expediciones que registraban las aldeas y caseríos más retirados. Todo en vano.

Los barrios se volcaron al cortejo que seguía los ataúdes de los Quiroga. En los balcones de los principales había crespones negros, y el obispo y las autoridades asistieron al entierro. La desgracia de los Quiroga se divulgó por el departamento, perduró en los relatos y en las fábulas de los mangaches y de los gallinazos.

La Huaca fue seccionada en muchas partes y, al frente de cada una, quedó un pariente de don Roberto o de doña Lucía. Al salir del hospital, Antonia fue recogida por una lavandera de la Gallinacera, Juana Baura, que había servido a los Quiroga. Cuando la niña aparecía en la plaza de Armas, una varilla en la mano para detectar los obstáculos, las mujeres la acariciaban, le obsequiaban dulces, los hombres la subían al caballo y la paseaban por el Malecón. Una vez estuvo enferma y Chápiro Seminario y otros hacendados que bebían en La Estrella del Norte obligaron a la banda municipal a trasladarse con ellos a la Gallinacera y a tocar la retreta frente a la choza de Juana Baura. El día de la procesión, Antonia iba inmediatamente detrás del anda, y dos o tres voluntarios hacían una argolla para aislarla del tumulto. La muchacha tenía un aire dócil, taciturno, que conmovía a las gentes.

Ya los habían visto, mi capitán, el cabo Roberto Delgado señala lo alto del barranco, ya se habían ido a avisar: las lanchas encallan una tras otra, los once hombres saltan a tierra, dos soldados amarran las embarcaciones a unos pedruscos, Julio Reátegui bebe un trago de su cantimplora, el capitán Artemio Quiroga se quita la camisa, el sudor empapa sus hombros, su espalda, y la exprime, don Julio, este maldito calor les iba a asar los sesos. Enjambres de mosquitos asedian al grupo y en lo alto se oyen ladridos: ahí venían, mi capitán, que mirara arriba. Todos alzan la vista: nubes de polvo y muchas cabezas han aparecido en la cima del barranco. Algunas siluetas de torsos pálidos se deslizan ya por la arenosa pendiente y, entre las piernas de los urakusas, brincan perros ruidosos, los colmillos al aire. Julio Reátegui se vuelve hacia los soldados, a ver, que les hicieran adiós y usted, cabo, agache la cabeza, póngase detrás, que no lo reconocieran y el cabo Roberto Delgado sí señor gobernador, ya lo había visto, ahí estaba Jum, mi capitán. Los once hombres agitan las manos y algunos sonríen. En el declive hay cada vez más urakusas; descienden casi en cuclillas, gesticulando, chillando, las mujeres son las más bulliciosas y el capitán ¿les salían al encuentro, don Julio?, porque él no se fiaba nada. No, nada de eso, capitán, ¿no veía lo contentos que bajaban? Julio Reátegui los conocía, lo importante era ganarles la moral, que lo dejaran, cabo, ¿cuál era Jum? El de adelante, señor, el que tenía la mano alzada y Julio Reátegui atención: iban a correr como chivatos, capitán, que no se les escaparan todos, y, sobre todo, mucho ojo con Jum. Amontonados al filo del barranco, en un angosto terraplén, semidesnudos, tan excitados como los perros que saltan, menean los rabos y ladran, los urakusas miran a los expedicionarios, los señalan, cuchichean. Mezclado a los olores del río, la tierra y los árboles, hay ahora un olor a carne humana, a pieles tatuadas con achiote. Los urakusas se golpean los brazos, los pechos, rítmicamente y, de pronto, un hombre cruza la polvorienta barrera, ése era mi capitán, ése, y avanza macizo y enérgico hacia la ribera. Los demás lo siguen y Julio Reátegui que era el gobernador de Santa María de Nieva, intérprete, que venía a hablar con él. Un soldado se adelanta, gruñe y acciona con

171

desenvoltura, los urakusas se detienen. El hombre macizo asiente, describe con la mano un trazo lento, circular, indicando a los expedicionarios que se aproximen, éstos lo hacen y Julio Reátegui: ¿Jum de Urakusa? El hombre macizo abre los brazos, ¡Jum!, toma aire: ¡piruanos! El capitán y los soldados se miran, Julio Reátegui asiente, da otro paso hacia Jum, ambos quedan a un metro de distancia. Sin prisa, sus ojos tranquilamente posados en el urakusa, Julio Reátegui libera la linterna que cuelga de su cinturón, la sujeta con todo el puño, la eleva despacio, Jum extiende la mano para recibirla, Reátegui golpea: gritos, carreras, polvo que lo cubre todo, la estentórea voz del capitán. Entre los aullidos y los nubarrones, cuerpos verdes y ocres circulan, caen, se levantan y, como un pájaro plateado, la linterna golpea una vez, dos, tres. Luego el aire despeja la playa, desvanece la humareda, se lleva los gritos. Los soldados están desplegados en círculo, sus fusiles apuntan a un ciempiés de urakusas adheridos, aferrados, trenzados unos a otros. Una chiquilla solloza abrazada a las piernas de Jum y éste se tapa la cara, por entre sus dedos sus ojos espían a los soldados, a Reátegui, al capitán, y la herida de su frente ha comenzado a sangrar. El capitán Quiroga hace danzar su revólver en un dedo, gobernador, ¿había oído lo que les gritó? ¿Piruanos querría decir peruanos, no? Y Julio Reátegui se imaginaba dónde oyó esa palabreja este sujeto, capitán: lo mejor sería empujarlos arriba, en el pueblo estarían mejor que aquí, y el capitán sí, habría menos zancudos: ya oyó, intérprete, ordéneles, hágalos subir. El soldado gruñe y acciona, el círculo se abre, el ciempiés comienza a andar, pesado y compacto, nuevamente se levantan nubecillas de polvo. El cabo Roberto Delgado se echa a reír: ya lo había reconocido, mi capitán, estaba que se lo quería comer con los ojos. Y el capitán también a Jum, cabo, qué espera para subir. El cabo empuja a Jum y éste avanza muy tieso, las manos siempre en la cara. La chiquilla sigue prendida a sus piernas, estorba sus movimientos y el cabo la coge de los cabellos, zafa, trata de separarla, suéltate, del cacique y ella resiste, araña, chilla como un frailecillo, mierda, el cabo le pega con la mano abierta y Julio Reátegui qué pasa, carajo: ¿cómo trataba así a una niña, carajo?, ¿con qué derecho, carajo? El cabo la suelta, señor, no quería pegarle, sólo hacerla que soltara a Jum, que no se molestara, señor, y además ella lo había arañado.

—Ya se oye el arpa —dijo Lituma—. ¿O estoy soñando, inconquistables?

—Todos la oímos, primo —dijo José—. O todos estamos soñando.

El Mono escuchaba, la cara ladeada, los ojos enormes y admirados:

—¡Es un artista! ¿Quién dice que no es el más grande?

—Lástima, nomás, que esté tan viejo —dijo José—. Sus ojos ya no le sirven, primo. Nunca anda solo, el Joven y el Bolas tienen que llevarlo del brazo.

La casa de la Chunga está detrás del Estadio, poco antes del descampado que separa a la ciudad del Cuartel Grau, no lejos del matorral de los fusilicos. Allí, en ese paraje de yerba calcinada y tierra blanda, bajo las ramas nudosas de los algarrobos, en los amaneceres y crepúsculos se apostan los soldados ebrios. A las lavanderas que vuelven del río, a las criadas del barrio de Buenos Aires que van al Mercado, las atrapan entre varios, las tumban sobre la arena, les echan las faldas por la cara, les abren las piernas, uno tras otro se las tiran y huyen. Los piuranos llaman atropellada a la víctima, y a la operación fusilico, y al vástago resultante lo llaman hijo de atropellada, fusiliquito, siete leches.

—Maldita la hora en que me fui a la montaña —dijo Lituma—. Si me hubiera quedado aquí, me habría casado con la Lira y sería hombre feliz.

—No tan feliz, primo —dijo José—. Si vieras lo que parece ahora la Lira.

—Una vaca lechera —dijo el Mono—. Una panza que parece un bombo.

—Y paridora como una coneja —dijo José—. Ya tiene como diez churres.

—La una puta, la otra una vaca lechera —dijo Lituma—. Qué buen ojo con las mujeres, inconquistable.

—Colega, me has prometido y estás faltando a tu palabra —dijo Josefino—. Lo pasado, pisado. Si no, no te acompañamos donde la Chunga. ¿Vas a estar tranquilito, no es cierto?

—Como operado, palabra —dijo Lituma—. Ahora estoy bromeando, nomás.

—¿No ves que a la menor locura te friegas, hermano? —dijo Josefino—. Ya tienes antecedentes, Lituma. Te encerrarían de nuevo, y quién sabe por cuánto tiempo esta vez.

—Cómo te preocupas por mí, Josefino —dijo Lituma.

Entre el Estadio y el descampado, a medio kilómetro de la carretera que sale de Piura y se bifurca luego en dos rectas superficies oscuras que cruzan el desierto, una hacia Paita, la otra hacia Sullana, hay una aglomeración de chozas de adobe, latas y cartones, un suburbio que no tiene ni los años ni la extensión de la Mangachería, más pobre que ésta, más endeble, y es allí donde se yergue, singular y céntrica como una catedral, la casa de la Chunga, llamada también la Casa Verde. Alta, sólida, sus muros de ladrillo y su techo de calamina se divisan desde el Estadio. Los sábados en la noche, durante los combates de box, los espectadores alcanzan a oír los platillos de Bolas, el arpa de don Anselmo, la guitarra del Joven Alejandro.

—Te juro que la oía, Mono —dijo Lituma—. Clarito, era de partir el alma. Como la oigo ahora, Mono.

—Qué mala vida te darían, primito —dijo el Mono.

—No hablo de Lima, sino de Santa María de Nieva —dijo Lituma—. Noches como la muerte, Mono, cuando estaba de guardia. Nadie con quien hablar. Los muchachos estaban roncando, y, de repente, ya no oía a los sapos ni a los grillos, sino el arpa. En Lima, no la oí nunca.

La noche estaba fresca y clara, en la arena se dibujaban de trecho en trecho los perfiles retorcidos de los algarrobos. Avanzaban en una misma línea, Josefino frotándose las manos, los León silbando y Lituma, que iba cabizbajo, las manos en los bolsillos, a ratos elevaba el rostro y escrutaba el cielo con una especie de furor.

—Una carrera, como cuando éramos churres —dijo el Mono—. Una, dos, tres.

Salió disparado, su pequeña figura simiesca desapareció en las sombras. José franqueaba invisibles obstáculos, emprendía una carrera, iba y volvía, encaraba a Lituma y a Josefino:

—El cañazo es noble y el pisco traidor —rugía—. ¿Y a qué hora cantamos el himno?

Cerca ya de la barriada, encontraron al Mono, tendido de espaldas, resollando como un buey. Lo ayudaron a levantarse.

—El corazón se me sale, miéchica, parece mentira.

—Los años no pasan en balde, primo —dijo Lituma.

—Pero que viva la Mangachería —dijo José.

La casa de la Chunga es cúbica y tiene dos puertas. La principal da al cuadrado, amplio salón de baile cuyos muros están acribillados de nombres propios y de emblemas: corazones, flechas, bustos, sexos femeninos como medialunas, pingas que los atraviesan. También fotos de artistas, boxeadores y modelos, un almanaque, una imagen panorámica de la ciudad. La otra, puertecilla baja y angosta, da al bar, separado de la pista de baile por un mostrador de tablones, tras el cual se hallan la Chunga, una mecedora de paja y una mesa cubierta de botellas, vasos y tinajas. Y frente al bar, en un rincón, están los músicos. Don Anselmo, instalado sobre un banquillo, utiliza la pared como espaldar y sostiene el arpa entre las piernas. Lleva anteojos, los cabellos barren su frente, entre los botones de su camisa, en su cuello y en sus orejas asoman mechones grises. El que toca la guitarra y tiene la voz tan entonada es el huraño, el lacónico, el Joven Alejandro que, además de intérprete, es compositor. El que ocupa la silla de fibra y manipula un tambor y unos platillos, el menos artista, el más musculoso de los tres, es Bolas, el ex camionero.

—No me abracen así, no tengan miedo —dijo Lituma—. No estoy haciendo nada, ¿no ven? Sólo buscándola. Qué hay de malo en que quiera mirarla. Suéltenme.

—Ya se iría, primito —dijo el Mono—. Qué te importa. Piensa en otra cosa. Vamos a divertirnos, a festejar tu regreso.

—No estoy haciendo nada —repitió Lituma—. Sólo acordándome. ¿Por qué me abrazan así, inconquistables?

Estaban en el umbral de la pista de baile, bajo la espesa luz que derramaban tres lamparillas envueltas en celofán azul, verde y violeta, frente a una apretada masa de parejas. Grupos borrosos atestaban los rincones, y de ellos venían voces, carcajadas, choques de vasos. Un humo inmóvil, transparente, flotaba entre el techo y las cabezas de los bailarines, y olía a cerveza, humores y tabaco negro. Lituma se balanceaba en el sitio, Josefino lo tenía siempre del brazo pero los León lo habían soltado.

—¿Cuál fue la mesa, Josefino? ¿Aquélla?

—Esa misma, hermano. Pero ya pasó, ahora comienzas otra vida, olvídate.

—Anda saluda al arpista, primo —dijo el Mono—. Y al Joven y a Bolas que siempre te recuerdan con cariño.

—Pero no la veo —dijo Lituma—. Por qué se me esconde, si no voy a hacerle nada. Sólo mirarla.

—Yo me encargo, Lituma —dijo Josefino—. Palabra que te la traigo. Pero tienes que cumplir; lo pasado, pisado. Anda a saludar al viejo. Yo voy a buscarla.

La orquesta había dejado de tocar, las parejas de la pista eran ahora una compacta masa, inmóvil y siseante. Alguien discutía a gritos junto al bar. Lituma avanzó hacia los músicos, tropezando, don Anselmo del alma, con los brazos abiertos, viejo, arpista, escoltado por los León, ¿ya no se acuerda de mí?

—Si no te ve, primo —dijo José—. Dile quién eres. Adivine, don Anselmo.

—¿Qué cosa? —la Chunga se paró de un salto y la mecedora siguió moviéndose—. ¿El sargento? ¿Tú lo has traído?

—No hubo forma, Chunga —dijo Josefino—. Llegó hoy día y se puso terco, no pudimos atajarlo. Pero ya sabe y le importa un carajo.

Lituma estaba en los brazos de don Anselmo, el Joven y Bolas le daban palmadas en la espalda, los tres hablaban a la vez y se los oía desde el bar, excitados, sorprendidos, conmovidos. El Mono se había sentado ante los platillos, los hacía tintinear y José examinaba el arpa.

—O llamo a la policía —dijo la Chunga—. Sácalo ya mismo.

—Está borrachisísimo, Chunga, apenas puede caminar, ¿no lo estás viendo? —dijo Josefino—. Nosotros lo cuidamos. No habrá ningún lío, palabra.

—Ustedes son mi mala suerte —dijo la Chunga—. Tú sobre todo, Josefino. Pero no se va a repetir lo de la vez pasada, te juro que llamo a la policía.

—Ningún lío, Chunguita —dijo Josefino—. Palabra. ¿La Selvática está arriba?

—Dónde va a estar —dijo la Chunga—. Pero si hay lío, puta de tu madre, te juro.

II

—Aquí me siento bien, don Adrián —dijo el sargento—. Así son las noches de mi tierra. Tibias y claritas.

—Es que no hay como la montaña —dijo Nieves—. Paredes estuvo el año pasado en la sierra y volvió diciendo es triste, ni un árbol, sólo piedras y nubes.

La luna, muy alta, iluminaba la terraza y en el cielo y el río había muchas estrellas; tras el bosque, suave valla de sombras, los contrafuertes de la cordillera eran unas moles violáceas. Al pie de la cabaña, entre los juncos y los helechos, chapoteaban las ranas y, en el interior, se oía la voz de Lalita, el chisporroteo del fogón. En la chacra, los perros ladraban muy fuerte: se peleaban por las ratas, sargento, cómo las cazaban, si viera. Se ponían bajo los plátanos haciéndose los dormidos y, cuando una se les acercaba, bum, al pescuezo. El práctico les había enseñado.

—En Cajamarca la gente come cuyes —dijo el sargento—. Los sirven con uñas, ojitos y bigotes. Son igualitos que las ratas.

—Una vez Lalita y yo hicimos un viaje muy largo, por el monte —dijo Nieves—. Tuvimos que comer ratas. La carne huele mal, pero es blandita y blanca como la del pescado. El Aquilino se intoxicó, casi se nos muere.

—¿Se llama Aquilino el mayorcito? —dijo el sargento—. ¿El que tiene los ojitos chinos?

—Ése mismo, sargento —dijo Nieves—. ¿Y en su pueblo hay muchos platos típicos?

El sargento alzó la cabeza, ah, don Adrián, unos segundos quedó como extasiado, si entrara a una picantería mangache y probara un seco de chabelo. Se moriría del gusto, palabra, nada en el mundo se podía comparar y el práctico Nieves asintió: no había como la tierra de uno. ¿A veces no le daban ganas de volver a Piura al sargento? Sí, todos los días, pero uno no hacía sus gustos cuando era pobre, don Adrián: ¿él había nacido aquí, en Santa María de Nieva?

—Más abajo —dijo el práctico—. El Marañón es muy ancho ahí, y con la niebla no se ve la otra orilla. Pero ya me acostumbré en Nieva.

—Ya está lista la comida —dijo Lalita, desde la ventana. Sus cabellos sueltos caían en cascada sobre el tabique y sus brazos robustos parecían mojados—. ¿Quiere comer ahí afuera, sargento?

—Me gustaría, si no es molestia —dijo el sargento—. En su casa me siento como en mi tierra, señora. Sólo que nuestro río es más angostito y ni siquiera tiene agua todo el año. Y, en vez de árboles, hay arenales.

—No se parece en nada, entonces —rió Lalita—. Pero seguro que Piura también es lindo como aquí.

—Quiere decir que hay el mismo calorcito, los mismos ruidos —dijo Nieves—. A las mujeres la tierra no les dice nada, sargento.

—Era por bromear —dijo Lalita—. ¿Pero usted no se habrá molestado, no, sargento?

Qué ocurrencia, a él le gustaban las bromas, lo hacían entrar en confianza y, a propósito, ¿la señora era de Iquitos, no es cierto? Lalita miró a Nieves, ¿de Iquitos? Y, un instante, mostró su rostro: piel metálica, sudor, granitos. Al sargento le había parecido por la manera de hablar, señora.

—Salió de allá hace muchos años —dijo Nieves—. Raro que le notara el cantito.

—Es que tengo un oído de seda, como todos los mangaches —dijo el sargento—. Yo cantaba muy bien de muchacho, señora.

Lalita había oído que los norteños tocaban bien la guitarra y que eran de buen corazón, ¿cierto?, y el sargento, claro: ninguna mujer resistía las canciones de su pueblo, señora. En Piura cuando un hombre se enamoraba, iba a buscar a los amigos, todos sacaban guitarras y la muchacha caía a punta de serenatas. Había grandes músicos, señora, él conocía a muchos, a un viejo que tocaba el arpa, una maravilla, a un compositor de valses, y Adrián Nieves señaló a Lalita el interior de la cabaña: ¿no iba a salir ésa? Lalita encogió los hombros:

—Tiene vergüenza, no quiere salir —dijo—. No me hace caso. Bonifacia es como un venadito, sargento, de todo para las orejas y se asusta.

—Que al menos venga a dar las buenas noches al sargento —dijo Nieves.

—Déjenla, nomás —dijo el sargento—. Que no salga si no le provoca.

—No se puede cambiar de vida tan rápido —dijo Lalita—. Sólo ha estado entre mujeres, y la pobre tiene miedo a los hombres. Dice que son como víboras, le habrán enseñado eso las madrecitas. Ahora se ha ido a esconder a la chacra.

—Tienen miedo al hombre hasta que lo prueban —dijo Nieves—. Entonces cambian, se vuelven devoradoras.

Lalita se hundió en la habitación y, un momento después, regresó su voz, a ella no le caía, ligeramente enojada, nunca le habían dado miedo los hombres y no era devoradora, ¿por quién decía eso, Adrián? El práctico se rió a carcajadas y se inclinó hacia el sargento: era una buena mujer la Lalita pero, eso sí, tenía su carácter. Pequeño, muy delgado, de piel clara y ojos rasgados y vivaces, Aquilino salió a la terraza, buenas noches, traía el mechero porque estaba oscuro, y lo colocó sobre la baranda. Tras él, otros dos chiquillos —pantalones cortos, cabellos lacios, pies descalzos—, sacaron una mesita. El sargento los llamó y, mientras les hacía cosquillas y reía con ellos, Lalita y Nieves trajeron frutas, pescados cocidos al humo, yucas, qué buena cara tenía todo eso, señora, unas botellas de anisado. El práctico distribuyó raciones de comida a los tres chiquillos y éstos partieron, en dirección a la escalerilla de la chacra: sus churres eran muy graciosos, don Adrián, así decían en Piura a las criaturas, señora, y al sargento, en general, le gustaban los churres.

—Salud, sargento —dijo Nieves—. Por el gusto de tenerlo aquí.

—Bonifacia se asusta de todo pero es muy trabajadora —dijo Lalita—. Me ayuda en la chacra y sabe cocinar. Y cose muy bonito. ¿Vio los pantaloncitos de los chicos? Se los hizo ella, sargento.

—Pero tienes que aconsejarla —dijo el práctico—. Así, tan tímida, nunca encontrará marido. Usted no sabe lo callada que es, sargento, sólo abre la boca cuando le preguntamos algo.

—Eso me parece bien —dijo el sargento—. A mí no me gustan las loras.

—Entonces, Bonifacia le gustará mucho —dijo Lalita—. Se puede pasar la vida sin decir ni ay.

—Le voy a contar un secreto, sargento —dijo Nieves—. Lalita quiere casarlo con Bonifacia. Así me anda diciendo, por eso me hizo invitarlo. Cuídese, todavía está a tiempo.

El sargento adoptó una expresión entre risueña y nostálgica, señora, él había estado una vez por casarse. Acababa de entrar a la Guardia Civil y encontró una mujer que lo quería y él también a ella, su poquito. ¿Cómo se llamaba?, Lira, ¿qué pasó?, nada, señora, lo trasladaron de Piura y Lira no quiso seguirlo y así se acabó el romance.

—Bonifacia iría con su compañero a cualquier parte —dijo Lalita—. En la montaña, las mujeres somos así, no ponemos condiciones. Tiene que casarse con alguna de aquí, sargento.

—Ya ve usted, cuando a Lalita se le mete algo en la cabeza, no para hasta que se cumple —dijo Nieves—. Las loretanas son unas bandidas, sargento.

—Qué simpáticos son ustedes —dijo el sargento—. En Santa María de Nieva dicen qué huraños los Nieves, nunca se juntan con nadie. Y, sin embargo, señora, en tanto tiempo que llevo aquí, ustedes son los primeros que me invitan a su casa.

—Es que a nadie le gustan los guardias, sargento —dijo Lalita—. ¿No ve que son tan abusivos? Arruinan a las muchachas, las enamoran, las dejan encinta y se mandan mudar.

—¿Y entonces cómo quieres casar a Bonifacia con el sargento? —dijo Nieves—. Una cosa no va con la otra.

—¿No me dijiste acaso que el sargento era distinto? —dijo Lalita—. Pero quién sabe si será cierto.

—Es cierto, señora —dijo el sargento—. Soy un hombre derecho, un buen cristiano, como dicen acá. Y un amigo como no hay dos, ya verá. Les estoy muy agradecido, don Adrián, de veras, porque me siento muy contento en su casa.

—Puede volver cuando quiera —dijo Nieves—. Venga a visitar a Bonifacia. Pero no se meta con la Lalita, porque soy muy celoso.

—Y con razón, don Adrián —dijo el sargento—. Es tan buena moza la señora, que yo también sería celoso.

—Muy bonita su atención, sargento —dijo Lalita—. Pero ya sé que lo dice por decir, ya no soy buena moza. Antes sí, de joven.

—Pero si usted es una muchacha todavía —protestó el sargento.

—Ya no me fío —dijo Nieves—. Será mejor que no venga cuando yo no esté, sargento.

En la chacra, los perros seguían ladrando y, a ratos, se oían las voces de los chiquillos. Los insectos revoloteaban en torno al mechero de resina, los Nieves y el sargento bebían, charlaban, bromeaban, ¡práctico Nieves!, los tres volvieron la cabeza hacia el follaje de la ribera: la noche ocultaba la trocha que subía hasta Santa María de

Nieva. ¡Práctico Nieves! Y el sargento: era el Pesado, qué pesado, qué le pasaba, a qué venía a molestarlo a estas horas, don Adrián. Los tres chiquillos invadieron la terraza. Aquilino fue hacia el práctico y le habló en voz baja: que subiera.

—Parece que hay que salir de viaje, sargento —dijo el práctico Nieves.

—Estará borracho —dijo el sargento—. No hay que hacerle caso al Pesado, cuando toma se le ocurren cosas.

La escalerilla crujió, tras el Aquilino surgió la gruesa silueta del Pesado, vaya, mi sargento, al fin lo encontraba, el teniente y los muchachos lo andaban buscando por todas partes, y que tuvieran buenas noches.

—Estoy franco —gruñó el sargento—. ¿Qué quieren conmigo?

—Las encontraron a las pupilas —dijo el Pesado—. Una cuadrilla de materos, cerca de un campamento, río arriba. Hace un par de horas llegó un propio a la misión. Las madres han levantado a todo el mundo, sargento. Parece que una de las criaturas está con fiebre.

El Pesado estaba en mangas de camisa, se hacía aire con el quepí, y ahora Lalita lo acosaba a preguntas. El práctico y el sargento se habían puesto de pie, sí, qué vaina, señora, había que irlas a buscar ya mismo. Ellos querían esperar hasta mañana, pero las monjitas convencieron a don Fabio y al teniente, y el sargento ¿iban a partir de noche? Sí, mi sargento, las madres tenían miedo que los materos se pasaran por las armas a las mayorcitas.

—Las madrecitas tienen razón —dijo Lalita—. Las pobres, tantos días en el monte. Apúrate Adrián, anda.

—Qué vamos a hacer —dijo el práctico—. Tómese un trago con el sargento, mientras voy a echar gasolina a la lancha.

—Me caerá bien, gracias —dijo el Pesado—. Qué vida nos dan ¿no es cierto, sargento? Siento haberlos interrumpido en media comida.

—¿Las encontraron a todas? —dijo una voz, desde el tabique. Ellos miraron: una melena corta, un borroso perfil, un busto de mujer recortado junto a la ventana. La luz del mechero llegaba ralamente hasta allí.

—Menos a dos —dijo el Pesado, inclinándose hacia la ventana—. Menos a ésas de Chicais.

—¿Por qué no las trajeron en vez de mandar avisar? —dijo Lalita—. Pero menos mal que las encontraron, gracias a Dios que las encontraron.

Si no tenían en qué traerlas, señora, y el Pesado y el sargento adelantaban las cabezas hacia el tabique, pero la silueta se había corrido y apenas asomaba ahora un fragmento de rostro, una sombra de cabellos. Al otro lado de la baranda, Adrián Nieves daba órdenes y se oía a los chiquillos agitando el agua, chapaleos, idas y venidas entre los helechos. Lalita les sirvió anisado y ellos bebieron a su salud, mi sargento, y el sargento a la salud de la señora, más bien, cacaseno.

—Ya sé que el teniente me cargó el trabajito —dijo el sargento—. Supongo que no iré solo, ¿no?, a buscar a las churres; ¿quién me acompaña?

—El Chiquito y yo —dijo el Pesado—. Y también va una monjita.

—¿La madre Angélica? —dijo la voz del tabique y ellos volvieron a torcer los cuellos.

186

—Seguramente, porque la madre Angélica sabe de medicina —dijo el Pesado—. Para que cure a la enfermita.

—Denle quinina —dijo Lalita—. Pero un viaje no bastará, no entrarán todas en la lancha, tendrán que hacer dos o tres.

—Suerte que hay luna —dijo el práctico Nieves, desde la escalerilla—. En media hora estaré listo.

—Anda a avisarle al teniente que ya vamos, Pesado —dijo el sargento.

El Pesado asintió, dio las buenas noches y se alejó por la terraza. Al pasar junto a la ventana, la vaga silueta se hizo atrás, desapareció y reapareció cuando el Pesado descendía ya la escalerilla, silbando.

—Ven, Bonifacia —dijo Lalita—. Voy a presentarte al sargento.

Lalita tomó del brazo al sargento, lo llevó hasta la puerta y, segundos después, surgió un contorno de mujer en el umbral. El sargento estuvo con la mano tendida, observando confuso unas chispitas inmóviles, hasta que una pequeña forma sombría cortó la penumbra, unos dedos rozaron los suyos, mucho gusto, y escaparon: a sus órdenes, señorita. Lalita sonreía.

—Yo creí que él era como tú —dijo Fushía—. Y ya ves, viejo, qué equivocación tan terrible.

—A mí también me engañó un poco —dijo Aquilino—. No lo creía capaz de eso a Adrián Nieves. Parecía tan despreocupado de todo. ¿Nadie se dio cuenta cómo empezó la cosa?

187

—Nadie —dijo Fushía—; ni Pantacha, ni Jum; ni los huambisas. Maldita la hora en que nacieron esos perros, viejo.

—Ya está el odio otra vez en tu boca, Fushía —dijo Aquilino.

Y entonces Nieves la vio, arrinconada entre la jarra de greda y el tabique: grande, felpuda, negrísima. Se incorporó muy despacio de la barbacoa, su mano buscó, ropas, unas zapatillas de jebe, una cuerda, porongos, una cesta de chambira, nada que sirviera. Ella seguía en el rincón, agazapada, sin duda lo espiaba por debajo de sus patas finas y retintas, reflejadas como una enredadera en la rojiza comba de la jarra. Dio un paso, descolgó el machete y ella no había huido, seguía al acecho, seguramente registraba cada movimiento suyo con sus ojillos perversos, su panza colorada estaría latiendo. De puntillas avanzó hacia el rincón, ella se replegó con súbita angustia, él golpeó y hubo como un crujido de hojarasca. Luego, el petate tenía una raja y manchitas negras, rojas; las patas estaban intactas, su vello era negro, largo, sedoso. Nieves colgó el machete y, en vez de volver a la barbacoa, permaneció junto a la ventana, fumando. Recibía en la cara el aliento y los rumores de la selva, con la brasa del cigarrillo trataba de quemar las alas de los murciélagos que rondaban por la tela metálica.

—¿Nunca se quedaron solos en la isla? —dijo Aquilino.

—Una vez, porque el perro ese se enfermó —dijo Fushía—. Pero al principio todavía. En ese tiempo no pudo comenzar la historia, no se hubieran atrevido, me tenían miedo.

—¿Hay algo que asuste más que el infierno? —dijo Aquilino—. Y, sin embargo, la gente hace maldades. El miedo no frena a la gente en todas las cosas, Fushía.

—Al infierno nadie lo ha visto —dijo Fushía—. Y ésos me veían a mí todo el tiempo.

—Más que sea, cuando un cristiano y una cristiana se tienen ganas no hay quien los pare —dijo Aquilino—. El cuerpo les quema, como si tuvieran llamas adentro. ¿Acaso no te ha pasado?

—Ninguna mujer me hizo sentir eso —dijo Fushía—. Pero ahora sí, viejo, ahora sí. Como si tuviera carbones bajo la piel, viejo.

Hacia la derecha, entre los árboles, Nieves divisaba fogatas, instantáneos perfiles de huambisas; a la izquierda, en cambio, donde había armado su cabaña Jum, todo era oscuridad. En lo alto, contra un cielo añil, se mecían los penachos de las lupunas y la luna blanqueaba la trocha que, después de bajar una pendiente de arbustos y de helechos, contorneaba la pileta de las charapas y seguía hasta la playita; la cocha debía estar azul, quieta y desierta. ¿Habrían seguido bajando las aguas de la pileta? ¿Estarían ya en seco las estacas, la red? Pronto aparecerían las charapas varadas en la arena, los rugosos pescuezos estirándose hacia el cielo, los ojos llenos de asfixia y de legañas, y habría que hacer saltar sus conchas con el filo del machete, cortar la carne blanca en cuarteles y salarlos antes que los corrompieran el sol, la humedad. Nieves tiró el cigarrillo e iba a soplar el mechero cuando tocaron el tabique. Levantó la tranca de la puerta y entró Lalita, envuelta en una itípak huambisa, sus cabellos hasta la cintura, descalza.

—Si tuviera que escoger a uno de los dos para vengarme, sería ella, Aquilino —dijo Fushía—, la perra esa. Porque ella comenzó, seguro, cuando me vio enfermo.

—La tratabas mal, le pegabas y, además, las mujeres tienen su orgullo, Fushía —dijo Aquilino—. ¿Qué cristiana hubiera aguantado? En cada viaje te traías una mujer y se la metías por las narices.

—¿Crees que tenía cólera de las chunchas? —dijo Fushía—. Qué tontería, viejo. La perra esa estaba caliente porque yo ya no le podía.

—Mejor no hables de eso, hombre —dijo Aquilino—. Ya sé que te pone triste.

—Pero si empezó con eso, con no poderle a la Lalita —dijo Fushía—. Pero acaso no ves qué desgracia, Aquilino, qué cosa terrible.

—¿No lo desperté, diga? —dijo Lalita, con voz soñolienta.

—No, no me despertó —dijo Nieves—. Buenas noches. Mande, nomás.

Trancó la puerta, se acomodó el pantalón y cruzó los brazos sobre el torso desnudo, pero al instante los descruzó y siguió de pie, indeciso. Por fin señaló la jarra de greda: se había metido una de las peludas y acababa de matarla. Sólo hacía una semana que había rellenado los agujeros, Lalita se sentó en la barbacoa, pero cada día abrían otros, las peludas.

—Es que tienen hambre —dijo Lalita—, así es en esta época. Una vez desperté y no podía mover la pierna, le digo. Tenía una manchita y después se hinchó. Los huambisas me ponían la pierna sobre un brasero para que sudara. Me ha quedado la marca.

Sus manos bajaron hasta el ruedo de la itípak, la alzaron, aparecieron sus muslos, lisos, color mate, firmes, y una cicatriz como un pequeño gusano:

—¿De qué se asusta? —dijo Lalita—. ¿Por qué se voltea, diga?

—No me asusto —dijo Nieves—. Sólo que está desnuda y yo soy hombre.

Lalita se rió y soltó la itípak; su pie derecho jugaba con un porongo, distraídamente lo acariciaba con el empeine, los deditos, el talón.

—Perra, puta, peores cosas si quieres —dijo Aquilino—. Pero yo le tengo cariño a la Lalita y no me importa. Es como mi hija.

—Una que hace eso porque ve morirse a su hombre es peor que perra, peor que puta —dijo Fushía—. No existe palabra para lo que es.

—¿Morirse? En San Pablo, la mayoría se mueren de viejos y no de enfermos, Fushía —dijo Aquilino.

—No lo dices para consolarme, sino porque te arde que insulte a ésa —dijo Fushía.

—Se lo dijo en mi delante —susurró Nieves—. Otra vez sin nada bajo la itípak y te hago comer por las taranganas, ¿ya no se acuerda?

—Otras veces dice te regalo a los huambisas, te saco los ojos —dijo Lalita—. Al Pantacha todo el tiempo te mato, la estás espiando. Cuando amenaza no hace nada, la furia se le va con las palabras. ¿A usted le da pena cuando me pega, diga?

—Y también cólera —Nieves manoteó torpemente la tranca de la puerta—: Sobre todo cuando la insulta.

A solas era todavía peor, aj, se te caen los dientes, aj, tienes toda la cara picada, aj, tu cuerpo ya no es el de antes, aj, se te chorrea, pronto vas a estar como las viejas huambisas, aj, y todo lo que se le ocurría, ¿le daba pena?, y Nieves cállese.

—Pero creía en ti y eso que te conocía —dijo Aquilino—. Yo llegaba a la isla y la Lalita pronto me sacará de aquí, si este año hay mucho jebe nos iremos al Ecuador y nos casaremos. Sea buenito, don Aquilino, venda la mercadería a buen precio. Pobre Lalita.

—No se largó antes porque esperaba que me hiciera rico —dijo Fushía—. Qué bruta, viejo. No me casé con ella cuando era durita y sin granos, y creía que iba a casarme con ella cuando ya no calentaba a nadie.

—A Adrián Nieves lo calentó —dijo Aquilino—. Si no, no se la hubiera llevado.

—¿Y a ellas también se las va a llevar al Ecuador el patrón? —dijo Nieves—. ¿También se va a casar con ellas?

—Su mujer soy yo sola —dijo Lalita—. Las otras son sirvientas.

—Diga lo que diga, yo sé que eso le duele —dijo Nieves—. No tendría alma si no le doliera que le meta otras mujeres a su casa.

—No las mete a mi casa —dijo Lalita—. Duermen en el corral con los animales.

—Pero se las tira en su delante —dijo Nieves—. No se haga la que no me entiende.

Se volvió a mirarla y Lalita se había aproximado al canto de la barbacoa, tenía las rodillas juntas, los ojos bajos y Nieves no quería ofender, tartamudeó y miró de nuevo por la ventana, le había dado cólera cuando dijo que se iba a ir con el patrón al Ecuador, el cielo color añil, las fogatas, los cocuyos chispeantes entre los helechos: le pedía perdón, él no quería ofender, y Lalita levantó los ojos:

—¿Acaso no te las da a ti y al Pantacha cuando no le gustan? —dijo—. Tú haces lo mismo que él.

—Yo estoy solo —balbuceó Nieves—. Un cristiano necesita estar con mujeres, por qué me compara con el Pantacha, además me gusta que me hable de tú.

—Sólo al principio, aprovechándose de mis viajes —dijo Fushía—. Las rasguñaba, a una de las achuales la dejó sangrando. Pero después se acostumbró y eran como sus amigas. Les enseñaba cristiano, se entretenía con ellas. No es como tú crees, viejo.

—Y todavía te quejas —dijo Aquilino—. Todos los cristianos sueñan con eso que tú has tenido. ¿A cuántos conoces que cambiaran así de mujer, Fushía?

—Pero eran chunchas —dijo Fushía—, chunchas, Aquilino, aguarunas, achuales, shapras, pura basura, hombre.

—Y, además, son como animalitos —dijo Lalita—, se encariñan conmigo. Más bien me dan pena del miedo que les tienen a los huambisas. Si tú fueras el patrón, serías como él, hasta me insultarías.

—¿Acaso me conoce para que me juzgue? —dijo Nieves—. Yo no le haría eso a mi compañera. Menos si fuera usted.

—Aquí el cuerpo se les afloja rápido —dijo Fushía—. ¿Es mi culpa acaso si la Lalita envejeció? Y, además, hubiera sido tonto desperdiciar la ocasión.

—Por eso te las robabas tan chicas —dijo Aquilino—. Para que fueran duritas ¿no?

—No sólo por eso —dijo Fushía—; a mí me gustan las doncellitas como a cualquier hombre. Sólo que esos perros de los paganos no las dejan crecer sanas, a las más criaturas ya las han roto, la shapra fue la única sanita que encontré.

—Lo único que me duele es acordarme de cómo era yo, en Iquitos —dijo Lalita—. Los dientes blancos, igualitos, y ni una mancha siquiera en la cara.

—Le gusta inventarse cosas para sufrir —dijo Nieves—. ¿Por qué no deja el patrón que los huambisas se acerquen a este lado? Porque a todos se les van los ojos cuando usted pasa.

—También al Pantacha y a ti —dijo Lalita—. Pero no porque sea bonita, sino porque soy la única cristiana.

—Yo siempre he sido educado con usted —dijo Nieves—. ¿Por qué me iguala con el Pantacha?

—Tú eres mejor que el Pantacha —dijo Lalita—. Por eso he venido a visitarte. ¿Ya no tienes fiebre?

—¿No te acuerdas que no bajé al embarcadero a recibirte? —dijo Fushía—. ¿Que tú viniste y me encontraste en la cabaña del jebe? Fue esa vez, viejo.

—Sí me acuerdo —dijo Aquilino—. Parecías durmiendo despierto. Creí que el Pantacha te había dado cocimiento.

—¿Y no te acuerdas que me emborraché con el anisado que trajiste? —dijo Fushía.

—También me acuerdo —dijo Aquilino—. Querías quemar las cabañas de los huambisas. Parecías diablo, tuvimos que amarrarte.

—Es que traté como diez días y no le podía a esa perra —dijo Fushía—, ni a la Lalita ni a las chunchas, viejo, de volverse loco, viejo. Me ponía a llorar solo, viejo, quería matarme, cualquier cosa, diez días seguidos y no les podía, Aquilino.

—No llores, Fushía —dijo Aquilino—. ¿Por qué no me contaste lo que te pasaba? Tal vez te hubieras curado, entonces. Hubiéramos ido a Bagua, el médico te habría puesto inyecciones.

—Y las piernas se me dormían, viejo —dijo Fushía—, les pegaba y nada, les prendía fósforos y como muertas, viejo.

—Ya no te amargues con esas cosas tristes —dijo Aquilino—. Fíjate, acércate al borde, mira cuántos pececitos voladores, esos que tienen electricidad. Fíjate cómo nos siguen, qué bonitas se ven las chispitas en el aire y debajo del agua.

—Y después ronchas, viejo —dijo Fushía—, y ya no podía quitarme la ropa delante de la perra esa. Tener que disimular todo el día, toda la noche, y no tener a quién contárselo Aquilino, chuparme esa desgracia yo solito.

Y en eso rascaron el tabique y Lalita se puso de pie. Fue hasta la ventana y, la cara pegada a la tela metálica, comenzó a gruñir. Afuera alguien gruñía también, suavemente.

—El Aquilino está enfermito —dijo Lalita—. Vomita todo lo que come el pobre. Voy a verlo. Si mañana no ha vuelto todavía, vendré a hacerte la comida.

—Ojalá que no haya vuelto —dijo Nieves—. No necesito que me cocine, me basta con que venga a verme.

—Si yo te digo tú, puedes decirme tú —dijo Lalita—. Al menos cuando no haya nadie.

—Los podría coger a montones si tuviera una red, Fushía —dijo Aquilino—. ¿Quieres que te ayude a levantarte para que los veas?

—Y después los pies —dijo Fushía—. Caminar cojeando, viejo, y en eso a pelarme como las serpientes, pero a ellas les sale otra piel y a mí no, viejo, yo purita llaga, Aquilino, no es justo, no es justo.

—Ya sé que no es justo —dijo Aquilino—. Pero ven, hombre, mira qué lindos los pececitos eléctricos.

Todos los días, Juana Baura y Antonia salían de la Gallinacera a la misma hora, hacían siempre el mismo recorrido. Dos cuadras rectas, polvorientas, y era el Mercado: las placeras comenzaban a tender sus mantas al pie de los algarrobos, a ordenar sus mercancías. A la altura de la tienda Las Maravillas —peines, perfumes, blusas, polleras, cintas y pendientes— doblaban a la izquierda y, doscientos metros adelante, aparecía la plaza de Armas, una ceñida ronda de palmeras y de tamarindos. La abordaban por la bocacalle opuesta a La Estrella del Norte. Durante el trayecto, una de las manos de Juana Baura hacía adiós a los conocidos, la otra iba en el brazo de Antonia. Al llegar a la plaza, Juana observaba las bancas de varillas y elegía la más sombreada para la joven. Si la muchacha permanecía impasible, la lavandera regresaba a su casa trotando suavemente, desataba su piajeno, reunía la ropa por lavar y emprendía la marcha hacia el río. Si, por el contrario, las manos de Antonia asían las suyas con ansiedad, Juana tomaba asiento a su lado y la calmaba con mimos. Repetía su silenciosa interrogación hasta que la muchacha la dejaba partir. Volvía a buscarla a mediodía, la ropa ya fregada y, a veces, Antonia retornaba a la Gallinacera subida en el asno. No era raro que Juana Baura encontrase a la joven dando vueltas en torno a la glorieta con una vecina cariñosa, no era raro que un lustrabotas, un mendigo o Jacinto le dijeran: la llevaron donde fulano, a la iglesia, al Malecón. Entonces Juana Baura volvía sola a la Gallinacera y Antonia aparecía al atardecer, de la mano de una sirvienta, de un principal caritativo.

Ese día salieron más temprano, Juana Baura debía llevar al Cuartel Grau un uniforme de parada. El Mercado estaba desierto, unos gallinazos dormitaban sobre el tejado de Las Maravillas. No habían pasado aún los barrenderos y los desperdicios y charcos despedían mal olor. En la solitaria plaza de Armas corría una brisa tímida y el sol asomaba en un cielo sin nubes. Ya no caía arena. Juana Baura limpió la banca con su pollera, halló las manos de la muchacha sosegadas, le dio una palmada en la mejilla y partió. En el camino de regreso, encontró a la mujer de Hermógenes Leandro, el del camal, y juntas continuaron andando mientras el sol crecía en el cielo, ya alanceaba los techos altos de la ciudad. Juana iba encorvada, frotándose de rato en rato la cintura y su amiga estás enferma y ella tengo calambres desde hace tiempo, sobre todo en las mañanas. Hablaron de enfermedades y remedios, de la vejez, de lo atareada que es la vida. Luego Juana se despidió, entró en su casa, salió jalando al piajeno cargado de ropa sucia y, bajo el brazo, el uniforme envuelto en números viejos de *Ecos y Noticias*. Fue al Cuartel Grau bordeando el arenal y la tierra estaba caliente, rápidas iguanas corrían de pronto entre sus pies. Un soldado vino a su encuentro, el teniente se iba a enojar, por qué no había traído el uniforme más temprano. Le arrebató el paquete, le pagó y ella se dirigió entonces al río. No hasta el Viejo Puente, donde solía lavar, sino hacia una playita redonda, más arriba del camal, donde encontró a otras dos lavanderas. Y las tres estuvieron toda la mañana, arrodilladas en el agua, fregando y conversando. Juana terminó primero, partió, y ahora las calles, deslumbrantes bajo un sol vertical, se hallaban repletas de vecinos y forasteros. No estaba en la plaza, ni los mendigos ni Jacinto la habían visto y Juana Baura regresó a la Gallinacera; sus manos alternativamente golpeaban al animal y frotaban su cintura. Comenzó a tender la ropa, a medio trabajo fue a echarse en su colchón de paja. Cuando abrió los ojos, ya caía arena. Refunfuñando, trotó al solar: algunas prendas se habían ensuciado. Corrió el toldo que protegía los cordeles, acabó de colgar la ropa, volvió a su cuarto, rebuscó bajo el colchón hasta encontrar la medicina. Empapó un trapo con el líquido, se levantó la pollera, vigorosamente se frotó las caderas y el vientre. La medicina olía a meados y a vómitos, Juana esperó tapándose la nariz que la piel se secara. Se preparó unas menestras y, cuando estaba comiendo, tocaron a la puerta. No era Antonia, sino una sirvienta con una canasta de ropa. De pie en el umbral, conversaron. Llovía suave, los granitos de arena no se veían, se los sentía en la cara y en los brazos como patitas de araña. Juana hablaba de calambres, de las malas medicinas y la sirvienta protesta, que te dé otra o te devuelva tu plata. Luego se fue, pegada al muro, bajo los aleros. Sola, sentada en su colchón, Juana seguía iré el domingo a tu rancho, ¿crees que porque soy vieja me vas a engañar?, con tu medicina me tiembla la cintura, ladrón. Luego se tendió y, al despertar, había oscurecido. Encendió una vela, Antonia no había llegado. Salió al solar, el asno enderezó las orejas, rebuznó. Juana cogió una manta, se la echó sobre los hombros ya en la calle: estaba negro, por las ventanas de la Gallinacera se veían candeleros, lámparas, fogones. Caminaba muy rápido, tenía revueltos los cabellos y, cerca del Mercado, desde un pórtico, alguien dijo una aparecida. Ella trotaba, me das otra medicina para el sueño que me viene a cada rato o me devuelves la plata. Había poca gente en la plaza. Se acercó a todos y nadie sabía. La arena bajaba ahora densa, visible y Juana se cubrió la boca y la nariz. Recorrió muchas calles, tocó muchas puertas, repitió veinte veces la misma pregunta y, cuando regresó a la plaza de Armas, corría trabajosamente, se apoyaba en las paredes. Dos hombres, con sombrero de paja, conversaban en una banca. Ella dijo dónde está Antonia, y el doctor Pedro Zevallos buenas noches, doña Juana, ¿qué hace en la calle a estas horas? Y el otro, con voz de forastero, hay tanta arena que nos va a partir el cráneo. El doctor Zevallos se quitó el sombrero, se lo alcanzó a Juana y ella se lo puso; era grande, le tapaba las orejas. El doctor dijo la fatiga no la deja hablar, siéntese un rato, doña Juana, cuéntenos y ella dónde está Antonia. Los dos hombres se miraron y el otro dijo sería bueno llevarla a su casa y el doctor sí, yo conozco, es por la Gallinacera. La tomaron de los brazos, la llevaban casi en el aire y, bajo el sombrero, Juana Baura rugía: esa que es ciega, ¿la han visto?, y el doctor Zevallos tranquilícese, doña Juana, ahora que lleguemos nos cuenta, y el otro qué huele tanto y el doctor Zevallos a remedio de curandero, pobre vieja.

Julio Reátegui se limpia la frente, mira al intérprete, le había faltado a la autoridad, eso estaba mal hecho y costaba caro: tradúcele eso. El claro de Urakusa es pequeño y triangular, el bosque lo abraza de cerca, ramas y lianas se balancean sobre las cabañas suspendidas por pilares de pona y terminadas en circunferencias abolladas como colas de pato: el intérprete ruge y acciona, Jum escucha atentamente. Hay unas veinte viviendas, idénticas: techos de yarina, tabiques de rajas de chonta unidas por bejucos, escalerillas toscamente labradas en troncos. Dos soldados conversan ante la cabaña colmada de urakusas prisioneros, otros levantan las carpas cerca del barranco, el capitán Quiroga batalla contra los zancudos y la chiquilla permanece tranquila junto al cabo Roberto Delgado, a ratos mira a Jum, tiene ojos claros y en su torso de muchacho ya se insinúan dos pequeñas corolas oscuras. Ahora habla Jum, sus labios morados disparan ruidos ásperos y escupitajos, Julio Reátegui ladea las piernas para evitar la lluvia de saliva y el intérprete cabo robando, es decir queriendo, que palo carajo, y después yéndose, fuera, nunca más, que dándole canoa, su canoa misma, de Jum, y que el práctico yéndose, no viendo, que se tiró al agua, diciendo, señor. Y el cabo Delgado da un paso hacia Jum: mentira. El capitán Quiroga lo contiene con un gesto: mentira, señor, si él se iba a ver a su familia a Bagua, ¿iba a estar perdiendo su tiempo robándoles cosas a éstos?, y qué les hubiera podido robar aun queriendo, mi capitán, ¿no veía lo miserable que era Urakusa? Y el capitán: pero entonces no era cierto que mataron al recluta. ¿Era verdad o no que se tiró al Marañón? Carajo, porque si no estaba muerto era desertor y el cabo cruza sus dedos y los besa: lo mataron, mi capitán, y lo del robo era la mentira más grande. Sólo habían registrado un poquito, pero buscando esa medicina contra los zancudos que él le había dicho y éstos lo amarraron y lo apalearon, a él, al sirviente, y al práctico lo habrían matado y lo habrían enterrado para que nadie lo descubriera, mi capitán. Julio Reátegui sonríe a la chiquilla y ésta lo mira de soslayo, ¿asustada?, ¿curiosa? Viste la pampanilla aguaruna y sus cabellos abundantes y polvorientos se agitan suavemente cuando mueve la cabeza; no lleva adornos en la cara ni en los brazos, sólo en los tobillos: dos calabazas enanas. Y Julio Reátegui: ¿por qué no había hecho comercio con Pedro Escabino?, ¿por qué no le vendió este año el jebe como otras veces? Que le tradujera eso y el intérprete gruñe y acciona, Jum escucha, los brazos cruzados y el gobernador indica a la chiquilla que se le acerque, ella le vuelve la espalda, y el intérprete, señor, nunca más, diciendo: Escabino diablo, se va, fuera, ni Urakusa, diciendo, ni Chicais, ningún pueblo aguaruna, patrón cojudeando, señor, y Julio Reátegui ¿qué iban a hacer los urakusas con el jebe que no querían venderle al patrón Escabino?, suavemente, mirando siempre a la chiquilla, ¿y qué con las pieles?, tradúcele eso. El intérprete y Jum gruñen, escupen y accionan, y ahora Reátegui los observa, un poco inclinado hacia el urakusa, y la chiquilla da un paso, mira la frente de Jum: la herida se ha hinchado pero ya no sangra, el ojo derecho del cacique está muy inflamado y Julio Reátegui ¿cooperativa? Esa palabra no existía en aguaruna, hijo, ¿le había dicho cooperativa? Y el intérprete: la había dicho en español, señor, y el capitán Quiroga sí, él la había oído. ¿Qué lío era ése, señor Reátegui? ¿Por qué ya no iban a hacer comercio con Escabino? ¿De dónde sacaron eso de ir a vender el jebe a Iquitos si éstos nunca supieron lo que era Iquitos? Julio Reátegui parece abstraído, se saca el casco, se alisa los cabellos, mira al capitán: hacía diez años que Pedro Escabino les traía telas, escopetas, cuchillos, capitán, todo lo que necesitaban para entrar al bosque a sacar goma. Después Escabino volvía, ellos le entregaban el jebe reunido, y él les completaba con telas, comida, lo que les hacía falta, y este año también recibieron adelantos, pero no quisieron venderle: ésa era la historia, capitán. Los soldados que han levantado las carpas se acercan, uno estira la mano y toca a la chiquilla que da un salto, las calabazas danzan, ruido de sonajas y el capitán: ajá, un abuso de confianza, no estaba informado, le pegaban a un militar, estafaban a un civil, no sería raro que de veras se hubieran cargado al recluta y el gobernador agárrenla, que no se escape. Tres soldados corretean tras la chiquilla, que es ágil, escurridiza. La atrapan en el centro del claro, la llevan hacia el gobernador, éste le pasa la mano por la cara: tenía una mirada despierta, y algo gracioso en sus maneras, ¿no le parecía, capitán?, era una lástima que la pobre creciera aquí y el oficial: efectivamente, don Julio, y sus ojos eran verdecitos. ¿Era su hija?, que le preguntara eso y el capitán: tampoco tenía la barriguita hinchada, porque eso era tremendo en estos niños, la cantidad de parásitos que tragaban y el cabo Roberto Delgado: chiquita y bien servida, buena para mascota de la compañía, mi capitán, y los soldados ríen. ¿Era su hija?, y el intérprete no siendo, señor, tampoco urakusa, pero sí aguaruna, naciendo en Pato Huachana, señor, diciendo y Julio Reátegui llama a dos soldados: que se la llevaran a las carpas y cuidadito con dárselas de vivos con ella. Un soldado toma a la chiquilla del brazo y ella se deja llevar sin resistir. Julio Reátegui se vuelve hacia el capitán que lucha de nuevo contra invisibles, tal vez imaginarios enemigos aéreos: por aquí habían estado unos que se decían maestros, capitán. Se metieron a las tribus con el cuento de enseñar el español a los paganos y ya veía el resultado, le daban una paliza a un cabo, arruinaban el negocio de Pedro Escabino. ¿Se figuraba el capitán lo que ocurriría si todos los paganos decidían ensartar a los patrones que les habían hecho adelantos? El capitán se rasca la barbilla, gravemente: ¿una catástrofe económica? El gobernador asiente: los que venían de fuera traían los líos, capitán. La vez pasada habían sido unos extranjeros, unos ingleses, con el cuento de la botánica; se habían metido al monte y se llevaron semillas del árbol del caucho y un día el mundo se llenó de jebe salido de las colonias inglesas, más barato que el peruano y el brasileño, ésa había sido la ruina de la Amazonía, capitán, y él: ¿de veras señor Reátegui que venían óperas a Iquitos y que los caucheros encendían sus puros con billetes? Julio Reátegui sonríe, su padre tenía un cocinero para sus perros, imagínese, y el capitán ríe, los soldados ríen, pero Jum sigue serio, los brazos cruzados, a ratos espía la cabaña atestada de urakusas prisioneros y Julio Reátegui suspira: entonces se trabajaba poco y se ganaba mucho, ahora había que sudar sangre para recibir una miseria, y todavía tener que lidiar con esta gente, resolver problemas tan tontos. El capitán está serio ahora, don Julio, ya lo creía, la vida era dura para los hombres de la Amazonía, y Reátegui, la voz bruscamente severa, al intérprete: el aguaruna no podía vender en Iquitos, que tenía que cumplir sus compromisos, que esos que vinieron los habían engañado, que nada de cooperativas ni de cojudeces. Patrón Escabino volvería y que harían comercio como siempre, traduciendo eso pero el intérprete muy rápido señor, repitiendo mejorcito y el capitán te habló despacio, nada de bromas. Julio Reátegui no tenía apuro, capitán, le iba a dar gusto. El intérprete gruñe y acciona, Jum escucha, corre una brisa ligera sobre Urakusa y el ramaje del bosque ronronea débilmente, se oye una risa: la chiquilla y el soldado están jugando ante las carpas. El capitán pierde la paciencia, ¿hasta cuándo?, sacude el hombro de Jum, ¿tampoco había entendido esta vez?, ¿les tomaba el pelo? Jum alza la cabeza, su ojo sano examina al gobernador, su mano lo señala, su boca gruñe, y Julio Reátegui ¿qué había dicho?, y el intérprete: insultando, señor, tú diablo siendo, diciendo, señor.

No había nadie en el pasillo, sólo la bulla del salón, la lámpara colgada del techo tenía celofán azul y una luz de amanecer bañaba el desvaído papel de las paredes y las puertas mellizas. Josefino se acercó a la primera y escuchó, a la segunda, en la tercera alguien jadeaba, crujía un catre levemente, Josefino tocó con los nudillos y la voz de la Selvática ¿qué hay?, y una desconocida voz masculina ¿qué hay? Corrió hasta el fondo del pasillo y allí no era el amanecer sino el crepúsculo. Permaneció inmóvil, escondido en la discreta penumbra y luego chirrió una cerradura, una cabellera negra invadió la luz azul, una mano la recogió como un visillo, brillaron unos ojos verdes. Josefino se mostró, hizo una señal. Minutos después salió un hombre en mangas de camisa, que se hundió canturreando en la boca de la escalera. Josefino atravesó el pasillo y entró al cuarto: la Selvática se abotonaba una blusa amarilla.

—Lituma llegó esta tarde —dijo Josefino, como si diera una orden—. Está abajo, con los León.

Una repentina sacudida conmovió el cuerpo de la Selvática, sus manos quedaron quietas, encogidas entre los ojales. Pero no se volvió ni habló.

—No tengas miedo —dijo Josefino—. No te hará nada. Ya sabe y le importa un pito. Vamos a bajar juntos.

Ella tampoco dijo nada y siguió abotonándose la blusa, pero ahora con suma lentitud, retorciendo torpemente cada botón antes de ensartarlo, como si tuviera los dedos agarrotados de frío. Y, sin embargo, todo su rostro transpiraba y unos lamparones húmedos teñían la blusa en la espalda y en las axilas. El cuarto era minúsculo, sin ventanas, iluminado por una sola bombilla rojiza, y la ondulante calamina del techo rozaba la cabeza de Josefino. La Selvática se puso una falda crema, forcejeó un rato con el cierre relámpago antes que éste le obedeciera. Josefino se inclinó, cogió del suelo unos zapatos blancos de taco alto, los alcanzó a la Selvática.

—Estás sudando del miedo —dijo—. Límpiate la cara. No hay de qué asustarse.

Se volvió para cerrar la puerta y, cuando giró de nuevo, la Selvática lo miraba a los ojos, sin pestañear, los labios entreabiertos, las ventanillas de su nariz latiendo muy rápido, como si le costara trabajo respirar u oliese de improviso exhalaciones fétidas.

—¿Está tomado? —dijo luego, la voz medrosa y vacilante, mientras se frotaba la boca furiosamente con una toallita.

—Un poco —dijo Josefino—. Estuvimos festejando su llegada donde los León. Trajo un buen pisco de Lima.

Salieron y, en el pasillo, la Selvática caminaba despacio, una mano apoyada en la pared.

—Parece mentira, todavía no te acostumbras a los tacos —dijo Josefino—. ¿O es la emoción, Selvática?

Ella no respondió. En la tenue luz azul, sus labios rectos y espesos semejaban un puño apretado, y sus facciones eran duras y metálicas. Bajaron la escalera y a su encuentro venían bocanadas de humo tibio y de alcohol, la luz disminuía, y cuando surgió a sus pies el salón de baile, sombrío, ruidoso y atestado, la Selvática se detuvo, quedó casi doblada sobre el pasamanos y sus ojos habían crecido y revoloteaban sobre las siluetas difusas con un brillo salvaje. Josefino señaló el bar:

—Junto al mostrador, los que están brindando. No lo reconoces porque ha enflaquecido mucho. Entre el arpista y los León, ése del terno que brilla.

Rígida, prendida del pasamanos, la Selvática tenía la cara medio oculta por los cabellos, y una respiración ansiosa y silbante hinchaba su pecho. Josefino la cogió del brazo, se sumergieron entre las parejas abrazadas, y fue como si bucearan en aguas fangosas o debieran abrirse paso a través de una asfixiante muralla de carne transpirada, pestilencias y ruidos irreconocibles. El tambor y los platillos de Bolas tocaban un corrido y a ratos intervenía la guitarra del Joven Alejandro y la música se animaba, pero cuando callaban las cuerdas, volvía a ser destemplada y de una lúgubre marcialidad. Emergieron de la pista de baile, frente al bar. Josefino soltó a la Selvática, la Chunga se enderezó en su mecedora, cuatro cabezas se volvieron a mirarlos y ellos se detuvieron. Los León parecían muy alegres y don Anselmo estaba despeinado y con los anteojos caídos, y la boca de Lituma, llena de espuma, se torcía, su mano buscaba el mostrador para dejar el vaso, sus ojillos no se apartaban de la Selvática, su otra mano había comenzado a alisar sus cabellos, a asentarlos, presurosa y mecánicamente. De pronto encontró el mostrador, su mano libre alejó al Mono y todo su cuerpo se adelantó, pero sólo dio un paso y quedó tambaleándose como un trompo sin fuerzas en el sitio, los ojillos atolondrados, los León lo sujetaron cuando ya caía. Su rostro no se inmutó, seguía mirando a la Selvática, respiró hondo y sólo mientras avanzaba hacia ellos, lentísimo, con un babero de espuma y de saliva, sostenido por los León, algo terco, forzado y doloroso, un simulacro de sonrisa se desplegó en sus labios y su barbilla tembló. Gusto de verte, chinita, y la mueca ganó todo su rostro, sus ojillos mostraban ahora un malestar insoportable, gusto de verte, Lituma, dijo la Selvática, y él gusto de verte, chinita, bamboleándose. Los León y Josefino lo rodeaban, bruscamente en los ojillos hubo un destello, una especie de liberación y Lituma se ladeó, se arrimó a Josefino, hola, colega querido, cayó en sus brazos, qué gusto de verte hermano. Permaneció abrazado a Josefino, profiriendo frases incomprensibles y, a ratos, un sordo mugido, pero cuando se separó parecía más sereno, había cesado esa nerviosa danza interior en sus ojillos y también la mueca, y sonreía de veras. La Selvática estaba quieta, las manos cogidas ante la falda, el rostro emboscado tras los mechones negros y brillantes.

—Chinita, nos encontramos —dijo Lituma, tartamudeando apenas, la sonrisa cada vez más ancha—. Ven por aquí, brindemos, hay que festejar mi regreso, yo soy el inconquistable número cuatro.

La Selvática dio un paso hacia él, su cabeza se movió, sus cabellos se apartaron, dos llamitas verdes relumbraban suavemente en sus ojos. Lituma estiró una mano, tomó a la Selvática de los hombros, la llevó así hasta el mostrador y allí estaban los ojos abúlicos e impertinentes de la Chunga. Don Anselmo se había acomodado los anteojos, sus manos buscaban en el aire, cuando encontraron a Lituma y a la Selvática los palmotearon cariñosamente, así me gusta, muchachos, paternalmente.

—La noche de los encuentros, viejo querido —dijo Lituma—. Ya ve usted cómo me porté bien. Llena los vasos Chunga Chunguita, y tú también llénate uno.

Apuró su vaso de un trago y quedó acezando, el rostro húmedo de cerveza, de saliva que goteaba hasta en las solapas inmundas del saco.

—Qué corazón, primo —dijo el Mono—. ¡Como un sol de grande!

—Alma, corazón y vida —dijo Lituma—. Quiero oír ese vals, don Anselmo. Sea bueno, deme gusto.

—Sí, no descuide la orquesta —dijo la Chunga—. Ahí en el fondo están protestando, lo reclaman.

—Déjalo un rato con nosotros, Chunguita —dijo la voz de José, pegajosa, dulzona, derretida—. Que se tome unas copitas con nosotros este gran artista.

Pero don Anselmo había dado media vuelta y dócilmente regresaba hacia el rincón de los músicos, tanteando en la pared, arrastrando los pies, y Lituma, siempre abrazado a la Selvática, bebía sin mirarla.

—Cantemos el himno —dijo el Mono—. ¡Un corazón como un sol, primo!

La Chunga también se había puesto a beber. Indolentes y opacos, semimuertos, sus ojos observaban a unos y a otros, a los inconquistables y a la Selvática, a la masa oscura de hombres y habitantas que oscilaba entre murmullos y risas en la pista de baile, a las parejas que subían la escalera, y a los grupos difuminados de los rincones. Josefino, acodado en el mostrador, no bebía, miraba de soslayo a los León que chocaban sus vasos. Y entonces sonaron el arpa, la guitarra, el tambor, los platillos, un estremecimiento recorrió la pista de baile. Los ojillos de Lituma se entusiasmaron:

—Alma, corazón y vida. Ah, esos valses que traen recuerdos. Vamos a bailar, chinita.

Arrastró a la Selvática sin mirarla, los dos se perdieron entre cuerpos aglomerados y sombras, y los León llevaban el compás con las manos y cantaban. Quieta y desagradable, la mirada de la Chunga permanecía ahora fija en Josefino, como si quisiera contagiarle su infinita pereza.

—Qué milagro, Chunguita —dijo Josefino—. Estás tomando.

—Tienes más miedo —dijo la Chunga y, un instante, una lumbre burlona apareció en sus ojos—. Cómo te has asustado, inconquistable.

—No hay motivo para asustarse —dijo Josefino—. Y ya ves cómo cumplo, no hubo ningún lío.

—Un miedo que no te cabe —rió sin ganas la Chunga—, que te hace temblar la voz, Josefino.

III

Las piernas desnudas del sargento colgaban de la escalerilla del puesto y alrededor todo ondulaba, las colinas boscosas, las capironas de la plaza de Santa María de Nieva, hasta las cabañas se balanceaban como tumbos al paso del viento tibio y silbante. El pueblo estaba puras tinieblas y los guardias roncaban, desnudos bajo los mosquiteros. El sargento encendió un cigarrillo y daba las últimas pitadas cuando, de improviso, tras el bosquecillo de juncos, silenciosa, traída por las aguas del Nieva, apareció la lancha, su choza cónica en la popa, unas siluetas evolucionando por cubierta. No había bruma y desde el puesto el embarcadero se divisaba claramente a la luz de la luna. Una figurilla saltó de la lancha, corrió esquivando las estacas de la playita, desapareció en las sombras de la plaza y, un momento después, ya muy cerca del puesto, reapareció y ahora el sargento podía reconocer el rostro de Lalita, su andar resuelto, su cabellera, sus fornidos brazos remando en torno a sus macizas caderas. Se incorporó a medias y esperó que ella llegara al pie de la escalerilla:

—Buenas noches, sargento —dijo Lalita—. Suerte que lo encontré despierto.

—Estoy de guardia, señora —dijo él—. Muy buenas. Le pido disculpas.

—¿Por lo que está en calzoncillos? —rió Lalita—. No se preocupe, ¿acaso los chunchos no andan peor?

—Con este calor, tienen razón de andar calatos —el sargento, casi de perfil, se escudaba en la baranda—. Pero los bichos se banquetean con uno, todo el cuerpo me arde ya.

Lalita tenía la cabeza echada hacia atrás y la luz de la lamparilla del puesto alumbraba su rostro de granitos innumerables y resecos, y sus cabellos sueltos que ondulaban también, a sus espaldas, como un manto yagua de finísimas hebras.

—Estamos yendo a Pato Huachana —dijo Lalita—. Hay un cumpleaños y los festejos comienzan de mañanita. No pudimos salir antes.

—Qué más quieren, señora —dijo el sargento—. Tómense unas copitas a mi salud.

—También nos llevamos a los hijos —dijo Lalita—. Pero Bonifacia no quiso venir. No se le quita el miedo a la gente, sargento.

—Qué muchacha tan sonsa —dijo el sargento—. Perderse una oportunidad así, con lo raras que son las fiestecitas aquí.

—Estaremos allá hasta el miércoles —dijo Lalita—. Si la pobre necesita algo, ¿quisiera ayudarla?

—Con todo gusto, señora —dijo el sargento—. Sólo que usted ya ha visto, las tres veces que fui a su casa ni salió a la puerta.

—Las mujeres son muy mañosas —dijo Lalita—, ¿todavía no se ha dado cuenta? Ahora que está solita, no tiene más remedio que salir. Dese una vueltecita por ahí, mañana.

—De todas maneras, señora —dijo el sargento—. ¿Sabe que cuando apareció la lancha creí que era el barco fantasma? Ése de los esqueletos, que se carga a los noctámbulos. Yo no era supersticioso, pero aquí me he contagiado de ustedes.

Lalita se persignó, lo hizo callar con la mano, sargento, ¿no veía que iban a viajar de noche?, cómo hablaba de esas cosas. Hasta el miércoles entonces, ah, y Adrián le mandaba saludos. Se alejó como había venido, corriendo y, antes de entrar al puesto a vestirse, el sargento esperó que la figurilla se dibujara otra vez entre las estacas y saltara a la lancha: compañero, le estaban tendiendo la cama. Se puso la camisa, el pantalón y los zapatos, despacio, cercado por la respiración tranquila de los guardias y la lancha estaría ya alejándose hacia el Marañón entre las canoas y las barcazas y, en la popa, Adrián Nieves hundiría y sacaría la pértiga. Esos selváticos, viajaban con casa y todo, como el viejo ese del Aquilino, ¿llevaría de verdad veinte años en los ríos?, qué costumbres. Se oyó roncar el motor, un bramido poderoso que borró los aleteos y rumores, el chirrido de los grillos y luego fue aminorando, alejándose y los ruidos del monte resucitaron uno tras otro, reconquistaron la noche: ahora, una vez más, reinaba sólo el runrún vegetal animal. Un cigarrillo entre los labios, la camisa arremangada hasta los codos, el sargento bajó la escalerilla atisbando en todas direcciones y fue hasta la cabaña del teniente: una respiración sofocada, casi trémula, atravesaba la tela metálica. Avanzó por la trocha, de prisa, entre graznidos indiferenciables, pupilas luminosas de búhos o lechuzas y la menuda, exasperada melodía de los grillos, sintiendo en la piel roces furtivos, picaduras como de alfiler, aplastando matas tiernas que crujían, hojas secas que susurraban al deshacerse bajo sus pies. Al llegar frente a la cabaña del práctico Nieves se volvió: unas transparencias blancuzcas velaban el pueblo, pero en lo alto de las colinas, la residencia de las madres lucía nítidamente sus paredes claras, sus calaminas brillantes, y también se divisaba el frontón de la capilla y su torre delgada y grisácea, empinada hacia la vasta oquedad azul. La muralla circular del bosque, agitada siempre de un suave temblor, profería sin tregua un ronroneo idéntico, una especie de inacabable bostezo gutural, y en la charca donde tenía sumidos los pies el sargento, sanguijuelas de cuerpos cálidos y gelatinosos chocaban furtivamente contra sus tobillos. Se inclinó, se mojó la frente, trepó la escalerilla. El interior de la cabaña estaba a oscuras y un olor intenso, diferente al del bosque, subía desde los horcones, como si hubiera allí restos de comida o algún cadáver descompuesto y entonces, en la chacra, ladró un perro. Alguien podía estar observando al sargento desde la abertura que separaba el tabique del techo, dos de esas rumorosas lucecitas podían ser ojos de mujer y no luciérnagas: ¿era o no era un mangache?, ¿dónde se le había ido la braveza? Recorría de puntillas la terraza, mirando a todos lados, el perro seguía aullando a lo lejos. La cortina estaba corrida y el boquete negro de la cabaña exhalaba olores densos.

—Soy el sargento, don Adrián —gritó—. Perdóneme que lo despierte.

Algo atolondrado, un instantáneo trajín o un gemido, y de nuevo el silencio. El sargento se llegó hasta el

214

umbral, alzó la linterna y la encendió: una pequeña luna amarilla y redonda vagaba nerviosamente sobre jarras de greda, mazorcas, ollas, un balde de agua, don Adrián: ¿está usted ahí? Tenía que hablarle, don Adrián, y mientras el sargento balbuceaba, la luna escalaba el tabique, ligera y pálida, mostrando repisas repletas de latas, reptaba por las tablas y ávidamente iba de un brasero apagado a unos remos, de unas mantas a un rollo de cuerdas y, de pronto, una cabeza que se hundía, unas rodillas, dos brazos plegándose: buenas noches, ¿no estaba don Adrián? La luna se había detenido sobre el bulto que formaba la mujer encogida, su luz rancia temblaba sobre unas caderas inmóviles. ¿Por qué se hacía la dormida? El sargento le estaba hablando y ella no le contestaba, por qué era así, dio dos pasos y la cabeza se hundió un poco más bajo los brazos, por qué, señorita: la piel era tan clara como el disco que la recorría, una itípak color crudo cubría su cuerpo de las rodillas a los hombros. El sargento sabía tratar a la gente, por qué le tenía miedo, ¿acaso venía a robar? El sargento se pasó la mano por la frente y la luna vibró, se enloqueció, la mujer había desaparecido y ahora la aureola amarilla la buscaba, rescataba unos pies, unos tobillos. Seguía en la misma posición, pero ahora el cuerpo tendido delataba un escalofrío, un movimiento que se repetía por ráfagas brevísimas. Él no era ladrón, sargento no era poca cosa, tenía sueldo, casa y comida, no necesitaba robarle a nadie, y tampoco estaba enfermo. ¿Por qué era así, señorita? Que se levantara, sólo quería que conversaran un rato, para conocerse mejor, ¿bueno? Dio otros dos pasos y se acuclilló. Ella había dejado de temblar y era ahora una forma rígida, no se la sentía respirar, por qué le tenía miedo, a ver, y el sargento alargó una mano, a ver, temerosamente hacia sus cabellos, no había que tenerle miedo, chinita, el contacto de unos filamentos ásperos en la yema de los dedos y, como una revolución en la sombra, algo duro se elevó, golpeó y el sargento cayó sentado, manoteando a oscuras. La luna dibujó un segundo una silueta que cruzaba el umbral, en la terraza gruñían los tablones bajo los pies precipitados que huían. El sargento salió corriendo y ella estaba en el otro extremo, inclinada sobre la baranda, sacudiendo la cabeza como una loca, chinita, no vayas a tirarte al río. El sargento resbaló, miéchica, y siguió corriendo, qué te has creído, pero que viniera, chinita, y ella seguía danzando, rebotando contra la baranda, atolondrada como un insecto prisionero en el cristal del mechero. No se tiraba al río, ni le respondía, pero cuando el sargento la atrapó por los hombros, se revolvió y lo enfrentó como un tigrillo, chinita, ¿por qué lo arañaba?, el tabique y la baranda comenzaron a crujir, ¿por qué lo mordía?, amortiguando el jadeo sordo de los dos cuerpos que forcejeaban, ¿pero por qué lo rasguñaba, chinita?, y la ansiosa, rechinante voz de la mujer. La piel, la camisa y el pantalón del sargento estaban húmedos, el aliento del bosque era una oleada solar que iba colmándolo, empapándolo, chinita. Ya había conseguido sujetar sus manos, con todo su cuerpo la aplastaba contra el tabique y, de pronto, la pateó, la hizo caer y cayó junto con ella, ¿no se había hecho daño, sonsita? En el suelo, ella se defendía apenas pero gemía más fuerte, y el sargento parecía enardecido, chinita, chinita, carajeaba apretando los dientes, ¿viste? E iba encaramándose poco a poco sobre ella, mamita. Él venía a conversar nomás, y ella había sido, bandida, ella lo había puesto así, chinita, y bajo el cuerpo del sargento el cuerpo de ella se mostraba resbaladizo pero resignado. Se movió ligeramente cuando la mano del sargento tironeó la itípak y se la arrancó, y luego permaneció quieta, mientras él le acariciaba los hombros mojados, los senos, la cintura, chinita: lo tenía loco, se soñaba con ella desde el primer día, ¿por qué se había escapado?, sonsita, ¿no estaba también arrechita? Ella lanzaba un sollozo a veces, pero no luchaba ya, y permanecía dura e inerte, o blanda e inerte, pero juntaba los muslos con obstinación, sonsa, chinita, ¿por qué hacía eso, a ver?, que lo abrazara un poquito, y la boca del sargento pugnaba por separar esos labios soldados y todo su cuerpo se había puesto a ondular, a golpear contra el otro, chinita, qué malita, qué le hacía, por qué no quería y abría su boquita, sus piernas, mamita: se soñaba con ella desde el primer día. Luego, el sargento se sosegó y su boca se apartó de los labios cerrados, su cuerpo se hizo a un lado y quedó extendido de espaldas sobre los tablones, respirando fatigosamente. Cuando abrió los ojos, ella estaba de pie, mirándolo, y sus ojos fosforecían en la penumbra, sin hostilidad, con una especie de asombro tranquilo. El sargento se incorporó, apoyándose en la baranda, estiró una mano y ella se dejó tocar los cabellos, la cara, chinita, cómo lo había dejado, qué sonsita era, tirando cintura lo había dejado, y agresivamente la abrazó y la besó. Ella no hizo resistencia y, después de un momento, con timidez, sus manos se posaron sobre la espalda del sargento, sin fuerza, como descansando, chinita: ¿nunca había conocido hombre hasta ahora, di?

Ella se arqueó un poco, se empinó, pegó su boca al oído del sargento: no había conocido hasta ahora, patroncito, no.

—Estábamos por el río Apaga, y los huambisas encontraron unas huellas —dijo Fushía—. Y me dejé meter el dedo a la boca por esos perros. Hay que seguirlas, patrón, estarán cargados de jebe, irán a entregar lo que han recogido en el año. Les hice caso, y seguimos las huellas, pero esos perros no iban tras el jebe, sino tras la pelea.

—Son huambisas —dijo Aquilino—. Ya debías conocerlos, Fushía. ¿Y así fue como se encontraron con los shapras?

—Sí, a las orillas del Pushaga —dijo Fushía—. No tenían ni una bola de jebe siquiera, y nos mataron un huambisa antes de desembarcar. Los otros se enfurecieron y no podíamos pararlos. No te figuras, Aquilino.

—Claro que me figuro, harían una carnicería terrible —dijo Aquilino—. Son los más vengativos de los paganos. ¿Mataron a muchos?

—No, casi todos los shapras tuvieron tiempo de meterse al monte —dijo Fushía—. Sólo había dos mujeres cuando entramos. A una le cortaron la cabeza, y la otra es la que tú conoces. Pero no fue fácil llevármela a la isla. Tuve que sacarles revólver, también a ella querían matarla. Así comenzó lo de la shapra, viejo.

¿Habían llegado dos huambisas? Lalita corrió al pueblo, el Aquilino prendido de su falda, y unas mujeres lloraban a gritos: habían matado a uno en el Pushaga,

patrona, los shapras lo habían matado de un virote envenenado. ¿Y el patrón y los demás? No les había pasado
nada, llegarían más tarde, venían despacio, traían mucha
carga que habían recogido en un poblado aguaruna del
Apaga. Lalita no regresó a la cabaña, se quedó junto a las
lupunas, mirando la cocha, la boca del caño, esperando
que aparecieran. Pero se cansó de esperar y estuvo andando por la isla, el Aquilino siempre prendido de su falda: la pileta de las charapas, las tres cabañas de los cristianos, el pueblo huambisa. Ya les habían perdido el
miedo a las lupunas los paganos, vivían entre ellas, las tocaban, y las parientes del muerto seguían llorando, revolcándose en el suelo. El Aquilino corrió donde unas
viejas que trenzaban hojas de ungurabi. Hay que cambiar los techos, decían, o vendrá la lluvia, se entrará y
nos mojará.

—¿Cuántos años tendría la shapra cuando te la llevaste a la isla? —dijo Aquilino.

—Era muchachita, tendría unos doce —dijo Fushía—. Y estaba nueva, Aquilino, nadie la había tocado.
Y no se portaba como un animal, viejo, correspondía al
cariño, era mimosa como un cachorrito.

—Pobre la Lalita —dijo Aquilino—. Qué cara pondría al verla llegar contigo, Fushía.

—No te compadezcas de esa perra —dijo Fushía—.
Lo que yo siento es no haberla hecho sufrir bastante a
esa perra ingrata.

¿Eran feroces, peleadores? Quizá, pero buenos con
el Aquilino. Le enseñaron a hacer flechas, arpones, lo
dejaban jugar con las estacas que estaban limando para
hacerse sus pucunas, y serían flojos para ciertas cosas,

pero ¿no hicieron ellos las cabañas y los sembraditos y las mantas?, ¿no traían comida cuando se acababan las latas de don Aquilino? Y Fushía suerte que sean paganos y se contenten con la pelea y las venganzas, si hubiera que partir las ganancias con ellos nos quedaríamos pobres, y Lalita si se hacían ricos, Fushía, algún día, a los huambisas se lo deberían.

—De muchacho, en Moyobamba, íbamos en grupo a espiar a las mujeres de los lamistas —dijo Aquilino—. A veces una se alejaba y le caíamos sin ver si era vieja o joven, bonita o fea. Pero nunca puede ser lo mismo con una chuncha que con una cristiana.

—Es que con ésa me pasó una cosa distinta, viejo —dijo Fushía—. No sólo me gustaba tirármela, también quedarme echado con ella en la hamaca y hacerla reír. Y decía lástima no saber shapra para que hablásemos.

—Caramba, Fushía, te estás sonriendo —dijo Aquilino—. Te acuerdas de ésa y te pones contento. ¿Qué cosas tenías ganas de decirle?

—Cualquier cosa —dijo Fushía—, cómo te llamas, ponte de espaldas, ríete otra vez. O que ella me hiciera preguntas sobre mi vida, y yo contarle.

—Vaya, hombre —dijo Aquilino—. Te enamoraste de la chunchita.

Al principio era como si no la vieran o ella no existiera. Lalita pasaba y ellos seguían machucando la chambira, sacando las fibras y no alzaban la cabeza. Después, las mujeres comenzaron a volverse, a reírse con ella, pero no le contestaban y ella ¿no le entenderían? ¿Fushía les prohibiría que le hablaran? Pero se jugaban con el Aquilino y, una vez, una huambisa corrió, los alcanzó, le puso al Aquilino un collar de semillas y conchas, esa huambisa que partió sin despedirse y no volvió nunca más. Y Fushía eso era lo peor de todo, venían cuando querían, se iban cuando les daba la gana, volvían a los tantos meses como si tal cual: era maldito lidiar con paganos, Lalita.

—La pobre les tenía pánico, se acercaba un huambisa y se tiraba a mis pies, me abrazaba temblando —dijo Fushía—. Les tenía más miedo a los huambisas que al diablo, viejo.

—A lo mejor la mujer que mataron en el Pushaga era su madre —dijo Aquilino—. Además, ¿acaso todos los paganos no odian a los huambisas? Porque son orgullosos, desprecian a todos, y más malvados que cualquiera otra tribu.

—Yo los prefiero a los otros —dijo Fushía—. No sólo porque me ayudaron. Me gusta su manera de ser. ¿Has visto a un huambisa de sirviente o de peón? No se dejan explotar por los cristianos. Sólo les gusta cazar y pelear.

—Por eso los van a desaparecer a todos, no va a quedar ni uno de muestra —dijo Aquilino—. Pero tú los has explotado a tu gusto, Fushía. Todo el daño que han hecho en el Morona, en el Pastaza y en el Santiago era para que tú ganaras plata.

—Yo era el que les conseguía escopetas y los llevaba donde sus enemigos —dijo Fushía—. A mí no me veían como patrón sino como aliado. Qué harán con la shapra ahora. Ya se la habrán quitado al Pantacha, seguro.

Las parientes del muerto seguían llorando y se punzaban con espinas hasta que brotaba sangre, patrona, para descansar, con la sangre mala se iban las penas y los sufrimientos, y Lalita a lo mejor era cierto, un día que sufriera se punzaría y vería. Y de pronto hombres y mujeres se levantaron y corrieron hacia el barranco. Se trepaban a las lupunas, señalaban la cocha, ¿ahí llegaban? Sí, de la boca del caño salió una canoa, un puntero, Fushía, mucha carga, otra canoa, Pantacha, Jum, más carga, huambisas y el práctico Nieves. Y Lalita fíjate Aquilino, cuánto jebe, nunca había visto tanto, Dios los ayudaba, pronto se harían ricos y se irían al Ecuador, y el Aquilino chillaba, ¿comprendería?, pero pobre el huambisa que habían matado.

—Se habrá quedado sin mujer y sin patrón —dijo Fushía—. Me buscaría por todas partes, el pobre, y habrá llorado y gritado de pena.

—No puedes compadecerte del Pantacha —dijo Aquilino—. Es un cristiano sin remedio, los cocimientos lo han vuelto loco. Ni se daría cuenta que te fuiste. Cuando llegué a la isla, esta última vez, no me reconoció siquiera.

—¿Quién crees que me dio de comer desde que se fueron esos malditos? —dijo Fushía—. Me cocinaba, iba a cazar y a pescar para mí. Yo no podía levantarme viejo, y él todo el día junto a mi cama, como un perro. Habrá llorado, viejo, te aseguro.

—Hasta yo he tomado cocimiento, alguna vez —dijo Aquilino—. Pero el Pantacha se ha enviciado y se va a morir pronto.

Los huambisas descargaban las bolas negras, las pieles, chapoteaban entre las canoas, Lalita hacía adiós desde el barranco y, entonces, ella apareció: no era huambisa, ni aguaruna, y parecía vestida de fiesta: collares verdes, amarillos, rojos, una diadema de plumas, discos en las orejas, y una itípak larga con dibujos negros. Las huambisas del barranco también la miraban, ¿shapra?, shapra, murmuraban y Lalita cogió al Aquilino, corrió hasta la cabaña y se sentó en la escalerilla. Demoraban, a lo lejos se veía pasar a los huambisas, con el jebe al hombro, y al Pantacha que hacía tender los cueros al sol. Por fin vino el práctico Nieves, el sombrero de paja en la mano: habían ido lejos, patrona, y encontraron mucho remolino, por eso duró tanto el viaje y ella más de un mes. Habían matado a un huambisa, en el Pushaga, y ella ya sabía, los que llegaron esta mañana le habían contado. El práctico se puso el sombrero y se metió en su cabaña. Más tarde vino Fushía, y ella lo seguía. También su cara estaba de fiesta, muy pintada, y al caminar sonaban los discos, los collares, Lalita: le había traído esta sirvienta, una shapra del Pushaga. Andaba asustada con los huambisas, no entendía nada, tendría que enseñarle un poco de cristiano.

—Siempre hablas mal del Pantacha —dijo Fushía—. Tienes buen corazón con todos, viejo, menos con él.

—Yo lo recogí y lo llevé a la isla —dijo Aquilino—. Si no hubiera sido por mí, ya estaría muerto hace tiempo. Pero me da asco. Se pone como un animal, Fushía. Peor que eso, mira sin mirar, oye sin oír.

—A mí no me da asco porque conozco su historia —dijo Fushía—. El Pantacha no tiene carácter y cuando sueña se siente fuerte, y se olvida de unas desgracias que le pasaron, y de un amigo que se le murió en el Ucayali.

¿Por dónde lo encontraste, viejo? ¿A esta altura, más o menos?

—Más abajo, en una playita —dijo Aquilino—. Estaba soñando, medio desnudo y muerto de hambre. Me di cuenta que andaba escapando. Lo hice comer y me lamió las manos, igual a un perro, como tú decías enantes.

—Sírveme una copita —dijo Fushía—. Y ahora voy a dormir veinticuatro horas. Hicimos un viaje malísimo, la canoa del Pantacha se volcó antes de entrar al caño. Y en el Pushaga tuvimos un encontrón con los shapras.

—Dásela al Pantacha o al práctico —dijo Lalita—. Ya tengo sirvientas, no necesito a ésta. ¿Para qué te la has traído?

—Para que te ayude —dijo Fushía—. Y porque esos perros querían matarla.

Pero Lalita se había puesto a lloriquear, ¿acaso no había sido una buena mujer?, ¿no lo había acompañado siempre?, ¿la creía tonta?, ¿no había hecho lo que él había querido? Y Fushía se desnudaba, tranquilo, arrojando las prendas al voleo, ¿quién era el que mandaba aquí?, ¿desde cuándo le discutía? Y por último qué mierda: el hombre no era como la mujer, tenía que variar un poco, a él no le gustaban los lloriqueos y, además, por qué se quejaba si la shapra no iba a quitarle nada, ya le había dicho, sería sirvienta.

—La dejaste desmayada, la bañaste en sangre —dijo Aquilino—. Yo llegué un mes después y la Lalita todavía estaba llena de moretones.

—Te contó que le pegué, pero no que ella quería matarla a la shapra —dijo Fushía—. Cuando yo me estaba durmiendo, la vi que agarraba el revólver y me dio cólera. Además, esa perra se vengó bien de las veces que le pegué.

—La Lalita tiene un corazón de oro —dijo Aquilino—. Si se fue con Nieves, no lo hizo por vengarse de ti, sino por amor. Y si quiso matar a la shapra, sería por celos, no por odio. ¿También de ella se hizo amiga, después?

—Más que de las achuales —dijo Fushía—. ¿Acaso no viste? No quería que se la pasara a Nieves, y decía mejor que se quede, es la que me ayuda. Y cuando Nieves se la pasó al Pantacha, ella y la shapra lloraron juntas. Le enseñó a hablar en cristiano y todo.

—Las mujeres son raras, es difícil entenderlas a veces —dijo Aquilino—. Vamos a comer un poco, ahora. Sólo que se han mojado los fósforos, no sé cómo voy a prender esta hornilla.

Era una vieja ya, vivía sola y su único compañero era el asno, ese piajeno de pelaje amarillento y andares lentos y rumbosos, en el que todas las mañanas cargaba las canastas con la ropa recogida la víspera en casas de principales. Apenas cesaba la lluvia de arena, Juana Baura salía de la Gallinacera, una vara de algarrobo en la mano con la que, de tanto en tanto, estimulaba al animal. Torcía donde se interrumpe la baranda del Malecón, descendía a saltitos una cuesta polvorienta, pasaba bajo los soportes metálicos del Viejo Puente y se instalaba allí donde el Piura ha mordido la orilla y forma un pequeño remanso. Sentada en un pedrusco del río, el agua hasta las rodillas, comenzaba a refregar, y el asno, mientras tanto, como lo haría un hombre ocioso o muy cansado, se dejaba caer en la mullida playa, dormía, se asoleaba. A veces había otras lavanderas con quienes conversar. Si estaba sola, Juana Baura exprimía un mantel, canturreaba, unas enaguas, curandero ladrón casi me matas, jabonaba una sábana, mañana es primer viernes, padre García me arrepiento de lo que he pecado. El río había blanqueado sus tobillos y sus manos, los conservaba lisos, frescos y jóvenes, pero el tiempo arrugaba y oscurecía cada vez más el resto de su cuerpo. Al entrar al río, sus pies acostumbraban a hundirse en un blando lecho de arena; a veces, en lugar de la débil resistencia habitual, encontraban una materia sólida, o algo viscoso y resbaladizo como un pez atrapado en el fango: esas minúsculas diferencias eran lo único que alteraba la idéntica rutina de las mañanas. Pero ese sábado oyó, de pronto, un sollozo a sus espaldas, desgarrador y muy próximo: perdió el equilibrio, cayó sentada al agua, la canasta que llevaba en la cabeza se volcó, las prendas se iban flotando. Gruñendo, manoteando, Juana recuperó la canasta, las camisas, los calzoncillos y vestidos, y entonces vio a don Anselmo: tenía la cabeza desmayada entre las manos y el agua de la orilla mojaba sus botas. La canasta cayó al río de nuevo y, antes que la corriente la colmara y sumergiera, Juana estaba en la playa, junto a aquél. Confusa, balbuceó algunas palabras de sorpresa y de consuelo, y don Anselmo seguía llorando sin alzar la cabeza. «No llore», decía Juana, y el río se adueñaba de las prendas, las alejaba silenciosamente. «Por Dios, cálmese, don Anselmo, qué le ha pasado, ¿está enfermo?, el doctor Zevallos vive al frente, ¿quiere que lo llame?, no sabe qué susto me ha dado.» El piajeno había abierto los ojos, los miraba oblicuamente. Don Anselmo debía llevar allí un buen rato, su pantalón, su camisa y sus cabellos estaban salpicados de arena, y su sombrero caído junto a sus pies casi había sido cubierto por la tierra. «Por lo que más quiera, don Anselmo», decía Juana, «qué le pasa, tiene que ser algo muy triste para que llore como las mujeres». Y Juana se persignó cuando él levantó la cabeza: párpados hinchados, grandes ojeras, la barba crecida y sucia. Y Juana «don Anselmo, don Anselmo, diga si puedo ayudarlo», y él «señora, la estaba esperando» y su voz se quebró. «¿A mí, don Anselmo?», dijo Juana, los ojos muy abiertos. Y él asintió, devolvió la cabeza a los brazos, sollozó y ella «pero don Anselmo», y él aulló «se murió la Toñita, doña Juana», y ella «¿qué dice, Dios mío, qué dice?», y él «vivía conmigo, no me odie», y la voz se le quebró. Estiró entonces con gran esfuerzo uno de sus brazos y señaló el arenal: la verde construcción relampagueaba bajo el cielo azul. Pero Juana Baura no la veía. A tropezones alcanzaba el Malecón, corría y chillaba despavorida, a su paso se abrían ventanas y asomaban rostros sorprendidos.

Julio Reátegui alza la mano: ya bastaba, que se fuera. El cabo Roberto Delgado se endereza, suelta la correa, se limpia el rostro congestionado y sudoroso y el capitán Quiroga: te pasaste, ¿era sordo o no entendía las órdenes? Se acerca al urakusa tendido, lo mueve con el pie, el hombre se queja débilmente. Se estaba haciendo, mi capitán, se las quería dar de vivo, ya iba a ver. El cabo carajea, se frota las manos, toma impulso, patea y, al segundo puntapié, como un felino el aguaruna salta, caramba, tenía razón el cabo, tipo resistente, y corre veloz, cobrizo, agazapado, el capitán creía que se les había pasado. Sólo quedaba uno, señor Reátegui, y además Jum, ¿a él también? No, a ese cabeza dura se lo llevaban a Santa María de Nieva, capitán. Julio Reátegui bebe un sorbo de su cantimplora y escupe: que trajeran al otro y acabaran de una vez, capitán ¿no estaba cansado? ¿Quería un traguito? El cabo Roberto Delgado y dos soldados se alejan hacia la cabaña de los prisioneros, por el centro del claro. Un sollozo quiebra el silencio del poblado y todos miran hacia las carpas: la chiquilla y un soldado forcejean cerca del barranco, borroso contra un cielo que oscurece. Julio Reátegui se pone de pie, hace una bocina con sus manos: ¿qué le había dicho, soldado? Que no viera, por qué no la metía a la carpa y el capitán ¡so carajo!, el puño en alto: que jugara con ella, que la entretuviera. Una lluvia menuda cae sobre las cabañas de Urakusa y del barranco suben nubecillas de vapor, el bosque envía hacia el claro bocanadas de aire caliente, el cielo ya está lleno de estrellas. El soldado y la chiquilla desaparecen en una carpa y el cabo Roberto Delgado y dos soldados vienen arrastrando a un urakusa que se para frente al capitán y gruñe algo. Julio Reátegui hace una seña al intérprete: castigo por faltar a la autoridad, nunca más pegarle a un soldado, nunca engañando patrón Escabino, si no volverían y castigo sería peor. El intérprete ruge y acciona y, mientras tanto, el cabo toma aire, se frota las manos, coge la correa, señor. ¿Traduciendo?, sí, ¿entendiendo?, sí y el urakusa, bajito, ventrudo, va de un lado a otro, brinca como un grillo, mira torcido, trata de franquear el círculo y los soldados giran, son un remolino, lo traen, lo llevan. Por fin, el hombre se queda quieto, se tapa la cara y se encoge. Aguanta a pie firme un buen rato, rugiendo a cada correazo, luego se desploma y el gobernador alza la mano: que se fuera, ¿ya estaban listos los mosquiteros? Sí, don Julio, todo listo, pero mosquiteros o no, al capitán le habían devorado la cara todo el viaje, le quemaba, y el gobernador cuidadito con Jum, capitán, no lo fueran a dejar solo. El cabo Delgado ríe: no se escaparía ni siendo brujo, señor, estaba amarrado y además habría guardia toda la noche. Sentado en el suelo, el urakusa mira de reojo a unos y a otros. Ya no llueve, los soldados traen leña seca, encienden una hoguera, brotan llamas altas junto al aguaruna que se soba el pecho y la espalda suavemente. ¿Qué esperaba, más azotes? Hay risas entre los soldados y el gobernador y el capitán los miran. Están en cuclillas ante la fogata, el chisporroteo enrojece y deforma sus rostros. ¿Por qué esas risitas? A ver, tú, y el intérprete se acerca: mareado quedando. Mi capitán. El oficial no entendía, que hablara más claro y Julio Reátegui sonríe: era el marido de una de las mujeres de la cabaña, y el capitán ah, por eso no se iba el bandido, ya entendía. Era cierto, Julio Reátegui también se había olvidado de esas damas, capitán. Sigilosos, simultáneos, los soldados se levantan y se acercan apiñados al gobernador: ojos fijos, bocas tensas, miradas ardientes. Pero el gobernador era la autoridad, don Julio, a él le tocaban las decisiones, el capitán era un simple ejecutante. Julio Reátegui examina a los soldados enquistados unos en otros; sobre los cuerpos indiferenciables, las cabezas están avanzadas hacia él, el fuego de la hoguera relumbra en las mejillas y en las frentes. No sonríen ni bajan los ojos, esperan inmóviles, las bocas entreabiertas, bah, el gobernador encoge los hombros, si tanto insistían. Impreciso, anónimo, un murmullo vibra sobre las cabezas, la ronda de soldados se escinde en siluetas, sombras que cruzan el claro, ruido de pisadas, el capitán tose y Julio Reátegui hace una mueca desalentada: éstos ya eran medio civilizados, capitán, y cómo se ponían por unos espantajos llenos de piojos, nunca acabaría de entender a los hombres. El capitán tiene un acceso de tos, ¿pero acaso en la selva no se pasaban tantas privaciones, don Julio?, y manotea frenético alrededor de su cara, no había mujeres en la selva, se agarraba lo que se encontraba, se da una palmada en la frente, y por último ríe nervioso: las jovencitas tenían tetas de negras. Julio Reátegui alza el rostro, busca los ojos del capitán, éste se pone serio: naturalmente, capitán, eso también era cierto, a lo mejor se ponía viejo, a lo mejor si fuera más joven se hubiera ido con los soldados donde esas damas. El capitán se golpea ahora el rostro, los brazos, don Julio, se iba a dormir, se los estaban comiendo los bichos, hasta creía haberse tragado uno, tenía pesadillas a veces, don Julio, en sueños se le venían encima nubes de mosquitos. Julio Reátegui le da una palmadita en el brazo: en Nieva le conseguiría algún remedio, era peor que estuviera fuera, de noche había tantos, que durmiera bien. El capitán Quiroga se aleja a trancos hacia las carpas, su tos se pierde entre las risotadas, carajos y llantos que estallan en la noche de Urakusa como ecos de una lejana fiesta viril. Julio Reátegui enciende un cigarrillo: el urakusa sigue sentado frente a él, observándolo de reojo. Reátegui expulsa el humo hacia arriba, hay muchas estrellas y el cielo es un mar de tinta, el humo sube, se extiende, se desvanece, y a sus pies la hoguera ya está boqueando como un perro viejo. Ahora el urakusa se mueve, va alejándose a rastras, impulsándose con los pies, parece nadar bajo el agua. Más tarde, cuando la hoguera está apagada, se oye un chillido, ¿del lado de la cabaña?, brevísimo, no, de las carpas, y Julio Reátegui echa a correr, una mano sujetando el casco, arroja la colilla al vuelo, sin detenerse cruza el umbral de la carpa y los chillidos cesan, cruje un catre y en la oscuridad hay una respiración alarmada: ¿quién estaba ahí?, ¿usted, capitán? La chiquilla estaba asustada, don Julio, y él había venido a ver, parecía que el soldado la asustó, pero el capitán ya le había echado un par de carajos. Salen de la carpa, el capitán ofrece un cigarrillo al gobernador y éste lo rechaza: él se encargaría de ella, capitán, no tenía que preocuparse, que fuera a acostarse nomás. El capitán entra a la carpa vecina y Julio Reátegui, a tientas, regresa hacia el catre de campaña, se sienta a la orilla. Su mano suavemente toca un pequeño cuerpo rígido, recorre una espalda desnuda, unos cabellos resecos: ya estaba, ya estaba, no había que tenerle miedo a ese bruto, ya se había ido ese bruto, felizmente que había gritado, en Santa María de Nieva estaría muy contenta, ya vería, las monjitas serían muy buenas, iban a cuidarla mucho, también la señora Reátegui la cuidaría mucho. Su mano acaricia los cabellos, la espalda, hasta que el cuerpo de la chiquilla se ablanda y su respiración se tranquiliza. En el claro siguen los gritos, carajos, más enardecidos y bufos y hay carreras y bruscos silencios: ya estaba, ya estaba, pobre criatura, que durmiera ahora, él vigilaría.

La música había terminado, los León aplaudían, Lituma y la Selvática volvieron al mostrador, la Chunga llenaba los vasos, Josefino seguía bebiendo solo. Bajo los anodinos chorritos de luz azul, verde y violeta, unas ralas parejas continuaban en la pista, evolucionando con aire maquinal y letárgico, al compás de los murmullos y los diálogos del contorno. Quedaba poca gente, también, en las mesas de los rincones; el grueso de hombres y de habitantas y toda la euforia de la noche, se habían concentrado en el bar. Amontonados y ruidosos tomaban cerveza, las carcajadas de la mulata Sandra parecían alaridos y un gordo de bigote y gafas enarbolaba su vaso amarillo como una bandera, había ido a la campaña del Ecuador de soldado raso, sí señor, y no se olvidaba del hambre, los piojos, el heroísmo de los cholos, ni de las niguas que se metían bajo las uñas y no querían salir ni a cañones, sí señor, y el Mono, súbitamente, a voz en cuello: ¡viva el Ecuador! Hombres y habitantas enmudecieron, los risueños ojazos del Mono distribuían guiños pícaros a derecha e izquierda y, después de unos segundos de indecisión y de estupor, el gordo apartó a José, cogió al Mono de las solapas, lo sacudió como un trapo, ¿por qué se metía con él?, que repitiera si tenía pantalones, que fuera macho y el Mono se acomodaba la ropa.

—No acepto bromas contra el patriotismo, amigo —el gordo palmeaba al Mono, sin rencor—. Me tomó usted el pelo, déjeme invitarle un trago.

—¡Cómo me gusta la vida! —dijo José—. Cantemos el himno.

Se disolvieron todos en un solo corrillo y, aplastados contra el mostrador, reclamaron más cervezas. Así, exultantes y gregarios, los ojos ebrios, la voz chillona, mojados de sudor, bebieron, fumaron, discutieron y un joven bizco, de cabellos tiesos como una escobilla, abrazaba a la mulata Sandra, le presento a mi futura, compañero, y ella abría la boca, mostraba sus encías rojas y voraces, sus dientes de oro, estremecida de risa. De pronto, cayó sobre el joven como un gran felino, ávidamente lo besó en la boca y él se debatía entre los negros brazos, era una mosca en una telaraña, protestaba. Los inconquistables cambiaron miradas cómplices, burlonas, cogieron al bizco, lo inmovilizaron, ahí lo tienes, Sandra, te lo regalamos, cómetelo crudo, ella lo besaba, mordía y una especie de entusiasmo convulsivo invadió al grupo, nuevas parejas se le añadían y hasta los músicos abandonaron su rincón. Desde lejos, el Joven Alejandro sonreía lánguidamente y don Anselmo, seguido del Bolas, iba de un lado a otro, excitado, husmeando el bullicio, qué hay, qué pasa, cuente. Sandra soltó a su presa, al pasarse el pañuelo por la cara el bizco quedó pintarrajeado de rouge como un payaso, le alcanzaron un vaso de cerveza, él se lo echó encima, lo aplaudieron y, de repente, Josefino comenzó a buscar entre el tumulto. Se empinaba, se agachaba, acabó por salir del círculo y merodeó por todo el salón, volcando sillas, esfumándose y delineándose en el aire viciado y humoso. Volvió al mostrador a la carrera.

—Yo tenía razón, inconquistable —dijo la boca sin labios de la Chunga—. Estás con todos los muñecos encima.

—¿Dónde están, Chunguita? ¿Subieron?

—Qué te importa —los ojos yertos de la Chunga lo escudriñaban como si fuera un insecto—. ¿Estás celoso?

—La está matando —dijo José, igual que un aparecido, jalando a Josefino del brazo—. Ven volando.

Cruzaron el grupo a empellones, el Mono estaba en la puerta con la mano extendida señalando la oscuridad, en dirección al Cuartel Grau. Salieron corriendo desbocados entre las chozas de la barriada que parecían desiertas, y luego entraron al arenal y Josefino trastabilló, cayó, se levantó, siguió corriendo, y ahora los pies se hundían en la tierra, había viento contrario y oscuros remolinos de arena y era preciso correr con los ojos cerrados, conteniendo la respiración para que el pecho no reventara. «Es su culpa, mierdas», rugió Josefino, «se descuidaron», y un momento después, con la voz rota, «pero hasta dónde, carajo», cuando ya surgía ante ellos una silueta intermedia entre la arena y las estrellas, una sombra maciza y vengativa:

—Hasta aquí, nomás, desgraciado, perro, mal amigo.

—¡Mono! —gritó Josefino—. ¡José!

Pero los León se habían abalanzado también contra él y, lo mismo que Lituma, le descargaban sus puños y sus pies y sus cabezas. Él estaba de rodillas y a su alrededor todo era ciego y feroz y cuando quería incorporarse y escapar de la vertiginosa ronda de impactos un nuevo puntapié lo derribaba, un puñetazo lo encogía, una mano estrujaba sus pelos y él tenía que alzar la cara y ofrecerla a los golpes y a los picotazos de la arena que parecía entrar a raudales por su nariz y su boca. Después fue como si una jauría gruñona y extenuada estuviera allí, rondando en torno a una bestia vencida, caliente todavía, olisqueándola, exasperándose por momentos, mordiéndola sin ganas.

—Se está moviendo —dijo Lituma—. ¡Sé hombre, Josefino, quiero verte, párate!

—Estará viendo a las marimachas de cerquita, primo —dijo el Mono.

—Ya déjalo, Lituma —dijo José—. Ya te has dado gusto. Qué más venganza que ésta. ¿No ves que se puede morir?

—Te mandarían de nuevo a la cárcel, primo —dijo el Mono—. Basta, no seas porfiado.

—Pégale, pégale —la Selvática se había aproximado, su voz no era violenta sino sorda—. Pégale, Lituma.

Pero, en vez de hacerle caso, Lituma se volvió contra ella, la tumbó en la arena de un empujón y la estuvo pateando, puta, arrastrada, siete leches, insultándola hasta que perdió la voz y las fuerzas. Entonces se dejó caer en la arena y empezó a sollozar como un churre.

—Primo, por lo que más quieras, ya cálmate.

—Ustedes también tienen la culpa —gemía Lituma—. Todos me engañaron. Desgraciados, traidores, deberían morirse de remordimiento.

—¿Acaso no te lo sacamos de la Casa Verde, Lituma? ¿Acaso no te ayudamos a pegarle? Solo no hubieras podido.

—Nosotros te hemos vengado, primito. Y hasta la Selvática, ¿no ves cómo lo rasguña?

—Hablo de antes —decía Lituma, entre hipos y pucheros—. Todos estaban de acuerdo y yo allá, sin saber nada, como un cojudo.

—Primo, los hombres no lloran. No te pongas así. Nosotros siempre te hemos querido.

—Lo pasado pisado, hermano. Sé hombre, sé mangache, no llores.

La Selvática se había apartado de Josefino que, encogido en la tierra, se quejaba débilmente, y ella y los León compadecían a Lituma, que tuviera carácter, los hombres se crecen ante las desgracias, lo abrazaban, le sacudían la ropa, ¿todo olvidado?, ¿a comenzar de nuevo?, hermano, primo, Lituma. Él balbuceaba, consolado a medias, a veces se enfurecía y pateaba al tendido, luego sonreía, se entristecía.

—Vámonos, Lituma —dijo José—. A lo mejor nos vieron de la barriada. Si llaman a los cachacos tendremos un lío.

—Vamos a la Mangachería, primito —dijo el Mono—. Nos acabaremos el pisco que trajiste, eso te levantará el ánimo.

—No —dijo Lituma—. Volvamos donde la Chunga.

Echó a caminar por el arenal, a grandes trancos resueltos. Cuando la Selvática y los León lo alcanzaron entre las chozas de la barriada, Lituma se había puesto a silbar furiosamente y Josefino se divisaba a lo lejos, rengueando, quejándose y vociferando.

—Esto está que arde —el Mono sujetó la puerta para que los otros pasaran primero—. Sólo faltamos nosotros.

El gordo de bigote y gafas salió a recibirlos:

—Salud, salucita, compañeros. ¿Por qué desaparecieron así? Vengan, la noche está comenzando.

—Música, arpista —exclamó Lituma—. Valses, tonderos, marineras.

Fue a tropezones hasta el rincón de la orquesta, cayó en los brazos de Bolas y del Joven Alejandro, mientras el gordo y el joven bizco arrastraban a los León hacia el bar y les ofrecían vasos de cerveza. La Sandra arreglaba los cabellos de la Selvática, la Rita y la Maribel se la comían a preguntas y las cuatro cuchicheaban como avispas. La orquesta comenzó a tocar, el mostrador quedó despejado, media docena de parejas bailaban en la pista entre las aureolas de luz azul, verde y violeta. Lituma vino al mostrador muerto de risa:

—Chunga, Chunguita, la venganza es dulce. ¿Lo oyes? Está que grita y no se atreve a entrar. Lo dejamos medio cadáver.

—A mí no me importan los asuntos de nadie —dijo la Chunga—. Pero ustedes son mi mala suerte. Por tu culpa me multaron la vez pasada. Menos mal que ahora el lío no fue en mi casa. ¿Qué te sirvo? Aquí, el que no consume se larga.

—Qué grosera para contestar, Chunguita —dijo Lituma—. Pero estoy contento, sirve lo que quieras. Para ti también, yo te invito.

Y ahora el gordo quería llevar a la Selvática a la pista de baile y ella se resistía, mostraba los dientes.

—Qué le pasa a ésta, Chunga —dijo el gordo, resoplando.

—Qué te pasa a ti —dijo la Chunga—. Te están invitando a bailar, no seas malcriada, ¿por qué no le aceptas al señor?

Pero la Selvática seguía forcejeando:

—Lituma, dile que me suelte.

—No la suelte, compañero —dijo Lituma—. Y usted haga su trabajo, puta.

Tres

El teniente deja de hacer adiós cuando la embarcación es sólo una lucecita blanca sobre el río. Los guardias se echan las maletas al hombro, suben el embarcadero, en la plaza de Santa María de Nieva se detienen y el sargento señala las colinas: entre las dunas boscosas reverberan unos muros blancos, unas calaminas, ésa era la misión, mi teniente, la cuestecilla pedregosa estaba vacía, a eso le decían la residencia, ahí vivían las monjitas, mi teniente, y a la izquierda la capilla. Siluetas indígenas circulan por el pueblo, los techos de las cabañas son de fibras y parecen capuchones. Unas mujeres de cuerpos fangosos y ojos indolentes muelen algo al pie de dos troncos pelados. Siguen avanzando y el oficial se vuelve hacia el sargento: casi no había podido hablar con el teniente Cipriano, ¿por qué no se quedó siquiera hasta ponerlo al corriente? Pero es que si no aprovechaba la lancha hubiera tenido que esperar un mes, mi teniente, y estaba loco por irse, el teniente Cipriano. Que no se preocupara, el sargento lo pondría al tanto en un dos por tres y el Rubio deposita en el suelo un maletín y muestra la cabaña: ahí la tenía, mi teniente, la comisaría más pobre del Perú, y el Pesado ésa del frente sería su casa, mi teniente, y el Chiquito más tarde le conseguirían un par de sirvientas aguarunas, y el Oscuro las sirvientas era lo único que andaba botado en este pueblo perdido. Al pasar, el teniente toca el escudo que cuelga de una viga y brota un sonido metálico. La escalerilla de la cabaña no tiene baranda, las tablas del suelo y del tabique son bastas, desiguales, y en la primera habitación hay sillas de paja, un escritorio, un banderín descolorido. Una puerta está abierta al fondo: cuatro hamacas, unos fusiles, una hornilla, un basurero, vaya miseria. ¿Se tomaría una cervecita el teniente? Estarían frías, las habían metido en un balde de agua desde la mañana. El oficial asiente y el Chiquito y el Oscuro salen de la cabaña —¿se llamaba Fabio Cuesta el gobernador?; sí, un viejito simpático, pero que fuera a saludarlo más tarde, mi teniente, a estas horas dormía la siesta— y vuelven con vasos y botellas. Beben, el sargento brinda por el teniente, los guardias preguntan por Lima, el oficial quiere saber cómo es la gente en Santa María de Nieva, quién es quién, ¿buenas personas las monjitas de la misión?, y si los chunchos dan dolores de cabeza. Bueno, seguirían conversando a la noche, el teniente quería descansar un rato. Ellos le habían encargado a Paredes una comidita especial, mi teniente, para festejar su llegada y el Rubio era el dueño de la cantina, mi teniente, donde él comían todos, y el Oscuro también carpintero y el Pesado para colmo medio brujo, ya se lo presentarían, buena gente ese Paredes. Los guardias llevan las maletas a la cabaña del frente, el oficial los sigue bostezando, entra y se tumba en el camastro que ocupa el centro de la habitación. Con voz soñolienta despide al sargento. Sin levantarse, se saca el quepí, los zapatos. Huele a polvo y a tabaco negro. No hay muchos muebles: una cómoda, dos banquitos, una mesa, un mechero que pende del techo. Las ventanas tienen rejillas metálicas: las mujeres siguen moliendo en la plaza. El teniente se pone de pie, la otra habitación está vacía y tiene una pequeña puerta. La abre: la tierra está dos metros más abajo, oculta por yerbales y a unos pasos de la cabaña ya hay bosque cerrado. Se desabotona el pantalón, orina y cuando regresa al primer cuarto, el sargento está allí de nuevo: otra vez ese fregado, mi teniente, un aguaruna que se llama Jum. Y el intérprete: diablo diciendo, aguaruna, soldado mintiendo, y silabariolima y limagobierno. Señor. Arévalo Benzas mira hacia arriba protegiéndose los ojos con las manos, no era ningún cojudo, don Julio, el pagano quería hacerles creer que estaba loco, pero Julio Reátegui niega con la cabeza: no era eso, Arévalo, todo el tiempo repetía la misma cantaleta y él se la sabía ya de memoria. Algo se le había metido en la cabeza con eso de los silabarios, pero quién diablos le entendía. El sol rojizo y ardiente abraza Santa María de Nieva y los soldados, indígenas y patrones aglomerados alrededor de las capironas pestañean, sudan y murmuran. Manuel Águila se hace aire con un abanico de paja: ¿estaba muy cansado, don Julio? ¿Les habían dado mucho trabajo en Urakusa? Un poco, ya les contaría con calma, ahora Reátegui tenía que subir a la misión un momento, ya volvía, y ellos asienten: lo esperarían en la Gobernación, el capitán Quiroga y Escabino ya estaban allá. Y el intérprete: yendo y viniendo, práctico escapando, urakusapatria, carajo, banderagobierno. Manuel Águila utiliza el abanico como un escudo contra el sol, pero aun así lagrimea: que no se cansara, era por gusto, el que las hacía las pagaba, intérprete, traduciéndole eso. El teniente se abotona el pantalón calmadamente, y el sargento pasea por la habitación, las manos en los bolsillos: qué iba a ser la primera vez que venía, mi teniente. Un montón de veces ya, hasta que una vez el teniente Cipriano se calentó, le pegó un susto y así el pagano dejó de venir. Pero qué sabido, seguro supo que el teniente Cipriano se iba de Santa María de Nieva, y vino corriendo a ver si con el nuevo teniente le ligaba. El oficial termina de anudarse los zapatos, se pone de pie. ¿Al menos era tratable? El sargento hace un gesto vago: no se ponía maldito pero, eso sí, la terquedad andante, una mula, nadie le sacaba lo que tenía en la tutuma. ¿Cuándo había sido ese lío? Cuando era gobernador el señor Julio Reátegui, antes de que hubiera una comisaría en Nieva, y el teniente cierra la puerta de la cabaña con furia, era el colmo, ni dos horas que había llegado y ya tenía trabajo, el chuncho podía haberse aguantado hasta mañana ¿no? Y el intérprete: ¡caboelgado diablo! ¡Diablo capitanartemio! Mi cabo. Pero el cabo Roberto Delgado no se enoja, se ríe igual que los soldados y algunos indígenas también ríen: que se las siguiera dando de maldito nomás, insultándonos a él y al capitán, que siguiera, ya vería quién reía el último. Y el intérprete: hambreando, mi cabo, mareado, carajo, barriga bailando, mi cabo, sed diciendo, ¿le daban agua? No, primero se la chupaba al cabo, y alza la voz: si alguien le alcanzaba agua o comida se las entendía con él, que les tradujera eso a todos los paganos de Santa María de Nieva, porque podían hacerse los tontos y los risueños, pero en el fondo estarían rabiando. Y el intérprete: la putesumadre, mi cabo,

escabinodiablo, insultando. Ahora los soldados sólo sonríen, miran al cabo a hurtadillas y él muy bien, que le
mentara la madre otra vez, que ya vería cuando lo bajaran. Un hombre flaco y bronceado les sale al encuentro,
se quita el sombrero de paja y el sargento hace las pre-
sentaciones: Adrián Nieves, mi teniente. Sabía aguaruna
y a veces les servía de intérprete, era el mejor práctico de
la región y desde hacía dos meses trabajaba para la comisaría. El teniente y Nieves se dan la mano y el Oscuro, el
Chiquito, el Pesado y el Rubio se apartan del escritorio,
ahí estaba, mi teniente, ése era el pagano —así les decían
acá a los chunchos— y el oficial sonríe: él creía que éstos
se dejaban crecer la peluca hasta los pies, no se esperaba
ver a un calvito. Una menuda pelusa cubre la cabeza de
Jum y una cicatriz recta y rosácea secciona su frente minúscula. Es de mediana estatura, grueso, viste una itípak
raída que cae desde su cintura hasta sus rodillas. En su
pecho lampiño un triángulo morado ensarta tres discos
simétricos, tres rayas paralelas cruzan sus pómulos.
También tiene tatuajes a ambos lados de la boca: dos aspas negras, pequeñitas. Su expresión es tranquila pero en
sus ojos amarillos hay vibraciones indóciles, medio faná-
ticas. Desde esa vez que lo pelaron, se seguía pelando solito, mi teniente, y era rarísimo porque nada les dolía
más a éstos que les tocaran la peluca. El práctico Nieves
se lo podía explicar, mi teniente: era una cosa de orgullo,
justamente de eso habían estado hablando mientras esperaban que viniera. Y el sargento a ver si con don
Adrián se entendían mejor que con el pagano, porque la
vez pasada hizo de intérprete el brujo Paredes y nadie
comprendía nada, y el Pesado es que el cantinero se

hacía el que sabía aguaruna, no era cierto, lo chapurreaba apenitas. Nieves y Jum rugen y accionan, teniente, que no podía regresar a Urakusa hasta que le devolvieran todo lo que le quitaron, pero le venían ganas de volver y por eso se cortaba la peluca, para no poder volver ni queriendo, y el Rubio ¿no era una cosa de loco? Sí, y ahora que explicara de una vez qué quería que le devolvieran. El práctico Nieves se acerca al aguaruna, le gruñe señalando al oficial, gesticula y Jum, que escucha inmóvil, de pronto asiente y escupe: ¡alto ahí!, esto no era un chiquero, que no escupiera. Adrián Nieves se vuelve a colocar el sombrero, era para que el teniente viera que decía la verdad, y el sargento una costumbre de los chunchos, el que no escupía al hablar mentía y el oficial no faltaba más, iba a bañarlos en saliva entonces. Que le creían, Nieves, que no escupiera. Jum cruza los brazos y los aros de su pecho se deforman, el triángulo se arruga. Comienza a hablar reciamente, casi sin pausas, y sigue escupiendo a su alrededor. No aparta los ojos del teniente que taconea y observa disgustado la trayectoria de cada gargajo. Jum agita las manos, su voz es muy enérgica. Y el intérprete: robando carajo, urakusajebe, muchacha, soldadomireátegui, mi cabo. ¡Cabeza caliente! Para protegerse los ojos del sol, el cabo Roberto Delgado se ha sacado la cristina y la sostiene estirada junto a su frente: que siguiera haciéndose el disforzado nomás, que chillara, que se estaba hinchando de risa. Y que le preguntara dónde aprendió tantas lisuras. Y el intérprete: contratoescontrato, listo, patrón Escabino, entiende, listo, bajando, mi cabo. Los soldados están desnudándose y algunos corren ya hacia el río, pero el cabo Delgado sigue al pie

de las capironas: ¿bajando? Ni de a vainas, ahí se quedaba y que agradeciera que el capitán Artemio Quiroga era
buena gente, que si por él fuera se iba a acordar toda su
vida. ¿Por qué no le mentaba la madre de nuevo, a ver?
Que se atreviera, que se hiciera el macho delante de sus
paisanos que lo estaban mirando y el intérprete: bueno,
la putesumadre. Mi cabo. Que otra vez, que se la mentara de nuevo, que para eso se había quedado el cabo aquí
y el teniente cruza las piernas y echa la cabeza atrás: historia absurda, sin pies ni cabeza, ¿de qué silabarios hablaba este bendito? Unos libros con figuras, mi teniente,
para enseñar el patriotismo a los salvajes; en la Gobierna-
ción quedaban algunos todavía, muy apolillados, se los
podía enseñar don Fabio. El teniente mira indeciso a
los guardias y, mientras tanto, el aguaruna y Adrián Nieves siguen gruñéndose a media voz. El oficial se dirige al
sargento, ¿era cierto lo de la muchacha? Y Jum ¡muchacha!, violentísimo, ¡carajo!, y el Pesado chist, que estaba
hablando el teniente, y el sargento pst, quién sabía, aquí
se robaban muchachas todos los días, podía ser cierto,
¿no decían que esos bandidos del Santiago se habían hecho su harén? Pero el pagano lo mezclaba todo, y uno no
sabía qué tenían que ver los silabarios con el jebe que re-
clamaba y con lo de esa muchacha, mi compadre tenía
un enredo de los mil diablos en la tutuma. Y el Chiquito
si habían sido los soldados ellos no tenían nada que ver,
¿por qué no iba a quejarse a la guarnición de Borja?, rugen y accionan y el práctico Nieves: ya había ido dos veces y nadie le había hecho caso, teniente. Y el Rubio, había que ser rencoroso para seguir con ese asunto después
de tanto tiempo, mi teniente, ya podía haberse olvidado.

Rugen y accionan y Nieves: que en su pueblo le echan la culpa y no quería regresar a Urakusa sin el jebe, los cueros, los silabarios y la muchacha, para que vieran que Jum tenía razón. Jum habla de nuevo, despacio ahora, sin alzar las manos. Las dos aspas minúsculas se mueven con sus labios, como dos hélices que no pueden arrancar del todo comienzan a girar y retroceden y otra vez y retroceden. ¿De qué hablaba ahora, don Adrián? Y el práctico: se estaba acordando, y además insultando a esos que lo colgaron y el teniente deja de taconear: ¿lo habían colgado? El Chiquito señala vagamente la plaza de Santa María de Nieva: de esas capironas, mi teniente. Paredes se lo podía contar, él estaba, parecía un paiche dice, así colgaban a los paiches para que se secaran. Jum lanza un chorro de gruñidos, esta vez no escupe pero hace ademanes frenéticos: porque les decía las verdades lo colgaron de las capironas, teniente, y el sargento dale que dale con la misma historia, y el oficial ¿las verdades? Y el intérprete: ¡piruanos!, ¡piruanos, carajo! Mi cabo. Pero el cabo Delgado ya sabía, no necesitaba que le tradujeran eso, no hablaría pagano pero sí tenía oídos, ¿lo creía un pobre cojudo? Ah, Señor, el teniente golpea el escritorio, ah, qué vaina, no acabarían nunca a este paso, ¿piruanos quería decir peruanos, no?, ¿ésas eran las verdades? Y el intérprete: pior que sangrando, pior que muriendo, mi cabo. Y boninopérez y teofilocañas, no entiende. Mi cabo. Pero el cabo Delgado sí entendía: así se llamaban esos subversivos. Que era por gusto que los llamara que estaban muy lejos, y que si vinieran también a ellos los colgaban. El Oscuro está sentado en una orilla del escritorio, los otros guardias siguen de pie, mi teniente, había sido un escarmiento, decían. Y que todos los patrones y los soldados estaban furiosos, que querían cargárselos pero que los atajó el gobernador de entonces, el señor Julio Reátegui. ¿Y quiénes eran esos tipos? ¿No habían vuelto por aquí? Unos agitadores, parecía, que se hicieron pasar por maestros, mi teniente, y en Urakusa les habían hecho caso, los paganos se pusieron bravos y estafaron al patrón que les compraba el jebe, y el Pesado un tal Escabino, y Jum ¡Escabino! ruge ¡carajo! Y el oficial chitón, Nieves, que lo callara. ¿Dónde estaba ese sujeto? ¿Se podía hablar con él? Bastante difícil, mi teniente, Escabino ya se había muerto, pero don Fabio lo conoció y lo mejor es que hablara con él: le contaría los detalles y además el gobernador era amigo de don Julio Reátegui. ¿Tampoco Nieves estaba aquí cuando esos incidentes? Tampoco, teniente, él sólo llevaba un par de meses en Santa María de Nieva, vivía lejos antes, por el Ucayali y el Oscuro: no sólo estafaron a su patrón, había también el asunto del cabo ese de Borja, se juntaron las dos cosas. Y el intérprete: ¡caboelgado diablo! ¡Carajo! El cabo Delgado suelta todos los dedos de sus manos y los muestra: diez mentadas de madre, las tenía contaditas. Que podía seguir dándose gusto si quería, aquí se quedaba él para que siguiera mentándosela. Sí, un cabo que iba a Bagua con licencia, y con él iban un práctico y un sirviente y en Urakusa los aguarunas los asaltaron, apalearon al cabo y al sirviente, el práctico desapareció y unos decían que lo mataron y otros que desertó, mi teniente, aprovechando la ocasión. Y por eso se había organizado una expedición, soldados de Borja y el gobernador de aquí, y por eso se lo habían traído a éste y lo habían escarmentado en las capironas. ¿No había sido así, más o menos, don Adrián? El práctico asiente, sargento, era lo que había oído, pero como él no estaba acá quién sabía. Ajá, ajá, el teniente mira a Jum y Jum mira a Nieves, entonces no era tan santito como parecía. El práctico gruñe y el urakusa replica, áspero y gesticulante, escupiendo y pataleando: lo que él contaba era muy distinto, teniente, y el teniente lógico ¿cuál era la versión de mi compadre? Que el cabo se estaba robando cosas y que lo obligaron a devolverlas, el práctico se escapó nadando y que el patrón era tramposo con el jebe y que por eso no habían querido venderle. Pero el teniente no parece escuchar y sus ojos examinan al aguaruna de pies a cabeza, con curiosidad y cierto asombro: ¿cuánto tiempo lo habían tenido colgado, sargento? Un día lo tuvieron, y después le habían dado unos azotes, decía el brujo Paredes, y el Oscuro ese mismo cabo de Borja se los había dado, y el Rubio en venganza de los que le darían a él los paganos de Urakusa, mi teniente. Jum da un paso, se coloca ante el oficial, escupe. La expresión de su rostro es casi risueña ahora y sus ojos amarillos revolotean maliciosamente, una mueca juguetona rasga sus labios. Se toca la cicatriz de la frente y lento, ceremonioso como un ilusionista, gira sobre los talones, exhibe su espalda: desde los hombros bajan hasta su cintura unos surcos pintados de achitote, rectilíneos, paralelos y brillantes. Ésa era otra de sus locuras, mi teniente, siempre que venía se pintarrajeaba así, y el Chiquito cosa de él, porque los aguarunas no acostumbran pintarse la espalda, y el Rubio los boras sí, mi teniente, la espalda, la barriga, los pies, el poto, todito el cuerpo se pintaban, y el práctico Nieves para no olvidarse de los azotes que le dieron, ésa era la explicación que daba, y Arévalo Benzas se seca los ojos: se le habían asado los sesos ahí arriba, ¿qué gritaba? Piruanos, Arévalo, Julio Reátegui está apoyado de espaldas en la capirona, todo el viaje se la había pasado gritando piruanos. Y el cabo Roberto Delgado asiente, señor, no paraba de insultar a todo el mundo, al capitán, al gobernador, a él mismo, no se le bajaban los humos por nada. Julio Reátegui lanza una mirada rápida hacia arriba, ya se le bajarían, y cuando inclina la cabeza tiene los ojos mojados, un poco de paciencia, cabo, qué sol había, lo cegaba a uno. Y el intérprete: su pelo diciendo, silabario, muchacha. Señor. Cojudeando dice, y Manuel Águila: parecía borracho, así deliraban cuando estaban masateados, pero mejor iban de una vez que los estaban esperando, ¿quería que él lo acompañara donde las madres? No, a las madres no les tocaba meterse, mi teniente, ¿no veía que eran extranjeras? Pero el brujo Paredes decía que la madre Angélica —la más viejita de la misión, mi teniente, ahora que se había muerto la madre Asunción— había venido de noche a la plaza a pedir que lo bajaran, y que incluso se peleó con los soldados. Se compadecería la viejita, era la más renegona de todas, pura arruga ya, y el Oscuro: por último le quemaron las axilas con huevos calientes, el cabo ese, lo harían saltar hasta el cielo y Jum ¡carajo! ¡Piruanos! El teniente taconea de nuevo, no era la manera, caramba, y con los nudillos golpea el escritorio, se habían cometido excesos, sólo que qué iban a hacer ellos ahora, todo eso ya había pasado. ¿Qué decía ahora? Que le devolvieran nomás eso que le quitaron, teniente, y que se iría a Urakusa, y el

sargento ¿no le había dicho que era terco? Ese jebe ya
sería suela de zapatos, y las pieles ya serían carteras, maletas, y quién sabe dónde andaba la muchacha: se lo habían explicado cien veces, mi teniente. El oficial refle-
xiona, el mentón sobre el puño: siempre podía dirigirse a
Lima, reclamar al Ministerio, a lo mejor la Dirección de
Asuntos Indígenas lo indemnizaba, a ver, que Nieves le
sugiriera eso. Se gruñen y, de pronto, Jum asiente muchas veces, ¡limagobierno!, los guardias sonríen, sólo el
práctico y el teniente permanecen serios: ¡silabariolima!
El sargento descruza los brazos: ¿no veía que era un salvaje, mi teniente? Cómo le iban a meter en la cabeza se-
mejantes cosas, qué querría decir para él Lima, o Ministerio, y, sin embargo, Adrián Nieves y Jum se gruñen
con vivacidad, cambian escupitajos y ademanes, el aguaruna calla a ratos y cierra los ojos, como meditando, luego, cautelosamente, pronuncia unas frases, señalando al
oficial: ¿que lo acompañara? Hombre, vaya si le gustaría
darse un paseíto a Lima, que no era posible y ahora Jum
señala al sargento. No, no, ni el teniente, ni el sargento,
ni los guardias, Nieves, no podían hacer nada, que buscara al Reátegui ese, volviera a Borja o lo que fuera, la
comisaría no iba a estar desenterrando a los muertos
¿no?, resolviendo los líos de antaño ¿no? Él se moría de
cansancio, no había dormido, sargento, que acabaran
de una vez. Además, si los que lo habían fajado eran soldados de la guarnición, y autoridades de aquí, ¿quién le iba
a dar la razón? Adrián Nieves interroga con los ojos al
sargento, ¿qué le decía, por fin?, y al teniente: ¿todo eso?
El oficial bosteza, entreabre perezosamente una boca
desalentada y el sargento se inclina hacia él: lo mejor

decirle que bueno, mi teniente. Le iban a devolver el jebe, las pieles, los silabarios, la muchacha, todo lo que quisiera y el Pesado qué le pasaba, mi sargento, quién le iba a devolver si Escabino ya era difunto, y el Chiquito ¿no sería de sus sueldos, no? Y el sargento para más seguridad le darían un papelito firmado. Ya lo habían hecho alguna vez con el teniente Cipriano, mi teniente, daba resultados. Le pondrían una estampilla de a medio en el papel y listo: ahora anda a buscar con eso al señor Reátegui y al Escabinodiablo para que te devuelvan todo. Y el Oscuro ¿una cojudeada en regla, mi sargento? Pero al teniente no lo convencían esas cosas, él no podía firmar ningún papel sobre este asunto tan viejo, y además pero el sargento papel periódico nomás, una firmita de a mentiras y así se iría tranquilo. Éstos eran tercos pero creían lo que se les decía, se pasaría meses y años buscando al Escabino y al señor Reátegui. Bueno, y que ahora le dieran algo de comer y se fuera sin que nadie más le pusiera un dedo encima, capitán, por favor que se lo repitiera él mismo. Y el capitán con mucho gusto, don Julio, llama al cabo: ¿entendido? Se había acabado el escarmiento, ni un dedo encima, y Julio Reátegui: lo importante era que volviera a Urakusa. Nunca más pegando a soldados, nunca engañando patrón, que si los urakusas se portan bien los cristianos se portan bien, que si los urakusas se portan mal los cristianos mal: que le tradujera eso, y el sargento lanza una carcajada que alegra todo su rostro redondo: ¿qué le había dicho, mi teniente? Sí, se habían librado de él, pero al oficial no le gustaba, no estaba acostumbrado a estos procedimientos, y el Pesado: la montaña no era Lima, mi teniente,

253

aquí había que lidiar con chunchos. El teniente se pone de pie, sargento, la cabeza le daba vueltas con este lío, que no lo despertaran aunque se cayera el mundo. ¿No quería otra cervecita antes de irse a dormir?, no, ¿que le llevaran una tinaja con agua?, más tarde. El teniente hace un saludo con la mano a los guardias y sale. La plaza de Santa María de Nieva está llena de indígenas, las mujeres que muelen sentadas en el suelo forman una gran ronda, algunas llevan criaturas prendidas a las mamas. El teniente se para en medio de la trocha y, atajando el sol con la mano, contempla un momento las capironas: robustas, altas, masculinas. Un perro flaco pasa junto a él y el oficial lo sigue con la vista y entonces ve al práctico Adrián Nieves. Viene hacia él y le muestra en su mano los pedacitos blanquinegros de papel periódico, teniente: no era tan cojudo como se creía el sargento, había hecho trizas el papel y lo había tirado en la plaza, él acababa de encontrarlo.

—Un secreto que usted ni se huele, mi sargento —dijo el Pesado, bajando la voz—. Pero que no oigan los otros.

El Oscuro, el Chiquito y el Rubio conversaban en el mostrador con Paredes, que les servía unas copas de anisado. Un chiquillo salió de la cantina con tres ollitas de barro, cruzó la desierta plaza de Santa María de Nieva y se perdió en dirección a la comisaría. Un sol fuerte doraba las capironas, los techos y los tabiques de las cabañas, pero no llegaba hasta la tierra, porque una bruma blancuzca, flotante, que parecía venir del río Nieva, lo contenía a ras del suelo y lo opacaba.

—No están oyendo —dijo el sargento—. ¿Cuál es el secreto?

—Ya sé quién es la que está donde los Nieves —el Pesado escupió unas pepitas negras de papaya y se limpió con el pañuelo la cara sudada—, esa que nos dio tanta curiosidad la otra noche.

—¿Ah, sí? —dijo el sargento—. ¿Y quién es?

—La que sacaba las basuras de las madres —susurró el Pesado, mirando de reojo hacia el mostrador—, la que botaron de la misión porque ayudó a escaparse a las pupilas.

El sargento se registró los bolsillos, pero sus cigarros estaban sobre la mesa. Encendió uno y chupó hondo, disparó una bocanada de humo: una mosca revoloteó con angustia dentro de la nube y escapó zumbando.

—¿Y cómo averiguaste? —dijo el sargento—. ¿Te la presentaron los Nieves?

Haciéndose el tonto, mi sargento, el Pesado se iba a dar sus vueltecitas por la cabaña del práctico, y esa mañana la había visto, trabajando en la chacra con la mujer de Nieves: Bonifacia, así se llamaba. ¿No se habría equivocado el Pesado? Por qué iba a estar ésa con los Nieves, ¿acaso no era medio monja? No, desde que la botaron ya no era, no se ponía el uniforme y el Pesado la había reconocido ahí mismo. Un poco retaca, mi sargento, aunque tenía formas. Y debía ser jovencita, pero, sobre todo, que no les dijera nada a los otros.

—¿Crees que soy un chismoso? —dijo el sargento—. Déjate de recomendaciones tontas.

Paredes trajo dos copitas de anisado y permaneció junto a la mesa, mientras el sargento y el Pesado bebían. Luego limpió el tablero con un trapo y volvió al mostrador. El Oscuro, el Rubio y el Chiquito salieron de la cantina y, en la puerta, una resolana rosada encendió sus rostros, sus cuellos. La bruma había crecido y, de lejos, los guardias parecían ahora mutilados, o cristianos vadeando un río de espuma.

—No te metas en líos con los Nieves que son mis amigos —dijo el sargento.

¿Y quién se iba a meter con ellos? Pero sería de locos no aprovechar la ocasión, mi sargento. Ellos eran los únicos que sabían, así que como buenos compañeros

¿no?, el Pesado le hacía el trabajito, ¿miti-miti, claro?, y se la pasaba ¿de acuerdo? Pero el sargento comenzó a toser, no le gustaban esos repartos, echaba humo por la nariz y por la boca, qué concha, por qué le iban a tocar las sobras.

—¿Acaso no la vi primero, mi sargento? —dijo el Pesado—. Y averigüé quién era y todo. Pero fíjese, qué hace por aquí el teniente.

Señaló hacia la plaza y por allí venía el teniente, medio cuerpo afuera de la mancha gaseosa, pestañeando bajo el sol, con camisa limpia. Cuando emergió de la bruma, tenía húmedas de vapor la mitad inferior del pantalón y las botas.

—Venga conmigo, sargento —ordenó desde la escalerilla—. Don Fabio quiere vernos.

—No se olvide lo que le dije, mi sargento —murmuró el Pesado.

El teniente y el sargento se hundieron en la bruma hasta la cintura. El embarcadero y las cabañas bajas del contorno ya habían sido devorados por las olas de vapor, que arremetían ahora, altas y ondulantes, contra las techumbres y los barandales. En cambio, una luz diáfana abarcaba las colinas, los locales de la misión relumbraban intactos, y los árboles de troncos diluidos por la niebla, lucían sus copas limpias, y sus hojas, sus ramas y sus plateadas telarañas destellaban.

—¿Subió donde las madrecitas, mi teniente? —dijo el sargento—. Les habrán dado unos azotes a las churres ¿no?

—Ya las perdonaron —dijo el teniente—. Esta mañana las sacaron al río. La superiora me dijo que la enfermita estaba mejor.

En la escalerilla de la cabaña del gobernador se sacudieron los pantalones mojados y frotaron sus suelas llenas de barro contra los peldaños. El cuadriculado de la tela metálica que protegía la puerta era tan diminuto que ocultaba el interior. Les abrió una aguaruna vieja y descalza, entraron y adentro hacía fresco y olía a verduras. Las ventanas estaban cerradas, el cuarto permanecía en la penumbra, y se distinguían confusamente los arcos, fotografías, pucunas y haces de flechas prendidos en las paredes. Unas mecedoras floreadas circundaban la alfombra de chamira y don Fabio había aparecido en el umbral de la pieza contigua, teniente, sargento, risueño y enjuto bajo la calva luminosa, la mano estirada: ¡había llegado la orden, figúrense! Dio una palmada al oficial en el hombro, ¿cómo estaban?, hacía gestos afables, ¿qué les parecía la noticia?, pero antes ¿un refresco?, ¿unas cervecitas?, ¿no parecía mentira? Dio una orden en aguaruna y la vieja trajo dos botellas de cerveza. El sargento apuró su vaso de un trago, el teniente pasaba el suyo de una mano a la otra y tenía los ojos errabundos y preocupados, don Fabio bebía, como un pajarito, sorbos ligerísimos.

—¿Les comunicaron la orden por radio a las madres? —dijo el teniente.

Sí, esta mañana, y a don Fabio le habían avisado de inmediato. Don Julio decía siempre ese ministro está torpedeando la cosa, es mi peor enemigo, no saldrá nunca. Y era la pura verdad, ya veían, cambió el Ministerio y la orden vino volando.

—Después de tanto tiempo —dijo el sargento—. Yo hasta me había olvidado de los bandidos, gobernador.

Don Fabio Cuesta sonreía siempre: tenían que partir cuanto antes para estar de regreso antes de las lluvias, no les recomendaba las crecidas del Santiago, las palisadas y los remolinos del Santiago, ¿a cuántos cristianos se habrían cargado esas crecidas?

—Sólo tenemos cuatro hombres en el puesto y no es bastante —dijo el teniente—. Porque, además, tiene que quedarse un guardia aquí, cuidando la comisaría.

Don Fabio guiñó un ojo con picardía, pero si el nuevo ministro era amigo de don Julio, amigo. Había dado todas las facilidades y no iban a ir solos sino con soldados de la guarnición de Borja. Y ellos ya habían recibido la orden, teniente. El oficial bebió un trago, ah, y asintió sin entusiasmo: bueno, ése era otro cantar. Pero no se lo explicaba, y movía perplejamente la cabeza, ese asunto ahora era como la resurrección de Lázaro, don Fabio. Así andaban las cosas en nuestra patria, teniente, qué quería él, ese ministro demoraba y demoraba creyendo perjudicar sólo a don Julio, sin darse cuenta qué terrible daño les hacía a todos. Más valía tarde que nunca ¿no?

—Pero si ya no hay denuncias contra esos ladrones, don Fabio —dijo el teniente—. Si la última fue al poco tiempo de llegar yo a Santa María de Nieva, fíjese cuánto ha pasado.

¿Y eso qué importaba, teniente? No habría denuncias por este lado, pero sí por otro, y además esos forajidos tenían que pagar su deuda, ¿les servía más cervecita? El sargento aceptó y, nuevamente, vació su vaso de un trago: no era por eso, gobernador, sino que a lo mejor hacían un viaje de balde, qué iban a estar los rateros ahí todavía. Y si se adelantaban las lluvias, cuánto tiempo podían quedarse enterrados en el monte. Nada, nada, sargento, tenían que estar en la guarnición de Borja dentro de cuatro días, y otra cosa que el teniente debía saber: éste era un asunto que don Julio se tomaba muy a pecho. Los forajidos le habían hecho perder tiempo y paciencia, algo que él no perdonaba. ¿No decía el teniente que soñaba con salir de aquí? Don Julio lo ayudaría si todo iba bien, la amistad de ese hombre valía oro, teniente, don Fabio lo sabía por experiencia.

—Ah, don Fabio —sonrió el oficial—, qué bien me conoce usted. Ya puso el dedo en la llaga.

—Y hasta el sargento saldrá beneficiado —replicó el gobernador, palmoteando feliz—. ¡Claro! ¿No les digo que don Julio y el nuevo ministro son amigos?

Estaba bien, don Fabio, harían lo que se pudiera. Pero que les convidara otra copita, para reaccionar, la noticia los había dejado medio atontados. Acabaron las cervezas y charlaron y bromearon en la fresca y olorosa penumbra, luego el gobernador los acompañó hasta la escalerilla y desde allí les hizo adiós. La bruma lo cubría todo ahora y, entre sus velos y danzas ambiguas, las cabañas y los árboles flotaban suavemente, se oscurecían y aclaraban, y había siluetas huidizas circulando por la plaza. Una voz menuda y tristona canturreaba a lo lejos.

—Primero a corretear tras las churres y ahora esto —dijo el sargento—. A mí no me hace gracia surcar el Santiago en esta época, va a ser una horrible moledera de huesos, mi teniente. ¿A quién va a dejar en el puesto?

—Al Pesado, que se cansa de todo —dijo el teniente—. Te hubiera gustado quedarte ¿no?

—Pero el Pesado tiene muchos años en la montaña —dijo el sargento—; eso da experiencia, mi teniente. ¿Por qué no el Chiquito, que es tan enclenque?

—El Pesado —dijo el teniente—. Y no pongas esa cara. A mí tampoco me gusta esta vaina, pero ya oíste al gobernador, de repente después de este viajecito cambia la suerte y salimos de aquí. Anda a llamar a Nieves y tráete a los otros a mi casa, para hacer el plan de trabajo.

El sargento quedó un momento inmóvil en la bruma, las manos en los bolsillos. Luego, cabizbajo, cruzó la plaza, pasó junto al embarcadero sumergido bajo una densa capa de vapor, se internó en la trocha y avanzó por un paisaje humoso y resbaladizo, cargado de electricidad y de graznidos. Cuando llegó frente a la cabaña del práctico, hablaba solo, sus manos estrujaban el quepí y sus polainas, su pantalón y su camisa tenían salpicaduras de barro.

—Qué milagro a estas horas, sargento —Lalita se escurría los cabellos, inclinada sobre la baranda; su rostro, sus brazos y su vestido chorreaban—. Pero pase, suba, sargento.

Indeciso, pensativo, siempre moviendo los labios, el sargento trepó la escalerilla, en la terraza dio la mano a Lalita y, cuando se volvió, Bonifacia estaba junto a él, también empapada. Su vestido color crudo se adhería a su cuerpo, sus cabellos húmedos ceñían su rostro como una toca, y sus ojos verdes miraban al sargento contentos, sin embarazo. Lalita exprimía el ruedo de su falda, ¿había venido a visitar a su alojada, sargento?, y gotitas transparentes rodaban sobre sus pies: ahí la tenía. Habían estado pescando y se habían metido al río con esta niebla, figúrese, no veían nada pero el agua estaba tibiecita, rica, y Bonifacia se adelantó: ¿traía comida? ¿Anisado? En vez de responder, Lalita lanzó una carcajada y entró a la cabaña.

—Te has hecho ver con el Pesado esta mañana —dijo el sargento—. ¿Por qué te hiciste ver? ¿No te dije que no quería?

—La está usted celando, sargento —dijo Lalita, desde la ventana, entre risas—. Qué le importa que la vean. ¿No querrá que la pobre se pase la vida escondiéndose, no?

Bonifacia escudriñaba el rostro del sargento, muy seria, y en su actitud había algo asustado y confuso. Él dio un paso hacia ella y los ojos de Bonifacia se alarmaron, pero no se movió y el sargento alzó un brazo, la tomó del hombro, chinita, no quería que hablara con el Pesado, y tampoco con ningún cristiano, señora Lalita.

—Yo no puedo prohibirle —dijo Lalita y Aquilino, que había aparecido en la ventana, se rió—. Y usted tampoco, sargento, ¿acaso es su hermano? Sólo siendo su marido podría.

—Yo no lo vi —tartamudeó Bonifacia—. Será mentira, no me habrá visto, diría nomás.

—No te humilles, no seas tonta —dijo Lalita—. Más bien dale celos, Bonifacia.

El sargento pegó a Bonifacia contra él, que nunca la viera con el Pesado mejor, y con dos dedos le levantó la barbilla, que nunca la viera con ningún hombre, señora, y Lalita lanzó otra carcajada y junto al rostro del Aquilino habían surgido otros dos. Los tres chiquillos se comían al sargento con los ojos y con ninguno la habría de ver, Bonifacia cogió la camisa del sargento y los labios le temblaban: se lo prometía.

—Eres tonta —dijo Lalita—. Cómo se ve que no conoces a los cristianos, sobre todo a los uniformados.

—Tengo que salir de viaje —dijo el sargento, abrazando a Bonifacia—. No volveremos antes de tres semanas, quizás un mes.

—¿Conmigo sargento? —Adrián Nieves, en calzoncillos, estaba en la escalerilla, sacudiéndose con la mano el cuerpo bruñido y huesoso—. No me diga que otra vez se escaparon las pupilas.

Y cuando volviera se casarían, chinita, y la voz se le quebró y se puso a reír como un idiota, mientras Lalita gritaba e irrumpía en la terraza, resplandeciente, los brazos abiertos y Bonifacia salía a su encuentro y se abrazaban. El práctico Nieves estrechó la mano del sargento que hablaba soltando gallos, don Adrián, es que se había emocionado un poco: quería que ellos fueran los padrinos, claro. Ya veía, señora Lalita, había caído en su trampa nomás y Lalita sabía desde el principio que el sargento era un cristiano correcto, que la dejara abrazarlo. Harían una gran fiesta, ya vería cómo lo festejarían. Bonifacia, aturdida, abrazaba al sargento, a Lalita, besaba la mano del práctico, cogía a los chiquillos en vilo, y ellos con mucho gusto serían los padrinos, sargento, que se quedara a comer esta noche. Los ojos verdes relampagueaban, y Lalita se harían su casa aquí al ladito, se entristecían, ellos los ayudarían, se alegraban y el sargento tenía que cuidársela mucho, señora, no quería que ella viera a nadie mientras él estuviera de viaje y Lalita por supuesto, ni a la puerta saldría, la amarrarían.

—¿Y adónde vamos ahora? —dijo el práctico—.
¿Otra vez con las madrecitas?

—Ojalá fuera eso —dijo el sargento—. Nos van a
sacar el alma, don Adrián. Figúrese que llegó la orden.
Nos vamos al Santiago, a buscar a los facinerosos esos.

—¿Al Santiago? —dijo Lalita. Se había demudado,
estaba rígida y boquiabierta y el práctico Nieves, apoyado en la baranda, examinaba el río, la bruma, los árboles.
Los chiquillos continuaban revoloteando alrededor de
Bonifacia.

—Con gente de la guarnición de Borja —dijo el
sargento—. ¿Pero por qué se pusieron así? No hay peligro, vamos a ir muchos. Y a lo mejor esos rateros ya se
murieron de viejos.

—Pintado vive allá abajo —dijo Adrián Nieves, señalando el río oculto por la niebla—. Conoce bien la región y es un práctico de los buenos. Hay que avisarle
ahorita, a veces sale de pesca a estas horas.

—Pero cómo —dijo el sargento—. ¿Usted no quiere venir con nosotros, don Adrián? Son más de tres semanas, se sacará su buena platita.

—Es que estoy enfermo, con las fiebres —dijo el
práctico—. Vomito todo y la cabeza me da vueltas.

—Pero, don Adrián —dijo el sargento—. No me
diga eso, qué va a estar usted enfermo. ¿Por qué no
quiere ir?

—Tiene las fiebres, se va a acostar ahora mismo
—dijo Lalita—. Vaya rápido donde Pintado, sargento,
antes que salga de pesca.

Y al anochecer ella escapó como él le dijo, bajó el barranco y Fushía por qué te demoraste tanto, rápido, a la lanchita. Se alejaron de Uchamala con el motor apagado, casi a oscuras, y él todo el tiempo ¿no te habrán visto, Lalita?, pobre de ti si te vieron, me estoy jugando el pescuezo, no sé por qué lo hago y ella, que iba de puntero, cuidado, un remolino y a la izquierda rocas. Por fin se refugiaron en una playa, escondieron la lancha, se tumbaron en la arena. Y él estoy celoso, Lalita, no me cuentes del perro de Reátegui, pero necesitaba una lancha y comida, nos esperan días amargos pero ya verás, saldré adelante, y ella, saldrás, yo te ayudaré, Fushía. Y él hablaba de la frontera, todos andarán diciendo se fue al Brasil, se cansarán de buscarme, Lalita, a quién se le va a ocurrir que me vine de este lado, si pasamos al Ecuador no hay problema. Y de repente desnúdate, Lalita, y ella me han de picar las hormigas, Fushía, y él aunque sea. Después llovió toda la noche y el viento arrebató el abrigo que los protegía y ellos se turnaban para espantar los zancudos y los murciélagos. Embarcaron al amanecer y hasta que aparecieron los rápidos el viaje fue bueno: un barquito y se escondían, un pueblo, un cuartel, un avión y se escondían. Pasó una semana sin lluvias; viajaban desde que salía el sol hasta que se iba y, para ahorrar las conservas, pescaban anchovetas, bagres. En las tardes buscaban una isla, un banco de arena, una playa y dormían protegidos por una fogata. Cruzaban los pueblos de noche, sin encender el motor, y él: dale, fuerza Lalita, y ella no me dan los brazos, hay mucha corriente, y él fuerza, carajo, que ya falta poco. Cerca de Barranca se dieron de cara con un pescador y comieron juntos y ellos

estamos huyendo y él ¿puedo ayudarlos? y Fushía queremos comprar gasolina, se me está acabando y él deme la
plata, voy al pueblo y se la traigo. Tardaron dos semanas
en pasar los pongos, luego se internaron por caños, cochas y aguajales, se extraviaron, se volcó la lancha dos
veces, se acabó la gasolina y una madrugada Lalita, no
llores, ya llegamos, mira, son huambisas. Se acordaban
de él, creían que venía como otras veces a comprarles jebe. Les dieron una cabaña, comida, dos barbacoas y así
pasaron muchos días. Y él ¿ves lo que te pasa por pegar-
te a mí?, mejor te hubieras quedado en Iquitos con tu
madre y ella ¿si un día te matan, Fushía? y él serás mujer
de huambisa, andarás con las tetas al aire y te pintarás
con añil, rupiña y achiote, te tendrán mascando yuca para hacer masato, fíjate lo que te espera. Ella lloraba, los
huambisas se reían y él tonta, era broma, quizá seas la
primera cristiana que han visto éstos, hace un montón de
tiempo llegué hasta aquí con uno de Moyabamba y nos
mostraron la cabeza de un cristiano que entró al Santiago buscando oro, ¿te da miedo?, y ella sí Fushía. Los
huambisas les traían lonjas de chosca y majaz, bagres,
yucas, una vez gusanos verdes y ellos vomitaron, de
cuando en cuando un venado, una gamitana o un zúnga-
ro. Él conversaba con ellos de la mañana a la noche y ella
cuéntame, qué les preguntas, qué te dicen y él cosas, no
te preocupes, la primera vez que vinimos con Aquilino
los conquistamos con trago y vivimos seis meses con
ellos, les traíamos cuchillos, telas, escopetas, anisado y
ellos nos daban jebe, pieles y hasta ahora no puedo que-
jarme, eran mis clientes, son mis amigos, sin ellos ya estaría muerto, y ella sí pero vámonos, Fushía, ¿no está

cerca la frontera? Y él mejores que los caucheros, Lalita, empezando por ese perro de Reátegui y si no fíjate cómo se portó conmigo, le hice ganar tanta plata y no quería ayudarme, es la segunda vez que los huambisas me salvan. Y ella pero cuándo pasamos al Ecuador, Fushía, ahorita comienzan las lluvias y ya no podremos. Y él dejó de hablar de la frontera y pasaba las noches sin dormir, sentado en la barbacoa, caminaba, hablaba solo, y ella qué te pasa, Fushía, déjame aconsejarte, para eso soy tu mujer y él silencio que estaba pensando. Y una mañana él se levantó, bajó a saltos el barranco y ella desde arriba no hagas eso, te lo imploro por el Cristo de Bagazán, santo, santo, y él siguió macheteando la lancha hasta desfondarla y hundirla y cuando subió al barranco traía los ojos contentos. ¿Ir al Ecuador sin ropas, sin plata y sin papeles? Una locura, Lalita, las policías se pasan la voz de un país al otro, sólo nos quedaremos un tiempito más, aquí me puedo hacer rico, todo depende de éstos y de que encuentre al Aquilino, es el hombre que nos hace falta, ven y te explico y ella qué has hecho, Fushía, Dios santo. Y él por aquí no vendrá nadie y cuando salgamos se habrán olvidado de mí y además tendremos plata para taparle la boca a cualquiera. Y ella Fushía, Fushía, y él tengo que encontrar al Aquilino y ella por qué la hundiste, no quiero morirme en el monte, y él so cojuda, había que borrar las huellas. Y un día partieron en una canoa, con dos remeros huambisas, en dirección al Santiago. Los escoltaban jejenes, lluvias de zancudos, el canto ronco de los trompeteros y en las noches, a pesar del fuego y de las mantas, los murciélagos planeaban sobre sus cuerpos y mordían en lugares blandos: los dedos del pie, la nariz, la base del cráneo. Y él nada de acercarse al río, por aquí hay soldados. Surcaban caños angostos, oscuros, bajo bóvedas de follaje hirsuto, lodazales pútridos, a veces lagunas erizadas de renacos, y también trochas que abrían los huambisas a machetazos, llevando la canoa al hombro. Comían lo que encontraban, raíces, tallos de jugo ácido, cocimientos de yerbas y un día cazaron una sachavaca, carne para una semana. Y ella no llego Fushía, ya no tengo piernas, me arañé la cara, y él falta poco. Hasta que apareció el Santiago y allí comieron chitaris que capturaban bajo las piedras del río y cocinaban al humo, y un armadillo cazado por los huambisas, y él ¿viste que llegamos, Lalita?, ésta es buena tierra, hay comida y todo está saliendo y ella me arde la cara, Fushía, te juro que ya no puedo. Hicieron campamento un día y después siguieron, Santiago arriba, deteniéndose a dormir y a comer en poblados huambisas de dos, tres familias. Y, una semana más tarde, abandonaron el río y durante horas navegaron por un caño estrecho donde no entraba el sol y tan bajo que sus cabezas tocaban el bosque. Salieron y él Lalita, la isla, mírala, el mejor sitio que existe, entre el monte y los pantanos, y antes de desembarcar hizo que los huambisas dieran vueltas por todo el contorno y ella ¿vamos a vivir aquí? y él está oculta, en todas las orillas hay bosque alto, esa punta está bien para el embarcadero. Desembarcaron y los huambisas revolvían los ojos, mostraban los puños, gruñían y Lalita qué les pasa, Fushía, de qué están rabiosos y él miedosos de porquería, quieren regresar, se han asustado de las lupunas. Porque en lo alto del barranco y a lo largo de toda la isla, como una compacta y altísima valla, había lupunas de troncos ásperos, hinchados de jorobas y grandes aletas rugosas que les servían de asiento. Y ella no los grites tanto, Fushía, van a enojarse. Estuvieron discutiendo, gruñéndose y gesticulando y por fin los convenció y entraron tras ellos a la maleza que cubría la isla. Y él ¿oyes Lalita?, está llena de pájaros, hay guacamayos, ¿no sientes?, y cuando hallaron un huacanhuí comiéndose una culebrita negra los huambisas chillaron y él perros miedosos y ella estás loco, si todo es bosque, Fushía, cómo vamos a vivir aquí, y él ¿crees que no pienso en todo?, aquí viví con Aquilino y aquí viviré de nuevo y aquí me haré rico, verás cómo cumplo. Regresaron al barranco, ella bajó a la canoa y él y los huambisas se internaron nuevamente y de repente por encima de las lupunas subió una columna de humo plomizo y comenzó a oler a quemado. Él y los huambisas volvieron corriendo, saltaron a la canoa, cruzaron la cocha y acamparon en la otra orilla, junto a la boca del caño. Y él cuando termine la quema habrá un claro grande, Lalita, que no llueva, y ella que no haya viento Fushía, que no se venga el fuego hasta aquí y se prenda el bosque. No llovió y el fuego duró casi dos días y ellos permanecieron en el mismo sitio, recibiendo el humo espeso, hediondo, de las lupunas y catahuas, las cenizas que iban y venían por el aire, mirando las llamas azules, filudas, las chispas que se estrellaban chasqueando en la cocha, oyendo cómo crujía la isla. Y él ya está, se quemaron los diablos, y ella no los provoques, son sus creencias, y él no me entienden y además se están riendo, los curé para siempre del miedo a las lupunas. El fuego iba limpiando la isla y despoblándola: de entre la humareda salían bandadas de pájaros y en las orillas aparecían maquisapas, frailecillos, shimbillos, pelejos que chillando saltaban a los troncos y ramas flotantes; los huambisas entraban al agua, los cogían a montones, les abrían la cabeza a machetazos y él qué banquete se están dando, Lalita, ya se les pasó la furia y ella yo también quiero comer, aunque sea carne de mono, tengo hambre. Y cuando volvieron a la isla había varios claros, pero el barranco seguía intacto y en muchos lugares sobrevivían reductos de bosque cerrado. Comenzaron el desmonte, todo el día lanzaban a la cocha troncos muertos, aves carbonizadas, culebras, y él dime que estás contenta y ella estoy, Fushía, y él ¿crees en mí? Y ella sí. Y luego quedó un sector de tierra plana y los huambisas cortaron árboles y unieron las rajas de madera con bejucos y él fíjate, Lalita, es como una casa y ella no tanto pero mejor que dormir en el monte. Y a la mañana siguiente, cuando despertaron, un páucar hacía su nido delante de la cabaña, sus plumas negras y amarillas relucían entre la hojarasca y él buena suerte, Lalita, ese pájaro es sociable, si vino es porque sabe que aquí nos quedamos.

Y ese mismo sábado unos vecinos recuperaron el cadáver y, envuelto en una sábana, lo llevaron al rancho de la lavandera. El velorio congregó a muchos hombres y mujeres de la Gallinacera en el solar de Juana Baura y ésta lloró toda la noche, una y otra vez besó las manos, los ojos, los pies de la muerta. Al amanecer unas mujeres sacaron a Juana de la habitación y el padre García ayudó a instalar los restos en el ataúd comprado por colecta popular. Ese domingo el padre García ofició la misa en la capilla del Mercado, y encabezó el cortejo fúnebre, y del cementerio regresó a la Gallinacera junto a Juana Baura: los vecinos lo vieron cruzar la plaza de Armas rodeado de mujeres, pálido, los ojos fulminantes, los puños crispados. Mendigos, lustrabotas, vagabundos se sumaron al cortejo y al llegar al Mercado éste ocupaba todo el ancho de la calle. Allí, subido en una banca, el padre García comenzó a vociferar y, en el contorno, se abrían puertas, las placeras abandonaban sus puestos para oírlo y a dos municipales que trataban de despejar el lugar los insultaron y los apedrearon. Los gritos del padre García se oían en el camal y, en La Estrella del Norte, los forasteros callaron, sorprendidos: ¿de dónde venía ese rumor, adónde iban tantas mujeres? Secreta, femenina, pertinaz corría una voz por la ciudad y, mientras tanto, bajo un cielo de turbios gallinazos, el padre García seguía hablando. Vez que callaba, se oía chillar a Juana Baura, arrodillada a sus pies. Entonces las mujeres comenzaron a agitarse sordamente, a murmurar. Y cuando llegaron los guardias con sus varas de la ley, un mar embravecido les salió al paso, el padre García a la cabeza, iracundo, un crucifijo en la mano derecha, y cuando quisieron cerrar el camino a las mujeres, hubo lluvia de piedras, amenazas: los guardias retrocedían, se refugiaban en las casas, otros caían y el mar los embestía, sumergía, dejaba atrás. Así entraron las enfurecidas olas a la plaza de Armas, rugientes, encrespadas, armadas de palos y de piedras y, a su paso, caían las tranqueras de las puertas, se cerraban los postigos, los principales se precipitaban a la catedral y los forasteros, guarecidos en los pórticos, presenciaban atónitos el avance del torrente. ¿Había forcejeado con los guardias el padre García? ¿Lo habían agredido? Su sotana desgarrada mostraba un pecho flaco y lechoso, unos largos brazos huesudos. Llevaba siempre el crucifijo en alto y daba roncas voces. Y así pasó el torrente por La Estrella del Norte, salpicó piedras y los cristales de la cantina volaron en pedazos, y cuando las mujeres entraron al Viejo Puente, el añoso esqueleto crujió, se bamboleó como un beodo y, al franquear el Río Bar y pisar Castilla, muchas mujeres tenían ya antorchas en las manos, corrían y de las bocas de las chicherías salían gentes, más rugidos, más antorchas. Llegaron al arenal y creció una polvareda, un gigantesco trompo ingrávido, dorado, y en el corazón de la espiral se divisaban rostros de mujeres, puños, llamas.

Replegada bajo la nívea, cegadora claridad del mediodía, cerradas sus puertas y sus ventanas, la Casa Verde parecía una mansión desierta. Los muros vegetales centellaban dulcemente en la resolana, se esfumaban en las esquinas con una especie de timidez y, como en un venado herido, en la quietud del local había algo indefenso, dócil, temeroso, ante la multitud que se acercaba. El padre García y las mujeres llegaron a las puertas, el griterío cesó y hubo una súbita inmovilidad. Pero entonces se escucharon los chillidos y, al igual que las hormigas desertan sus laberintos cuando el río los anega, surgieron las habitantas, empujándose y aullando, pintarrajeadas, a medio vestir, y la palabra del padre García se elevó, tronó sobre el mar y, entre las olas y los tumbos, tentáculos innumerables se alargaban, atrapaban a las habitantas, las derribaban y en el suelo las golpeaban. Y, luego, el padre García y las mujeres inundaron la Casa Verde, la colmaron en unos segundos y, desde el interior, provenía un estruendo de destrucción: estallaban vasos, botellas, se quebraban mesas, se rasgaban sábanas, cortinas. Desde el primer piso, el segundo y el torreón, comenzó un minucioso diluvio doméstico. Por el aire calcinado volaban macetas, bacinicas, lavadores desportillados y bateas, platos, colchones despanzurrados, cosméticos y una salva de vítores saludaba cada proyectil que describía una parábola y se clavaba en el arenal. Ya muchos curiosos, y aun mujeres, se disputaban los objetos y las prendas y había encontrones, disputas, violentísimos diálogos. En medio del desorden, magulladas, sin voz, temblando todavía, las habitantas se ponían de pie, caían unas en brazos de otras, lloraban y se consolaban. La Casa Verde ardía: púrpuras, agudas, dislocadas se veían las llamas dentro del humo ceniciento que ascendía hacia el cielo piurano en lentos remolinos. La muchedumbre comenzó a retroceder, los gritos fueron amainando; por las puertas de la Casa Verde, las invasoras y el padre García abandonaban el local a la carrera, sacudidos de tos, llorando de humo.

Desde la baranda del Viejo Puente, el Malecón, las torres de las iglesias, los techos y balcones, racimos de personas contemplaban el incendio: una hidra de cabezas encarnadas y celestes crepitando bajo un toldo negruzco. Sólo cuando el esbelto torreón se desplomó y hacía rato que, impulsados por una brisa ligera, llovían sobre el río carbones, astillas y cenizas, aparecieron los guardias y municipales. Se mezclaron con las mujeres, impotentes y tardíos, confusos y fascinados como los demás por el espectáculo del fuego. Y, de repente, hubo codazos, movimientos, mujeres y mendigos susurraban, decían «ya viene, ahí viene».

Venía por el Viejo Puente: gallinazas y curiosos se volvían a mirarlo, se apartaban de su camino, nadie lo detenía y él avanzaba, rígido, los cabellos alborotados, la cara sucia, increíblemente espantados los ojos, la boca trémula. Lo habían visto la víspera, bebiendo en una chichería mangache en la que apareció al atardecer, el arpa bajo el brazo, lloroso y lívido. Y allí pasó la noche, canturreando entre hipos. Los mangaches se le acercaban, «¿cómo ha sido, don Anselmo?, ¿qué ha pasado?, ¿cierto que usted se vivía con la Antonia?, ¿que la tenía en la Casa Verde? ¿Cierto que ha muerto?». Él gemía, se quejaba y por fin rodó al suelo, borracho. Durmió y al despertar pidió más trago, siguió bebiendo, pellizcando el arpa, y así estaba cuando un churre entró a la chichería: «¡La Casa Verde, don Anselmo! ¡Se la están quemando! ¡Las gallinazas y el padre García, don Anselmo!».

En el Malecón, unos hombres y mujeres le salieron al encuentro, «tú te robaste a la Antonia, tú la mataste», y le desgarraron la ropa y cuando huía le lanzaron piedras. Sólo en el Viejo Puente comenzó a gritar y a implorar y la gente es un cuento, tiene miedo de que lo linchen, pero él seguía clamando y las asustadas habitantas con la cabeza que sí, que era cierto, que a lo mejor estaba adentro. Él se había hincado en el arenal, suplicaba, ponía de testigo al cielo y, entonces, brotó una especie de malestar entre la gente, los guardias y municipales interrogaban a las gallinazas, surgían voces contradictorias, ¿y si era cierto?, que fueran a ver, que se movieran, que llamaran al doctor Zevallos. Envueltos en crudos mojados, unos mangaches se zambulleron en el humo y emergieron instantes después, sofocados, derrotados, no se podía entrar, era el infierno ahí dentro. Hombres, mujeres, hostigaban al padre García, ¿y si era verdad?, padre, padre, Dios lo castigaría. Él miraba a unos y a otros como ensimismado, don Anselmo se debatía entre los guardias, que le dieran un crudo, él entraría, que se apiadaran. Y cuando apareció Angélica Mercedes y todos comprobaron que era cierto, que allí estaba, indemne, en los brazos de la cocinera, y vieron cómo el arpista se emocionaba, agradecía al cielo, y besaba las manos de Angélica Mercedes, muchas mujeres se enternecieron. En alta voz compadecían a la criatura, consolaban al arpista, o se encolerizaban contra el padre García y le hacían reproches. Estupefacta, aliviada, conmovida, la muchedumbre rodeaba a don Anselmo, y nadie, ni las habitantas, ni las gallinazas, ni los mangaches miraban ya la Casa Verde, la hoguera que la consumía y que ahora la puntual lluvia de arena comenzaba a apagar, a devolver al desierto donde había, fugazmente, existido.

Los inconquistables entraron como siempre: abriendo la puerta de un patadón y cantando el himno: eran los inconquistables, no sabían trabajar, sólo chupar, sólo timbear, eran los inconquistables y ahora iban a culear.

—Sólo te puedo contar lo que se oyó esa noche, muchacha —dijo el arpista—; te habrás dado cuenta que casi no veo. Eso me libró de la policía, a mí me dejaron tranquilo.

—Ya está caliente la leche —dijo la Chunga, desde el mostrador—. Ayúdame, Selvática.

La Selvática se levantó de la mesa de los músicos, fue hacia el bar y ella y la Chunga trajeron una jarra de leche, pan, café en polvo y azúcar. Las luces del salón estaban encendidas aún, pero el día entraba ya por las ventanas, caliente, claro.

—La muchacha no sabe cómo fue, Chunga —dijo el arpista, bebiendo su leche a sorbitos—. Josefino no le contó.

—Le pregunto y cambia de conversación —dijo la Selvática—. Por qué te interesa tanto, dice, no sigas que me da celos.

—Además de sinvergüenza, hipócrita y cínico —dijo la Chunga.

—Sólo había dos clientes cuando entraron —dijo el Bolas—. En esa mesa. Uno de ellos era Seminario.

Los León y Josefino se habían instalado en el bar y gritaban y brincaban, muy disforzados: te queremos Chunga Chunguita, eres nuestra reina, nuestra mamita, Chunga Chunguita.

—Déjense de cojudeces y consuman, o se mandan mudar —dijo la Chunga. Se volvió a la orquesta—: ¿Por qué no tocan?

—No podíamos —dijo el Bolas—. Los inconquistables hacían una bulla salvaje. Se los notaba contentísimos.

—Es que esa noche estaban forrados de billetes —dijo la Chunga.

—Mira, mira —el Mono le mostraba un abanico de libras y se chupaba los labios—. ¿Cuánto calculas?

276

—Qué angurrienta eres, Chunga, qué ojos has puesto —dijo Josefino.

—Seguro que es robado —repuso la Chunga—. ¿Qué les sirvo?

—Estarían tomados —dijo la Selvática—. Siempre les da por hacer chistes y cantar.

Atraídas por el ruido, tres habitantas aparecieron en la escalera: Sandra, Rita, Maribel. Pero, al ver a los inconquistables, parecieron defraudadas, abandonaron sus gestos orondos y se oyó la gigantesca carcajada de la Sandra, eran ellos, qué ensarte, pero el Mono les abrió los brazos, que vinieran, que pidieran cualquier cosa, y les mostró los billetes.

—También sírveles algo a los músicos, Chunga —dijo Josefino.

—Muchachos amables —sonrió el arpista—. Siempre andan convidándonos. Yo conocí al padre de Josefino, muchacha. Era lanchero y cruzaba las reses que venían de Catacaos. Carlos Rojas, tipo muy simpático.

La Selvática llenó de nuevo la taza del arpista y le echó azúcar. Los inconquistables se sentaron en una mesa con la Sandra, la Rita y la Maribel y recordaban una partida de póquer que acababan de disputar en el Reina. El Joven Alejandro bebía su café con aire lánguido: eran los inconquistables, no sabían trabajar, sólo chupar, sólo timbear, eran los inconquistables y ahora iban a culear.

—Les ganamos limpiamente, Sandra, te juro. Nos ayudaba la suerte.

—Escalera real tres veces seguidas, ¿alguien ha visto cosa igual?

277

—Les enseñaban la letra a las muchachas —dijo el arpista, con voz risueña y benévola—. Y después se vinieron donde nosotros, para que les tocáramos su himno. Por mí lo haría, pero pídanle permiso primero a la Chunga.

—Y tú nos hiciste señas que sí, Chunga —dijo el Bolas.

—Estaban consumiendo como nunca —explicó la Chunga a la Selvática—. Por qué no les iba a dar gusto.

—Así comienzan a veces las desgracias —dijo el Joven, con un gesto melancólico—. Por una canción.

—Canten, para pescar la música —dijo el arpista—. A ver, Joven, Bolas, abran bien las orejas.

Mientras los inconquistables coreaban el himno, la Chunga se balanceaba en su mecedora como una apacible ama de casa, y los músicos seguían el compás con el pie y repetían la letra entre dientes. Después, todos cantaron a voz en cuello, con acompañamiento de guitarra, arpa y platillos.

—Se acabó —dijo Seminario—. Basta de cantitos y de groserías.

—Hasta entonces no había hecho caso de la bulla y estuvo muy pacífico, conversando con su amigo —dijo el Bolas.

—Yo lo vi pararse —dijo el Joven—. Como una furia, creí que se nos echaba encima.

—No tenía voz de borracho —dijo el arpista—. Le hicimos caso, nos callamos, pero él no se calmaba. ¿Desde qué hora estaba aquí, Chunga?

—Desde temprano. Se vino de frente de su hacienda, con botas, pantalón de montar y pistola.

—Un toro de hombre ese Seminario —dijo el Joven—. Y una mirada maligna. Más fuerte eres, más malo eres.

—Gracias, hermano —dijo el Bolas.

—Tú eres la excepción, Bolas —dijo el Joven—. Cuerpo de boxeador y almita de oveja, como dice el maestro.

—No se ponga así, señor Seminario —dijo el Mono—. Sólo cantábamos nuestro himno. Permítanos invitarle una cerveza.

—Pero él estaba de malas —dijo el Bolas—. Se había picado por algo y buscaba pelea.

—¿Así que ustedes son los gallitos que arman líos por calles y plazas? —dijo Seminario—. ¿A que no se meten conmigo?

Rita, Sandra y Maribel se alejaban de puntillas hacia el bar y el Joven y el Bolas escudaban con sus cuerpos al arpista que, sentado en su banquito, la expresión tranquila, se había puesto a ajustar las clavijas del arpa. Y Seminario seguía, él también era un pendejo, contoneándose, y sabía divertirse, golpeándose el pecho, pero trabajaba, se rompía los lomos en su tierra, no le gustaban los vagabundos, corpulento y locuaz bajo la bombilla violeta, los muertos de hambre, esos que se dan de locos.

—Somos jóvenes, señor. No estamos haciendo nada malo.

—Ya sabemos que usted es muy fuerte, pero no es una razón para insultarnos.

—¿De veras que una vez levantó en peso a un catacaos y lo tiró a un techo? ¿De veras, señor Seminario?

—¿Se le rebajaban tanto? —dijo la Selvática—. No me lo creía de ellos.

—Qué miedo me tienen —reía Seminario, aplacado—. Cómo me soban.

—A la hora de la hora, los hombres siempre se despintan —dijo la Chunga.

—No todos, Chunga —protestó el Bolas—. Si se metía conmigo, yo le respondía.

—Estaba armado y los inconquistables tenían razón de asustarse —sentenció el Joven, suavemente—: El miedo es como el amor, Chunga, cosa humana.

—Te crees un sabio —dijo la Chunga—. Pero a mí me resbalan tus filosofías, por si no lo sabes.

—Lástima que los muchachos no se fueran en ese momento —dijo el arpista.

Seminario había vuelto a su mesa, y también los inconquistables, sin rastros de la alegría de un momento atrás: que se emborrachara y vería, pero no, andaba con pistola, mejor aguantarse las ganas para otro día, ¿y por qué no quemarle la camioneta?, estaba ahí afuerita, junto al Club Grau.

—Más bien salgamos y lo dejamos encerrado aquí y metemos fuego a la Casa Verde —dijo Josefino—. Un par de latas de kerosene y un fosforito bastarían. Como hizo el padre García.

—Ardería como paja seca —dijo José—. También la barriada y hasta el Estadio.

—Mejor quememos todo Piura —dijo el Mono—. Una fogata grandisísima, que se vea desde Chiclayo. Todo el arenal se pondría retinto.

—Y caerían cenizas hasta en Lima —dijo José—. Pero, eso sí, habría que salvar la Mangachería.

—Claro, no faltaba más —dijo el Mono—. Buscaríamos la forma.

—Yo tenía unos cinco años cuando el incendio —dijo Josefino—. ¿Ustedes se acuerdan de algo?

—No del comienzo —dijo el Mono—. Fuimos al día siguiente, con unos churres del barrio, pero nos corrieron los cachacos. Parece que los que llegaron primero se robaron muchas cosas.

—Me acuerdo sólo del olor a quemado —dijo Josefino—. Y que se veía humo, y que muchos algarrobos se habían vuelto carbones.

—Vamos a decirle al viejo que nos cuente —dijo el Mono—. Le invitaremos unas cervezas.

—¿Acaso no era de mentiras? —dijo la Selvática—. ¿O estaban hablando de otro incendio?

—Cosas de los piuranos, muchacha —dijo el arpista—. Nunca les creas cuando te hablen de eso. Puros inventos.

—¿No está cansado, maestro? —dijo el Joven—. Van a ser las siete, podríamos irnos.

—Todavía no tengo sueño —dijo don Anselmo—. Que haga su digestión el desayuno.

Acodados en el mostrador, los inconquistables trataban de convencer a la Chunga: que lo dejara un ratito, qué le costaba, para conversar un poco, que la Chunga Chunguita no fuera malita.

—Todos lo quieren mucho a usted, don Anselmo —dijo la Selvática—. Yo también, me hace acordar de un viejecito de mi tierra que se llamaba Aquilino.

—Tan generosos, tan simpáticos —dijo el arpista—. Me llevaron a su mesa y me ofrecieron una cervecita.

Estaba transpirando. Josefino le puso un vaso en la mano, él se lo tomó de una vuelta y quedó boqueando. Luego, con su pañuelo de colores, se limpió la frente, las tupidas cejas blancas y se sonó.

—Un favor de amigos, viejo —dijo el Mono—. Cuéntenos lo del incendio.

La mano del arpista buscó el vaso y, en vez del suyo, atrapó el del Mono; lo vació de un trago. De qué hablaban, cuál incendio, y volvió a sonarse.

—Yo estaba churre y vi las llamas desde el Malecón. Y a la gente corriendo con crudos y baldes de agua —dijo Josefino—. ¿Por qué no nos cuenta, arpista? Qué le hace, después de tanto tiempo.

—No hubo ningún incendio, ninguna Casa Verde —afirmaba el arpista—. Invenciones de la gente, muchachos.

—¿Por qué se hace la burla de nosotros? —dijo el Mono—. Anímese, arpista, cuéntenos siquiera un poquito.

Don Anselmo se llevó dos dedos a la boca y simuló fumar. El Joven le alcanzó un cigarrillo y el Bolas se lo encendió. La Chunga había apagado las luces del salón y el sol entraba en el local a chorros, por las ventanas y las rendijas. Había llagas amarillas en las paredes y en el suelo, la calamina del techo reverberaba. Los inconquistables insistían, ¿cierto que se chamuscaron unas habitantas?, ¿de veras fueron las gallinazas las que la incendiaron?, ¿él estaba adentro?, ¿lo hizo el padre García por pura maldad o por cosas de la religión?, ¿cierto que doña Angélica salvó a la Chunguita de morir quemada?

—Pura fábula —aseguraba el arpista—, tonterías de la gente para hacer rabiar al padre García. Deberían dejarlo en paz, al pobre viejo. Y ahora tengo que trabajar, muchachos, con permiso.

Se levantó y, a pasitos cortos, las manos adelante, regresó al rincón de la orquesta.

—¿Ven? Se hace el cojudo, como siempre —dijo Josefino—. Yo sabía que era por gusto.

—A esa edad se les ablanda el cerebro —dijo el Mono—, a lo mejor se ha olvidado de todo. Habría que preguntarle al padre García. Pero quién se atreve.

Y en eso se abrió la puerta y entró la ronda.

—Esos conchudos —murmuró la Chunga—. Venían a gorrearme trago.

—La ronda, es decir Lituma y dos cachacos más, Selvática —dijo el Bolas—. Caían por acá todas las noches.

II

Bajo la sombra curva de los plátanos, Bonifacia se enderezó y miró hacia el pueblo: hombres y mujeres cruzaban la plaza de Santa María de Nieva a la carrera, agitando las manos muy excitadas en dirección al embarcadero. Se inclinó de nuevo sobre los surcos rectilíneos pero, un momento después, volvió a empinarse: la gente fluía sin tregua, alborotada. Espió la cabaña de los Nieves; Lalita seguía canturreando en el interior, una serpentina de humo gris escapaba por entre las cañas del tabique, aún no aparecía en el horizonte la lancha del práctico. Bonifacia contorneó la cabaña, invadió los matorrales de la orilla y, el agua en los tobillos, avanzó hacia el pueblo. Las copas de los árboles se confundían con las nubes, los troncos con las lenguas ocres de las riberas. Había comenzado la creciente; el río arrastraba corrientes parásitas, de aguas más rubias o más morenas, y también arbustos, flores degolladas, líquenes y formas que podían ser pedruzcos, caca o roedores muertos. Mirando a todos lados, despacio, cautelosamente como un rastreador recorrió un bosquecillo de juncos y, al vencer un recodo, divisó el embarcadero: la gente estaba inmóvil entre las estacas y las canoas y había una balsa detenida a unos metros del muelle flotante. El crepúsculo azulaba

284

las itípak y los rostros de las aguarunas y había también hombres, los pantalones remangados hasta las rodillas, el torso desnudo. Podía ver el cordel que cedía o se estiraba con el vaivén de la balsa del recién llegado, el pilote de la proa y, muy nítida, la choza armada en la popa. Una bandada de garzas sobrevoló el bosquecillo y Bonifacia oyó, muy próximo, el batir de las alas, alzó la cabeza y vio los cuellos finos, albos, los cuerpos rosados alejándose. Entonces siguió avanzando, pero muy inclinada y ya no por la orilla sino internada en la maleza, arañándose los brazos, la cara y las piernas con los filos de las hojas, las espinas y las lianas ásperas, entre zumbidos, sintiendo viscosas caricias en los pies. Casi donde cesaba el bosque, a poca distancia de la gente aglomerada, se detuvo y se puso en cuclillas: la vegetación se cerró sobre ella y ahora podía verlo a través de una complicada geometría verde de rombos, cubos y ángulos inverosímiles. El viejo no se daba ninguna prisa; muy calmado iba y venía por la balsa, acomodando con minuciosa exactitud los cajones y la mercadería ante los espectadores que cuchicheaban y hacían gestos de impaciencia. El viejo entraba a la choza y volvía con un género, unos zapatos, una sarta de collares de chaquira y, serio, cuidadoso, maniático, los ordenaba sobre los cajones. Era muy delgado, cuando el viento hinchaba su camisa parecía un jorobado pero, de pronto, la pechera y la espalda se hundían casi hasta tocarse y revelaban su verdadera silueta, fina, angostísima. Llevaba un pantalón corto y Bonifacia veía sus piernas, flacas como sus brazos, su rostro de piel quemada y casi tinta, y la fantástica, sedosa cabellera blanca que ondulaba sobre sus hombros. El viejo estuvo un buen rato todavía trayendo utensilios domésticos y adornos multicolores, apilando ceremoniosamente telas estampadas. El cuchicheo crecía cada vez que el viejo sacaba algo de la choza y Bonifacia podía ver el arrobo de las paganas y de las cristianas, sus fascinadas, codiciosas ojeadas a las mostacillas, peinetas, espejitos, pulseras y talcos, y los ojos de los hombres fijos en las botellas alineadas en el canto de la balsa, junto a latas de conservas, cinturones y machetes. El viejo consideró su obra un momento, se volvió hacia la gente y ésta corrió en tumulto, chapoteó en torno a la embarcación. Pero el viejo agitó su melena blanca y los contuvo a manazos. Blandiendo su pértiga como una lanza, los obligó a retroceder, a subir en orden. La primera fue la mujer de Paredes. Gorda, torpe, no conseguía trepar a bordo, el viejo tuvo que ayudarla y ella estuvo tocándolo todo, olfateando los frascos, manoseando nerviosamente las telas y jabones, y la gente murmuró y protestó hasta que ella regresó al embarcadero, el agua a la cintura, sosteniendo en alto un vestido floreado, un collar, unos zapatos blancos. Así fueron subiendo a la balsa, una tras otra, las mujeres. Algunas eran lentas y desconfiadas para elegir, otras porfiaban interminablemente por el precio y había quienes lloriqueaban o amenazaban pidiendo rebajas. Pero todas venían de la balsa con algo en las manos, algunos cristianos con costales repletos de provisiones y algunas paganas con apenas una bolsita de mostacillas para ensartar. Cuando el embarcadero quedó desierto, anochecía: Bonifacia se incorporó. El Nieva estaba en plena llena, olitas crespas y canosas corrían bajo el ramaje y morían junto a sus rodillas. Tenía el cuerpo manchado de tierra, yerbas prendidas a los cabellos y al vestido. El viejo guardaba la mercadería, metódico y preciso disponía los cajones en la proa y, sobre Santa María de Nieva, el cielo era una constelación de alquitrán y ojos de búho, pero al otro lado del Marañón, sobre la ciudadela sombría del horizonte, una franja azul resistía aún a la noche y la luna despuntaba tras los locales de la misión. El cuerpo del viejo era una escuálida mancha, en la penumbra su cabellera destellaba plateada como un pez. Bonifacia miró hacia el pueblo: había luces en la Gobernación, donde Paredes, y unos mecheros titilaban sobre las colinas, en las ventanas de la residencia. La oscuridad se iba tragando a bocados lentos las cabañas de la plaza, las capironas, el sendero escarpado. Bonifacia abandonó su refugio y corrió agazapada hacia el embarcadero. El fango de la orilla estaba blando y caliente, el agua del remanso parecía inmóvil y ella la sintió subir por su cuerpo y sólo a unos metros de la ribera comenzaba la corriente, una templada fuerza obstinada que la obligó a bracear para no desviarse. El agua le llegaba a la barbilla cuando se cogió a la balsa y vio el pantalón blanco del viejo, el ruedo de su cabellera: era tarde, que volviera mañana. Bonifacia se izó un poco sobre la borda, apoyó en ella los codos y el viejo, inclinado hacia el río, la escudriñó: ¿hablaba cristiano?, ¿entendía?

—Sí, don Aquilino —dijo Bonifacia—. Tenga buenas noches.

—Es hora de dormir —dijo el viejo—. Ya se cerró la tienda, regresa mañana.

—Sea bueno —dijo Bonifacia—. ¿Me deja subir un ratito?

—Le has sacado la plata a tu marido a escondidas y por eso vienes a esta hora —dijo el viejo—. ¿Y si él me reclama mañana?

Escupió al agua y se rió. Estaba en cuclillas, sus cabellos caían espumosos y libres en torno a su rostro y Bonifacia veía su frente oscura, limpia de arrugas, sus ojos como dos animalitos ardientes.

—Qué me importa —dijo el viejo—, yo sólo hago mi negocio. Anda, sube.

Alargó una mano, pero Bonifacia había subido ya, elásticamente, y, sobre la cubierta, se escurría el vestido y se restregaba los brazos. ¿Collares? ¿Zapatos? ¿Cuánta plata tenía? Bonifacia comenzó a sonreír con timidez, ¿no necesitaba un trabajito, don Aquilino?, y sus ojos observaban la boca del viejo con ansiedad, ¿que le hicieran la comida mientras se quedaba en Santa María de Nieva?, ¿que le fueran a recoger fruta?, ¿que le limpiaran la balsa no necesitaba? El viejo se acercó a ella, ¿de dónde la conocía?, y la examinó de arriba abajo: ¿la había visto antes, no es cierto?

—Quisiera una telita —dijo Bonifacia y se mordió los labios. Señaló la choza y, un instante, sus ojos se iluminaron—. Esa amarilla que guardó al último. Se la pago con un trabajito, ustede me dice cuál y yo se lo hago.

—Nada de trabajitos —dijo el viejo—. ¿No tienes plata?

—Para un vestido —susurró Bonifacia, suave y tenaz—. ¿Le traigo fruta? ¿Prefiere que le sale el pescado? Y rezaré para que no le pase nada en sus viajes, don Aquilino.

—No necesito rezos —dijo el viejo; la miró muy de cerca y, de pronto, chasqueó los dedos—. Ah, ya te reconocí.

—Voy a casarme, no sea malo —dijo Bonifacia—. Con esa telita me haré un vestido, yo sé coser.

—¿Por qué no estás vestida de monja? —dijo don Aquilino.

—Ya no vivo donde las madres —dijo Bonifacia—. Me botaron de la misión y ahora voy a casarme. Deme esta telita y le hago un trabajito y la próxima vez que venga se la pago en soles, don Aquilino.

El viejo puso una mano en el hombro de Bonifacia, la hizo retroceder para que el resplandor de la luna le diera en la cara, calmadamente examinó los ojos verdes anhelantes, el menudo cuerpo que goteaba: ya era mujer. ¿La habían botado las madrecitas porque se enredó con un cristiano? ¿Con ese con el que iba a casarse? No, don Aquilino, se había enredado después y nadie sabía en el pueblo dónde estaba, ¿y dónde estaba?, la habían recogido los Nieves, ¿le hacía ese trabajito, por fin?

—¿Estás viviendo con Adrián y Lalita? —dijo don Aquilino.

—Ellos me presentaron al que va a ser mi marido —dijo Bonifacia—. Han sido muy buenos conmigo, como mis padres han sido.

—Yo voy ahora donde los Nieves —dijo el viejo—. Ven conmigo.

—¿Y la telita? —dijo Bonifacia—. No se haga rogar tanto, don Aquilino.

El viejo saltó al agua sin ruido, Bonifacia vio flotar la cabellera hacia el embarcadero, la vio regresar. Don Aquilino trepó con el cordel sobre el hombro, lo enrolló y con la pértiga impulsó la balsa río arriba, pegada a la orilla. Bonifacia levantó la otra pértiga y, de pie en la borda opuesta, imitó al viejo que hundía y sacaba el madero diestramente, sin esfuerzo. A la altura del bosquecillo de juncos, la corriente era más fuerte y don Aquilino tuvo que maniobrar para que la embarcación no se apartara de la orilla.

—Don Adrián salió de pesca temprano, pero ya habrá vuelto —dijo Bonifacia—. Lo invitaré al matrimonio, don Aquilino, pero me dará la telita ¿no? Voy a casarme con el sargento, ¿usted lo conoce?

—¿Con un cachaco? Entonces no te la doy —dijo el viejo.

—No hable así, él es un cristiano de buen corazón —dijo Bonifacia—. Pregúnteles a los Nieves, ellos son amigos del sargento.

Unos mecheros ardían en la cabaña del práctico y se divisaban siluetas junto a la baranda. La balsa atracó frente a la escalerilla, hubo voces de bienvenida, y Adrián Nieves entró al agua para coger el cordel y sujetarlo a un horcón. Trepó luego a la balsa y él y don Aquilino se abrazaron y después el viejo subió a la terraza y Bonifacia lo vio tomar a Lalita de la cintura y ofrecerle el rostro, y vio que ella lo besaba muchas veces en la frente, ¿había hecho buen viaje?, en las mejillas, y los tres chiquillos se habían prendido de las piernas del viejo, chillando, y él les acariciaba las cabezas, algunas lluviecitas, sí, se habían adelantado este año las bandidas.

—Ahí estabas tú —dijo Lalita—. Te buscamos por todas partes, Bonifacia. Le diré al sargento que fuiste al pueblo y viste hombres.

—Nadie me ha visto —dijo Bonifacia—. Sólo don Aquilino.

—No importa, se lo diremos para darle celos —rió Lalita.

—Vino a ver los géneros —dijo el viejo; había cargado al menor de los chiquillos y los dos se revolvían los cabellos—. Estoy cansado, me tuvieron trabajando todo el día.

—Voy a servirle una copita, mientras está lista la comida —dijo el práctico.

Lalita trajo una silla a la terraza para don Aquilino, volvió al interior, se oyó el chisporroteo del brasero y comenzó a oler a fritura. Los chiquillos se subían a las rodillas del viejo y éste les hacía gracias mientras brindaba con Adrián Nieves. Se habían acabado la botella cuando vino Lalita, secándose las manos en la falda.

—Tan linda su cabeza —dijo, acariciando los cabellos de don Aquilino—. Cada vez más blanca, más suavecita.

—¿Quieres darle celos a tu marido también? —dijo el viejo.

Ya iba a estar lista la comida, don Aquilino, le había preparado cosas que le gustarían y el viejo agitaba la cabeza tratando de librarse de las manos de Lalita: si no lo dejaba en paz se cortaría los pelos. Los chiquillos estaban formados ante él, lo observaban mudos ahora y con los ojos inquietos.

—Ya sé qué esperan —dijo el viejo—. No me olvido, hay regalos para todos. Para ti, un terno de hombre, Aquilino.

Los ojos rasgados del mayorcito se encendieron y Bonifacia se había apoyado en la baranda. Desde allí vio al viejo pararse, bajar la escalerilla, retornar a la terraza con paquetes que los chiquillos le arrebataron de las manos, y lo vio luego aproximarse a Adrián Nieves. Se pusieron a conversar en voz baja y, de rato en rato, don Aquilino la miraba de soslayo.

—Tenías razón —dijo el viejo—. Adrián dice que el sargento es un buen cristiano. Anda y coge la telita, es regalo de matrimonio.

Bonifacia quiso besarle la mano, pero don Aquilino la retiró con un gesto de fastidio. Y mientras ella volvía a la balsa, hurgaba entre los cajones y sacaba la tela, oía al viejo y al práctico susurrando misteriosamente, y los divisaba, las dos caras juntas, hablando y hablando. Subió a la terraza y ellos callaron. Ahora la noche olía a pescado frito y una brisa rápida estremecía el monte.

—Mañana lloverá —dijo el viejo, husmeando el aire—. Malo para el negocio.

—Ya deben estar en la isla —dijo Lalita más tarde, mientras comían—. Partieron hace más de diez días. ¿Le ha contado Adrián?

—Don Aquilino los encontró por el camino —dijo el práctico Nieves—. Además de los guardias, iban algunos soldados de Borja. Era cierto lo que dijo el sargento.

Bonifacia vio que el viejo la miraba a ella de reojo, sin dejar de masticar, como intranquilo. Pero, un momento después, sonreía de nuevo y contaba anécdotas de sus viajes.

La primera vez que salieron en expedición, regresaron a los quince días. Ella estaba en el barranco, el sol enrojecía la cocha y, de repente, aparecieron a la salida del caño: una, dos, tres canoas. Lalita se paró de un salto,

hay que esconderse, pero los reconoció: en la primera
Fushía, en la segunda Pantacha, en la tercera huambisas.
¿Por qué volvieron tan pronto si él dijo un mes? Bajó corriendo al embarcadero y Fushía ¿llegó Aquilino, Lalita?, ella no todavía y él la puta que lo parió al viejo. Sólo
traían unas cuantas pieles de lagarto, Fushía estaba furioso, vamos a morirnos de hambre, Lalita. Los huambisas reían mientras descargaban, sus mujeres revoloteaban entre ellos, locuaces, gruñonas, y Fushía míralos qué
contentos, esos perros, llegamos al pueblo y los shapras
no estaban, éstos lo quemaron todo, le cortaron la cabeza a un perro, nada, pura pérdida, viaje de balde, ni una
bola de jebe, sólo esos cueros que no valen nada y éstos
felices. Pantacha estaba en calzoncillos, rascándose las
axilas, hay que ir más adentro, patrón, la selva es grande
y está llena de riquezas y Fushía bruto, para ir más lejos
necesitamos un práctico. Fueron hacia la cabaña, comieron plátanos y yucas fritas. Fushía hablaba todo el tiempo de don Aquilino, qué le habrá pasado al viejo, nunca
me falló hasta ahora, y Lalita ha llovido mucho estos días,
se habrá guarecido en algún sitio para que no se moje
lo que le encargamos. Pantacha, tumbado en la hamaca,
se rascaba la cabeza, las piernas, el pecho, ¿y si se le hundió la lancha en los pongos, patrón?, y Fushía entonces
estamos fregados, no sé qué haremos. Y Lalita no te asustes tanto, los huambisas han sembrado por toda la isla,
hasta hicieron corralitos y Fushía pura mierda, eso no dará hasta cuándo y los chunchos pueden vivir de yuca pero
no un cristiano, esperaremos dos días y si no llega Aquilino tendré que hacer algo. Y un rato después Pantacha
cerró los ojos, comenzó a roncar y Fushía lo sacudió, que

los huambisas tendieran las pieles antes de que se emborrachen, y Pantacha primero una siestecita, patrón, ando molido de tanto remar y Fushía bruto, ¿no entiendes?, déjame solo con mi hembra. Pantacha, la boca abierta, quién como usted que tiene una mujer de veras, patrón, los ojos desconsolados, hace años que no sé lo que es una blanca y Fushía largo, anda vete. Pantacha se fue lloriqueando y Fushía ya está, se va a soñar, desnúdate pronto Lalita, qué esperas, ella estoy sangrando y él qué importa. Y al atardecer, cuando Fushía despertó, fueron al pueblo que olía a masato, los huambisas se caían de borrachos y Pantacha no estaba por ninguna parte. Lo encontraron al otro extremo de la isla, se había llevado su barbacoa a la orilla de la cocha y Fushía qué te dije, está soñando a su gusto. Hablaba entre dientes, la cara oculta en las manos, el fogón seguía ardiendo bajo la ollita repleta de yerbas. Unos escarabajos caminaban por sus piernas y Lalita ni los siente. Fushía apagó el fuego, de un patadón tiró al agua la ollita, a ver si lo despertamos, y entre los dos lo remecieron, lo pellizcaron, lo cachetearon y él, entre dientes, era cusqueño de casualidad, su alma nació en el Ucayali, patrón, y Fushía ¿lo oyes?, ella lo oigo, parece loco, y Pantacha su corazón era triste. Fushía lo sacudía, lo pateaba, serrano de porquería, no es hora de sueños, hay que estar despierto, vamos a morirnos de hambre y Lalita no te oye, está en otro mundo, Fushía. Y él, entre dientes, veinte años en el Ucayali, patrón, se contagió de los paiches, tenía el cuerpo duro como la chonta, los jejenes no entran. Él esperaba los globitos, ya salen los paiches a tomar aire, pásame el arpón, Andrés, duro, fuerza, ensártalo, yo lo amarro, patrón, él dormía a los paiches al primer palazo y la canoa se les volcó en el Tamaya, él salió y el Andrés no salió, te ahogaste hermano, las sirenas te arrastraron al fondo, ahora serás su marido, por qué te moriste, charapita Andrés. Se sentaron a esperar que despertara del todo y Fushía tiene para rato, no me conviene perder a este cholo, soñador pero me sirve, y Lalita por qué siempre con los cociditos y Fushía para no sentirse solo. Cucarachas y escarabajos se paseaban por la barbacoa y por su cuerpo y él por qué se habría hecho matero, patrón, mala vida la del monte, preferible el agua y los paiches, yo sé lo que son las tercianas, Pantacha, esa tembladera, te vienes conmigo, yo te pago más, ten cigarrillos, te invito un trago, eres mi hombre, llévame donde haya cedros, palo de rosa, consígueme habilitados, madera balsa, y él se iba con ellos, patrón, cuánto me adelantas, y quería tener una casa, una mujer, hijos, vivir en Iquitos como los cristianos. Y de repente Fushía, Pantachita, ¿qué pasó en el Aguaytía?, cuéntame que soy tu amigo. Y Pantacha abrió los ojos y los cerró, los tenía colorados como trasero de mono y, entre dientes, ese río llevaba sangre, patrón, y Fushía ¿sangre de quién, cholo?, y él caliente, espesa como jebecito chorreando de la shiringa, y también los caños, cochas de por ahí, una pura herida, patrón, créame si quiere, y Fushía claro que te creo, cholo, pero ¿de qué tanta sangre caliente?, y Lalita déjalo Fushía, no le preguntes, está sufriendo, y Fushía calla puta, anda Pantachita, quién sangraba, y él, entre dientes, el tramposo Bákovic, ese yugoslavo que los engañó, peor que diablo, patrón, y Fushía, ¿por qué lo mataste, Pantacha?, y cómo, cholo, con qué, y él no quería pagarles, no hay bastante cedro, vamos más adentro y sacaba el winchester y también le pegó a un cargador que le robó una botella. Y Fushía ¿le pegaste un tiro, cholo? y él con mi machete, patrón, se le había dormido el brazo de darle y comenzó a patalear y a llorar y Lalita fíjate cómo se ha puesto, Fushía, se ha enfurecido y Fushía le saqué un secreto, ahora ya sé de qué andaba escapando cuando lo encontró Aquilino. Volvieron a sentarse junto a la barbacoa, esperaron, él se calmó y acabó por despertar. Se levantó trastabillando, rascándose con furia, patrón, no te enojes, y Fushía los cociditos te volverán loco y un día lo echaba a patadas y Pantacha no tenía a nadie, su vida era triste, patrón, usted tiene su mujer, y los huambisas también y hasta los animales pero él estaba solo, que no se enojara, patrón, usted tampoco, patrona.

Esperaron dos días más, Aquilino no llegaba, los huambisas fueron hasta el Santiago a averiguar y volvieron sin noticias. Entonces buscaron un lugar para la pileta y Pantacha al otro lado del embarcadero, patrón, es más caído el barranco y así el agua de las lupunas le chorreará encima, y las cabezas de los huambisas que sí y Fushía, bueno, hagámosla ahí. Los hombres tumbaron los árboles, las mujeres desyerbaban y, cuando quedó un claro, los huambisas hicieron estacas, les sacaron filo y las clavaron en círculo. La tierra era negra en la superficie, adentro roja y las mujeres la recogían en sus itípak, la echaban a la cocha mientras los hombres cavaban el pozo. Luego llovió y en pocos días la pileta estuvo llena, lista para las charapas. Salieron al amanecer, el caño andaba crecido, las raíces y lianas les salían al encuentro para rasguñarlos, y en el Santiago Lalita se puso a temblar, tuvo fiebres. Viajaron dos días, Fushía hasta cuándo y los huambisas señalaban adelante con sus dedos. Por fin un banco de arena y Fushía dicen que ahí, ojalá, y atracaron, se escondieron entre los árboles, y Fushía no te muevas, no respires, si te sienten no vendrán, y Lalita tengo mareos, creo que estoy preñada, Fushía, y él carajo, cállate. Los huambisas se habían convertido en plantas, inmóviles entre las ramas brillaban sus ojos y así oscureció, comenzaron a cantar los grillos, a roncar las ranas y un hualo gordísimo se subió al pie de Lalita, qué ganas de machucarlo, sus legañas, su panza blancuzca y él no te muevas, ya salió la luna y ella no puedo seguir como muerta, Fushía, tengo ganas de llorar a gritos. La noche estaba clara, tibia, corría una brisa ligera y Fushía nos cojudearon, no se ve ni una, estos perros, y Pantacha cállese, patrón, ¿no las ve?, ya salen. Con las olitas del río llegaban como redondelas, oscuras, grandes, quedaban varadas y, de pronto, se movían, avanzaban despacito y sus conchas se encendían con luces doradas, dos, cuatro, seis, acercándose, arrastrándose sobre la arena, las cabezotas afuera, rugosas, meneándose, ¿nos estarán viendo, oliendo?, y algunas ya escarbaban para hacer sus nidos, otras salían del agua. Y entonces silenciosamente, surgieron de entre los árboles rápidas siluetas cobrizas, y Fushía vamos, corre, Lalita, y cuando llegaron a la playa, Pantacha fíjese patrón, muerden, casi me sacan un dedo, las hembras son las más feroces. Los huambisas habían volteado a muchas y se gruñían, contentos. Tumbadas, la cabeza hundida, las charapas movían sus patas y Fushía cuéntalas, ella hay ocho y los hombres les abrían huecos en las conchas, las ensartaban en bejucos y Pantacha comámonos una, patrón, la espera le había dado hambre. Allí durmieron y al día siguiente viajaron de nuevo y en la noche otra playita, cinco charapas, otro collar, y durmieron, viajaron y Fushía menos mal que es época de desove y Pantacha ¿lo que hacemos está prohibido, patrón? y Fushía se pasaba la vida haciendo cosas prohibidas, cholo. El regreso fue muy lento, las canoas iban de surcada remolcando los collares y las charapas resistían, los frenaban y Fushía qué hacen, perros, no las apaleen, las van a matar y Lalita ¿me has oído?, hazme caso, tengo vómitos, Fushía, estoy esperando un hijo y él se te ocurren siempre las peores cosas. En el caño, las charapas se enganchaban a las raíces del fondo y a cada momento debían parar, los huambisas saltaban al agua, las charapas los mordían y ellos trepaban a la canoa rugiendo. Al entrar a la cocha vieron la lancha y a don Aquilino, en el embarcadero, saludándolos con su pañuelo. Traía conservas, ollas, machetes, anisado y Fushía viejo querido, creí que te habías ahogado y él se había topado con una lancha llena de soldados y los acompañó para disimular. Y Fushía ¿soldados?, y Aquilino hubo un lío en Urakusa, los aguarunas le habían pegado a un cabo, parecía, y matado a un práctico, el gobernador de Santa María de Nieva iba con ellos a pedirles cuentas, les sacarían el alma si no se escapaban. Los huambisas subieron las charapas a la pileta, les dieron de comer hojas, cáscaras, hormigas, y Fushía ¿así que el perro de Reátegui anda por aquí?, y Aquilino los soldados querían que les vendiera las conservas, tuve que engañarlos, y Fushía ¿no decían que el perro ese de Reátegui se volvía a Iquitos y dejaba la Gobernación?, y Aquilino sí, dice que después de arreglar este lío se va, y Lalita menos mal que llegó, don Aquilino, no me gustaba eso de comer tortuga todito el invierno.

Y así terminó de mangache don Anselmo. Pero no de la noche a la mañana, como un hombre que elige un lugar, hace su casa y se instala; fue lento, imperceptible. Al principio aparecía por las chicherías, el arpa bajo el brazo y los músicos (casi todos habían tocado para él alguna vez), lo aceptaban como acompañante. A la gente le gustaba oírlo, lo aplaudían. Y las chicheras, que le tenían estimación, le ofrecían comida y bebida y, cuando estaba borracho, una estera, una manta y un rincón para dormir. Nunca se lo veía por Castilla, ni cruzaba el Viejo Puente, como decidido a vivir lejos de los recuerdos y del arenal. Ni siquiera frecuentaba los barrios próximos al río, la Gallinacera, el camal, sólo la Mangachería: entre su pasado y él se interponía la ciudad. Y los mangaches lo adoptaron, a él, y a la hermética Chunga que, encogida en una esquina, el mentón en las rodillas, miraba hurañamente el vacío mientras don Anselmo tocaba o dormía. Los mangaches hablaban de don Anselmo, pero a él le decían arpista, viejo. Porque desde el incendio había envejecido: sus hombros se desmoronaron, se hundió su pecho, brotaron grietas en su piel, se hinchó su vientre, sus piernas se curvaron y se volvió sucio, descuidado. Todavía arrastraba las botas de sus buenas épocas, polvorientas, muy gastadas, su pantalón iba en hilachas, la camisa no conservaba ni un botón, tenía el sombrero agujereado y las uñas largas, negras, los ojos llenos de estrías y de legañas. Su voz se enronqueció, sus maneras se ablandaron. En un comienzo, algunos principales lo contrataban para tocar en sus cumpleaños, bautizos y matrimonios; con el dinero que ganó así, convenció a Patrocinio Naya que los alojara en su casa y les diera de comer una vez al día a él y a la Chunga, que ya comenzaba a hablar. Pero andaba siempre tan desastrado y tan bebido que los blancos dejaron de llamarlo y entonces se ganó la vida de cualquier manera, ayudando en una mudanza, cargando bultos o limpiando puertas. Se presentaba en las chicherías al oscurecer, de improviso, arrastrando a la Chunga con una mano, en la otra el arpa. Era un personaje popular en la Mangachería, amigo de todos y de ninguno, un solitario que se quitaba el sombrero para saludar a medio mundo, pero apenas cambiaba palabra con la gente, y su arpa, su hija y el alcohol parecían ocupar su vida. De sus antiguas costumbres, sólo el odio a los gallinazos perduró: veía uno y buscaba piedras y lo bombardeaba e insultaba. Bebía mucho, pero era un borracho discreto, nunca pendenciero, nada bullicioso. Se lo reconocía ebrio por su andar, no zigzagueante ni torpe, sino ceremonioso: las piernas abiertas, los brazos tiesos, el rostro grave, los ojos fijos en el horizonte.

Su sistema de vida era sencillo. Al mediodía abandonaba la choza de Patrocinio Naya y, a veces llevando a la Chunga de la mano, a veces solo, se lanzaba a la calle con una especie de urgencia. Recorría el dédalo mangache a paso vivo, iba y venía por los tortuosos, oblicuos senderos, y así subía hasta la frontera sur, el arenal que se prolonga hacia Sullana, o bajaba hasta los umbrales de la ciudad, esa hilera de algarrobos con una acequia que discurre al pie. Iba, regresaba, volvía, con breves escalas en las chicherías. Sin el menor embarazo entraba y, quieto, mudo, serio, esperaba que alguien le invitara un clarito, una copa de pisco: agradecía con la cabeza y luego salía y proseguía su marcha o paseo o penitencia, siempre al mismo ritmo febril hasta que los mangaches lo veían detenerse en cualquier parte, dejarse caer a la sombra de un alero, acomodarse en la arena, taparse la cara con el sombrero, y permanecer así horas, impávido ante las gallinas y las cabras que olisqueaban su cuerpo, lo rozaban con sus plumas y barbas, lo cagaban. No tenía reparo en detener a los transeúntes para pedirles un cigarrillo, y, cuando se lo negaban, no se enfurecía: continuaba su camino, altivo, solemne. En la noche, regresaba donde Patrocinio Naya en busca del arpa, y volvía a las chicherías, pero esta vez a tocar. Demoraba horas afinando las cuerdas, repasándolas con delicadeza y, cuando estaba muy ebrio, las manos no le obedecían y el arpa desentonaba, se ponía murmurador, los ojos se le entristecían.

Iba a veces al cementerio y allí se le vio rabioso por última vez, un dos de noviembre, cuando los municipales lo atajaron en la puerta. Los insultó, forcejeó con ellos, les lanzó piedras y por fin unos vecinos convencieron a los guardianes que lo dejaran entrar. Y fue en el cementerio, otro dos de noviembre, donde Juana Baura vio a la Chunga, que estaría por cumplir seis años, sucia, en harapos, correteando entre tumbas. La llamó, le hizo cariños. Desde entonces, la lavandera venía de cuando en cuando a la Mangachería, arreando el piajeno cargado de ropa, y preguntaba por el arpista y por la Chunga. A ella le traía comida, un vestido, zapatos, a él cigarrillos

301

y unas monedas que el viejo corría a gastar en la chichería más cercana. Y un día dejó de verse a la Chunga en las callejuelas mangaches y Patrocinio Naya contó que Juana Baura se la había llevado, para siempre, a la Gallinacera. El arpista seguía su vida, sus caminatas. Estaba más viejo cada día, más mugriento y rotoso, pero todos se habían habituado a verlo, nadie volvía el rostro cuando los cruzaba, calmo y rígido, o cuando tenían que desviarse para no pisar su cuerpo tumbado en la arena, bajo el sol.

Sólo años después comenzó a aventurarse el arpista fuera de los límites de la Mangachería. Las calles de la ciudad crecían, se transformaban, se endurecían con adoquines y veredas altas, se engalanaban con casas flamantes y se volvían ruidosas, los chiquillos correteaban tras los automóviles. Había bares, hoteles y rostros forasteros, una nueva carretera a Chiclayo y un ferrocarril de rieles lustrosos unía Piura y Paita pasando por Sullana. Todo cambiaba, también los piuranos. Ya no se los veía por las calles con botas y pantalones de montar, sino con ternos y hasta corbatas y las mujeres, que habían renunciado a las faldas oscuras hasta los tobillos, se vestían de colores claros, ya no iban escoltadas de criadas y ocultas en velos y mantones, sino solas, el rostro al aire, los cabellos sueltos. Cada vez había más calles, casas más altas, la ciudad se dilataba y retrocedía el desierto. La Gallinacera desapareció y en su lugar surgió un barrio de principales. Las chozas apiñadas detrás del camal ardieron una madrugada; llegaron municipales, policías, el alcalde y el prefecto al frente, y con camiones y palos sacaron a todo el mundo y al día siguiente comenzaron a trazar calles rectas, manzanas, a construir casas de dos pisos y al poco tiempo nadie hubiera imaginado que en ese aseado rincón residencial habitado por blancos habían vivido peones. También Castilla creció, se convirtió en una pequeña ciudad. Pavimentaron las calles, llegó el cine, se abrieron colegios, avenidas y los viejos se sentían transportados a otro mundo, protestaban incomodidades, indecencias, atropellos.

Un día, el arpa bajo el brazo, el viejo avanzó por esa ciudad renovada, llegó a la plaza de Armas, se instaló bajo un tamarindo, comenzó a tocar. Volvió la tarde siguiente, y muchas otras, sobre todo los jueves y los sábados, días de retreta. Los piuranos acudían por decenas a la plaza de Armas a escuchar a la banda del Cuartel Grau y él se adelantaba, ofrecía su propia retreta una hora antes, pasaba el sombrero y, apenas reunía unos soles, volvía a la Mangachería. Ésta no había cambiado, tampoco los mangaches. Allí seguían las chozas de barro y caña brava, las velas de sebo, las cabras y, a pesar del progreso, ninguna patrulla de la Guardia Civil se aventuraba de noche por sus calles ásperas. Y, sin duda, el arpista se sentía mangache de corazón, porque el dinero que ganaba dando conciertos en la plaza de Armas venía siempre a gastárselo en el barrio. En las noches seguía tocando donde la Tula, la Gertrudis o donde Angélica Mercedes, su ex cocinera, que ahora tenía chichería propia. Nadie podía ya concebir la Mangachería sin él, ningún mangache imaginar que a la mañana siguiente no lo vería rondando hieráticamente por las callejuelas, apedreando gallinazos, saliendo de las chozas con bandera roja, durmiendo al sol, que no escucharía su arpa, a lo lejos, en la oscuridad. Hasta en su manera de hablar, las pocas veces que hablaba, cualquier piurano reconocía en él a un mangache.

—Los inconquistables lo llamaron a su mesa —dijo la Chunga—. Pero el sargento se hacía el que no los veía.

—Tan educado siempre —dijo el arpista—. Vino a saludarme y a abrazarme.

—Con sus bromas, estos fregados van a hacer que mis subordinados me pierdan el respeto, viejo —dijo Lituma.

Los dos guardias se habían quedado en el bar, mientras el sargento conversaba con don Anselmo; la Chunga les sirvió cerveza y los León y Josefino dale que dale.

—Mejor no sigan que la Selvática se está poniendo triste —dijo el Joven—. Además es tarde, maestro.

—No te pongas triste, muchacha —la mano de don Anselmo revoloteó sobre la mesa, derribó una taza, palmeó el hombro de la Selvática—. La vida es así y no es culpa de nadie.

Esos traidores, se uniformaban y ya no se sentían mangaches, ni saludaban, ni querían mirar.

—Los guardias no sabían que era por el sargento —dijo la Chunga—. Tomaban su cerveza de lo más tranquilos, conversando conmigo. Pero él sí sabía, los fusilaba con los ojos, y con la mano esperen, cállense.

—¿Quién invitó a esos uniformados? —dijo Seminario—. A ver, ya se están despidiendo. Chunga, hazme el favor de botarlos.

—Es el señor Seminario, el hacendado —dijo la Chunga—. No le hagan caso.

—Ya lo reconocí —dijo el sargento—. No lo miren, muchachos, estará borracho.

—Ahora se mete con los cachacos —dijo el Mono—. Se las trae el puta.

—Nuestro primo podría responderle, que le sirva para algo el uniforme —dijo José.

El Joven Alejandro tomó un traguito de café:

—Llegaba aquí tranquilo, pero a las dos copas se enfurecía. Debía tener alguna pena terrible en el corazón, y la desfogaba así, con lisuras y trompadas.

—No se ponga así, señor —dijo el sargento—. Estamos haciendo nuestro trabajo, para eso nos pagan.

—Ya vigilaron bastante, ya vieron que todo está pacífico —dijo Seminario—. Ahora váyanse y dejen a la gente decente disfrutar en paz.

—No se moleste por nosotros —dijo el sargento—. Siga disfrutando nomás, señor.

El rostro de la Selvática estaba cada vez más afligido y, en su mesa, Seminario se retorcía de cólera, también el cachaco lo sobaba, ya no había machos en Piura, qué le habían hecho a esta tierra, maldita sea, no era justo. Y entonces se le acercaron la Hortensia y la Amapola y con zalamerías y bromas lo calmaron un poco.

—La Hortensia, la Amapola —dijo don Anselmo—. Qué nombres les pones, Chunguita.

—¿Y ellos qué hacían? —dijo la Selvática—. Les daría furia eso que dijo de Piura.

—Echaban bilis por los ojos —dijo el Bolas—. Pero qué iban a hacer, se morían de miedo.

Ellos no lo creían a Lituma tan rosquete, estaba armado y debió emparársele, el Seminario se pasaba de vivo, no hay que buscarle tres pies al gato sabiendo que tiene cuatro, y la Rita más despacio que ahorita los iba a oír, y la Maribel va a haber lío, y la Sandra con sus carcajadas. Y, al poco rato, la ronda se fue, el sargento acompañó hasta la puerta a los dos guardias y regresó solo. Fue a sentarse a la mesa de los inconquistables.

—Mejor se hubiera ido también —dijo el Bolas—. El pobre.

—¿Por qué pobre? —protestó la Selvática, con vehemencia—. Es un hombre, no necesita que lo compadezcan.

—Pero tú dices siempre pobrecito, Selvática —dijo el Bolas.

—Yo soy su mujer —explicó la Selvática y el Joven esbozó una vaga sonrisa.

Lituma los sermoneaba, ¿por qué le hacían burlas delante de su gente? Y ellos tienes dos caras, te haces el serio en su delante y después los despides para gozar a tu gusto. De uniforme les daba pena, era otra persona, y a él ellos le daban más pena y al ratito se amistaron y cantaron: eran los inconquistables, no sabían trabajar, sólo chupar, sólo timbear, eran los inconquistables y ahora iban a culear.

—Hacerse un himno para ellos solos —dijo el arpista—. Ah, esos mangaches, son únicos.

—Pero tú ya no eres, primo —dijo el Mono—. Te dejaste conquistar.

—No sé cómo no se te ha caído la cara, primo —dijo José—. Nunca se vio un mangache de cachaco.

—Se estarían contando sus chistes o sus borracheras —dijo la Chunga—. De qué querías que hablaran si no.

—Diez años, coleguita —suspiró Lituma—. Terrible cómo se pasa la vida.

—Salud, por la vida que se pasa —propuso José, el vaso en alto.

—Los mangaches son un poco filósofos cuando están tomados. Se han contagiado del Joven —dijo el arpista—. Estarían hablando de la muerte.

—Diez años, parece mentira —dijo el Mono—. ¿Te acuerdas del velorio de Domitila Yara, primo?

—Al día siguiente de llegar de la selva me encontré con el padre García y no me contestó el saludo —dijo Lituma—. No nos ha perdonado.

—Nada de filósofo, maestro —dijo el Joven, ruborizándose—. Sólo un modesto artista.

—Más bien, recordarían cosas —dijo la Selvática—. Siempre que se juntaban, se ponían a contar lo que hacían de churres.

—Ya estás hablando a lo piurano, Selvática —dijo la Chunga.

—¿Nunca te has arrepentido, primo? —dijo José.

—Cachaco o cualquier cosa, qué más da —se encogió de hombros Lituma—. De inconquistable mucha jarana y mucha timba, pero también mucha hambre, colegas. Ahora, al menos, como bien, mañana y tarde. Ya es algo.

—Si fuera posible, me tomaría otro poquito de leche —dijo el arpista.

La Selvática se levantó, don Anselmo: ella se lo preparaba.

—Lo único que te envidio es que has corrido mundo, Lituma —dijo Josefino—. Nosotros nos moriremos sin salir de Piura.

—Habla por ti solo —dijo el Mono—. A mí no me entierran sin conocer Lima.

—Buena muchacha —dijo Anselmo—. Siempre se anda comidiendo a todo. Qué servicial, qué simpática. ¿Es bonita?

—No mucho, muy retaca —dijo el Bolas—. Y cuando está con tacos, da risa como camina.

—Pero tiene lindos ojos —afirmó el Joven—. Verdes, grandazos, misteriosos. Le gustarían, maestro.

—¿Verdes? —dijo el arpista—. Seguro que me gustarían.

—Quién hubiera creído que ibas a terminar casado y de cachaco —dijo Josefino—. Y prontito de padre de familia, Lituma.

—¿De veras que en la selva andan botadas las mujeres? —dijo el Mono—. ¿Son tan sensuales como dicen?

—Mucho más de lo que dicen —afirmó Lituma—. Hay que andarse defendiendo. Te descuidas y te exprimen, no sé cómo no salí de ahí con los pulmones puro agujero.

—Entonces uno se comerá a las que le da la gana —dijo José.

—Sobre todo si es costeño —dijo Lituma—. Los criollos las vuelven locas.

—Será buena gente, pero hay que ver qué sentimientos —dijo el Bolas—. Putea para el amigo del marido, y el pobre Lituma en la cárcel.

—No hay que juzgar tan rápido, Bolas —dijo el Joven, apenado—. Habría que averiguar qué fue lo que pasó. Nunca es fácil saber lo que hay detrás de las cosas. No tires nunca la primera piedra, hermano.

—Y después dice que no es filósofo —dijo el arpista—. Escúchalo, Chunguita.

—¿En Santa María de Nieva había muchas hembras, primo? —insistía el Mono.

—Se podía cambiar a diario —dijo Lituma—. Muchas, y calientes como las que más. De todo y al por mayor, blancas, morenitas, bastaba estirar la mano.

—Y si eran tan buenas mozas, ¿por qué te casaste con ésa? —rió Josefino—. Porque, no me digas, Lituma, es puro ojos, lo demás no vale nada.

—Pegó un puñetazo en la mesa que se oyó en la catedral —dijo el Bolas—. Se pelearon de algo, parecía que Josefino y Lituma se iban a mechar.

—Son chispitas, fosforitos, se encienden y se apagan, nunca les dura la cólera —dijo el arpista—. Todos los piuranos tienen buen corazón.

—¿Ya no sabes aguantar las bromas? —decía el Mono—. Cómo has cambiado, primo.

—Si es mi hermana, Lituma —exclamaba Josefino—. ¿Crees que lo decía de veras? Siéntate, colega, brinda conmigo.

—Lo que pasa es que la quiero —dijo Lituma—. No es pecado.

—Bien hecho que la quieras —dijo el Mono—. Baja más cerveza, Chunga.

—La pobre no se acostumbra, anda asustada entre tanta gente —decía Lituma—. Esto es muy distinto de su tierra, tienen que comprenderla.

—Claro que la comprendemos —dijo el Mono—. A ver, un brindis por nuestra prima.

—Es buenisísisima, cómo nos atiende, qué comilonas nos prepara —dijo José—. Si los tres la queremos mucho, primo.

—¿Está bien así, don Anselmo? —dijo la Selvática—. ¿No quedó muy caliente?

—Muy bien, muy rica —dijo el arpista, paladeando—. ¿De veras tienes los ojos verdes, muchacha?

Seminario había girado hacia ellos con silla y todo,
qué era esa bulla, ¿ya no se podía conversar tranquilo?,
y el sargento, con todo respeto, que se estaba propasan-
do, nadie se metía con él, que no se metiera con ellos,
señor. Seminario levantó la voz, quiénes eran para responderle, y claro que se metía con ellos, con los cuatro
y también con la puta que los había parido, ¿lo oyeron?

—¿Les mentó la madre? —dijo la Selvática, pestañeando.

—Varias veces en la noche, ésa fue la primera —dijo el Bolas—. Esos ricos porque tienen tierras creen que
pueden mentarle la madre a cualquiera.

La Hortensia y la Amapola salieron volando y, desde el mostrador, Sandra, Rita y Maribel alargaban las cabezas. El sargento tenía la voz rajada de la cólera, la familia no tenía nada que ver con esto, señor.

—Si no te gustó, ven y conversamos, cholito —dijo
Seminario.

—Pero Lituma no fue —dijo la Chunga—. Lo con-
tuvimos con la Sandra.

—¿Por qué mentar a la madre cuando el pleito es
entre hombres? —dijo el Joven—. La madre es lo más
santo que hay.

Y la Hortensia y la Amapola habían vuelto a la mesa de Seminario.

—Ya no los oí reír ni volvieron a cantar su himno
—dijo el arpista—. Se quedaron desmoralizados con esa
mentada de madre, los muchachos.

—Se consolaron tomando —dijo la Chunga—. No cabían más botellas en su mesa.

—Por eso yo creo que las penas que uno lleva adentro lo explican todo —dijo el Joven—. Por eso terminan unos de borrachos, otros de curas, otros de asesinos.

—Voy a mojarme la cabeza —dijo Lituma—. Este tipo me amargó la noche.

—Tuvo razón de enojarse, Josefino —dijo el Mono—. A nadie le gustaría que le dijeran tu mujer es fea.

—Me carga con tantas ínfulas —dijo Josefino—. Me he comido cien hembras, conozco medio Perú, me he dado la gran vida. Se pasa el día sacándonos pica con sus viajes.

—En el fondo le tienes tanta cólera porque su mujer no te hace caso —dijo José.

—Si supiera que la persigues, te mata —dijo el Mono—. Está enamorado de su hembra como un becerro.

—Es su culpa —dijo Josefino—. ¿Por qué presume tanto? En la cama es puro fuego, se mueve así, asá. Que se friegue, quiero ver si son ciertas esas maravillas.

—¿Apostamos un par de libras que no te liga, hermano? —dijo el Mono.

—Ya veremos —dijo Josefino—. La primera vez quiso cachetearme, la segunda sólo me insultó y la tercera ni siquiera se hizo la resentida y hasta pude manosearla un poco. Ya está aflojando, yo conozco a mi gente.

—Si cae, ya sabes —dijo José—. Donde pasa un inconquistable, pasan los tres, Josefino.

—No sé por qué le tengo tantas ganas —dijo Josefino—. La verdad es que no vale nada.

—Porque es de afuera —dijo el Mono—. A uno siempre le gusta descubrir qué secretos, qué costumbres se traen de sus tierras.

—Parece un animalito —dijo José—. No entiende nada, se pasa la vida preguntando por qué esto, por qué lo otro. Yo no me hubiera atrevido a probar primero. ¿Y si le contaba a Lituma, Josefino?

—Es de las asustadizas —dijo Josefino—. La calé ahí mismo. No tiene personalidad, se moriría de vergüenza antes que contarle. Lástima nomás que la preñara. Ahora hay que esperar que dé a luz para hacerle el trabajito.

—Después se pusieron a bailar de lo más bien —dijo la Chunga—. Parecía que se había pasado todo.

—Las desgracias caen de repente, cuando uno menos se las espera —dijo el Joven.

—¿Con quién bailaba él? —dijo la Selvática.

—Con la Sandra —la Chunga la observaba con sus ojos apagados y hablaba despacio—: muy pegaditos. Y se besaban. ¿Tienes celos?

—Era una pregunta, nomás —dijo la Selvática—. Yo no soy celosa.

Y Seminario, de repente, sólido, que se fueran, destemplado, o los sacaba a patada limpia, rugiente, a los cuatro juntos.

III

—Ni un ruido toda la noche, ni una luz —dijo el sargento—. ¿No le parece raro, mi teniente?

—Deben estar al otro lado —dijo el sargento Roberto Delgado—. La isla parece grande.

—Ya clarea —dijo el teniente—. Que traigan las lanchas, pero no hagan bulla.

Entre los árboles y el agua, los uniformes tenían una apariencia vegetal. Apiñados en el estrecho reducto, calados hasta los huesos, los ojos ebrios de fatiga, guardias y soldados se ajustaban los pantalones, las polainas. Los envolvía una claridad verdosa que se filtraba por el laberíntico ramaje y, entre las hojas, ramas y lianas, muchos rostros lucían picaduras, arañazos violetas. El teniente se adelantó hasta la orilla de la laguna, separó el follaje con una mano, con la otra se llevó los prismáticos a los ojos y escudriñó la isla: un barranco alto, laderas plomizas, árboles de troncos robustos y crestas frondosas. El agua reverberaba, ya se oía cantar a los pájaros. El sargento vino hacia el teniente, agazapado, bajo sus pies el bosque crujía y chasqueaba. Detrás de ellos, las siluetas difusas de guardias y soldados se movían apenas entre la maraña, silenciosamente destapaban cantimploras y encendían cigarrillos.

—Ya no discuten —dijo el teniente—. Nadie diría que se pasaron el viaje peleando.

—La mala noche los hizo amigos —dijo el sargento—. El cansancio, la incomodidad. No hay como esas cosas para que los hombres se entiendan bien, mi teniente.

—Vamos a hacerles una buena tenaza antes que sea día del todo —dijo el teniente—. Hay que emplazar un grupo en la orilla del frente.

—Sí, pero para eso hay que cruzar la cocha —dijo el sargento, apuntando la isla con un dedo—. Son como trescientos metros, mi teniente. Nos van a cazar como a palomitas.

El sargento Roberto Delgado y los otros se habían acercado. El barro y la lluvia igualaban los uniformes y sólo las cristinas y los quepís distinguían a los guardias de los soldados.

—Mandémosles un propio, mi teniente— dijo el sargento Roberto Delgado—. No les queda más remedio que rendirse.

—Sería raro que no nos hayan visto —dijo el sargento—. Los huambisas tienen el oído fino, como todos los chunchos. Puede ser que ahora mismo nos estén apuntando desde las lupunas.

—Lo veo y no lo creo —dijo el sargento Delgado—. Paganos viviendo entre lupunas, con el pánico que les tienen.

Soldados y guardias escuchaban: pieles lívidas, pequeños abcesos de sangre coagulada, ojeras, pupilas inquietas. El teniente se rascó la mejilla, había que ver, junto a su sien tres granitos formaban un triángulo cárdeno, ¿los dos sargentos se le cagaban de miedo?, y un mechón de pelos sucios le caía sobre la frente semioculta bajo la visera. ¿Qué? Tal vez sus guardias tendrían miedo, mi teniente, el sargento Roberto Delgado no sabía cómo se comía eso. Brotó un murmullo y, en un mismo movimiento que agitó el follaje, el Chiquito, el Oscuro y el Rubio se apartaron de los soldados: era ofensa, mi teniente, no permitían, ¿con qué derecho?, y el teniente se tocó la cartuchera: le podría costar caro, si no estuvieran en misión vería.

—Sólo era una broma, mi teniente —tartamudeó el sargento Roberto Delgado—. En el Ejército les hacemos pasadas a los oficiales y ellos nunca se enojan. Yo creí que en la policía era lo mismo.

Un rumor de agua invadida sumergió sus voces y se oyó un cuidadoso chapaleo de remos, un desliz. Bajo la cascada de lianas y de juncos, aparecieron las lanchas. El práctico Pintado y el soldado que las conducían estaban sonrientes y ni sus gestos ni sus movimientos revelaban fatiga.

—Después de todo, tal vez sea mejor pedirles la rendición —dijo el teniente.

—Claro, mi teniente —dijo el sargento Roberto Delgado—. No se lo aconsejé por miedo, sino por estrategia. Si quieren escapar, desde aquí haremos tiro al blanco con ellos.

—En cambio, si vamos nosotros allá, pueden hacernos puré al cruzar la cocha —dijo el sargento—. Sólo somos diez y ellos quién sabe cuántos. Y qué armas tendrán.

El teniente se volvió y guardias y soldados quedaron tensos: ¿quién era el más antiguo? Algo anhelante en todos los rostros ahora, rictus en las bocas, parpadeos llenos de alarma, y el sargento Roberto Delgado señaló a un soldado bajito y cobrizo, que dio un paso al frente: soldado Hinojosa, mi teniente. Muy bien, que el soldado Hinojosa se llevara a los de Borja al otro lado de la laguna y los emplazara frente a la isla, sargento. El teniente se quedaría aquí con los guardias, vigilando la boca del caño. ¿Y para qué había venido entonces el sargento Roberto Delgado, mi teniente? El oficial se quitó el quepí, ¿para qué?, se alisó los cabellos con la mano, se lo iba a decir y, al calzarse de nuevo la gorra, el mechoncito de su frente había desaparecido: los dos sargentos irían a pedirles la rendición. Que tiraran las armas y formaran en el barranco, las manos en la cabeza, sargento, los llevaría Pintado. Los sargentos se miraron, sin hablar, soldados y guardias, mezclados otra vez, susurraban y en sus ojos ya no había temor sino alivio, chispas burlonas. Precedidos por Hinojosa los soldados subieron a una de las lanchas que bailoteó y se hundió algo. El práctico levantó la pértiga y, de nuevo, un delicado chasquido, la vibración del ramaje, las cristinas desaparecieron bajo los helechos y los bejucos y el teniente examinó las camisas de los guardias, Chiquito, que se la quitara: la suya era la más blanca. El sargento la amarraría en su fusil y, ya sabía, si se les ponían malditos, bala, sin contemplaciones. Los sargentos estaban en la lancha y, cuando el Chiquito les alcanzó su camisa, Pintado impulsó la embarcación con la tangana. La dejó flotar lentamente entre el follaje pero, apenas ingresaron a la laguna, encendió el motor y, con el ruido monótono, el aire se pobló de aves que escapaban de los árboles, bulliciosamente. Un resplandor anaranjado crecía detrás de las lupunas, también en la espesura del contorno se reflejaban las primeras lanzas del sol, y las aguas de la cocha se veían limpias y quietas.

—Ah, compañero, yo estaba por casarme —dijo el sargento.

—Pero levanta más ese fusil —dijo el sargento Delgado—, que vean bien la camisa.

Cruzaron la laguna sin apartar la mirada del barranco y de las lupunas. Pintado mantenía el rumbo con una mano y con la otra se rascaba la cabeza, la cara, los brazos, aquejado de una repentina y generalizada picazón. Divisaban ya una playita angosta, fangosa, con arbustos pelados y unos troncos flotantes que debían servir de embarcadero. En la orilla opuesta, atracaba la lancha de los soldados y éstos descendían a la carrera, se apostaban en descubierto, apuntaban a la isla con sus fusiles. Hinojosa tenía buena voz, bonitos esos huaynitos que había cantado anoche en quechua ¿no? Sí, pero qué pasaba que no se los veía, ¿por qué no salían? El Santiago estaba lleno de huambisas, compañero, los que los vieron venir les avisarían y habrían tenido tiempo de sobra para escaparse por los caños. La lancha enfiló hacia el embarcadero. Amarrados con gruesos bejucos, los troncos flotantes hervían de musgo, hongos y líquenes. Los tres hombres contemplaban el barranco casi vertical, las lupunas curvas y jibosas: no había nadie, mis sargentos, pero qué susto habían pasado. Los sargentos saltaron, chapotearon en el barro, comenzaron a trepar, los cuerpos aplastados contra la pendiente. El sargento llevaba el fusil en alto, un viento caliente hacía ondear la camisa del Chiquito y, cuando pisaron la cumbre, un sol hiriente les hizo cerrar los ojos y frotárselos. Trenzas de lianas cubrían los espacios entre lupuna y lupuna, un denso humor putrefacto bañaba sus rostros cada vez que espiaban entre la maleza. Por fin hallaron una abertura, avanzaron enterrados hasta la cintura en yerba salvaje y rumorosa, luego siguieron una trocha que se estiraba, sinuosa, minúscula, entre avenidas de árboles, se perdía y reaparecía junto a un matorral o a un plumero de helechos. El sargento Roberto Delgado se ponía nervioso, carajo, que alzara bien ese fusil y vieran que iban con bandera blanca. Las copas de los árboles formaban una compacta bóveda que sólo filamentos de sol perforaban a ratos, jirones dorados que eran como vibraciones y había voces de invisibles pájaros por todas partes. Los sargentos se protegían el rostro con las manos, pero siempre recibían hincones, desgarrones ardientes. La trocha terminó de pronto, en un claro de superficie lisa y arenosa, limpia de yerba y ellos vieron las cabañas: ah, compañero, mira eso. Altas, sólidas, estaban sin embargo medio devoradas por el bosque. Una había perdido el techo y un agujero como una llaga redonda tiznaba su fachada; de la otra emergía un árbol, disparaba impetuosamente sus brazos peludos por las ventanas y los tabiques de ambas desaparecían bajo costras de hiedra. En todo el derredor había yerba alta; las escalerillas derruidas, prisioneras de enredaderas, servían de asiento a tallos y raíces, y en los escalones y pilotes se divisaban también nidos, hinchados hormigueros. Los sargentos merodeaban en torno a las cabañas, alargaban los pescuezos para ver el interior.

—No se fueron anoche sino hace tiempo —dijo el sargento Delgado—. El monte ya casi se las ha tragado.

—No son chozas de huambisas sino de cristianos —dijo el sargento—. Los paganos no las hacen tan grandes y, además, se llevan a cuestas sus casas cuando se mudan.

—Aquí había un claro —dijo el sargento Delgado—. Los árboles son tiernitos. Aquí vivía bastante gente, compadre.

—El teniente va a rabiar —dijo el sargento—. Estaba seguro de agarrar a unos cuantos.

—Vamos a llamarlo —dijo el sargento Delgado; apuntó con su fusil a una cabaña, disparó dos veces y el eco repitió los disparos, a lo lejos—. Van a creer que nos están cocinando los rateros.

—En confianza, yo prefiero que no haya nadie —dijo el sargento—. Voy a casarme, no estoy para que me vuelen la cabeza, a mis años.

—Vamos a registrar antes que lleguen los otros —dijo el sargento Delgado—. A lo mejor queda algo que valga la pena.

Sólo encontraron residuos de objetos herrumbrosos, convertidos en aposentos de arañas y las maderas apolilladas, minadas por las termitas, se rajaban bajo sus pies o se hundían blandamente. Salieron de las cabañas, recorrieron la isla y aquí y allá se inclinaban sobre leños carbonizados, latas oxidadas, añicos de cántaros. En un declive había una poza de aguas estancadas y, entre exhalaciones hediondas, planeaban nubes de mosquitos. La cercaban dos hileras de estacas como una filuda red y eso qué era, el sargento Roberto Delgado nunca había visto. Qué sería, cosas de chunchos, pero mejor que se fueran de aquí, olía mal y había tanta avispa. Volvieron a las cabañas y el teniente, los guardias y los soldados evolucionaban como sonámbulos en el claro, encañonaban los árboles, inquietos y perplejos.

—¡Diez días de viaje! —gritó el teniente—. ¡Tanta cojudez para esto! ¿Cuándo calculan que se fueron?

—Para mí, hace meses, mi teniente —dijo el sargento—. Quizá más de un año.

—No eran dos, sino tres cabañas, mi teniente —dijo el Oscuro—. Aquí había otra, un ventarrón la arrancaría de cuajo. Todavía se ven los horcones, fíjese.

—Para mí, hace varios años, mi teniente —dijo el sargento Delgado—. Por ese árbol que ha crecido ahí adentro.

Después de todo qué más daba, el teniente sonrió desencantado, un mes o diez años, fatigado: ellos se habían ensartado lo mismo. Y el sargento Delgado, a ver, Hinojosa, un buen registro y que le empaquetaran lo comible, lo bebible y lo ponible y los soldados se derramaron por el claro y se perdieron entre los árboles, y el Rubio que hiciera un poco de café para que se les fuera el mal sabor de la boca. El teniente se acuclilló, se puso a escarbar el suelo con una ramita. Los sargentos encendieron cigarrillos; enjambres zumbantes pasaban sobre sus cabezas mientras charlaban. El práctico Pintado cortó ramas secas, hizo una fogata y, entre tanto, dos soldados arrojaban al voleo desde las cabañas, botellas, jarras de greda, mantas deshilachadas. El Rubio calentó un termo, sirvió café humeante en unos vasitos de latón, y el teniente y los sargentos estaban terminando de beber cuando se oyeron gritos, ¿qué?, y aparecieron dos soldados corriendo, ¿un tipo?, el oficial se había parado de un salto, ¿qué cosa? y el soldado Hinojosa: un muerto, mi teniente, lo habían encontrado en una playita de ahí abajo. ¿Huambisa? ¿Cristiano? Seguido de guardias y soldados el teniente corría ya y, durante unos momentos, sólo se oyó crepitar la hojarasca pisoteada, el suave runrún de la yerba agredida por los cuerpos. Veloces y en montón contornearon las estacas, se lanzaron por el declive, salvaron un hoyo salpicado de pedruscos y, al llegar a la playita, se detuvieron en seco alrededor del tendido. Estaba boca arriba, su pantalón desgarrado ocultaba apenas los miembros mugrientos y enclenques, la piel oscura. Sus axilas eran dos matas negruzcas, apelmazadas, y tenía muy largas las uñas de manos y pies. Costras y llagas resecas roían su torso, sus hombros, un trozo de lengua blancuzca pendía de sus labios agrietados. Guardias y soldados lo examinaban y, de pronto, el sargento Roberto Delgado sonrió, se agachó y aspiró, su nariz junto a la boca del tendido. Soltó una risita entonces, se incorporó y pateó al hombre en las costillas: oiga, huevas, que no le pateara así al muerto y el sargento Roberto Delgado, pateando otra vez, qué muerto ni que ocho cuartos, ¿no olía, mi teniente? Todos se inclinaron, husmearon el cuerpo rígido e indiferente. Nada de muerto, mi teniente, mi compadre estaba soñando. Con una especie de creciente, enfurecida alegría descargó más puntapiés y el tendido se contrajo, algo ronco y hondo escapó de su boca, caramba: era verdad. El teniente empuñó los cabellos del hombre, lo remeció y, de nuevo, débilmente, ese ronquido interior. Estaba soñando el pendejo y el sargento sí, miren, ahí tenía su cocimiento. Junto a las cenizas plateadas y las rajitas de leña de una fogata, había una olla de barro, chamuscada, repleta de yerbas. Decenas de curhuinses de largas tijeras y negrísimo abdomen la escalaban mientras otras, formadas en círculo, protegían el asalto. Si hubiera estado muerto, ya se lo habrían comido los bichos, mi teniente, no le quedarían sino los huesos, y el Rubio pero habían comenzado ya, por las piernas. Algunas curhuinses subían por las curtidas plantas de sus pies y otras inspeccionaban sus empeines, sus dedos, sus tobillos, tocaban la piel con sus finas antenas y, a su paso, dejaban un reguero de puntos morados. El sargento Roberto Delgado pateó de nuevo, en el mismo sitio. Una hinchazón había brotado en las costillas del tendido, un túmulo oblongo de vértice oscuro. Seguía inmóvil pero, de rato en rato, profería su hueco ronquido y su lengua se enderezaba, difícilmente lamía los labios. Estaba en el paraíso el maldito, no sentía nada y el teniente agua, rápido, y que le limpiaran los pies, carajo, se lo estaban comiendo las hormigas. El Chiquito y el Rubio aplastaron a las curhuinses, dos soldados trajeron agua de la laguna en sus cristinas y rociaron la cara del hombre. Éste trataba ahora de mover los miembros, la crispación encogía su rostro, su cabeza caía a derecha e izquierda. De pronto eructó y uno de sus brazos se plegó lenta, torpemente, su mano palmoteó su cuerpo, palpó la hinchazón, la acarició. Ahora respiraba con ansiedad, tenía el pecho crecido, sumido el vientre y su lengua se estiraba, blanca, con coágulos de saliva verde. Sus ojos seguían sellados, y el teniente a los soldados más agua: estaba que quería y no quería, muchachos, había que despertarlo. Soldados y guardias iban a la laguna, volvían y vertían sobre el hombre chorritos de agua y él abría la boca para recibirlos, su lengua afanosamente, ruidosamente sorbía las gotitas. Su quejido era ya más natural y continuo, y también las contracciones de su cuerpo que parecía liberado de invisibles ligaduras.

—Denle un poco de café, reanímenlo como sea —dijo el teniente—. Y sigan echándole agua.

—No creo que llegue hasta Santa María de Nieva como está, mi teniente —dijo el sargento—. Se nos morirá por el camino.

—Me lo llevo a Borja, que está más cerca —dijo el teniente—. Regresa ahora mismo con los muchachos a Nieva y dile a don Fabio que cogimos a uno. Que ya caerán los otros. Yo me voy con los soldados a la guarnición y allá haré que lo vea un médico. Éste no se me muere ni de a vainas.

Apartados unos metros del grupo, el teniente y el sargento fumaban. Guardias y soldados trajinaban alrededor del tendido, lo mojaban, lo sacudían y él parecía ejercitar con desconfianza su lengua, su voz, tenazmente ensayaba nuevos movimientos y sonidos.

—¿Y si no es de la banda, mi teniente? —dijo el sargento.

—Por eso me lo llevo a Borja —dijo el teniente—. Ahí hay aguarunas de pueblos que fueron saqueados por los bandidos, veremos si lo reconocen. Dile a don Fabio que haga avisar a Reátegui.

—El tipo ya habla, mi teniente —gritó el Chiquito—. Venga para que lo oiga.

—¿Entendieron lo que dijo? —preguntó el teniente.

—De un río que sangre, de un cristiano que se murió —dijo el Oscuro—. Cosas así, mi teniente.

—Sólo falta que esté loco, para mi maldita suerte —dijo el teniente.

—Siempre se zafan un poco cuando están soñando —dijo el sargento Roberto Delgado—. Después se les pasa, mi teniente.

Estaba anocheciendo, Fushía y don Aquilino comían yuca cocida, tomaban aguardiente a pico de botella, y Fushía ya oscurece, Lalita, préndete el mechero, ella se agachaba y ayayay, el primer dolor, no podía enderezarse, se cayó al suelo llorando. La levantaron, la subieron a la hamaca, Fushía encendió el mechero y ella creo que ya me llegó, tengo miedo. Y Fushía nunca he visto una mujer que se muera pariendo y Aquilino yo tampoco, no te asustes, Lalita, era el mejor paridor de la selva, ¿podía tocarla, Fushía?, ¿no tenía celos?, y Fushía estás viejo para que te tenga celos, anda, tócala. Don Aquilino le había alzado la falda, se arrodillaba para ver y entró Pantacha corriendo, patrón, se estaban peleando, y Fushía quiénes, y Pantacha los huambisas con el aguaruna que trajo don Aquilino, don Aquilino ¿con Jum? Pantacha abría mucho los ojos y Fushía le pegó en la cara, perro, mirando a la mujer ajena. Él se sobaba la nariz, perdoncito, patrón, sólo venía a avisar, los huambisas quieren que se vaya Jum, usted sabe que odian a los aguarunas, se habían puesto rabiosos y él y Nieves no podían atajarlos, ¿la patrona estaba enferma? Y don Aquilino mejor anda a ver, Fushía, no lo vayan a matar, con el trabajo que me costó convencerlo que se viniera a la isla y Fushía puta carajo, hay que masatearlos, que se emborrachen juntos, se matan o se hacen amigos. Salieron y don Aquilino se acercó a Lalita, le sobó las piernas,

324

para que se te ablanden los músculos, la barriga, y la criatura salga suavecita, verás, y ella riendo llorando, le iba a contar a Fushía que él se estaba aprovechando para manosear, él se reía y ayayay, otra vez, en los huesos de la espalda, ayayay, se estarían rompiendo, y don Aquilino toma un traguito para que te calmes, ella tomó, vomitó y manchó a don Aquilino que estaba meciendo la hamaca, arrurrú Lalita, muchacha bonita, y el dolor se iba pasando. Unas luces coloradas bailaban alrededor del mechero, fíjate, Lalita, los cocuyos, las ayañahuis, uno se muere y su espíritu se vuelve mariposita nocturna, ¿sabía?, y anda en las noches alumbrando el bosque, los ríos, las cochas, cuando él se muriera, Lalita, siempre tendría a su lado una ayañahui, te serviré de mechero. Y ella tengo miedo, don Aquilino, no hable de la muerte y él no te asustes, mecía la hamaca, era para distraerte, con un trapo mojado le refrescaba la frente, no te pasará nada, nacerá antes del amanecer, al tocarte vi que es varón. La cabaña se había impregnado de olor a vainilla y el viento húmedo traía también murmuraciones boscosas, ruido de chicharras, ladridos y las voces de una pelea destemplada. Y ella tiene usted manos bien suaves, don Aquilino, eso me descansa un poco, y qué rico huele, ¿pero no oye a los huambisas?, vaya a ver, don Aquilino, ¿y si matan a Fushía? Y él era lo único que no podía pasar, Lalita, ¿no sabes que es como diablo? Y Lalita cuánto hace que se conocen, don Aquilino, y él van para diez años, nunca salió mal parado pese a buscarse los peores líos, Lalita, cosas feísimas, se escurre de sus enemigos como culebra de río. Y ella ¿se hicieron amigos en Moyobamba?, y don Aquilino yo era aguatero, él me metió

a comerciante, y ella ¿aguatero?, y don Aquilino de casa
en casa con su burro y sus tinajas, Moyobamba es pobre,
la poca ganancia se iba en comprar metileno para mejorar el agua y si no multas, y una mañana llegó Fushía, se
fue a vivir a un ranchito junto al mío y así se hicieron
amigos. Y ella ¿cómo era entonces, don Aquilino?, y él
de dónde vendría, le preguntaban y él puro misterio y
mentira, apenas hablaba cristiano, Lalita, hacía unas
mescolanzas con el brasileño. Y Fushía anímate, hombre, vives como un perro, ¿no estás harto?, dediquémo-
nos al comercio y él es cierto, como perro. Y Lalita ¿qué
hicieron, don Aquilino? y él una gran balsa y Fushía
compraba sacos de arroz, tocuyos, percalitas y zapatos, la
balsa se hundía con tanto peso, ¿y si nos roban, Fushía? Y Fushía calla, puto, también me compré un revólver. Y Lalita ¿así comenzaron, don Aquilino?, y él íbamos por los campamentos, y los caucheros, los materos y
los buscadores de oro tráiganos esto y esto en el próximo
viaje y les traían, y después se metieron a las tribus. Buen
comercio, el mejor, mostacillas por bolas de jebe, espejitos
y cuchillos por pieles y así conocieron a éstos, Lalita, se
hicieron grandes amigos con Fushía, ya has visto cómo
lo ayudan, es dios para los huambisas. Y Lalita ¿les iba
muy bien, entonces? Y él nos hubiera ido mejor si Fushía
no fuera diablo, les robaba a todos y al final los corrían
de los campamentos y los guardias los buscaban, tuvieron que separarse y él se vino donde los huambisas un
tiempo y después se fue a Iquitos, y ahí comenzó a trabajar con Reátegui, ¿fue ahí donde lo conociste, Lalita? Y ella ¿usted qué hizo, don Aquilino? Y a él se le había
metido en la sangre la vida libre, Lalita, eso de andar con

la casa a cuestas como una charapa, sin sitio fijo, y siguió haciendo comercio solo, pero de manera honrada. Y Lalita ¿estuvo por todas partes, no es cierto, don Aquilino?, y él en el Ucayali, en el Marañón y en el Huallaga, y al principio no iba al Amazonas por la mala fama que dejó Fushía, pero después de unos meses volvió y un día, en un campamento del Itaya, no lo creía aunque lo estaba viendo, me lo encontré a Fushía, Lalita, convertido en negociante, con habilitados y ahí me contó su negocio con Reátegui. Y Lalita qué contentos se pondrían al verse de nuevo, don Aquilino, y él lloramos, nos emborrachamos recordando, Fushía, la fortuna te sonríe, sienta cabeza, sé limpio, no te metas en más líos, y Fushía te quedas conmigo, Aquilino, es como una lotería, ojalá dure la guerra, y él ¿así que es jebe para contrabando?, y Fushía al por mayor, hombre, vienen a buscarlo a Iquitos, se lo llevan escondido en cajones que dicen tabaco, Reátegui se hará millonario y yo también, no te dejo ir, Aquilino, te contrato y ella ¿por qué no se quedó con él?, y él ya se estaba poniendo viejo, Fushía, no quería sustos ni ir a la cárcel, y ayayay, me muero, la espalda, ahora sí se viene, que no se asustara, dónde tenía un cuchillo y lo estaba calentando en el mechero cuando entró Fushía. Don Aquilino ¿no le hicieron nada a Jum?, y Fushía ahora están chupando juntos, y también Pantacha y Nieves. No dejaría que lo maten, lo necesitaba, sería un buen contacto con los aguarunas, pero cómo lo pusieron, ¿quién le quemó las axilas?, chorrean pus, viejo, y las llagas de la espalda, lástima si se infectaran y se muriera de tétano, y don Aquilino en Santa María de Nieva, los soldados y los patrones de ahí, y el que le partió la frente fue tu amigo Reátegui, ¿sabía que se fue a Iquitos, por fin? Y Fushía también lo raparon y estaba más feo que un renaco, y ayayay, los huesos, mucho, mucho, y don Aquilino se las dio de vivo y al patrón que les compraba el caucho le dijo no, nosotros mismos iremos a venderlo a Iquitos, un tal Escabino, parecía, y para colmo le sonaron a un cabo que llegó a Urakusa y mataron a su práctico, y Fushía cojudeces, está vivito y coleando, es Adrián Nieves, el que recogí el mes pasado, y don Aquilino ya sé, pero es lo que dicen y ella se partía en dos, dame algo, Fushía, por lo que más quieras. Y Fushía ¿odia a los cristianos?, mejor que mejor, que convenza a los aguarunas que me den el jebe a mí, grandes proyectos, viejo, antes de un par de años volvería a Iquitos, rico, verás cómo me reciben los que me dieron la espalda, y don Aquilino hierve agua, Fushía, ayuda, no parece que fueras el padre. Fushía llenó la tinaja, prendió el fogón, y ella cada vez más fuertes, seguiditos, respiraba ahogándose, tenía hinchada la cara y ojos de pescado muerto. Don Aquilino se arrodilló, la sobó, ya se abría su poquito, Lalita, se venía, no te impacientes. Y Fushía aprende de las huambisas que se van al monte solas y regresan cuando ya han parido. Don Aquilino quemaba el cuchillo y las voces de afuera se perdían entre chasquidos y silbos, Fushía ¿ven?, ya no pelean, están íntimos, y el viejo sería varón, Lalita, qué le dijo, que oyera, las capironas estaban cantando, no se equivocaba nunca. Y Fushía es un poco callado y don Aquilino pero comedido, todo el viaje lo estuvo ayudando, decía que dos cristianos desgraciaron a Urakusa con sus engaños y Fushía, viejo, en tu próximo viaje ganarás horrores, don Aquilino cuándo no estarás soñando y él ¿no había progresado desde la primera vez? Y Aquilino no hubiera vuelto a la isla si no fuera por ti, Lalita, le había caído bien, y ella cuando usted llegó nos moríamos de hambre, don Aquilino, ¿se acuerda cómo lloré al ver las conservas y los fideos?, y Fushía qué banquete, viejo, se enfermaron por la falta de costumbre, y cómo tuve que rogarte, ¿por qué no quería ayudarlo?, si además ganarás plata. Y el viejo pero son robadas, Fushía, me meterán preso, no he de venderte ese jebe ni esos cueros, y Fushía todo el mundo sabe que tú eres honrado, ¿acaso los caucheros, los materos y los chunchos no te pagan en cueros, en jebe y en pepitas de oro? Si le preguntaban diría son mis ganancias, y el viejo nunca tuve tantas, y Fushía no te llevarás todo en un viaje, de a poquitos y ayayay, de nuevo, don Aquilino, las piernas, la espalda, Fushía ayayay. Y don Aquilino no quiero, los chunchos se quejarían tarde o temprano, vendría la policía, y los patrones no se iban a rascar los huevos mientras él les madrugaba el negocio, y Fushía shapras, aguarunas y huambisas se matan entre ellos, ¿no se odiaban?, a nadie se le ocurriría que había cristianos metidos en esto, y el viejo, no, de ninguna manera, y Fushía se llevaría lejos la mercadería, bien escondida, Aquilino, la venderás a los mismos caucheros más barata y estarán felices. Y el viejo por fin aceptó y Fushía por primera vez le pasaba esto, Lalita, depender de la honradez de un cristiano, si el viejo quiere me ensarta, vendía todo y se embolsillaba la plata, sabe que estoy preso acá, y hasta puede rematarla diciendo a la policía ese que buscan está en una islita, Santiago arriba. Demoró cerca de dos meses y Fushía mandaba remeros hasta el Marañón y los huambisas volvían no hay, no está, no viene, ese perro, y una tarde se apareció bajo un aguacero en la boca del caño y traía ropa, comida, machetes y quinientos soles. Y Lalita ¿podía abrazarlo, besarlo como a su padre?, y Fushía nunca había visto, viejo, qué honrado, no olvidaría, Aquilino, cómo te portas conmigo, él en su lugar se escapaba con la plata y el viejo tú no tienes alma, para él valía más la amistad que el negocio, el agradecimiento, Fushía, por ti dejé de ser el perro de Moyobamba, el corazón no olvidaba, ayayay, ayayay, y don Aquilino había empezado de veras, Lalita, puja, puja para que no se ahogue saliendo, puja con todita tu alma, grita. Tenía el cuchillo en la mano y ella reza, ayayay, Fushía y don Aquilino iba a sobarla pero puja, puja, Fushía acercó el mechero y miraba, el viejo consuélala un poco, agárrale la mano, hombre, y ella que le dieran agua, se le rompían, que la Virgen la ayudara, que el Cristo de Bagazán la ayudara, santo, santo, que le prometía y Fushía aquí tienes agua, no grites tanto y cuando Lalita abrió los ojos Fushía miraba el petate y don Aquilino te estoy secando las piernas, Lalita, ya pasó todo, ¿viste qué rápido? Y Fushía sí, viejo, es macho, pero ¿está vivo?, no se mueve ni respira. Don Aquilino se agachó, lo levantó del petate y era oscuro y graso so como un monito y lo sacudió y él chilló, Lalita, míralo, cuánto miedo por gusto y que se durmiera ahora, y ella sin usted me hubiera muerto, quería que su hijo se llame Aquilino, y Fushía que sea por la amistad pero qué nombre más feo, don Aquilino ¿y Fushía? Y él raro ser padre, viejo, habrá que festejar un poco, y don Aquilino descansa, muchacha, ¿quería tenerlo?, tenlo, estaba sucio, límpialo un poco. Don Aquilino y Fushía se sentaron en el suelo, tomaban aguardiente a pico de botella y afuera seguían los ruidos, los huambisas, el aguaruna, Pantacha, el práctico Nieves estarían vomitando y el cuarto ardía de maripositas, los cocuyos rebotaban contra las paredes, quién hubiera dicho que nacería tan lejos de Iquitos, en el monte como los chunchitos.

La orquesta nació donde Patrocinio Naya. El Joven Alejandro y el camionero Bolas iban a almorzar allí, encontraban a don Anselmo que se estaba levantando y, mientras Patrocinio cocinaba, los tres se ponían a conversar. Dicen que el Joven fue el primero en hacerse su amigo; él, que era tan solitario como don Anselmo, también músico y triste, veía en el viejo un alma gemela. Le contaría su vida, sus penas. Después de comer, don Anselmo cogía el arpa, el Joven la guitarra y tocaban: Bolas y Patrocinio los oían, se emocionaban, aplaudían. A veces, el camionero los acompañaba tocando cajón. Don Anselmo aprendió las canciones del Joven y comenzó a decir «es un artista, el mejor compositor mangache», y Alejandro «no hay arpista como el viejo, nadie lo gana», y lo llamaba maestro. Los tres se volvieron inseparables. Pronto corrió la voz en la Mangachería que había una nueva orquesta y, a eso del mediodía, las muchachas venían a pasear en grupo frente a la choza de Patrocinio Naya para escuchar la música. Todas miraban al Joven con ojos lánguidos. Y un buen día se supo que Bolas había dejado la Empresa Feijó, donde estuvo de chofer diez años, para ser artista, igual a sus dos compañeros.

En ese tiempo Alejandro era joven de verdad, tenía el pelo retinto, muy largo, crespo, la piel pálida, los ojos hondos y desconsolados. Era delgado como una cañita y los mangaches decían «no se tropiecen con él, al primer encontrón muere». Hablaba poco y despacio, no era mangache de nacimiento sino de elección, como don Anselmo, Bolas y tantos otros. Había sido de familia principal, nacido en el Malecón, educado en el Salesiano y estaba por viajar a Lima para entrar a la universidad, cuando una muchacha de buena familia se fugó con un forastero que pasó por Piura. El Joven se cortó las venas y estuvo muchos días en el hospital, entre la vida y la muerte. Salió de allí decepcionado del mundo y bohemio: pasaba las noches en blanco, bebiendo, jugando a las cartas con gente de lo peor. Hasta que su familia se cansó de él, lo echó y, como tantos desesperados, naufragó en la Mangachería y aquí se quedó. Comenzó a ganarse la vida con la guitarra, en la chichería de Angélica Mercedes, pariente del Bolas. Así conoció al camionero, así se hicieron hermanos. El Joven Alejandro tomaba mucho, pero el alcohol no lo incitaba a pelear ni a enamorar, sólo a componer canciones y versos que referían siempre una decepción y llamaban a las mujeres ingratas, traidoras, insinceras, ambiciosas y castigadoras.

Desde que se hizo amigo del Bolas y del Joven Alejandro, el arpista cambió de costumbres. Se volvió hombre dulce y su vida pareció ordenarse. Ya no ambulaba como un alma en pena todo el santo día. En las noches iba donde Angélica Mercedes, el Joven lo urgía a tocar y hacían dúos. Bolas entretenía a los parroquianos con anécdotas de sus viajes y, entre pieza y pieza, el viejo y el guitarrista se reunían con Bolas en una mesa, bebían un trago, charlaban. Y cuando Bolas estaba chispado, los ojos llenos de estrellas, se sentaba ante un cajón o cogía una tabla y les llevaba el compás, hasta cantaba con ellos y su voz, aunque ronca, no sonaba mal. Era un hombrón el Bolas: espaldas de boxeador, manos enormes, frente minúscula, una boca como un embudo. En la choza de Patrocinio Naya, don Anselmo y el guitarrista le enseñaron a tocar, le afinaron el oído y las manos. Los mangaches espiaban entre las cañas, veían enfurecerse al arpista cuando Bolas perdía el compás, olvidaba la letra o soltaba un gallo, y escuchaban al Joven Alejandro instruir melancólicamente al camionero sobre las misteriosas frases de sus canciones: ojos de rosicler, celajes rubios de amanecer, veneno que regaste un día, malvada mujer, con tu querer, en mi dolido corazón.

Era como si la cercanía de esos dos jóvenes hubiera devuelto a don Anselmo el gusto de la vida. Ya nadie lo encontraba durmiendo a pierna suelta en la arena, ya no andaba como los sonámbulos, y hasta su odio contra los gallinazos disminuyó. Siempre iban juntos los tres, el viejo entre el Joven y Bolas, abrazados como churres. Don Anselmo parecía menos sucio, menos harapiento. Un día los mangaches lo vieron estrenar un pantalón blanco, y creyeron que era regalo de Juana Baura, o de alguno de esos viejos principales que al encontrarlo en una chichería lo abrazaban y le invitaban un trago, pero había sido un obsequio de Bolas y el Joven por la Navidad.

Fue por esa época que Angélica Mercedes contrató a la orquesta de manera formal. Bolas se había conseguido un tambor y unos platillos, los manejaba con habilidad y era incansable: cuando el Joven y el arpista abandonaban el rincón para mojarse los labios y entonar el cuerpo, Bolas seguía, ejecutaba solos. Tal vez fuera el menos inspirado de los tres, pero era el más alegre, el único que se permitía de cuando en cuando una canción de humor.

De noche tocaban donde Angélica Mercedes, de mañana dormían, almorzaban juntos en casa de Patrocinio Naya y allí ensayaban en las tardes. En el ardiente verano se iban río arriba, hacia el Chipe, se bañaban y discutían las nuevas composiciones del Joven. Se habían ganado el corazón de todos, los mangaches los tuteaban y ellos tuteaban a grandes y chicos. Y cuando la Santos, comadrona y abortera, se casó con un municipal, la orquesta vino a la fiesta, tocó gratis y el Joven Alejandro estrenó un vals pesimista sobre el matrimonio, que ofende al amor, lo seca y quema. Y, desde entonces, en cada bautizo, confirmación, velorio o noviazgo mangache, la orquesta tocaba infaliblemente y de balde. Pero los mangaches les correspondían con regalitos, invitaciones, y algunas mujeres llamaron a sus hijos Anselmo, Alejandro, hasta Bolas. La fama de la orquesta se consolidó y esos que se llamaban inconquistables la propagaron por la ciudad. A casa de Angélica Mercedes acudían principales, forasteros y, una tarde, los inconquistables trajeron a la Mangachería a un blanco vestido de chasqui, que quería dar una serenata. Vino a buscar a la orquesta de noche, en una camioneta que levantó polvo. Pero a la media hora regresaron los inconquistables, solos: «El padre de la muchacha se calentó, llamó a los cachacos, se los han llevado a la comisaría». Los tuvieron presos una noche y, a la mañana siguiente, don Anselmo, el Joven y Bolas volvieron contentos; habían tocado para los guardias y éstos les invitaron café y cigarrillos. Y, poco después, ese mismo blanco se robó a la muchacha de la serenata, y cuando regresó con ella para el matrimonio, contrató a la orquesta para tocar en la boda. De todas las chozas venían mangaches donde Patrocinio Naya, para que don Anselmo, el Joven y Bolas pudieran ir bien vestidos. Unos prestaban zapatos, otros camisas, los inconquistables proporcionaron trajes y corbatas. Desde entonces fue costumbre que los blancos contrataran a la orquesta para sus fiestas y sus serenatas. Muchos conjuntos mangaches se deshacían y rehacían luego con nuevos miembros, pero éste siguió siendo el mismo, no creció ni disminuyó, y don Anselmo tenía blancos los pelos, curva la espalda, arrastraba los pies, y el Joven había dejado de serlo, pero su amistad y su sociedad se conservaban intactas.

Años después murió Domitila Yara, la santera que vivía frente a la chichería de Angélica Mercedes, Domitila Yara la beata siempre vestida de negro, rostro velado y medias oscuras, la única santera que nació en el barrio. Pasaba Domitila Yara y los mangaches, arrodillados, le pedían la bendición: ella musitaba unos rezos, los persignaba en la frente. Tenía una imagen de la Virgen, con cintas rosadas, azules y amarillas que hacían de cabellera, y forrada en papel celofán. Pendían de la imagen unas flores de alambre y serpentina y, bajo el corazón lacerado, se veía una oración escrita a mano, encarcelada en un marquito de lata. La imagen se mecía en la punta de un palo de escoba y Domitila Yara la llevaba siempre consigo, en alto, como un gallardete. Donde había partos, muertes, enfermedades, desgracias, acudía la santera con su imagen y sus rezos. De sus dedos apergaminados, colgaba hasta el suelo un rosario de cuentas enormes como cucarachas. Decían que Domitila Yara había hecho milagros, que hablaba con santos y, en las noches, se azotaba. Era amiga del padre García y solían pasear juntos, lentos y sombríos, por la plazuela Merino y la avenida Sánchez Cerro. El padre García vino al velorio de la santera. No podía entrar, a empellones apartaba a los mangaches amontonados frente a la choza, y ya renegaba cuando consiguió llegar al umbral. Vio entonces a la orquesta, tocando tristes junto a la muerta. Se enloqueció: desfondó el tambor de Bolas de un patadón y también quiso romper el arpa y arrancar las cuerdas de la guitarra, y, mientras tanto, a don Anselmo, «peste de Piura», «pecador», «fuera de aquí». «Pero padre», balbuceaba el arpista, «le tocábamos en homenaje», y el padre García «profanan una casa limpia», «dejen en paz a la difunta». Y los mangaches acabaron por exasperarse, no era justo, insultaba al viejo por las puras, no permitían. Y al fin entraron los inconquistables, alzaron en peso al padre García y las mujeres pecado, pecado, todos los mangaches se condenarían. Lo llevaron hasta la avenida, debatiéndose en el aire como una tarántula, y los churres que gritaban «quemador, quemador, quemador». El padre García no volvió a pisar la Mangachería y, desde entonces, habla en el púlpito de los mangaches como modelos de malos ejemplos.

La orquesta siguió mucho tiempo donde Angélica Mercedes. Nadie hubiera creído que un día se iría a tocar a la ciudad. Pero así fue y, al principio, los mangaches censuraron esa deserción. Después comprendieron que la vida no era como la Mangachería, cambiaba. Desde que comenzaron a abrirse casas de habitantas, las propuestas llovían sobre la orquesta y hay tentaciones que no se resisten. Además, aunque se fueran a tocar a Piura, don Anselmo, el Joven y Bolas siguieron viviendo en el barrio y tocando gratis en todas las fiestas mangaches.

Esta vez se puso feo de veras: la orquesta dejó de tocar, los inconquistables se quedaron inmóviles en la pista, sin soltar a sus parejas, mirando a Seminario y el Joven Alejandro dijo:

—Ahí comenzó verdaderamente la desgracia, porque ahí salieron a relucir los cachorritos.

—¡Borracho! —gritó la Selvática—. Los provocaba todo el tiempo. Bien hecho que se muriera. ¡Abusivo!

El sargento soltó a la Sandra, dio un paso, ¿creía que estaba hablando a sus sirvientes, señor?, y Seminario, atorándose, así que eres respondoncito, también dio un paso, ¡so pedazo de!, otro, su formidable silueta onduló en las tablas bañadas de luz azul, verde y violeta y se detuvo de golpe, la cara llena de asombro. La carcajada de la Sandra se volvió chillido.

—Lituma lo estaba apuntando con la pistola —dijo la Chunga—. La sacó tan rápido que nadie se dio cuenta, como un jovencito en las de cowboys.

—Tenía derecho —balbuceó la Selvática—. No podía rebajarse más.

Inconquistables y habitantas se habían corrido hacia el bar, el sargento y Seminario se medían con los ojos. A Lituma no le gustaban los matones, señor, no le hacían nada y él los trataba como a sirvientes. Lo sentía, pero no se iba a poder, señor.

—No me eches el humo a la cara, Bolas —dijo la Chunga.

—¿Y él también sacó su revólver? —dijo la Selvática.

—Sólo se pasaba la mano por la cartuchera —dijo el Joven—. Le hacía cariños como a un cachorrito.

—¡Tenía miedo! —exclamó la Selvática—. Lituma le bajó los humos.

—Creí que ya no había hombres en mi tierra —dijo Seminario—. Que todos los piuranos se habían amujerado y amariconado. Pero todavía queda este cholo. Ahora sólo te falta ver quién es Seminario.

—Por qué tendrán siempre que pelearse, por qué no pueden vivir en paz y disfrutar juntos —dijo don Anselmo—. Qué linda sería la vida.

—Quién sabe, maestro —dijo el Joven—. A lo mejor sería aburridísima y más triste que ahora.

—Le has quitado todas las gracias de una sola, primo —dijo el Mono—. ¡Bravo!

—Pero no te fíes, coleguita —dijo Josefino—. A la primera que te descuides saca su revólver.

—No sabes quién soy —repetía Seminario—. Por eso te empalas, cholito.

—Usted tampoco sabe quién soy yo —dijo el sargento—. Señor Seminario.

—Si no tuvieras esa pistola, no serías tan empalado, cholito —dijo Seminario.

—La cosa es que la tengo —dijo el sargento—. Y a mí nadie me trata como a su sirviente, señor Seminario.

—Y entonces la Chunga vino corriendo y se les puso en medio. ¡Eres más valiente! —dijo el Bolas.

—¿Y ustedes por qué no la atajaron? —la mano del arpista hizo una tentativa para tocar a la Chunga, pero ella se replegó en el asiento y los dedos del viejo sólo la rozaron—. Estaban armados, Chunguita, era peligroso.

—Ya no, porque habían comenzado a discutir —dijo la Chunga—. Uno viene aquí a divertirse, nada de peleas. Hagan las paces, vengan al mostrador, tómense una cerveza, la casa invita.

Obligó a Lituma a guardar el revólver, hizo que se estrecharan la mano y los llevó al bar, cogidos del brazo, debía darles vergüenza, se portaban como churres, ¿sabía lo que eran?, un par de cojudos, a ver, a ver, a que no sacaban sus pistolitas y la mataban a ella y ellos se rieron, Chunga, Chunguita, mamita, reinita cantaban los inconquistables.

—¿Se pusieron a tomar juntos a pesar de los insultos? —dijo la Selvática, asombrada.

—¿Te lamentas por lo que no se balearon de una vez? —dijo el Bolas—. Qué mujeres, cómo les gusta la sangre.

—Pero si la Chunga los había invitado —dijo el arpista—. No podían desairarla, muchacha.

Bebían acodados en el mostrador, muy amigos, y Seminario le pellizcaba los cachetes a Lituma, era el último macho de su tierra, cholito, todos los demás rosquetes, cobardes, la orquesta inició un vals y el racimo humano del bar se desgranó, inconquistables y habitantas invadieron la pista de baile, Seminario le había quitado el quepí al sargento y se lo probaba, ¿qué tal se veía, Chunga?, no tan horrible como este cholo, seguro, pero no te enojes.

—Será un poco gordo, pero no es horrible —dijo la Selvática.

—De joven era delgado como el Joven —recordó el arpista—. Y un verdadero diablo, peor todavía que sus primos.

—Pegaron tres mesas y se sentaron juntos —dijo el Bolas—. Los inconquistables, el señor Seminario, su amigo y las habitantas. Parecía que todo se había arreglado.

—Se notaba que era cosa forzada y que no iba a durar —dijo el Joven.

—Nada de forzada —dijo el Bolas—. Estaban contentísimos y el señor Seminario hasta cantó el himno de los inconquistables. Después bailaron y se hacían bromas.

—¿Lituma bailaba siempre con la Sandra? —dijo la Selvática.

—Ya no me acuerdo por qué comenzaron a discutir de nuevo —dijo la Chunga.

—Por eso de la hombría —dijo el Bolas—. Seminario estaba dale que dale con el tema, que ya no había hombres en Piura, y todo para alabar a su tío.

—No hables mal de Chápiro Seminario que era un gran hombre, Bolas —dijo el arpista.

—En Narihualá se cargó a tres ladrones a puñetazo limpio y los trajo a Piura amarrados del pescuezo —dijo Seminario.

—Apostó con amigos que todavía podía y se vino aquí y ganó la apuesta —dijo la Chunga—. Al menos, es lo que dijo la Amapola.

—No hablo mal de él, maestro —dijo el Bolas—. Pero ya resultaba cargante.

—Un piurano tan grande como el almirante Grau —dijo Seminario—. Vayan a Huancabamba, Ayabaca, Chulucanas, de todas partes salen cholas orgullosas de haber dormido con mi tío Chápiro. Tuvo lo menos mil bastardos.

—¿No sería mangache? —dijo el Mono—. En el barrio hay muchos tipos así.

Y Seminario se puso serio, tu madre será mangache, y el Mono por supuesto y a mucha honra, y Seminario, furibundo, Chápiro era un señor, sólo iba a la Mangachería de cuando en cuando, a tomar chicha y a tirarse una zambita, y el Mono dio un manotazo en la mesa: ya estaba ofendiendo de nuevo, señor. Todo iba muy bien, como entre amigos, y de repente él comenzaba a insultar, señor, a los mangaches les dolía que hablaran mal de la Mangachería.

—Siempre se venía de frente donde usted el viejecito, maestro —dijo el Joven—. Con qué sentimiento lo abrazaba. Parecía el encuentro de dos hermanos.

—Nos conocimos hace muchísimo tiempo —dijo el arpista—. Yo lo quería a Chápiro, me dio una pena enorme cuando se murió.

Seminario se paró, eufórico: que la Chunga cerrara la puerta, esta noche serían los dueños, sus rozos estaban cargados, que viniera el arpista a hablar de Chápiro, qué esperaban, cargados de algodón, que trancaran la puerta, él pagaba.

—Y a los clientes que venían a tocar, los espantaba el sargento —dijo el Bolas.

—Ésa fue la equivocación, no debieron quedarse solos —dijo el arpista.

—No soy adivina —dijo la Chunga—. Cuando los clientes pagan, se les da gusto.

—Por supuesto, Chunguita —se excusó el arpista—. No lo decía por ti, sino por todos nosotros. Claro que nadie podía adivinar.

—Las nueve, maestro —dijo el Joven—. Le va a hacer daño, déjeme ir a buscar un taxi de una vez.

—¿De veras que usted y mi tío se trataban de tú? —dijo Seminario—. Cuénteles a éstos algo de ese gran piurano, viejo, de ese hombre como no habrá otro.

—Los únicos hombres que quedan están en la Guardia Civil —afirmó el sargento.

—Se había contagiado de Seminario con los tragos —dijo el Bolas—. Dale a hablar de la hombría él también.

El arpista carraspeó, tenía la garganta seca, que le dieran un traguito. Josefino le llenó un vaso y don Anselmo sopló la espuma antes de beber. Quedó con la boca abierta, respirando fuerte: lo que más llamaba la atención a la gente era la resistencia de Chápiro. Y que fuera tan honrado. Seminario se puso contento, abrazaba al arpista, que vieran, que oyeran, ¿qué les había dicho?

—Era un matón y un pobre diablo, pero tenía el orgullo de la familia —reconoció el Joven.

Se venía del campo en su caballo, las muchachas subían a la torre para verlo, y eso que les estaba prohibido, pero a ellas Chápiro las ponía medio locas, y don Anselmo bebió otro traguito, y en Santa María de Nieva a las chunchas el teniente Cipriano también las ponía locas, y también el sargento bebió su traguito.

—Cuando se le subía la cerveza, le daba por hablar de ese teniente —dijo la Selvática—. Le tenía admiración.

El muy farolero venía levantando polvo, frenaba el caballo y lo hacía arrodillarse ante las muchachas. Con Chápiro entraba la vida, las que estaban tristes se alegraban, y las contentas se ponían más, y qué resistencia, subía, bajaba, más timba, más trago, subía de nuevo, con una, con dos, y así la noche entera y al amanecer se volvía a su chacra, a trabajar, sin haber pegado un ojo, era un hombre de hierro, y don Anselmo pidió más cerveza, y una vez hizo la ruleta rusa, delante de él, el sargento se golpeó el pecho y miró alrededor como esperando aplausos. El único, además, que respondía siempre al crédito, el único que le pagó hasta el último centavo, el dinero es para gastarlo decía, era el más invitador y, por calles y plazas, el mismo sermón: fue Anselmo el que trajo la civilización a Piura. Pero no fue por apuesta, sólo porque se aburría, al teniente Cipriano la montaña lo desesperaba.

—Pero parece que fue de a mentiras —dijo la Selvática—, que su revólver no tenía balas y que lo hizo sólo para que los guardias lo respetaran más.

Y el mejor de los amigos, se topó con él en la puerta del Reina, lo abrazó, se había enterado tarde, hermano, si él hubiera estado en Piura no la quemaban, Anselmo, él ponía en su sitio al cura y a las gallinazas.

—¿De qué desgracia hablaba Chápiro, arpista? —dijo Seminario—. ¿De qué lo compadecía a usted?

Estaba lloviendo a cántaros, y él aquí uno ya no es humano, no había mujeres ni cine, si se quedaba dormido en el monte a uno le crecía un árbol en la barriga, era costeño, que se metieran la selva donde no le diera el sol, se la regalaba, no aguantaba más y sacó el revólver, dio dos vueltas al tambor y se disparó en la cabeza, el Pesado decía no tiene balas, es truco, pero tenía, a él le constaba: el sargento se golpeó el pecho de nuevo.

—¿Una desgracia, don Anselmo? —dijo la Selvática—. ¿Algo que le pasó a usted?

—Estábamos recordando a un gran tipo, muchacha —dijo don Anselmo—. Chápiro Seminario, un viejo que se murió hace tres años.

—Ah, arpista, ¿ve cómo es un mentiroso? —dijo el Mono—. No quiso contarnos de la Casa Verde y ahora sí. Ande, ¿cómo fue lo del incendio?

—Qué muchachos —dijo don Anselmo—. Qué disparates, qué tonterías.

—Otra vez se nos pone porfiado, viejo —dijo José—. Si ahorita nomás estuvo hablando de la Casa Verde. ¿Adónde era que llegaba entonces el Chápiro con su caballo? ¿Qué muchachas esas que salían a verlo?

—Llegaba a su chacra —dijo don Anselmo—. Y las que salían a verlo eran las apañadoras del algodón.

Golpeó la mesa, cesaron las risas, la Chunga traía otra fuente de cervezas, y el teniente Cipriano sopló el caño de su arma lo más tranquilo, ellos lo veían y no lo creían y Seminario estrelló un vaso contra la pared: el teniente Cipriano era un hijo de puta, no se podía tolerar que este cholo interrumpiera tanto.

—¿Le mentó la madre de nuevo? —dijo la Selvática, pestañeando muy de prisa.

—No a él, sino al teniente ese —dijo el Joven.

—Usted en nombre del tal Chápiro, yo en el del teniente Cipriano —propuso el sargento con toda calma—. Una ruleta rusa, a ver quién es más hombre, señor Seminario.

IV

—¿Usted cree que el práctico se habrá escapado, mi teniente? —dijo el sargento Roberto Delgado.

—Claro, ni tonto que fuera —dijo el teniente—. Ahora ya sé por qué se hizo el enfermo y no vino con nosotros. Se escaparía apenas nos vio salir de Santa María de Nieva.

—Pero tarde o temprano caerá —dijo el sargento Delgado—. El gran cojudo no se cambió de nombre, siquiera.

—El que me interesa es el otro —dijo el teniente—. El pez gordo. ¿Cómo se llama, por fin? ¿Tushía? ¿Fushía?

—A lo mejor no sabe dónde está —dijo el sargento Delgado—. A lo mejor se lo comió una boa de veras.

—Bueno, vamos a seguir —dijo el teniente—. A ver, Hinojosa, tráete al tipo.

El soldado, que dormitaba en cuclillas arrimado contra el tabique, se incorporó como un autómata, sin pestañear ni responder, y salió. Apenas cruzó el umbral lo empapó la lluvia, alzó las manos, avanzó por el fango dando traspiés. El aguacero azotaba salvajemente el poblado y, entre las trombas de agua y las ráfagas de viento silbante, las chozas aguarunas parecían animales chúcaros, sargento. En la selva, el teniente se había vuelto fatalista, todos los días estaba esperando que lo mordiera una jergón, o que lo tumbaran las fiebres. Ahora se le ocurría que la maldita lluvia seguiría, y que aquí se quedarían un mes, como ratas en una cueva. Ah, todo se estaba yendo al diablo con esta espera y cuando cesó su voz agria, se oyó de nuevo el chasquido del aguacero en el bosque, el minucioso gotear de los árboles y las cabañas. El claro era una gran charca color ceniza, decenas de manantiales corrían hacia el barranco, el aire y el monte humeaban, hedían, y ahí venía Hinojosa, jalando de una soga a un bulto que tropezaba y gruñía. El soldado subió a saltos la escalerilla de la cabaña, el prisionero cayó de bruces frente al teniente. Tenía las manos atadas a la espalda y se incorporó ayudándose con los codos. El oficial y el sargento Delgado, sentados en un tablón apoyado en los caballetes, siguieron conversando un rato sin mirarlo, y luego el teniente hizo una seña al soldado: café y trago, ¿quedaban?, sí y que se fuera donde los demás, lo interrogarían ellos solos. Hinojosa volvió a salir. El prisionero goteaba igual que los árboles, alrededor de sus pies había ya una lagunita. El pelo le cubría las orejas y la frente, unas ojeras de zorro circundaban sus ojos, dos carbones desconfiados y saltones. Hilachas de piel lívida y rasguñada asomaban entre los pliegues de su camisa y su pantalón, también en ruinas, dejaba al aire una nalga. El temblor sacudía su cuerpo, Pantachita, y sus dientes castañeteaban: no se podía quejar, lo habían cuidado como a niñito de pecho. Primero lo habían curado, ¿no era cierto?, después lo defendieron de los aguarunas que querían hacerlo papilla. A ver si hoy se entendían mejor. El teniente tenía mucha paciencia contigo, Pantachita, pero no había que abusar tampoco. La soga abrazaba el cuello del prisionero como un collar. El sargento Roberto Delgado se inclinó, recogió el cabo de la soga y obligó a Pantacha a dar un paso hacia el tablón.

—En el Sepa estarás bien comido y tendrás donde dormir —dijo el sargento Delgado—. No es una cárcel como las otras, no tiene paredes. A lo mejor puedes escaparte.

—¿No es mejor eso que un balazo? —dijo el teniente—. ¿No es mejor que te mande al Sepa que les diga a los aguarunas les regalo a Pantachita, vénguense en él de todos los ladrones? Ya has visto qué ganas te tienen. Así que hoy no te hagas la loca.

Pantacha, la mirada evasiva y ardiente, temblaba muy fuerte, sus dientes chocaban con furia y se había encogido y sumía y sacaba el estómago. El sargento Delgado le sonrió, Pantachita, no sería tan tonto para cargar solo con tanto robo y tanta muerte de chunchos ¿no? Y el teniente también sonrió: lo mejor era que acabaran rápido, Pantachita. Después le darían las yerbas que le gustaban y él mismo se haría su cocimiento ¿qué tal? Hinojosa entró a la cabaña, dejó sobre el talón un termo de café y una botella, salió a la carrera. El teniente descorchó la botella y la alargó hacia el prisionero, que acercó su rostro a ella, murmurando. El sargento dio un fuerte tirón a la soga, pendejo, y Pantacha cayó entre las piernas del teniente: todavía no, primero hablar, después chupar. El oficial cogió la soga, hizo girar la cabeza del prisionero hacia él. La maraña de pelos se agitó, los carbones seguían fijos en la botella. Apestaba como el teniente nunca había visto, Pantachita, lo tenía mareado su olor, y ahora abría la boca, ¿un traguito?, y jadeaba roncamente, señor, para el frío, se estaba helando por dentro, ¿señor?, nomás unito quería y el teniente de acuerdo, sólo que fueran por partes, ¿dónde se había escondido ese Tushía?, todo a su debido tiempo, ¿o Fushía?, ¿dónde estaba? Pero él ya le había contado, señor, temblando de pies a cabeza, se escapó a la oscurecida y no lo vieron, y parecía que sus dientes se iban a quebrar, señor: que le preguntara a los huambisas, la yacumama vendría de noche decían, y entraría y se lo llevaría al fondo de la cocha. Por sus maldades sería, señor.

El teniente miraba al prisionero, la frente arrugada, los ojos deprimidos. De pronto se ladeó, su bota golpeó en la nalga descubierta y Pantacha se dejó caer con un gruñido. Pero, desde el suelo, siguió mirando oblicuamente la botella. El teniente jaló la soga, la greñuda cabeza chocó contra el suelo dos veces, Pantachita, ya estaba bien de cojudeces ¿no? ¿Dónde se había metido? Y por propia iniciativa Pantacha a la oscurecida, señor, rugió, y estrelló su cabeza en el suelo otra vez: despacito vendría, y se treparía por el barranco, y se metería en su cabaña, con su cola le taparía la boca, señor, y así se lo llevaría, pobrecito, y que le diera siquiera un traguito, señor. Así era la yacumama, calladita, y la cocha se abriría seguro, y los huambisas decían volverá y nos tragará, y por eso se habían ido ellos también, señor, y el teniente lo pateó. Pantacha calló, se puso de rodillas: se había quedado solito, señor. El oficial bebió un trago del termo y se pasó la lengua por los labios. El sargento Roberto Delgado jugaba con la botella y el Pantachita quería que lo mandaran al Ucayali, señor, rugía de nuevo y los pucheros hundían sus mejillas, donde se había muerto su amigo el Andrés. Ahí quería morirse él también.

—Así que a tu patrón se lo llevó la yacumama —dijo el teniente, con voz calmada—. Así que el teniente es un pelotudo y el Pantachita puede meterle el dedo a su gusto. Ah, Pantachita.

Incansables, fervientes, los ojos de Pantacha contemplaban la botella y, afuera, el aguacero se había embravecido, a lo lejos retumbaban los truenos y los relámpagos encendían de cuando en cuando los techos flagelados por el agua, los árboles, el barro del poblado.

—Me dejó solo, señor —gritó Pantacha, y su voz se enfureció, pero su mirada era siempre quieta y arrobada—, le di de comer y él no salía de su hamaca, pobrecito, y me dejó y los otros también se fueron. ¿Por qué no crees, señor?

—A lo mejor es mentira lo del nombre —dijo el sargento Delgado—. No conozco a nadie en la montaña que se llame Fushía. ¿No lo pone nervioso éste, con sus delirios? Yo le pegaría un balazo de una vez, mi teniente.

—¿Y el aguaruna? —dijo el teniente—. ¿También a Jum se lo llevó la yacumama?

—Se fue, señor —roncó Pantacha—, ¿ya no te he dicho? O se lo llevaría también, señor, quién sabe.

—Lo tuve en mi delante toda una tarde a ese Jum de Urakusa —dijo el teniente—, y hacía de intérprete el otro zamarro, y yo los oía y me tragaba sus cuentos. Ah, si hubiera sido adivino. Ése fue el primer chuncho que conocí, sargento.

—La culpa es del que era gobernador de Nieva, mi teniente, el Reátegui ese —dijo el sargento Delgado—. Nosotros no queríamos soltarlo al aguaruna. Pero él ordenó, y ya ve usted.

—Se fue el patrón, se fue Jum, se fueron los huam-bisas —sollozó Pantacha—. Solo con mi tristeza, señor, y un frío terrible estoy que siento.

—Pero a Adrián Nieves juro que lo agarro —dijo el teniente—. Se ha estado riendo en nuestras barbas, ha estado viviendo de lo que le pagábamos nosotros.

Y todos tenían sus mujeres allá. Las lágrimas corrían entre sus pelos y suspiraba hondo, señor, con mucho sentimiento, y sólo había querido una cristiana, aunque fuera para hablarle, unita, y hasta la shapra se la habían llevado también, señor, y la bota subió, golpeó y Pantacha quedó encogido, rugiendo. Cerró los ojos unos segundos, los abrió y, mansamente ahora, miró la botella: nomás unito, señor, para el frío, se estaba helando por dentro.

—Tú conoces bien esta región, Pantachita —dijo el teniente—. ¿Cuánto más va a durar esta maldita lluvia, cuándo podremos partir?

—Mañana despeja, señor —balbuceó Pantacha—. Pídele a Dios y verás. Pero compadécete, dame unito. Para el frío, señor.

No había quien aguantara, maldita sea, no había quien aguantara y el teniente levantó la bota pero esta vez no golpeó, la apoyó en la cara del prisionero hasta que la mejilla de Pantacha tocó al suelo. El sargento Delgado bebió un traguito de la botella, luego un traguito del termo. Pantacha había separado los labios y su lengua, afilada y rojiza, lamía, señor, delicadamente, uno solito, la suela de la bota, para el frío, la puntera, señor, y algo vivaz y pícaro y servil bullía en los carbones desorbitados, ¿unito?, mientras su lengua mojaba el cuero sucio, ¿señor?, para el frío y besó la bota.

—Te las sabes todas —dijo el sargento Delgado—. Cuando no nos trabajas la moral, te haces la loca, Pantachita.

—Dime dónde está Fushía y te regalo la botella —dijo el teniente—. Y además te dejo libre. Y encima te doy unos soles. Contesta pronto o me desanimo.

Pero Pantacha se había puesto a lloriquear de nuevo y todo su cuerpo se adhería al suelo de tierra buscando calor y era recorrido por breves espasmos.

—Llévatelo —dijo el teniente—. Me está contagiando sus locuras, ya me están dando ganas de vomitar, ya estoy viendo a la yacumama, y la lluvia sigue de lo lindo, la puta de su madre.

El sargento Roberto Delgado cogió la soga y corrió, Pantacha iba tras él, a cuatro patas, como un perro saltarín. En la escalerilla, el sargento dio un grito y apareció Hinojosa. Se llevó a Pantacha, brincando, entre chorros de agua.

—¿Y si nos lanzamos a pesar de la lluvia? —dijo el teniente—. Después de todo la guarnición no está tan lejos.

—Nos volcamos a los dos minutos, mi teniente —dijo el sargento Delgado—. ¿No ha visto cómo está el río?

—Quiero decir a patita, por el monte —dijo el teniente—. Llegaremos en tres o cuatro días.

—No se desespere, mi teniente —dijo el sargento Delgado—. Ya parará de llover. Es por gusto, convénzase, no podemos movernos con este tiempo. Así es la selva, hay que tener paciencia.

—¡Ya van dos semanas, carajo! —dijo el teniente—. Estoy perdiendo un traslado, un ascenso, ¿no te das cuenta?

—No se caliente conmigo —dijo el sargento Delgado—. No es mi culpa que llueva, mi teniente.

Ella estaba solita, siempre esperando, para qué contar los días, lloverá, no lloverá, ¿volverán hoy día?, todavía, es demasiado pronto. ¿Traerán mercadería? Que traigan, Cristo de Bagazán, santo, santo, mucha, jebe, pieles, que llegue don Aquilino con ropa y comida, ¿cuánto vendió?, y él bastante, Lalita, a buen precio. Y Fushía, viejo querido. Que se hicieran ricos, Virgencita, santa, santa, porque entonces saldrían de la isla, volverían donde los cristianos y se casarían, ¿cierto Fushía?, cierto, Lalita. Y que él cambiara y la quisiera de nuevo y en las noches ¿a tu hamaca?, sí, ¿desnuda?, sí, ¿le chupaba?, sí, ¿le gustaba?, sí, ¿más que las achuales?, sí, ¿que la shapra?, sí, sí, Lalita, y que tuvieran otro hijo. Fíjese, don Aquilino, ¿no se me parece?, mírelo cómo ha crecido, habla huambisa mejor que cristiano. Y el viejo ¿sufres, Lalita? Y ella un poco porque ya no la quería, y él ¿es muy malo contigo?, ¿te dan celos las achuales, la shapra? Y ella cólera, don Aquilino, pero eran su compañía, a falta de amigas, ¿sabía?, y le daba pena que se las pase a Pantacha, Nieves o los huambisas, ¿volverán hoy día? Pero esa tarde no llegaron ellos, sino Jum y era la hora de la siesta cuando la shapra entró a la cabaña gritando, sacudió la hamaca y sus pulseras bailaban, sus espejitos y sus sonajas y Lalita ¿ya vinieron?, y ella no, vino el aguaruna que se escapó. Lalita salió a buscarlo y ahí estaba, en la pileta de las charapas, salando unos bagres y ella Jum, dónde te fuiste, por qué, qué había hecho tanto tiempo, y él callado, creían que no volverías, y él respetuoso, Jum, le alcanzó los bagres, esto te he traído. Venía como se fue, la cabeza pelada, en la espalda rayas de achiote como latigazos, y ella salieron en expedición, lo necesitaban tanto, para arriba, ¿por qué no te despediste?, hacia el lago Rimachi, ¿conocía a los muratos?, ¿son bravos?, ¿se pelearían con el patrón o le darían el jebe de a buenas?, Jum. Los huambisas fueron a buscarlo y Pantacha a lo mejor lo mataron, patrón, lo odian y el práctico Nieves no creo, ya se han hecho amigos, y Fushía son capaces, esos perros, y Jum no me mataron, me fui por ahí y ahora volví, ¿se iba a quedar?, sí. El patrón lo reñiría pero no te vayas, Jum, se le pasaba prontito y, además, ¿en el fondo no lo estimaría?, y Fushía un poco loco, Lalita, pero útil, un convencedor. ¿De veras diablos cristianos, aguaruna aj?, ¿les discurseaba?, Jum, ¿patrón cojudeando, mintiendo, aj?, Lalita, si vieras cómo los trabaja, los grita, les ruega, les baila y ellos sí, sí, aguaruna aj, con las manos y las cabezas, aj, y siempre les daban el jebe de a buenas. Qué les dices, Jum, cuéntame cómo los convences, y Fushía pero un día se lo matarían y quién mierda lo reemplazaría. Y ella ¿cierto que no quieres volver a Urakusa?, ¿odias tanto a los cristianos, cierto?, ¿también a nosotros?, y Pantacha sí, patrona, porque le pegaron y Nieves entonces por qué no nos mata dormidos, y Fushía somos su venganza, y ella ¿cierto lo colgaron de una capirona?, y él es loco, Lalita, no bruto, ¿gritaste cuando te quemaron?, y vivísimo para hacer trampas, nadie lo ganaba cazando y pescando, ¿tenía mujer?, ¿la mataron?, y si no hay comida Jum se mete al bosque y trae paujiles, añujes, perdices, ¿te pintas para recordarte de los chicotazos?, y una vez lo vieron matar una chuchupe con su cerbatana, Lalita, él sabe que sus enemigos son ésos, ¿cierto, Jum?, a los que Fushía deja sin mercadería, no creas que me ayuda por mi linda cara. Y Pantacha hoy lo vi junto al barranco, se tocó la cicatriz de la frente, discurseaba al viento, y Fushía mejor para mí que trabaje así, la venganza no me cuesta nada, y él en aguaruna, no le entendí. Porque cuando llegaba la lancha de don Aquilino, los huambisas caían desde las lupunas al embarcadero como una lluvia de cotos, y chillando y brincando recibían sus raciones de sal y de anisado, y las hachas y los machetes que Fushía les repartía reflejaban ojos borrachos de alegría y Jum se fue, ¿dónde?, por ahí, ya volví, ¿no quería?, no, ¿una camisa? no, ¿aguardiente?, no, ¿machete?, no, ¿sal?, no y Lalita el práctico se pondrá contento porque has vuelto, Jum, él sí es tu amigo ¿no?, y él sí y ella gracias por los pescaditos pero lástima que los salaste. Y el práctico Nieves no sabía sus nombres, patrona, no le había dicho, dos cristianos nada más, le metieron odio contra los patrones y decía que lo desgraciaron y ella ¿te engañaron?, ¿te robaron?, y él me aconsejaron y ella quisiera que habláramos, Jum, ¿por qué le volvía la espalda cuando lo llamaba?, y él callado, ¿tenía vergüenza?, y él te traje para ti y las huambisas le estaban sacando la sangre, y ella ¿un venadito?, y él un venadito, respetuoso, sí y Lalita vamos, se lo comerían, que cortara leña, y Jum ¿tienes hambre?, y ella mucha, mucha, desde que se fueron no comía carne, Jum y después volvieron y ella entra a la cabaña, mira al Aquilino, ¿no ha crecido, Jum?, y él sí, y hablaba pagano mejor que cristiano, y él sí, ¿y Jum tenía hijos?, y él tenía pero ya no tiene, y ella ¿muchos? y él pocos y entonces comenzó a llover. Nubes espesas y oscuras, inmóviles sobre las lupunas, vaciaron agua negra dos días seguidos y toda la isla se convirtió en un charco fangoso, la cocha en una niebla turbia y muchos pájaros caían muertos a la puerta de la cabaña y Lalita pobres, estarán viajando, que tapen los cueros, el jebe, y Fushía rápido, carajo, perros, se cargaba a todos, en esa playita, busquen un refugio, una cueva para hacer candela y Pantacha cociendo sus yerbas y el práctico Nieves mascando tabaco como los huambisas. Y Lalita ¿también le traería esta vez?, ¿collares?, ¿pulseras?, ¿plumas?, ¿flores?, ¿la quería?, y ella si el patrón supiera y él aunque supiera, ¿en las noches pensaría en ella?, y él no es nada malo, sólo un regalito porque usted fue buena cuando estuve enfermo, y ella es limpio, educado, se quita el sombrero para saludarme, y que Fushía no me insulte tanto, ¿era granujienta?, podía vengarse Fushía, los ojos del práctico se vuelven calientes cuando paso cerca, ¿soñaba con ella?, ¿quería tocarla?, ¿abrazarla?, desnúdate, métete a mi hamaca, ¿que ella lo besara?, ¿en la boca?, ¿en la espalda?, santo, santo, que vuelvan hoy día.

Aparecieron ese año millonario: los agricultores celebraban mañana y tarde sus doce cargas de algodón, y en el Centro Piurano y en el Club Grau se brindaba con champagne francés. En junio, para el aniversario de la ciudad, y en las Fiestas Patrias, hubo corso, bailes populares, media docena de circos levantaron sus carpas en el arenal. Los principales traían orquestas limeñas para sus bailes. Fue también año de acontecimientos: la Chunga comenzó a trabajar en el barcito de Doroteo, murieron Juana Baura y Patrocinio Naya, el Piura entró caudaloso, no hubo plagas. Voraces, en enjambres, caían sobre la ciudad los agentes viajeros, los corredores de algodón, las cosechas cambiaban de dueño en las cantinas. Aparecían tiendas, hoteles, barrios residenciales. Y un día corrió la voz: *«Cerca del río, detrás del camal, hay una casa de habitantas»*.

No era una casa, sólo un inmundo callejón cerrado al exterior por un portón de garaje, con cuartitos de adobe en las márgenes; una lamparilla roja iluminaba la fachada. Al fondo, en tablones tendidos sobre barriles, estaba el bar y las habitantas eran seis: viejas, blandas, forasteras. *«Han vuelto»*, decían los bromistas, *«son las que no se quemaron»*. Desde el principio, la Casa del Camal fue muy concurrida. Sus contornos se volvieron masculinos y alcohólicos y en *Ecos y Noticias*, *El Tiempo* y *La Industria* aparecieron sueltos alusivos, cartas de protesta, exhortos a las autoridades. Y entonces surgió, inesperadamente, una segunda casa de habitantas, en pleno Castilla; no un callejón, sino un chalet, con jardín y balcones. Desmoralizados, los párrocos y las damas que recogían firmas pidiendo la clausura de la Casa del Camal, desistieron. Sólo el padre García, desde el púlpito de la iglesia de la plaza Merino, destemplado y tenaz, seguía reclamando sanciones y pronosticando catástrofes: *«Dios les regaló un buen año, ahora vendrán tiempos de vacas flacas para los piuranos»*. Pero no ocurrió así y el año siguiente la cosecha de algodón fue tan buena como la anterior. En vez de dos, había entonces cuatro casas de habitantas y, una de ellas, a pocas cuadras de la catedral, lujosa, más o menos discreta, con blancas, no del todo maduras y, al parecer, capitalinas.

Y ese mismo año la Chunga y Doroteo se pelearon a botellazos y, en la policía, papeles a la mano, ella demostró que era la única dueña del barcito. ¿Qué historia había detrás, qué misteriosos tráficos? En todo caso, desde entonces la propietaria fue la Chunga. Administraba el local amable y firmemente, sabía hacerse respetar de los borrachos. Era una joven sin formas, de escaso humor, de piel más bien oscura y corazón metalizado. Se la veía detrás del mostrador, los cabellos negros pugnando por escapar de una redecilla, su boca sin labios, sus ojos mirándolo todo con una indolencia que desanimaba la alegría. Usaba zapatos sin taco, medias cortas, una blusa que también parecía de hombre y nunca se pintaba los labios ni las uñas, ni se ponía colorete en las mejillas, pero, a pesar de sus vestidos y maneras, tenía algo muy femenino en su voz, aun cuando decía lisuras. Sus manos gruesas y cuadradas con igual facilidad levantaban mesas, sillas, descorchaban botellas o cacheteaban a los atrevidos. Decían que era áspera y de alma dura por los consejos de Juana Baura, quien le habría inculcado la desconfianza hacia los hombres, el amor al dinero y la costumbre de la soledad. Cuando falleció la lavandera, la Chunga le hizo un suntuoso velorio: licor fino, caldo de pollo, café toda la noche y a discreción. Y cuando entró la orquesta a la casa, el arpista a la cabeza, los que velaban a Juana Baura espiaron, rígidos, los ojos llenos de malicia. Pero don Anselmo y la Chunga no se abrazaron, ella le extendió la mano como a Bolas y al Joven. Los hizo pasar, los atendió con la misma cortesía distante que a los demás, escuchó con atención cuando tocaron tristes. Se la notaba dueña de sí misma y su expresión era adusta pero muy tranquila. El arpista, en cambio, parecía melancólico y confuso, cantaba como si rezara cuando un churre vino a decir que en la Casa del Camal se impacientaban, la orquesta debía comenzar a las ocho y eran las diez pasadas. Muerta Juana Baura, decían los mangaches, la Chunga vendrá a vivir con el viejo a la Mangachería. Pero ella se mudó al barcito, cuentan que dormía en un colchón de paja bajo el mostrador. En la época en que la Chunga y Doroteo se separaron, y ella se convirtió en propietaria, la orquesta de don Anselmo ya no tocaba en la Casa del Camal, sino en la de Castilla.

El barcito de la Chunga hizo rápidos progresos. Ella misma pintó las paredes, las decoró con fotografías y estampas, cubrió las mesas con hules de florecitas multicolores y contrató una cocinera. El barcito se convirtió en restaurante de obreros, camioneros, heladeros y municipales. Doroteo, después de la ruptura, se fue a vivir a Huancabamba. Años después volvió a Piura y, *«cosas que tiene la vida»* decía la gente, terminó de cliente del barcito. Sufriría viendo los adelantos de ese local que había sido suyo.

Pero un día el bar-restaurante cerró sus puertas y la Chunga se hizo humo. Una semana después volvió a la barriada capitaneando una cuadrilla de operarios que echaron abajo las paredes de adobe y levantaron otras de ladrillo, pusieron calaminas en el techo y abrieron ventanas. Activa, sonriente, la Chunga estaba todo el día en la obra, ayudaba a los trabajadores y los viejos, muy excitados, cambiaban miradas locuaces, retrospectivas, *«la está resucitando, hermano»*, *«de tal palo tal astilla»*, *«quien lo*

hereda no lo hurta». En ese tiempo la orquesta ya no tocaba en la Casa de Castilla, sino en la del barrio de Buenos
Aires, y al ir allá el arpista pedía al Bolas y el Joven Alejandro que hicieran un alto en la barriada. Subían por el
arenal y, ante la obra, el viejo, ya casi ciego, ¿cómo va
el trabajo?, ¿pusieron las puertas?, ¿se ve bien de cerca?,
¿a qué se parece? Su ansiedad y sus preguntas denotaban
cierto orgullo, que los mangaches estimulaban con bromas: «*Qué tal la Chunguita, arpista, se nos hace rica, ¿vio la
casa que está construyendo?*». Él sonreía gustoso pero, en
cambio, cuando los viejos rijosos le salían al encuentro,
«*Anselmo, nos la está resucitando*», el arpista se hacía el
perplejo, el misterioso, el desentendido, no sé nada, tengo que irme, de qué me hablan, cuál Casa Verde.

El aire decidido y próspero, los pasos firmes, una
mañana la Chunga se presentó en la Mangachería y
avanzó por las polvorientas callejuelas preguntando por
el arpista. Lo encontró durmiendo, en la choza que había sido de Patrocinio Naya. Tendido en un camastro, el
brazo terciado sobre el rostro, el viejo roncaba y tenía
los vellos blancos del pecho mojados de sudor. La Chunga entró, cerró la puerta y, entretanto, se propagó el rumor de esta visita. Los mangaches venían a pasear por la
vecindad, miraban entre las cañas, pegaban las orejas a
la puerta, se comunicaban sus descubrimientos. Un rato
después, el arpista salió a la calle con rostro meditabun-
do, nostálgico, y pidió a los churres que llamaran a Bolas
y al Joven; la Chunga se había sentado en el camastro y
estaba risueña. Luego, llegaron los amigos del viejo, la
puerta volvió a cerrarse, «*no es una visita al padre sino al
músico*», murmuraban los mangaches, «*la Chunga quiere*

algo con la orquesta». Permanecieron en la choza más de una hora y, cuando salieron, muchos mangaches se habían marchado, aburridos de esperar. Pero los vieron, desde las chozas. El arpista iba otra vez como sonámbulo, tropezándose, haciendo eses, boquiabierto. El Joven parecía cortado y la Chunga le daba el brazo al Bolas y se la notaba contenta y habladora. Fueron donde Angélica Mercedes, comieron piqueos, después el Joven y Bolas tocaron y cantaron algunas composiciones. El arpista miraba el techo, se rascaba las orejas, su cara cambiaba a cada momento, sonreía, se entristecía. Y cuando la Chunga partió, los mangaches los rodearon, ávidos de explicaciones. Don Anselmo seguía ido, embobado, el Joven encogía los hombros, sólo el Bolas contestaba las preguntas. *«No puede quejarse, viejo»*, decían los mangaches, *«es un buen contrato, y, además, tendrá todas las gangas trabajando para la Chunguita, ¿también la pintará de verde?»*.

—Estaba borracho y no lo tomamos en serio —dijo el Bolas—. El señor Seminario se rió con burla.

Pero el sargento había sacado el cachorrito otra vez, lo agarraba de la cacha y de la punta y hacía fuerzas para abrirlo. A su alrededor todos comenzaron a mirarse y a reír sin ganas, a moverse en sus asientos, súbitamente incómodos. Sólo el arpista seguía bebiendo, ¿una ruletita rusa?, a sorbitos, qué era eso, muchachos.

—Una cosa para probar si los hombres son hombres —dijo el sargento—; ya va a ver, viejo.

—Me di cuenta que era en serio por la tranquilidad de Lituma —dijo el Joven.

La cara caída hacia la mesa, Seminario estaba mudo y rígido y sus ojos, siempre pendencieros, ahora parecían también desconcertados. El sargento había abierto por fin el revólver y sus manos sacaban los cartuchos, los ordenaban, verticales, paralelos, entre vasos, botellas y ceniceros atestados de colillas. La Selvática sollozó.

—A mí, más bien, me engañó con su tranquilidad —dijo la Chunga—; si no, le habría arrancado la pistola cuando la descargaba.

—Qué te pasa, cachaco —dijo Seminario—, qué gracias son ésas.

Tenía la voz partida y el Joven asintió, sí, esta vez se le habían quitado toditos los humos. El arpista dejó su vaso en la mesa, husmeó el aire, inquieto, ¿estaban peleando de veras, muchachos? Que no fueran así, que siguieran conversando amigablemente de Chápiro Seminario. Pero las habitantas huían de la mesa, Rita, Sandra, Maribel, brincando, Amapola, Hortensia, chillando como pajaritos, y, apiñadas junto a la escalera, siseaban, abrían los ojos, asustadísimas. El Bolas y el Joven cogieron al arpista de los brazos, lo llevaron casi en el aire hasta el rincón de la orquesta.

—Por qué no le hablaron —balbuceó la Selvática—. Si le dicen las cosas de buenas maneras, él entiende. Por qué no trataron al menos.

La Chunga trató, que guardara esa pistola, a quién quería meterle miedo.

—Tú has oído cómo me mentó la madre enantes, Chunguita —dijo Lituma—, y también al teniente Cipriano que ni siquiera conoce. Vamos a ver si los mentadores de madre tienen sangre fría y buen pulso.

—Qué te pasa, cachaco —aulló Seminario—, por qué tanto teatro.

Y Josefino lo interrumpió: era inútil que disimulara, señor Seminario, ¿para qué hacerse el borracho?, que confesara que tenía miedo, y se lo decía con todo el respeto.

—Y también el amigo trató de atajarlos —dijo el Bolas—. Vámonos de aquí, hermano, no te metas en líos. Pero Seminario ya se había envalentonado y le dio un manotón.

—Y a mí otro —protestó la Chunga—. Suelte, qué lisura, concha de su madre, ¡suelte!

—Marimacho de mierda —dijo Seminario—. Zafa o te agujereo.

Lituma tenía cogido el revólver con la punta de los dedos, el panzudo tambor de cinco orificios ante sus ojos, su voz era parsimoniosa, didáctica: primero se miraba si estaba vacío, es decir si no se quedó una bala adentro.

—No nos hablaba a nosotros sino al cachorrito —dijo el Joven—. Daba esa impresión, Selvática.

Y entonces la Chunga se levantó, cruzó la pista de baile corriendo y salió dando un terrible portazo.

—Cuando se los necesita nunca aparecen —dijo—; tuve que ir hasta el monumento Grau para encontrar un par de cachacos.

El sargento tomó una bala, la alzó con delicadeza, la expuso a la luz de la bombilla azul. Había que coger el proyectil e introducirlo en el arma y el Mono perdió los controles, primo, que ya bastaba, que se fueran de una vez a la Mangachería, primo, y lo mismo José, casi llorando, que no jugara con esa pistola, que hicieran lo que dijo el Mono, primo, que se fueran.

362

—No les perdono que no me contaran lo que estaba sucediendo —dijo el arpista—. Los gritos de los León y de las muchachas me tenían en pindingas, pero no me imaginé nunca, yo creía que se estarían trompeando.

—Quién atinaba a nada, maestro —dijo el Bolas—. Seminario también había sacado su cachorrito, se lo paseaba a Lituma por la cara y estábamos esperando que en cualquier momento se escapara un tiro.

Lituma tan tranquilo, siempre, y el Mono no los dejen, párenlos, iba a haber desgracia, usted don Anselmo, a él le harían caso. Como la Selvática, Rita y Maribel estaban llorando, la Sandra que pensara en su mujer, y José en el hijo que estaba esperando, primo, no seas porfiado, vámonos a la Mangachería. De un golpe seco, el sargento juntó la cacha y el caño: se cerraba el arma, calmosa, confiadamente, y todo está listo, señor Seminario, qué esperaba para prepararse.

—Como esos enamorados que uno les habla y les habla y es de balde porque andan en la luna —suspiró el Joven—. A Lituma lo tenía embrujado el cachorrito.

—Y él nos tenía embrujados a nosotros —dijo el Bolas—, y Seminario le obedecía como su cholito. Apenas Lituma le ordenó eso, abrió su revólver y le sacó todas las balas menos una. Le temblaban los dedos al pobre.

—El corazón le diría que iba a morir —dijo el Joven.

—Ya está, ahora apoye la mano en el tambor sin mirar, y dele vueltas para que no sepa dónde está la bala, vueltas a toda vela, como una ruleta —dijo el sargento—. Por eso se llama así, arpista, ¿se da cuenta?

—Basta de palabrería —dijo Seminario—. Empecemos, cholo de mierda.

—Cuatro veces que me insulta, señor Seminario —dijo Lituma.

—Daba escalofríos la manera como hacían girar el tambor —dijo el Bolas—. Parecían dos churres enrollando un trompo.

—Ya ves cómo son los piuranos, muchacha —dijo el arpista—. Jugarse la vida por puro orgullo.

—Qué orgullo —dijo la Chunga—. Por borrachos y para fregarme la vida.

Lituma soltó el tambor, había que sortear para ver quién comenzaba, pero qué importa, él lo convidó así que alzó la pistola, le tocaba, puso la boca del caño en su sien, se cierra los ojos y cerró los ojos, y se dispara y apretó el gatillo: tac y un castañeteo de dientes. Se puso pálido, todos se pusieron pálidos y abrió la boca y todos abrieron la boca.

—Cállate, Bolas —dijo el Joven—. ¿No ves que está llorando?

Don Anselmo acarició los cabellos de la Selvática, le alcanzó su pañuelo de colores, muchacha, que no llorara, eran cosas pasadas, ya qué importaban, y el Joven encendió un cigarrillo y se lo ofreció. El sargento había colocado el revólver en la mesa y estaba bebiendo, despacio, de un vaso vacío, sin que nadie se riera. Su cara parecía salida del agua.

—Nada, no se agite —suplicaba el Joven—. Le va a hacer daño, maestro, le juro que no pasó nada.

—Me has hecho sentir lo que nunca he sentido —tartamudeó el Mono—. Ahora te lo ruego, primo, vámonos.

Y José, como despertando, esto quedaría, primo, qué grande se había hecho, desde la escalera se elevó el zumbido de las habitantas, ululó la Sandra, el Joven y Bolas cálmese, maestro, quédese tranquilo, y Seminario sacudió la mesa, silencio, iracundo, carajo, es mi turno, cállense. Levantó el revólver, lo pegó a la sien, no cerró los ojos, su pecho se infló.

—Oímos el tiro cuando estábamos entrando a la barriada con los cachacos —dijo la Chunga—. Y el griterío. Pateábamos la puerta, los guardias la echaban abajo con sus fusiles y ustedes no nos abrían.

—Acababa de morir un tipo, Chunga —dijo el Joven—. Quién iba a estar pensando en abrir la puerta.

—Se fue de bruces sobre Lituma —dijo el Bolas—, y con el choque se vinieron los dos al suelo. El amigo se puso a gritar llamen al doctor Zevallos, pero nadie podía moverse del susto. Y, además, ya todo era inútil.

—¿Y él? —dijo la Selvática, muy bajito.

Él se miraba la sangre que le había salpicado, y se tocaba por todas partes creyendo seguramente que era su sangre, y no se le ocurría levantarse, y aún estaba sentado, manoteándose, cuando entraron los cachacos, los fusiles a la mano, quietos, apuntando a todo el mundo, nadie se mueva, si le pasó algo al sargento verán. Pero nadie les hacía caso y los inconquistables y las habitantas corrían atropellándose entre las sillas, el arpista daba tumbos, atrapaba a uno, quién fue, ante la escalera y obligó a retroceder a los que querían escapar. La Chunga, el Joven y Bolas se inclinaron sobre Seminario: boca abajo, todavía conservaba el revólver en la mano y una viscosa mancha crecía entre sus pelos. El amigo, de rodillas, se tapaba la cara, Lituma seguía palpándose.

—Los guardias qué pasó, sargento, ¿se le insolentó y tuvo que cargárselo? —dijo el Bolas—. Y él como mareado, diciendo que sí a todo.

—El señor se suicidó —dijo el Mono—, no tenemos nada que ver, déjennos salir, nos esperan nuestras familias.

Pero los guardias habían trancado la puerta y la custodiaban, el dedo en el gatillo del fusil, y echaban sapos y culebras por sus bocas y sus ojos.

—Sean humanos, sean cristianos, déjennos salir —repetía José—. Estábamos divirtiéndonos, no nos metimos en nada. ¿Por quién quieren que se lo juremos?

—Trae una frazada de arriba, Maribel —dijo la Chunga—. Para taparlo.

—Tú no perdiste la cabeza, Chunga —dijo el Joven.

—Después tuve que botarla, las manchas no salían con nada —dijo la Chunga.

—Les pasan las cosas más raras —dijo el arpista—. Viven distinto, mueren distinto.

—¿De quién habla, maestro? —dijo el Joven.

—De los Seminario —dijo el arpista. Tenía la boca abierta, como si fuera a añadir algo, pero no dijo nada más.

—Creo que Josefino ya no vendrá a buscarme —dijo la Selvática—. Es tardísimo.

La puerta estaba abierta y por ella entraba el sol como un incendio voraz, todos los rincones del salón ardían. Sobre los techos de la barriada, el cielo aparecía altísimo, sin nubes, muy azul, y se veía también el lomo dorado del arenal y los chatos y ralos algarrobos.

—Te llevamos nosotros, muchacha —dijo el arpista—. Así te ahorras el taxi.

Cuatro

Silenciosas, impulsadas por las pértigas, las canoas se arriman a la orilla y Fushía, Pantacha y Nieves saltan a tierra. Se internan unos metros en la maleza, se acuclillan, hablan en voz baja. Entretanto, los huambisas varan las canoas, las ocultan bajo el ramaje, borran las pisadas del fango de la ribera y, a su vez, entran al monte. Llevan pucunas, hachas, arcos, haces de virotes colgados del cuello y en la cintura, cuchillos y los canutos embreados del curare. Sus rostros, torsos, brazos y piernas desaparecen bajo los tatuajes y, como para las grandes fiestas, se han teñido también los dientes y las uñas. Pantacha y Nieves llevan escopetas, Fushía sólo revólver. Un huambisa cambia unas palabras con ellos, luego se agazapa y, elásticamente, se pierde en el boscaje. ¿El patrón se sentía mejor? El patrón no se había sentido nunca mal, quién inventaba eso. Pero que el patrón no levantara la voz: los hombres se ponían nerviosos. Siluetas mudas, desparramadas bajo los árboles, los huambisas otean a derecha e izquierda, sus movimientos son sobrios y sólo el destello de sus pupilas y las furtivas contracciones de sus labios revelan el anisado y los cocimientos que estuvieron bebiendo toda la noche, en torno a una fogata, en el bajío donde acamparon. Algunos mojan en el curare los vértices forrados de algodón de los virotes, otros soplan las cerbatanas para expulsar las escorias. Quietos, sin mirarse unos a otros, esperan mucho rato. Cuando el huambisa que partió surge como un suavísimo felino entre los árboles, el sol está ya alto y sus lenguas amarillas derriten los trazos de huiro y de achiote de los cuerpos desnudos. Hay una complicada geografía de luces y de sombras, se ha acentuado el color de los matorrales, las cortezas parecen más duras, más rugosas, y viene de arriba un ensordecedor vocerío de pájaros. Fushía se incorpora, habla con el recién llegado, vuelve donde Pantacha y Nieves: los muratos están cazando en el bosque, sólo hay mujeres y criaturas, no se ve jebe ni cueros. ¿Valdrá la pena ir, de todos modos? El patrón piensa que sí, nunca se sabe, a lo mejor lo han escondido esos perros. Los huambisas hablan ahora congregados en torno al recién venido. Lo interrogan sin atropellarse, con monosílabos y él responde a media voz, apoyando sus palabras con ademanes y ligeros movimientos de cabeza. Se dividen en tres grupos, el patrón y los cristianos se ponen al frente y así avanzan, sin apuro, paralelos, precedidos de dos huambisas que van abriendo el follaje a machetazos. La tierra murmura apenas a su paso y al contacto de sus cuerpos las altas yerbas y las ramas se ladean con un mismo chasquido, luego tras ellos se enderezan y juntan. Continúan la marcha largo rato y, de repente, la luz es más cruda y próxima, los rayos atraviesan oblicuamente la vegetación que ralea y es más baja, menos monótona, más clara. Se detienen y, a lo lejos, se divisa ya el lindero del monte, un vasto claro, unas cabañas y las aguas quietas del lago. El patrón y los cristianos dan

todavía algunos pasos y observan. Las cabañas se aglo-
meran sobre una elevación de tierra calva y grisácea a
poca distancia del lago y, tras el poblado que se diría desierto, se extiende una playa lisa, color ocre. Por el flan-
co derecho, un brazo de bosque se estira y llega casi hasta las cabañas: por ahí, que Pantacha se hiciera ver y los
muratos se aventarían hacia este lado. Pantacha da media vuelta, explica, hace gestos rodeado de huambisas
que lo escuchan asintiendo. Se alejan en fila india, agaza-
pados, apartando las lianas con las manos, y el patrón,
Nieves y los otros tornan los ojos una vez más hacia el
poblado. Ahora da síntomas de vida: entre las cabañas se
adivinan siluetas, movimientos y unas figuras van lentamente hacia el lago, en formación, con bultos a la cabeza
que deben ser rodetes o cántaros, escoltadas por sombras minúsculas, tal vez perros, tal vez niños. ¿Nieves ve
algo? No ve jebe, patrón, pero esas cosas tendidas sobre
horcones pueden ser cueros secándose al sol. El patrón
no se lo explica, en la región hay gomales, ¿no habrán
venido ya los patrones a recoger el jebe? Esos muratos,
siempre tan flojos, difícil que se mueran trabajando. Los
diálogos de los huambisas son cada vez más roncos, más
enérgicos. En cuclillas o de pie o encaramados en los arbustos, miran fijamente las cabañas, las siluetas difumi-
nadas de la playa, las sombras rastreras y ahora sus ojos
no son dóciles sino indómitos y hay en ellos algo de la
codiciosa temeridad que dilata las pupilas del otorongo
hambriento, y hasta sus pieles tensas han cobrado la lus-
trosa tersura del jaguar. Sus manos denotan exaspera-
ción, aprietan las cerbatanas, palpan los arcos, los cuchillos, se golpean los muslos, y los dientes embadurnados

de huiro, limados como clavos, castañetean o mordisquean bejucos, fibras de tabaco. Fushía se les acerca, les habla y ellos gruñen, escupen y sus muecas son a la vez risueñas, beligerantes, exaltadas. Junto a Nieves, una rodilla en el suelo, Fushía observa. Las figuras vuelven del lago, evolucionan lánguidas, pesadas, entre las cabañas y en algún lugar han encendido una fogata: un arbolito gris sube hacia el cielo brillante. Ladra un perro. Fushía y Nieves se miran, los huambisas acercan las pucunas a los labios y, asomados a los umbrales del bosque, sus ojos buscan pero el perro no aparece. Ladra de rato en rato, invisible, a salvo. ¿Y si un día entraran y en las cabañas estuvieran los soldados, esperándolos? ¿Nunca se le ocurrió al patrón? Eso nunca se le ocurrió. Sí, en cambio, y en cada viaje, que cuando regresaran a la isla, los soldados estarían apuntándolos desde el barranco. Encontrarían todo quemado, muertas a las mujeres de los huambisas y a la patrona se la habrían llevado. Al principio, a él le daba un poco de miedo, ahora no, nada más nervios. ¿Nunca tuvo miedo el patrón? Nunca tuvo, porque los pobres que tienen miedo se quedan pobres toda la vida. Pero eso no le hacía, patrón, Nieves siempre había sido pobre y la pobreza no le quitaba el miedo. Es que Nieves se conformaba y el patrón no. Había tenido mala suerte pero pasaría, tarde o temprano pasaría al lado de los ricachos. Quién lo dudaba, patrón, él conseguía siempre lo que quería. Y una explosión de voces sacude la mañana: aullantes, súbitos, desnudos, emergen de la lengua de bosque y corren hacia el poblado, gesticulando ascienden la ladera y entre los veloces cuerpos distantes se divisan los calzoncillos blancos de Pantacha, se oyen sus gritos que recuerdan la sarcástica risa de la chicua y ahora ladran muchos perros y las cabañas expulsan sombras, chillidos y una tenaz agitación, una especie de hervor conmueve la ladera por donde huyen tropezando, rebotando, chocando unas con otras, figuras que vienen hacia el bosque y se distinguen, por fin, nítidamente: son mujeres. Los primeros cuerpos pintarrajeados han llegado a la cumbre. Detrás de Nieves y Fushía, los huambisas lanzan alaridos, saltan, todo el ramaje vibra y ya no se escucha a los pájaros. El patrón se vuelve, señala el descampado y las mujeres fugitivas: pueden ir. Pero ellos permanecen en el sitio todavía unos segundos, estimulándose con rugidos, jadeando y pataleando y, de pronto, uno alza la pucuna, echa a correr, cruza la angosta maleza que los separa del claro y, cuando llega al terreno descubierto, los demás corren también, los cuellos hinchados por los gritos. El práctico y Fushía los siguen y en el descampado las mujeres alzan los brazos, miran al cielo, se revuelven, estallan en grupos y los grupos en solitarias siluetas que brincan, van y vienen, caen al suelo y después desaparecen, una tras otra, sumergidas por las pieles de resplandores negros y rojizos. Fushía y Nieves avanzan y los gritos los siguen y preceden, parecen venir del polvo luminoso que los cerca mientras suben la ladera. En el poblado murato, los huambisas revolotean entre las cabañas, pulverizan a puntapiés los delgados tabiques, tumban a machetazos los techos de yarina, uno apedrea el vacío, otro apaga el fogón y todos se tambalean ¿ebrios? ¿atontados? ¿muertos de fatiga? Fushía va tras ellos, los sacude, los interroga, les da órdenes y Pantacha, sentado en un cántaro, sudoroso, los ojos saltones, boquiabierto, señala una cabaña indemne todavía: había un viejo ahí. Sí, por más que él les dijo, patrón, se la cortaron. Algunos huambisas se han calmado y escarban aquí y allá, pasan cargados de pieles, bolas de jebe, mantas que amontonan en el claro. El griterío se ha concentrado ahora, brota de las mujeres acorraladas entre un esqueleto de cañas y tres huambisas que las observan inexpresivos, a unos pasos de distancia. El patrón y Nieves entran a la cabaña y en el suelo, entre dos hombres arrodillados, hay unas piernas cortas y arrugadas, un sexo oculto por un estuche de madera, un vientre, un torso enclenque y lampiño de costillas que marcan la piel terrosa. Uno de los huambisas se vuelve, les muestra la cabeza que gotea, apenas ya, puntos granates. En cambio, el boquerón abierto entre los hombros huesudos surte siempre, esos perros, bocanadas intermitentes de sangre espesa, que se fijara en sus caras. Pero Nieves ha salido de la cabaña, saltando atrás como un cangrejo, y los dos huambisas no muestran entusiasmo alguno y tienen los ojos como entumecidos. Escuchan mudos, impasibles, a Fushía que chilla y hace gestos y estruja su revólver y cuando él calla salen de la cabaña y ahí está Nieves, apoyado en el tabique, vomitando. Era mentira, no se le había quitado el miedo todavía, pero que no le diera vergüenza, a cualquiera se le malograba el estómago, esos perros. ¿De qué servía el Pantacha? ¿De qué servía que el patrón diera órdenes? Y ésos nunca aprenderían, carajo, cualquier día les cortaban la cabeza a ellos. Pero aunque fuera a tiros, carajo, a patada limpia, carajo, esos carajos le obedecerían. Regresan al claro y los huambisas se apartan y todo ha sido ordenado en el suelo: pieles de lagarto, venado, serpiente y huangana, calabazas, collares, jebe, atados de barbasco. Siempre apiñadas y ruidosas, las mujeres revuelven los ojos, los perros ladran y Fushía examina los cueros a contraluz, calcula el peso del jebe y Nieves retrocede, se sienta en un tronco caído y Pantacha viene a su lado. ¿Sería el brujo? Quién sabía pero, eso sí, no trató de escapar y cuando entraron estaba sentadito y quemando unas hierbas. ¿Gritó? Quién sabía, él no lo oyó y primero quiso pararlos y después quiso irse y se fue y le temblaban las piernas y se cagó y no sintió que se cagaba. Eso sí, el patrón estaba furioso, no tanto porque lo mataron, ¿porque no le obedecieron?, sí. Y casi no había nada, esos cueros estaban dañados y el jebe era de la peor calidad, rabiaría. Pero ¿por qué se hacía? ¿No estaba enfermo también? Eran cristianos, en la isla uno se olvidaba que los chunchos eran chunchos, pero ahora se comprendía, no se podía vivir así, si hubiera masato se emborracharía. Y, además, que se fijara, le discutían al patrón, rabiaría, rabiaría. Oculto por los huambisas que lo amurallan, la voz de Fushía truena mediocremente en la mañana soleada, y ellos truenan con vehemencia, agitan los puños, escupen y vibran. Sobre sus cabelleras lacias, aparece la mano del patrón con el revólver, apunta al cielo y dispara y los huambisas murmuran un segundo, callan, otro disparo y las mujeres también callan. Sólo los perros siguen ladrando. ¿Por qué quería partir de una vez el patrón? Los huambisas estaban cansados, Pantacha también estaba cansado, y ellos querían celebrar, era justo, ellos no se sacaban la mugre por el jebe ni los cueros, sólo por el gusto, un día se calentarían, los matarían a ellos. Es que el patrón estaba enfermo, Pantacha, quería demostrar que no, pero no podía. ¿Antes no se ponía de buen humor? ¿No le gustaba celebrar también? Ahora ni miraba a las mujeres y siempre andaba rabiando. ¿Se estaría enloqueciendo por lo que no se hacía rico como quería? Fushía y los huambisas dialogan ahora con animación, sin violencia, no hay rugidos sino un cuchicheo vivaz, nervioso, circular, y algunos rostros se muestran joviales. Las mujeres están silenciosas, soldadas unas contra otras, abrazadas a sus criaturas y a sus perros. ¿Enfermo? Claro, la noche antes de que Jum se fuera de la isla, Nieves entró y lo vio, las achuales le estaban sobando las piernas con resina y él, carajo, fuera, se enfureció, no quería que supieran que andaba enfermo. Fushía da instrucciones, los huambisas enrollan las pieles, se echan al hombro las bolas de jebe, pisotean y destruyen todo aquello que el patrón ha descartado y Pantacha y Nieves se acercan al grupo. Estaban cada vez peor esos perros, no querían obedecer, se le insolentaban, carajo, pero él les enseñaría. Es que querían festejar, patrón, y, además, había tantas mujeres. ¿Por qué no los dejaba el patrón? Semejante imbécil, ¿él también?, ¿la región no estaba llena de tropa?, serrano bruto, si se emborrachaban les duraría dos días, huevón, empezando por él, podían volver los muratos, sorprenderlos los soldados. El patrón no quería líos por tan poca cosa, que llevaran la mercadería al río, huevón, y bien rápido. Varios huambisas bajan ya la ladera y Pantacha va tras ellos, rascándose, apurándolos, pero los hombres andan sin prisa y sin ganas, en silenciosas y morosas filas curvas. Los que permanecen en el poblado murmuran, merodean confusamente de un lado a otro, evitan a Fushía que los observa, el revólver en la mano, desde el centro del claro. Por fin, unos tabiques comienzan a arder. Los huambisas dejan de moverse, esperan como apaciguados que las llamas abracen en un solo torbellino la vivienda. Luego, emprenden el regreso. Al descender la ladera pelada, se vuelven a mirar a las mujeres que en la cumbre echan manotones de tierra a la cabaña en llamas. Llegan al bosque y deben abrir de nuevo una trocha a machetazos y avanzar por un delgado, precario pasadizo sombreado, entre troncos, bejucos, lianas y breves aguajales. Cuando invaden la playa, Pantacha y sus hombres han sacado las canoas del ramaje e instalado la carga. Embarcan, parten, adelante la canoa del práctico, que va midiendo con la tangana la profundidad del lecho. Navegan toda la tarde, con un breve alto para comer, y, cuando oscurece, atracan en una playa, semioculta por chambiras mellizas erizadas de espinas. Encienden una fogata, sacan los fiambres, asan unas yucas y Pantacha y Nieves llaman al patrón: no, no quiere comer. Se ha tendido en la arena de espaldas, usa sus brazos de almohada. Ellos comen y se tumban uno junto al otro, se cubren con una manta murato. Daba no sé qué ver al patrón tan cambiado, no sólo no comía, tampoco hablaba. Sería eso de las piernas, ¿se había fijado?, caminaba que apenas podía y siempre se quedaba atrás. Debían dolerle, seguro, y, además, no se quitaba el pantalón ni las botas para nada. Los murmullos se cruzan y descruzan en la negrura, la recorren en todas direcciones: voces de insectos, voces del río que bate las peñas, la grama y la tierra de la ribera. En las tinieblas del contorno los cocuyos brillan como fuegos fatuos. Pero Pantacha lo había visto cuando él sacó ese akítai de los muratos, era más bonito, con más colores que los que hacían los huambisas, lo había visto cuando él se lo escondía en el pantalón. ¿Ah, sí? ¿Y qué creía Pantacha, por qué se escaparía Jum de la isla? Que no le cambiara de conversación, ¿le llevaba a la shapra ese akítai?, ¿se había enamorado de ella? Cómo se iba a enamorar si ni siquiera se entendía con ella, ni siquiera le gustaba mucho. ¿Se le pasaría, entonces? ¿Cuando regresaran? ¿La misma noche? Sí, la misma noche que regresaran, si quería. ¿Para quién, entonces, ese akítai? ¿Para una de las achuales? ¿El patrón le iba a pasar una achual? Para nadie, para él solito, le gustaban las cosas de plumas y, además, sería un recuerdo.

I

Bonifacia esperó al sargento al pie de la cabaña. El viento alzaba sus cabellos como una cresta, y también parecían de gallito su actitud satisfecha, la postura de sus piernas plantadas en la arena y su potito firme y saliente. El sargento sonrió, acarició el brazo desnudo de Bonifacia, palabra, lo había emocionado verla desde lejos, y los ojos verdes se dilataron un poco, el sol se reflejaba como una vibración de dardos minúsculos en cada pupila.

—Te has lustrado las botas —dijo Bonifacia—. Tu uniforme parece nuevo.

Una sonrisa complacida redondeó la cara del sargento y casi borró sus ojos:

—Lo lavó la señora Paredes —dijo—. Tenía miedo que lloviera pero qué suerte, ni una nubecita. Parece día piurano.

—Ni cuenta te has dado —dijo Bonifacia—. ¿No te gusta mi vestido? Es nuevo.

—De veras, no me había fijado —dijo el sargento—. Te queda bien, el color amarillo les cae justo a las morenitas.

Era un vestido sin mangas, con escote cuadrado y ruedo amplio. El sargento examinaba a Bonifacia risueño, su mano le acariciaba siempre el brazo y ella permanecía inmóvil, sus ojos en los del sargento. Lalita le había prestado zapatos blancos, se los probó anoche y le hacían doler, pero se los pondría para la iglesia, y el sargento miró los pies de Bonifacia, desnudos, ahogados en la arena: no le gustaba que andara patacala. Aquí no importaba, chinita, pero cuando se fueran, tendría que andar siempre con zapatos.

—Primero tengo que acostumbrarme —dijo Bonifacia—. ¿No ves que en la misión sólo me he puesto sandalias? No son lo mismo, no aprietan.

Lalita apareció en la baranda: qué sabía del teniente, sargento. Una cinta sujetaba sus largos cabellos y en su garganta brillaba un collar de chaquira. Tenía los labios pintados, qué buenamoza estaba la señora, colorete en las mejillas, con ella le gustaría casarse al sargento, y Lalita: ¿no había llegado el teniente?, ¿qué se sabía?

—Ninguna noticia —dijo el sargento—. Sólo que no ha llegado a la guarnición de Borja todavía. Parece que llueve fuerte, se habrán quedado botados a medio camino. Pero por qué les preocupa tanto, ni que el teniente fuera hijo de ustedes.

—Váyase, sargento —dijo Lalita, de mal modo—. Trae mala suerte ver a la novia antes de la misa.

—¿Novia? —estalló la madre Angélica—. Querrás decir concubina, amancebada.

—No, madrecita —insistió Lalita, con voz humilde—. Novia del sargento.

—¿Del sargento? —dijo la superiora—. ¿Desde cuándo? ¿Cómo ha sido eso?

Incrédulas, sorprendidas, las madres se inclinaron hacia Lalita, que había adoptado una actitud reservada, las manos juntas, la cabeza baja. Pero espiaba a las madres por el rabillo del ojo y su media sonrisa era engañosa.

—Si me sale mala, usted y don Adrián serán los culpables —dijo el sargento—. Ustedes me metieron en estas honduras, señora.

Reía con la boca abierta, muy fuerte, y su cuerpo, también regocijado, se estremecía de pies a cabeza. Lalita hacía conjuros con los dedos para espantar la mala suerte y Bonifacia se había alejado unos pasos del sargento.

—Váyase a la iglesia —repitió Lalita—. Se está desgraciando y la está desgraciando a ella por puro gusto. ¿A qué ha venido?

A qué iba a ser, señora, y el sargento estiró las manos hacia Bonifacia, para ver a su chinita, y ella corrió, se había antojado pues, y al igual que Lalita cruzó los dedos y exorcizó al sargento que, cada vez de mejor humor, brujas, brujas, se reía a carcajadas; ah, si vieran los mangaches a este par de brujas. Pero ellas no estaban de acuerdo y el pequeño puño trémulo de la madre Angélica escapó de la manga, batió el aire y desapareció entre los pliegues del hábito: no pondría los pies en esta casa. Estaban en el patio, frente a la residencia y, al fondo, las pupilas correteaban entre los frutales de la huerta. La superiora parecía suavemente abstraída.

—A usted es la que más extraña, madre Angélica —dijo Lalita—. Soy más suertuda que cualquiera dice, tengo muchas madres dice, y la primera su mamita Angélica. Más bien ella creía que usted me ayudaría a rogarle a la superiora, madrecita.

—Es un demonio lleno de tretas y de malas artes —el puño apareció y desapareció—. Pero a mí no me va a engatusar así nomás. Que se vaya con su sargento si quiere, aquí no entrará.

—¿Por qué no vino ella en vez de mandarte a ti? —dijo la superiora.

—Le da vergüenza, madrecita —dijo Lalita—. No sabía si usted la recibiría o la botaría de nuevo. ¿Acaso porque nació pagana no tiene su orgullo? Perdónela, madre, fíjese que va a casarse.

—Iba a buscarlo, sargento —dijo el práctico Nieves—. No sabía que estaba aquí.

Había salido a la terraza y se apoyaba en la baranda, junto a Lalita. Vestía unos pantalones de tocuyo blanco y una camisa de manga larga, sin cuello. Iba sin sombrero, calzaba unos zapatos de suela gruesa.

—Váyanse de una vez —dijo Lalita—. Adrián, llévatelo ahora mismo.

El práctico bajó la escalerilla, las piernas tiesas como garrotes, el sargento hizo un saludo militar a Lalita y a Bonifacia le guiñó un ojo. Partieron hacia la misión, no por la trocha paralela al río, sino entre los árboles de la colina. ¿Cómo se sentía el sargento? ¿Hasta qué hora había durado la despedida anoche, donde Paredes? Hasta las dos, y el Pesado se emborrachó y se había metido al agua vestido, don Adrián, él también se trancó un poco. ¿Se sabía algo del teniente ya? Pero ¿otra vez, don Adrián? No se sabía nada, lo habrían agarrado las lluvias y estaría echando espuma. Suerte que no se habían quedado con él, entonces. Sí, a lo mejor tenía para rato, decían que por el Santiago había un verdadero diluvio. A ver, en confianza, ¿estaba contento de casarse, sargento?, y el sargento sonrió, unos segundos sus ojos se ausentaron y, de pronto, se dio una palmada en el pecho: esa mujer se le había metido aquí, don Adrián, por eso se casaba con ella.

—Se ha portado usted como un buen cristiano —dijo Adrián Nieves—. Aquí sólo se casan las parejas que tienen muchos años, las madres y el padre Vilancio se matan aconsejándolas y ellas nada. En cambio usted se la lleva ahí mismo a la iglesia, sin que esté embarazada siquiera. La muchacha está contenta. Anoche decía he de ser buena mujer.

—En mi tierra dicen que el corazón nunca engaña —dijo el sargento—. Y mi corazón me dice que será buena mujer, don Adrián.

Avanzaban despacio, evitando las charcas, pero las polainas del sargento y el pantalón del práctico se habían llenado ya de salpicaduras. Los árboles de la colina filtraban la luz del sol, le imprimían cierta frescura y la agitaban. A los pies de la misión, Santa María de Nieva yacía quieta y dorada entre los ríos y el bosque. Saltaron un montículo, subieron el sendero pedregoso y allí arriba, en la puerta de la capilla, un grupo de aguarunas se llegó a la orilla de la pendiente para verlos: mujeres de pechos caídos, niños desnudos, hombres de ojos esquivos y profusas cabelleras. Se apartaron para dejarlos pasar y algunos chiquillos alargaron las manos y gruñeron. Antes de entrar a la iglesia, el sargento se sacudió el uniforme con el pañuelo y se acomodó el quepí, Nieves desdobló la basta de su pantalón. La capilla estaba llena, olía a flores y a mecheros de resina, la calva de don Fabio Cuesta relucía como una fruta en la penumbra. Se había puesto corbata y, desde su banca, hizo adiós al sargento que se llevó la mano al quepí. Detrás del gobernador, el Pesado, el Chiquito, el Oscuro y el Rubio bostezaban, las bocas agrias y los ojos inyectados, y los Paredes y sus hijos ocupaban dos bancas: innumerables chiquillos de pelos húmedos. En el ala opuesta, detrás de una reja donde la penumbra se convertía en oscuridad, una formación de guardapolvos y melenas idénticas: las pupilas. Arrodilladas, inmóviles, sus ojos como una nube de cocuyos curiosos perseguían al sargento que, en puntas de pie, iba estrechando las manos de los asistentes, y el gobernador se tocó la calva, sargento: tenía que quitarse la gorra en la iglesia y estar con la cabeza descubierta, como él. Los guardias sonrieron y el sargento se alisaba los cabellos alborotados por el ímpetu con que se había sacado el quepí. Fue a sentarse en la primera fila, junto al práctico Nieves. ¿Habían arreglado bonito el altar, no? Muy bonito, don Adrián, eran simpáticas las monjitas. Los jarrones de greda roja ardían de flores, y también había orquídeas trenzadas en collares que bajaban desde el crucifijo de madera hasta el suelo; a ambos lados del altar, maceteros de altos helechos se alineaban en filas dobles hasta tocar las paredes, y el suelo de la capilla había sido regado y estaba brillando. De los candeleros encendidos, canutos de humo transparente y oloroso ascendían por el aire oscuro e iban a alimentar la capa densa de vapor que flotaba junto al techo: ya estaban ahí, sargento, la novia y la madrina. Hubo un murmullo, las cabezas giraron hacia la puerta. Empinada en los zapatos blancos de tacón, Bonifacia tenía ahora la misma estatura que

Lalita. Un velo negro le ocultaba los cabellos, sus ojos recorrían las bancas, grandes y alarmados, y Lalita cuchicheaba con los Paredes, su vestido floreado imponía a ese sector de la capilla una vivacidad airosa, juvenil. Don Fabio se inclinó hacia Bonifacia, le dijo algo al oído y ella sonrió, pobre: estaba cortada la chinita, don Adrián, qué cara de vergüenza tenía. Después le darían trago y se alegraría, sargento, lo que pasaba es que se moría de miedo de encontrarse con las madres, creía que iban a reñirla, ¿no es cierto que eran bonitos sus ojos, don Adrián? El práctico se llevó un dedo a la boca y el sargento miró al altar y se persignó. Bonifacia y Lalita se sentaron junto a ellos y, un momento después, Bonifacia se arrodilló y se puso a rezar, las manos juntas, los ojos cerrados, los labios moviéndose apenas. Seguía así cuando chirrió la reja e ingresaron las madres a la capilla, adelante la superiora. De dos en dos, iban hacia el altar, se arrodillaban, se persignaban, sin bulla se dirigían a las bancas. Cuando las pupilas comenzaron a cantar, todos se pusieron de pie, y entró el padre Vilancio, sus rojísimas barbas como una pechera sobre el hábito morado. La superiora hizo señas a Lalita indicándole el altar, y Bonifacia, todavía de rodillas, se secaba los ojos con el velo. Luego se levantó y avanzó entre el práctico y el sargento, muy erguida, sin mirar a los lados. Y toda la misa estuvo rígida, la mirada clavada en un punto intermedio entre el altar y los collares de orquídeas, mientras las madres y las pupilas rezaban en alta voz y los demás se arrodillaban, se sentaban y se levantaban. Después el padre Vilancio se acercó a los novios, el sargento se puso en posición de firmes, las rojas barbas estaban a milímetros del rostro de Bonifacia, interrogó al sargento que chocó los tacos y dijo sí con energía, y a Bonifacia, pero la respuesta de ella no se oyó. Ahora el padre Vilancio sonreía cordialmente y alcanzaba su mano al sargento, y a Bonifacia, que la besó. La atmósfera de la capilla pareció aligerarse, las pupilas dejaron de cantar y había diálogos a media voz, sonrisas, movimientos. El práctico Nieves y Lalita abrazaban a los novios y, en la rueda formada en torno a ellos, don Fabio bromeaba, las criaturas reían, el Pesado, el Chiquito, el Oscuro y el Rubio esperaban uno detrás de otro para felicitar al sargento. Pero la superiora los dispersó, señores, estaban en la capilla, silencio, que salieran al patio, y su voz dominaba a las otras. Lalita y Bonifacia franquearon la reja, luego los invitados, al final las madres, y Lalita sonsa, que la soltara, Bonifacia, las madrecitas habían puesto una mesa con mantel blanco, llena de jugos y de pastelitos, que la soltara que todos querían felicitarla. Las piedras del patio destellaban y, en los muros blancos de la residencia, acribillados por el sol, había sombras como enredaderas. Qué vergüenza les tenía, madrecitas, ni a mirarlas se atrevía, y hábitos, susurros, risas, uniformes revoloteaban alrededor de Lalita. Bonifacia seguía abrazada a ella, la cabeza oculta en el vestido floreado y, entre tanto, el sargento recibía y distribuía abrazos: estaba llorando, madrecitas, qué sonsa. ¿Por qué se ponía así, Bonifacia? Era por ustedes, madres, y la superiora tonta, no llores, ven que te abrace. Bruscamente, Bonifacia soltó a Lalita, se volvió y cayó en los brazos de la superiora. Ahora pasaba de una madre a otra, tenía que rezar siempre, Bonifacia, sí mamita, ser muy cristiana, sí, no olvidarse de ellas, nunca las olvidaría, y Bonifacia las abrazaba muy fuerte, y ellas muy fuerte, y gruesos, involuntarios, invencibles lagrimones corrían por las mejillas de Lalita, borraban el colorete, sí, sí, las querría siempre, y descubrían los estigmas de su piel, había rezado tanto por ellas, granos, manchas, cicatrices. Estas madres no tenían precio, padre Vilancio, todo lo que les habían preparado. Pero, atención, el chocolate se les estaba enfriando y el gobernador tenía hambre. ¿Podían comenzar, madre Griselda? La superiora rescató a Bonifacia de los brazos de la madre Griselda, claro que podían, don Fabio, y la ronda se abrió: dos pupilas abanicaban la mesa atestada de fuentes y de jarras y, entre ellas, había una silueta oscura. ¿Quién le había preparado todo eso, Bonifacia? Tenía que adivinar y Bonifacia lloriqueaba, madre, dime que me has perdonado, tironeaba el hábito de la superiora, que le hiciera ese regalo, madre. Fino, rosado, el índice de la superiora apuntó al cielo: ¿había pedido perdón a Dios? ¿Se había arrepentido? Todos los días, madre, y entonces la había perdonado, pero tenía que adivinar, ¿quién había sido? Bonifacia gimoteaba, quién iba a ser, sus ojos buscaban entre las madres, ¿dónde estaba, dónde se había ido? La silueta oscura apartó a las dos pupilas y avanzó, encorvada, arrastrando los pies, la cara más huraña que nunca: al fin se acordaba de ella esa ingrata, esa malagradecida. Pero ya Bonifacia se había abalanzado y, en sus brazos, la madre Angélica trastabillaba, el gobernador y los otros habían empezado a comer pastelitos y ella había sido, su mamita, y la madre Angélica nunca había venido a verla, demonio, pero se había soñado con ella, pensado cada día y cada noche en su mamita, y la madre

Angélica que probara de ésos, de éstos, que tomara un jugo.

—Ni me dejó entrar a la cocina, don Fabio —decía la madre Griselda—. Esta vez tiene que alabar a la madre Angélica. Ella le preparó todo a su engreída.

—Qué no habré hecho yo por ésta —dijo la madre Angélica—. He sido su niñera, su sirvienta, ahora su cocinera.

Su rostro se empeñaba en seguir enfurruñado y rencoroso, pero se le había quebrado la voz ya, roncaba como una pagana, y, de repente, se le aguaron los ojos, se torció su boca, y rompió en sollozos. Su vieja mano curva palmoteaba torpemente a Bonifacia y las madres y los guardias se pasaban las fuentes, llenaban los vasos, el padre Vilancio y don Fabio reían a carcajadas y uno de los chiquillos de Paredes se había trepado a la mesa, su madre le daba azotes.

—Cómo la quieren, don Adrián —dijo el sargento—. Cómo me la miman.

—¿Pero por qué tanto lloro? —dijo el práctico—. Si en el fondo están tan contentas.

—¿Puedo llevarles algo, mamita? —dijo Bonifacia. Señalaba a las pupilas, formadas en tres hileras ante la residencia. Algunas le sonreían, otras le enviaban adioses tímidos.

—Ellas tienen su colación especial, también —dijo la superiora—. Pero anda a abrazarlas.

—Te han preparado regalos —gruñó la madre Angélica, el rostro deformado por las lágrimas y los pucheros—. También nosotras, yo te he hecho un vestidito.

—Todos los días he de venir a verte —dijo Bonifacia—. Te ayudaré, mamita, yo seguiré sacando las basuras.

Se separó de la madre Angélica y fue hacia las pupilas, que se desbandaron y salieron a su encuentro, en medio de un vocerío. La madre Angélica se abrió paso entre los invitados, y, cuando llegó junto al sargento, su cara estaba menos pálida, hosca de nuevo.

—¿Vas a ser un buen marido? —gruñó, sacudiéndolo del brazo—. Ay de ti si le pegas, ay de ti si te vas con otras mujeres. ¿Te portarás bien con ella?

—Pero cómo no, madrecita —repuso el sargento, confuso—. Si la quiero tanto.

—Ah, ya te despertaste —dijo Aquilino—. Es la primera vez que duermes así desde que salimos. Antes, eras tú el que me estaba mirando cuando yo abría los ojos.

—Me he soñado con Jum —dijo Fushía—. Toda la noche viendo su cara, Aquilino.

—Varias veces te sentí quejarte, y una me pareció que hasta llorabas —dijo Aquilino—. ¿Era por eso?

—Cosa rara, viejo —dijo Fushía—, yo no entraba para nada en el sueño, sólo Jum.

—¿Y qué soñabas con el aguaruna? —dijo Aquilino.

—Que se moría, en la playita esa donde Pantacha se preparaba sus cocimientos —dijo Fushía—. Y alguien se le acercaba y le decía vente conmigo y él no puedo, me estoy muriendo. Así todo el sueño, viejo.

—A lo mejor estaba ocurriendo —dijo Aquilino—. A lo mejor se murió anoche y se despidió de ti.

—Lo habrán matado los huambisas que lo odiaban tanto —dijo Fushía—. Pero espera, no seas así, no te vayas.

—Es por gusto —dijo Lalita, acezando—, me llamas y cada vez es por gusto. Para qué me haces venir si no puedes, Fushía.

—Sí puedo —chilló Fushía—, sólo que tú quieres acabar ahí mismo, no me das tiempo siquiera y te pones furiosa. Sí puedo, puta.

Lalita se ladeó y quedó de espaldas en la hamaca que crujía al balancearse. Una claridad azul entraba a la cabaña por la puerta y las rendijas con los humores cálidos y los murmullos de la noche, pero no llegaba hasta la hamaca; éstos sí.

—Tú crees que me engañas —dijo Lalita—. Crees que soy tonta.

—Tengo preocupaciones en la cabeza —dijo Fushía—, necesito que se me olviden pero tú no me das tiempo. Soy un hombre, no un animal.

—Lo que pasa es que estás enfermo —susurró Lalita.

—Lo que pasa es que me dan asco tus granos —chilló Fushía—, lo que pasa es que te has vuelto vieja. Sólo contigo no puedo, con cualquier otra cuantas veces quiera.

—Las abrazas y las besas pero tampoco les puedes —dijo Lalita, muy despacio—. Las achuales me han contado.

—¿Les hablas de mí, puta? —el cuerpo de Fushía contagiaba a la hamaca un ansioso y continuo temblor—. ¿A las paganas les hablas de mí? ¿Quieres que te mate?

—¿Quieres saber adónde iba cada vez que se desaparecía de la isla? —dijo Aquilino—. A Santa María de Nieva.

—¿A Nieva? ¿Y qué iba a hacer ahí? —dijo Fushía—. ¿Cómo sabes tú que Jum se iba a Santa María de Nieva?

—Supe hace poco —dijo Aquilino—. ¿La última vez que se escapó fue hace unos ocho meses?

—Ya casi no llevo la cuenta del tiempo, viejo —dijo Fushía—. Pero sí, hará unos ocho meses. ¿Te encontraste con Jum y él te contó?

—Ahora que estamos lejos, ya lo puedes saber —dijo Aquilino—. Lalita y Nieves están viviendo ahí. Y al poco tiempo de llegar ellos a Santa María de Nieva se les presentó Jum.

—¿Tú sabías dónde estaban? —jadeó Fushía—. ¿Tú los ayudaste, Aquilino? ¿También tú eres un perro? ¿También tú me traicionaste, viejo?

—Por eso te da vergüenza y te escondes y no te desvistes en mi delante —dijo Lalita y la hamaca dejó de crujir—. ¿Pero acaso no huelo cómo te apestan? Las piernas se te están pudriendo, Fushía, eso es peor que mis granos.

El vaivén de la hamaca era otra vez muy activo y, de nuevo crujían las estacas, largamente, pero no era él quien ahora temblaba, sino Lalita. Fushía se había encogido, y era una forma rígida y como anonadada entre las mantas, una garganta rota tratando de hablar, y en la sombra de su rostro había dos lucecitas vivas y espantadas a la altura de los ojos.

—Tú también me insultas —balbuceó Lalita—. Y si te pasa algo yo tengo la culpa, ahora tú me llamaste y todavía te enojas. A mí también me da cólera y digo cualquier cosa.

—Son los zancudos, puta —gimió Fushía bajito y su brazo desnudo golpeó, sin fuerzas—. Me han picado y se me han infectado.

—Sí, los zancudos y es mentira que te apesten, pronto te vas a curar —sollozó Lalita—. No te pongas así, Fushía, con la cólera no se piensa, se dice cualquier cosa. ¿Te traigo agua?

—¿Se están construyendo una casa? —dijo Fushía—. ¿Se van a quedar para siempre en Santa María de Nieva esos perros?

—A Nieves lo han contratado como práctico los guardias que hay ahí —dijo Aquilino—. Ha venido otro teniente, más joven que ese que se llamaba Cipriano. Y Lalita está esperando un hijo.

—Ojalá se le muera en la barriga, y se muera ella también —dijo Fushía—. Pero dime, viejo, ¿no fue ahí donde lo colgaron? ¿A qué iba Jum a Santa María de Nieva? ¿Quería vengarse?

—Iba por esa historia tan vieja —dijo Aquilino—. A reclamar el jebe que le quitó el señor Reátegui cuando fue a Urakusa con los soldados. No le hicieron caso, y Nieves se dio cuenta que no era la primera vez que iba a reclamar, que todas sus escapadas de la isla eran para eso.

—¿Iba a reclamarles a los guardias mientras trabajaba conmigo? —dijo Fushía—. ¿No se daba cuenta? Pudo fregarnos a todos ese bruto, viejo.

—Más bien di cosa de loco —dijo Aquilino—. Seguir con lo mismo después de tantos años. Se estará muriendo y no se le habrá quitado de la cabeza lo que le pasó. No he conocido ningún pagano tan terco como Jum, Fushía.

—Me picaron cuando me metí a la cocha a sacar la charapa que se murió —gimió Fushía—. Los zancudos, las arañas del agua. Pero las heridas ya se están secando, bruta, ¿no ves que cuando uno se rasca se infectan? Por eso huelen.

—No huelen, no huelen —dijo Lalita—, si era cosa de la cólera, Fushía. Antes tú querías todo el tiempo y yo tenía que inventarme cosas, estoy sangrando, no puedo. ¿Por qué has cambiado, Fushía?

—Te has ablandado, estás vieja, a un hombre sólo lo arrechan las mujeres duras —chilló Fushía y la hamaca comenzó a brincar—, eso no tiene que ver con las picaduras de los zancudos, perra.

—Si ya no hablo de los zancudos —susurró Lalita—, si ya sé que te estás curando. Pero el cuerpo me duele en las noches. ¿Para qué me llamas entonces, si soy como dices? No me hagas sufrir, Fushía, no me hagas venir a tu hamaca si no puedes.

—Sí puedo —chilló él—, cuando quiero puedo, pero contigo no quiero. Sal de aquí, háblame de los zancudos y ahí donde tanto te duele te meto un balazo. Fuera, sal de aquí.

Siguió chillando hasta que ella apartó el mosquitero, se levantó y fue a echarse en la otra hamaca. Entonces, Fushía calló, pero las estacas seguían crujiendo cada cierto tiempo, con violentos sacudones, como atacadas de fiebres, y sólo mucho rato más tarde quedó apaciguada la cabaña, envuelta en las murmuraciones nocturnas del bosque. Tendida de espaldas, los ojos abiertos, Lalita acariciaba con sus manos las cuerdas de chambira de la hamaca. Uno de sus pies escapó del mosquitero

393

y enemigos minúsculos y alados lo atacaron por docenas, vorazmente se posaron en sus uñas y en sus dedos. Hurgaban la piel con sus armas finas, largas y zumbantes. Lalita golpeó el pie contra la estaca y ellos huyeron, atolondrados. Pero unos segundos después habían vuelto.

—Entonces el perro de Jum sabía dónde estaban —dijo Fushía—. Y él tampoco me dijo nada. Todos se habían puesto contra mí, Aquilino, hasta Pantacha sabría a lo mejor.

—Quiere decir que no se ha acostumbrado y que todo lo que hace es para volver a Urakusa —dijo Aquilino—. Debe extrañar mucho su pueblo, debe tenerle cariño. ¿De veras que cuando iba contigo les discurseaba a los paganos?

—Los convencía que me dieran el jebe sin pelea —dijo Fushía—. Echaba chispas y siempre les contaba la historia de los dos cristianos esos. ¿Tú los conociste, viejo? ¿Cuál era su negocio? Nunca he podido saber.

—¿Los que se fueron a vivir a Urakusa? —dijo Aquilino—. Una vez oí al señor Reátegui hablar de eso. Eran extranjeros que venían a levantar a los chunchos, a aconsejarlos que mataran a todos los cristianos de acá. Por hacerles caso es que le vino la mala a Jum.

—Yo no sé si los odiaba o les tenía cariño —dijo Fushía—. A veces decía Bonino y Teófilo como si quisiera matarlos, y otras como si hubieran sido sus amigos.

—Adrián Nieves decía lo mismo —dijo Aquilino—. Que Jum cambiaba de opinión todo el tiempo sobre esos cristianos, y que no se decidía, un día eran buenos y al siguiente malos, diablos malditos.

Lalita cruzó la cabaña de puntillas y salió y afuera el aire estaba cargado de un vapor que humedecía la piel y, al entrar por la boca y las narices, aturdía. Los huambisas habían apagado las fogatas, sus cabañas eran unas bolsas negras, muy espesas, quietas sobre la isla. Un perro vino a frotarse en sus pies. En el cobertizo, junto al corral, las tres achuales dormían bajo una misma manta, sus rostros brillantes de resina. Cuando Lalita llegó frente a la cabaña de Pantacha y espió, su itípak mojada de sudor se pegaba a su cuerpo: una pierna musculosa emergía de las sombras, entre los muslos lisos y sin vello de la shapra. Estuvo observando, la respiración anhelante, la boca entreabierta, una mano en el pecho. Luego, corrió hacia la cabaña vecina y empujó la puerta de bejucos. En el oscuro rincón donde estaba el camastro de Adrián Nieves hubo un ruido. El práctico debía haberse despertado ya, estaría reconociendo su silueta recortada contra la noche en el umbral, los dos ríos de cabellos que encuadraban su cuerpo hasta la cintura. Después crujieron las tablas y un triángulo blanco avanzó hacia ella, buenas noches, un contorno de hombre, ¿qué había pasado?, una voz soñolienta y sorprendida. Lalita no decía nada, sólo jadeaba y esperaba, exhausta, como al final de una larga carrera. Faltaban muchas horas para que trinos y rumores alegres reemplazaran a los graznidos nocturnos y, sobre la isla, revolotearan pájaros, mariposas de colores, y la luz clara del amanecer iluminase los troncos leprosos de las lupunas. Era todavía la hora de las luciérnagas.

—Pero te voy a decir una cosa —dijo Fushía—. Lo que más me duele de todo, Aquilino, lo que más me pesa, es haber tenido tanta mala suerte.

—Tápate, no te muevas —dijo Aquilino—. Viene un barquito, mejor que te escondas.

—Pero rápido, viejo —dijo Fushía—. Aquí no puedo respirar, me ahogo. Pásalo rápido.

Está claro como en el verano, el sol dispara rayos, los ojos lagrimean al mirarlos. Y el corazón siente ese calor, quiere cruzar la calle, pasar bajo los tamarindos, ir a sentarse a su banco. Levántate de una vez, para qué sirve la cama si no viene el sueño, una arenita fina como sus cabellos estará cayendo sobre el Viejo Puente, anda a sentarte a La Estrella del Norte, bájate el sombrero, espérala, ya llegará. No te impacientes así, y Jacinto es triste la ciudad vacía, fíjese don Anselmo, ya pasaron los barrenderos y la arena lo ensució todo de nuevo. Mira la esquina del Mercado, ahí llega el burro cargado de canastas, ¿no es ahora cuando la ciudad despierta? Ahí está, liviana, silenciosa, entra en la plaza como resbalando, mira cómo la lleva junto a la glorieta, la sienta, toca sus manos, sus cabellos, y ella dócil, sus rodillas juntas, sus brazos cruzados: ahí está tu recompensa por tanto desvelo. Y ahí se va la gallinaza dando varazos al piajeno, enderézate en la silla, acomódate mejor, sigue mirándola. ¿Viene de frente el amor, la cara al aire, viene disimulado? Y tú es pena, ternura, compasión, gana de hacerle regalos. Déjale la rienda floja y que vaya como quiera, al paso, al trote, al galope, él sabe adónde, es temprano. Y, mientras tanto, haz apuestas: tanto que estará de blanco, tanto de amarillo, tanto con la cinta, veré sus orejas, tanto sin la cinta, los cabellos sueltos, hoy no las veré, tanto con sandalias, tanto que descalza. Y si ganas será Jacinto el que ganará, y él por qué hoy tanta propina y ayer la mitad si consumió lo mismo, ¿cómo sabría? No sabe nada, tiene usted cara de sueño, ¿nunca duerme, don Anselmo?, tú es una vieja costumbre, no acostarme sin desayunar, el aire de la madrugada despeja el cerebro, allá todo huele a jarana, humo y alcohol, ahora regreso y comienza para mí la noche. Y él iré a visitarlo pronto, tú claro muchacho, búscame, tomaremos una copa, tienes crédito, ya sabes. Pero ahora que se vaya, que te quedes solo, que nadie ocupe tu mesa, que entre la mañana pronto, que llegue la gente, que una blanca se le acerque, que la haga dar vueltas, que la traiga a La Estrella del Norte y le convide un dulce. Y ahí, de nuevo, la tristeza, la cólera en el corazón, el tiempo no las aplacó. Y entonces llévate el café, Jacinto, un trago corto, y después otro, y por fin media botella del seleccionado. Y a mediodía Chápiro, don Eusebio, el doctor Zevallos hay que subirlo al caballo, lo llevará hasta el arenal, las habitantas se encargarán de acostarlo. Préndete de la montura, pues, cabecea entre los médanos, rueda como un fardo al suelo, llega gateando al salón, y ellas que duerma aquí mismo, pesa tanto para subirlo a la torre, traigan una bacinica que está vomitando, bajen un colchón, quítenle las botas. Y ahí, ásperas, amargas, las arcadas, los riachuelos de bilis y de alcohol, la comezón de los párpados, la hediondez, la blandura borracha de los músculos. Sí, viene disimulado, al principio parecía compasión: sólo tendrá dieciséis, la desgracia que le ocurrió, la oscuridad de su vida, el silencio de su vida, su carita. Trata de imaginar: lo que sería, los gritos que daría, el terror que sentiría y cuánto asombro habría en sus ojos. Trata de ver: los cadáveres, los borbotones de sangre, las heridas, los gusanos y entonces doctor Zevallos cuéntame de nuevo, no puede ser, es tan terrible, ¿ya estaría desmayada?, ¿cómo fue que vivió? Trata de adivinar: primero círculos aéreos, negruzcos entre las dunas y las nubes, sombras que se reflejan en la arena, luego bolsas de plumas de la arena, picos curvos, ácidos graznidos y entonces saca tu revólver, mátalo, y ahí hay otro y mátalo, y las habitantas qué le pasa, patrón, por qué tanto odio con los gallinazos, qué le han hecho, y tú bala carajo, túmbalos, perfóralos. Disfrazado de pena, de cariño. Acércate tú también, qué hay de malo, cómprale natillas, melcochas, caramelos. Cierra los ojos y ahí, de nuevo, el remolino de los sueños, tú y ella en el torreón, será como tocar el arpa, une las yemas de tus dedos y siéntela, pero será más suave todavía que la seda y el algodón, será como una música, no abras los ojos aún, sigue tocando sus mejillas, no despiertes. Primero curiosidad, después algo que parecía lástima y, de repente, miedo de preguntar. Ellas hablan, los bandidos de Sechura, los asaltaron y los mataron, la señora estaba calata cuando la encontraron, bruscamente la nombran, dicen pobrecita y ahí ese súbito calor, la lengua que tartamudea, qué me pasa, las habitantas van a maliciar, qué tengo. O, si no, un principal en La Estrella del Norte, la trae, le pide un refresco, asfixia, envidia, tengo que irme, buenos días, el arenal, el portón verde, una botella de cañazo, súbete el arpa a la torre, toca. ¿Afecto, compasión? Ya se estaba quitando los disfraces. Y esa mañana es, como ahora, diáfana. Ella es vieja, no la acepte, a lo mejor enferma, que la examine antes el doctor Zevallos, tú

¿cómo has dicho que te llamas?, tienes que cambiarte el nombre, Antonia no. Y ella como usted mande, patrón, ¿así se llamaba una que usted quería? Y ahí, de nuevo, el rubor, el flujo tibio bajo la piel e, intempestiva, la verdad. La noche es perezosa, insomne, uno solo el espectáculo de la ventana: arriba las estrellas, en el aire el lento diluvio de la arena y, a la izquierda, Piura, muchos luceros en la sombra, las formas blancas de Castilla, el río, el Viejo Puente como un gran lagarto entre las dos orillas. Pero que pase pronto la noche ruidosa, que amanezca, coge el arpa, no bajes por más que te llamen, tócale en la oscuridad, cántale bajito, dulce, muy despacio, ven Toñita, te estoy dando serenata, ¿la oyes? El español no está muerto, ahí asoma, por la esquina de la catedral, su pañuelo azul en el cuello, sus botines como espejos, su chaleco bajo la levita blanca, otra vez el calorcito, las olas que engordan las venas, el activo pulso, la mirada alerta, ¿va hacia la glorieta?, sí, ¿se le acerca?, sí, ¿le sonríe?, sí. Y de nuevo ella asoleándose, inmóvil, ignorante, muy tranquila, alrededor lustrabotas y mendigos, don Eusebio ante su banco. Ahora ya sabe, está sintiendo una mano en su barbilla, ¿se ha empinado en el asiento?, sí, ¿él le está hablando?, sí. Inventa que le dice: buenos días, Toñita, linda mañana, el sol calienta sin quemar, lástima que caiga arena, o si vieras la luz que hay, lo azul que está el cielo, tanto como el mar de Paita y ahí, el latido de las sienes, las olas atropellándose, el corazón desbocado, la insolación interior. ¿Vienen juntos?, sí, ¿a la terraza?, sí, ¿la tiene del brazo?, sí, y Jacinto ¿no se siente bien, don Anselmo?, se ha puesto pálido, tú un poco cansado, tráeme otro café y una copita de pisco, ¿derechito hacia tu mesa?, sí, párate, estira la mano, don Eusebio cómo está, él mi querido, esta señorita y yo vamos a hacerle compañía, ¿nos permite? Ahí la tienes ya, junto a ti, mírala sin temor, ése es su rostro, esas pequeñas aves sus cejas y tras sus párpados cerrados reina la penumbra, y tras sus labios cerrados hay también una minúscula morada desierta y oscura, ésa su nariz, ésos sus pómulos. Mira sus largos brazos tostados y las puntas de cabello claro que ondean sobre sus hombros, y su frente que es tersa y por instantes se frunce. Y don Eusebio a ver, a ver, ¿un cafecito con leche?, pero ya habrás desayunado, más bien un dulce, eso les gusta a los jóvenes, ¿usted no fue goloso?, digamos de membrillo, y un juguito de papaya, a ver, Jacinto. Asiente, condesciende, fui goloso, esa delgada columna es su cuello, disimula la ebullición, bosteza, fuma, esas flores de tallo frágil sus manos y las breves sombras que al recibir el sol parecen rubias sus pestañas. Y háblale, sonríele, así que compró por fin la casa de al lado, así que agrandará la tienda y tomará más empleados, interésate y hostígalo, ¿abrirá sucursales en Sullana?, ¿y en Chiclayo?, cuánto te alegras, sé una voz y una mirada, de veras que hace tiempo no va a verme, su expresión es ajena y grave, está concentrada en la bebida, unas gotitas de luz naranja brillan en su boca y mientras tanto el trabajo es así, las obligaciones, la familia, pero dese una escapada, don Eusebio, una cana al aire de vez en cuando, sus dedos se abren, cogen un membrillo, lo alzan, ¿cómo están las habitantas?, extrañándolo, preguntando por usted, cuándo quiere venir y yo lo atenderé, mírala ahora que muerde, fíjate qué voraces y limpios, son sus dientes. Y entonces el piajeno y las canastas,

bájate el sombrero, sonríe, conversa siempre, y ahí la gallinaza haciendo venias, son ustedes tan buenos, Toñita
da la mano a los señores, yo les agradezco por ella y ahí,
de nuevo, la frescura fugaz, cinco contactos suaves en tu
mano, algo que entra en el cuerpo y lo sosiega. Qué calma ahora, ¿no es cierto?, qué paz y vea, don Eusebio, ésa
es la razón y usted no lo sabía, ni la supo cuando murió.
Y él no faltaba más, me da vergüenza, Anselmo, déjeme
pagar siquiera una rueda, me hace sentir cómo. Tú nunca, ni un centavo, aquí todo es suyo, ésta es su casa, usted
me quitó el miedo, la sentó en mi mesa y las gentes no
pusieron mala cara ni les llamó la atención. Y ahí, la
exaltación. Ahora sí, atrévete, anda a su banco todas las
mañanas, toca sus cabellos, cómprale fruta, llévala a La
Estrella del Norte, pasea con ella bajo el sol ardiente,
quiérela tanto como en esos días.

—Los burritos —dijo Bonifacia—. Pasan todo el
día frente a la casa y no me canso de mirarlos.
—¿No hay piajenos en la montaña, prima? —dijo
José—. Yo creía que allá lo que más había era animales.
—Pero no burritos —dijo Bonifacia—. Sólo uno
que otro, nunca como acá.
—Ahí llegan —dijo el Mono, desde la ventana—.
Los zapatos, prima.
Bonifacia se calzó, velozmente, el izquierdo no entraba, caramba, se puso de pie, fue hacia la puerta, inse-
gura, temerosa sobre los tacones, abrió y Josefino le estiraba la mano, una bocanada de aire hirviente, Lituma,
chorros de luz. La habitación se oscureció de nuevo.

Lituma se quitaba la guerrera, venía medio muerto, primos, el quepí, que se tomaran una algarrobina. Se desplomó sobre una silla y cerró los ojos. Bonifacia pasó a la habitación contigua y Josefino, tendido en una estera junto a José, ese maldito calor que embrutecía a la gente. Por los postigos se filtraban prismas de luz acribillados de partículas y de insectos, y afuera todo parecía silencioso y deshabitado como si el sol hubiera disuelto a los churres y a los perros callejeros con sus ácidos blancos. El Mono se apartó de la ventana, eran los inconquistables, no sabían trabajar, sólo timbear, sólo culear, eran los inconquistables y ahora iban a chupar, pero ellos sólo cantaron después de la primera copa de algarrobina.

—Estábamos hablando de Piura con la prima —dijo el Mono—. Lo que más le llama la atención son los piajenos.

—Y tanta arena y tan pocos árboles —dijo Bonifacia—. En la montaña todo es verde y aquí todo amarillo. Y el calor, también, muy distinto.

—Lo distinto es que Piura es una ciudad con edificios, autos y cinemas —explicó Lituma, bostezando—. Y Santa María de Nieva, un pueblucho con calatos, mosquitos y lluvias que lo pudren todo, comenzando por las gentes.

Dos bestiecillas se agazaparon tras unas mechas de cabellos sueltos y, verdes, hostiles, atisbaron. El pie izquierdo de Bonifacia, medio salido del zapato, forcejeaba por entrar de nuevo.

—Pero en Santa María de Nieva hay dos ríos que tienen agua todo el año, y tantísima —dijo Bonifacia, suavemente, después de un momento—. El Piura muy poquita y sólo en verano.

Los inconquistables lanzaron una carcajada, dos y dos tres, tres y dos cuatro y Bonifacia ya se calentó. Sudoroso, sin abrir los ojos, gordo, Lituma se mecía pausadamente en su silla.

—No te acostumbras a la civilización —suspiró, por fin—. Espérate un tiempito y verás las diferencias. Ni querrás oír hablar de la montaña y te dará vergüenza decir soy selvática.

Cuatro y dos son cinco, cinco y dos son seis y el primo Lituma ya le contestó. El pie había entrado en el zapato, a la mala, aplastando salvajemente el talón.

—Nunca me dará vergüenza —dijo Bonifacia—. A nadie puede darle vergüenza su tierra.

—Todos somos peruanos —dijo el Mono—. ¿Por qué no nos sirves otra algarrobina, prima?

Bonifacia se paró y, muy despacio, fue de uno a otro, llenándoles de nuevo las copas, separando apenas los pies de ese suelo resbaladizo que las humilladas bestiecillas observaban desde lo alto con desconfianza.

—Si hubieras nacido en Piura, no andarías pisando huevos —rió Lituma, abriendo los ojos—. Estarías acostumbrada a los zapatos.

—Ya no le pelee a la prima —dijo el Mono—. Que no te dé la rabieta, Lituma.

Las gotitas doradas de algarrobina caían al suelo enemigo, no a la copa de Josefino y la boca y la nariz de Bonifacia, como sus manos, también se habían puesto a temblar, pero no era pecado, e incluso su voz: Dios la había hecho así.

—Claro que no es pecado, prima, qué va a ser —dijo el Mono—. Tampoco las mangaches se acostumbran a los tacos.

Bonifacia dejó la botella en una repisa, se sentó, las bestiecillas se sosegaron y, de pronto, silenciosos, rebeldes, rapidísimos, ayudándose uno al otro, sus pies se libraron de los zapatos. Se inclinó, sin premura los colocó bajo la silla y ahora Lituma había dejado de mecerse, los inconquistables ya no cantaban y una vivaz, beligerante agitación conmovía a las figurillas verdioscuras que se exhibían con descaro.

—Ésta no me conoce todavía, no sabe con quién se mete —dijo Lituma a los León; y alzó la voz—: Ya no eres una chuncha, sino la mujer del sargento Lituma. ¡Ponte los zapatos!

Bonifacia no respondió, ni se movió cuando Lituma se puso de pie, la cara empapada y colérica, ni esquivó la cachetada que sonó breve, silbante, y los León saltaron y se interpusieron: no era para tanto, primo. Sujetaban a Lituma, que no fuera así, y lo reñían bromeándole, que controlara esa sangre mangache. La humedad había teñido el pecho y la espalda de su camisa caqui que sólo en los brazos y en los hombros seguía siendo clara.

—Tiene que educarse —dijo, meciéndose otra vez, pero más a prisa, al ritmo de su voz—. En Piura no se puede portar como una salvaje. Y, además, quién manda en la casa.

Las bestiecillas espiaban entre los dedos de Bonifacia, casi invisibles, ¿llorosas?, y Josefino se sirvió un poco de algarrobina. Los León se sentaron, no hay amor sin golpes decía la gente, y las cholas chulucanas mi

404

marido más me pega más me quiere, pero quizás en la montaña las mujeres pensaban de otra forma y una dos y tres, que la prima lo perdone, que alce la carita, que sea buenita, una sonrisita. Pero Bonifacia siguió con la cara oculta y Lituma se paró, bostezando.

—Voy a dormir una siestecita —dijo—. Quédense nomás, séquense esa botella, después nos iremos por ahí —miró de soslayo a Bonifacia, moduló virilmente la voz—: Si no hay cariño en la casa, se busca afuera.

Hizo un guiño desganado a los inconquistables y entró al otro cuarto. Se oyó silbar una tonada, chirriaron unos resortes. Ellos siguieron bebiendo, una copa, callados, dos copas, y a la tercera comenzaron los ronquidos: hondos, metódicos. Ahí estaban las bestiecillas de nuevo, secas y crispadas detrás de los pelos.

—Esas guardias de toda la noche le malogran el humor —dijo el Mono—. No le haga caso, prima.

—Qué maneras de tratar a la mujer son ésas —dijo Josefino, buscando los ojos de Bonifacia, pero ella miraba al Mono—. Es un verdadero cachaco.

—¿Usted sí sabe tratarlas, primo, no es cierto? —dijo José, echando una ojeada a la puerta: ronquidos prolongados, graves.

—Claro que sí —Josefino sonreía y rampaba sobre la estera hacia Bonifacia—. Si ella fuera mi mujer, yo nunca le pondría la mano encima. Es decir, para pegarle, nomás para hacerle cariños.

Ahora tímidas, asustadizas, las bestiecillas examinaban las paredes descoloridas, las vigas, las moscas azules zumbando junto a la ventana, los granitos de oro inmersos en los prismas de luz, las nervaduras del entarimado.

Josefino se detuvo, su cabeza tocaba los pies descalzos que retrocedieron y los León eres el hombre-lombriz y Josefino la serpiente que tentó a Eva.

—En Santa María de Nieva no hay calles como aquí —dijo Bonifacia—. Son de tierra y llueve tanto, es puro barro. Los tacos se hundirían y las mujeres no podrían caminar.

—Pisando huevos, qué brutalidad tan bruta —dijo Josefino—. Y, además, mentira. Si camina tan bonito, cuántas quisieran caminar como ella.

Las cabezas de los León se movían sincrónicamente hacia la puerta: una iba, otra volvía. Y, una vez más, Bonifacia estaba temblando, gracias por lo que decía, sus manos, su boca, pero ella sabía que era por decir, nomás, y, sobre todo, su voz, no lo pensaba en el fondo. Y los pies retrocedieron. Josefino hundió la cabeza bajo la silla y su voz venía morosa y asfixiada, lo pensaba con todita su alma, palabras lentas, ingrávidas, llenas de miel, y mil cosas más, se las diría si no hubiera gente.

—Por mí no se moleste, inconquistable —dijo el Mono—. Estás en tu casa y aquí sólo hay un par de sordomudos. Si quieres, nos vamos a ver si llueve. Como ustedes digan.

—Vayan, vayan —relamidas, musicales—, déjenme con Bonifacia para consolarla un poco.

José tosió, se puso de pie y, de puntillas, se llegó a la puerta. Regresó risueño, de veras estaba rendido, dormía como una marmota, y las curiosas, movedizas bestiecillas exploraban incansablemente las maderas de la repisa, las patas de las sillas, el filo de la estera, el largo cuerpo yacente.

—A la prima no le gustan los piropos —dijo el Mono—. Se ha puesto colorada, Josefino.

—Todavía no conoces a los piuranos, prima —dijo José—. No pienses nada malo. Así somos, las mujeres nos jalan la lengua.

—Anda, Bonifacia —dijo Josefino—. Mándalos a ver si llueve.

—Le va a contar a Lituma si sigues —dijo el Mono—. Y el primo se va a calentar.

—Que le cuente —pegajosas, tibias—, no me importa. Ustedes ya me conocen, a mí me gusta una mujer y se lo digo, sea quien sea.

—Se te trepó la algarrobina —dijo José—. Habla más bajo.

—Y a mí Bonifacia me gusta —dijo Josefino—. Que lo sepa de una vez.

Las manos de Bonifacia se cerraron sobre sus rodillas y su rostro se elevó: los labios sonreían heroicamente bajo las espantadas bestiecillas.

—¡Cómo corres, primo! —dijo el Mono—. Campeón de los cien metros planos.

—No sigas por ese camino —dijo José—. La estás asustando.

—Si lo oyera se enojaría —balbuceó Bonifacia; miró a Josefino, él le envió un beso volado y ella el techo, la repisa, el suelo—. Si supiera, se enojaría.

—Que se enoje, qué tanto —dijo Josefino—. ¿Quieren saber una cosa, muchachos? Bonifacia no se libra de ser mi mujer un día.

Ahora el suelo, fijamente, y sus labios murmuraron algo. Los León tosían, no quitaban los ojos del cuarto

vecino: una pausa, un ronquido, otro más largo, tranqui-
lizador.

—Basta, Josefino —dijo el Mono—. No es piurana,
nos conoce apenas.

—No te atolondres, prima —dijo José—. Síguele la
cuerda o dale un sopapo.

—No me asusto —susurraba Bonifacia—, sólo que
si supiera y, además, si lo oyera…

—Pídele disculpas, Josefino —dijo el Mono—, dile
es broma, fíjate cómo la has puesto.

—Era broma, Bonifacia —rió Josefino, rampando
hacia atrás—. Te juro. No te pongas así.

—No me pongo así —balbuceaba Bonifacia—. No
me pongo así.

II

—¿Para qué tanto teatro, de cuándo acá tan amanerados? —dijo el Rubio—. ¿Por qué no entrar en patota y sacarlo a las buenas o a las malas?

—Es que el sargento está haciendo méritos —dijo el Chiquito—. ¿No viste qué cumplidor se ha puesto? Quiere que todo se haga como Dios manda. Será que el matrimonio lo ha maleado, Rubio.

—Y al Pesado ese matrimonio lo va a matar de envidia —dijo el Rubio—. Parece que anoche se chupó otra vez, donde Paredes, y otra vez se maldecía por no haberse adelantado, otra vez perdí mi última chance de encontrar mujer. La hembrita tendrá sus cositas, pero el Pesado exagera.

Estaban apostados entre los bejucos y encañonaban la cabaña del práctico, suspendida sobre el ramaje, a pocos metros de ellos. Un débil resplandor aceitoso crecía en su interior y alcanzaba a iluminar una esquina de la baranda. ¿No había salido nadie, muchachos? Una silueta se inclinó sobre el Rubio y el Chiquito: no, mi sargento. Y el Pesado y el Oscuro ya estaban al otro lado, sólo podría escaparse volando. Pero que no se alocaran, muchachos, el sargento hablaba despacio, si le hacían falta los llamaría, sus movimientos eran también calmados y, arriba, unas nubes ligeras filtraban la luz de la luna sin ocultarla. A lo lejos, limitada por las tinieblas del bosque y el suave relumbre de los ríos, Santa María de Nieva era un puñado de luces y de brillos furtivos. Sin apresurarse, el sargento abrió su cartuchera, sacó el revólver, le quitó el seguro, susurró algo más a los guardias. Siempre lento, tranquilo, se alejó en dirección a la cabaña, desapareció absorbido por los bejucos y la noche, y, poco después, reapareció junto a la esquina iluminada de la baranda, su rostro se retrató un segundo en la macilenta claridad que escapaba del tabique.

—¿Te has fijado cómo anda y cómo habla? —dijo el Oscuro—. Está medio ahuevado. Algo le pasa, antes no era así.

—La chuncha lo está exprimiendo como a un limón —dijo el Pesado—. Seguro se encama con ella tres veces al día y tres en la noche. ¿Por qué crees que con cualquier pretexto se sale del puesto? Para encamarse con la chuncha, claro.

—Están en luna de miel y es justo —dijo el Oscuro—. Tú te mueres de envidia, Pesado, no disimules.

Estaban tendidos, también, en una raja minúscula de playa, tras un parapeto de matorrales, muy cerca del agua. Tenían los fusiles en la mano, pero no apuntaban la cabaña que, desde allí, se veía oblicua y en sombras, alta.

—Se le han subido los humos —dijo el Pesado—. ¿Por qué no vinimos a sacar a Nieves apenas llegó la orden del teniente, a ver? Esperemos que oscurezca, hay que hacer un plan, vamos a rodear la casa, dónde has oído tantas cojudeces juntas. Para impresionar a don Fabio, Oscuro, para darse importancia, nada más.

—El teniente se armó, le darán otro galón —dijo el Oscuro—. Y a nosotros nada, ya verás. ¿No te diste cuenta ahora que llegó el propio de Borja? El gobernador que el teniente por aquí, que por allá, y ¿acaso no fuimos nosotros los que encontramos al loco en la isla?

—La chuncha le habrá dado pusanga, Oscuro —dijo el Pesado—. Lo estará volviendo loco con esos bebedizos. Por eso anda tan cansado, durmiéndose parado.

—Maldita sea, maldita sea —dijo el sargento—. ¿Qué hace aquí, qué es lo que pasa?

Lalita y Adrián Nieves lo observaban inmóviles desde la barbacoa. A sus pies, un plato de barro reventaba de plátanos, el mechero despedía un humillo blanco y oloroso, y en el umbral proseguía el atónito parpadeo del sargento bajo la visera, ¿no le había dicho el Aquilino?, tenía la voz consternada, pero si hacía como dos horas, don Adrián, que le dijo al churre corre, es cuestión de vida o muerte, y su mano movía incrédulamente el revólver: maldita sea, maldita sea. Sí, le había dado el encargo, sargento, el práctico hablaba como masticando: había mandado a los hijos donde un conocido, a la otra banda. De las orillas de su boca dos canales avanzaban gravemente hacia sus mejillas. ¿Y ahora? ¿Por qué no se había mandado mudar él también? Si no eran los churres quienes tenían que esconderse, sino él, don Adrián: el sargento se golpeó el muslo con el revólver. Había aguantado la cosa varias horas, señora, arriesgándose, ¿qué más quería que hiciera?, le había dado tiempo de sobra, don Adrián.

—Está palabreándolo —dijo el Chiquito—. Ahora le dirá a don Fabio entré solito, lo saqué solito. Quiere repartirse el mérito con el teniente. Está trabajando su traslado como una hormiga, el piurano.

Con el resplandor, de la cabaña salía ahora un susurro que apenas conmovía la noche, flotaba en ella sin trizarla, como una onda solitaria en aguas quietas.

—Pero cuando llegue el teniente le hablaremos —dijo el Rubio—. Que nos manden a nosotros a Iquitos con los prisioneros. Así siquiera nos ligarán unos días de licencia.

—Será un poco bruja y un poco retaca y lo que quieras —dijo el Oscuro—. Pero, no me digas, Pesado, cualquiera le hubiera hecho el favor a la chuncha y tú el primero. Si cada vez que te emborrachas sólo hablas de ella, hombre.

—Me la hubiera tirado, por supuesto —dijo el Pesado—. ¿Pero tú te hubieras casado con una pagana? Nunca de la vida, hermano.

—Es muy capaz de matarlo y decir se me rebeló y tuve que cargármelo —dijo el Chiquito—. Es capaz de cualquier cosa para que le pongan su medalla, el piurano.

—¿Y si de repente son cuentos? —dijo el Rubio—. Cuando llegó el propio de Borja y leí el parte del teniente, no podía creerlo, Chiquito. Nieves no tiene cara de bandido y parecía buena gente.

—Bah, nadie tiene cara de bandido —dijo el Chiquito—. O más bien todas las caras son de bandido. Pero yo también me quedé seco cuando leí el parte. ¿Cuántos años le darán?

—Quién sabe —dijo el Rubio—. Muchos, seguro. Le han robado a todo el mundo y los de aquí se la tienen jurada. Ya ves cómo han estado fregando tanto tiempo para que los buscáramos, aunque ya no les robaban.

—Lo que no creo es que éste fuera el jefe —dijo el Chiquito—. Además, si robó tanto como dicen, no sería un muerto de hambre.

—Qué iba a ser el jefe —dijo el Rubio—. Pero eso es lo de menos, si no aparecen los otros a Nieves y al loco los harán pagar por todos.

—Le he llorado, sargento, le he rogado —dijo Lalita—. Desde que ustedes se fueron a la isla, le estoy llorando, vámonos, escondámonos, Adrián. Y ahora que usted nos mandó avisar, los muchachos recogieron fruta, le envolvimos sus cosas, el Aquilino también le ha rogado. Pero no oye nada, no hace caso a nadie.

La luz del mechero caía de lleno sobre el rostro de Lalita, alumbraba la abrupta superficie de sus pómulos, los forúnculos, los cráteres del cuello, y las greñas oscilantes que cubrían su boca.

—A pesar de su uniforme, tiene usted buen corazón —dijo Adrián Nieves—. Por eso acepté ser su padrino.

Pero el sargento no lo escuchaba. Había dado media vuelta y, agazapado, escudriñaba la terraza, un dedo en los labios, don Adrián, se descolgaba ahorita mismo, la balaustrada, sin hacer bulla, el río, él contaría diez, el cielo y disparaba al aire, salía corriendo, muchachos, se escapó por ese lado y se llevaba a los guardias hacia el monte. Que empujara la lancha por lo oscuro, don Adrián, y no prendiera el motor hasta el Marañón, y que corriera después como alma que lleva el diablo y no se dejara agarrar, don Adrián, sobre todo eso, él podía fregarse también, que no se dejara agarrar y Lalita sí, sí, ella

413

desataría la lancha, sacaba los remos, se iría con él, y las palabras se atropellaban en sus labios, su frente se estiraba y había un inusitado y veloz rejuvenecimiento de su piel, Adrián, la ropa estaba lista, y la comida, no hacía falta nada, y remarían y antes de llegar a la guarnición se meterían al monte. Y el sargento, alto, oteando el exterior: se aplastarían contra el fondo de la lancha, cuidado con alzar la cabeza, si los muchachos los veían dispararían y el Chiquito pegaba siempre en el blanco.

—Le agradezco, pero ya lo pensé mucho y no se puede salir por el río —dijo Adrián Nieves—. No hay quien pase el pongo ahora, sargento; ni siendo brujo. Ya ve cómo el teniente se quedó atracado en el Santiago, que es basura junto al Marañón.

—Pero, don Adrián —dijo el sargento—. Pero qué quiere entonces, no lo entiendo.

—Lo único es meterse al monte, como me metí la vez pasada —dijo Nieves—. Pero no quiero, sargento, ya lo pensé hasta cansarme, desde que ustedes fueron a la isla. No voy a pasar lo que me queda de vida corriendo por el monte. Yo sólo era su práctico, le manejaba la lancha nomás, como a ustedes, no pueden hacerme nada. Aquí siempre me porté bien y eso les consta a todos, a las madres, al teniente, también al gobernador.

—No se están peleando —dijo el Chiquito—. Se oirían gritos, parece que conversaran.

—Lo encontraría durmiendo y estará esperando que se vista —dijo el Rubio.

—O se estará tirando a la Lalita —dijo el Pesado—. Lo habrá amarrado a Nieves y se la estará comiendo en su delante.

—Las cosas que se te ocurren, Pesado —dijo el Oscuro—. Parece que a ti te hubieran dado pusanga, andas caliente día y noche. Además, ¿quién se va a comer a la Lalita con tanto grano que tiene?

—Pero es blanca —dijo el Pesado—. Yo prefiero una cristiana con granos que una chuncha sin. Sólo su cara es así, la he visto bañándose, tiene buenas piernas. Ahora se va a quedar solita y necesitará que la consuelen.

—La falta de mujer te tiene loco —dijo el Oscuro—. La verdad que a mí también, a veces.

—Para qué le sirve la cabeza, don Adrián —dijo el sargento—. Si no se tira al agua ahora se ha fregado, ¿no ve que le echarán la culpa de todo? El parte del teniente dice que el loco anda muriéndose, no sea porfiado.

—Me tendrán adentro unos meses, pero después ya viviré tranquilo y podré volver aquí —dijo Adrián Nieves—. Si me meto al monte no veré nunca más a mi mujer ni a mis hijos, y no quiero vivir como un animal hasta que me muera. Yo no maté a nadie, eso le consta al Pantacha, a los paganos. Aquí me he portado como un buen cristiano.

—El sargento te aconseja por tu bien —dijo Lalita—, hazle caso, Adrián. Por lo que más quieras, por tus hijos, Adrián.

Escarbaba el suelo, manoteaba los plátanos, se le iba la voz, y Adrián Nieves había comenzado a vestirse. Se ponía una camisa ajada, sin botones.

—No sabe cómo me siento —dijo el sargento—. Usted sigue siendo mi amigo, don Adrián. Y cómo se va a poner Bonifacia. Ella creía que usted ya andaba lejos, como yo.

—Tómalos, Adrián —sollozó Lalita—. Póntelos también.

—No necesito —dijo el práctico—. Guárdamelos hasta que vuelva.

—No, no, póntelos —insistió Lalita, gritando—. Ponte los zapatos, Adrián.

Una expresión de embarazo alteró el rostro del práctico un segundo: miró confusamente al sargento, pero se puso de cuclillas y se calzó los zapatones de gruesas suelas, don Adrián: se haría lo que se pudiera por cuidar a su familia, al menos que no se preocupara por eso. Él ya estaba de pie, y Lalita se le había arrimado y lo tenía cogido del brazo. ¿No iba a llorar, no? Habían pasado tantas cosas juntos y nunca lloró, ahora tampoco tenía que llorar. Lo soltarían pronto, entonces la vida sería más tranquila y, mientras tanto, que cuidara bien a los muchachos. Ella asentía como un autómata, vieja de nuevo, el rostro crispado y los ojos como platos. El sargento y Adrián Nieves salieron a la terraza, bajaron la escalerilla y, cuando pisaban los primeros bejucos, un alarido de mujer cruzó la noche y, en las sombras de la derecha, ¡ahí salía el pájaro!, la voz del Rubio. Y el sargento, carajo, manos a la cabeza: tranquilo o lo quemaba. Adrián Nieves obedeció. Iba adelante, los brazos en alto, y el sargento, el Rubio y el Chiquito lo seguían caminando despacio entre los surcos de la chacrita.

—¿Por qué se demoró tanto, mi sargento? —dijo el Rubio.

—Lo estuve interrogando un poco —dijo el sargento—. Y lo dejé que se despidiera de su mujer.

Al llegar al bosquecillo de juncos, el Pesado y el Oscuro le salieron al encuentro. Se sumaron al grupo sin decir nada y así, en silencio, recorrieron la trocha hasta Santa María de Nieva. En las cabañas borrosas se oían cuchicheos a su paso, también entre las capironas y bajo los horcones había gentes que observaban. Pero nadie se les acercó ni les preguntó nada. Frente al embarcadero, una carrera de pies desnudos se oyó muy próxima, mi sargento: era la Lalita, vendría brava, les haría lío. Pero ella pasó jadeando entre los guardias y sólo se detuvo unos segundos junto al práctico Nieves: se había olvidado de la comida, Adrián. Le alcanzó un atado y se alejó a la carrera como había venido, sus pasos se perdieron en la oscuridad y, a lo lejos, cuando ya llegaban al puesto, sonó un lamento como de búho.

—¿Ves lo que te dije, Oscuro? —dijo el Pesado—. Tiene buen cuerpo, todavía. Mejor que el de cualquier chuncha.

—Ah, Pesado —dijo el Oscuro—. No piensas en otra cosa, qué fregado eres.

—Con buen tiempo, mañana en la tarde, Fushía —dijo Aquilino—. Iré yo primero, a averiguar. Hay un sitio cerca, donde te puedes quedar escondido en la lancha.

—¿Y si no aceptan, viejo? —dijo Fushía—. ¿Qué voy a hacer, qué va a ser de mi vida, Aquilino?

—No te adelantes a lo que puede pasar —dijo Aquilino—. Si encuentro a ese tipo que conozco, él nos ayudará. Además, la plata lo arregla todo.

—¿Les vas a dar toda la plata? —dijo Fushía—. No seas tonto, viejo. Guárdate algo para ti, al menos que sirva para tu negocio.

—No quiero tu plata —dijo Aquilino—. Yo volveré después a Iquitos, a recoger mercadería, y haré un poco de comercio por la región. Cuando venda todo, iré a San Pablo a visitarte.

—¿Por qué no me hablas? —dijo Lalita—. ¿Acaso yo me he comido las conservas? Todas te las he dado a ti. No es mi culpa que se hayan acabado.

—No tengo ganas de hablarte —dijo Fushía—. Y tampoco ganas de comer. Bota eso y llama a las achuales.

—¿Quieres que te calienten agua? —dijo Lalita—. Ya lo están haciendo, yo les encargué. Siquiera come un poquito de pescado, Fushía. Es sábado, lo trajo Jum ahora.

—¿Por qué no me diste gusto? —dijo Fushía—. Yo quería ver Iquitos de lejos, aunque fuera sólo las luces.

—¿Te has vuelto loco, hombre? —dijo Aquilino—. ¿Y las patrullas de la Naval? Además, todo el mundo me conoce por aquí. Yo quiero ayudarte, pero no ir a la cárcel.

—¿Cómo es San Pablo, viejo? —dijo Fushía—. ¿Has ido muchas veces?

—Algunas, de pasada —dijo Aquilino—. Llueve poco por ahí y no hay pantanos. Pero hay dos San Pablos, yo sólo estuve en la colonia, haciendo comercio. Tú vivirás al otro lado. Está a unos dos kilómetros.

—¿Hay muchos cristianos? —dijo Fushía—. ¿Unos cien, viejo?

—Seguramente más —dijo Aquilino—. Se pasean calatos por la playa cuando hay sol. Les hará bien el sol, o será para impresionar a las lanchas que pasan. Piden a gritos comida y cigarros. Si uno no les hace caso, insultan, tiran piedras.

—Hablas de ellos con asco —dijo Fushía—. Estoy seguro que me dejarás en San Pablo y que no te veré más, viejo.

—Te he prometido —dijo Aquilino—. ¿Acaso no he cumplido siempre contigo?

—Ésta será la primera vez que no cumplirás —dijo Fushía—. Y también la última, viejo.

—¿Quieres que te ayude? —dijo Lalita—. Déjame quitarte las botas.

—Sal de aquí —dijo Fushía—. No vuelvas hasta que te llame.

Las achuales entraron, silenciosas, trayendo dos grandes vasijas humeantes. Las colocaron junto a la hamaca, sin mirar a Fushía, y salieron.

—Soy tu mujer —dijo Lalita—. No tengas vergüenza. ¿Por qué voy a salir?

Fushía ladeó la cabeza, la miró y sus ojos eran dos rajitas ígneas: loretana puta. Lalita dio media vuelta, salió de la cabaña y había oscurecido. La atmósfera espesa parecía próxima a romper en truenos, lluvia y rayos. En el pueblo huambisa crepitaban las hogueras, su luz ardía entre las lupunas y revelaba una creciente agitación, desplazamientos, chillidos, voces roncas. Pantacha, sentado en la baranda de su cabaña, tenía las piernas balanceándose en el aire.

—¿Qué les pasa? —dijo Lalita—. ¿Por qué hay tantas fogatas? ¿Por qué hacen tanta bulla?

—Volvieron los que fueron a cazar, patrona —dijo Pantacha—. ¿No vio a las mujeres? Se pasaron el día haciendo masato, van a festejar. Quieren que el patrón vaya, también. ¿Por qué está tan furioso, patrona?

—Por lo que no ha llegado don Aquilino —dijo Lalita—. Se han acabado las conservas y se está acabando el trago también.

—Hace como dos meses que el viejo no viene —dijo Pantacha—. Esta vez sí que ya no viene más, patrona.

—¿Todo te da lo mismo ahora, no? —dijo Lalita—. Ya tienes mujer y no te importa nada.

Pantacha lanzó una risotada y, en la puerta de la cabaña, apareció la shapra, llena de adornos: diadema, pulseras, tobilleras, tatuajes en los pómulos y en los senos. Sonrió a Lalita y se sentó en la baranda, junto a ella.

—Ha aprendido el cristiano mejor que yo —dijo Pantacha—. La quiere a usted mucho, patrona. Ahora está asustada porque llegaron los huambisas que salieron a cazar. No les pierde el miedo por más que hago.

La shapra señaló los matorrales que ocultaban el barranco: el práctico Nieves. Venía con el sombrero de paja en la mano, sin camisa, los pantalones remangados hasta la rodilla.

—No se te ha visto todo el día —dijo Pantacha—. ¿Estuviste pescando?

—Sí, bajé hasta el Santiago —dijo Nieves—. Pero no tuve suerte. Va a haber tormenta y los peces escapan o se meten a lo más hondo.

—Ya regresaron los huambisas —dijo Pantacha—. Van a festejar esta noche.

—Por eso se habrá ido Jum —dijo Nieves—. Lo vi salir de la cocha en su canoa.

—Se quedará afuera dos o tres días —dijo Pantacha—. Ese pagano tampoco les pierde el miedo a los
huambisas.

—No es miedo, sólo que no quiere que le corten la
cabeza —dijo el práctico—. Sabe que borrachos se les
despierta el odio contra él.

—¿Tú también vas a celebrar con los paganos? —dijo Lalita.

—Estoy muy cansado con la surcada —dijo Nieves—. Me voy a dormir.

—Está prohibido, pero a veces salen —dijo Aquilino—. Cuando quieren reclamar algo. Se hacen sus canoas, se echan al agua y se plantan frente a la colonia.
Nos dan gusto o desembarcamos, dicen.

—¿Quiénes viven en la colonia, viejo? —dijo Fushía—. ¿Hay policías?

—No, no he visto —dijo Aquilino—. Ahí están las familias. Las mujeres, los hijos. Se han hecho sus chacritas.

—¿Y las familias les tienen tanto asco? —dijo Fushía—. ¿A pesar de ser sus parientes, Aquilino?

—Hay casos en que el parentesco no juega —dijo
Aquilino—. Será que no se acostumbran, tendrán miedo
a contagiarse.

—Pero entonces nadie irá a visitarlos —dijo Fushía—. Entonces estarán prohibidas las visitas.

—No, no, al contrario, van muchas visitas —dijo
Aquilino—. Hay que meterse en una lancha antes de entrar, y te dan un jabón para que te bañes y tienes que quitarte la ropa y ponerte un mandil.

—¿Por qué me haces creer que vendrás a verme,
viejo? —dijo Fushía.

—Desde el río se ven las casas —dijo Aquilino—. Buenas casas, algunas como las de Iquitos, de ladrillo. Ahí vivirás mejor que en la isla, hombre. Tendrás amigos y estarás tranquilo.

—Déjame en una playita, viejo —dijo Fushía—. Pasarás de tiempo en tiempo a traerme comida. Viviré escondido, nadie me verá. No me lleves a San Pablo, Aquilino.

—Si apenas puedes caminar, Fushía —dijo Aquilino—. ¿No te das cuenta, hombre?

—¿Y cómo te dejaste curar las fiebres con el brujo de los huambisas si les sigues teniendo tanto miedo? —dijo Lalita. La shapra sonrió, sin responder.

—Lo traje aunque ella no quería, patrona —dijo Pantacha—. Le cantó, le bailó, le escupió tabaco en la nariz y ella no abría los ojos. Temblaba más de miedo que de fiebres. Creo que se curó con el susto.

Retumbó el trueno, comenzó a llover y Lalita se guareció bajo la techumbre. Pantacha siguió en la baranda, recibiendo el agua en las piernas. Minutos después cesó la lluvia y el claro se llenó de vapor. La cabaña del práctico ya no tenía luz, patrona, ya se dormiría, y ése fue sólo un anuncio, el aguacero de veras les caería a los huambisas en plena fiesta. El Aquilino se habría asustado con los truenos, seguro, y Lalita saltó de la escalerilla, iba a verlo, cruzó el claro y entró a la cabaña. Fushía tenía las piernas sumergidas en las vasijas y la piel de sus muslos era, como la greda del recipiente, sonrosada y escamosa. Manoteaba el mosquitero sin dejar de mirarla, Fushía, ¿por qué tenía vergüenza?, y lo arrancó y se cubrió, y ahora gruñía, ¿qué tenía de malo que lo viera?, y doblado en dos trataba de alcanzar la bota, Fushía, si a ella no le importaba, y al fin la

422

atrapó y se la arrojó, sin apuntar: pasó junto a Lalita, chocó contra el camastro y el niño no lloró. Lalita volvió a salir de la cabaña. Caía una lluvia fina, ahora.

—¿Y a los que se mueren, viejo? —dijo Fushía—. ¿Los entierran ahí mismo?

—Seguro que ahí mismo —dijo Aquilino—. No los van a echar al Amazonas, no sería de cristianos.

—¿Siempre vas a estar de un lado a otro por los ríos, Aquilino? —dijo Fushía—. ¿No has pensado que un día te puedes morir en la lancha?

—Quisiera morirme en mi pueblo —dijo Aquilino—. Ya no tengo a nadie en Moyobamba, ni familia ni amigos. Pero me gustaría que me enterraran en el cementerio de allá, no sé por qué.

—A mí me gustaría también volver a Campo Grande —dijo Fushía—. Averiguar qué fue de mis parientes, de mis amigos de muchacho. Alguien se debe acordar de mí todavía.

—A veces me arrepiento de no tener socio —dijo Aquilino—. Muchos me han ofrecido trabajar conmigo, poner un capitalito para una lancha nueva. A todos les tienta pasarse la vida viajando.

—¿Y por qué no has aceptado? —dijo Fushía—. Ahora que estás viejo tendrías compañía.

—Yo conozco a los cristianos —dijo Aquilino—. Me hubiera llevado bien con el socio mientras le enseñaba el negocio y le presentaba a la clientela. Entonces el otro hubiera pensado para qué seguir dividiendo lo que da tan poca plata. Y como yo soy viejo, hubiera sido el sacrificado.

—Me pesa que no siguiéramos juntos, Aquilino —dijo Fushía—. Todo el viaje he pensado en eso.

—No era negocio para ti —dijo Aquilino—. Tú eras muy ambicioso, no te contentabas con las miserias que se ganan con esto.

—Ya ves para qué me ha servido la ambición —dijo Fushía—. Para acabar mil veces peor que tú, que nunca tuviste ambiciones.

—No te ayudó Dios, Fushía —dijo Aquilino—. Todas las cosas que pasan dependen de eso.

—¿Y por qué no me ayudó a mí y a otros sí? —dijo Fushía—. ¿Por qué me fregó a mí y ayudó a Reátegui por ejemplo?

—Pregúntaselo cuando te mueras —dijo Aquilino—. Cómo quieres que yo sepa, Fushía.

—Vamos un momento, antes que caiga el aguacero, patrón —dijo Pantacha.

—Bueno, pero sólo un momento —dijo Fushía—. Para que no se resientan esos perros. ¿Nieves no viene?

—Estuvo pescando en el Santiago —dijo Pantacha—. Ya se durmió, patrón. Hace rato que apagó el mechero.

Se alejaron de las cabañas hacia los resplandores rojizos del poblado huambisa y Lalita esperó, sentada junto a los horcones de la cabaña que goteaba. El práctico apareció poco después, con pantalón y camisa: ya todo estaba listo. Pero Lalita ya no quería, mañana, ahora iba a caer tormenta.

—Mañana no, ahora mismo —dijo Adrián Nieves—. El patrón y Pantacha se quedarán festejando y los huambisas ya andan borrachos. Jum está en el caño, esperándonos, nos llevará hasta el Santiago.

—No he de dejar al Aquilino aquí —dijo Lalita—. No quiero abandonar a mi hijo.

—Nadie ha dicho que se va a quedar —dijo Nieves—. Yo también quiero que nos lo llevemos.

Entró a la cabaña, salió con un bulto en los brazos y, sin decir nada a Lalita, echó a caminar hacia la pileta de las charapas. Ella lo siguió, lloriqueando, pero, luego, en el barranco se calmó y se prendió del brazo del práctico. Nieves esperó que ella subiera primero a la canoa, le alcanzó al niño y, poco después, la embarcación rasgaba suavemente la superficie oscura de la cocha. Detrás de la empalizada sombría de las lupunas, asomaba tenuemente la luz de las fogatas y se oían cantos.

—¿Adónde estamos yendo? —dijo Lalita—. No me dices nada, todo lo haces solo. Ya no quiero irme contigo, quiero volver.

—Cállate —dijo el práctico—. No hables hasta que salgamos de la cocha.

—Ya está amaneciendo —dijo Aquilino—. No hemos pegado los ojos, Fushía.

—Es la última noche que estamos juntos —dijo Fushía—. Siento fuego aquí dentro, Aquilino.

—A mí también me da pena —dijo Aquilino—. Pero no podemos quedarnos aquí más tiempo, hay que seguir. ¿No tienes hambre?

—Una playita, viejo —dijo Fushía—. Por nuestra amistad, Aquilino. No a San Pablo, déjame donde sea. No quiero morirme ahí, viejo.

—Ten más carácter, Fushía —dijo Aquilino—. Fíjate, estuve calculando. Treinta días justos que salimos de la isla.

Las cosas son como son, la realidad y los deseos se confunden y si no por qué hubiera venido esa mañana. ¿Reconocía tu voz, tu olor? Háblale y mira cómo en su rostro se levanta algo risueño y ansioso, retén su mano unos segundos y descubre bajo su piel ese discreto temor, la delicada alarma de su sangre, mira cómo se fruncen sus labios, cómo se agitan sus párpados. ¿Quería saber? Por qué aprietas así mi brazo, por qué juegas con mis pelos, por qué tu mano en mi cintura y, cuando hablas, tu cara tan cerca de la mía. Explícale: para que no me confundas con los demás, porque quiero que me reconozcas, Toñita, y ese vientecito y esos ruidos de mi boca son las cosas que te estoy diciendo. Pero sé prudente, alerta, cuidado con la gente y ahora, no hay nadie, coge su mano, suéltala de una vez, tú te has asustado Toñita, ¿por qué te has quedado temblando?, pídele que te perdone. Y ahí, de nuevo, el sol que dora sus pestañas y ella, seguramente pensando, dudando, imaginando, tú no es nada malo Toñita, no me tengas miedo, y ella oscuramente esforzándose, inventando, por qué, cómo, y ahí los otros, Jacinto limpia las mesas, Chápiro habla del algodón, de los gallos y de las cholas que tumba, unas mujeres ofrecen natillas y ella afanosa, angustiosamente escarbando en las tinieblas mudas, por qué, cómo. Tú soy loco, es imposible, la hago sufrir, ten vergüenza, salta al caballo, otra vez el arenal, el salón, la torre. Cierra las cortinas, que suba la Mariposa, que se desnude sin abrir la boca, ven, no te muevas, eres una niña, bésala, la quieres, sus manos son flores, ella qué cosas lindas, patrón, ¿de veras que le gusto tanto? Que se vista, que vuelva al salón, por qué hablaste, Mariposa, ella usted anda enamorado y quiere que yo la reemplace, tú anda vete, ninguna habitanta volverá a la torre. Y de nuevo la soledad, el arpa, el cañazo, emborráchate, tiéndete en la cama y hurga tú también, cava en la oscuridad, ¿tiene derecho a que la quieran?, ¿tengo derecho a quererla?, ¿me importaría si fuera pecado? La noche es lenta, desvelada, hueca sin su presencia que mata las dudas. Abajo ríen, brindan y bromean, entre guitarras bulliciosas se insinúa el delgado silbo de una flauta, se enardecen, bailan. Fue pecado, Anselmo, vas a morir, arrepiéntete, tú: no fue, padre, no me arrepiento de nada salvo de que ella muriera. Y él fue a la mala, por la fuerza, tú no fue a la mala, nos entendíamos sin que me viera, nos queríamos sin que me hablara, las cosas eran lo que eran. Dios es grande, Toñita, ¿no es cierto que me reconoces? Haz la prueba, aprieta su mano, cuenta hasta seis, ¿ella aprieta?, hasta diez, ¿ves que no suelta tu mano?, hasta quince y ahí sigue en la tuya, confiada y suave. Y, mientras tanto, ya no cae la arena, un viento fresco sube desde el río, ven a La Estrella del Norte, Toñita, tomaremos algo y ¿qué brazo buscaba su mano?, ¿en quién se apoyaba para atravesar la plaza?, tú el mío y no el de don Eusebio, en mí y no en Chápiro, ¿entonces te quiere? Siente lo que sentías: la carne adolescente y tostada, el vello lacio de su brazo y, debajo de la mesa, su rodilla junto a tu rodilla, ¿rico el jugo de lúcuma, Toñita?, y su rodilla siempre, y entonces disimula y goza, así que van bien los negocios don Eusebio, así que la tienda que abrió en Sullana es la más próspera, así que Arrese se nos muere doctor Zevallos, qué desgracia para Piura, era el hombre más leído, y ahí, dichosamente el calorcito entre las venas y los músculos, una llamita en el corazón, otra en las sienes, dos minúsculos cráteres supurando bajo las muñecas. No sólo la rodilla ahora, el pie también, se verá breve e indefenso junto a la gruesa bota, y el tobillo, y el muslo esbelto paralelo al tuyo, tú Dios es grande pero tal vez no se da cuenta, ¿será casualidad? Haz otra prueba, empuja, ¿se retira?, ¿se mantiene pegada a ti?, ¿ella también empuja?, tú ¿no estás jugando, muchachita?, ¿qué sientes por mí? Ahí, de nuevo, el ambicioso deseo: estar solos alguna vez, no aquí sino en la torre, no de día sino de noche, no vestidos sino desnudos, Toñita, no te separes, sigue tocándome. Y ahí, la sofocante mañana de verano, los lustrabotas, los mendigos, las vendedoras, la gente que sale de misa, La Estrella del Norte con sus hombres y sus diálogos, el algodón, las crecientes, la pachamanca del domingo y, de pronto, siente su mano que busca, que encuentra y atrapa la tuya, atención, cuidado, no la mires, no te muevas, sonríe, el algodón, las apuestas, las cacerías, la carne dura de los venados y las plagas traicioneras y, entretanto, oye su mano en la tuya, su misterioso mensaje, descifra esa voz de secretas presiones y leves pellizcos, y todo el tiempo Toñita, Toñita, Toñita. Ahora basta de dudas, mañana más temprano todavía, escóndete en la catedral y espía, escucha el minúsculo canto de la arena en las copas de los tamarindos, espera tenso, los ojos fijos en la esquina medio oculta por la glorieta y los árboles. Y ahí, de nuevo, el tiempo detenido bajo la bóveda y los arcos, las severas baldosas, las bancas despobladas, y la implacable voluntad y una fría secreción en la espalda, el brusco vacío en el estómago: el piajeno, la gallinaza, las canastas, una silueta que avanza flotando. Que no llegue nadie, que se vaya pronto, que no salga el cura y ahora, rápido, corriendo, la luz exterior, el atrio, las anchas gradas, la pista, el cuadrilátero sombreado. Abre los brazos, recíbela, mira cómo su cabeza se reclina en tu hombro, acaricia sus cabellos, límpialos de arena rubia y a la vez, cuidado, La Estrella del Norte se abrirá y aparecerá Jacinto bostezando, vendrán los vecinos y los forasteros, adelántate. Nada de engaños, bésala y, mientras su rostro se acalora, no te asustes, eres bonita, yo te quiero, no vayas a llorar, siente tu boca en su mejilla y fíjate, su arrebato va pasando, su postura es otra vez dócil y así, como la superficie que cede bajo tus labios es de fragante la lluvia en el verano caluroso, así cuando el arcoiris ilumina el cielo. Y entonces róbatela: no podemos seguir así, vente conmigo, Toñita, la cuidarás, la engreirás, será feliz contigo, un tiempito y se irán lejos de Piura, vivirán a plena luz. Corre con ella, los aleros gotean arena todavía, las gentes duermen o se desperezan en sus camas, pero mira, observa el rededor, dale la mano, súbela al caballo. No la pongas nerviosa, háblale despacio: agárrate de mi cintura, fuerte, sólo un momentito. Y, de nuevo, el sol que se instala sobre la ciudad, la atmósfera templada, las calles desiertas, la furiosa urgencia y, de repente, mira cómo se prende, estruja tu camisa, cómo su cuerpo se adhiere al tuyo, mira esa llamarada en su rostro: ¿comprende?, ¿apúrate?, ¿que no nos vean?, ¿vámonos?, ¿quiero irme contigo?, tú Toñita, Toñita, ¿te das cuenta adónde vamos, para qué vamos, qué somos? Cruza el Viejo Puente y no entres a Castilla la madrugadora, sigue rápidamente los algarrobos de la orilla y ahora sí, el arenal, taconea con odio, que brinque,

que galope, que sus cascos maltraten la lisa espalda del desierto y se alce una polvareda protectora. Ahí, los relinchos, la fatiga del animal, en tu cintura su brazo y a ratos el sabor de sus cabellos que el aire incrusta en tu boca. Taconea siempre, ya llegan, usa el látigo y, de nuevo, aspira el olor de esa mañana, el polvo y la loca excitación de esa mañana. Entra sin hacer ruido, cárgala, sube la angosta escalera de la torre, siente sus brazos en tu cuello como un collar vivo y ahí los ronquidos, la zozobra que separa sus labios, el destello de sus dientes, tú nadie nos ve, gente que duerme, cálmate Toñita. Dile sus nombres: la Luciérnaga, la Ranita, la Flor, la Mariposa. Más todavía: están rendidas, han bebido y hecho el amor y no nos sienten ni dirán nada, tú les explicarás, ellas comprenden las cosas. Pero sigue, cómo les dicen, habitantas. Cuéntale de la torre y del espectáculo, píntale el río, los algodonales, el pardo perfil de las distantes montañas y el relumbre de los techos de Piura al mediodía, las casas blancas de Castilla, la inmensidad del arenal y del cielo. Tú yo miraré para ti, le prestarás tus ojos, todo lo que tengo es tuyo, Toñita. Que imagine cuando entra el río: esas serpientes delgaditas que un día de diciembre llegan reptando por el cauce, y cómo se juntan y crecen, y su color, tú verde marrón, y va engordando y estirándose. Que oiga el repique de las campanas y adivine la gente que sale a recibirlo, los churres que revientan cuetes, las mujeres que rocían mistura y serpentinas, y las faldas granates del obispo que bendice las aguas viajeras. Cuéntale cómo se arrodillan en el Malecón y descríbele la feria —los quioscos, los toldos, los helados, los pregones—, nómbrale a los dichosos principales que se avientan con sus caballos a la corriente y disparan al aire y también a los gallinazos y mangaches que se bañan en calzoncillos, y a los valientes que se zambullen desde el Viejo Puente. Y dile cómo el río es río ahora, y cómo día y noche pasa hacia Catacaos, espeso y sucio. También quién es Angélica Mercedes, que será su amiga, y los platos que le hará, tú los que más te guste, Toñita, picantes, chupes, secos y piqueos, y hasta clarito, pero no quiero que te emborraches. Y no olvides el arpa, tú cada noche una serenata para ti solita. Háblale al oído, siéntala en tus rodillas, no la fuerces, ten paciencia, acaríciala apenas o mejor respírala sin tocarla, sin prisa, suavemente espera que busque tus labios. Y háblale siempre, al oído, con ternura, el peso de su cuerpo es leve y de su piel mana un perfume tibio, toca los vellos de sus brazos como las cuerdas del arpa. Háblale, murmúrale, descálzala con delicadeza, besa sus pies y ahí, de nuevo, claros y morosos, sus talones, la curva de su empeine, sus pequeños dedos ligeros en tu boca, su risa fresca en la penumbra. Ríe también, ¿te hago cosquillas?, bésala todo el tiempo, ahí sus tobillos tan delgados y sus rodillas duras y redondas. Tiéndela entonces con cuidado, acomódala, y muy lentamente, muy dulcemente, abre su blusa y tócala, ¿su cuerpo se endurece?, suéltala, tócala de nuevo, y háblale, la quieres, la mimarás como a una churre, vivirás para ella, no la estrujes, no la muerdas, cíñela apenas, guía su mano hasta su falda, que ella misma la desabotone. Tú yo te ayudo, Toñita, yo te la saco, muchachita y tiéndete a su lado. Dile qué sientes, qué son sus senos, tú dos conejitos, bésalos, los quieres, los veías en sueños, en las noches entraban a la torre blancos y brincando, ibas

431

a cogerlos y ellos escapaban, tú pero son más dulces y más vivos y ahí, la discreta penumbra, el aleteo de las cortinas, las borrosas siluetas de los objetos, y la tersura y el resplandor inmóvil de su cuerpo. Una y otra vez alísalo y dile tus rodillas son, y tus caderas son, y tus hombros son, y lo que sientes, y que la quieres, siempre que la quieres. Tú Toñita, muchachita, churre, y estréchala contra ti, ahora sí busca sus muslos, sepáralos con timidez, sé cuidadoso, sé obediente, no la apremies, bésala y retírate, vuelve a besarla, sosiégala y, mientras, siente cómo tu mano se humedece y su cuerpo se abandona y despliega, la perezosa modorra que la invade y cómo se activa su aliento y sus brazos te llaman, siente cómo la torre comienza a andar, a abrasarse, a desaparecer entre dunas calientes. Dile eres mi mujer, no llores, no te abraces a mí como si fueras a morir, dile empiezas a vivir y ahora distráela, juega con ella, seca sus mejillas, cántale, arrúllala, dile que duerma, tú seré tu almohada, Toñita, velaré tu sueño.

—Se lo llevaron a Lima esta mañana —gimió Bonifacia—. Dicen que por muchos años.

¿Y? ¿La cárcel de Piura no era peor que chiquero?, Josefino dio unos pasos por la habitación, la gente vivía en la mugre, se apoyó en el alféizar de la ventana, los mataban de hambre, a la floja luz de un farol el Colegio San Miguel, la iglesia y los algarrobos de la plaza Merino se veían como en sueños, y a los insolentes les daban caca en vez de comida, y Lituma era insolente, y ay de ellos si no se la tragaban: mejor que lo hubieran mandado a Lima.

—Ni siquiera me dejaron despedirlo —gimió Bonifacia—. Por qué no me avisaron que se lo iban a llevar.

¿Las despedidas no eran tristes? Josefino se acercó al sofá donde ella acababa de sentarse, los pies de Bonifacia se descalzaron con ira, su cuerpo sufría bruscas sacudidas. Era preferible así, también para Lituma que se hubiera entristecido, y ella de dónde iba a sacar la plata, el pasaje era carísimo, en la Empresa Roggero se lo habían dicho. Josefino le pasó el brazo por los hombros. ¿Qué iba a hacer la pobre en Lima? Se quedaría aquí, en Piura, y él la cuidaría, y él haría que se olvidara de todo.

—Es mi marido, tengo que irme —gimió Bonifacia—. Aunque sea iré a visitarlo todos los días, le llevaré de comer.

Pero en Lima era distinto, qué tonta, les daban buena comida y los trataban bien. Josefino cerró su brazo en torno a Bonifacia, ella resistió un momento, cedió y por último, ya se estaba calentando, ¿el cachaco no era un bruto?, y ella mentira, ¿no le daba mala vida?, y ella no es cierto, pero se dejó ir contra él y de nuevo comenzó a llorar. Josefino le acarició los cabellos. Y, además, qué tanto, era una suerte, al pan pan y al vino vino, Selvática: se habían librado de él.

—Yo soy mala pero tú más que yo —lloriqueó Bonifacia—. Los dos nos vamos a condenar, y por qué me dices Selvática si sabes que no me gusta, ¿ves, ves como eres malo?

Josefino la apartó con suavidad, se puso de pie y eso era el colmo, ¿no se habría muerto de hambre sin él?, ¿no viviría como pordiosera? Registró en sus bolsillos apoyado en la ventana, como en sueños, y encima venía y lloraba al cachaco en su delante, sacó un cigarrillo y lo encendió: un hombre tenía su orgullo, qué diablos.

—Me estás tuteando —dijo, de pronto, volviéndose hacia Bonifacia—. Antes sólo en la cama y después siempre de usted. Qué rara eres, Selvática.

Volvió a su lado y ella inició un movimiento de repliegue, pero se dejó abrazar y Josefino rió. ¿Tenía vergüenza? ¿Cosas que le metieron en la tutuma las monjitas de su pueblo? ¿Por qué sólo en la cama de tú?

—Yo sé que es pecado y, a pesar, sigo contigo —sollozó Bonifacia—. Tú no te das cuenta, pero Dios me va a castigar, y a ti, y todo por tu culpa.

Qué hipócrita era, en eso sí se parecía a las piuranas, a toditas las mujeres, qué hipócrita era, cholita, ¿sabía o no que iba a ser su mujer esa noche que la trajo?, y ella no sabía, haciendo pucheros, no hubiera venido, no tenía adónde ir. Josefino escupió el cigarrillo al suelo y Bonifacia estaba acurrucada contra él y Josefino podía hablarle al oído. Pero le había gustado, que fuera sincera, Selvática, que confesara, sólo una vez, despacito, a él solito, chinita, ¿le gustó o no le gustó?, cholita.

—Me gustó porque soy mala —susurró ella—. No me preguntes, es pecado, no hables de eso.

¿Mejor que con el cachaco?, que jurara, nadie la oía, él la quería, ¿cierto que gozaba más?, la besó en el cuello, le mordió la oreja, bajo la falda todo era estrecho, tenso y tibio, ¿cierto que el cachaco nunca la hizo gritar?, y ella con voz ida sí, la primera, de dolor más bien, ¿cierto que él sí la hacía gritar cuando le daba su gana?, y sólo de gusto ¿cierto?, y ella que se callara, Josefino, Dios estaba oyendo, y él te toco y ahí mismo cambias, me gustas porque eres ardiente. La soltó, ella dejó de ronronear y, un momento después, lloraba de nuevo.

—Él te estaba basureando, Selvática —dijo Josefino—; perdías tu tiempo con el cachaco. ¿Por qué le tienes tanta pena?

—Porque es mi marido —dijo Bonifacia—. Tengo que irme a Lima.

Josefino se inclinó, recogió la colilla del suelo, la encendió y unos churres correteaban en la plaza Merino, uno se había trepado a la estatua y las ventanillas de la casa del padre García estaban iluminadas, no debía ser tan tarde, ¿sabía que ayer empeñó su reloj?, se olvidaba de contarle, Selvática, y cierto, cierto, qué cabeza: todo estaba listo con doña Santos, mañana temprano.

—Ahora ya no quiero —dijo Bonifacia—. No quiero, no voy a ir.

Josefino disparó el pucho hacia la plaza Merino, pero no llegó ni siquiera a la avenida Sánchez Cerro, y se retiró de la ventana y ella estaba tiesa, y él qué te pasa, ¿quería matarlo con su mirada?, ya sabía que tenía bonitos ojos, para qué los abría tanto y qué cuento era ése. Bonifacia no lloraba y tenía un aire agresivo, una voz resuelta: no quería, era el hijo de su marido. ¿Y con qué le iba a dar de comer al hijo de su marido? ¿Y qué iba a comer ella hasta que naciera el hijo de su marido? ¿Y qué iba a hacer Josefino con un entenado? Lo peor de lo peor era que la gente nunca pensaba las cosas, qué hacían con la tutuma que Dios les puso sobre el pescuezo, qué mierda hacían.

—Trabajaré de sirvienta —dijo Bonifacia—. Y después me iré con él a Lima.

¿De sirvienta, barrigona? Estaba soñando, nadie querría emplearla y, si de casualidad alguien sí, la pondrían a fregar pisos y con tanto esfuerzo el hijo de su marido se le chorrearía o nacería muerto, o fenómeno, que le preguntara a un médico, y ella que se muera solo, pero ella no lo quería matar: era por gusto.

Comenzó a lloriquear de nuevo y Josefino se sentó a su lado y le pasó el brazo por los hombros. Era malagradecida, ingrata con él. ¿La trataba bien, sí o no? ¿Por qué la trajo a su casa?, porque la quería, ¿por qué le daba de comer?, porque la quería y en cambio, y encima, y a pesar de eso, ¿un entenado para que la gente se riera de él? Miéchica, un hombre no era un payaso. Y, además, ¿cuánto iba a cobrar la Santos? Un montón, una burrada de plata y, en lugar de agradecer, lloraba. ¿Por qué era así con él, Selvática? Parecía que no lo quería, y él a ella tanto, cholita, y le pellizcaba el cuello y le soplaba detrás de la oreja y ella gemía, su pueblo, las madrecitas, quería volverse, más que fuera tierra de chunchos, más que no hubiera edificios ni autos, Josefino, Josefino, volverse a Santa María de Nieva.

—Necesitas más plata para irte a tu pueblo que para hacerte una casa, cholita —dijo Josefino—. Hablas y hablas sin saber lo que estás diciendo. No hay que ser así, amor.

Sacó su pañuelo y le limpió los ojos y se los besó e hizo que medio cuerpo de ella se ladeara y la abrazó con pasión, él se preocupaba por ella, ¿por qué?, todo lo hacía pensando en su bien, ¿por qué, maldita sea, por qué?: porque la quería. Bonifacia suspiraba, el pañuelo sobre su boca: ¿cómo iba a ser por su bien que quisiera matar al hijo de su marido?

—Eso no es matarlo, sonsa, ¿acaso ya nació? —dijo Josefino—. Y por qué hablas tanto de tu marido si ya no es tu marido.

Sí era, se casaron por la iglesia y para Dios era el único que valía, y Josefino, qué manía, ¿por qué meter a Dios en todo?, Selvática, y ella ¿ves, ves?, y él cholita, sonsa, que le diera un beso, y ella no, y él qué le haría si no la quisiera tanto, meciéndola, buscándole las axilas, impidiéndole levantarse, sonsa, terquita, su Selvatiquita, ¿ves, ves?, y entre un hipo y un sollozo reía, y, por momentos, su boca se quedaba quieta y él alcanzaba a besarla. ¿Lo quería?, una vez, sólo una vez, sonsa, y ella no te quiero, y él pero yo mucho, Selvática, sólo que cómo te engríes y abusas por eso, y ella me dices pero no me quieres, y él que tocara su corazón y viera cómo latía por ella, y, además, si lo quisiera le daría gusto en todo, y bajo la falda todo era angosto, tibio, resbaloso, igual que debajo de la blusa, y también en la espalda, tibio, sediento y espeso, y la voz de Josefino comenzaba a vacilar y a ser, como la de ella, muy baja, no iría donde la Santos aunque lo quisiera, y contenida, más que la matara no iría, y perezosa, pero a él sí lo quería, y desigual y cálida.

—Pones una cara —dijo el sargento—, parece que te sacaran de aquí a la fuerza. ¿Por qué no estás contenta?

—Sí estoy —dijo Bonifacia—. Sólo que siento un poco de pena por las madrecitas.

—No pongas esa maleta tan al canto, Pintado —dijo el sargento—. Y las cajas están mal sujetas, se irán al agua al primer encontrón.

—Acuérdese de nosotros cuando esté en el paraíso, mi sargento —dijo el Chiquito—. Escríbanos, cuéntenos cómo es la vida en la ciudad. Si todavía existen las ciudades.

—Piura es la ciudad más alegre del Perú, señora —dijo el teniente—. Le va a gustar mucho.

—Así será, señor —dijo Bonifacia—. Si es tan alegre, me ha de gustar.

El práctico Pintado había ya instalado todo el equipaje en la lancha y ahora examinaba el motor, arrodillado entre dos latas de gasolina. Corría una brisa suave y las aguas del Nieva, color uva, avanzaban hacia el Marañón alborotadas de olitas, tumbos y breves remolinos. El sargento iba y venía por la lancha, diligente, risueño, verificando los bultos, las amarras y Bonifacia parecía interesada en ese trajín pero, a veces, sus ojos se apartaban de la embarcación y espiaban las colinas: bajo el cielo limpio la misión resplandecía ya entre los árboles, sus calaminas y sus muros reverberaban mansamente en la luz clara de la madrugada. El sendero pedregoso, en cambio, aparecía disimulado por hilachas de bruma que flotaban casi a ras de tierra, indemnes: el bosque desviaba la brisa que las hubiera disgregado.

—¿No es cierto que nos pica el cuerpo por llegar a Piura, chinita? —dijo el sargento.

—Es la verdad —dijo Bonifacia—. Queremos llegar lo más pronto.

—Debe ser lejísimos —dijo Lalita—. Y la vida será tan distinta a la de aquí.

—Dicen que cien veces más grande que Santa María de Nieva —dijo Bonifacia—, con casas como se ven en las revistas de las madres. Hay pocos árboles, dicen, y arena, mucha arena.

—Me da pena que te vayas, pero por ti me alegro —dijo Lalita—. ¿Ya saben las madres?

—Me han dado muchos consejos —dijo Bonifacia—. La madre Angélica ha llorado. Qué viejita se ha puesto, ya no oye lo que se le dice, tuve que gritarle. Apenas camina, Lalita, tiene los ojos como bailando todo el tiempo. Me llevó a la capilla y rezamos juntas. Ya nunca más la veré, seguro.

—Es una vieja mala, perversa —dijo Lalita—. No barriste eso, no lavaste las ollas, y me asusta con el infierno, cada mañana ¿te has arrepentido de tus pecados? Y también me dice cosas terribles de Adrián, que es un bandido, que engañaba a todos.

—Tiene mal genio porque está viejita —dijo Bonifacia—. Se dará cuenta que se va a morir pronto. Pero conmigo es buena. Me quiere y yo también la quiero.

—Algarrobos, burros y tonderos —dijo el teniente—. Y conocerá el mar, señora, no está lejos de Piura. Eso es mejor que bañarse en el río.

—Y, además, dicen que ahí están las mujeres más lindas del Perú, señora —dijo el Pesado.

—Ah, Pesado —dijo el Rubio—. ¿Y qué le importa a la señora que haya mujeres lindas en Piura?

—Le digo para que se cuide de las piuranas —dijo el Pesado—. No vayan a dejarla sin marido.

—Ella sabe que soy serio —dijo el sargento—. Sólo sueño con ver a mis amigos, a mis primos. Para mujeres, con la mía me basta y sobra.

—Ah, cholo cínico —rió el teniente—. Cuídelo mucho, señora, y si se le suelta dele palo.

—Si es posible, me empaqueta una piurana y me la manda, mi sargento —dijo el Pesado.

Bonifacia sonreía a unos y a otros pero, al mismo tiempo, se mordía los labios y, a intervalos regulares, una expresión distinta volvía a su rostro y lo abatía, unos segundos empañaba su mirada y agitaba su boca con un leve temblor, y luego desaparecía y sus ojos sonreían de nuevo. El pueblo despertaba ya, había cristianos reunidos en la tienda de Paredes, la vieja sirvienta de don Fabio barría la terraza de la Gobernación y, bajo las capironas, pasaban aguarunas jóvenes y viejos en dirección al río, con pértigas y arpones. El sol encendía los techos de yarina.

—Sería bueno partir de una vez, sargento —dijo Pintado—. Mejor pasar el pongo ahora, después habrá más viento.

—Óyeme primero y después dices no —dijo Bonifacia—. Al menos, deja que te explique.

—Mejor nunca hagas planes —dijo Lalita—. Después, si no salen es peor. Piensa sólo en lo que está pasando en el momento, Bonifacia.

—Ya le he dicho y él está de acuerdo —dijo Bonifacia—. Me dará un sol cada semana, y yo haré trabajos para la gente, ¿no ves que las madres me enseñaron a coser? ¿Pero no se la robarán? Tiene que pasar por tantas manos, a lo mejor no te llega.

—No quiero que me mandes —dijo Lalita—. Para qué necesito plata.

—Pero ya se me ocurrió la manera —dijo Bonifacia, tocándose la cabeza—. Se la mandaré a las madres, ¿quién se va a atrever a robarles a ellas? Y las madres te la darán a ti.

—A pesar de las ganas que uno tiene de irse, siempre da un poco de tristeza —dijo el sargento—. A mí me ha dado ahorita, muchachos, por primera vez. Uno se encariña con los lugares, aunque valgan poca cosa.

La brisa se había transformado en viento y las copas de los árboles más altos inclinaban sus plumeros, los mecían sobre los árboles pequeños. Allá arriba, la puerta de la residencia se abrió, la silueta oscura de una madre salió apresurada y, mientras cruzaba el patio en dirección a la capilla, el viento hinchaba su hábito, lo encrespaba como una ola. Los Paredes habían salido a la puerta de su cabaña y, acodados en la baranda, miraban el embarcadero, hacían adiós.

—Es humano, mi sargento —dijo el Oscuro—. Tanto tiempo aquí, y, además, casado con una de aquí. Se comprende que le dé un poco de pena. A usted le dará más, señora.

—Gracias por todo, mi teniente —dijo el sargento—. Si puedo servirle de algo en Piura, ya sabe, estoy a sus órdenes para cualquier cosa. ¿Cuándo estará usted en Lima?

—Dentro de un mes, más o menos —dijo el teniente—. Tengo que ir a Iquitos antes, a liquidar este asunto. Que te vaya bien en tu tierra, cholo, de repente te caigo por ahí un día de ésos.

—Guárdate mejor la plata para cuando tengas hijos —dijo Lalita—. Adrián decía al otro mes comenzamos, y en seis meses habrá para un motor nuevo. Y nunca ahorramos ni un centavo. Pero él no gastaba casi nada, todo era para la comida y los hijos.

—Y entonces podrás ir a Iquitos —dijo Bonifacia—. Haz que las madres te guarden la plata que voy a mandarte, hasta que haya bastante para el pasaje. Entonces irás a verlo.

—Paredes me ha dicho que no volveré a verlo —dijo Lalita—. También que me moriré aquí, de sirvienta de las madres. No me mandes nada. Te hará falta allá, en la ciudad se necesita mucha plata.

¿Le permitía, cholo? El sargento asintió, y el teniente abrazó a Bonifacia que pestañeaba mucho y movía la cabeza como aturdida, pero sus labios y sus ojos, aunque húmedos, sonreían aún, tenazmente, señora: ahora les tocaba a ellos. Primero la abrazó el Pesado y el Oscuro, caramba, cuánto se demoraba y él, mi sargento,

442

no piense mal, era un abrazo de amigo, el Rubio, el Chiquito. El práctico Pintado había soltado las amarras y mantenía la lancha junto al embarcadero, curvado sobre la pértiga. El sargento y Bonifacia subieron, se instalaron entre los bultos, Pintado levantó la pértiga y la corriente se apoderó de la embarcación, comenzó a columpiarla, a llevársela sin apuro hacia el Marañón.

—Tienes que ir a verlo —dijo Bonifacia—. Te mandaré aunque no quieras. Y cuando salga, se irán a Piura, yo los ayudaré como ustedes me han ayudado. Allá nadie lo conoce a don Adrián y podrá trabajar en lo que sea.

—Ya cambiarás de cara cuando veas Piura, chinita —dijo el sargento.

Bonifacia tenía una mano fuera de la lancha, sus dedos tocaban el agua turbia y abrían rectos, efímeros canales que desaparecían en la espumosa confusión que iba sembrando la hélice. A veces, bajo la opaca superficie del río se divisaba un pez breve y veloz. Sobre ellos, el cielo aparecía despejado pero, a lo lejos, en dirección a la cordillera, flotaban nubes gordas que el sol hendía como una cuchilla.

—¿Estás triste sólo por las madres? —dijo el sargento.

—También por Lalita —dijo Bonifacia—. Y pienso todo el tiempo en la madre Angélica. Anoche se me prendió, no quería soltarme y no le salían las palabras de la pena.

—Las monjitas se han portado bien —dijo el sargento—. Cuántos regalos te han hecho.

—¿Alguna vez volveremos? —dijo Bonifacia—. ¿Siquiera una vez, de paseo?

—Quién sabe —dijo el sargento—. Pero está un poco lejos para venir de paseo hasta aquí.

—No llores —dijo Bonifacia—. Te voy a escribir y te voy a contar todo lo que haga.

—Desde que salí de Iquitos no he tenido amigas —dijo Lalita—. Desde que era chica. Allá en la isla, las achuales, las huambisas casi no hablaban cristiano y no nos entendíamos sino en ciertas cosas. Tú has sido mi mejor amiga.

—Y tú también la mía —dijo Bonifacia—. Más que amiga, Lalita. Tú y la madre Angélica son lo que más quiero aquí. Anda, no llores.

—Por qué no volvías, Aquilino —dijo Fushía—. Por qué no volvías, viejo.

—No pude venir más rápido, hombre, cálmate —dijo Aquilino—. El tipo me comía a preguntas, y decía las monjas y que el doctor y no podía convencerlo. Pero lo convencí, Fushía, ya está arreglado.

—¿Las monjas? —dijo Fushía—. ¿También viven monjas ahí?

—Son como enfermeras, cuidan a la gente —dijo Aquilino.

—Llévame a otra parte, Aquilino —dijo Fushía—, no me dejes en San Pablo, no quiero morirme ahí.

—El tipo se quedó con toda la plata, pero me ha prometido un montón de cosas —dijo Aquilino—. Te conseguirá papeles, arreglará todo para que nadie sepa quién eres.

—¿Le diste todo lo que junté estos años? —dijo Fushía—. ¿Para eso tantos sacrificios, tanta lucha? ¿Para que un tipo cualquiera se quede con todo?

—Tuve que ir subiendo a poquitos —dijo Aquilino—. Primero quinientos y nones, después mil y nones, ni quería discutir, decía la cárcel es más cara. También me prometió que te dará mejor comida, mejores remedios. Qué vamos a hacer, Fushía, hubiera sido peor si no acepta.

Llovía a cántaros y el viejo, calado hasta los huesos, maldiciendo contra el tiempo, sacó la lancha del caño a golpes de tangana. Ya cerca del embarcadero, divisó siluetas desnudas en lo alto del barranco. A gritos, ordenó en huambisa que bajaran a ayudarlo y aquéllas desaparecieron detrás de las lupunas que el viento sacudía, y surgieron, rojizas, dando saltitos, resbalando en el barro de la pendiente. Sujetaron la lancha a unas estacas y, chapoteando bajo los goterones que salpicaban en sus espaldas, llevaron en peso a don Aquilino a tierra. El viejo comenzó a desnudarse mientras trepaba el barranco. Al llegar a la cima se había quitado la camisa y, en el poblado, sin responder a los signos amistosos que le hacían niños y mujeres desde las cabañas, se sacó el pantalón. Así, con sólo su sombrero de paja y un corto calzoncillo, cruzó el boscaje hacia el claro de los cristianos, y allí algo simiesco y tambaleante se descolgó de una baranda, Pantacha, lo abrazó, estás soñando, y balbuceó torpemente en su oído, atorado de yerbas y ni siquiera puedes hablar, suéltame. Pantacha tenía los ojos atormentados e hilillos de baba chorreaban de sus labios. Muy agitado, hacía gestos señalando las cabañas. El viejo vio en la terraza a la shapra, hosca, inmóvil, el cuello y los brazos ocultos por sartas de collares y brazaletes, la cara muy pintada.

—Se escaparon, don Aquilino —gruñó por fin Pantacha, revolviendo los ojos—. Y el patrón rabiando, encerrado ahí hace meses, no quiere salir.

—¿Está en su cabaña? —dijo el viejo—. Suéltame, tengo que hablar con él.

—Quién eres tú para mandarme —dijo Fushía—. Anda de nuevo, que el tipo te devuelva la plata. Llévame al Santiago, prefiero morirme entre gente que conozco.

—Tenemos que esperar hasta la noche —dijo Aquilino—. Cuando todos se duerman, te llevaré hasta la lancha donde hacen bañar a las visitas y ahí te recogerá el tipo. No sigas así, Fushía, ahora trata de dormir un poco. ¿O quieres comer algo?

—Así como me estás tratando tú, me tratarán ahí —dijo Fushía—. Ni me oyes, decides todo y yo tengo que obedecer. Es mi vida, Aquilino, no la tuya, no quiero, no me abandones en este sitio. Un poco de compasión, viejo, regresemos a la isla.

—Ni queriendo podría hacerte caso —dijo Aquilino—. De surcada hasta el Santiago y escondiéndose serían meses de viaje y ya no hay gasolina, ni plata para comprarla. Te he traído hasta acá por amistad, para que mueras entre cristianos, y no como un pagano. Hazme caso, duérmete un poco.

El cuerpo hinchaba apenas las mantas que lo cubrían hasta la barbilla. El mosquitero sólo protegía media hamaca y reinaba un gran desorden en torno: latas desparramadas, cáscaras, calabazas con sobras de masato, restos de comida. Había una extraña pestilencia y muchas moscas. El viejo tocó en el hombro a Fushía, éste roncó y, entonces, el viejo lo remeció con las dos manos. Los párpados de Fushía se separaron, dos brasas sanguinolentas se posaron fatigadamente en el rostro de

Aquilino, se apagaron y encendieron varias veces. Fushía se incorporó algo, sobre los codos.

—Me agarró la lluvia en medio del caño —dijo Aquilino—. Estoy empapado.

Hablaba y escurría la camisa y el pantalón, los retorcía con furia; luego, los colgó en la cuerda del mosquitero. Afuera llovía muy fuerte siempre, una luz turbia bajaba hasta las charcas y el fango ceniza del claro, el viento embestía rugiendo contra los árboles. A veces, un zig zag multicolor aclaraba el cielo y, segundos después, venía el trueno.

—La puta esa se fue con Nieves —dijo Fushía, los ojos cerrados—. Se escaparon juntos ese par de perros, Aquilino.

—¿Y qué te importa que se hayan ido? —dijo Aquilino, secándose el cuerpo con la mano—. Bah, uno está mejor solo que mal acompañado.

—La puta esa no me importa —dijo Fushía—. Pero sí que se haya ido con el práctico. Eso tiene que pagármelo.

Sin abrir los ojos, Fushía volvió el rostro, escupió, hombre, se subió las mantas hasta la boca, mejor miraba dónde escupía, le había pasado raspando.

—¿Cuántos meses que no has venido? —dijo Fushía—. Hace siglos que te estoy esperando.

—¿Tienes mucha carga? —dijo Aquilino—. ¿Cuántas bolas de jebe? ¿Cuántas pieles?

—Estuvimos de malas —dijo Fushía—. Sólo encontramos pueblos vacíos. Esta vez no tengo mercadería.

—Si ya no podías salir de viaje, si las piernas no te respondían ya para andar por el monte —dijo Aquilino—.

¡Morir entre conocidos! ¿Crees que los huambisas iban a seguir contigo? En cualquier momento se largaban.

—Yo podía dar órdenes desde la hamaca —dijo Fushía—. Jum y Pantacha los hubieran llevado donde yo mandara.

—No te hagas el tonto —dijo Aquilino—. A Jum lo odian y no lo mataron hasta ahora por ti. Y el Pantacha está zafado con sus cocimientos, apenas podía hablar cuando lo dejamos. Eso se había acabado, hombre, desengáñate.

—¿Vendiste bien? —dijo Fushía—. ¿Cuánta plata me traes?

—Quinientos soles —dijo Aquilino—. No me tuerzas la cara, lo que llevé no valía más y he tenido que pelear para que me dieran eso. Pero qué ha pasado, es la primera vez que no tienes mercadería.

—La región está quemada —dijo Fushía—. Los perros esos andan prevenidos y se esconden. Iré más lejos, aunque sea a las ciudades me meteré, pero encontraré jebe.

—¿Lalita te robó toda tu plata? —dijo Aquilino—. ¿Te dejaron algo?

—¿Qué plata? —Fushía sujetaba las mantas junto a la boca, se había encogido más—. ¿De qué plata hablas?

—De la que te he ido trayendo, Fushía —dijo el viejo—. De las ganancias de tus robos. Ya sé que la tenías guardada. ¿Cuánto te queda? ¿Cinco mil soles? ¿Diez mil?

—Ni tú, ni tu madre ni nadie me va a quitar lo que es mío —dijo Fushía.

—No me des más pena de la que te tengo —dijo Aquilino—. Y no me mires así, tus ojos no me asustan. Más bien contéstame lo que te pregunto.

—¿Me tendría tanto miedo o con el apuro se olvidaron de robarme la plata? —dijo Fushía—. Lalita sabía dónde la guardaba.

—También puede ser que fuera por pena —dijo Aquilino—. Diría está fregado, se va a quedar solo, al menos le dejaremos la plata para que se consuele un poco.

—Mejor debieron robársela esos perros —dijo Fushía—. Sin plata, el tipo no habría aceptado. Y tú que eres de buen corazón no me hubieras botado en el monte. Me habrías regresado a la isla, viejo.

—Vaya, por fin estás más tranquilo —dijo Aquilino—. ¿Sabes qué voy a hacer? Machucar unos plátanos y hervirlos. Ya desde mañana comerás como los cristianos, será tu despedida de la comida pagana.

El viejo se rió, se tumbó en la hamaca vacía y comenzó a mecerse, impulsándose con un pie.

—Si fuera tu enemigo, no estaría aquí —dijo—. Todavía tengo esos quinientos soles, me hubiera quedado con ellos. Yo estaba seguro que esta vez no tendrías carga.

La lluvia barría la terraza, chasqueaba sordamente en el techo, y el aire caliente que venía de afuera levantaba el mosquitero, lo tenía aleteando como una cigüeña blanca.

—No necesitas taparte tanto —dijo Aquilino—. Ya sé que se te cae el pellejo de las piernas, Fushía.

—¿Te contó lo de los zancudos la puta esa? —murmuró Fushía—. Me rasqué y se me infectaron, pero

449

ya está pasando. Ésos se creen que porque estoy así no iré a buscarlos. Ya veremos quién ríe último, Aquilino.

—No me cambies de tema —dijo Aquilino—. ¿De veras te estás sanando?

—Dame un poquito más, viejo —dijo Fushía—. ¿Queda todavía?

—Tómate el mío, ya no quiero más —dijo Aquilino—. A mí también me gusta. En eso soy como un huambisa, todas las mañanas cuando me despierto me machuco unos plátanos y los hiervo.

—Voy a extrañarla más que a Campo Grande, más que a Iquitos —dijo Fushía—. Me parece que la isla es la única patria que he tenido. Hasta a los huambisas voy a extrañarlos, Aquilino.

—Vas a extrañar a todos, pero no a tu hijo —dijo Aquilino—. Es el único del que no hablas. ¿No te importa nada que se lo llevara Lalita?

—A lo mejor no era mi hijo —dijo Fushía—. A lo mejor la perra esa…

—Calla, calla, ya hace años que te conozco y está difícil que me engañes —dijo Aquilino—. Dime la verdad, ¿se están sanando o están peor que antes?

—No me hables en ese tono —dijo Fushía—. No te permito, mierda.

Su voz, que carecía de convicción, se extinguió en una especie de aullido. Aquilino se levantó de la hamaca, fue hacia él y Fushía se cubrió la cara: era un bultito tímido y amorfo.

—No tengas vergüenza de mí, hombre —susurró el viejo—. Déjame ver.

Fushía no respondió y Aquilino cogió una punta de la manta y la alzó. Fushía no llevaba botas y el viejo estuvo mirando, su mano incrustada como una garra en la manta, la frente roída de arrugas, la boca abierta.

—Lo siento mucho, pero ya es hora, Fushía —dijo Aquilino—. Tenemos que irnos.

—Un ratito más, viejo —gimió Fushía—. Mira, préndeme un cigarro, me lo fumo y me llevas donde el tipo. Sólo diez minutos, Aquilino.

—Pero fúmatelo rápido —dijo el viejo—. El tipo estará esperando ya.

—Mira todo de una vez —gimió Fushía, bajo la manta—. Ni yo me acostumbro, viejo. Mira más arriba.

Las piernas se doblaron y, al estirarse, las mantas cayeron al suelo. Ahora Aquilino podía ver, también, los muslos translúcidos, las ingles, el pubis calvo, el pequeño garfio de carne que había sido el sexo y el vientre: allí la piel estaba intacta. El viejo se inclinó precipitadamente, cogió las mantas, cubrió la hamaca.

—¿Ves, ves? —sollozó Fushía—. ¿Ves que ya ni soy hombre, Aquilino?

—También me prometió que te dará cigarros cuando quieras —dijo Aquilino—. Ya sabes, te dan ganas de fumar y le pides.

—Me gustaría morirme ahora mismo —dijo Fushía—, sin darme cuenta, de repente. Tú me envolverías en una manta y me colgarías de un árbol, como a un huambisa. Sólo que nadie me lloraría cada mañana. ¿De qué te ríes?

—De lo que te haces el que fumas, para que el cigarro dure más y se pase el tiempo —dijo Aquilino—. Pero si de todos modos vamos a ir, qué te hacen dos minutos más o menos, hombre.

—Cómo voy a viajar hasta allá, Aquilino —dijo Fushía—. Está muy lejos.

—Mejor que te mueras ahí que aquí —dijo el viejo—. Ahí te cuidarán y la enfermedad ya no seguirá subiendo. Yo conozco un tipo, con la plata que tienes te aceptará sin pedir papeles ni nada.

—No llegaremos, viejo, me agarrarán en el río.

—Yo te prometo que llegaremos —dijo Aquilino—. Aunque sea viajando sólo de noche, buscando los caños. Pero hay que partir hoy mismo, sin que nos vea el Pantacha ni los paganos. Nadie tiene que saber, es la única forma de que allá estés seguro.

—La policía, los soldados, viejo —dijo Fushía—. ¿No ves que todos me buscan? No puedo salir de acá. Hay mucha gente que quiere vengarse de mí.

—San Pablo es un sitio donde nunca te irán a buscar —dijo el viejo—. Aunque supieran que estás ahí, no irían. Pero nadie sabrá.

—Viejo, viejo —sollozó Fushía—. Tú eres bueno, te ruego, ¿crees en Dios?, por Dios hazlo, Aquilino, trata de comprenderme.

—Claro que te comprendo, Fushía —dijo el viejo levantándose—. Pero hace rato que oscureció, tengo que llevarte de una vez, el tipo se va a cansar de esperarnos.

Es otra vez de noche, la tierra es blanda, los pies se hunden hasta los tobillos y son siempre los mismos lugares: la ribera, el sendero que se adelgaza entre las chacras, un bosquecillo de algarrobos, el arenal. Tú por aquí, Toñita, nunca por allá, no los vayan a ver desde Castilla. La arena cae sin misericordia, cúbrela con la manta, ponle tu sombrero, que baje su cabecita si no quiere que le arda la cara. Los mismos ruidos: el runrún del viento en los algodonales, música de guitarras, cantos, jaleos y, al alba, los profundos mugidos de las reses. Tú ven, Toñita, sentémonos aquí, descansarán un rato y seguirán paseando. Las mismas imágenes: una cúpula negra, estrellas que parpadean, brillan fijas o se apagan, el desierto de pliegues y dunas azules y, a lo lejos, la construcción erecta, solitaria, sus luces lívidas, sombras que salen, sombras que entran y, a veces, en la madrugada, un jinete, unos peones, un rebaño de cabras, la lancha de Carlos Rojas y, en la otra orilla del río, las puertas grises del camal. Háblale del amanecer, tú ¿me oyes, Toñita?, ¿te dormiste?, cómo se divisan los campanarios, los tejados, los balcones, si lloverá y si hay neblina. Pregúntale si tiene frío, si quiere volver, abrígale las piernas con tu saco, que se apoye en tu hombro. Y ahí, de nuevo, el alboroto intempestivo, el extraño galope de esa noche, el sobresalto de su cuerpo. Incorpórate, mira, ¿quiénes corren?, ¿una apuesta?, ¿Chápiro, don Eusebio, los mellizos Temple? Tú escondámonos, agachémonos, no te muevas, no te asustes, son dos caballos y ahí, en la oscuridad, quién, por qué, cómo. Tú pasaron cerca y en caballos chúcaros, qué tales locos, van hasta el río, ahora regresan, no tengas miedo chiquita, y ahí su rostro girando, interrogando, su ansiedad, el temblor de su boca, sus uñas como clavos y su mano por qué, cómo, y su respiración junto a la tuya. Ahora cálmala, tú yo te explico, Toñita, ya se fueron, iban tan rápido, no les vi las caras y ella tenaz, sedienta, averiguando en la negrura, quién, por qué, cómo. Tú no te pongas así, quiénes serían, qué importa, qué sonsita. Una trampa para distraerla: métete bajo la manta, ocúltate, deja que te tape, ahí vienen, son montones, si nos ven nos matan, siente su agitación, su furia, su terror, que se acerque, que te abrace, que se hunda en ti, tú más, Toñita, pégate más y dile ahora que mentira, no viene nadie, dame un beso, te engañé chiquita. Y hoy no le hables, escúchala a tu lado, su silueta es un barco, el arenal un mar, ella navega, tranquilamente sortea médanos y arbustos, no la interrumpas, no pises la sombra que proyecta. Enciende un cigarrillo y fuma, piensa que eres feliz. Charla con ella y bromea, tú estoy fumando, le enseñarás cuando crezca, las niñas no fuman, se atoraría, ríete, que se ría, ruégale, tú no estés siempre tan seria, Toñita, por lo que más quieras. Y ahí, de nuevo, la incertidumbre, ese ácido que roe la vida, tú ya sé, se aburre tanto, las mismas voces, el encierro, pero espérate, falta poco, viajarán a Lima, una casa para los dos solos, no habrá que esconderse, le comprarás todo, verás, Toñita, verás. Siente otra vez esa emoción amarga, tú nunca te enojas, chiquita, que sea distinta, que se enoje alguna vez, que rompa las cosas, llore a gritos y ahí, ausente, idéntica, la expresión de su rostro, el suave latido de sus sienes, sus párpados caídos, el secreto de sus labios. Ahora sólo recuerdos y un poco de melancolía, tú por eso te miman tanto, cómo se han portado, no dijeron nada, te traen dulces, te visten, te peinan, parecen otras, entre ellas se pelean tanto, qué maldades se hacen, contigo tan buenas y tan serviciales. Diles me la he traído, me la he robado, la quieres, va a vivir contigo, tienen que ayudarte y ahí, de nuevo, su excitación, sus protestas, le juramos, prometemos, responderemos a su confianza, sus cuchicheos, su revoloteo, míralas, conmovidas, curiosas, risueñas, siente su desesperación por subir a la torre, por verla y hablarle. Y otra vez ella y tú te quieren todas, ¿porque eres joven?, ¿porque no hablas?, ¿porque les das pena? Y ahí, esa noche: el río fluye oscuramente y en la ciudad no quedan luces, la luna alumbra apenas el desierto, los sembríos son manchas borrosas y ella está lejos y desamparada. Llámala, pregúntale, Toñita ¿me oyes?, ¿qué sientes?, por qué jala así tu mano, si se ha asustado de la arena que cae tan fuerte. Tú ven Toñita, abrígate, ya pasará, ¿crees que nos va a tapar, que nos va a enterrar vivos?, de qué tiemblas, qué sientes, ¿te falta el aire?, ¿quieres volver?, no respires así. Y no te dabas cuenta, tú soy tan bruto, qué terrible no comprender, chiquita, no saber nunca qué te ocurre, no adivinar. Y ahí, de nuevo, tu corazón como un surtidor y las preguntas, su chisporroteo, cómo piensas que soy, cómo las habitantas, y las caras, y la tierra que pisas, de dónde sale lo que oyes, cómo eres tú, qué significan esas voces, ¿piensas que todos son como tú?, ¿que oímos y no respondemos?, ¿que alguien nos da la comida, nos acuesta y nos ayuda a subir la escalera? Toñita, Toñita, ¿qué sientes por mí?, ¿sabes lo que es el amor?, ¿por qué me besas? Haz un esfuerzo ahora, no le contagies tu angustia, baja la voz y suavemente dile no importa, mis sentimientos son tus sentimientos, quieres sufrir cuando ella sufra. Que olvide esos ruidos, tú nunca más, Toñita, me

puse nervioso, cuéntale de la ciudad, de la pobre gallinaza que llora sus penas, del piajeno y las canastas, y lo
que dice la gente en La Estrella del Norte, tú todos preguntan, Toñita, te buscan, están de duelo, pobrecita, ¿la
habrán matado?, ¿un forastero se la robaría?, lo que inventa, sus mentiras, sus murmuraciones. Pregúntale si
se acuerda, ¿le gustaría volver a la plaza?, ¿asolearse
junto a la glorieta?, si extraña a la gallinaza, tú ¿quisieras
verla de nuevo?, ¿nos la llevamos a Lima? Pero ella no
puede o no quiere oír, algo la aísla, la atormenta y ahí,
siempre, su mano, su temblor, su espanto, tú qué te pasa, ¿te está doliendo?, ¿quieres que te sobe? Dale gusto,
toca donde ella te indica, no apoyes mucho, repasa su
vientre, acaricia el mismo sitio, diez veces, cien veces, y
entretanto ya sé, te duele, la comida, ¿quieres hacer
pis?, ayúdala, ¿caquita?, que se acuclille, que no se preocupe, tú serás un toldo, abre la manta, ataja la lluvia sobre su cabeza, que la arena la deje tranquila. Pero es en
vano y ahora sus mejillas están húmedas, ha aumentado
la alarma de su cuerpo, la crispación de su rostro y saber
que está llorando y no adivinar es terrible, Toñita, qué
puedes hacer, qué quiere que hagas. Llévala en tus brazos, corre, bésala, tú ya llegamos, ya está sana, y que no
llore, que por Dios no llore. Llama a Angélica Mercedes, que la cure, ella es un cólico, patrón, tú ¿un té caliente?, ¿unas ventosas?, ella no es nada grave, no se
asuste, tú ¿yerbaluisa?, ¿manzanilla?, y su mano ahí,
palpando, calentando, acariciando el mismo sitio, y qué
bruto, qué bruto, no te dabas cuenta. Y ahí, las habitantas, su regocijo, sus cuerpos que atestan la torre, sus
olores, cremas, talco y vaselina, sus chillidos y brincos,

el patrón no se dio cuenta, qué inocente, qué churre. Míralas amontonadas, fíjate, la rodean, le hacen fiestas y le dicen cosas. Deja que la entretengan y baja al salón, abre una botella, túmbate en un sillón, brinda por ti, siente la turbación confusa, alborozada, cierra los ojos y trata de oírlas: lo menos dos, la Mariposa tres, la Luciérnaga cuatro y vaya si será tonto, ¿por qué creía, patrón, que no sangraba?, ¿cuánto que se le paró, patrón?, así sabremos justito. Siente el alcohol, su mitigada efervescencia que afloja las piernas y el remordimiento, cómo se va la inquietud, y tú nunca le llevé la cuenta. Qué te importaba, qué importa que nazca mañana o dentro de ocho meses, la Toñita engordará y después eso la tendrá contenta. Arrodíllate junto a su cama, tú no era nada, celebremos, lo engreirás, le cambiarás pañales, y si es hembrita que se le parezca. Y que ellas vayan donde don Eusebio, mañana mismo, que le compren lo que haga falta y seguramente los empleados se burlarán, ¿quién va a parir?, ¿y de quién?, y si es machito que se llame Anselmo. Anda a la Gallinacera, busca a los carpinteros, que traigan tablas, clavos y martillos, que construyan un cuartito, invéntales cualquier historia. Toñita, Toñita, ten antojos, vómitos, malhumor, sé como las otras, ¿puedes tocarlo?, ¿ya se mueve? Y una última vez pregúntate si fue mejor o peor, si la vida debe ser así, y lo que habría pasado si ella no, si tú y ella, si fue un sueño o si las cosas son siempre distintas a los sueños, y todavía un esfuerzo final y pregúntate si alguna vez te resignaste, y si es porque ella murió o porque eres viejo que estás tan conforme con la idea de morir tú mismo.

—¿Vas a esperarlo, Selvática? —dijo la Chunga—. A lo mejor anda con otra mujer.

—¿Quién es? —dijo el arpista, sus ojos blancos vueltos hacia la escalera—. ¿Sandra?

—No, maestro —dijo el Bolas—. Esa que empezó anteayer.

—Iba a venir a buscarme, señora, pero quizá se olvidó —dijo la Selvática—. Me iré nomás.

—Primero toma desayuno, muchacha —dijo el arpista—. Anda, Chunguita, invítala.

—Sí, claro, tráete una taza —dijo la Chunga—. En la tetera hay leche caliente.

Los músicos desayunaban en una mesa cerca del mostrador, a la luz de la bombilla violeta, la única que permanecía encendida. La Selvática se sentó entre el Bolas y el Joven Alejandro: hasta ahora casi no le habían oído la voz, qué calladita era; ¿igual en su pueblo, todas las mujeres? Por las ventanas se divisaba la barriada, a oscuras, y en lo alto tres estrellas débiles ¿las marimachas? No, señora, más bien hablan y hablan, parecían papagayos. El arpista mordisqueaba una rebanada de pan, ¿papagayos?, y ella sí, un animalito que había en su pueblo, y él dejó de masticar, ¿cómo?, muchacha, ¿ella no había nacido en Piura? No, señor, era de muy lejos, de la montaña. No sabía en qué parte nació, pero había vivido siempre en un sitio que se llamaba Santa María de Nieva. Chiquito, señor, sin autos, ni edificios, ni cinemas como en Piura ¿sabía? El arpista siguió masticando, ¿la montaña?, ¿papagayos?, la cabeza alta, sorprendida y, de pronto, se calzó los lentes rápido, muchacha: ya se había olvidado que existía eso. ¿A orillas de qué río estaba Santa María de Nieva?, ¿cerca de Iquitos?, ¿lejos?, la montaña, qué curioso. Idénticas y continuas al salir de la boca del Joven, las argollas de humo crecían, se deformaban, se desvanecían sobre la pista de baile. A él también le hubiera gustado conocer la Amazonía, escuchar la música de los chunchos. No se parecía en nada a la criolla ¿no es cierto? En nada, señor, los de por allá cantaban poco, y sus cantos no eran alegres como la marinera o el vals, más bien tristes, y tan raros. Pero al Joven le gustaba la música triste. ¿Y cómo eran las letras de sus canciones? ¿Muy poéticas? ¿Porque ella comprendería su idioma, no? No, ella no hablaba su idioma, y bajó la vista, de los chunchos, tartamudeó, una que otra palabrita apenas, de tanto oírlos ¿se daba cuenta? Pero que no se creyera, allá había blancos también, muchos, y a los chunchos se los ve poco porque paran en el monte.

—¿Y cómo fuiste a caer en manos de ése? —dijo la Chunga—. Qué le has visto al pobre diablo de Josefino.

—Eso qué importa, Chunga —dijo el Joven—. Son cosas de amor y el amor no entiende razones. Tampoco acepta preguntas ni da respuestas, como decía un poeta.

—No te asustes —rió la Chunga—. Te preguntaba porque sí, en broma. A mí me resbala la vida de todo el mundo, Selvática.

—¿Qué le pasa, maestro? ¿Por qué se quedó tan pensativo? —dijo el Bolas—. Se le está enfriando la leche.

—A usted también, señorita —dijo el Joven—. Tómesela de una vez. ¿Quiere más pan?

—¿Hasta cuándo vas a tratar de usted a las habitantas? —dijo el Bolas—. Qué gracioso eres, Joven.

—Trato igual a todas las mujeres —dijo el Joven—. Habitantas o monjas para mí no hay diferencia, las respeto lo mismo.

—Y entonces por qué las insultas tanto en tus canciones —dijo la Chunga—. Pareces un compositor rosquete.

—No las insulto, les canto las verdades —dijo el Joven. Y sonrió, débilmente, lanzando una última argolla, blanca y perfecta.

La Selvática se puso de pie, señora, tenía bastante sueño, ya se iba, y muchas gracias por el desayuno, pero el arpista la agarró de un brazo, muchacha, dando un respingo, que esperara. ¿Iba a casa del inconquistable, ahí por la plaza Merino? Ellos la llevaban, y que Bolas fuera a buscar un taxi, él también tenía sueño. El Bolas se levantó, salió a la calle y una estela de aire fresco vino hasta la mesa al cerrarse la puerta: la barriada seguía en la oscuridad. ¿Se fijaban qué caprichoso era el cielo de Piura? Ayer, a estas horas, el sol estaba alto y quemante, no caía arena y las chozas como lavaditas. Y hoy la noche remolona no se iba, qué fuera si se quedaba ahí para siempre, y el Joven apuntó con la mano el cuadradito de cielo retratado en la ventana: él, por su parte, feliz, pero a muchos no les gustaría. La Chunga se tocó la sien: las cosas que lo preocupaban a éste, vaya chiflado. ¿Eran las seis?, la Selvática cruzó las piernas y apoyó los codos en la mesa, en la selva amanecía tempranito, a estas horas todo el mundo andaba levantado y el arpista sí, sí, el cielo se ponía rosado, verde, azul, de todos colores, y la

Chunga cómo, y el Joven cómo, maestro, ¿él conocía la selva? No, cosas que se le ocurrían y si quedaba leche en la tetera se la tomaría con gusto. La Selvática le sirvió y le echó azúcar, la Chunga miraba al arpista con desconfianza y ahora su expresión era hosca. El Joven encendió otro cigarrillo y, de nuevo, transparentes, efímeros, flotantes, unos aros grises salían de su boca en dirección al cuadradito negro de la ventana, se alcanzaban a medio camino, y a él le ocurría lo contrario que a la gente con lo de la luz, se mezclaban y eran como nubecillas, otros se ponían contentos y optimistas con el sol y la noche los entristecía, y por fin se adelgazaban tanto que se hacían invisibles, y él en cambio de día se sentía amargo y sólo al oscurecer se le levantaba el espíritu. Es que ellos eran nocturnos, Joven, como los zorros y las lechuzas: la Chunguita, el Bolas, él y ahora ella también, muchacha, y se oyó un portazo. En el umbral, Bolas sujetaba a Josefino de la cintura, que vieran a quién había encontrado, la Selvática se levantó, hablando solo, en la carretera.

—Qué buena vida te das, Josefino —dijo la Chunga—. Te estás cayendo.

—Buenos días, muchacho —dijo el arpista—. Creíamos que ya no vendrías a buscarla. La íbamos a llevar nosotros.

—Ni le hable, maestro —dijo el Joven—. Está en las últimas.

La Selvática y el Bolas lo trajeron hasta la mesa, y Josefino no estaba en las últimas, qué cojudeces, la del estribo era de él, que nadie se mueva, y que la Chunguita se bajara una cervecita. El arpista se ponía de pie, muchacho, le agradecía la intención, pero era tarde y el taxi estaba esperando. Josefino hacía muecas, eufórico, todos se iban a enronchar, chillón, tomando leche, alimento de churres, y la Chunga sí, bueno, hasta luego, que se lo llevaran. Salieron y hacia el Cuartel Grau apuntaba ya una rayita azul horizontal y en la barriada soñolientas siluetas se movían tras la caña brava, se oía el chisporroteo de un brasero y el aire acarreaba olores rancios. Cruzaron el arenal, el arpista cogido de los brazos por el Bolas y el Joven, Josefino apoyado en la Selvática y en la carretera entraron todos en un taxi, los músicos al asiento de atrás. Josefino se reía, la Selvática estaba celosa, viejo, le decía por qué tomas tanto, y dónde estuviste, y con quién, quería confesarlo, arpista.

—Bien hecho, muchacha —dijo el arpista—. Los mangaches son lo peor que hay, no te fíes nunca de él.

—¿Qué cosa? —dijo Josefino—. ¿Te las das de vivo? ¿Qué cosa? No la toque, compañero, puede correr sangre, compañero, ¿qué cosa?

—Yo no me meto con nadie —dijo el chofer—. No es mi culpa si el auto es angosto. ¿Acaso la he tocado, señorita? Yo hago mi trabajo y no busco líos.

Josefino se rió con la boca abierta, no entendía las bromas, compañero, a carcajadas, que la tocara si le provocaba, tenía su consentimiento y el chofer se rió también, señor: se la había creído de veras. Josefino se volvió hacia los músicos, era el cumpleaños del Mono, que se vinieran con ellos, lo celebrarían juntos, los León lo quieren tanto, viejo. Pero el maestro estaba cansado y tenía que descansar, Josefino, y el Bolas le dio una palmada. Josefino se resentía, se resentía y bostezó y cerró los ojos. El taxi pasó frente a la catedral y los faroles de la plaza de Armas estaban ya apagados. Las siluetas terrosas de los tamarindos cercaban rígidamente la glorieta circular de techo curvo como el de un paraguas y la Selvática que no fuera así, malo, tanto que se lo había pedido. Verdes, grandes, asustados, sus ojos buscaban los de Josefino y él alargó burlonamente una mano, era malo, se los comía crudos y de un bocado. Tuvo un acceso de risa, el chofer lo observó de reojo: bajaba por la calle Lima, entre *La Industria* y las rejas de la alcaldía. Ella no querría pero el Mono cumplió ayer cien años, y la estaba esperando, y los León eran sus hermanos y él les daba gusto en todo.

—No molestes a la muchacha, Josefino —dijo el arpista—. Debe estar cansada, déjala tranquila.

—No quiere ir a mi casa, arpista —dijo Josefino—. No quiere ver a los inconquistables. Dice que le da vergüenza, figúrese. Pare, compañero, aquí nos quedamos.

El taxi frenó, la calle Tacna y la plaza Merino estaban a oscuras, pero la avenida Sánchez Cerro brillaba con los faros de una caravana de camiones que iban hacia el Puente Nuevo. Josefino bajó de un salto, la Selvática no se movió, comenzaron a forcejear y el arpista no se peleen, muchacho, amístense, y Josefino que vinieran, y el chofer también, el Mono estaba viejísimo, cumplía mil años. Pero el Bolas dio una orden al chofer y éste partió. Ahora también la avenida estaba a oscuras y los camiones eran unos guiños rojos y rugientes alejándose hacia el río. Josefino se puso a silbar entre dientes, tomó del hombro a la Selvática y ella no ofrecía ahora resistencia alguna y marchaba a su lado muy tranquila. Josefino abrió la puerta, la cerró tras ellos y, doblado en un sillón, la cabeza bajo una lamparilla de pie, estaba el Mono, roncando. Un humillo picante vagabundeaba por la habitación sobre botellas vacías, copas, puchos y restos de comida. Se habían rendido, ¿ésos eran los mangaches?, Josefino daba saltos, ¿los invencibles mangaches?, y una voz incoherente surgió en el cuarto vecino: José se había metido a su cama, lo mataba. El Mono se incorporó sacudiendo la cabeza, quién mierda se había rendido, y sonrió y le brillaron los ojos, pero Dios mío, y aflautó la voz, pero quién estaba aquí, y se levantó, pero cuánto tiempo, y avanzó dando traspiés, pero qué gustazo de verla, primita, apartando las sillas con las manos, las botellas del suelo con los pies, con las ganas que tenía de verla de nuevo, y Josefino ¿cumplo o no cumplo?, ¿su palabra valía o no valía tanto como la de un mangache? Los brazos abiertos, despeinado, una ancha sonrisa en la boca, el Mono avanzaba sinuosamente, tanto tiempo y, además, qué buena moza me he puesto, y por qué se retiraba, primita, tenía que felicitarlo, ¿no sabía que era su cumpleaños?

—Es cierto, cumple un millón de años —dijo Josefino—. Basta de respingos, Selvática, dale un abrazo.

Se dejó caer en un sillón, atrapó una botella y se la llevó a la boca, y bebió, y la cachetada resonó como un pedrusco en el agua, primita mala, Josefino se rió, el Mono se dejó cachetear otra vez, primita mala, y ahora la Selvática iba de un lado a otro, se quebraban copas, el Mono tras ella, resbalando y riendo, y en el cuarto vecino eran los inconquistables, no sabían trabajar, sólo chupar, y la voz de José iba y venía, y Josefino canturreaba también, enroscado bajo la lamparilla de pie, la botella se le escurría de la mano a poquitos. Ahora la Selvática y el Mono estaban quietos en un rincón, y ella lo cacheteaba siempre, primita mala, ya le dolía de veras, ¿por qué le pegaba?, y se reía, que lo besara más bien, y ella también se reía de las payasadas del Mono, y hasta el invisible José se reía, primita bonita.

Epílogo

El gobernador da tres suaves toques con los nudillos, la puerta de la residencia se abre: el rostro rosado de la madre Griselda porfía por sonreír a Julio Reátegui, pero sus ojos se desvían llenos de azoro hacia la plaza de Santa María de Nieva y su boca tiembla. El gobernador entra, la chiquilla lo sigue dócilmente. Avanzan por un sombreado pasadizo hacia el despacho de la superiora y el vocerío del pueblo es ahora apagado y lejano, como el bullicio de los domingos, cuando las pupilas bajan al río. En el despacho, el gobernador se deja caer en una de las sillas de lona. Suspira con alivio, cierra los ojos. La chiquilla permanece en la puerta, la cabeza gacha, pero un momento después, al entrar la superiora, corre hacia Julio Reátegui, madre, que se ha incorporado: buenos días. La superiora le responde con una sonrisa glacial, le indica con la mano que vuelva a sentarse y ella queda de pie, junto al escritorio. Le había dado pena verla hecha una salvajita en Urakusa, madre, con los ojos inteligentes que tenía, Julio Reátegui pensaba que en la misión podrían educarla, ¿había hecho bien? Muy bien, don Julio, y la superiora habla como sonríe, fría y distante, sin mirar a la chiquilla: para eso estaban ellas aquí. No entendía nada de español, madre, pero lo aprendería pronto,

era muy viva y no les había dado ninguna molestia en todo el viaje. La superiora lo escuchaba con atención, tan
inmóvil como el crucifijo de madera clavado en la pared
y, cuando Julio Reátegui calla, ella no asiente ni pregunta, espera con sus manos enlazadas sobre el hábito y la
boca levemente fruncida, madre: entonces se la dejaba.
Julio Reátegui se pone de pie, tenía que irse ahora, y
sonríe a la superiora. Había sido muy penoso todo esto,
muy pesado, tuvieron lluvias e inconvenientes de toda
clase, y todavía no podía ir a acostarse como le hubiera
gustado, los amigos habían preparado un almuerzo y si
no iba se resentirían, la gente era tan susceptible. La superiora estira la mano y en ese instante el ruido aumenta
de volumen, unos segundos resuena muy próximo, como
si exclamaciones y gritos no subieran desde la plaza sino
estallaran en la huerta, en la capilla. Luego disminuye y
continúa como antes, moderado, difuso, inofensivo, y
la superiora pestañea una vez, se detiene antes de llegar a la
puerta, se vuelve hacia el gobernador, don Julio, sin sonreír, pálida, los labios húmedos: el Señor tendría en
cuenta lo que hacía por esta niña, la voz apenada, ella sólo quería recordarle que un cristiano debe saber perdo-
nar. Julio Reátegui asiente, inclina un poco la cabeza,
cruza los brazos, su postura es a la vez grave, mansa y solemne, don Julio: que lo hiciera por Dios. La superiora
habla con calor ahora, y también por su familia, y sus
mejillas se han encendido, don Julio, por su esposa que
era tan buena y tan piadosa. El gobernador asiente de
nuevo, ¿no era un pobre hombre acaso, un infeliz?, el
rostro cada vez más preocupado, ¿acaso había recibido
educación?, su mano izquierda acaricia reflexivamente la

mejilla, ¿sabía lo que hacía?, y han brotado unos pliegues en su frente. La chiquilla los mira de soslayo, entre sus pelos brillan sus ojos, asustadizos, verdes y salvajes: a él le dolía más que a nadie, madre. El gobernador habla sin levantar la voz, era algo que iba contra su naturaleza y contra sus ideas, con cierta pesadumbre, pero no se trataba de él que ya se iba de Santa María de Nieva, sino de los que se quedaban, madre, de Benzas, de Escabino, de Águila, de ella, de las pupilas y de la misión: ¿no quería que ésta fuera una tierra habitable, madre? Pero un cristiano tenía otras armas para poner remedio a las injusticias, don Julio, ella sabía que él tenía buenos sentimientos, no podía estar de acuerdo con esos métodos. Que tratara de hacerlos entrar en razón, aquí le obedecían todos, que no hicieran eso con el desdichado. Iba a decepcionarla, madre, lo sentía mucho pero él también pensaba que era la única manera. ¿Otras armas? ¿Las de los misioneros, madre? ¿Cuántos siglos estaban aquí? ¿Cuánto se había avanzado con esas armas? Sólo se trataba de evitar lamentaciones futuras, madre, ese forajido y su gente habían golpeado bárbaramente a un cabo de Borja, matado a un recluta, estafado a don Pedro Escabino y, de golpe, la superiora no, niega con cólera, no, no, eleva la voz: la venganza era inhumana, cosa de salvajes, y eso es lo que estaban haciendo ellos con el desdichado. ¿Por qué no juzgarlo? ¿Por qué no a la cárcel? ¿No se daba cuenta que era horrible, que no se podía tratar así a un ser humano? No era venganza, ni siquiera era un castigo, madre, y Julio Reátegui baja la voz y acaricia con la punta de los dedos los pelos sucios de la chiquilla: se trataba de prevenir. Lo entristecía irse de aquí dejando ese

471

mal recuerdo en la misión, madre, pero era necesario, por el bien de todos. Él tenía cariño a Santa María de Nieva, la Gobernación lo había hecho descuidar sus asuntos, perder dinero, pero no se arrepentía, madre, ¿cierto que había hecho progresar al pueblo? Ahora había autoridades, pronto se instalaría un puesto de Guardia Civil, la gente viviría en paz, madre: eso no podía perderse. La misión era la primera en agradecerle lo que había hecho por Santa María de Nieva, don Julio, ¿pero qué cristiano podía comprender que mataran a un pobre infeliz? ¿Qué culpa tenía él que nadie le enseñara lo bueno y lo malo? No iban a matarlo, madre, tampoco lo mandarían a la cárcel, era seguro que él prefería también esto a que lo metieran preso. No le tenían odio, madre, sólo querían que los aguarunas aprendieran eso, qué era bueno y qué era malo, si sólo entendían así no era culpa de ellos, madre. Quedan en silencio unos segundos, luego el gobernador da la mano a la superiora, sale y la chiquilla lo sigue pero apenas da unos pasos, la superiora la coge del brazo y ella no intenta zafarse, sólo baja la cabeza, don Julio, ¿tenía nombre?, porque había que bautizarla. ¿La niña, madre? No sabía, de todos modos no tendría un nombre cristiano, que ellas le buscaran uno. Hace una venia, sale de la residencia, cruza a trancos el patio de la misión y baja muy rápido el sendero. Al llegar a la plaza mira a Jum: las manos atadas sobre la cabeza, cuelga como una plomada de las capironas y entre sus pies suspendidos en el vacío y las cabezas de los mirones hay un metro de luz. Benzas, Águila, Escabino ya no están allí, sólo el cabo Roberto Delgado, unos soldados, y aguarunas viejos y jóvenes reunidos en un grupo compacto. El cabo ya no vocifera, Jum está callado también. Julio Reátegui observa el embarcadero: las lanchas se balancean vacías, ya terminaron de descargar. El sol es crudo, vertical, de un amarillo casi blanco. Reátegui da unos pasos hacia la Gobernación, pero al pasar ante las capironas se detiene y vuelve a mirar. Sus dos manos prolongan la visera del casco y aun así los rayos agresivos hincan sus ojos. Sólo se divisa su boca, ¿está desmayado?, que parece abierta, ¿lo ve a él?, ¿va a gritar piruanos otra vez?, ¿va a insultar de nuevo al cabo? No, no grita nada, a lo mejor tampoco tiene la boca abierta. La posición en que se halla ha sumido su estómago y alargado su cuerpo, se diría un hombre delgado y alto, no el pagano fortachón y ventrudo que es. Algo extraño transpira de él, así como está, quieto y aéreo, convertido por el sol en una esbelta forma incandescente. Reátegui sigue andando, entra a la Gobernación, el humo espesa la atmósfera, tose, estrecha algunas manos, abraza y lo abrazan. Se oyen bromas y risas, alguien pone en sus manos un vaso de cerveza. Lo bebe de un trago y se sienta. A su alrededor hay diálogos, cristianos que transpiran, don Julio, les iba a hacer falta, lo iban a extrañar. Él también, mucho, pero ya era tiempo que volviera a ocuparse de sus cosas, tenía descuidado todo, las plantaciones, el aserradero, el hotelito de Iquitos. Aquí había perdido plata, amigos, y también envejecido. No le gustaba la política, su elemento era el trabajo. Manos solícitas llenan su vaso, lo palmean, reciben su casco, don Julio, toda la gente había venido a festejarlo, hasta los que vivían al otro lado del pongo. Estaba cansado, Arévalo, dos noches que no dormía y le dolían los huesos. Se seca la frente, el cuello, las mejillas. A ratos, Manuel Águila y Pedro Escabino se apartan y, entre los cuerpos, aparece la rejilla metálica de la ventana, a lo lejos las capironas de la plaza. ¿Están allí los curiosos todavía o ya los ahuyentó el calor? No se divisa a Jum, su cuerpo terroso se ha disuelto en chorros de luz o se confunde con la cobriza corteza de los troncos, amigos: que no se les muriera. Para que fuera un buen escarmiento, el pagano tenía que regresar a Urakusa y contar a los otros lo que había pasado. No se moriría, don Julio, hasta le haría bien asolearse un poco: ¿Manuel Águila? Que no dejara de pagarle la mercadería, don Pedro, que no se dijera que hubo abusos, sólo habían puesto las cosas en su sitio. Por supuesto, don Julio, les pagaría la diferencia a esos zamarros, Escabino lo único que pedía era hacer comercio con ellos, como antes. ¿Seguro que el tal don Fabio Cuesta era hombre de confianza, don Julio?: ¿Arévalo Benzas? Si no fuera, no lo habría hecho nombrar. Hacía años que trabajaba con él, Arévalo. Un hombre un poco apático, pero leal y servicial como pocos, se llevarían bien con don Fabio, les aseguraba. Ojalá que no hubiera más líos, era terrible el tiempo que se perdía, y Julio Reátegui estaba ya mejor, amigos: cuando entró se sintió como mareado. ¿No sería hambre, don Julio? Mejor ir a almorzar de una vez, el capitán Quiroga los estaba esperando. Y, a propósito, ¿qué tal gente ese capitán, don Julio? Tenía sus debilidades, como cualquier ser humano, don Pedro: pero, en general, buena gente.

I

—Más de un año que no has venido —grita Fushía.

—No te entiendo —dice Aquilino, una mano en la oreja, como una bocina; sus ojos vagan sobre las copas entreveradas de las chontas y de las capanahuas o, furtivos y temerosos, aguaitan las cabañas asomadas tras una valla de helechos, al fondo del sendero—. ¿Qué dices, Fushía?

—Más de un año —grita Fushía—. Más de un año que no has venido, Aquilino.

Esta vez el viejo asiente y sus ojos, velados por legañas, se posan en Fushía, un instante. Luego, vuelven a errar por el agua fangosa de la orilla, los árboles, los meandros del sendero, el boscaje: no haría tanto, hombre, sólo unos meses. De las cabañas no viene ruido alguno y todo parece desierto pero él no se fiaba, Fushía, ¿y si se aparecían, como esa vez, aullantes, calatos, y cubrían el sendero, y corrían hacia él y tenía que lanzarse al agua? ¿Seguro que no vendrían, Fushía?

—Un año y una semana —dice Fushía—. Cuento todos los días. Ahora que te vayas comenzaré a contar, lo primero que hago cada mañana son las rayitas. Al principio no podía, ahora manejo el pie como una mano, agarro el palito con dos dedos. ¿Quieres ver, Aquilino?

El pie sano avanza, raspa la arena, escarba un montoncito de piedras, los dos dedos intactos se separan como la tenaza de un alacrán, se cierran sobre un trocito de roca, se elevan, el pie se mueve veloz, roza la arena, se retira y queda una rayita recta y minúscula que el viento rellena en pocos segundos.

—¿Para qué haces esas cosas, Fushía? —dice Aquilino.

—¿Viste, viejo? —dice Fushía—. Así todos los días, rayas chiquitas, cada vez más chiquitas para que entren en la pared que me toca, las de este año son montones, como veinte filas de rayitas. Y cuando vienes le doy mi comida al enfermero y él echa cal y las borra y yo puedo marcar de nuevo los días que faltan. Esta noche le daré mi comida y mañana él echará cal.

—Sí, sí —la mano del viejo pide a Fushía que se calme—, como tú digas, hace un año, bueno, no te pongas nervioso, no grites. No pude venir antes, ya no es fácil para mí estar viajando, me quedo dormido, los brazos no me dan. ¿No ves que los años pasan? No quiero morirme en el agua, el río está bien para vivir, no para morir, Fushía. ¿Por qué chillas así todo el tiempo, no te duele la garganta?

Fushía da un salto, se coloca frente a Aquilino, pone su rostro bajo la cara del viejo y éste retrocede haciendo muecas, pero Fushía gruñe y brinca hasta que Aquilino lo mira: ya, ya había visto, hombre. El viejo se tapa la nariz y Fushía vuelve a su sitio. Por eso no le entendía lo que hablaba, Fushía; ¿podía comer así, con la boca vacía? ¿No le hacían falta los dientes, no se atoraba? Fushía niega con la cabeza, varias veces.

—La monja me lo moja todo —grita—. El pan, las frutas, todo en el agua hasta que se ablanda y se deshace, entonces puedo pasarlo. Sólo para hablar es jodido, la voz no sale.

—No te enojes si me tapo —Aquilino oprime las ventanillas de su nariz con dos dedos y su voz suena gangosa—. Me mareo con el olor, me da vueltas la cabeza. La última vez me llevé el olor, Fushía, me daba vómitos en la noche. Si hubiera sabido que tanto te cuesta comer, no te habría traído galletas. Te van a raspar las encías. La próxima vez te traeré cervecitas, unas colas. Ojalá me acuerde porque, fíjate, mi cabeza no está bien, las cosas se me olvidan, todo se va. Ya estoy viejo, hombre.

—Y eso que ahora no hay sol —dice Fushía—. Cuando hay y salimos a la playita, hasta las monjas y el doctor se tapan, dicen que apesta mucho. Yo no siento nada, ya me acostumbré. ¿Sabes qué es?

—No grites tanto —Aquilino mira las nubes: gruesos rollos grisáceos y manchitas blancas salpicadas aquí y allá ocultan el cielo, una luz plomiza desciende lentamente sobre los árboles—. Creo que va a llover, pero aunque llueva tengo que irme. No voy a dormir aquí, Fushía.

—¿Te acuerdas de esas flores que había en la isla? —Fushía brinca en el sitio, como un monito lampiño y colorado—. Esas amarillas que se abren con el sol y se cierran al oscurecer, esas que los huambisas decían son espíritus. ¿Te acuerdas?

—Me voy aunque llueva a torrentes —dice Aquilino—. No dormiré aquí.

—Así, igualito que esas flores —grita Fushía—. Se abren con el sol y sale baba, eso es lo que apesta Aquilino. Pero hace bien, ya no pica, uno se siente mejor. Nos ponemos contentos y no nos peleamos.

—No grites tanto, Fushía —dice Aquilino—. Mira cómo se ha nublado el cielo, y está corriendo tanto viento. La monja dijo que eso te hace daño, tienes que regresar a tu cabaña. Y yo me voy de una vez, mejor.

—Pero nosotros no sentimos ni con el sol ni cuando está nublado —grita Fushía—, nunca sentimos nada. Olemos lo mismo todo el tiempo y ya no parece que apestara, sino que así fuera el olor de la vida. ¿Me entiendes, viejo?

Aquilino suelta su nariz y respira hondo. Finas arrugas cuartean su rostro, lo fruncen bajo el sombrero de paja. El viento agita su camisa de tocuyo y, a ratos, descubre su pecho escuálido, las costillas salientes, la piel bruñida. El viejo baja los ojos, mira de soslayo: sigue ahí, en reposo, como un gran cangrejo.

—¿A qué se parece? —grita Fushía—. ¿Como a pescado podrido?

—Por lo que más quieras, no sigas gritando —dice Aquilino—. Ahora tengo que irme. Cuando vuelva, te traeré cosas blanditas, para que las pases sin masticar. Ya buscaré, preguntaré en las tiendas.

—Siéntate, siéntate —grita Fushía—. ¿Por qué te has parado, Aquilino? Siéntate, siéntate.

Brinca en cuclillas alrededor de Aquilino y busca sus ojos, pero el viejo se empecina en mirar las nubes, las palmeras, las soñolientas aguas del río, las olitas sucias. Río abajo, un islote de tierra ocre escinde soberbiamente la corriente. Fushía está ahora junto a las piernas de Aquilino. El viejo se sienta.

—Un ratito más, Aquilino —grita Fushía—. No todavía, viejo, acabas de llegar apenas.

—Ahora me acuerdo, tengo que contarte una cosa —el viejo se golpea la frente y, un segundo, mira: el pie sano está escarbando la arena—. En abril estuve en Santa María de Nieva. ¿No ves cómo está mi cabeza? Ya me iba sin contarte. Me contrató la Naval, tenían un práctico enfermo y me llevaron en una de esas cañoneras que vuelan por el agua. Estuvimos allá dos días.

—Tenías miedo de que te agarrara —grita Fushía—. De que me abrazara a tus piernas y por eso te sentaste, Aquilino. Si no, te ibas despacito.

—Ya no des esos chillidos, deja que te cuente —dice Aquilino—. La Lalita ha engordado una barbaridad, al principio no nos reconocimos ninguno de los dos. Ella creía que yo me había muerto. Se puso a llorar de la emoción.

—Antes te quedabas todo el día —grita Fushía—. Te ibas a dormir a tu lancha y al día siguiente volvías y conversabas conmigo, Aquilino. Te quedabas dos o tres días. Ahora apenas vienes ya quieres irte.

—Me alojaron en su casa, Fushía —dice Aquilino—. Tiene un montón de hijos, no me acuerdo cuántos, muchos. Y el Aquilino es un hombre. Estuvo de balsero y ahora se ha ido a trabajar a Iquitos. Ya no es como era de chico, ya no tiene tan rasgados los ojos. Casi todos son hombres y si vieras a la Lalita no creerías que es ella, tan gorda. ¿Te acuerdas cómo la hice parir con estas manos? Es un hombrón el Aquilino, y simpático. Y los hijos de Nieves también y también los del policía. No hay quien los diferencie, todos se parecen a la Lalita.

—A mí todos me tenían envidia —grita Fushía—. Porque venías a verme y a ellos nadie viene a verlos. Y después se burlaban porque te demorabas tanto en volver. Ya viene, lo que pasa es que hace viajes, anda comerciando por los ríos, pero ya vendrá, mañana, o pasado, pero vendrá de todas maneras. Ahora es como si no vinieras nunca, Aquilino.

—La Lalita me contó su vida —dice Aquilino—. Ella no quería más hijos, pero el guardia sí quería y la llenó un montón de veces, y en Santa María de Nieva les dicen a los muchachos los Pesados. Pero no sólo a los hijos del guardia, también a los de Nieves y al tuyo.

—¿Lalita? —grita Fushía—. ¿Lalita, viejo?

Brota una agitación rosácea, gemidos junto a exhalaciones pútridas y el viejo se tapa la nariz, echa atrás la cabeza. Ha comenzado a llover y el viento sisea entre los árboles, la maleza danza en la otra banda, hay un chasquido susurrante de hojas. La lluvia es todavía fina, invisible. Aquilino se pone de pie:

—Ya viste, empezó a llover, tengo que irme —ganguea—. Tendré que dormir en la lancha, empaparme toda la noche. No puedo ir de surcada con lluvia, si se me planta el motor no tendré fuerzas y me arrastrará la corriente, ya me ha pasado. ¿Te has puesto triste por lo que te conté de la Lalita? ¿Por qué ya no gritas, Fushía?

Está más replegado que antes, curvo, ovoide, y no responde. Su pie sano juguetea con los guijarros esparcidos sobre la arena: los derrama y amontona, los derrama y amontona, iguala sus bordes, y en todos esos movimientos minuciosos y lentos hay una especie de melancolía. Aquilino da dos pasos, no despega ahora la vista de esa espalda encendida, de esos huesos que el agua va lavando. Retrocede un poco más y ahora ya no se distinguen las llagas y la piel, todo es una superficie entre cárdena y violeta, tornasolada. Suelta su nariz y respira hondo.

—No te pongas triste, Fushía —murmura—. Vendré el otro año, aunque esté muy cansado, mi palabra. Te traeré cosas blanditas. ¿Te enojaste por lo de Lalita? ¿Te acordaste de otros tiempos? Así es la vida, hombre, al menos te fue mejor que a otros, fíjate Nieves.

Murmura y va retrocediendo, ya está en el sendero. Hay charcas en los desniveles y un aliento vegetal muy fuerte invade la atmósfera, un olor a savias, resinas y plantas germinando. Un vapor tibio, ralo aún, asciende en capas ondulantes. El viejo sigue retrocediendo, el montoncito de carne viva y sangrienta está inmóvil a lo lejos, desaparece tras los helechos. Aquilino da media vuelta, corre hacia las cabañas, Fushía, vendría el próximo año, susurrando, que no se pusiera triste. Ahora, llueve a cántaros.

II

—Apúrese, padre —dijo la Selvática—. Ahí tengo un taxi esperando.

—Un momento —carraspeó el padre García, frotándose los ojos—. Tengo que vestirme.

Se hundió en la casa y la Selvática hizo señas al chofer del taxi que esperara. Puñados de insectos revoloteaban crepitando en torno a los faroles de la desierta plazuela Merino, el cielo estaba alto y estrellado y por la avenida Sánchez Cerro aparecían ya, rugiendo, los primeros camiones y ómnibus nocturnos. La Selvática permaneció en la calzada hasta que la puerta volvió a abrirse y salió el padre García, la cara oculta tras una bufanda gris, un sombrero de paño calado hasta las cejas. Subieron al taxi y éste partió.

—Vaya rápido, maestro —dijo la Selvática—. A toda velocidad, maestro.

—¿Está lejos? —dijo el padre García y su voz se transformó en un largo bostezo.

—Un poquito, padre —dijo la Selvática—. Por el Club Grau.

—¿Y para qué viniste hasta aquí entonces? —gruñó el padre García—. ¿Para qué existe la parroquia de Buenos Aires? ¿Por qué tenías que despertarme a mí y no al padre Rubio?

El Tres Estrellas estaba cerrado pero se veía luz en el interior, padre: la señora quería que viniera él. Tres hombres abrazados canturreaban en la esquina y otro, un poco más allá, orinaba contra la pared. Un camión sobrecargado de cajones avanzaba impávidamente por el centro de la calle, el chofer del taxi le pedía paso en vano, a bocinazos, apagando y encendiendo los faros y, de pronto, el sombrero de paño se adelantó hasta la boca misma de la Selvática: ¿qué señora quería que él viniera? El camión se apartó, por fin, y el taxi pudo pasar, padre, la señora Chunga, un sobresalto brusco, ¿qué?, ¿quién se estaba muriendo?, el hábito comenzó a agitarse y una especie de arcada estrangulaba la voz del padre García bajo la bufanda: ¿a quién estaba yendo a confesar?

—Al señor don Anselmo, padre —susurró la Selvática.

—¿Se está muriendo el arpista? —exclamó el chofer—. ¿Qué cosa? ¿Era él?

El coche, frenado bruscamente, rechinó sobre la avenida Grau, luego salió despedido hacia adelante con más impulso y, las luces largas encendidas, siguió aumentando la velocidad y en las bocacalles no la reducía, se limitaba a anunciar su paso veloz con fuertes bocinazos. Entre tanto, el sombrero de paño pendulaba aturdido ante la cara de la Selvática y la garganta del padre García parecía empeñada en una ronca batalla contra algo que la obstruía y asfixiaba.

—Estaba tocando de lo más alegre y, de repente, se cayó al suelo —suspiró la Selvática—. Se puso todo morado el pobre, padre.

Una mano salió disparada de la sombra, sacudió a la Selvática del hombro y ella gimió, ¿estaban yendo al prostíbulo?, asustada, y se arrinconó contra la puerta del taxi: no, padre, no, a la Casa Verde. Ahí se estaba muriendo, por qué la empujaba así, qué le había hecho, y el padre García la soltó y a manotones se arrancó la bufanda del cuello. Respirando trabajosamente acercó su boca a la ventanilla y estuvo así un momento, inclinado, los ojos cerrados, aspirando con angustia el aire leve de la noche. Luego, se dejó caer de espaldas contra el asiento y volvió a arroparse con la bufanda.

—La Casa Verde es el prostíbulo, infeliz —roncó—. Ya sé quién eres tú, ya sé por qué estás medio desnuda y tan pintada.

—¿No han llamado a un médico? —dijo el chofer—. Qué noticia tan triste, señorita. Perdóneme que me meta, pero es que conozco tanto al arpista. Quién no lo conoce, y todos lo estimamos mucho.

—Sí han llamado —dijo la Selvática—. Ahí está ya el doctor Zevallos. Pero dice que sería un milagro si no se muere. Todos están llorando, padre.

El padre García se había replegado en el asiento y no hablaba pero, intermitente, débil, pertinaz, el ruido escapaba siempre de la bufanda. El taxi se detuvo ante la reja del Club Grau; el motor siguió rugiendo y humeando.

—Yo entraría hasta la barriada —dijo el chofer—, pero la arena está muy floja y seguro que me atollo. Siento mucho lo que pasa, de veras.

Mientras la Selvática desanudaba un pañuelo, sacaba el dinero y pagaba, el padre García bajó y cerró la puerta con ira. Echó a caminar por el arenal, a trancazos. Daba traspiés a ratos, se hundía y elevaba en la superficie desigual y, en la noche clara, se lo veía avanzar entre las dunas amarillentas, jiboso y oscuro como un crecido gallinazo. La Selvática lo alcanzó a medio camino.

—¿Usted lo conocía, padre? —susurró—. Pobrecito, ¿no es cierto? Si viera cómo tocaba, qué bonito. Y eso que apenas veía.

El padre García no respondió. Caminaba encogido, con las piernas muy abiertas, a un ritmo muy vivo, su respiración cada vez más ansiosa.

—Qué raro parece, padre —dijo la Selvática—. No se oye ningún ruido, y todas las noches la música de la orquesta llegaba hasta aquí. Más allá todavía, desde la carretera se oía clarito.

—Cállate, infeliz —rugió el padre García, sin mirarla—. ¡Cierra la boca!

—No se enoje, padre —dijo la Selvática—. Ni siquiera sé de qué hablo. Es que estoy con pena, usted no sabe cómo era don Anselmo.

—Sé de sobra, infeliz —murmuró el padre García—. Lo conozco desde antes que tú nacieras.

Dijo algo más, incomprensible, y de nuevo surgió el extraño sonido rauco y anhelante. En las puertas de las chozas de la barriada había gente, y, a su paso, se oían murmullos, buenas noches, algunas mujeres se persignaban. La Selvática tocó la puerta y, al instante, una voz de mujer: estaba cerrado, no se atendía, señora, era ella, aquí estaba el padre. Hubo un silencio, pasos precipitados, la puerta se abrió y una luz humosa iluminó el rostro flaco y decrépito del padre García, la bufanda que

485

bailaba en su cuello. Entró en el local seguido de la Selvática, no respondió el saludo que dos voces masculinas le dirigieron desde el mostrador, tal vez ni escuchó el respetuoso murmullo que se había elevado en dos mesas rodeadas de figuras borrosas. Permaneció agrio e inmóvil frente a la pista de baile vacía y, cuando surgió ante él una silueta sin rostro, ¿dónde estaba?, gruñó rápidamente, y la Chunga, que había extendido su mano hacia él, la desvió y señaló la escalera: dónde, que lo llevaran. La Selvática lo tomó del brazo, padre, ella le enseñaría. Cruzaron el salón, subieron al primer piso y, en el corredor, el padre García se zafó de un tirón de la mano de la Selvática. Ella tocó muy suavemente una de las cuatro puertas mellizas y la abrió. Se hizo a un lado y, cuando el padre García hubo entrado, la cerró y volvió al salón.

—¿Hacía frío, afuera? —dijo el Bolas—. Estás temblando.

—Tómese esta copa —dijo el Joven Alejandro—. La hará entrar en calor.

La Selvática tomó la copa, bebió y se secó los labios con la mano.

—El padre se puso furioso de repente —dijo—. En el taxi me agarró del hombro, me sacudió. Creí que me iba a pegar.

—Tiene muy mal humor —dijo el Bolas—. Yo no pensaba que vendría.

—¿Sigue ahí el doctor Zevallos, señora? —dijo la Selvática.

—Bajó hace un momento, a tomar un café —respondió la Chunga—. Dijo que seguía igual.

486

—Voy a tomar otro trago, Chunguita, lo necesito para los nervios —dijo el Bolas—. No tengo plata, me lo descuentas.

La Chunga asintió y les llenó las copas a los dos. Luego, con la botella en la mano, fue hacia las mesas de la orilla de la pista de baile, donde las habitantas cuchicheaban discretamente: ¿querían tomar algo? No querían, señora, gracias, y tampoco valía la pena que se quedaran, podían irse. Un nuevo cuchicheo le repuso, más prolongado, una silla crujió, señora, si no importaba preferían quedarse, ¿podían?, y la Chunga, claro, como ellas quisieran y retornó al mostrador. Las sombras continuaron sus diálogos apagados y los músicos bebían en silencio, mirando de rato en rato la escalera.

—¿Por qué no tocan algo? —dijo la Chunga, a media voz, con un gesto vago—. Si puede oírlos a lo mejor le gusta; sentirá que lo están acompañando.

El Bolas y el Joven dudaban, la Selvática sí, sí, la señora tenía razón, le gustaría, y las sombras dejaron de murmurar: bueno, le tocarían. Fueron hacia el rincón de la orquesta, despacio, el Bolas se instaló en el banquillo, contra la pared, y el Joven alzó la guitarra del suelo. Comenzaron con un triste, y sólo un buen rato después se atrevieron a cantar, entre dientes, sin fe, pero poco a poco fueron subiendo de tono y acabaron por recobrar su soltura y su vivacidad habituales. Cuando interpretaban alguna composición del Joven, se les notaba más conmovidos, decían los versos con voz muy demorada y sentimental y al Bolas por momentos se le iba la música y callaba. La Chunga les alcanzó unas copas. Ella también parecía turbada y no andaba con el aplomo ligeramente arrogante de siempre, sino en puntas de pie, sin mover los brazos ni mirar a nadie, como atemorizada o confusa, señora: ahí bajaba el doctor Zevallos. El Bolas y el Joven dejaron de tocar, las habitantas se levantaron, la Chunga y la Selvática también corrieron hacia la escalera.

—Le he puesto una inyección —el doctor Zevallos se limpiaba la frente con su pañuelo—. Pero no hay que hacerse muchas esperanzas. El padre García está con él. Es lo que necesita ahora, que recen por su alma.

Se pasó la lengua por los labios, Chunga, tenía una sed terrible: hacía calor ahí arriba. La Chunga fue hacia el bar y volvió con un vaso de cerveza. El doctor Zevallos estaba sentado en una mesa con el Joven, el Bolas y la Selvática. Las habitantas habían vuelto a su sitio y se secreteaban de nuevo, monótonamente.

—Así es la vida —el doctor Zevallos bebió, suspiró, cerró y abrió los ojos—. A todos nos va a tocar un día. A mí mucho más pronto que a ustedes.

—¿Está sufriendo mucho, doctor? —dijo el Bolas, con voz de ebrio; pero su mirada y sus gestos eran ecuánimes.

—No, para eso le puse la inyección —dijo el doctor—. Está sin conocimiento. Vuelve a ratos, por unos segundos. Pero no siente ningún dolor.

—Ellos le estaban tocando —susurró la Chunga, con voz también cambiada y ojos vacilantes—. Pensamos que le gustaría.

—No se oye desde el cuarto —dijo el doctor—. Pero yo tengo mal oído, a lo mejor Anselmo oía. Me hubiera gustado saber qué edad tiene exactamente. Más de ochenta, seguro. Es mayor que yo, que ya ando por los setenta. Sírveme otro vasito, Chunga.

Luego callaron y así estuvieron mucho rato. La Chunga se levantaba de cuando en cuando, iba al mostrador y traía cervezas y copitas de pisco. El cuchicheo de las habitantas estaba siempre ahí, a veces áspero y nervioso, a veces solapado y casi inaudible. Y, de pronto, todos se levantaron otra vez y corrieron hacia la escalera que el padre García descendía, sin sombrero y sin bufanda, penosamente, haciendo señas con la mano al doctor Zevallos. Éste subió las gradas prendido del pasamanos, se perdió en el corredor, padre, qué había pasado, muchas preguntas brotaron a la vez, y como si el ruido los hubiera asustado, todos callaron al mismo tiempo: el padre García murmuraba algo, atorado. Sus dientes castañeteaban muy fuerte y su mirada errabunda no se detenía en ningún rostro. El Joven y el Bolas estaban abrazados y, uno de ellos, sollozaba. Poco después, las habitantas empezaron a frotarse los ojos, a gemir, a lamentarse en alta voz, a echarse unas en brazos de otras y sólo la Chunga y la Selvática sostenían al padre García, que temblaba y giraba los ojos de una manera tenaz y atormentada. Entre las dos lo arrastraron hasta una silla y él, inerte, se dejaba acomodar, sobar la frente y bebía sin rebelarse la copa de pisco que la Chunga le vaciaba en la boca. Su cuerpo temblaba siempre, pero sus ojos se habían serenado y estaban fijos en el vacío, rodeados de grandes ojeras oscuras. Poco después apareció en la escalera el doctor Zevallos. Bajó sin prisa, cabizbajo, frotándose lentamente el cuello.

—Ha muerto en paz con Dios —dijo—. Eso es lo que importa ahora.

Las sombras de las mesas del fondo también se habían calmado y el cuchicheo renacía, tímido aún, dolido. Los dos músicos, abrazados, lloraban, el Bolas muy fuerte, el Joven sin ruido y estremeciendo los hombros. El doctor Zevallos se sentó, una expresión melancólica cruzó su cara obesa, padre: ¿había llegado a hablar con él? El padre García negó con la cabeza. La Selvática le acariciaba la frente y él, muy encogido en el asiento, hacía esfuerzos por hablar, no lo había reconocido, y un silbido ronco brotaba de su boca y, una vez más, su mirada reanudó la extraviada, incesante exploración del contorno: todo el tiempo La Estrella del Norte, lo único que se entendía. Su voz, ahogada por el llanto del Bolas, se oía apenas.

—Era un hotel que había aquí cuando yo era joven —dijo el doctor Zevallos, con cierta nostalgia, a la Chunga, pero ella no lo escuchaba—. En la plaza de Armas, donde está ahora el Hotel de Turistas.

III

—Te pasas todo el tiempo durmiendo, apenas aprovechas el viaje —dice Lalita—. Y ahora te vas a perder la llegada.

Ella está acodada en la borda y Huambachano, en el suelo, la espalda contra unos cabos enrollados, abre los ojos saltones, ojalá fuera durmiendo, su voz suena débil y enferma, cerraba los ojos para no vomitar más, Lalita: ya había botado todo lo que tenía, pero le seguían las ganas. Era culpa de ella, él quería quedarse en Santa María de Nieva. Medio cuerpo fuera de la borda, Lalita devora con los ojos el horizonte de techos rojizos, las fachadas blancas, las altas palmeras que erizan la ciudad y las siluetas, muy precisas ya, moviéndose por el muelle. La gente de cubierta se afana por ganar un puesto junto a la borda.

—Pesado, no seas flojo, te vas a perder lo mejor —dice Lalita—. Mira mi tierra, Pesado, qué grande, qué linda. Ayúdame a buscar al Aquilino.

El rostro abatido de Huambachano esboza un simulacro de sonrisa, su cuerpo rechoncho se contorsiona y se incorpora al fin, trabajosamente. Un activo trajín gana la cubierta; los pasajeros revisan sus bultos, se los echan al hombro y, contagiados por la excitación, los chanchos gruñen, las gallinas cacarean y aletean frenéticas y los perros van y vienen, ladrando, las orejas tiesas, los rabos vibrantes. Una sirena perfora el aire, el humo negro de la chimenea se espesa y llueven partículas de carbón sobre la gente. Ya han entrado al puerto, avanzan por un archipiélago de lanchas a motor, balsas cargadas de plátanos, canoas, Pesado, ¿lo veía?, que se fijara bien, ahí tenía que estar, pero el Pesado se descomponía otra vez: suerte maldita. Tiene un acceso de arcadas pero no vomita, se contenta con escupir rabiosamente. Su rostro grasiento está contrito y violáceo, sus ojos han enrojecido mucho. Desde el puente de mando, un hombrecillo da órdenes a gritos, gesticulando, y dos marineros descalzos, el torso desnudo, encaramados en la proa, lanzan los cabos hacia el muelle.

—Todo lo malogras, Pesado —dice Lalita, sin dejar de observar el puerto—. Vuelvo a Iquitos después de tanto y tú te enfermas.

En el vaivén de las aguas aceitosas, se mecen latas, cajas, periódicos, desperdicios. Están rodeados de lanchas, algunas recién pintadas y con banderines en los mástiles, de botes, balsas, boyas y barcazas. En el muelle, junto a la pasarela de tablones, una pequeña turba amorfa de cargadores ruge y chilla en dirección a los pasajeros, dicen sus nombres, se golpean los pechos, todos tratan de ocupar el primer lugar frente a la pasarela. Detrás de ellos hay una alambrada y unos cobertizos de madera entre los cuales se apiña la gente que aguarda a los viajeros: ahí estaba, Pesado, el del sombrero. Qué grande, qué buen mozo, que le hiciera adiós, y Huambachano abre los ojos vidriosos, que lo saludara, Pesado, alza la mano y la agita, flojamente. La embarcación está quieta y los dos marineros saltan al muelle, manipulan los cabos, los sujetan a unos podios. Ahora los cargadores aúllan, brincan y con muecas y disfuerzos tratan de ganar la atención de los pasajeros. Un hombre de uniforme azul y gorra blanca pasea indiferente frente a los tablones. Detrás de la alambrada, la gente agita las manos, ríe y, en medio del bullicio, a intervalos regulares, resuena la estridente sirena: ¡Aquilino! ¡Aquilino! ¡Aquilino! Los colores vuelven al rostro de Huambachano y su sonrisa es ahora más natural, menos patética. Se abre paso entre las mujeres cargadas de atados, arrastrando una maleta hinchada y una bolsa.

—Ha engordado ¿ves? —dice Lalita—. Y cómo se ha puesto para recibirnos, Pesado. Di algo, no seas malagradecido, acaso no te das cuenta de todo lo que hace por nosotros.

—Sí, está gordo y se puso camisa blanca —dice, mecánicamente, Huambachano—. Ya era hora, no estoy hecho para el agua. Mi cuerpo no se acostumbra, he venido padeciendo todo el viaje.

El hombre del uniforme azul recibe los billetes y, a cada pasajero, con un amistoso empellón lo libra a los simiescos, desesperados cargadores que se abalanzan sobre él, le arrebatan los animales y los paquetes, suplicándole, increpándolo si se resiste a soltar su equipaje. Son una decena apenas, pero parecen cien por el ruido que hacen; sucios, greñudos, esqueléticos, sólo llevan pantalones cubiertos de remiendos y, uno que otro, camisetas en hilachas. Huambachano los aparta a empujones, patrón, lo que él quisiera, fuera, y ellos vuelven a la carga, so carajos, cinco reales, patrón y él fuera, paso. Los deja atrás y llega a la barrera, tambaleándose. Aquilino le sale al encuentro y se abrazan.

—Te has dejado bigote —dice Huambachano—, te has echado brillantina. Cómo has cambiado, Aquilino.

—Aquí no es como allá, hay que estar bien vestido —sonríe Aquilino—. ¿Qué tal el viaje? Estoy esperándolos desde esta mañana.

—Tu madre hizo un buen viaje, estuvo contenta —dice Huambachano—. Pero yo me mareé mucho, me la pasé vomitando. Tantos años sin subir a un barco.

—Eso se cura con trago —dice Aquilino—. Qué hace mi madre, por qué se ha quedado ahí.

Maciza, los largos cabellos entrecanos sueltos a la espalda, Lalita está rodeada de cargadores. Se ha inclinado hacia uno de ellos, sus labios se mueven, y lo observa muy de cerca, con una curiosidad casi agresiva: esos mierdas, ¿no veían que estaba sin maleta? Qué querían, ¿cargarla a ella? Aquilino se ríe, saca una cajetilla de Inca, ofrece un cigarrillo a Huambachano y se lo enciende. Ahora Lalita ha puesto una de sus manos en el hombro del cargador y le habla con vivacidad; él escucha en actitud reservada, niega con la cabeza y, después de un momento, se retira y se mezcla con los otros, comienza a brincar, a chillar, a corretear tras los viajeros. Lalita viene hacia la alambrada, muy ligera, con los brazos abiertos. Mientras ella y Aquilino se abrazan, Huambachano fuma y su rostro, entre las volutas de humo, aparece ya repuesto y plácido.

—Ya eres un hombre, ya te vas a casar, pronto me vas a dar nietos —Lalita estruja a Aquilino, lo obliga a retroceder y a girar—. Y tan elegante que estás, tan buen mozo.

—¿Saben adónde se van a alojar? —dice Aquilino—. Donde los padres de Amelia, yo había buscado un hotelito pero ellos no, aquí les arreglamos una cama en la entrada. Son buenas personas, se harán amigos.

—¿Cuándo es la boda? —dice Lalita—. Me he traído un vestido nuevo, Aquilino, para estrenarlo ese día. Y el Pesado tiene que comprarse una corbata, la que tenía era muy vieja y no dejé que la trajera.

—El domingo —dice Aquilino—. Ya está todo listo, la iglesia pagada y una fiestita en casa de los padres de Amelia. Mañana me despiden mis amigos. Pero no me has contado de mis hermanos. ¿Todos están bien?

—Bien, pero soñando con venir a Iquitos —dice Huambachano—. Hasta el menorcito quiere largarse, como tú.

Han salido al Malecón y Aquilino lleva la maleta al hombro y la bolsa bajo el brazo. Huambachano fuma y Lalita observa codiciosamente el parque, las casas, los transeúntes, los automóviles, Pesado, ¿no era una linda ciudad? Cómo había crecido, nada de eso existía cuando ella era chica, y Huambachano sí, la cara desganada: a primera vista parecía linda.

—¿Nunca estuvo aquí cuando era guardia civil? —dice Aquilino.

—No, sólo en sitios de la costa —dice Huambachano—. Y, después, en Santa María de Nieva.

—No podemos ir a pie, los padres de Amelia viven lejos —dice Aquilino—. Vamos a tomar un taxi.

—Un día quiero ir donde yo nací —dice Lalita—. ¿Existirá todavía mi casa, Aquilino? Voy a llorar cuando vea Belén, a lo mejor la casa existe y está igualita.

—¿Y tu trabajo? —dice Huambachano—. ¿Ganas bien?

—Por ahora poco —dice Aquilino—. Pero el dueño de la curtiembre nos va a mejorar el próximo año, así nos prometió. Él me adelantó la plata para el pasaje de ustedes.

—¿Qué es curtiembre? —dice Lalita—. ¿No trabajabas en una fábrica?

—Donde se curten los cueros de los lagartos —dice Aquilino—. Se hacen zapatos, carteras. Cuando entré no sabía nada, y ahora me ponen a enseñar a los nuevos.

Él y Huambachano llaman a gritos a cada taxi que pasa, pero ninguno se detiene.

—Ya se me quitó el mareo del agua —dice Huambachano—. Pero ahora tengo mareo de ciudad. También me he desacostumbrado a esto.

—Lo que pasa es que para usted no hay como Santa María de Nieva —dice Aquilino—. Es lo único que le gusta en el mundo.

—Es verdad, ya no viviría en la ciudad —dice Huambachano—. Prefiero la chacrita, la vida tranquila. Cuando pedí mi baja en la Guardia Civil le dije a tu madre me moriré en Santa María de Nieva, y voy a cumplirlo.

Un viejo carromato frena ante ellos con un estruendo de latas, rechinando como si fuera a desarmarse. El chofer coloca la maleta en el techo, la amarra con una soga y Lalita y Huambachano se sientan atrás, Aquilino junto al chofer.

—Averigüé lo que usted me pidió, madre —dice Aquilino—. Me costó mucho trabajo, nadie sabía, me mandaban aquí y allá. Pero al fin averigüé.

—¿Qué cosa? —dice Lalita. Mira embriagada las calles de Iquitos, una sonrisa en los labios, los ojos conmovidos.

—Del señor Nieves —dice Aquilino y Huambachano, con brusco empeño, se pone a mirar por la ventanilla—. Lo soltaron el año pasado.

—¿Tanto tiempo lo tuvieron preso? —dice Lalita.

—Se habrá ido al Brasil —dice Aquilino—. Los que salen de la cárcel se van a Manaos. Aquí no les dan trabajo. Él habrá conseguido allá, si es que era tan buen práctico como cuentan. Sólo que tanto tiempo lejos del río, a lo mejor se le olvidó el oficio.

—No creo que se haya olvidado —dice Lalita, otra vez interesada en el espectáculo de las calles estrechas y populosas, de altas veredas y fachadas con barandales—. Por lo menos, está bien que al fin lo soltaran.

—¿Cómo se apellida tu novia? —dice Huambachano.

—Marín —dice Aquilino—. Es una morenita. También trabaja en la curtiembre. ¿No recibieron la foto que les mandé?

—Años sin pensar en las cosas pasadas —dice Lalita, de pronto, volviéndose hacia Aquilino—. Y hoy veo Iquitos de nuevo y tú me hablas de Adrián.

—También el auto me marea —la interrumpe Huambachano—. ¿Falta mucho para que lleguemos, Aquilino?

IV

Ya amanece entre las dunas, detrás del Cuartel Grau, pero las sombras ocultan todavía la ciudad cuando el doctor Pedro Zevallos y el padre García cruzan el arenal tomados del brazo y suben al taxi estacionado en la carretera. Embozado en su bufanda, el sombrero caído, el padre García es un par de ojos afiebrados, una carnosa nariz que crece bajo dos cejas tupidas.

—¿Cómo se siente? —dice el doctor Zevallos, sacudiéndose la basta del pantalón.

—Me sigue dando vueltas la cabeza —murmura el padre García—. Pero me acostaré y se me pasará.

—No puede irse a la cama así —dice el doctor Zevallos—. Tomaremos desayuno antes, algo caliente nos hará bien.

El padre García hace un gesto de fastidio, no habría nada abierto a estas horas, pero el doctor Zevallos lo ataja adelantándose hacia el chofer: ¿estaría abierto donde Angélica Mercedes? Debía estar, patrón, y el padre García gruñe, ella abría tempranito, ahí no y su mano tiembla ante el rostro del doctor Zevallos, ahí no, tiembla otra vez y vuelve a su cubil de pliegues.

—Déjese de renegar todo el tiempo —dice el doctor Zevallos—. Qué le importa el sitio. Lo principal es calentar un poco el estómago después de la mala noche. No disimule, usted sabe que no pegará un ojo si se mete ahora a la cama. Donde Angélica Mercedes tomaremos algo y charlaremos.

Un áspero soplido atraviesa la bufanda, el padre García se revuelve en su asiento sin responder. El taxi entra al barrio de Buenos Aires, pasa ante chalets de amplios jardines alineados a ambas orillas de la carretera, contornea el opaco monumento y se desliza hacia la mole sombría de la catedral. Algunas vitrinas de la avenida Grau destellan en la madrugada, el camión de la basura está frente al Hotel de Turistas y hombres en overoles van hacia él cargados de tachos. El chofer conduce con un cigarrillo en la boca, una estela gris corre de sus labios hacia el asiento de atrás y el padre García comienza a toser. El doctor Zevallos abre un poco la ventanilla.

—¿No ha vuelto a la Mangachería desde el velorio de Domitila Yara? —dice el doctor Zevallos; no hay respuesta: el padre García tiene los ojos cerrados y ronca hurañamente.

—¿Usted sabe que casi lo matan esa vez, en el velorio? —dice el chofer.

—Cállate, hombre —susurra el doctor Zevallos—. Si te oye, le va a dar una rabieta.

—¿De veras se ha muerto el arpista, patrón? —dice el chofer—. ¿Por eso los llamaron a la Casa Verde?

La avenida Sánchez Cerro se prolonga como un túnel y, en la penumbra de las veredas, se delinea cada cierto trecho la silueta de un arbolito. Hacia el fondo, sobre un difuso horizonte de techumbres y arenales, apunta parpadeando una irisación circular.

—Se murió esta madrugada —dice el doctor Zevallos—. ¿O crees que el padre García y yo estamos todavía en edad de pasarnos la noche donde la Chunga?

—Para eso no hay edades, patrón —ríe el chofer—. Un compañero llevó a una de las mujeres a buscar al padre García, a esa que le dicen la Selvática. Él me contó que el arpista se moría, patrón, qué desgracia.

El doctor Zevallos mira, distraído, los muros encalados, los portones con aldabas, el edificio nuevo de los Solari, los algarrobos recién plantados en las aceras, frágiles y airosos en sus cuadriláteros de tierra: cómo volaban las noticias en este pueblo. Pero él tenía que saber, patrón, y el chofer baja la voz, ¿cierto lo que contaba la gente?, espía al padre García por el espejo retrovisor, ¿de veras el padre le quemó la Casa Verde al arpista? ¿Había conocido él ese bulín, patrón? ¿Era tan grande como decían, tan macanudo?

—Por qué son así los piuranos —dice el doctor Zevallos—. ¿No se han cansado en treinta años de darle vuelta a la misma historia? Le han envenenado la vida al pobre cura.

—No hable mal de los piuranos, patrón —dice el chofer—. Piura es mi tierra.

—También la mía, hombre —dice el doctor Zevallos—. Además, no estoy hablando, sino pensando en voz alta.

—Pero debe haber algo de cierto, patrón —insiste el chofer—. Si no, por qué hablaría la gente, por qué eso de quemador, quemador.

—Qué sé yo —dice el doctor Zevallos—. ¿A que no te atreves a preguntárselo al padre?

—¡Con el genio que se gasta! Ni de a vainas —ríe el chofer—. Pero dígame al menos si existió ese bulín o si son inventos de la gente.

Pasan ahora por el nuevo sector de la avenida: la vieja carretera se encontrará pronto con esta pista asfaltada y los camiones que vienen del sur y siguen viaje hacia Sullana, Talara y Tumbes ya no tendrán que cruzar el centro de la ciudad. Las aceras son anchas y bajas, los postes grises de la luz están recién pintados, ese altísimo esqueleto de cemento armado será, quizás, un rascacielo más grande que el Hotel Cristina.

—El barrio más moderno se codeará con el más viejo y pobre —dice el doctor Zevallos—. Ya no creo que dure mucho la Mangachería.

—Le pasará lo que a la Gallinacera, patrón —dice el chofer—. Le meterán tractores y harán casas como éstas, para blancos.

—¿Y adónde diablos se van a ir los mangaches con sus cabras y sus piajenos? —dice el doctor Zevallos—. ¿Y dónde se podrá tomar buena chicha en Piura, entonces?

—Van a estar tristísimos los mangaches, patrón —dice el chofer—. El arpista era su dios para ellos, más popular que Sánchez Cerro. Ahora también le pondrán velas a don Anselmo y le rezarán como a la santera Domitila.

El taxi abandona la avenida y, dando brincos, barquinazos, avanza por una callejuela terrosa, entre chozas de caña brava. Levanta una gran polvareda y enfurece a los perros vagabundos que corren, pegados a los guardafangos, ladrándole, patrón: tenían razón los mangaches, aquí amanecía más tempranito que en Piura. En la claridad

501

azul, a través de nubes de polvo, se distinguen cuerpos tumbados sobre esteras a las puertas de las viviendas, mujeres con cántaros a la cabeza que cruzan las esquinas, asnos de mirada soñolienta y apática. Atraídos por el rugido del motor, salen chiquillos de las chozas y, desnudos o en harapos, corren tras el taxi, haciendo adiós, qué había, bostezando, qué pasaba: nada, padre, ya estaban en tierra prohibida.

—Déjanos aquí —dice el doctor Zevallos—. Caminaremos un poco.

Bajan del taxi y, tomados del brazo, despacio, sosteniéndose uno al otro, recorren un sendero oblicuo, escoltados por chiquillos que brincan, ¡quemador!, chillan y ríen, ¡quemador!, ¡quemador!, y el doctor Zevallos simula coger una piedra y lanzársela: mierdas, churres de mierda, menos mal que ya llegaban.

La cabaña de Angélica Mercedes es más grande que las otras y las tres banderitas que flamean sobre su fachada de adobes le dan un aire coqueto y gallardo. El doctor Zevallos y el padre García entran estornudando, eligen dos banquitos y una mesa de tablas bastas, se sientan. El suelo está recién regado y huele a tierra húmeda, culantro y perejil. No hay nadie en las otras mesas ni en el mostrador. Aglomerados en la puerta, los chiquillos siguen gritando, alargan sus cabezas sucias e hirsutas, ¡doña Angélica!, sus brazos flacos, ¡doña Angélica!, ríen mostrando los dientes. El doctor Zevallos se frota las manos pensativo y el padre García, entre bostezo y bostezo, mira la puerta con el rabillo del ojo. Angélica Mercedes viene por fin, fresca, rolliza, matutina, el ruedo de su pollera trazando maromas sobre los banquitos. El

502

doctor Zevallos se levanta, doctor, le abre los brazos, pero qué gusto, qué milagro verlo aquí a estas horas, tantos meses que no venía y ella estaba cada día más buena moza, Angélica, ¿cómo hacía para no envejecer?, ¿cuál era su secreto? Y por fin dejan de palmearse, Angélica, ¿no veía a quién le había traído?, ¿no lo reconocía? Como atemorizado, el padre García junta los pies y esconde las manos, buenos días, la bufanda muge hoscamente y el sombrero se agita un segundo, ¡Virgen santa, era el padre García! Las manos unidas sobre el corazón, los ojos alborozados, Angélica Mercedes se inclina, padrecito, qué alegría le daba verlo, él no sabía, qué bien que lo hubiera traído, doctor, y una mano huesuda y desconfiada se eleva sin afecto hacia Angélica Mercedes, se retira antes que ella la bese.

—¿Puedes prepararnos algo caliente, comadre? —dice el doctor Zevallos—. Estamos medio muertos, hemos pasado la noche en vela.

—Claro, claro, ahora mismo —Angélica Mercedes limpia la mesa con su pollera—, ¿un caldito y un piqueo? ¿También unos claritos? No, es muy temprano para eso, les haré unos juguitos y café con leche. Pero ¿cómo no se han acostado todavía, doctor? Me lo está usted malcriando al padre García.

Un sarcástico gruñido sube de la bufanda y el sombrero se endereza, los ojos hondos del padre García miran a Angélica Mercedes y ella deja de sonreír, vuelve su cara intrigada hacia el doctor Zevallos que, la barbilla entre dos dedos, tiene ahora una expresión melancólica: ¿dónde habían estado, doctorcito? Su voz es tímida, su mano empuña el ruedo de la pollera a unos milímetros de la mesa y está inmóvil: donde la Chunga, comadre. Angélica Mercedes lanza un gritito, ¿donde la Chunga?, se demuda, ¿donde la Chunga?, se tapa la boca.

—Sí, comadre, ha muerto Anselmo —dice el doctor Zevallos—. Es una noticia triste para ti, ya sé. Para todos nosotros. Qué vamos a hacer, así es la vida.

¿Don Anselmo?, tartamudea Angélica Mercedes, la boca entreabierta, la cabeza ladeada, ¿se ha muerto, padrecito?, y su nariz palpita muy rápido, unos hoyuelos aparecen en sus mejillas, los chiquillos de la puerta han echado a correr y ella sacude la cabeza, se soba los brazos, ¿se ha muerto, doctor?, llora.

—Todos tienen que morirse —ruge el padre García, golpeando la mesa; la bufanda se abre y su cara lívida, sin afeitar, está deformada por el temblor de su boca—. Tú, yo, el doctor Zevallos, a todos nos tocará, nadie se libra.

—Cálmese, hombre —el doctor Zevallos abraza a Angélica Mercedes, que solloza apretando la pollera contra sus ojos—. Cálmate tú también, comadre. El padre García se ha puesto muy nervioso, mejor no hablarle, no preguntarle nada. Anda, prepáranos algo caliente, no llores.

Angélica Mercedes asiente sin dejar de llorar y se aleja, la cara entre las manos. En la otra habitación se la oye hablar sola, suspirar. El padre García ha recogido la bufanda, nuevamente la lleva enroscada en el cuello y se ha quitado el sombrero: erizados, grises, los mechones de cabellos de sus sienes sólo ocultan a medias su cráneo liso y con lunares. Apoya el mentón en el puño, una arruga cavilosa vetea su frente y la barba crecida da a sus mejillas un aspecto de cosa gastada y sucia. El doctor Zevallos enciende un cigarrillo. Es de día ya y el sol que anega el local y dora las cañas ha secado el suelo, moscas azules y siseantes invaden el aire. En el exterior, las voces, ladridos, balidos, rebuznos y ruidos domésticos aumentan gradualmente y, al lado, Angélica Mercedes se ha puesto a rezar, musita el nombre de la santera mezclado a invocaciones a Dios y a la Virgen, doctor: el marimacho ese lo había hecho a sabiendas.

—Pero a santo de qué —murmura el padre García—. ¿A santo de qué, doctor?

—Qué importa —dice el doctor Zevallos, viendo desvanecerse el humo—. Además, tal vez no fue a sabiendas. Pudo ser una casualidad.

—Tonterías, nos hizo llamar a usted y a mí por algo —dice el padre García—. Quería hacernos pasar un mal rato.

El doctor Zevallos se encoge de hombros. Recibe un rayo de sol en el centro de la frente y la mitad de su rostro está dorado y brillante; la otra mitad es un plomizo lunar. Tiene los ojos sumidos en una suave modorra.

—No soy nada perspicaz —dice, después de un momento—. Ni siquiera se me ocurrió pensar en eso. Pero tiene usted razón, a lo mejor quiso hacernos pasar un mal rato. Es una mujer rara, la Chunga. Yo creí que ella no sabía.

Se vuelve hacia el padre García y el lunar gana terreno, ocupa todo el rostro, sólo una oreja y la mandíbula reciben ahora el baño amarillo; que no sabía qué cosa. El padre García mira al doctor Zevallos de través.

—Que yo la traje al mundo —el doctor Zevallos alza la cabeza y ésta se enciende, su calva se destaca, luciente y granulosa—. ¿Quién le puede haber dicho? Anselmo no, estoy seguro. Él creía que la Chunga vivía engañada.

—En este pueblucho chismoso todo acaba por saberse —gruñe el padre García—. Aunque sea treinta años después, se sabe todo lo que pasa.

—Nunca vino a mi consultorio —dice el doctor Zevallos—. Nunca me llamó para nada y ahora sí. Si quería hacerme pasar un mal rato, lo consiguió. Me hizo revivir todo de golpe.

—Lo de usted está claro —gruñe el padre García como si hablara con la mesa—. Éste vio morir a mi madre, que vea morir a mi padre también. ¿Pero, por qué tenía que llamarme a mí ese marimacho?

—¿Qué significa esto? —dice el doctor Zevallos—. ¿Qué le pasa?

—Venga conmigo, doctor —la voz viene de la derecha, retumba en lo alto del zaguán—. Ahorita, tal como está, doctor, no hay tiempo.

—¿Cree que no lo reconozco? —dice el doctor Zevallos—. Salga de ahí, Anselmo. ¿Por qué se esconde? ¿Se ha vuelto loco, hombre?

—Venga, doctor, rápido —una voz quebrada en la oscuridad del zaguán que el eco repite, en lo alto—. Se me muere, doctor Zevallos, venga.

El doctor Zevallos levanta la lamparilla, busca y lo encuentra al fin, no lejos de la puerta: no está borracho ni furioso sino crispado de miedo. Sus ojos bailan locamente en las órbitas hinchadas y su espalda se pega a la pared como si quisiera echarla abajo.

—¿Su mujer? —dice el doctor Zevallos, atónito—. ¿Su mujer, Anselmo?

—Pueden estar muertos los dos, pero yo no lo acepto —el padre García da un golpe en la mesa y su banquillo cruje—. No puedo aceptar esa infamia. Dentro de cien años también me parecería infame.

La puerta del vestíbulo se ha abierto y el hombre retrocede como si viera un fantasma, escapa del cono de luz de la lámpara. La figurilla envuelta en una bata blanca da unos pasos por el patio, hijito, se detiene antes de llegar al zaguán: ¿quién estaba ahí?, ¿por qué no entraban? Era él, mamá, el doctor Zevallos baja la lamparilla, oculta con su cuerpo a Anselmo: tenía que salir un momento.

—Espéreme en el Malecón —susurra—. Voy a sacar mi maletín.

—Vayan tomando el caldito —Angélica Mercedes pone dos calabazas humeantes sobre la mesa—. Ya tiene sal y en un ratito más les traigo el piqueo.

Ya no llora pero su voz es quejumbrosa y se ha echado una manta negra sobre los hombros. Se aleja hacia la cocina, y ahora se contonea apenas al andar. El doctor Zevallos remueve el caldo pensativamente, el padre García alza la calabaza con cuatro dedos, la acerca a su nariz y aspira el aroma caliente.

—Yo tampoco lo entendí nunca y en ese tiempo creo que también me pareció infame —dice el doctor Zevallos—. Ahora ya estoy viejo, he visto pasar mucha agua por el río y nada me parece infame. Si usted hubiera sido testigo esa noche, no lo habría odiado tanto al pobre Anselmo, padre García, se lo juro.

—Se lo pagará Dios, doctor —lloriquea el hombre mientras corre dándose encontrones contra los árboles, las bancas y la baranda del Malecón—. Yo haré lo que me pida, le daré toda mi plata, doctor, toda mi vida, doctor.

—¿Quiere conmoverme? —gruñe el padre García, mirando al doctor Zevallos, parapetado tras la calabaza que sigue olfateando—. ¿Tengo que ponerme a llorar yo también?

—En realidad, nada de eso importa ni un carajo ya —sonríe el doctor Zevallos—. Cosas que se llevó el viento, mi amigo. Pero por culpa de la Chunguita esta noche me volvieron a la cabeza y siguen ahí. Hablo de ellas para sacármelas de encima, no me haga caso.

El padre García toma la temperatura del caldo con la punta de la lengua, sopla, bebe un traguito, eructa, gruñe una disculpa y sigue bebiendo a sorbitos y soplando. Poco después, vuelve Angélica Mercedes con una fuente de piqueo y jugos de lúcuma. Se ha cubierto la cabeza con la manta, doctor, ¿no estaba bueno?, y su voz se esfuerza por ser natural, comadre, muy bueno. Un poquito caliente, apenas enfriara se lo tomaba, y qué buena cara tenía el piqueo que les había hecho. Ahora les calentaba el café, cualquier cosa que la llamaran, nomás, padrecito. El doctor Zevallos acuna la calabaza con un dedo, examina meticulosamente la turbia y redonda superficie que oscila y el padre García ha comenzado a trinchar pedacitos de carne y a masticar con empeño. Pero, de repente, se interrumpe, ¿se habían enterado todos?, y queda con la boca abierta: ¿las perdidas y los perdidos que estaban ahí?

—Ellas sabían lo del romance desde el principio, como es lógico —murmura el doctor Zevallos, acariciando el borde de la calabaza—, pero no creo que se enterara nadie más. Había una escalerita que daba al patio de atrás, y por ahí subimos a la torre, los del salón no nos vieron. Venía una bulla salvaje de abajo y Anselmo debía haberlas instruido a ellas para que entretuvieran a la gente y no la dejaran maliciar qué pasaba.

—Qué bien conocía usted el sitio —el padre García mastica de nuevo—. No sería la primera vez que iba, me figuro.

—Había ido decenas de veces —dice el doctor Zevallos, con un fugaz destello en los ojos—. Yo tenía treinta años entonces. La flor de la edad, mi amigo.

—Suciedades, estupideces —gruñe el padre García, pero su mano baja el tenedor que se llevaba a la boca—. ¿Treinta años? Yo tendría esa edad, más o menos.

—Claro, si somos de la misma generación —dice el doctor Zevallos—. Anselmo también, aunque algo mayor que nosotros.

—Ya no quedan muchos de esa época —dice el padre García con ronco humor—. Los hemos enterrado a todos.

Pero el doctor Zevallos no lo escucha. Está moviendo los labios, pestañeando, agitando la calabaza hasta derramar gotitas de caldo sobre la mesa, hombre, cómo se iba a imaginar él, ni cuando vio el bulto en la cama adivinó, hombre, quién hubiera adivinado.

—No se ponga a hablar para adentro —masculla el padre García—, no se olvide que estoy aquí. ¿Qué cosa no se podía imaginar?

—Que su mujer era esa criatura —dice el doctor Zevallos—. Al entrar vi en la cabecera a una gorda pelirroja a la que llamaban la Luciérnaga y no me pareció enferma y yo iba a hacer una broma y ahí vi el bulto y la sangre. No puede saber, mi amigo, en las sábanas, en el suelo, todo el cuarto una pura mancha. Parecía que hubieran degollado a alguien.

El padre García no trincha, tritura ferozmente los trozos de carne, los ensarta en el tenedor, los retuerce contra la fuente. El trozo chorreante no sube hasta su boca, ¿se desangraba la criatura?, queda temblando en el aire, como su mano y el cubierto, ¿sangre por todas partes?, y una brusca ronquera lo ahoga, ¿sangre de esa niña? Un hilillo de baba clara desciende por su barbilla, imbécil, que la soltara, no era hora de besos, la estaba ahogando, había que hacerla gritar, imbécil: más bien que la cacheteara. Pero Josefino se lleva un dedo a la boca: nada de gritos, ¿no veía que había tantos vecinos?, ¿no los oía conversando? Como si no lo oyera, la Selvática chilla con más fuerza y Josefino saca su pañuelo, se inclina sobre el camastro y le tapa la boca. Sin inmutarse, doña Santos sigue hurgando, manipulando diestramente los dos muslos morenos. Y ahí le había visto la cara, padre García, y le comenzaron a temblar las piernas y las manos, se olvidó que ella se estaba muriendo y que él estaba allí para tratar de salvarla, sólo atinaba a, sí, sí, mirarla, no había duda: era la Antonia, Dios mío. Don Anselmo ya no la besaba, derrumbado a los pies de la cama le ofrecía de nuevo su plata, doctor Zevallos, su vida, ¡sálvemela!, y Josefino se asustó, doña Santos, ¿no se había muerto? No fuera a matarla, no fuera a matarla, doña

Santos y ella chist: se había desmayado, nomás. Era mejor, no haría bulla y acabaría más rápido, que le mojara la frentecita con el trapo. El doctor Zevallos le entregó el lavatorio con violencia, que hirvieran más agua, imbécil, lloriqueando en vez de ayudar. Está en mangas de camisa, el cuello abierto y, ahora, muy sereno. Anselmo no puede sujetar el lavatorio, se le cae de las manos, doctor, que no se le muriera, rescata el lavatorio y a gatas se llega a la puerta, doctor, era su vida, y sale.

—La puta que te parió —murmura el doctor Zevallos—. Qué locura, Anselmo, cómo has podido, hombre, qué bestialidad has hecho, Anselmo.

—Pásame la bolsa —dice doña Santos—. Y ahora le doy un matecito y se despierta. Llévate eso, y entiérralo bien, y que no te vea nadie.

—¿Había alguna esperanza? —gruñe el padre García martirizando los trozos de carne, punzándolos y arrastrándolos de un lado a otro—. ¿Era imposible salvar a la niña?

—Tal vez en un hospital —dice el doctor Zevallos—. Pero no se podía moverla. Tuve que operarla casi a oscuras, sabiendo que se moría. Más bien fue un milagro que se salvara la Chunguita, nació cuando la madre ya estaba muerta.

—Milagro, milagro —gruñe el padre García—. Todo es milagro aquí. También decían milagro cuando mataron a los Quiroga y la niña se salvó. Hubiera sido mejor para ella morirse entonces.

—¿No se acuerda de la muchacha cuando pasa por la glorieta? —dice el doctor Zevallos—. Yo sí, siempre me parece verla sentada ahí, tomando sol. Pero esta noche llegué a sentir más pena por Anselmo que por la Antonia.

—No lo merecía —ronca el padre García—. Ni pena, ni compasión ni nada. Toda esta tragedia fue culpa de él.

—Si usted lo hubiera visto pataleando, besándome los pies para que salvara a la muchacha, también se habría apiadado —dice el doctor Zevallos—. ¿Sabe que si no fuera por mi comadre, la Chunguita se me moría también? Ella me ayudó a atenderla.

Quedan en silencio y el padre García se lleva un pedazo de carne a la boca, pero hace una mueca de asco y suelta el tenedor. Angélica Mercedes vuelve con otra jarrita de jugo, viene espantando a las moscas con una mano.

—¿Nos has oído, comadre? —dice el doctor Zevallos—. Estábamos recordando la noche que se murió la Antonia. Ya parece sueño ¿no? Le decía al padre que tú me ayudaste a salvar a la Chunga.

Angélica Mercedes lo mira muy seria, sin asombro ni alarma, como si no hubiera entendido.

—No me acuerdo de nada, doctor —dice en voz baja, por fin—. Yo era cocinera, pero tampoco me acuerdo. No hay que hablar de eso ahora. Voy a ir a misa de ocho a rezar por don Anselmo, para que descanse en su tumba. Y después iré a velarlo.

—¿Qué edad tenías tú? —gruñe el padre García—. No me acuerdo cómo eras. De Anselmo y de las perdidas sí, pero no de ti.

—Era una churre, padrecito —la mano de Angélica Mercedes es un rápido, eficiente abanico: ninguna mosca se acerca al piqueo ni a los jugos.

—No más de quince años —dice el doctor Zevallos—. Y qué bonita, comadre. Todos te echábamos el ojo y Anselmo alto, no es habitanta, se mira pero no se toca, cuidándote como a su hija.

—Yo era doncellita y el padre García no quería creerme —un brillo pícaro anima los ojos de Angélica Mercedes pero su cara es siempre una severa máscara—. Iba a confesarme temblando y usted siempre sal de esa casa del diablo, ya estás condenada. ¿Tampoco se acuerda, padre?

—Lo que se habla en el confesionario es secreto —gruñe el padre García con una especie de ronquera jovial—. Guárdate esas historias para ti.

—Casa del diablo —dice el doctor Zevallos—. ¿Todavía cree que Anselmo era el diablo? ¿De veras olía a azufre o era para asustar a los beatos?

Angélica Mercedes y el doctor sonríen y, bajo la bufanda, después de un momento, suena algo inesperado y tosco, híbrido como una arcada de tos y risa sofocante.

—En ese tiempo estaba sólo ahí, en la Casa Verde —dice el padre García carraspeando—. El cachudo está ahora por todas partes. En la casa del marimacho, y en la calle, y en los cines, todo Piura se ha vuelto la casa del cachudo.

—Pero no la Mangachería, padrecito —dice Angélica Mercedes—. Aquí no ha entrado nunca, no lo dejamos, la santa Domitila nos ayuda en eso.

—Todavía no es santa —dice el padre García—. ¿No ibas a hacernos café?

—Sí, ya está listo —dice Angélica Mercedes—. Voy a traerlo.

—Hace lo menos veinte años que no pasaba una noche en blanco —dice el doctor Zevallos—. Y ahora se me ha quitado el sueño del todo.

Las moscas, desde que Angélica Mercedes da media vuelta, regresan y caen sobre el piqueo, lo salpican de puntos oscuros. De nuevo corretean chiquillos desarrapados frente a la puerta y, a través de las cañas, se ve pasar gente hablando fuerte, y a un grupo de viejos que se asolean y dialogan ante la cabaña del frente.

—¿Al menos se sentía arrepentido? —gruñe el padre García—. ¿Se daba cuenta que esa niña se había muerto por su culpa?

—Salió corriendo detrás de mí —dice el doctor Zevallos—. Se revolcaba en el arenal, quería que lo matara. Lo llevé a mi casa, le puse una inyección y lo despaché. No sé nada, no he visto nada, váyase. Pero no se fue, se bajó al río y ahí estuvo esperando a la lavandera, ¿cómo se llamaba?, esa que crió a la Antonia.

—Siempre estuvo loco —gruñe el padre García—. Espero por él que se haya arrepentido y que Dios lo haya perdonado.

—Y aunque no se arrepintiera, ya tuvo bastante castigo con lo que sufrió —dice el doctor Zevallos—. Además, habría que saber si realmente merecía castigo. ¿Y si la Antonia no hubiera sido su víctima sino su cómplice? ¿Si se hubiera enamorado de él?

—No diga disparates —gruñe el padre García—. Voy a creer que está reblandecido.

—Es algo que me he preguntado siempre —dice el doctor Zevallos—. Las habitantas decían que él la mimaba y que la muchacha parecía contenta.

—¿Ahora ya le parece normal? —gruñe el padre García—. Robarse a una ciega, meterla a un prostíbulo, ponerla encinta. ¿Muy bien que hiciera eso? ¿Lo más normal del mundo? ¿Había que premiarlo por esa gracia?

—No tiene nada de normal —dice el doctor Zevallos—, pero no levante tanto la voz, cuidado con su asma. Sólo digo que quién sabe lo que ella pensaba. La Antonia no sabía lo que era bueno ni malo, y, después de todo, gracias a Anselmo fue una mujer completa. Yo siempre he creído...

—¡Cállese, hombre! —el padre García arremete a manotazos contra las moscas que huyen despavoridas—. ¡Una mujer completa! ¿Las monjas son incompletas? ¿Los curas somos incompletos porque no hacemos porquerías? No le permito herejías tan estúpidas.

—Está usted peleando contra fantasmas —sonríe el doctor Zevallos—. Sólo quería decirle que creo que Anselmo la quiso de veras, y que probablemente ella lo quiso también.

—Esta conversación me disgusta —gruñe el padre García—. No nos vamos a poner de acuerdo, y no quiero pelearme con usted.

—Sólo faltaba esto —murmura el doctor Zevallos—. Mire quiénes llegan.

Eran los inconquistables, no querían trabajar, sólo chupar, sólo timbear, eran los inconquistables y venían a desayunar, caramba: quién estaba aquí.

—Vámonos —gruñe el padre García, exasperado—. No quiero estar junto a esos bandidos.

Pero los León no le dan tiempo a levantarse y caen sobre él batiendo palmas, padre García, los cabellos enmarañados, padrecito, los ojos llenos de resacas nocturnas. Brincan en torno al padre García, hoy caería nieve en Piura y no arena, tratan de estrecharle la mano, era el milagro de los milagros, lo palmean, día de fiesta para los mangaches recibir esta visita. Están en camiseta, sin medias, los zapatos desanudados, huelen a transpiración y el padre García, agazapado detrás de la bufanda, bajo el sombrero que se ha puesto a toda prisa, permanece inmóvil, mira fijamente el piqueo atacado de nuevo por las moscas.

—No acepto que le falten el respeto —dice el doctor Zevallos—. Atención con esas lenguas, muchachos. Es un hombre de hábito y con canas.

—Pero si nadie le falta el respeto, doctor —dice el Mono—. Estamos felicisísimos de verlo aquí, palabra, sólo queremos que nos dé la mano.

—Nunca se vio a un mangache faltar a la hospitalidad, doctor —dice José—. Buenos días, doña Angélica. Hay que festejar el acontecimiento, tráigase algo para brindar con el padre García. Vamos a hacer las paces con él.

Angélica Mercedes viene con dos tacitas de café en las manos, muy seria.

—¿Por qué esa cara de enojo, doña Angélica? —dice el Mono—. ¿No está contenta con esta visita?

—Ustedes son lo peor de esta ciudad —gruñe el padre García—. El pecado original de Piura. Ni aunque me maten tomaré nada con ustedes.

—No se sulfure, padre García —dice el Mono—. No le estamos tomando el pelo, de veras estamos contentos de que haya vuelto a la Mangachería.

—Corrompidos, vagabundos —el padre García ha iniciado una nueva ofensiva contra las moscas—. ¡Con qué derecho me hablan, perdidos!

—Vea usted, doctor Zevallos —dice el Mono—. Quién falta el respeto a quién.

—Déjenlo tranquilo al padre —dice Angélica Mercedes—. Don Anselmo se ha muerto. El padre y el doctor lo estuvieron atendiendo, no han dormido toda la noche.

Deja la tacita sobre la mesa, regresa a la cocina, y, cuando su silueta desaparece en la habitación del fondo, sólo se oye en el local el tintineo de las cucharillas, los sorbos de café del doctor Zevallos, la afanosa respiración del padre García. Los León se miran, como mareados.

—Ya ven, muchachos —dice el doctor Zevallos—. No es día para bromas.

—Se murió don Anselmo —dice José—. Se nos murió el arpista, Mono.

—Pero si era el mejor hombre, doctor —balbucea el Mono—. Si era un gran artista, doctor, una gloria de Piura. Y el más bueno de todos. Se me parte el alma, doctor Zevallos.

—Como el padre de todos nosotros, doctor —dice José—. Bolas y el Joven se estarán muriendo de pena, Mono. Sus discípulos, doctor, uña y carne con el arpista. Usted no sabe cómo lo cuidaban, doctor.

—No sabíamos nada, padre García —dice el Mono—. Le pedimos perdón por esas bromas.

—¿Se murió así, de repente? —dice José—. Si ayer estaba de lo más bien. Anoche comimos con él aquí, doctor Zevallos, y él se reía y bromeaba.

—¿Dónde está, doctor? —dice el Mono—. Tenemos que ir a verlo, José, hay que prestarse corbatas negras.

—Está allá, donde se murió —dice el doctor Zevallos—. Donde la Chunga.

—¿Se murió en la Casa Verde? —dice el Mono—. ¿Ni siquiera lo llevaron al hospital al arpista?

—Esto es como un terremoto para la Mangachería, doctor —dice José—. Ya no será lo mismo sin el arpista.

Menean las cabezas, consternados, incrédulos, y prosiguen sus monólogos y sus diálogos, mientras el padre García bebe su café, sin apartar la taza de los labios que apenas desbordan la bufanda. El doctor Zevallos ha tomado el suyo ya, y ahora juega con la cucharilla, trata de mantenerla en equilibrio en la punta de un dedo. Los León callan, por fin, y se sientan en una mesa vecina. El doctor Zevallos les ofrece cigarrillos. Cuando entra Angélica Mercedes, rato después, ellos fuman en silencio, igualmente abrumados y ceñudos.

—Por eso no ha venido Lituma —dice el Mono—. Estará acompañando a la Chunguita.

—Se hacía la indiferente, la mujer helada —dice José—. Pero en sus adentros estará sangrando también. ¿No cree, doña Angélica? La sangre llama a la sangre.

—Estará con pena, quizás —dice Angélica Mercedes—. Pero nunca se puede saber con ésa, ¿acaso era buena hija?

—¿Por qué dices eso, comadre? —dice el doctor Zevallos.

—¿A usted le parece bien que tuviera a su padre de empleado? —dice Angélica Mercedes.

—Al doctor Zevallos todo le parece bien —gruñe el padre García—. Con la vejez ha descubierto que no hay nada malo en el mundo.

—Usted lo dice como un sarcasmo —sonríe el doctor Zevallos—. Pero, fíjese, hay algo de cierto en eso.

—Don Anselmo se hubiera muerto si no tocaba, doña Angélica —dice el Mono—. Los artistas viven de su arte. ¿Qué había de malo en que tocara allá? La Chunguita le pagaba bien.

—Apúrese con el café, mi amigo —dice el doctor Zevallos—. Se me ha venido el sueño de golpe, se me cierran los ojos.

—Ahí llega nuestro primo, Mono —dice José—. Qué cara de duelo trae.

El padre García hunde la nariz en la tacita de café, lanza un gruñido sordo cuando la Selvática, los zapatos en la mano, los ojos muy maquillados y la boca sin pintura, se inclina hacia él y le besa la mano. Lituma se sacude el polvo que ensucia su terno gris, la corbata de motas verdes, los zapatos amarillos. Tiene los pelos despeinados y brillantes de vaselina, las facciones demacradas y saluda muy serio al doctor Zevallos.

—Lo van a velar aquí, doña Angélica —dice—. La Chunga me encargó avisarle.

—¿En mi casa? —dice Angélica Mercedes—. ¿Y por qué no lo dejan donde está? Para qué van a moverlo, al pobre.

—¿Quieres que lo velen en un prostíbulo? —ronca el padre García—. ¿Dónde tienes la cabeza, tú?

—Yo encantada de prestar mi casa, padre —dice Angélica Mercedes—. Sólo que creí que era pecado andar con el difunto de aquí para allá. ¿No es sacrilegio?

—¿Acaso sabes siquiera lo que quiere decir sacrilegio? —gruñe el padre García—. No hables de lo que no entiendes.

—El Bolas y el Joven han ido a comprar el cajón y a arreglar lo del cementerio —Lituma se ha sentado entre los León—. Después, lo traerán. La Chunga pagará todo, doña Angélica, los licores, las flores, dice que usted sólo preste la casa.

—A mí me parece bien que el velorio sea en la Mangachería —dice el Mono—. Era un mangache, que lo velen sus hermanos.

—Y la Chunga quisiera que usted diga la misa, padre García —dice Lituma, tratando de ser natural, pero su voz es demasiado lenta—. Fuimos a su casa a decírselo y no nos abrieron. Suerte encontrarlo aquí.

La calabaza vacía rueda al suelo y hay un torbellino de pliegues negros sobre la mesa, con qué permiso, el padre García aporrea la fuente de piqueo, quién le había autorizado a dirigirle la palabra, y Lituma se levanta de un brinco, quemador, qué tono era ése: quemador. El padre García trata de incorporarse y gesticula entre los brazos del doctor Zevallos, so canalla, chacal y la Selvática tironea el saco de Lituma, que se callara, dando grititos, que no le faltara, era un padre, que le taparan la boca. Pero ya lo vería en el infierno, so canalla, ahí las pagaría todas, ¿sabía lo que era el infierno, so canalla? El rostro inflamado, la boca torcida, el padre García tiembla como un trapo y Lituma sacude a la Selvática sin poder

520

apartarla, quemador, a él no lo insultaba, no le decía canalla, quemador y el padre García pierde, recupera la voz, era peor que la perdida esta que lo mantenía, y alarga en el vacío sus manos exasperadas, un parásito de la inmundicia, un chacal y ahora también los León sujetan a Lituma: le iba a quebrar la jeta a ese viejo, no aguantaba, aunque fuera cura, quemador de mierda. La Selvática ha comenzado a llorar y Angélica Mercedes tiene un banquillo en las manos, lo bambolea frente a Lituma como dispuesta a quebrárselo en la cabeza si avanza un milímetro. En la puerta, detrás de las cañas, en todo el rededor del local hay cabezas atentas y excitadas, ojos, melenas, codazos y un vocerío creciente que parece propagarse hacia el resto del barrio y los nombres del arpista, de los inconquistables y del padre García despuntan a veces entre el coro chillón de los churres: quemador, quemador, quemador. Ahora el padre García tose, los brazos en alto, desorbitado, rojo como una brasa, la lengua afuera, y riega saliva en torno suyo. El doctor Zevallos le sostiene las manos en alto, la Selvática le hace aire, Angélica Mercedes le da golpecitos suaves en la espalda y Lituma parece ahora confuso.

—A cualquiera se le va la lengua cuando lo insultan porque sí —dice con voz vacilante—. No es mi culpa, a ustedes les consta que él empezó.

—Pero le faltaste y es viejito, primo —dice el Mono—. Estuvo toda la noche sin pegar los ojos.

—No debiste, Lituma —dice José—. Pídele disculpas, hombre, mira cómo lo has puesto.

—Le pido disculpas —tartamudea Lituma—. Ya cálmese, padre García. No es para tanto, tampoco.

Pero el padre García sigue estremecido de tos y de arcadas, y tiene el rostro empapado de mocos, babas y lágrimas. La Selvática le limpia la frente con su falda, Angélica Mercedes trata de hacerle beber un vasito de agua y Lituma palidece, le estaba pidiendo disculpas, padre, y se pone a chillar, qué más querían que hiciera, aterrado, si él no quería que se muriera, maldita sea, y se retuerce las manos.

—No te asustes —dice el doctor Zevallos—. Es el asma y la arena que se le ha metido a la garganta. Ya se le va a pasar.

Pero Lituma no puede ya dominar sus nervios, lo insultaba y él mismo se descomponía, y se lamenta casi llorando entre los León que lo abrazan, uno andaba amargado con tanta desgracia, hace pucheros y por momentos parece que fuera a romper en sollozos, primo, tranquilo, ellos comprendían, y él golpeándose el pecho: lo habían hecho desvestirlo al arpista, lavarlo, vestirlo de nuevo, no había quien resistiera, uno era humano. Y ellos que se calmara, primo, ánimo, pero él no podía, carajo, carajo, no podía, y se desploma sobre un banquillo, la cabeza entre las manos. El padre García ha dejado de toser y, aunque respira todavía con esfuerzo, tiene el rostro más sereno. La Selvática está arrodillada junto a él, padrecito, ¿se sentía mejor? Y él asiente, pasaba que fuera una perdida, allá ella, gruñendo, desdichada, pero había que ser bruta, condenarse por mantener a un inútil, a un asesino, había que ser bruta y ella sí, padrecito, pero que no se enojara, que se calmara, ya había pasado.

—Déjalo que te insulte si eso lo tranquiliza, primo —dice el Mono.

—Está bien, me dejo, me aguanto —susurra Lituma—. Que me insulte, asesino, inútil, que siga, todo lo que quiera.

—Cállate, chacal —gruñe el padre García, sin ímpetu, con notorio desgano, y, en la puerta, detrás de las cañas, hay una ola de risas—. Silencio, chacal.

—Estoy callado —ruge Lituma—. Pero ya no me insulte, soy un hombre, no me gusta, cierre su boca, padre García. Pídaselo usted, doctor Zevallos.

—Ya pasó, padrecito —dice Angélica Mercedes—. No diga palabrotas, en usted parece pecado, padre, no se enfurezca así. ¿Quiere otro cafecito?

El padre García saca un pañuelo amarillento de su bolsillo, bueno, otro cafecito, y se suena con fuerza. El doctor Zevallos se alisa las cejas, se limpia la saliva de las solapas con un gesto de fastidio. La Selvática pasa su mano por la frente del padre García, le asienta los mechones de las sienes y él la deja hacer, enfurruñado y dócil.

—Mi primo quiere pedirle perdón, padre García —dice el Mono—. Siente mucho lo que ha pasado.

—Que pida perdón a Dios y deje de explotar a las mujeres —gruñe tranquilamente el padre García, aplacado del todo—. Y ustedes también pidan perdón a Dios, so vagos. ¿Y tú también mantienes a este par de ociosos?

—Sí, padrecito —dice la Selvática y hay una nueva onda de risas en la calle. El doctor Zevallos escucha con aire divertido.

—No se puede decir que te falte franqueza —gruñe el padre García, escarbándose la nariz con el pañuelo—. Vaya idiota consumada que eres tú, infeliz.

523

—Yo misma me digo eso muchas veces, padre —reconoce la Selvática, sobando la frente rugosa del padre García—. Y se lo digo a ellos en su cara, no crea.

Angélica Mercedes trae otra tacita de café, la Selvática vuelve a la mesa de los León y la gente amontonada en la puerta y detrás de las cañas después de un momento comienza a disgregarse. Los churres retornan a sus carreras polvorientas, de nuevo se oyen sus voces delgadas e hirientes. Los transeúntes hacen un alto frente a la chichería, meten la cabeza, señalan al padre García que, agachado, bebe su café a sorbitos, parten. Angélica Mercedes, los inconquistables y la Selvática, hablan a media voz de viandas y bebidas, calculan cuánta gente vendrá al velorio, musitan nombres, cifras y discuten precios.

—¿Acabó su café? —dice el doctor Zevallos—. Ya tenemos ajetreos de sobra por hoy, vámonos a la cama.

No hay respuesta: el padre García duerme apaciblemente, la cabeza inclinada sobre el pecho, una punta de la bufanda sumergida en la tacita.

—Se quedó dormido —dice el doctor Zevallos—. No sé qué me da despertarlo.

—¿Quiere que le preparemos una camita? —dice Angélica Mercedes—. En el otro cuarto, doctor. Lo abrigaremos bien, no haremos ruido.

—No, no, que se despierte y me lo llevo —dice el doctor Zevallos—. Él no da nunca su brazo a torcer, pero yo lo conozco. La muerte de Anselmo lo ha afectado bastante.

—Más bien debía estar contento —susurra el Mono, apenado—. Siempre que veía a don Anselmo en la calle, lo insultaba. Le tenía odio.

—Y el arpista no le contestaba, se hacía el que no oía y se iba a la otra vereda —dice José.

—No lo odiaba tanto —dice el doctor Zevallos—. Por lo menos, ya no en estos últimos años. Sólo que era una costumbre en él, un vicio.

—Cuando debió ser al revés —dice el Mono—. Don Anselmo sí tenía razones para odiarlo.

—No digas eso, es pecado —dice la Selvática—. Los padres son los ministros de Dios, no se los puede odiar.

—Si es verdad que le quemó la casa, ahí se ve el alma grande que tenía el arpista —dice el Mono—. Nunca le oí ni media palabra contra el padre García.

—¿A don Anselmo le quemaron esa casa de verdad, doctor? —dice la Selvática.

—¿Ya no te he contado esa historia cien veces? —dice Lituma—. ¿Para qué tienes que preguntarle al doctor?

—Porque siempre me la cuentas distinto —dice la Selvática—. Le pregunto porque quiero saber cómo fue de verdad.

—Cállate, déjanos a los hombres conversar en paz —dice Lituma.

—Yo también lo quería al arpista —dice la Selvática—. Yo tenía más cosas con él que tú, ¿acaso no era mi paisano?

—¿Tu paisano? —dice el doctor Zevallos, interrumpiendo un bostezo.

—Claro, muchacha —dice don Anselmo—. Como tú, pero no de Santa María de Nieva, ni sé dónde queda ese pueblo.

—¿De veras, don Anselmo? —dice la Selvática—. ¿Usted también nació allá? ¿No es cierto que la selva es linda, con tantos árboles y tantos pajaritos? ¿No es cierto que allá la gente es más buena?

—La gente es igual en todas partes, muchacha —dice el arpista—. Pero sí es cierto que la selva es linda. Ya me he olvidado de todo lo de allá, salvo del color, por eso pinté de verde el arpa.

—Aquí todos me desprecian, don Anselmo —dice la Selvática—. Dicen selvática como un insulto.

—No lo tomes así, muchacha —dice don Anselmo—. Más bien como cariño. A mí no me molestaría que me dijeran selvático.

—Es curioso —el doctor Zevallos se rasca el cuello, mientras bosteza—. Pero posible, después de todo. ¿De veras tenía el arpa pintada de verde, muchachos?

—Don Anselmo era mangache —dice el Mono—. Nació aquí, en el barrio, y nunca salió de aquí. Mil veces le oí decir soy el más viejo de los mangaches.

—Claro que la tenía —afirma la Selvática—. Y siempre hacía que el Bolas se la pintara de nuevo.

—¿Anselmo selvático? —dice el doctor Zevallos—. Posible, después de todo, por qué no, qué curioso.

—Son mentiras de ésta, doctor —dice Lituma—. A nosotros nunca nos dijo eso la Selvática, lo acaba de inventar. ¿A ver por qué lo cuentas sólo ahora?

—Nadie me preguntó —dice la Selvática—. ¿No dices que las mujeres tienen que estar con la boca cerrada?

—¿Y por qué te lo contó a ti? —dice el doctor Zevallos—. Antes, cuando le preguntábamos dónde había nacido, cambiaba de conversación.

—Porque yo también soy selvática —dice ella y lanza una mirada orgullosa a su alrededor—. Porque éramos paisanos.

—Te estás haciendo la burla de nosotros, recogida —dice Lituma.

—Recogida pero bien que te gusta mi plata —dice la Selvática—. ¿Mi plata también te parece recogida?

Los León y Angélica Mercedes sonríen, Lituma ha arrugado la frente, el doctor Zevallos sigue rascándose el cuello con ojos meditabundos.

—No me calientes, chinita —sonríe artificialmente Lituma—. No es día de discusiones.

—Cuidado que se caliente ella, más bien —dice Angélica Mercedes—. Y te deje y tú te mueras de hambre. No te metas con el hombre de la familia, inconquistable.

Los León la festejan, sus caras ya no están de luto sino muy alegres, y Lituma acaba también por reír, doña Angélica, con buen humor, que se fuera cuando quisiera. Si andaba pegada a ellos como una lapa, si le tenía más miedo a Josefino que al diablo. Si lo dejaba a él, ése la mataba.

—¿Nunca más te habló Anselmo de la selva, muchacha? —dice el doctor Zevallos.

—Era mangache, doctor —asegura el Mono—. Ésta le ha inventado que era su paisano porque está muerto y no puede defenderse, para hacerse la importante.

—Una vez le pregunté si tenía familia allá —dice la Selvática—. Quién sabe, dijo, ya se habrán muerto todos. Pero otras veces negaba y me decía nací mangache y moriré mangache.

—¿Ya ve, doctor? —dice José—. Si alguna vez le contó que era su paisano, sería bromeando. Por fin dices la verdad, prima.

—No soy tu prima —dice la Selvática—. Soy una puta y una recogida.

—Que no te oiga el padre García porque le da otra rabieta —dice el doctor Zevallos, un dedo sobre los labios—. ¿Y qué es del otro inconquistable, muchachos? ¿Por qué ya no andan con él?

—Nos peleamos, doctor —dice el Mono—. Le hemos prohibido la entrada a la Mangachería.

—Era un mal tipo, doctor —dice José—. Mala gente. ¿No supo que ha caído en lo más bajo? Hasta estuvo preso por ladrón.

—Pero antes eran inseparables y andaban fregándole la paciencia a todo Piura con él —dice el doctor Zevallos.

—Lo que pasa es que no era mangache —dice el Mono—. Un mal amigo, doctor.

—Hay que ir a contratar un padre —dice Angélica Mercedes—. Para la misa, y también para que venga al velorio y le rece.

Al oírla, los León y Lituma simultáneamente agravan los rostros, fruncen el ceño, asienten.

—Algún padre del Salesiano, doña Angélica— dice el Mono—. ¿Quiere que la acompañe? Hay uno simpático, que juega al fútbol con los churres. El padre Doménico.

—Sabe fútbol pero no sabe español —gruñe afónicamente la bufanda—. El padre Doménico, qué disparate.

528

—Como usted diga, padre —dice Angélica Mercedes—. Era para tener un velorio como Dios manda ¿ve usted? ¿A quién podríamos llamar, entonces?

El padre García se ha puesto de pie y está acomodándose el sombrero. El doctor Zevallos también se ha levantado.

—Vendré yo —el padre García hace un ademán impaciente—. ¿No ha pedido ese marimacho que yo venga? Para qué tanta habladuría entonces.

—Sí, padrecito —dice la Selvática—. La señora Chunga prefería que viniera usted.

El padre García se aleja hacia la puerta, curvo y oscuro, sin levantar los pies del suelo. El doctor Zevallos saca su cartera.

—No faltaba más, doctor —dice Angélica Mercedes—. Es una invitación mía, por el gusto que me dio trayendo al padre.

—Gracias, comadre —dice el doctor Zevallos—. Pero te dejo esto de todos modos, para los gastos del velorio. Hasta la noche, yo vendré también.

La Selvática y Angélica Mercedes acompañan al doctor Zevallos hasta la puerta, besan la mano del padre García y regresan a la chichería. Tomados del brazo, el padre García y el doctor Zevallos caminan dentro de un terral, bajo un sol animoso, entre piajenos cargados de leña y de tinajas, perros lanudos y churres, quemador, quemador, quemador, de voces incisivas e infatigables. El padre García no se inmuta: arrastra los pies empeñosamente y va con la cabeza colgando sobre el pecho, tosiendo y carraspeando. Al tomar una callecita recta, un poderoso rumor sale a su encuentro y tienen que pegarse contra un tabique de cañas para no ser atropellados por la masa de hombres y mujeres que escolta a un viejo taxi. Una bocina raquítica y desentonada cruza el aire todo el tiempo. De las chozas sale gente que se suma al tumulto, y algunas mujeres lanzan ya exclamaciones y otras elevan al cielo sus dedos en cruz. Un churre se planta frente a ellos sin mirarlos, los ojos vivaces y atolondrados, se murió el arpista, jala la manga al doctor Zevallos, ahí lo traían en el taxi, con su arpa y todo lo traían, y sale disparado, accionando. Por fin, termina de pasar el gentío. El padre García y el doctor Zevallos llegan a la avenida Sánchez Cerro, dando pasitos muy cortos, exhaustos.

—Yo pasaré a buscarlo —dice el doctor Zevallos—. Vendremos juntos al velorio. Trate de dormir unas ocho horas, lo menos.

—Ya sé, ya sé —gruñe el padre García—. No me esté dando consejos todo el tiempo.

Índice

Prólogo 7

Uno 11

Dos 139

Tres 239

Cuatro 367

Epílogo 467

Travesuras de la niña mala
Mario
Vargas Llosa

Vargas Llosa en
punto de lectura

La guerra del fin del mundo
Mario
Vargas Llosa

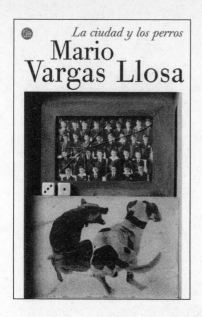

La ciudad y los perros

Mario
Vargas Llosa

El Paraíso en la otra esquina

Mario
Vargas Llosa

La Fiesta del Chivo
Mario
Vargas Llosa

Conversación en La Catedral
Mario
Vargas Llosa

La tía Julia y el escribidor

Mario Vargas Llosa

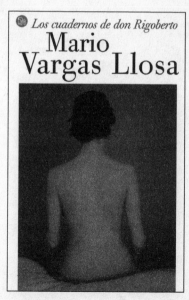

Los cuadernos de don Rigoberto

Mario Vargas Llosa